転換期の和歌表現

院政期和歌文学の研究

家永香織 著

青簡舎

目次

凡例

一、本書においては、『為忠家両度百首』『為忠家初度百首』『為忠家後度百首』について、それぞれ『両度百首』『初度百首』『後度百首』の略称を用いることがある。

一、歌人名は、基本的に最も通用しているもので示す。藤原俊成は、改名前・出家後であっても「顕広」「釈阿」ではなく「俊成」とする。但し、『両度百首』について述べる中では、「寂念」「寂超」ではなく「為業」「為経」を用いた。

一、本書における引用は、各章の注で特に断らない限り以下の通りである。

『為忠家両度百首』…拙著『為忠家初度百首全釈』『為忠家後度百首全釈』（二〇〇七・二〇一一年　風間書房）の本文に拠る。他の和歌作品とそろえるため、反復記号は用いない。仮名遣いは歴史的仮名遣いに統一した。

『万葉集』…西本願寺本（主婦の友社）により本文・訓をあげた。訓には適宜濁点を付し、題詞・左注には読点を付した。歌番号は旧国歌大観番号である。『類聚古集』（龍谷大学善本叢書　思文閣出版）・『元暦校本万葉集』（勉誠社）・広瀬本万葉集（『校本萬葉集』別冊　岩波書店）を参照し、異同がある場合はそれを歌の後に明示した。広瀬本に見せ消ちなどの訂正がある場合、訂正される前の本文を示した。

その他の和歌…『新編国歌大観』に拠る。私家集は必要に応じてCD-ROM版『私家集大成』に拠り、その場合は私に濁点を付した。

『俊頼髄脳』…冷泉家時雨亭叢書『俊頼髄脳』に拠り、適宜濁点・句読点を付した。

その他の歌論書…日本歌学大系に拠るが、句読点の位置や表記を改めた場合がある。

『明月記』…冷泉家時雨亭叢書『明月記』所収自筆本、及び自筆断簡がある場合はそれに拠り、適宜読点を付した。自筆本がない部分や参看不可能な部分は国書刊行会本に拠るが、句読点の位置や表記を改めた場合がある。

散文作品…新編日本古典文学全集に拠る。『今鏡』は講談社学術文庫に拠る。

その他の作品については稿中に注した。

一、漢文における割書は〈 〉に入れて示した。

転換期の和歌表現

院政期和歌文学の研究

世もあがり人の心もたくみなりし時、春夏秋冬につけて、花をもてあそび、郭公をまち、紅葉をゝしみ、雪をおもしろしと思ひ、君をいはひ、わが身をうれへ、別をゝしみ、旅をあはれび、いもせのなかをこひ、事にのぞみて思ひをのぶるにつけても、よみのこしたるふしもなく、つゞけもらせる詞もみえず。いかにしてかは、すゑの世の人のめづらしきさまにもとりなすべき。

院政期を代表する歌人の一人である源俊頼は、『俊頼髄脳』の中でこう述べている。三代集的伝統の枠組みの中での詠歌に限界を感じた歌人たちが、「めづらしきさま」を求めて意欲的に和歌の世界を拡大していった点が、院政期和歌の特色の一つと言えるだろう。本書で中心的に取り上げるのは、そうした時代の和歌である。

俊頼の時代の少し前から、和歌史は転換期を迎えていた。ここでは、その変化の様を歌語を切り口として辿ってみたい。

最初に「蘆」という語を取り上げる。「蘆」は『古今集』『後撰集』では恋部や雑部にのみ詠まれ、四季歌には用いられていない。『拾遺集』において初めて冬部に「蘆」が詠まれるが、それも

あしのはにかくれてすみしつのくにのこやもあらはに冬はきにけり

（冬・二二三・源重之）

というもので、「蘆」は一首の中心的主題ではない。こうした状況が、『後拾遺集』に至り一変し、一気に七首の四季歌に「蘆」が詠まれるようになる。中でも次にあげる歌群は注目に値する。

みしまえにつのぐみわたるあしのねのひとよのほどにはるめきにけり　（春上・四二・曾禰好忠）

こころあらむ人にみせばやつのくにのなにはわたりのはるのけしきを　（同・四三・能因）

なにはがたうらふくかぜになみたてばつのぐむあしのみえみみえずみ　（同・四四・読人しらず）

竹下豊氏も指摘するように(1)、直接「蘆」を詠んでいない四三番を含め、「春の蘆」歌群が形成されている。これらにより「春に芽吹く」という新しいイメージが付与され、「蘆」の語の有するイメージは広がった。次いで、『堀河百首』に「寒蘆」題が設定されたことにより、『千載集』以降は冬の蘆の歌が登場し、やがて秋部にも用例が見られるようになる。歌語「蘆」はこのようにして、イメージを豊かに拡張させていったのである。

続いて「苔」を取り上げてみよう(2)。「苔」は、八代集では『古今集』に一首、『拾遺集』に二首、『金葉集』に一首、『千載集』に九首、『新古今集』に十四首という、使用頻度の偏った歌語である。『古今集』では賀部、『拾遺集』では雑賀部に見え、三代集時代には賀歌に用いられ長久・長寿を象徴する歌語であった。『金葉集』の作は、小式部内侍が亡くなった翌年に母である和泉式部が詠んだ歌である。

もろともにこけのしたにもくちもせでうづまれぬなを見るぞかなしき　（雑下・六二〇）

これ以降、「苔の下」は墓所を表す歌語として定着する。『千載集』の九首は、長久・長寿のイメージ乃至は墓所の意の「苔の下」を詠んでいる。『新古今集』に至り、勅撰集では初めて「苔」が季の歌に詠まれるようになるのだが、その内の一首は、『堀河百首』を出典とする。

木のもとのこけのみどりもみえぬまで八重ちりしける山桜かな　（桜・一四八・源師頼）

苔の緑と桜の花びらの色のコントラストを趣向とした歌であり、「苔」の新しい詠み方と言えよう。『堀河百首』は雑部の一つとして「苔」題を出題しているが、三代集時代のような長久・長寿の象徴としての詠み方よりも、次にあげるような叙景歌の素材として苔を詠む歌の方が主流なのである。

さほ姫のあそぶ所かおく山のあをねがみねの苔のむしろは　（一三二九・藤原公実）

深みどりいはほがうへにむす苔や空にのぼらぬけぶりなるらん　（一三三〇・大江匡房）

ふむ人もなき庭の面に秋のよは苔莚にぞ月はやどれる　（一三三五・藤原仲実）

常緑を保つ、荒れた庭や奥山に生える、筵のように広がるという『堀河百首』における詠み方は、「苔」題の本意として以降の「苔」詠に引き継がれるところとなる。

もっとも、苔の緑色に注目し叙景歌に取り入れた先行例として、

もみぢばもこけのみどりにふりしけばゆふべのあめぞそらにすずしき　（相模集・七九）

があり、『無動寺和尚賢聖院歌合』では「青苔」題が出題された。

青苔地上銷残雨　緑樹陰前逐晩涼　（和漢朗詠集・納涼・一五九・白居易）

不堪紅葉青苔地　又是涼風暮雨天　（同・紅葉・三〇一・白居易）(3)

などの漢詩文の影響も考慮せねばなるまい。しかしながら、「苔」題を出題した上に、他の題においても

めづらしき寺井がうへに葉がへせぬときはが下の苔のふるゆき　（残雪・八六・源顕仲）

岩の上のこけだにたへぬ春雨にのべの草葉のいかでもゆらん　（春雨・一七二・永縁）

のように、季節の景物と取り合わせて「苔」が詠まれた『堀河百首』の影響力は軽視できない。

ここでは「蘆」と「苔」のみ取り上げたが、新たなイメージを取り込み成熟・拡張していった歌語は他にも例をあ

げることができる。(4) そうした歌語の成熟の過程を辿ってみると、『拾遺集』から『後拾遺集』の時期に一つの転換点があることが知られるのだが、『堀河百首』もまた歌語の成熟・拡張の過程で重要な役割を果たしているのである。

三代集時代の歌語のイメージを拡張させるのと同時に、院政期の歌人たちが志向したのは、和歌に詠む世界の拡大である。三代集時代には詠み得なかった景物・歌語を貪欲に創作の俎上に載せていく。その中には万葉語もあり、俗語・口語、農漁業その他の職掌的専門語彙の類もあった。

橋本不美男・滝沢貞夫両氏(5)によれば、『堀河百首』の語彙のうち、先行する勅撰集に見られない語は計九七七語、全体の三一・八パーセントに達するという。また『為忠家両度百首』についての稿者の調査では、他の和歌作品に用例の見られない独自の歌語が約一六〇語見出せた。西村加代子氏(6)が指摘するように、そもそも百首歌という形態が、伝統的に素材や表現の新しさを求めるものであり、『堀河百首』『永久百首』『為忠家両度百首』には新奇な素材や表現を求める傾向がとりわけ強い。しかし、院政期におけるこうした傾向は、百首歌ほど目立ちはしないが、それ以外の場においても看取できる。

さかりふのたがへるたかをあはすとてかたののみのに日もくれにけり　（東塔東谷歌合・鷹狩・一九・読人しらず）

みかりするかたののみのに雪ふればくろふのたかもしらふとぞみる　（同・二〇・読人しらず）

をさめたるこゐのけしきのしるければ草とるたかにまかせてぞみる　（永久三年内大臣家歌合・鷹狩・九・藤原忠隆）

わが恋はかたうらぞめのから衣かへしてぬるやいろにみゆらん（宰相中将源朝臣国信卿家歌合・夜恋・三一・源家職）

などに見られる鷹詞や染色用語といった専門用語の類、

こひせじとおもひたちののこまなれど心ばしりはなほぞくるしき　（保安二年関白内大臣家歌合・恋・四八・源定信）

うかれ行くありなし雲も晴れのきてかかる隈なき秋のよの月　（中宮亮顕輔家歌合・月・一〇・源仲正）

のような口語的表現は百首歌に多数詠まれたが、歌合にも見出せるのである。歌人による程度の差は当然あるものの、歌語の範囲拡大への志向は院政期和歌の大きな特徴と言ってよいであろう。

当時の歌人たちの「ことば」への強い関心を反映し、歌語辞典の性格を有する『綺語抄』や『和歌童蒙抄』が成立した。多用な歌語を求めて歌人たちがこうした歌語注釈書を参照したことは、先の西村氏の論に詳しい。また歌人たちは、新しい表現や趣向を求め、歌論書の注説に注目し、様々な典籍を博捜した。

うちならす人しなければ君が代はかけし鼓も苔生ひにけり　（堀河百首・苔・一三四三・紀伊）

かつみれど猶ぞ恋しきわぎもこがゆつのつまぐしいかでささまし　（元永元年内大臣家歌合・恋・五一・藤原基俊）

ここのへのみづのながれにおちてこしかきのことのはつゆもわすれず　（為忠家後度百首・見手跡恋・五七一・藤原為業）

紀伊歌は、『和漢朗詠集』（帝王・六六三・小野国風）にも「刑鞭蒲朽蛍空去　諫鼓苔深鳥不驚」と見える、聖王尭の故事を踏まえる。基俊が詠んだ「ゆつのつまぐし」は、『古事記』『日本書紀』に見える櫛の名。為業歌の典拠は、柿の葉に詩を書いて宮中の水に流した男女が結ばれるという、『俊頼髄脳』に見える中国の故事と思われる。和漢の故事を典拠とする方法は院政期に限ることではないが、とりわけこの時代には、珍しい趣向を求めようという意識が強い。

詠歌の対象の拡大を追求するあまりに、時として本来の和歌的情趣から逸脱し、あまりに卑俗に過ぎる作が生まれることもあった。しかし、それでも院政期の歌人の「珍しきさま」を求める旺盛な創作意欲には魅力を感じるのである。

院政期和歌を特徴付ける様々な性格の中で、特に歌語が有する本意の拡張、詠歌の対象の拡大といった面に注目して述べてきた。これは稿者の関心の在処に起因するもので、本書においても歌語や表現に着目した論が多数を占めている。以下、本書の構成と概要について述べていきたい。

第一篇は、『為忠家両度百首』についての論である。和歌史における院政期の所産の一つとして、多人数百首という詠歌の形がある。百首歌という形態は曾禰好忠の創始になるもので、十世紀半ばに好忠・源順・恵慶・源重之らの個人百首が次々生まれた。長治二（一一〇五）～三年に初の多人数百首である『堀河百首』が成立し、その十年後には『永久百首』も成立した。更に約二十年後に詠まれたのが『為忠家両度百首』である。主催したのは、白河院近臣の一人ではあるが、歌人として一流とは言えない藤原為忠であった。為忠は、『堀河百首』の作者のうち藤原顕季・源顕仲・藤原仲実・源俊頼・源師時・藤原基俊と、歌合で同席した経験を有する。為忠にとって『堀河百首』は過去の偉業ではない。知己の歌人たちが詠んだ歌々なのである。『堀河百首』の新鮮な表現に刺激を受け、自分も同様の体験をしてみたいと感じたことであろう。

為忠は歌人として出発した当初から、六条家歌壇のメンバーとして同家の和歌行事に名を連ねていた。六条家の藤原顕季は、白河院の寵臣としての立場を背景に、内裏・仙洞の和歌行事に加わり『堀河百首』作者となると共に、自邸で歌合や人麿影供を主催し、子息や女婿の歌合を後援し、六条家歌壇を主宰した。顕季は、六条家歌壇を引き継ぐ顕輔に人麿影供と共に歌説をも伝え、ここにいわゆる「歌の家」が成立した。為忠はこうした六条家の歌壇活動を目の当たりにし、内心思うところがあったのではないだろうか。というのは、六条家と為忠家は幾つかの共通点があるからである。そもそも顕季が白河院に愛されたのは、顕季母親子が白河院乳母であったためである。実は為忠曾祖母も白河院乳母であったが、早くに亡くなってしまう。その結果親子は院の唯一の乳母となり、乳母子顕季に格別の恩顧が与えられたのである。また、六条家は一族に多くの歌人を擁するが、為忠も父系はさほどではないものの母系には歌人が多い。歌人としての力量という点では為忠は顕季に遠く及ばず、たとえ曾祖母が長命を保ち、為忠が顕季に比肩する白河院寵臣となっていたとしても、為忠家が六条家のような歌の家を形成していたとは思えない。しかし、為忠が一族知友を集めて二度の歌合と二度の百首を催した背景に、六条家に対する意識を看取してもよいと考える。為忠の歌壇活動は、まさに井上宗雄氏(7)が指摘するように「顕季の小型版」と言えるのである。

一族知友を集めた歌人グループのパトロン的存在であった為忠は、『堀河百首』『永久百首』をなぞるように、二度の百首を主催するに至った。『為忠家両度百首』は、堀河・永久両百首や『久安百首』に比べて評価が低く、研究も進んでいないが、注目すべき様々な特徴を有し、西行や新古今歌人への影響もうかがえる。最初に基本的性格を明らかにした上で、種々の側面から『両度百首』の特徴を解明することを目指したのが、第一篇である。

第二篇は、題詠に関わる二つの論から成る。改めて指摘するまでもなく、院政期は題詠の時代であり、結題が流行し始めてもいた。与えられた歌題をいかに巧みに詠みこなすかという点に歌人たちの関心が向けられる中で、おそらくは漢詩の破題の手法の影響を受け、「まはして心を詠む」という方法が生まれた。すなわち、題の文字そのままを詠むのではなく、間接的象徴的に表現する詠法である。この方法をめぐり、室町期までの歌合を調査対象として、まわす文字とまわすべきでない文字の区別が、歌人たちに意識されてゆく過程を分析したのが第一章である。

「まはして心をよむ」という方法に初めて言及したのは『俊頼髄脳』である。後代の歌人に多大な影響を与えた『俊頼髄脳』の題詠論であるが、俊頼の言説をどのように解釈するか、研究者により説は分かれている。第二章では、俊頼自身の結題詠を検討し、「まはして心をよむ」方法を彼がどのように実践しているかを探った上で、『俊頼髄脳』題詠論の稿者なりの解釈を示した。

第三篇は、「平安後期・鎌倉初期の歌人と作品」という些か雑駁な標題を掲げ、この時代の幾つかの和歌作品を対象に考察を行った。(8) 第一章では、『堀河百首』における万葉語摂取の様相を論じた。冒頭にも述べたように、院政期の歌人たちは「珍しきさま」を求め、万葉語にも強い関心を示した。『堀河百首』と『万葉集』の関係を論じた先行研究は既に数多いが、『堀河百首』の歌人たちがどのように万葉語を自作に取り入れたのか、その様相をできるだけ具体的に探ることを目指した。

第二章は、住吉神詠とされる一首を入口として、「ちぎのかたそぎ」という語が歌語として成立・定着していく過程を辿り、歌語が生まれる一つのあり方を明らかにしようとした論である。

第三章では、「一品経和歌懐紙」を取り上げた。西行の真筆として重要視されてきた一葉が、他の懐紙と同時に書かれたものではないことを明らかにした上で、成立の契機や時期について検討した。

第四章から第六章は私家集に関わる論である。まず第四章では、元久本『隆信集』の「としいまだいはけなかりしに、かむつけのかみにてくだるとて…」という詞書を有する歌から始まる歌群を考察対象とした。これが実は越前下向時の歌であり、隆信の上野介任官の時期が従来の説と異なることを証明し、更に当該歌群に見られる虚構の問題についても論じた。

第五章では、『建礼門院右京大夫集』の藤原隆信に関わる歌を対象とし、右京大夫が隆信との贈答歌の数々を家集に収載した意図について考察した。また、従来「隆信歌群」と見なされてきた部分に置かれながら、『玉葉集』に資盛歌として採られた二首の歌が、隆信作なのか資盛作なのか、検討を加えた。

第六章は、『隆房の恋づくし（艶詞）』に関する考察である。同書は『隆房集』を改編して成った作品であるが、近年まで改編を行ったのは隆房自身と見なされてきた。本章では、『隆房の恋づくし』が後人の作であることを解明し、同書の性格や成立の時期、長歌・反歌の特徴について考察した。

第四篇には、藤原定家の『明月記』を利用した論を収めた。『明月記』は長らく国書刊行会本によって読まれてきたが、朝日新聞社から冷泉家時雨亭文庫蔵自筆本の影印が刊行され、また断簡や佚文の所在の整理・紹介も進んだ結果、当時の歌壇の状況や歌人の動向について新たな知見も得られるようになった。第一章では、後鳥羽院歌壇が『新古今集』編纂に向けて大きく動き出した年である建仁元年に注目し、佚文や自筆断簡も含め『明月記』を利用しつつ、『老若五十首歌合』と『新宮撰歌合』の性格について考察した。

第二章は、俊成の二十三歳年上の兄である忠成に関する論である。俊成と忠成は、大きな年齢差故に同母兄弟であることに不審がもたれていたが、同母で間違いないことを示した上で、忠成の伝記を整理した。続いて、残された唯一の作品である『為忠家初度百首』の和歌を取り上げ、その歌風の特色を検討した。

第三章で取り上げたのは、従来俊成男とされてきた静快という僧である。歌人ではなく、文学的事跡があるわけではないが、定家との親密な交友が知られる人物であり、俊成男か否かを明らかにするのも多少の意味があると考え、論を成した。

第四章は、『明月記』の自筆断簡及び東山御文庫蔵の「未詳日記抄出」なる史料の紹介である。これらの史料からは、建仁元年四月、後鳥羽院鳥羽殿御幸の折に行われた種々の催しについて知ることができる。とりわけ三船と尚歯会は和歌に関わる催しとして注目され、また寂蓮の果たしている役割も興味深い。

第五篇では、源仲正の江戸期成立の家集について考察した。仲正には「蓬屋集」なる家集があったとされるが[9]（『古蹟歌書目録』）、現在は伝わらない。現存する仲正の家集としては、神作光一氏[10]によって紹介された国会図書館蔵『仲正家集』及び彰考館文庫蔵『源仲正集』があり、更に存在は知られながら全体像の紹介はされていない国会図書館蔵紀真顔編『兵庫頭源仲正朝臣家集』がある。彰考館本と紀真顔本は江戸期の文学者によって編纂されたものであり、国会図書館本も編者は未詳ながら江戸期の成立であることは間違いない。

仲正という独特の歌風をもつ歌人の歌が、近世においてどのように享受されたかを見極めるための前段階として、国会本・彰考館本・真顔本の基本的性格を分析した。

以上のように、本書は『為忠家両度百首』をめぐる論考が中心となっているものの、新古今時代の作品や十三世紀成立と思しき『隆房の恋づくし』、江戸期の仲正家集をも取り上げており、対象とした時代は広範囲にわたる。幾つかの論は「院政期和歌文学の研究」という副題の示す範疇からはみ出してしまう。しかしながら、『隆信集』『建礼門院右京大夫集』『隆房の恋づくし』には院政期に詠まれた歌も多数収められているし、仲正家集は院政期の歌人仲正の家集である。そうした意味では、第四篇を除き院政期和歌に関わる論が多数を占めると言えるため、『転換期の和歌表現　院政期和歌文学の研究』と題した次第である。

〔注〕

（1）『堀河院御時百首の研究』第三章第二節（二〇〇四年　風間書房）

（2）僧衣を意味する「苔の衣」「苔の袖（袂）」は除外する。

（3）前掲相模詠は、起句「不堪紅葉青苔地」を典拠としている。

（4）拙稿「古今から新古今まで―「詞は古きを慕ひ、心は新しきを求め」」（『国文学』49 - 12　二〇〇四年十一月）参照。

（5）『校本 堀河院御時百首和歌とその研究 本文・研究篇』第二章Ⅲ（一九七六年　笠間書院）

（6）「歌語注釈書と詠作と百首歌と」（和歌文学論集『平安後期の和歌』一九九四年　風間書房）

（7）『平安後期歌人伝の研究』第三章五（一九七八年、増補版一九八八年　笠間書院）

（8）但し、第六章で論じた『隆房の恋づくし』の成立は十三世紀と推定されるので、厳密には第三篇の標題にそぐわない。しかし同書成立の母体となった『隆房集』が平安末期成立であるため、便宜的に第三篇に収めることとした。

（9）「源仲正集〔翻刻・初句索引〕―国会図書館本・彰考館文庫本―」（『王朝文学』14　一九六七年六月）、「源仲正とその家集について」（『言語と文芸』55　一九六七年十一月）

（10）『大日本歌書綜覧』『国書総目録』に見える。

第一篇　『為忠家両度百首』論

第一章　『為忠家両度百首』の性格と特徴

はじめに

十世紀中頃から十一世紀はじめまで次々と詠まれた個人百首に続き、初の多人数百首にして百題百首である『堀河百首』が堀河天皇に奏覧されたのは、長治二（一一〇五）～三年のことであった。その十年後の永久四年（一一一六）には、同じく多人数百題百首である『永久百首』が成立する。『堀河百首』が応制百首であるのに対して、『永久百首』は堀河天皇と中宮篤子追善のための私的な百首である。しかしながら、両者は一対のものと見なされ、「堀河院初度百首」「堀河院後度百首」、「堀河院太郎百首」「堀河院次郎百首」などと称された。橋本不美男・滝沢貞夫氏著『校本永久四年百首和歌とその研究』[1]は、「『永久百首』の歌人の目論見の中に、はじめから「堀河百首」に継ぐ百首歌を作ろうとする意識が、大きく働いていた可能性が十分窺われ得ることになろう」と指摘しているが、『永久百首』が堀河百首題と意識的に重複を避けた設題をしている点からも、首肯すべきであろう。

『堀河百首』『永久百首』に倣うように、藤原為忠が二度の百首歌を主催したのは、『永久百首』成立の約二十年後である。歌壇の指導的立場にあった有力歌人が中心となっている『堀河百首』『永久百首』に対し、『為忠家両度百首』は、一流とは言えない歌人が主催した初学者を含む一族知友による催しである。文芸的な完成度は決して高くはないが、注目すべき特色を有することも確かである。

第一篇では『両度百首』について様々な側面から考察していくが、まず最初に本章において伝本や成立時期をはじめとした基本的性格を明らかにしたい。

一　伝本と名称

『両度百首』の本文研究については、平安末期百首和歌研究会編『為忠家両度百首　校本と研究』[2]という労作がある。その成果を参考にさせていただきつつ、以下に諸本の分類を掲げてみよう。

〈初度百首〉

一類本──前田育徳会尊経閣文庫蔵本
　龍谷大学図書館蔵本
　兵庫県篠山市立青山歴史村蔵本
二類本──水府明徳会彰考館文庫蔵本
　宮内庁書陵部蔵（五〇一・八九一）本
　宮内庁書陵部蔵（一五四・三四）本
　肥前島原松平文庫蔵本
　久保田淳氏蔵本
　群書類従本

三類本―京都大学総合博物館蔵勧修寺家旧蔵本
　百首部類本(3)

〈後度百首〉

一類本―前田育徳会尊経閣文庫蔵本

二類本―水府明徳会彰考館文庫蔵本
　宮内庁書陵部蔵（五〇一・八九一）本
　宮内庁書陵部蔵（一五四・三四）本
　肥前島原松平文庫蔵本
　久保田淳氏蔵本
　群書類従本

三類本―国立歴史民俗博物館蔵高松宮旧蔵本
　京都大学総合博物館蔵勧修寺家旧蔵本
　百首部類本

抄出本―八戸図書館蔵本
　京都大学図書館蔵本

諸本の中で、尊経閣文庫本が書写年代が古く（鎌倉中期頃）欠脱も少なく善本と言えることは、『為忠家両度百首校本と研究』で詳述されている通りである。書誌に関しても同書に詳しいので、ここでは『後度百首』の二種の抄出本についてのみ触れておきたい。

抄出本のうち、八戸図書館本は『後度百首』の為忠歌をすべて抜き出したもの。津守国冬の「秋日陪社壇同詠祈雨百首」（祈雨百首）と合写で伝わり、奥書等はない。本文は独自の誤写も多いが、群書類従本に近い。端作りには「木工権頭為忠百首」とあるが、これも、現存諸本では群書類従本にのみ見える「木工権頭為忠朝臣家百首」という名称に近い。他の作者の抄出本は残っておらず、為忠歌のみ抜き出された経緯は未詳だが、群書類従本との関係を想定してよいのではないだろうか。

京都大学図書館本は『後度百首』全体から三二〇首を抄出する。奥書には「享保五庚子年／法橋弌炊翁／仲夏下澣抜之」とあり、成立は享保五年（一七二〇）五月下旬である。ちなみに、曾禰好忠・源俊頼・源仲正の歌計二百首を収めた『三勇和歌集』の序文末尾には「享保元年丙申季秋上浣　法橋弌炊翁」とあり、同じ編者の手になると知られる。同集には編者による注が付されているが、その中に『後度百首』の歌を引いている箇所があり、『三勇和歌集』と『後度百首』抄出本の成立に関連があることが想像できる。京大図書館本は独自異文が多く、現存諸本の中のいずれとも関係付けることはできない。概ね穏当な本文を有するように見えるが、次のような例もある。

尊経閣文庫本　ともとてやゆるきのもりの雪をみてあらそふさきのしつらかすらん

京大図書館本　友とてや万木の杜の雪を見てあらそふ鷺のねくらかすらん

第五句は、京大図書館本以外の諸本すべて「しつらかすらん」である。「しづらかす」とは木の枝などに積もった雪を落とすことで、「しづらかすらん」の本文に拠るならば、

たかしまやゆるぎのもりのさぎすらもひとりはねじとあらそふものを　（古今和歌六帖・六・鳥・さぎ・四四八〇）

を踏まえ、鷺が雪を同類すなわち妻争いの相手の鷺と思い込み、木から落としている情景ということになる。しかし、「ねぐらかすらん」の本文を採用し、いつもは妻争いをしている鷺が雪を友の鷺だと思い、塒を貸していると解

釈することも可能である。『後度百首』には「しづり」「しづれ」が他に五例見られることから、おそらくは前者の解釈が正しいと思われるが、「しづらかす」という奇抜な表現に比して「ねぐら貸す」の方が耳慣れた表現であり、京大図書館本の本文は、より穏当な本文にしようという判断が働いていると推測される。該本は、このように意によって推定し合理化された部分もあるようで、注意が必要であろう。

次に、二度の百首の名称について見ておきたい。尊経閣文庫本（二冊）は、題簽は剥離しているが、初度の冊は内題「丹後守家百首」、後度の方は「百首和哥」とある。他の伝本では、外題は「為忠家両度百首」「為忠朝臣家百首」「為忠家百首」「為忠百首」などとされている。初度・後度共端作りに「丹後守為忠家百首」「丹後守家百首」と記すものが多く、「丹後守為忠家百首　上」「丹後守為忠家百首　下」と区別する本もある。二度の百首は、本来まとめて「丹後守家百首」などと称されていたかと思われる。群書類従本のみは「丹後守為忠朝臣家百首」「木工権頭為忠朝臣家百首」とするが、『後度百首』端作りの作者官位記載に「木工権頭為忠」とあるのに従い、二度の百首を区別しようとして付けられた題名であろう。

龍谷大学図書館蔵本や青山歴史村蔵本のように『初度百首』のみで伝わる伝本もあるが、現存諸本の題名から推して、二度の百首が一連の作品として扱われ伝承されてきたことは間違いあるまい。

二　成立時期

続いて、『両度百首』成立の時期について検討したい。『両度百首』の端作りには作者官記があり、これが成立時推定の手掛かりとなる。『初度百首』の官記と各人がその職にあった期間は以下の通りである。

丹後守藤原為忠朝臣―天承元年（一一三一）十二月二十四日補任、保延二年（一一三六）五月十日以前辞任
少納言藤原忠成―天治二年（一一二五）十二月二十五日以前補任、保延元年四月六日見任
加賀守藤原顕広―長承元年（一一三二）閏四月四日補任、保延三年十二月十六日辞任
兵庫頭源仲正―長承三年九月十三日以前補任、康治元年（一一四二）十月以前辞任
伊豆守藤原為業―長承元年正月二十二日補任、康治二年四月十九日以前辞任
散位藤原為盛左近大夫―未詳
筑前権守藤原盛忠―未詳。六位蔵人辞任後と思われ、とすれば長承三年正月五日の叙爵以降(4)
源頼政―保延二年四月十七日の蔵人補任以前か

『後度百首』については、『初度百首』の忠成に代わって加わった親隆と、官記が『初度百首』と異なる作者のみあげる。

木工権頭為忠―兼官の時期は不明
勘解由次官親隆―長承二年十月二十六日補任、保延五年正月二十四日辞任
備後守為経（「盛忠」から改名）―保延二年正月二十二日以前辞任
散位頼政―保延二年四月十七日の蔵人補任以前か

すなわち官位記載からは、『両度百首』の成立は長承三年正月五日以降、保延二年正月二十二日以前である可能性が高いと言えよう。『後度百首』成立の上限は、時期は不明ながら為忠の木工権頭兼官時ということになる。

さて松野陽一氏(5)は、『初度百首』「慶賀」題の歌に為忠への祝辞または挨拶ととれる作が多いことから、同百首の成立は長承元年二月二十八日の従四位上乃至は同三年十二月十九日の正四位下叙位の折、おそらくは前者であろうとの

見解を示した。これに対して谷山茂氏[6]は、「閏九月尽」題の為忠歌が『後葉集』に「九月に閏月ありけるつごもりに」との詞書を付して採られていることをあげ、「現実として九月に閏月があった年次は、近くは元永元年か保延三年かである。とすれば、また当百首成立の推定年次との間に矛盾を生じる」と指摘した。「閏九月尽」題については久保田淳氏[7]も注目し、本百首の成立は実際に閏九月が存在した保延三年からさほど遡らない時期であろうと推定している。

果たして「閏九月尽」題は実際の暦を反映したものと考えるべきなのであろうか。確かに『両度百首』の作者の一人でもある為経（寂超）の撰に成る『後葉集』の詞書は気になるところである。しかし同集は『両度百首』から七首を採りながら、父の主催であることによる遠慮からか、それと明示している歌は二首しかない。残り五首の中には「海路霞」題の歌が「旅の心をよめる」という詞書を付されるなど、歌題を変えている例も見られる。「閏九月尽」題の詠歌事情も故意に改変されたと見るのが妥当であろう。

本百首の歌題の中で特定の年次を示し得るものとして、「閏九月尽」の他「正朔子日」がある。閏九月は保延三年に現実に現れるが、正朔すなわち元旦が子日に相当するのは最も近いところでも天永二年（一一一一）になってしまう。「閏九月尽」も「正朔子日」も、現実を反映するものではなく純粋な創作と考えるべきではないだろうか。『初度百首』と同様に堀河百首題を複雑化した結題で詠まれた『崇徳院句題百首』にも「閏九月尽」題があるが、同百首の成立したと思われる久安年間末から仁平元年の間に閏九月は存在しない。『初度百首』も『崇徳院句題百首』も、現実の閏月の有無とは無関係に、『堀河百首』秋部最後の題である「九月尽」に手を加えて新たに結題にするという意図により「閏九月尽」題を設定したのであろう。したがってこの題をもって成立年次推定の根拠とすることは不可能なのである。

『両度百首』の成立年次を考える際、長承三年九月十三日に行われた『中宮亮顕輔家歌合』との関係が一つの鍵になる。同歌合は六条藤家顕輔の主催になるもので、六条家歌壇の常連のみならず関白忠通家歌壇のメンバーであった歌人も加わった全歌壇的催しであり、『両度百首』作者の為忠と仲正も出詠している。この歌合と『為忠家両度百首』の間には影響関係の想定できる歌が少なからず見出せるのである。『両度百首』『顕輔家歌合』の順にあげてみよう。

①たとふべきかたこそなけれまつがえにゆきふりわたるあまのはしだて　（初度百首・眺望・七五九・為忠）

たとふべき方こそなけれ天の河月澄みわたる有明の空　（月・九・藤原成通）

②しぐれするかみなみ山をみわたせばいはせがもりももみぢしにけり　（初度百首・杜間紅葉・三六七・為業）

時雨する二上山を見渡せば梢もあけに染みにけるかな　（紅葉・三六・源行宗）

③つつめどもなみだのたまのくだけつつそでよりつひにもらしつるかな　（初度百首・洩始恋・五六三・忠成）

つつめども涙に袖のあらはれて恋すと人にしられぬるかな　（恋・四九・源雅定）

④つつめどもせきしあへねばなみだがはしらせそめつるけふにもあるかな　（初度百首・洩始恋・五六八・頼政）

今日こそは知らせ初めつれ恋しさをさてのみやはと思ふあまりに　（恋・五七・藤原成通）

⑤しのびづまおきゆくそらにほととぎすなごりおほくもなきわたるかな　（後度百首・暁郭公・一九三・俊成）

忍び妻おきゆく朝の霜のうへに跡ふみつくな人もこそしれ　（恋・六〇・源行宗）

表現からだけでは先後を決定することは不可能であるが、『顕輔家歌合』は、関白忠通家での歌合がほとんど見られなくなったこの時期、最大の和歌サロンである六条家歌壇の歌合であるのに対し、『両度百首』は内輪の集まりと言うべき小グループの催しである。複数の『顕輔家歌合』出詠歌人が『両度百首』に目を通していたとは考えにくい。すなわち、『両度百首』の成立は『顕輔家歌合』の行われた長承三年九月十三日以降と推定できるのである。

そうなると、『初度百首』「慶賀」題の為忠への祝意を詠んだと見られる歌は、長承三年十二月十九日の正四位下叙位に関係することになる。但し、為忠の昇叙祝賀のために本百首が企画されたとは考えにくい。なぜなら、本百首において祝意が読み取れるのは「慶賀」題のみであり、他の箇所には祝賀会にそぐわない述懐風の歌が見出せるからである。為忠が昇進をきっかけに百首歌の主催を企画したことを否定する材料にはならないが、『初度百首』を昇進祝賀会と位置づけることはできないのである。

結論として、『初度百首』は長承三年九月十三日以降に詠み始められ、最後の「慶賀」題が詠まれ完成したのは同年十二月十九日以降（この年は閏十二月がある）と推定できる。「慶賀」題の詠まれたのは為忠の昇叙に近い時期であろうから、『初度百首』の成立はおおむね長承三年中と見てよかろう。

『後度百首』は、為忠の木工権頭兼官後の成立である。その時期は不明だが、為忠男で『両度百首』作者でもある為経（寂超）著とされる『今鏡』（宇治の川瀬）は、為忠について「「大夫の大工なるべし。二条の大宮造りても加階し、その御堂造りても、また院の御所つくりても、加階す」といはれけると聞えしにあはせて、木工権頭をぞ兼官にしたりし」と記している。『今鏡』には史実との齟齬も見られ全面的に信頼するのは危険だが、この記述が事実を伝えていると仮定するならば、長承三年十二月十九日の鳥羽院三条烏丸新御所造進以後、木工権頭を兼官したということになる。『今鏡』の書き方からすると、長承三年十二月十九日からさほど遠くない時期の兼官であるように思われ、そうなると『後度百首』の成立は、『初度百首』の成立後、保延元年中のことと考えてよい。閏十二月があった長承三年年末である可能性も皆無ではないが、後述するように、作者たちは個別に百首を詠むのではなく一堂に会して詠歌したと思われるので、短期間での完成は困難かと想像される。『両度百首』成立は長承三年末から保延元年と推定しておきたい。

ちなみに、『両度百首』詠出時の年齢は、為忠が三十九～四十二歳程、忠成四十四歳、親隆三十七歳、俊成二十一

～二十二歳、仲正七十歳前後、為業・為盛・為経兄弟が二十～二十四歳程、頼政三十一～三十二歳である。

三　作者

続いて『両度百首』作者について述べるにあたり、まず為忠の三人の子の兄弟順について触れなければならない。これまでは、兄弟は為盛・為業・為経の順であり、『両度百首』における順序が為業・為盛・為経なのは、官位順であるためと考えられてきた。

『山家集』九三一番詞書に「寂超、為忠が歌に我が歌書き具し、また弟の寂然が歌などとり具して、新院へ参らせけるを、人にとり伝へて参らせさせけりと聞きて、兄に侍りける想空がもとより」とあるので、為盛（想空）が為経（寂超）の兄であることは疑いない。しかし、三人の順番を為盛・為業・為経とする根拠は、『尊卑分脈』及び為忠について「為盛・為業などいひしが父なりし」とする『今鏡』（宇治の川瀬）の記述のみなのである。同時代の記録など、他の史料による検証が必要であろう。

萩谷朴氏は、『平安朝歌合大成』三二四「三河守為忠名所歌合」解説において、為盛が大治五年（一一三〇）に六位蔵人に補され（『中右記』）、すぐ翌年に為経が同じく六位蔵人として見えること（『時信記』）、及び為業が為盛に先んじて天承二年（一一三二）に叙爵していること（『中右記』）から、為業・為盛・為経の順の、年齢の接近した兄弟と考えるのが妥当ではないかと述べている。極めて重要な指摘と思うが、以後の研究でこの説が検討されることはないまま現在に至っている。

三人は、出家後まで親しく交流していることが西行の諸家集からうかがえ、彼らが同母兄弟である可能性は高いと思われる。『蔵人補任』(8)は、『長秋記』大治四年八月二十八日条に「蔵人図書助為成」と見える人物を為業と見なしており、また『中右記』同年五月二十一日に「蔵人為兼」とあるのを為業の誤りかとしている。この推定が正しいとすれば、六位蔵人に補されたのも為業・為盛の順ということになるが、同腹でありながら六位蔵人補任、叙爵共に弟が兄を超えることがあり得るだろうか。また、為忠の常磐邸を伝領したのが為業であるらしいこと（『山家集』七九六番、『残集』一三番詞書）からも、為業を兄と考える方が自然に感じられる。しかしながら、後に為盛は「甚零落、為摂津守親忠家臣」（『台記』久安三年八月十七日条）とされ、尋常な官途を辿らなかったようで、弟に官位を超えられたのも常磐邸を伝領しなかったのも、為盛の人となりのせいだと考えることもできる。また、『今鏡』に為盛・為業の順で記されている点は無視できない。いずれにしても確証が得られず、明確な結論を出すことはできないのだが、為業が為盛の兄である可能性は残ると考えたい。

以下、『両度百首』ののべ九人の作者について記していく。俊成（当時は顕広）・仲正・頼政に関しては既に多くの研究があるので、主に主催者為忠との関係に絞って述べることとしたい。

藤原為忠

父は皇后宮少進知信、母は近江守藤原有佐女。嘉保・永長年間（一〇九四〜一〇九六）頃の生まれか。保延二年（一一三六）没。三寂（寂念・寂超・寂然）の父。妻は待賢門院女房で白河院にも仕えた「なつとも」。上野介、左衛門尉、安芸守、三河守などを歴任し、正四位下木工権頭兼丹後守に至る。祖父知綱が白河院乳母子、父知信が白河院鍾愛の皇女郁芳門院の乳母子であった縁もあり、白河院近臣として権力を有した。

歌人としては六条家歌壇の常連であり、永久四年（一一一六）五月の顕輔家歌合を始めとする数々の歌合に出詠した。当時の歌壇において忠通家歌壇と勢力を二分していた六条家歌壇に為忠が参加できたのは、大叔父であり六条家藤原顕季の甥でもある道経（讃岐入道顕綱男、有佐弟、母は藤原隆経女）の導きと、顕季と為忠が共に白河院近臣であったことによるのであろう。

為忠自身が主催した和歌行事として、①三河守在任中（天治二年正月二十五日～天承元年十二月二十四日）の『三河国名所歌合』②長承三年六月『常磐五番歌合』③『初度百首』④『後度百首』がある。いずれも一族縁者や他家の歌合を通じて交流のあった歌人を招いた比較的内輪の催しであり、作者の多くは中堅クラスもしくは初心者であり、為忠より高位の者はいない。特に藤原清輔（①の作者）、藤原俊成（②③④の作者）、源頼政（③④の作者）といった後の有力歌人を歌壇に初登場させた点は注目に値する。彼らは為忠主催の和歌行事に加わるまで、歌会・歌合に出詠した事跡が知られず、こうした詠歌の場に恵まれぬ歌人を招じた為忠には、援助者たる自覚があったと思われる。要するに為忠は、一族知友を中心とした歌人グループのパトロン的性格を有していたのである。

『金葉集』以下の勅撰集に八首入集。[9]

藤原忠成[10]

『初度百首』のみに参加。初名は忠良（『本朝世紀』）。父は権中納言俊忠。母は伊予守藤原敦家女で、俊成の二十三歳年上の同母兄。寛治五年（一〇九一）生、保元三年（一一五八）没。

忠成の官歴は不明の部分も多い。十三歳で叙爵、三十二歳以前に治部少輔、三十五歳以前に従五位上少納言、大治四年（一一二九）正月六日、三十九歳で正五位下に叙される。『尊卑分脈』『今鏡』『天台座主記』によれば極官は民部大輔のようだが、『公卿補任』は忠成男光能を「故入道民部少輔従五位上忠成男」とする。従三位権中納言に昇った俊忠の一男でありながら五位止まりである理由は詳らかにできない。

忠成の和歌は、『初度百首』の作以外に伝わらない。『初度百首』主催者の為忠の外祖父藤原有佐と、忠成外祖母（敦家室）伊予三位兼子は兄弟であり、為忠と忠成は又従兄弟同士ということになる。こうした縁により、『初度百首』作者になったものと思われる。『初度百首』作者でありながら『後度百首』に加わっていないのは忠成のみである。

勅撰集には入集していない。

藤原親隆

『後度百首』のみに参加。父は参議為房、母は法橋隆尊女（藤原忠通の乳母）。康和元年（一〇九九）生、永万元年（一一六五）没。

大膳亮、上総介、信濃守、左衛門権佐、民部大輔、尾張守、伊予守などを歴任し、正三位参議・近江権守に至り、長寛元年（一一六三）六十五歳で出家する。四条宰相と称された。母の縁で忠通家に仕えたが、後には頼長の家司をも務め、更に鳥羽院の信任も厚く長く判官代の任にあり、待賢門院判官代、美福門院の殿上人になるなど、その時々の有力者に近仕し、官人としての身の処し方に長けていたらしい。

『両度百首』作者為忠・仲正とは、親隆の異母兄為隆の母が仲正叔母、その為隆には為忠叔母が嫁しているという関係がある。また親隆室は為隆女であり、この女性の母は不明だが、仮に為忠叔母だとすれば、親隆室は為忠の従姉妹ということになる。

歌人としての親隆は、まず忠通家歌壇で活動を始めたようで、保安二年の『関白内大臣家歌合』に出詠したほか、別の忠通家歌合の歌が『後葉集』に見える。次に知られるのは長承三年九月十三日の『中宮亮顕輔家歌合』で、ここでは為忠・仲正と同席している。おそらく歌人としての為忠との親交はこの頃から始まり、『後度百首』に作者として招かれたのであろう。『関白内大臣家歌合』『中宮亮顕輔家歌合』に共に加わっていた為忠の大叔父道経の仲介もあったかも知れない。更に『後度百首』の十五年後、崇徳院が召した『久安百首』作者となるが、当初から作者十四人に加えられていたところを見ると、現存資料から知られない和歌事跡がそれなりにあったことが想像できる。藤原公教（『金葉集』六〇一番）・藤原重家（『重家集』二七七番）・俊成（『長秋詠藻』三九七番）らと親交があり、また、『親盛集』に「四条宰相入道会」で詠まれた四字題の結題の歌が見え、歌会を主催したことが知られる。

『金葉集』以下の勅撰集に十六首入集。

藤原俊成（顕広）

『両度百首』成立時の名は顕広。後に五十三歳で俊成と改名。父は権中納言俊忠、母は伊予守藤原敦家女。永久二年（一一一四）生、元久元年（一二〇四）没。

俊成と為忠との関係は、藤原道経を介するものと思われる。道経は、為忠外祖父有佐と俊成外祖母兼子の弟であり、『勅撰作者部類』が「近江守藤原有佐男」とするのが事実であれば、有佐の猶子となった。道経の和歌関係の事跡の初見が長治元年（一一〇四）五月二十六日『左近権中将俊忠朝臣家歌合』であるという事実は、彼が早くから御子左家に出入りしていた可能性をうかがわせる。道経が姉の孫に当たる俊成を藤原基俊のもとに導いたとする『無名抄』の逸話は有名だが、それ以前に姉の孫たる俊成と兄の孫たる為忠を引き合わせたと考えるのは自然であろう。

為忠はその歌歴の最初から六条家歌壇に身を置いていたが、彼を六条家に導いたのは、顕季の同胞である女性を母とする道経であったと思われる。すなわち為忠は歌人として出発した当初から道経と行動を共にしていたのであり、為忠が初めて主催した『三河国名所歌合』には道経も加わっている。俊成が為忠家の和歌行事に参加したのは、長承元年六月『常磐五番歌合』からであり、それ以前に道経が為忠と俊成の仲立ちをしたのであろう。この『常磐五番歌合』が、現在知られる限りでは二十一歳の俊成の歌合初参加の場となり、次いで両度の百首歌にも招かれることとなった。俊成にとって為忠は、歌壇にデビューさせ習作の場を与えてくれた後援者であったと言える。

同時に、俊成は為忠女を妻としているので、為忠は俊成の岳父でもある。『砂巌』所収「五条殿御息男女」によれば、俊成の子女のうち為忠女を母とするのは快雲・後白河院京極の二人。快雲の生年は未詳であるが、後白河院京極の名は、康治元年（一一四二）頃生まれた前斎院女別当の前に記されているので、俊成と為忠女の結婚は遅くとも永治元年（一一四一）には成立していた模様である。

俊成は、妻の兄弟で『両度百首』作者でもある為経の出家後、その旧室である藤原親忠女を娶り多くの子女を儲ける。それと同時に為忠女とは疎遠になったらしく、彼女は出家し（関戸家本系『唯心房集』七〇番詞書）、兄弟も庵を結んでいた大原の地で没したものと思われる（『山家集』八一五番詞書）。

『詞花集』以下の勅撰集に四二一首入集。

源仲正

父は頼綱、母は小一条院女房中納言。摂津源氏。生没年は未詳だが、治暦年間初頭頃の生まれで、保延年間末頃の没かと思われる。『類題鈔（明題鈔）』に「百首号法輪百首保延三年九月十八日」とあるのが最終事跡である。

仲正と為忠は、勧修寺家を媒介とした縁戚関係がある。仲正の叔母である源頼国女が藤原為房に嫁して生んだのが顕隆・為隆兄弟であり、為隆には為忠叔母と思われる有佐女が嫁す。ちなみに顕隆男顕頼の妻は俊成の姉であり、俊成は顕頼の養子となった。

また仲正は、白河院皇女で鳥羽天皇皇后である令子の皇后宮大進であり、仲正女の一人も女房として令子に仕えていた。一方為忠外祖父有佐は、仲正が大進の時に亮の任にあった上司で、後に為忠も少進・権大進・大進を歴任する。為忠男為経（寂超）が著したと思われる『今鏡』には、為忠男為業が令子のもとに親しく出入りしていた様が記されている（「有栖川」）。仲正と為忠親子は、令子内親王家を介しての面識があったと予想できる。

更に、仲正は長治元年五月二十六日『左近権中将俊忠朝臣家歌合』及び大治三年（一一二八）九月二十八日『住吉歌合』で為忠の大叔父道経と同席している。仲正と為忠の場合も、俊成と同様道経の仲介があった可能性もある。

このような人間関係を背景として、仲正は為忠主催の長承三年六月『常磐五番歌合』に加わり、『両度百首』の作者にもなったのである。仲正と為忠の歌風は、語彙・発想の新奇さという点で近い面があり、この二人こそが『両度百首』の中核となる存在であった。

為忠没後に交わされた為業と仲正の贈答は、仲正と為忠の親交を物語っている。

父なくなりて後ときはの山里に侍りけるころ、三月ばかりに、源仲正がもとにつかはしける　　寂念法師

春きてもとはれざりける山ざとを花さきなばとなにおもひけん

返し　　源仲正

もろ友にみし人もなき山里の花さへうくてとはぬとをしれ

（風雅集・雑下・一九七九・一九八〇）

『金葉集』以下の勅撰集に十五首入集。

藤原為業

主催者為忠の子。母は待賢門院女房なつとも。為盛の弟とすれば永久年間（一一一三〜一一一七）初め頃、兄であれば天永年間（一一一〇〜一一一二）頃の生まれか。寿永元年（一一八二）には存命。法名は寂念で、二人の弟寂超（為経）・寂然（頼業）と共に「常磐三寂」と称される。子に範玄・三河内侍がいる。

待賢門院北面（『長秋記』大治四年八月十六日条）として仕え、白河院皇女令子内親王家にも出入りし（『今鏡』「有栖川」）、近衛天皇中宮呈子の中宮権大進、呈子の立后に伴い皇后宮権大進を務めた。同時に崇徳院中宮皇嘉門院聖子の殿上人でもあった（『兵範記』保元二年二月十二日条）。呈子は藤原忠通養女、聖子は忠通女であるが、為業は忠通に仕えたらしく、忠通室宗子の為の仏事に奉仕したり、忠通男基実の拝賀の前駆を務めたりもしている。

兄弟たちは為業を残して次々に出家し、自らを「色かへでひとりのこれるときはぎはいつをまつとか人はみるらん」（『山家集』七三五番）とやや自嘲気味に表したりもした為業であるが、保元三年を最後に記録類に名が見えなくなり、間もなく出家したものと考えられる。

歌人としては、在俗時は父の主催した『三河国名所歌合』『常磐五番歌合』『両度百首』に加わり、『林葉集』六五三番詞書に「為業朝臣家にて、水鳥」とあるのによれば、自邸で歌会を催したこともあったらしい。出家後は『中宮亮重家朝臣家歌合』『住吉社歌合』『広田社歌合』『右大臣家歌合（安元元年）』『別雷社歌合』など諸所の歌合に出詠し、自らも主催した（『後葉集』『林葉集』『頼政集』『忠度集』）。寿永元年春頃の成立と思われる「一品経和歌懐紙」が最後の事跡となる。(11)

『千載集』以下の勅撰集に五首入集。

藤原為盛

主催者為忠の子。母は待賢門院女房なつとも。為業の兄とすれば天永年間（一一一〇〜一一一二）頃、弟であれば永久年間（一一一三〜一一一七）初め頃の生まれか。没年未詳。後に兼綱と改名。法名想空。

鳥羽天皇第二皇子通仁親王家蔵人、崇徳天皇蔵人となる。叙爵は為業より遅く、後に弟為経に官位を超される。

『山家集』（九三一・九三二番）に以下のような贈答がある。

寂超、ためただが歌に我が歌かきぐし、又おとうとの寂然が歌などとりぐして、新院へまゐらせけるを、人にとりつたへてまゐらせさせけりとききて、あにに侍りける想空がもとより

いへのかぜつたふばかりはなけれどもなどかちらさぬなげのことのは

返し

いへのかぜむねとふくべきこのもとはいまちりなんとおもふことのは

寂超が、一族の詠草を『詞花集』撰者顕輔ではなく崇徳院に送っているところから、院が同集の改撰を企図していた折のことと思われ、その改撰は顕輔の死により実現しなかった（『後葉集』序）という。するとこの歌が詠まれたのは、『詞花集』成立の仁平元年（一一五一）から顕輔が没する久寿二年（一一五五）の間ということになる。この時期、三十代末から四十代半ばかと思われる為盛は既に出家していたらしい。

歌人としては、蔵人時代の大治五年九月十三夜『殿上蔵人歌合』が詠歌の初見であり、次いで父為忠主催の『三河国名所歌合』及び『両度百首』に出詠した。その他の和歌行事に加わった形跡は見出せないが、『山家集』『聞書集』

によれば、出家した兄弟や西行・西住らと和歌や連歌での交流があったことが知られる。前掲の『山家集』九三一番歌は、寂超が想空を無視して自分と為忠・寂然の詠草のみを取り纏めて崇徳院に送ったことに対して、想空が不満を抱いたことを示しており、歌人としてそれなりの矜持のあったことがうかがえる。

勅撰集には入集していない。

藤為為経

主催者為忠の子。為盛・為業の弟。母は待賢門院女房なつとも。生没年は未詳であるが、すぐ上の兄との年齢差は小さいと思われる。治承四年（一一八〇）までは存命。初名盛忠、後に為経と改名。法名寂超。妻は、後に俊成に再嫁し定家らを生んだ美福門院加賀（藤原親忠女）。子に隆信がいる。

崇徳天皇蔵人、筑前権守、備後守、長門守を歴任し、兄為業を超えて正五位下皇后宮少進（皇后は美福門院得子）となる。岳父である親忠が得子の乳父であった縁であろう。

康治二年（一一四三）五月十日、為経は出家し比叡山に登る（『台記』『本朝世紀』）。隆信の生まれた翌年のことであった。後に飯室に住み（関戸家本系『唯心房集』一二二番）、大原に滞在したこともある（『続詞花集』七八七番）。

歌人としては、父の主催した『三河国名所歌合』『常磐五番歌合』『両度百首』の作者となったほか、蔵人時代に崇徳天皇によって盛んに行われていた内裏歌会に何度か出詠した。出家後も『住吉社歌合』『資盛家歌合』に加わり、[12]『詞花集』に不満を抱いて『後葉集』を編んだ。寂超はまた、嘉応二年（一一七〇）成立と推定される『今鏡』の作者と目されており、和歌に纏わる多くの逸話を語る同書にも、彼の歌人としての意識を垣間見ることができる。更に、『源承和歌口伝』（「訓説おもひ〳〵なる事」）によれば、治承四年四月五日、寂超は崇徳天皇皇子法印元性が所持していた貫之自筆本『古今集』を書写し、元性は同十八日、寂超を伴い同集を見合わせ仮名を付した。これが寂超の最終事跡となる。

寂超は、寂然と共に縁仁から天台止観を受け習ったり（関戸家本系『唯心房集』一五九番）、止観の談義を行ったり（『山家集』八五六番）しており、仏道修行にも精進したようであるが、最晩年まで和歌を捨てることはなかったのである。

『千載集』以下の勅撰集に十五首入集。

源頼政

父は仲正、母は勘解由次官藤原友実女。長治元年（一一〇四）生、治承四年（一一八〇）没。子に仲綱・二条院讃岐がいる。

白河院判官代、蔵人、兵庫頭、右京権大夫などを歴任し、治承二年（一一七八）従三位に至るが、翌年出家。同四年、以仁王を奉じて挙兵し、宇治川の合戦に敗れて自害する。

頼政の和歌に関わる事跡の初見は、『頼政集』に見える大治五年正月の藤原範兼との贈答であるが、和歌行事への参加は、現在知られる範囲では『初度百首』が最初となる。『常磐五番歌合』作者となり為忠家に出入りしていた父親に導かれたのであろう。

後には二条院歌会・鳥羽院北面歌会・崇徳院歌会・後白河院供花会歌会・清和院斎院会といった内裏・仙洞・斎院の会への参加をはじめとし、証本の残る歌合だけでも『右衛門督家歌合』『中宮亮重家朝臣歌合』『太皇太后宮亮平経盛朝臣家歌合』『実国家歌合』『住吉社歌合（嘉応二年）』『建春門院北面歌合』『広田社歌合』『右大臣家歌合（安元元年）』『別雷社歌合』『右大臣家歌合（治承三年）』に出詠し、歌林苑歌会などの歌会に名を連ね、実に多くの歌人と交流をもった。また父仲正の「法輪百首」との関連が推測される「法輪寺百首」や治承二年「右大臣家百首」を詠んでいる。右大臣藤原兼実家の歌壇では「清輔、頼政為棟梁」（『玉葉』安元元年閏九月十七日条）と重んじられ、俊成や俊恵からもその歌才を高く評価された（『無名抄』）頼政であるが、その遅い歌壇デビューの場は『初度百首』であったと思われる。

『詞花集』以下の勅撰集に五十九首入集。

以上のように、為忠・仲正が経験を積んだ歌人として他をリードする存在であり、他は親隆を除けば習作期と言ってよい歌人ばかりである。親類知友を集めた、言わば身内の催しである『両度百首』は、自由で大胆な表現を試したい為忠や仲正にとっても、試行錯誤中の経験の浅い歌人にとっても、理想的な詠歌の場であったと言えよう。

四　歌題

共に百題百首である『両度百首』は、結題隆盛の時期にあって百首歌としては初めてそれを採用した作品であり、同百首の歌題はこれまで多くの研究者により注目されてきた。(13)設題に関する従来の説をまとめると、次のようになる。

①四季題は、『初度百首』はほとんどが『堀河百首』を典拠とし、『後度百首』は「桜」「郭公」「月」「雪」の四素材に集約した結題である。

②恋題は両度とも独自に設定されたものである。

③雑題は共に『和漢朗詠集』『永久百首』に拠る割合が高く、『初度百首』では『永久百首』の雑部から、『後度百首』では四季部から題を取っている。

更に松野陽一氏は、『初度百首』『後度百首』の歌題の間に正当題対変形題の関係を認め、「初度の正則的組題の催があった為に、それを意識して変則を楽しむ催が企画されたと考えてよかろう」と指摘している。これらの説を念頭に置いた上で、以下、『初度百首』『後度百首』それぞれの歌題について、私見を述べていきたい。

『初度百首』の歌題

『初度百首』四季題七十題中六十一題については、結題の核となっている季題部分（例えば「正朔子日」の「子日」）が堀河百首題と一致する。それ以外の九題のうち七題は季題部分が『永久百首』と一致し、残る「山家首夏」は『和漢朗詠集』に「首夏」があり、「泉辺初秋」は『堀河百首』「立秋」題と対応する。

そうして設定された季題部分に、「正朔」「海路」など時間的空間的限定乃至場面状況の限定を付加して結題にすることにより、複雑化し独自性を出している。その結果、歌題の多くは前例のないものとなった。但し、歌題としては前例がなくとも、題の示す内容が『堀河百首』の歌と共通しているものが多い。例えば「沢辺春駒」題の場合であれば、『堀河百首』「春駒」題の

取りつなぐ人しなければ春駒ののべの沢水かげもとどめず　（一七八・大江匡房）

春の野の駒のけしきのことなるはさはべの草やわかばさすらん　（一八〇・源師頼）

あづさ弓はるのさはべのはなれ駒やがてあれのみまさる比かな　（一八五・源師時）

わがせこが手馴れし駒も沢にあれて春のけ色はあしげなるかな　（一九〇・肥後）

などの歌に詠まれた情景と一致する。無論「河辺荒和祓」や「浜辺葦」などに相当する内容の歌は、『堀河百首』以前にも数多く詠まれてきた。しかし「野径薄」「閑居埋火」に相当する内容の歌は『堀河百首』以前には見られない。『初度百首』が発想や表現の面で『堀河百首』から多大な影響を受けていることと考え合わせると、歌題の設定にあたっても『堀河百首』の歌が参考にされていると考えてよいだろう。

恋題は、『古今和歌六帖』に見える「人伝恋」、『金葉集』に見える「被返文恋」（『初度百首』は「被返書恋」）以外は先行例が知られない。注目すべきは、「詞和不会恋」「後朝隠恋」のような複雑な結題が目立つ点である。

恋の歌題に関しては、堀河朝前期までは単なる「恋」題あるいは「不逢恋・逢恋」の二区分が圧倒的であり、康和二年（一一〇〇）『宰相中将国信家歌合』に至って恋の進行過程を示す題が現れ、『堀河百首』『永久百首』において完成したとする橋本不美男氏(14)の指摘がある。『宰相中将国信家歌合』での恋題は、確かにそれ以前に比して細分化されているが、「初恋」「後朝」など単純な恋題がほとんどである。『堀河百首』も「初恋」「不遇恋」「後朝恋」など比較的単純な恋題が多く、『永久百首』では「隔一夜恋」「且見恋」といった複雑な恋題の割合が高くなる。そして『初度百首』恋部では「洩始恋」「憑媒恋」「詞和不会恋」など複雑化された題がほとんどなのである。この点が『初度百首』恋題の特徴と言える(15)。

雑題には、結題ではないものも含まれる。「洲鶴」が『堀河百首』「鶴」と共通し、「峰雲」「梢猿」「神社」「山寺」「高麗笛」「釣舟」「王昭君」「慶賀」が、それぞれ『永久百首』「雲」「猿」「社」「寺」「笛」「船」「王昭君」「賀」と対応する。『永久百首』には、『初度百首』の「温泉」に対する「出湯」、「遊女」に対する「妓女」といった類似題もある。また『和漢朗詠集』と共通する題が十ある。整理すると、雑題二十題中十四題は『永久百首』か『和漢朗詠集』

のいずれかと対応・類似していることになる。

二十の題のうち、やや特殊な位置付けにある末尾二題「眺望」「慶賀」を除くと、以下のように分類することができる。

天象・地儀—谷風・峰雲・遣水・島巌
鳥獣—洲鶴・梢猿
寺社—神社（端作りの歌題一覧では「神社」、和歌の前に置かれた題は「社頭」）・山寺
雑物—和琴・高麗笛
遊山—野酌・温泉・釣舟
人倫—王昭君・上陽人・楊貴妃・浦嶋子・遊女

自然から神仏の世界へ、更に現実の人間世界、特定の人物へという流れを構成し、最後に「眺望」と「慶賀」で統括するという、整然とした構成になっているのが、『初度百首』雑部なのである。

『後度百首』の歌題

『後度百首』では『初度百首』に比して恋部が五題増え、その分雑題が減っている。『初度百首』とは重複しないよう工夫されており、例えば秋部「月廿首」の「三日月」から「廿日月」までは様々な月齢が歌題とされているが、『初度百首』にあった「十三夜月」は入っていない。『堀河百首』夏部のほとんどの題が『初度百首』に利用されている中で、「葵」が採り入れられていないのも、『後度百首』雑部の行事題に「賀茂祭」を入れるためであろう。すなわち、『初度百首』の歌題を設定する段階で、既に『後度百首』の歌題構成もある程度準備されていたものと思われる

のである。

『後度百首』四季部は、各季を代表する様々な景物がそろっていた『初度百首』とは大きく異なり、春は桜、夏は郭公、秋は月、冬は雪という、各季一つの景物のみを取り上げ、そこに時間・空間・場面状況を限定する語を結び付けた結題となっている。四季題七十題中、付加された限定条件の部分は全く重複がない。月題二十題中十題は月齢を表す歌題なので措くとしても、六十種類の限定条件を設定するのは容易なことではなかったであろう。そのため、「山中桜」と「嶺上桜」、「暁郭公」と「朝郭公」のように微妙な差異の詠み分けが必要な歌題や、「塩屋雪」「簾中雪」など、歌題としてはもとより情景としても従来ほとんど詠まれていなかった歌題が含まれる。前例のない歌題が多く、『新編国歌大観』で検索できる範囲で先行例を見出せるのは、「〇〇花」を「〇〇桜」と同じと見なしても七十題中十九題に過ぎない。

配列を見ると、「郭公十五題」の最初は「首夏郭公」、最後は「晩夏郭公」であるし、「月廿首」の最後は「霜夜月」というように、可能な範囲で季節の流れを考慮した順番となっていることがわかる。ところで、「桜廿首」はいずれも場所を表す二字熟語と「桜」を結んだ三字題であるが、時期が限定される歌題はなく、時間の流れに制約される必然性はない。ところが為忠は、冒頭の「山中桜」題で「初花」を詠み、最後から二番目の「隣家桜」題で「遅桜」、最後の「山寺桜」題では「春の閉ぢめ」と詠んでいる。明らかに季節の流れを意識しているのである。「雪十五首」の最初「神社雪」題で四月の根雪を詠んでいるのも、あるいは同じ意識によるのかも知れない。これは為忠以外の歌人にはほとんど見られない態度であり、注目すべき特徴と言えよう。

次に恋題であるが、十五首中十番目までは、『初度百首』と同様の恋の諸相を表した題で、「来不会恋」「逐日増恋」など複雑な結題となっており、「憑人妻恋」といった奇抜な題も見られる。『初度百首』との大きな違いは、最後の五題が寄物恋だという点である。寄物恋題は『万葉集』の寄物陳思歌の流れを引くものであるが、歌題としては院政期に入ってから見られる。しかしながら『後度百首』以前に既に二十六種類もの寄物恋題が詠まれており、特に源俊頼に作例が多い。院政期に流行し始めたこの種の恋題を、組題百首にまとめて採り入れた点は、「崇徳院句題百首」や藤原良経の「二夜百首」、『六百番歌合』などにつながる先蹤と認められ、『両度百首』が表現のみならず歌題構成においても新しさを追求していることを示している。

最後は雑題である。『後度百首』の雑題は行事・遊戯関係の題で統一されている。『堀河百首』にも「荒和祓」「駒迎」など若干の行事題が出題されているが、いずれも『古今和歌六帖』に見えたり屏風歌の題材になったりして和歌の主題として伝統のあるもので、季節の景物と同列に考えられる。『永久百首』では、「賭弓」「春日祭」「石清水臨時祭」「賀茂祭」「九月九日」「五節」「仏名」といった年中行事題が出題された。歌合や屏風歌に先行例のある題もあるが、「賭弓」など初めて歌題化されたものも含まれる。『和漢朗詠集』の場合は「三月三日」「端午」「(九月)九日」「仏名」などの行事題があるが、ほとんどが歌題として先行例のあるものである。『後度百首』が雑部を行事題で統一したのは、『永久百首』を参考にしたものであろう。また月次屏風による屏風歌の影響もあったかも知れない。

「卯杖」に始まる十五題は、以下にまとめたように、雑部の中に四季・雑部があるといった構成になっている。

春―卯杖・蹴鞠・闘鶏　　夏―神祭・賀茂祭・騎射　　秋―乞巧奠・相撲節・小鷹狩

冬―射場始・五節・臨時祭　　雑―庚申・競馬・囲碁

『初度百首』雑部同様、『後度百首』雑部も整然とした構成であることが指摘できる。

以上述べてきたように、『初度百首』『後度百首』共に周到に考えられた歌題構成を有するのだが、この歌題を設定したのは誰なのだろうか。一族・知友による私的な催しであることを思えば、作者以外の有力歌人や儒者に設題を依頼するといったことは考えにくい。両度の百首の作者となっている歌人の中から習作期の歌人を除くと、残るのは為忠と仲正である。共に相応の歌歴があり、百題二組を設定する力量はあるだろう。いずれかが題者であるとすれば、やはり主催者であり、二度の歌合を主催した経験のある為忠の方が可能性は高いのではないか。あるいは仲正の助言も受けたかも知れないが、『両度百首』の設題は為忠の手になると考えておきたい。

五　場の問題と先行作品の影響

『両度百首』には、偶然の一致とは考えにくい類似歌が多数見られる。例えば次のような例がある。

①卯花のさかりなりけりしのむらややむらにさらすぬのとみつるは　（初度百首・遠村卯花・一七一・為忠）
うの花のさかりなりけりよそめにてしら雲かかるやまとみつるは　（同・一七七・為経）
②あき風やみにさむからしよもすがらをちのさとびところもうつなり　（初度百首・遠郷擣衣・四三一・為盛）
よもすがらたえずきこゆるかりがねやをちのさとびところもうつらん　（同・四三二・為経）

結題であることにより歌材の幅が狭められたことが、こうした類似歌を生んだ要因の一つである。しかしそれよりも、歌人たちが一堂に会し、「参考文献」を共に見ながら議論し、互いに影響を及ぼし合いつつ百首を詠み進めたと推定される場の在り方こそが最大の要因と思われる。

前掲の二組の歌は、

卯の花やさかりなるらん白川のわたりに波の立つと見ゆるは　（堀河百首・卯花・三三九・源国信）

たがためにおもひそめてか夜もすがら遠の里人衣うつらん（同・擣衣・八一四・肥後）

さむしろもさゆる霜夜によもすがらをちの里には衣擣つなり（同・擣衣・八一六・河内）

の影響下にあるが、『両度百首』作者がそれぞれ別個に堀河百首歌を参考にしたと考えるより、作者たちの間にも影響関係を看取すべきである。すなわち、『堀河百首』を参考にしていずれか一方がまず歌を詠み、それに触発されて他方が自分なりの工夫を加えた歌を詠んだのであろう。

『堀河百首』において「百首作歌研究会」とも言うべき場がもたれたことが、竹下豊氏による一連の研究[16]の中で明らかにされているが、『初度百首』もそうした場の中で成立したと思われる。佐藤明浩氏[17]が「彼らは寄り集まって、『堀河百首』の表現を研究し、『散木奇歌集』に珍しい語を求め、歌学書の注説を見聞きしては自分たちの詠作に吸収していったと考えられる」と指摘する通りである。

『両度百首』作者が集団的に披見した主な「参考文献」としては『堀河百首』『永久百首』『散木奇歌集』などがあげられ、後述するように『俊頼髄脳』も参看していたと思われる。なかでも『堀河百首』の影響がとりわけ大きい。まず、堀河百首歌の表現を摂取した『初度百首』の例の幾つかを、『初度百首』『堀河百首』の順であげてみよう。

かはぞひのやなぎのいとはもとふれてなみのよるにもまかせつるかな（河岸柳・四七・為業）

河ぞひの柳のいとは打ちはへてなみよる事のたえずも有るかな（柳・一二五・隆源）

春ごまのいばゆるこゑぞきこゆなるさはべのこももさかりなるらし（沢辺春駒・八一・為経）

春駒のいばゆる音ぞきこゆなるみつのまこももつのぐみぬらし（春駒・一八八・永縁）

いにしへのながれたづねてかはのせにみそぎしてちとせの命のべてかへらん（河辺荒和祓・二七五・為忠）

松陰のとなせの水にみそぎしてちとせの命のべてかへらむ（荒和祓・五四六・大江匡房）

いたまよりあられもりくる冬のよはたまのうはぎをかさねてぞきる　（閨上霰・四六六・為忠）

板まより霰もりくるわがやどはぬきみだれたる玉ぞ散りける　（霰・九三九・藤原基俊）

山かげやたにのしたみづつらゝゐていはうつなみもいまはおとせず　（谷川氷・五〇〇・俊成）

山ざとは谷の下水つらゝゐていはうつ浪の音だにもせず　（凍・一〇〇一・源師時）

『初度百首』の『堀河百首』受容は、このようにほとんど模倣というレベルのものが多い。太字で示したように、歌題も対応していることがわかる。手習いをする際に傍らに手本を置いてそれを真似ることから始めるように、『初度百首』作者たちも、例えば「正朔子日」題を詠むときには『堀河百首』の「子日」題の歌を目の前に置きながら表現を練ったのではないだろうか。無論彼らが目指したのは、手本の忠実な模写ではなく、手本を出発点としてより新しい表現を編み出すことであった。しかし『堀河百首』の表現に寄り掛かりすぎ、二番煎じの難も免れぬ結果に陥っている例が多いのも事実である。それほどに『堀河百首』の表現は斬新で魅力的なものであったのである。

これが『後度百首』になると、様相が変わってくる。『後度百首』の歌題は『堀河百首』との関連が薄く、そのため『初度百首』に比して『堀河百首』に影響を受けた作は四分の一ほどとなっている。また『初度百首』に見られたような、二句以上を摂取したり、同じ表現を同じ場所に置くといった模倣のような例が少なくなっている。『後度百首』の中で『堀河百首』と語句の重なりが最も顕著なのは、次の例である。この歌以外に、二句以上を摂取した例は見られない。

まちあかすわれをばしらでほととぎすいかなるさとにあさいしつらん　（朝郭公・二〇一・俊成）

よをかさねまつとはしらでほととぎすいかなる里に鳴きふるすらん　（郭公・三八四・河内）

稿者はかつて為忠歌を中心に考察し、『初度百首』において強く認められた『堀河百首』『永久百首』の影響が『後度百首』では弱まっており、『初度百首』が様々な面で『堀河百首』『永久百首』を規範として意識していたのに対して、『後度百首』はその影響から離れ、独自性を打ち出すことを目指していると指摘したことがある。[18]これに対し佐藤明浩氏[19]から、「『堀河百首』『永久百首』から『散木奇歌集』へという重心の移動はありながらも、為忠は『後度百首』においても、この時代の歌から『初度百首』の時に劣らず多くを学んでいる」「『堀河百首』の伝統が形成され、「正統」と捉えられるのはもう少し時期が下がってのことであろうし、『堀河百首』は彼らにとって「規範」として相対化するにはあまりに大きな存在だったであろう」との批判を受けた。

稿者の誤りは、和歌史における『堀河百首』の意義を知る現代人の見方で、為忠らにとっての『堀河百首』を捉えてしまった点にある。『両度百首』の数十年前に成立した『堀河百首』『永久百首』は、対になる作品と捉えられてはいたであろうが、「正統」と「変則」のように相対化されるようなものではなく、「規範」という意識もなかったであろう。佐藤氏が言うように、為忠らの百首は堀河・永久両百首の追体験と意味付けるのがふさわしい。

ただ、前述のように先行歌の摂取の方法の点では、やはり『初度百首』と『後度百首』には差があると思う。旧稿ではこれを、先行作品の影響から離れようとした結果と見なしたのだが、そうではないのだろう。『後度百首』では、先行作品の模倣作ばかりでなく、本項冒頭に①②としてあげたような作者相互の類似歌も『初度百首』より減っている。作者間の影響関係は認められても、歌題が異なったり、語句の置き所が変えられたりしている。次章で言及するが、結題の詠法に関しても『初度百首』と『後度百首』で若干の差異が見られる。これは、集団で議論をしつつ百首を詠むという経験を一度した結果、結題にも次第に慣れ、模倣のような影響の受け方をしなくなったということなのではないだろうか。

六　語彙の特徴

『両度百首』は、和歌における用例がないばかりか、散文まで範囲を広げても先例が見出せない語も見られ、国語学的にも注目すべき作品と言える。

『両度百首』の新奇な語彙の中には、既存の語を参考にした造語と思しきものがある。例えば、

あまのすむこじまがさきのそなれいしにたえずもかかるおきつなみかな　（初度百首・島巌・六五三・為忠）

の「そなれ石」は、『古今和歌六帖』を始めとして用例の多い「そなれ松」からの造語であろう。同じく

めづらしくみれどもあかぬまつばらやみどりがなかのひときざくらは　（後度百首・林中桜・九四・為盛）

の「ひときざくら」は、

ひときだにいまもさかなん山ざくらあすをまつべききわが身ならねば　（範永集・一六二）

などと詠まれた「ひとき」と「さくら」を結び付けた語と思われる。

こうした造語のほか、「鳥肌」「名乗り散らす」「よよむ」「猿ぐさり」「顔作り」「雨構へ」「移し馬」「大のか」「手惑ふ」などの俗語・口語の類や、「蘇利古」「青摺袍」「枢木」「化粧遣戸」など和歌には馴染まない語彙も多い。

とりわけ目を引かれるのが、農事・漁業・狩猟など庶民生活に関連した語彙である。和歌における用例が稀な語に限って列挙してみよう。

〈農事関係〉

そでの子・ゐごゐご・うなふ・苗草・室〈早稲の意か〉・水干《みほ》す・畦切る（以上「山田苗代」題）・室の早早稲《はやわせ》・水口祭

（以上「門田早苗」題）・作物《さくもの》（「田家霧」題）

〈漁業関係〉

室〈室鰺の意〉（「海路霞」題）・苫薦（「旅船五月雨」題）・村君・居座《ゐぐら》（以上「雨中網代」題）・杣小舟（「舟中歳暮」題）・鯛・潮の和み・友舟・門中《となか》（以上「釣舟」題）・潮道（「眺望」題）

以上は『初度百首』の例である。例えば、「水干す」「畦切る」は次のように詠まれている。

を山田のをだのなはしろみほすとてあぜきるほどに日は暮にけり

（山田苗代・一〇六・頼政）

丈夫な苗を育成するためには、苗代の水の調節が重要であった。頼政は、苗代の水を干すために畦を切り崩す作業を詠んだのである。

また

なは草をやまだのをだにかりしきてそしろのむろのたねはまきける

（山田苗代・一〇三・為業）

と詠まれた「苗草」とは、苗代を作る際に敷く草を指す。『播磨風土記』には、賀毛郡河内里の田をめぐる逸話が見える。それによれば、住吉の神が河内里で食事をした折、農民が刈っておいた草を敷いて座ったので、農民がそれは苗草であると訴えたところ、住吉の神は「お前の田の苗は、草を敷かずとも、草を敷いたと同じように生えるであろう」と告げ、以来この里では草を敷かずに苗代を作るという。『皇大神宮儀式帳』にも、伊勢大神宮の朝夕の御膳の田には苗草を敷かないという、似たような趣旨の伝説が記される。これらにより、苗代を作る際に草を敷いたことや、その草を苗草ということが知られるのである。

「畦切る」にしても「苗草」にしても、具体的な農作業に関わる専門的な用語と言える。「田かへす所」「雨ふるに田うふる所」「いねかりほせる」（いずれも『貫之集』）といった月次屛風の絵柄よりも、更に細かい。『両度百首』作者

たちが農事に関してかなりの知識を有しており、かつそれを和歌に詠むのに躊躇がなかったことが知られる。(20)

続いて『後度百首』に目立つ射芸・馬芸用語や鷹詞をあげてみよう。

〈射芸・馬芸用語〉

真巻・鞆・矢矧・つづ（以上「弦月」題）・行縢・揚げ・射手・部領《ことり》・三つの兵《つはもの》・引折・仕切羽・箙・蔓馬・三的（以上「騎射」題）・弓立・錫の平題箭《いたつき》・真羽《まば》・射分銭・垜《あぜち》（以上「射場始」題）・競馬・鞭《ぶち》（以上「競馬」題）

〈鷹詞・鳥の名〉

夜鷹・かへりさす・耳堅し（以上「寄鷹恋」題）・兄鷂《このり》・雀鷹《つみ》・落場・鶍《かやくき》・白雀鷹《しらつみ》（以上「小鷹狩」題）

こうした例が多いのは、「弦月」「騎射」「射場始」「寄鷹恋」「小鷹狩」など、射芸・鷹狩に関連する歌題が設定されたからでもあるが、それだけではない。

園(21)にまだ真篦の林をたてながら雪の白羽をはきてけるかな　（竹園雪・四七〇・頼政）

矢篦生やす垣根の雪は鶴の羽のもと白にこそ消え残りけれ　（墻根雪・五二二・仲正）

山さつが鹿垣の影やひまもなき居待の月の出でまさりする　（居待月・三三九・仲正）

ますらをの待木の下に立つ鹿をまだらに見する夜半の月かな　（木間月・三六七・頼政）

笛につく秋の牡鹿は我なれや声するたびに心まどはす　（聞音恋・五七七・俊成）

狩りもらす牡鹿の笛のおきよりも深くも君が忍びけるかな　（隠在所恋・六〇六・頼政）

など、射芸・狩猟に無関係の歌題でも弓矢や鹿狩に関する語が詠まれているのである。とりわけ、仲正・頼政父子の例が目立つ。彼らは中流貴族であると同時に武門の人でもあり、弓箭が身近な物であったことにもよるであろうが、従来歌語の範疇になかった語も詠んでみようという旺盛な意欲に基づく面もあるのではないか。

もっとも、こうした意欲はほとんどの作者に見られるのであり、『両度百首』には先例のない語が多数詠まれることとなった。『両度百首』は国語学的にも注目すべき作品であると同時に、文学作品であることに十分注意を払っての上ならば、平安時代の農耕・漁業や狩猟、儀式に関して、資料となり得る部分もあると言えるだろう。

七　歌論書・次第書との関連

第五節で言及したように、『両度百首』の作者たちは一堂に会し「参考文献」を囲みつつ詠歌したらしい。そうした文献の中には、歌論書や次第書の類があったと思われる。

まず、主催者為忠が『初度百首』で詠んだ様々な歌体から検討を始めたい。

①くきのはかまやそこにさけをとなしなとをけさにこそやまかはのきく（水岸菊・四一一）

②にはもせに　むすぶつららの　うへにおけば　とけぬしもぞかし（寒庭霜・四五八）

③あしびきの　やまでらにくる　たびごとに　心とまらぬ　をりぞなき　花のさかりは　たちそひて　ちるををしむと　するほどに　山ほととぎす　かたらへば　くもまのこゑを　まちかねて　こころそらなる　ゆふざれに　さやけき月の　かげもいでぬ　ながめあかして　みわたせば　こずゑもみぢて　こがらしに　かねのひびきも　たぐひつつ　ひとりすまして　つくづくと　みだのみまへに　あふぎゐて　おもひをにしに　かくるなりけり（山寺・六八一）

①は廻文歌である。やや無理をして廻文にしているため、意味がとりにくい。②は、五・七・五・七の混本歌、③は歌の前に「短歌」と付記されているが、これは言うまでもなく長歌の謂で、

④あさごとにひらきてぞみつるいけみづのはちすにむかふはなのとぼそを　（滝下款冬・一三一）

という反歌が添えられている。

また折句の歌も見出すことができる。

⑤たきつせのきしにみゆるや野辺のままもとめてうゑてふとへのやまぶき　（庭萩・二九九）

⑥にはのおもに花のにしきをのべしきてはたおるむしをきかぬまぞなき　（梢猿・六六七）

⑦このやまにこのみもりはむこのはざるこずゑこづたふこゑきこゆなり　（河辺荒和祓・二七五）

⑤は「たきのもとのやまぶき」という歌題を詠み込んだ沓冠歌であり、⑥は同じく「にはのはぎ」を詠み込んだ折句、⑦は各句の頭を「こ」の字で揃えた頭韻の歌となっている。

さて『新撰和歌髄脳』は、「和歌六義体」として長歌（短歌の意）・短歌（長歌の意）・旋頭歌・混本歌・折句歌・沓冠歌をあげている。『俊頼髄脳』も歌体に関する記述の中で、反歌（短歌の意）・旋頭歌・混本歌・折句歌・沓冠歌・廻文歌・短歌（長歌の意）の順で解説しており、『奥義抄』「和歌六体」や『和歌童蒙抄』「雑体」にも同様の内容が見られる。この内、旋頭歌以外の歌体が、為忠歌の中に確認できた。ここで次の一首に注目したい。

⑧いにしへのながれたづねてかはのせにみそぎしてちとせの命のべてかへらん

尊経閣文庫本をはじめとする一類本は、「みそぎして」の句に「本のまま」の意味と思われる「本」という傍記があり、他の諸本は「みそぎして」の句を欠く。おそらく短歌形式より一句多いことを不審に思った所為であろう。しかしこの歌は、五・七・五・五・七・七の音数でよいのであり、旋頭歌と見るべきである。『新撰和歌髄脳』は旋頭歌を「三十一字長歌五句に又いま一句を加ふるなり。五字も七字をも人の心なり」と定義しており、『俊頼髄脳』『奥義抄』にも同様の説明がある。⑧は、『奥義抄』に言うところの「腰に五字をくはへたる」旋頭歌であり、結局為忠は『初度百首』において和歌の六体をすべて詠んでいることになる。

こうした試みは、『堀河百首』「述懐」題での仲実の旋頭歌、俊頼の長歌・反歌や、『永久百首』「草香」での仲実の折句の歌に触発された面があろう。また長歌・旋頭歌・混本歌・折句歌・沓冠歌・隠題の歌が並ぶ『散木奇歌集』雑部下も参考にされたかも知れない。しかし何より和歌六体と廻文歌すべてを詠んでいることから推測すれば、歌学書の記述に基づいていることは明らかである。そしてその歌学書とは『俊頼髄脳』である可能性が高いと思われる。

『両度百首』作者たちにとって『俊頼髄脳』が最も身近な歌学書であったことについては、既に佐藤明浩氏の指摘[22]がある。佐藤氏は「とよはた雲」「のもりのかがみ」「かぞいろ」「しながどり」「まぼろし」など多くの例を示しているが、その他にも『俊頼髄脳』の言説と関連の認められる歌が見出せる。

くやしくもかがみのかげをたのみつつちぢのこがねをつくさざりける
（初度百首・王昭君・七二九・為盛）

王昭君の逸話はよく知られていたはずだが、『西京雑記』『後漢書』や白居易の詩には、王昭君が自らの美貌をたのんだという明確な文言は見られない。当該歌に「かがみのかげをたのみ」「ちぢのこがね」とあるのは、「をの〳〵こがねをとらせ（中略）わうせうくんといふ人のかたちのまことにすぐれてめでたかりけるをたのみて」という『俊頼髄脳』の記述を参考にしたものであろう。

こひしくとかたみのはこをあけざらばふたたびあはでやみなましやは
（初度百首・浦嶋子・七四六・忠成）

浦嶋子が神女との別れに際して渡された箱を「形見」とする記述は、浦嶋伝説を伝える『万葉集』『日本書紀』『丹後国風土記』（逸文）『続浦嶋子伝記』『浦嶋子伝』には見えず、『俊頼髄脳』に「ちゐさきはこをゆひふうじてとらすとて、このはこをかたみに見給へ、あなかしこ、あけ給ふなとかへす〴〵いひかたらひてとらせつ」とあるのに拠ったものかと思われる。

このほか、一言主伝説（後度百首・一三〇他）、「老馬識途」の故事（同・四六二）、柿の葉に詩を書き御溝水に流した故事（同・五七二）、帚木伝説（同・六〇〇他）、孔子が垣から頭を出している馬を牛と言ったという故事（同・七七八）、爛柯の故事（同・七九一他）など、すべての例が直接『俊頼髄脳』を参考にしたものと断定することはできないが、同書に見える故事や伝承を詠んだ歌が『両度百首』には少なからず見られるのである。

また『後度百首』では、雑部の多くが年中行事に関わる歌題であるため、『江家次第』も利用されていると思われる。

すすみいでてひさごばなとるすまひをさのつきづきしくもきさりよるかな　（後度百首・相撲節・七三五・為忠）

さしかねてなげまふよりもすまひをさのひさごばなとるけしきまづみよ　（同・七三六・親隆）

「ひさごばな」とは、相撲節の際に右方の相撲人が頭に付けた夕顔の造花の意で、「すまひをさ」は相撲人を監督する職である。源俊頼が沖に立つ白波の意で「ひさごばな」を詠んでいる（『散木奇歌集』七七二番）が、相撲節の「ひさごばな」「すまひをさ」は、為忠らの二首以外に用例を見出せない。相撲節は朝廷の年中行事であるが、十二世紀に入ると次第に途絶えがちになり、保安三年（一一二二）に行われて以降三十年以上断絶する。つまり、『後度百首』成立時には相撲節は行われていなかったのである。為忠・親隆の年齢からして断絶前の相撲節を知っていたと思われるし、夕顔の造花を付けることや相撲長という職名は常識の範疇であったろう。しかしまた、「瓢花」「相撲長」の語が『江家次第』（第八・相撲召仰）に見えることにも注意しておきたい。

続いて「五節」題の歌を見てみよう。

くものうへにいつたびふりしそでをみてよしののみやのことをしぞおもふ　（後度百首・五節・七六五・為経）

いりひさすよしののみやのことのねにそでふりそめしあまつをとめご　（同・七六六・頼政）

『江家次第』（巻十・五節帳台試）に引かれた『本朝月令』には次のように記される。

本朝月令云、五節舞者、浄御原天皇之所レ制也、伝云、天皇御二吉野宮一、日暮弾レ琴有レ興、俄爾之間、前岫之下雲気忽起疑如二高唐神女一、髣髴応レ曲而舞、独入レ瞻、他人無レ見、挙レ袖五変、故謂二五節一云々、

五節の起源説は『江談抄』他にも見えるが、それらには頼政歌の「いりひさす」に対応する「日暮」という表現は含まれていない。五節起源説は広く知られており文献に頼らずとも詠めるとは思うが、こうした細部の一致を考慮するならば、少なくとも頼政は『江家次第』を参考にしたと見なしてよいのではないだろうか。

また、第四章で詳しく論じるが、「乞巧奠」題でも『江家次第』（第八・乞巧奠）が参考書として用いられている可能性が高い。『両度百首』作者たちの詠歌の場には、『堀河百首』『永久百首』『散木奇歌集』『俊頼髄脳』などの歌書ばかりでなく、次第書までも置かれていたのである。

さいごに

本章では、次章以降の考察の基礎とすべく、『為忠家両度百首』について基本事項を確認してきた。作品としての達成度・完成度において『堀河百首』に遠く及ばない作品であることは言うまでもない。俊成や頼政ら後に高い評価を受ける歌人も作者に含まれてはいるが、彼らも『両度百首』成立当時は初学者である。詠歌の場において若い歌人たちをリードしたと思われる為忠・仲正にしても、指導者たる力量を持ち合わせているわけではなく、権門の人というわけでもない。しかしそうした作者たちが、『堀河百首』『永久百首』成立後、おそらく初めての多人数百首（しかも結題百首）を企画・出詠し、二百首を詠み上げたエネルギーは属目すべきであろう。

その原動力の中心は、『堀河百首』の作者たちの試みに対する共感なのではないだろうか。源俊頼ら新しい表現を模索した先輩たちに倣い、より一層自由に大胆に、『両度百首』作者は和歌を詠んだ。『堀河百首』『永久百首』と『久安百首』の間にあって、さほど価値を認められていない『両度百首』であるが、院政期の和歌のあり方、歌人の意識を考える上で、極めて興味深い作品と言えるのである。

〔注〕

(1) 一九七八年　笠間書院
(2) 一九九九年　笠間書院
(3) 新潟大学佐野文庫蔵の百首部類本は、部分的に波線や棒線が付されている。また玉川大学図書館蔵本は、本文は百首部類本と同一だが、単独で蔵されている。
(4) 井上宗雄氏『平安後期歌人伝の研究』第三章六（一九七八年、増補版一九八八年　笠間書院）
(5) 『藤原俊成の研究』第一篇第一章第二節一（一九七五年　笠間書院）
(6) 「松野陽一氏『藤原俊成の研究』読余」（『国文学研究』60　一九七六年十月）
(7) 『新古今歌人の研究』第二篇第二章第二節三（一九七三年　東京大学出版会）
(8) 二〇〇八年　続群書類従完成会
(9) 但し、存疑歌が一首ある。『新続古今集』一一〇二番歌は元永二年『内大臣家歌合』での詠であるが、作者名は同歌合甲本（二十巻本『類聚歌合』断簡他）では「為真」、乙本（静嘉堂文庫本他）では「為忠」である。為真は他の忠通家歌合にも出詠しているが、為忠には忠通家歌壇への参加を示す事跡は他に見出せない。当該歌作者は為真と見なすべきであろう。
(10) 忠成の伝記と和歌については第四篇第二章で詳述する。

(11) 第三篇第三章参照。『玉葉』文治三年三月二十二日条に「上臈範玄、又依重服不出仕也」とあり、寂念がこの時期没した可能性もある。範玄母については未詳。中村文氏「興福寺僧範玄について」(山田昭全氏編『中世文学の展開と仏教』二〇〇〇年 おうふう)→『後白河院時代歌人伝の研究』(二〇〇五年 笠間書院)に言及がある。

(12) 『夫木抄』八二八三番に「貴布禰御社歌合」との詞書をもつ寂超の歌が見える。『平安朝歌合大成』はこれを文治三年七月に行われた『貴船社歌合』での作とするが、寂超の明確な最終事跡の見える治承四年から七年たっており、疑問が残る。

(13) 久保田淳氏注(7)、松野陽一氏①注(5)・②「組題構成意識の確立と継承―白河院期から崇徳院期へ―」(『文学・語学』70 一九七四年一月)・③「平安末期の百首歌について」(『東北大学教養部紀要』25 一九七七年二月)→②③は『鳥帚 千載集時代和歌の研究』(一九九五年 風間書房)、柳沢良一氏「『丹後守為忠朝臣家百首』と『和漢朗詠集』―藤原俊成の青年期の和歌活動の一考察―」(『金沢女子短期大学紀要』22 一九八〇年十二月)、小泉和氏「百首歌における眺望題の成立―為忠家百首の位置」(『玉藻』24 一九八九年三月)

(14) 『王朝和歌史の研究』(一九七二年 笠間書院)

(15) ちなみに、『俊忠集』『散木奇歌集』他により歌題が知られる藤原俊忠主催「恋十首歌会」では、「乍臥無実恋」「祈不遇恋」など複数の要素を組み合わせた複雑な恋題が出題された。

(16) 『堀河院御時百首の研究』(二〇〇四年 風間書房)

(17) 「『為忠家両度百首』に関する考察―歌作の場の問題を中心に―」(『語文』57 一九九一年十月)

(18) 「為忠家両度百首について―初度百首から後度百首への展開―」(『国語と国文学』67-8 一九九〇年八月)

(19) 注(17)に同じ。

(20) 農事を詠む和歌については、以下のような研究がある。臼田昭吾氏「平安朝農事歌考(上)―「田」素材を中心として―」(弘前大学『国語国文学』10 一九八八年三月)、神谷里美氏「『曽禰好忠集』における農・牧・漁・樵」(『愛知女子短期大学国語国文』8 一九九二年三月)、田中直氏「稲の歌(一)~(五)」(『銀杏鳥歌』11~15 一九九三年十二月~一九九五年十二月)、天野紀代子氏「和歌に詠まれた農作業―貫之内裏屏風歌を起点に―」(『法政大学文学部紀要』44 一九九九年三月)、佐藤明浩氏「稲の名を詠んだ和歌」(伊井春樹氏編『古代中世文学研究論集 第三集』二〇〇一年 和泉書院）・「藤原清輔の「ながひこ」詠をめぐって」（前田富祺先生退官記念論集刊行会編『前田富祺先生退官記念論集　日本語日本文学の研究』二〇〇一年）・「『和歌初学抄』物名「稲」の窓から」（『平安文学論究　第十五輯』二〇〇一年　風間書房）

（21）以下の六首については語句の意味がわかりやすいように、漢字を宛てて引用する。

（22）注（17）に同じ。

第二章　結題の詠法をめぐって

はじめに

和歌史における院政期は様々な成果を生み出した時期であったが、とりわけ題詠史においては結題の一般化とその詠歌法の自覚化という重要な所産がある。結題の定義については既に先学によりいくつかの説が提示されているが[1]、題の文字数の問題、句題との関係、題が完結した一文を成すか否かなど、微妙な視点の相違もある。しかし田村柳壹氏が述べているように[2]、文字数や一文を成しているか否かは結題としての要件ではない。氏は、俊成以降の歌人たちが言うところの「結題」について句題と区別しつつ、「堀河・永久両百首を契機として本意の確立した季題（素題）に、時間・空間乃至は情況（＝場面構想）を特定化する語を結合させ、一定のまとまった題意を形づくらせた題」と定義した。もとよりこれは実際に「結題」の語が用いられるようになる平安末期以降の結題の定義であり、仮に院政期以前にまで遡り、例えば『河原院歌合』における「霜鶴立汀」、『堀河中納言家歌合』の「岩上松」などをも視野に入れるとするならば、「二つ以上の事物を結んだ題」という松野陽一氏の定義が最も適当であろう[3]。しかし当面問題にしたい『為忠家両度百首』に関しては、田村氏の定義がそのまま当てはまることになる。

その『為忠家両度百首』は、百首歌としては初めて結題を採用した作品である。もっとも『初度百首』の数例を除き雑部は結題ではない。また『後度百首』秋部「月廿首」のうち十題は「三日月」から「廿日月」までの月齢を示す題であり、一般の結題とは趣が異なる。しかし『初度百首』の四季題の多くは堀河百首題を典拠とし、それに時間的空間的限定を付加した結題であり、『後度百首』四季題は各季の代表的景物である桜・郭公・月・雪に、同じく時間的空間的限定を付加した結題である。『両度百首』の出題者が結題での設題を意識的に行ったことは確実であろう。

それでは、『両度百首』の出詠者たちは結題をいかにして詠出しているのであろうか。結題の詠法が一定の方向性を形成していく過程の中にあって、彼らはそれをどのように意識していたのであろうか。これを作品に即して探ることが、本章の課題である。

『両度百首』の結題の詠法をめぐっては、久保田淳氏[4]、柳澤良一氏[5]らの先行論文がある。久保田氏は、俊成が『俊頼髄脳』の所説に則って「まはして詠む」手法をとっていることを指摘し、柳澤氏は、必ずしも詠まない文字とされるところの「間」「上」などの文字が詠み込まれている点から「まだ結題の詠み方については試行錯誤の時代だったと考えられる」と述べている。いずれも首肯すべき指摘であるが、両者とも対象とした作者や着眼点が絞られたものであり、作品全体としての結題の詠法を分析した論ではない。本章では、結題について説いた歌学書の記述に照らしながら『両度百首』の作者たちの詠法を検討し、題詠史における当該百首の位置を明らかにしたいと考える。

一　結題の詠法理論

作品の検討に入る前に、まず結題の詠法がどのように理論化されていったのかを、歌学書の記述をたどることにより明らかにしてみたい。結題の詠み方に初めて言及したのは、言うまでもなく『俊頼髄脳』である。冷泉家時雨亭文庫本に拠り、適宜句読点を付し漢字を宛てて引用する。他本により校訂した箇所は、底本の本文を（　）に入れて傍記した。

おほかた歌を詠まむには、題をよく心得べきなり。題の文字は三文字四文字五文字ある題も（ある）あるを、かならず詠むべき文字、かならずしも詠まざる文字、まはして心を詠むべき文字、さゝへてあらはに詠むべき文字あるを、よく心得べきなり。心をまはして詠むべき文字をあらはに詠みたるも（文字）わろし。たゞあらはに詠むべき文字をまはして詠みたるもくだけてわろし。(6)

俊頼はこれに続けて「かやうの事はならひつたふべきにもあらず。たゞ我心を得てさとるべきなり」と述べ、各々の文字について具体的に説明することはしていない。しかしこの言説は後の歌学に多大な影響を与え、『和歌色葉』『無名抄』『簸河上』他の諸書には具体例が提示される。とりわけ重視されたと思しいのが「まはして心をよむべき文字」であり、田村氏も指摘するように、後には「むすび題をばまはしてよむと云へり」（『愚問賢注』）、「むすび題をばまはしてよむべし」（『近来風体』）と、「まはしてよむ」ことが結題の詠法であるかのごとく説かれるようにもなる。

さて、題の文字ごとの詠み方が問題にされる一方で、結題の詠法のいま一つの柱とも言える説が藤原定家により提唱される。

題の心は初の句ばかり、もしは終の句ばかりにて、その事となき物の歌を多く領する、いはれなき事なり。かつは後京極殿の御会に余寒といふことを、猶さゆると詠みたる人ありき。よみあげし時、以二五文字一題あらはれぬ、さてありなむ、はてよまずともと云ふ事ありき。一首に題の心をわきすゑらるべきなり。（『定家卿相語』）

この説は『簸河上』『八雲口伝』『夜の鶴』『和歌用意條々』などに継承されていき、結題の詠法として定着していくのである。

すなわち、結題独自の詠法理論としては、

一、題の各々の文字の詠出の仕方を心得ること。

二、題の文字を上下の句に分けて詠出すること。

以上二点を中心的な原則と見なしてよいであろう。

次節以降では、この二大原則を指標として『両度百首』を検討するわけだが、同百首の成立時において作者たちが目にすることができたのは、これまで上げた諸書の内『俊頼髄脳』のみである。彼らは『俊頼髄脳』の記述をどのように理解し、後に確立する原則にどこまで近付き得たのであろうか。

なお、本来は結題の歌すべてについて検討を加えるべきであるが、四季題と雑・恋題を同列に扱うことはできないため、今回はひとまず四季題に絞って考察を進め、他の題に関してはいずれ機会を改めて論じることとしたい。

二　『両度百首』の結題詠——題の文字ごとの詠み方

まず題の文字各々の詠み方の原則について検討する。『俊頼髄脳』は、必ず詠むべき文字と必ずしも詠まない文字、間接的に詠む文字と直接的に詠む文字の区別があると記している。『和歌色葉』など後の歌論書が提示する分類と具体例には微妙な差異もあるが、動植物の名はそのまま詠むべきだという点は、概ね一致している。(7)また、

題の字の中、山川田野のたぐひは、かならず其字を歌の表によみすゆべしと、昔ならひて侍れば

（『石清水若宮歌合』八番判詞、判者藤原定家）

先達おほくかやうの事、秘事口伝にて申旨ども候中にも、定家卿殊更わきまへ申事にて候き。天象地儀のたぐひをば題にあらはし、詞字のだいをば、こゝろをめぐらして可詠など、末座までにも申をしふる事、うけ給りを
き候き。（『蓮性陳状』）

などの例から、歌壇の指導者であった定家の説として、天象・地儀の類は直接的に、詞の字はまわして詠むという考えが知られ、この原則が後々まで継承されていく。

本節ではこれを指標とし、

①「まはして心を詠むべき文字」（詞の字）

②「さゝへてあらはに詠むべき文字」（天象・地儀・動植物などを表す名詞）

の二種類の文字（語）について『両度百首』の作品を検討することとする。

《まはして心を詠むべき文字》

定家の言説では、まわして詠むべき文字とは「詞字」とされるが、具体的にはどのような文字を指すのだろうか。歌論書において結題の詠法との関連で詞の字の具体例が示される場合、動詞・形容詞・形容動詞があげられている（『簸河上』『詠歌一体』『和歌用意條々』他）。

一方、中田大成氏は(8)『和歌一字抄』を調査対象として分析し、「まはすべき文字」を、題の中においてどのような成分として機能しているかという観点に基づき以下の三種にまとめている。

第一、題の中で述語となっている文字。（品詞で言えば、用言）

第二、題の中で連用修飾語となっている部分の文字。（品詞で言えば、副詞・形容詞・形容動詞・若干の名詞）

第三、題の中で連体修飾語となっている部分の文字。但し虚字は除く。(品詞で言えば、形容詞・形容動詞・動詞・若干の名詞)「まはすべき文字」とは、品詞をあてはめるならば、おおよそ動詞・形容詞・形容動詞・副詞が該当すると言ってよいようである。

中田氏の分類の内『両度百首』四季題に見ることができるのは、第三の文字のみである。具体的には、『初度百首』では「古砌菫菜」「遠村卯花」など、『後度百首』では「遠村桜」「深夜郭公」などがそれに相当し、両度合わせて題としては十数題になる。この内多くの場合は、

としをへてしげりにけりなつぼすみれのきのたまみづあとみえぬまで　(初度百首・古砌菫菜・一〇八・忠成)

はるばるとひとむらみゆるしらくもはたがすむさとのこずゑなるらん　(後度百首・遠村桜・一三八・俊成)

のように、「としをへて」で「古」を、「はるばると」で「遠」を表すなど、まわした表現がとられている。しかし、こうした文字をまわさず直接的に詠み込んだ例も、少数ながら指摘することができる。

やまとなるさかべのひむろみちとほみいかでひつぎにたえずたつらん　(初度百首・遠山氷室・二四八・為盛)

ながさはのひむろはみちのとほければけたでそなへむことをしぞおもふ　(同・二五〇・頼政)

さもこそは冬のはじめのさがならめいつしかもふるはつしぐれかな　(初度百首・初冬時雨・四四九・頼政)

これらは「遠」「初」がそのまま和歌表現に取り込まれているし、また、

ほのかにぞをちのさとびとあか月のかねとともにもころもうつなり　(初度百首・遠郷擣衣・四三〇・為業)

あきかぜやみにさむからしよもすがらをちのさとびところもうつなり　(同・四三一・為盛)

よもすがらたえずきこゆるかりがねやをちのさとびところもうつらん　(同・四三二・為経)

をちのさとかきねにさらすしらぬのとみゆるははなのこずゑなりけり　(後度百首・遠村桜・一三八・親隆)

なども、まわすべき文字をまわしていない例と言ってよかろう。

この内「遠郷擣衣」題の三首に関しては相互影響を考慮すべきかと思われる。これらはいずれも、『堀河百首』「擣衣」題の次の詠を典拠としたものであろう。

たがためにおもひそめてか夜もすがら遠の里人衣うつらん　（八一四・肥後）

さむしろもさゆる霜夜によもすがらをちの里には衣擣つなり　（八一六・河内）

あるいはまた「遠郷擣衣」と近似した状況を詠んだ『江帥集』「うちごろも、こゑとほし」題の歌、

ころもうつをちのさと人きりふかみあるかなきかのこゑきこゆなり　（江帥集・一一八）

の影響も考えてよいかも知れない。為業・為盛・為経の三兄弟は、こうした先行歌の趣を取り込むことをまず念頭に置いたため、「遠郷」を直接的に詠むことも躊躇しなかったのであろう。更には『後度百首』「遠村桜」の親隆詠の「をちのさと」も、為業らの「をちのさとびと」の語をまねたものと推定できるだろう。

それに比べれば、先にあげた「遠山氷室」「初冬時雨」題の例は、然るべき理由もなく「遠」「初」の文字を詠み込んだものであり、これらの文字は間接的に詠んだ方が良いという認識は希薄であったと考えられる。但し、そうした例は僅か三首にとどまっているのである。

《さゝへてあらはに詠むべき文字》

「さゝへてあらはに詠むべき文字」とは天象・地儀・動植物などを表す名詞であり、『両度百首』四季題の場合は題の核となっている季題の部分、『後度百首』で言えば「桜」「郭公」「月」「雪」の部分がはっきりと詠まれていなければならないということになろう。また四季題において時間的・空間的条件を付加している文字の中で、例えば「竹林

鶯」「山中桜」なども同様に「あらはに詠むべき文字」と言える。

さて『両度百首』の作を検討してみると、これらの文字を間接的に詠んでいる例や全く落としてしまっている例がまま見られる。まず『初度百首』の例であるが、例えば

ともしするほぐしのまつももえつきてかへるにまどふしもつやみかな　（暁更照射・二〇六・仲正）

さをしかもめをあはせでややみぬらんともしのかげのなほみゆるかな　（同・二〇九・為経）

の詠は、傍線部により「暁更」の意を表そうとしているが、他の作者の「あかほし」「あくる」「ありあけがた」「よをぞあかしつる」といった表現に比して、かなり婉曲な表現の仕方である。

また「沢辺春駒」題では、八人の作者中三人が「はるごま」をそのまま詠み込み、二人が「はるふかみ」「はるくれば」と詠み、為忠が「もえわたる野辺のみどり」、忠成が「まこも草つのぐみにけり」とまわした詠み方で「春」を表現しているが、

とりつなぐ人もかたののさはにあれてたなれしこまのここちこそせね　（沢辺春駒・七九・為業）

は明らかに「春」の文字を落としている。

うの花のさかりなりけりよそめにてしら雲かかるやまとみつるは　（遠村卯花・一七七・為経）

の場合、「村」を表す表現が無く、やはり落題を犯していることになろう。

こうした傾向が著しいのは俊成と頼政の二人である。

①ふゆのよはゆきかきつめしあかりよりかはらずにほふはなのいろかな　（窓前梅・三六・俊成）

②あやなしなさりとてあきのこなたかはいざききいれじをぎのうは風　（隣家荻・三四一・俊成）

③ふるさとはこぐさがもとももをれふしてかれはにしものおかぬまもなし　（寒庭霜・四六〇・俊成）

④かきつばたおなじなぎさにおひながらみづにこころをへだてたるかな　（沼水杜若・一四六・頼政）

⑤ほととぎすこゑするかたのそらみれば月をながむるここちこそすれ　（雲間郭公・一九四・頼政）

⑥ゆきやらで日をのみぞふるさみだれにみちのをがはにかさまさりつつ　（旅船五月雨・二一八・頼政）

俊成は①では「ゆきかきつめしあかり」で「窓」を、②では「あきのこなた」で「隣家」を、③では「こぐさがもと」で「庭」を象徴的に表現することを狙ったものであろう。①は言うまでもなく「孫康映雪」の故事が下敷きになっている。趙力偉氏が指摘するように[9]、日本の漢詩文や和歌においてこの故事が本説とされる場合、必ず「窓」の語が詠み込まれる。[10]孫康の故事において「窓」は重要な要素と認められているのであり、俊成はこの故事を詠むことによって、「窓」の字を暗に表現できると考えたのである。③の場合は、

わがせこがきませりつるか見ぬほどににはのこぐさもかたまよひせり　（好忠集・一四四）

に見られる「にはのこぐさ」という表現が念頭にあったかと思われる。

頼政の場合は、敢えて読み取るとすれば④は「なぎさ」で「沼」、⑤は「月をながむるここち」で「雲間」、⑥は「ゆきやらで」「みちのをがはにかさまさりつつ」で「旅船」を表現していると思われるが、いずれも題意が十分に満たされているとは言えず、俊成の場合に比べても極端である。しかしこれをもって、頼政は落題を犯すのも気付かぬほど題に無頓着であったと即断するのはどうであろう。まず④の「沼水杜若」題の場合、『堀河百首』「杜若」題の十六首中六首に「沼」が詠み込まれており（ちなみに「池」は三首）、池・沼などのほとりに咲くという杜若本来の性質も考え合わせれば、「なぎさ」で沼の水辺を表せると、頼政は考えたのであろう。また⑤の「雲間郭公」題についても、雲間に月が隠れるのを惜しみつつ空を眺めるという和歌・物語で繰り返されて来た類型を考慮すれば、「雲」の語はなくとも雲間から声のみをもらす郭公をイメージすることは困難ではない。つまり頼政は、歌語の持つ本意・

伝統を生かすことにより、ある景物を象徴的に表現するという方法を意図的に選択したと考えることができるのではないだろうか。

続いて『後度百首』からも、例をあげてみよう。

⑦よそにちることだにをしきさくら花けふはかりのにゆきとふるかな　（園中桜・一一一・為経）
⑧やどふりてこのしたかげにむすこけよちりつむ花をまたはちらすな　（庭上桜・一一五・俊成）
⑨はるばるとにしきのちはたたてけりよものこずゑのにほふさかりは　（遠村桜・一四〇・仲正）
⑩あさまだきのべのかすみのたえまよりみゆるこずゑやさくらなるらん　（同・一四四・頼政）
⑪ほととぎすなかねばいかにともしくてまたれぬきじのはおとすぐなり　（暁郭公・一九二・隆親）
⑫やみならばいかでかみましくさのはにたまゐるつゆのみがくかずをも　（露上月・三七一・仲正）

⑦は「園」、⑧は「庭」、⑨・⑩は「村」を表す語がない。⑪は「雉の羽音」で「暁」を表そうとしたと思われるが、朝の雉を詠んだ先行例はあるものの、雉の羽音が暁のものであるという共通認識があったとは見なせない。(11) ⑫は「闇ならば」と仮定することで、月が出ていることを間接的に示している。

このように、必ず詠むべき文字を落としている例やまわし過ぎている例があることは『初度百首』と同様なのであるが、その数は『初度百首』に比してかなり減少している。四季部の季題部分が「桜」「郭公」「月」「雪」に限定されたことにもよると思われるが、親隆以外は『初度百首』で結題百首を一度詠んでいるので、まわして詠むという方法に若干ながら習熟し、直接的に詠まないと題詠歌として不十分に終わる文字が見極められるようになってきたのではないだろうか。また、あらわに詠むべき文字を間接的に詠んでいる場合でも、それなりに成功している例が見られる。

ちりのこる花たちばなにほととぎすさつきをこふるねをやなくらん　（後度百首・二七八・晩夏郭公・為経）

は「夏」の語を詠み込んではいないが、「ちりのこる花たちばな」で十分に「晩夏」の題意を満たしている。

以上、題の文字ごとの詠み方を検討して来た結果指摘できることは、『両度百首』の作者たちが文字をまわして詠む方法に極めて積極的に取り組んでいるという点である。それが時に婉曲に過ぎたり落題を犯したりすることに結び付いてしまっているのも確かである。また、天象・地儀を表す文字や季題部分をもまわして詠もうとしている例が見られることから、後に明文化される「まはして心をよむべき文字」の原則を、明確に認識するには至っていないことも看取できる。しかしこれらの事実は取りも直さず、彼らがまわして心を詠むという方法に、試行錯誤しながらも意欲的に取り組んでいることを証明していると言えよう。

三　俊成の「まはして心を詠む」方法

ここで、『両度百首』作者の中で、「さゝへてあらはに詠むべき文字」を間接的象徴的に表現することに最も積極的であった俊成の和歌について、いま少し考えてみたい。前述のように、俊成がまわして詠む手法を用いていることは、既に久保田淳氏により指摘されている。久保田氏も多くの例をあげているが、更に次のような例を追加することができる。

①はるかにもきこゆなるかなさよごろも月のみやこにうつにやあるらん　（初度百首・遠郷擣衣・四二八）

②あけくれのかねよりほかにおのづからおとするものは山おろしの風　（同・山寺・六八九）

③やどふりてこのしたかげにむすこけよちりつむ花をまたはちらすな　（後度百首・庭上桜・一一五）

④ふきはらふあなしのかぜにくもはれてなごのとわたるありあけの月
（同・雨後月・四〇九）

傍線部の表現により題の「郷」「寺」「庭」「雨後」が間接的に表されている。とりわけ注目しておきたいのは①である。①は「郷」が詠まれていないが、「月のみやこ」が「遠郷」を示しているのではなかろう。遙か遠くから砧の音が聞こえるので、どこかの里ではなく月の都で衣を擣っているのだと想像した、という状況と思われる。飛躍のある独特な発想である。

俊成の歌題の取りなし方には、時としてこのような特異性が見られるのだが、最も特徴的なのは以下に見られる方法である。

⑤あだにちるさくらもよよやすぐすらんうらしまのこがこひしかみやま
（後度百首・嶋上桜・五九）

他の作者は「嶋」の題意を表すのに、「をじま」「ゑじま」など具体的な島の名や「ももつしま」といった語を詠んでいる。「嶋」の詠み方としてはこれが普通であろう。しかし俊成はそうした当たり前の詠み方をしない。浦島子を詠むことで「嶋」を表そうとしているかにも見えるが、「嶋上桜」題であること、当該歌における「さくら」は「かみやま」の桜であることから考えれば、「かみやま」に「嶋」の題意が込められていると見なければならない。『続浦嶋子伝記』『浦嶋子伝』では、浦島子が向かった場所は「蓬莱山（蓬山）」の「蓬莱宮」とされている。そして蓬莱山は蓬莱の島にある（『丹後国風土記』逸文・『扶桑略記』）ので、蓬莱山を詠むことは、「嶋」を詠むことにもつながるのである。したがって、諸本に異同はないが、「かみやま」は蓬莱山の異称である「亀山」が本来の形であると思われる。

浦島子伝承を下敷きにした⑤の他にも、故事を踏まえることにより、題の文字を間接的に表した例が見出せる。先に、俊成は「孫康映雪」の故事を踏まえることにより「窓前梅」題の「窓」の字をまわして詠んだとする趙氏の説を紹介したが、趙氏は「竹林鴬」についても、同様の指摘をしている。

⑥たけのはにころもかけけむゆふぐれをおもひいでてやうぐひすのなく　（初度百首・竹林鶯・二〇）

この歌には「竹」の語はあるが、「林」は詠み込まれていない。俊成歌は、釈迦の前身である薩埵王子が飢えた虎に我が身を与えたという、いわゆる「捨身飼虎」の故事を本説としている。著名な故事で幾つかの教典に引かれるが、趙氏は「衣服を脱ぎ去りて竹上に置く」という描写が見えるのは『金光明最勝王経』だけであり、「竹林」の語も数箇所に見られるので、これが典拠であると指摘する。しかし『三宝絵』にも、「衣ヲ脱ステ竹ニ係ケテ」とあり「林」の語もあるので、典拠は『金光明最勝王経』に限定しなくともよいだろう。重要なのは、故事を踏まえることで「林」の語を間接的に表現しているという点である。

俊成が、題をまわして詠む際に利用したのは故事ばかりではない。前節③として掲げた「ふるさとはこぐさがもともをれふしてかれはにしものおかぬまもなし」（寒庭霜・四六〇）は好忠歌を踏まえていたが、同様に先行歌を踏まえることで、本来あらわに詠むべき文字を間接的に表現している例をあげてみよう。

⑦風ならでつゆもちらさじ秋はぎの花のあたりはあさぎよめすな　（初度百首・庭萩・三〇一）
　とのもりのとものみやつこ心あらばこの春ばかりあさぎよめすな　（拾遺集・雑春・一〇五五・源公忠）

⑧きそぢにはとだえしたりといはせばやさてやもみぢをひとのふまぬと　（初度百首・橋上落葉・四五二）
　わりなしや渡りがたきはしなのなる木曽ぢのはしの絶まなりけり　（堀河百首・橋・一四三九・紀伊）

⑨いかだしもみなれにけらしみなれざをさすにもをしのさわぎげもなき　（初度百首・河上水鳥・五〇八）
　いかだしもをがはをくだすみなれざを見なれ見なれていくよへぬらむ　（経信集・二五一）
　いかだしの小川をくだすみなれざをあけつるままに暮をまつかな　（堀河百首・後朝恋・一一八六・大江匡房）

⑩ひをのよるやそうぢがはのかはなみにこゑうちそふるやまめぐりかな　（初度百首・雨中網代・五一六）

もろともにやまめぐりするしぐれかなふるにかひなき身とはしらずや　（金葉集三奏本・冬・二六三・藤原道雅）

⑦及び⑦が下敷きにしている拾遺歌は、共に「庭」の語を詠んでいない。しかし拾遺歌の「あさぎよめ」は朝の庭掃除の意であることは明らかであり、俊成はこの歌を踏まえることで「庭」の題意を満たせると考えたのであろう。⑧は「橋」が詠まれていないが、「わりなしや」の歌を知る人は俊成歌の「きそぢ」の語から「木曽ぢのはし」を思い浮かべることができる。⑨は「いかだし」「みなれざを」の語によって、「河」を間接的に表している。筏は川を下るものなので、先行歌を考慮しなくても「河」に結び付くかも知れないが、「いかだし」「みなれざを」を詠んだ先行歌も媒介となっているであろう。⑩は「やまめぐり」の語で時雨を表し、「雨」の題意を満たそうとしている。久保田淳氏は「やまめぐり」の語に関して、「もろともに」歌から出て、時雨そのものを意味するように転用されていったと指摘する。結果的にはその通りだが、本来「やまめぐり」には時雨の意味はないことに注意すべきであろう。『俊頼髄脳』から知られるように、「もろともに」の歌は本来は道雅と藤原兼綱が百寺詣でをした折の連歌で、「やまめぐり」の語は、自分たちが寺々を巡拝するのと一緒に時雨も山々を巡るという意味で用いられている。俊成は時雨の別名のようにして「やまめぐり」の語を利用しているが、金葉歌を媒介にしなければあり得ない表現であり、大胆な語の詠み換えと言ってよいだろう。

このように、先行歌や本説を踏まえることで題の文字をまわして表現する方法は、後に結題の詠法として以下のように明文化されることとなる。

假令鴬声稀など申さむ題に、（中略）まれなる事をよめらむ古き歌を本文として其心をとりて詠みたらむ、いといみじかるべし　（『簸河上』）

半の字難題にてある也。難題をばいかやうにも読みつゞけむために、本歌にすがりて読む事もあり[13]

（『詠歌一体』）

また、正治～承久期、とりわけ建保期に目立って見られる詠み方であることは第二篇第一章第四節で言及した通りである。

『六百番歌合』にも本説を踏まえることで題意を満たそうとした作があることが、佐藤道生氏[14]により明らかにされているが、佐藤氏は、こうした方法は句題詩の「本文」（「破題」に故事を用いる方法）に相当すると指摘している。俊成が用いている方法は、句題詩の詠法に源泉があるのである。[15]

さて、ここまで見てきたように『両度百首』における俊成は、「さ、へてあらはに詠むべき文字」を間接的に表現する例が他の作者に比して際立って多く、その際、故事や先行歌を踏まえる方法を用いていた。[16]では、こうした特徴は『両度百首』以降も見られるのであろうか。

直接的に詠むべき文字をまわして詠んでいる例は、後の彼の歌にも見出だすことができる。

⑪木の本にいまだしばしこざりせばまことに夜の錦ならまし

（長秋詠藻・二五六・「暮見落葉」題）

見る人もなくてちりぬるおく山の紅葉はよるのにしきなりけり

（古今集・秋下・二九七・紀貫之）

詞書は「西山に住みける比、暮見落葉といふ心を」というもので、詠歌年次は未詳である。[17]俊成自身が「落葉は、ただあらはによむべきなり」（『建春門院北面歌合』判詞）と主張したことのある「落葉」が詠み込まれておらず、「暮」「見」に相当する表現もない。この歌は、反実仮想の構文により今が日暮れであることを間接的に表現する。また紅葉を「よるのにしき」と喩えた古今歌を踏まえることにより、「夜の錦」で「落葉」の題意を満たしている。「見」の字もまた、古今歌に詠まれている。古今歌における「よるのにしき」は、美しい紅葉を錦に喩えると同時に、漢の朱買臣の故事を踏まえ、甲斐がなく無駄な意の譬喩として用いられているが、俊成歌の場合は実際に夜になってしまうので「文字通り夜の錦だ」と詠んでいるのである。趣向を凝らして題意が示されており、俊成が意図的に題の字をまわしている様が看取できるであろう。

⑫染めわたす梢を見てぞ山里は秋ふかくなる日をかぞへける　（長秋詠藻・五五一・治承二年右大臣家百首・紅葉）

そめわたす時雨ふりての紅のやしほの岡のならのもみぢ葉　（久安百首・秋・六四八・藤原親隆）

この歌の場合は⑪ほど回りくどくはなく、親隆歌を念頭に置かずとも、「染めわたす梢」から「紅葉」の題意はくみ取れるかも知れない。ただ、『建春門院北面歌合』判詞で「落葉は、ただあらはによむべきなり」と述べた八年後に、自ら「紅葉」をまわして詠んでいるという点に注意しておきたい。

⑬むかしだにまがきものらと成りし跡にたれまつ虫の今も鳴くらん　（建仁元年和歌所影供歌合・故郷虫・一二一六）

さとはあれて人はふりにしやどなれや庭もまがきも秋ののらなる　（古今集・秋上・二四八・遍昭）

古今歌は題詠歌ではないが、「故郷」題の歌としてふさわしい内容であり、俊成はこれを本歌とすることで「故郷」の題意を満たそうとしたと思われる。

第二篇第一章第一節に具体例をあげたが、俊成は指導的言説においては「落葉」のような季題や「山川田野」の類は歌の表に詠むべしと説いている。その一方で、実作ではそれらをまわして表現することがあったのである。(18) おそらく俊成は、『両度百首』においても、天象・地儀・動植物を表す文字はあらわに詠むべき文字であると認識した上で、敢えて間接的象徴的表現を試みていたのであろう。

本章は、『両度百首』の結題の詠法に関する論であり、ここでは俊成にあらわに詠むべき文字をまわして詠んだ歌が目立ち、壮年期以降もそうした例があることを示したに過ぎない。俊成の題詠の方法については更に丁寧な検討が必要であるが、それについては別の機会に譲りたい。(19)

四　『両度百首』の結題詠——題の文字の配分

続いて結題の詠法の原則の第二、題の文字を上下の句に分けて詠出するという点について検討する。結果から言えば、『初度百首』『後度百首』通じてこの原則に反する例は極めて多く、とりわけ親隆・仲正・為経・頼政の歌は四季題全体の約四割までが、題の文字を上下いずれかの句に詠み尽くしている。

むすび題をば一句にはこめよむべからず。又上句にもよみ尽すべからずとぞ、先賢のいましめは侍りける（『簸河上』）

題を上の句によみつくしたるはわろし（『詠歌一体』）

題の文字を上句にみなよみはてゝ、下句には言ひ事のなさにすゞろなる事どもをつゞけたる、いと見苦しとて候き（『夜の鶴』）

などの指摘がある如く、題の文字を配るについては、特に上句に集中してしまうことを戒めているようである。ところが『両度百首』の場合、下句やある一句のみに題の文字が集中する例に比して、上句にそれが詠み尽くされる例が圧倒的に多いのである。(20)これは『初度百首』『後度百首』共に、またほぼすべての作者に共通して言える特徴である。

①うぢ山のすそののをだのなはしろにいくらかまきしそでのこのたね（初度百首・山田苗代・九九・為忠）

②よしのやまはなさきぬればしるしらぬひとにはこれやあふさかのせき（同・山路桜・六〇・忠成）

③つくづくとひをふるさとのはるさめやみをしる人のなみだなるらん（同・閑中春雨・六九・俊成）

④めづらしく春たつけふのはつねのびひきあはせてもいはひつるかな（同・正朔子日・四・仲正）

⑤早苗とるかどたのいろにいぐしたてみなくちまつりいそぐしづのを　（同・門田早苗・一九九・為業）

⑥秋ぎりのやまだのいほはたちこめてなるこひくなるおとのみぞする　（同・田家霧・三八四・為盛）

⑦かきつばたあさかのぬまにさきつれどふかき色をばへだてざりけり　（同・沼水杜若・一四五・為経）

⑧みわたせばとをちのさとのうつぎはらうづきになれや花しろくみゆ　（同・遠村卯花・一七八・頼政）

『初度百首』八人の作者の作から一首ずつ例をあげてみた。いずれも題意は上句に偏って詠み込まれている。しかしこれらのすべてを、『夜の鶴』で「題の文字を上句にみなよみはてゝ、下句には言ひ事のなさにすゞろなる事どもをつゞけたる」歌の例としてあげられた、

山里のかきほにさける卯の花はわきかべぬれる心地こそすれ　（山家卯花）

と同列にとらえてよいであろうか。

先の八例の内、②忠成歌は、上句の「よしのやま」「はな」で題の「山路桜」を言い尽くし、三句以降は

これやこのゆくも帰るも別れつつしるもしらぬもあふさかの関　（後撰集・雑一・一〇八九・蝉丸）

を翻案したものであり、題の文字が上句に偏ったために一首の中心が曖昧になってしまった例と言える。しかしその他の七首は忠成歌とはやや趣を異にする。

まず①為忠歌と⑤為業歌は、共に下句において「そでのこのたね」「みなくちまつり」という新奇な語を用いており、それが各々の歌のおもしろみとなっている。これらの語は、

おぼつかなたが袖のこにひきかさねほふしごのいねかへしそめけん　（散木奇歌集・四七七）

浪たてる田子のもすそはそほちつつ水口まつるさなへをぞとる　（堀河百首・早苗・四〇四・源師頼）

などに学んだものであろうが、いずれも題の本意と結び付き不自然さは感じられない。

⑧頼政歌は、「うつぎはらうづきになれや」とつなげた点に趣向がある。卯木と卯月は深い関係にあるが、両者を同時に詠み込んだ先行歌は知られない。①⑤⑧は、上句に歌題を詠み込み、下句では斬新な表現や珍しい趣向を用いるという形になっているのである。

④仲正歌は、上句に「春たつけふのはつねのび」と題の文字を詠み尽くしているが、下句の「ひきあはせても」が「子の日」の縁語「ひく」を掛けており、上下の句を有機的に結び付ける役割を担っている。⑦為経歌もこれに近く、「かきつばた」に掛けた「垣」と「へだて」の縁語関係、及び「あさかのぬま」に掛けた「浅（し）」と「ふかき」の対比が趣向となっているのである。

また③俊成歌の下句は、『伊勢物語』一〇七段の「かずかずに思ひ思はず問ひがたみ身をしる雨は降りぞまされる」に拠っており、これが「閑中春雨」の寂寥感を深めている。

最後に⑦為盛歌の下句は、特に上句と縁語などの関係があるわけではないが、鳴子の音のみが聞こえるとするその情景描写は、「田家霧」という題の趣を深めることにつながっていると言えよう。

下句に題意が偏っている場合も見ておこう。

⑨をしむべき花のみやこをふりすててすずかのせきをかへるかりがね　（初度百首・八三・関路帰雁・為忠）

⑩としをへてこけのころもにはるくればつつじのうはぎきるいはねかな　（同・一二八・巌上躑躅・為盛）

⑨は縁語で上下句が結び付いており、⑩は上句の「こけのころも」と下句の「つつじのうはぎ」が対になっている。題の文字の含まれない上句も決して「すゞろなる事ども」のみを詠んでいるわけではない。

以上のような例は『後度百首』にも見られ、『両度百首』における題の文字が上下の句に配られていない歌の中には、作者たちなりの工夫があり一概に批判できない作もあることが指摘できるのである。

しかしながら一首全体を題の本意に沿って構成し、題の求めるところを曖昧にしないという点で、題の文字を上下の句に配ることはやはり重要である。『両度百首』においてこれを逸脱した例が、多い作者で全体の四割、少ない者でも四分の一に上るということは、彼らがこの点にあまり留意していなかったことを意味するものであろう。

特に『簸河上』で批判されていた結題を一句のみに詠み尽くすという詠み方が見られる事実は、結題の詠法に関して為忠らが未だ未熟な面を残していることを物語っている。

いはつつじさらぬのやまもあるものをなにおはむとやここにしもさく　（初度百首・一二五・巌上躑躅・俊成）

わがやどのかどたの早苗うゑしよりいさらをがはをまかせてぞみる　（同・一九六・門田早苗・忠成）

しら雲やみねのさくらとなりぬらんかからぬけふも色のかはらぬ　（後度百首・一五・嶺上桜・為経）

わがこころにはのさくらにとまらずははるのやまべにあくがれなまし　（同・一二〇・庭上桜・頼政）

いずれも初句乃至は第二句に題の文字が詠み尽くされている。しかも、根幹となる季題部分と空間的限定を付加した部分とを直接につなげ、題そのままに「かどたの早苗」「みねのさくら」のように詠んでいる。これにより一首全体の均衡が崩れ、一見題意が明示されているように見えながら、結果的には題の本意は曖昧になってしまっているのである。

『両度百首』作者は、題の文字を上下の句に配ることの重要性に気付いておらず、結題を詠む際の留意点として認識するに至っていなかったと言えよう。

五　同時代の歌合との比較

ここまで結題の詠法の二大原則に照らしつつ『為忠家両度百首』の作品を検討してきたが、最後に同時代の歌合での結題の詠まれ方と比較して『両度百首』の特徴をより明らかにし、まとめとしたい。

『両度百首』は結題による百首としては最も初期の作品であるが、歌合では少数ながら結題の先例を見ることができる。その中でまず、為忠とほぼ同世代の内大臣藤原忠通主催になる元永元年十月十一日歌合の作を見てみたい。当歌合は『平安朝歌合大成』によれば「雨後寒草」一題、歌人十人の小規模な歌合で、廿巻本類聚歌合断簡により三首が知られるのみである。その三首とは、(21)

雨晴るとみくまの野べに風ふけば荻のかれ葉に玉ぞ散りける　（一番左・藤原忠通）

冬されの枯野の草にぬく玉とみゆるは夜はの時雨なりけり(22)　（三番左・源季房）

みるままに時雨るる空は枯れゆけど荻のかれ葉はなほぞかはらぬ　（三番右・源盛定）

であり、いずれも「雨」を表す語が明確である。『両度百首』においても多くの作者は「雨」の文字を含む題を詠むのに「雨」「時雨」「むらさめ」などを詠み込んでいたが、中に、

ひをのよるやそうぢがはのかはなみにこゑうちそふるやまめぐりかな　（初度百首・雨中網代・五一六・俊成）

こよひだにのきのしづくにこころせよやまほととぎすさだかにやきく　（後度百首・雨中郭公・二一七・親隆）

ふきはらふかへしのかぜにかねてきし月のあまがさぬぎすてけり　（同・雨後月・四一四・頼政）

の如くまわした詠み方が見られる。

また同じ忠通主催の保安二年九月十二日『関白内大臣家歌合』の「庭露」題では、十四人の作者の内十三人が「庭」「露」の語を詠んでおり、残る一人源師俊は、

かるかやのみだるる秋のあさぎよめしづのころもやつゆふしぬらむ　（一番右・三〇）

と詠み、判者藤原基俊により「あさぎよめ、とよめるうたをおもへるか、それは、あさぎよめすな、などよめればこそききよくはべれ、このあさぎよめはことばもたらずこそきこゆれ」と批判された。一方『両度百首』において俊成は、「庭」の語を詠み込まず、

風ならでつゆもちらさじ秋はぎの花のあたりはあさぎよめすな　（初度百首・三〇一・庭萩）

ふるさとはこぐさがもとももをれふしてかれはにしものおかぬまもなし　（同・四六〇・寒庭霜）

やどふりてこのしたかげにむすこけよちりつむ花をまたはちらすな　（後度百首・一一五・庭上桜）

といった詠み方をしていた。

更に大治元年八月『摂政左大臣家歌合』の「旅宿雁」題の詠で、「旅」の題意を表わすのに、「旅（旅寝）」「草枕」のような直接的な表現をとっていないのは、十人の作者のうち、

かぎりありていそぎ立ちぬるいほのうちにたれをたのむのかりしたふらん　（一番左・一）

と詠んだ源俊頼のみであった。これに対して『両度百首』には、

春はただこよひのみぞとみしまなるあしのかりやのたたまうき哉　（初度百首・旅宿三月尽・一五六・忠成）

おくれじと都をいでしかひもなくこよひやはるにゆきわかるらん　（同・一五七・俊成）

もろともにみふねの山をこゆればやそらゆくかりのからろおすらん　（初度百首・羈旅鴈・三四七・為忠）

いそぎつつこまうちむるるたそがれに雲井はるかになのるかりがね　（同・三五二・為盛）

つたひゆくこしのかけぢのけはしきにかけりて過る郭公哉
（後度百首・羇旅郭公・二三二・為忠）

のような、「旅」の字をまわして詠んだ例が見られた。[23]

以上あげたのはいずれも名詞の文字の例であり、後に原則化されるところの「まはして心をよむべき文字」にはあてはまらない。が、ここで再度指摘したいのは、何が「まはしてよむべき文字」かという点においては、後の歌論書に明文化される原則に沿っていない場合もあり、時にはまわして詠む方法が不成功に終わることもあるが、『両度百首』作者がこの詠法に極めて意欲的に取り組んでいるという点である。これは彼らなりの『俊頼髄脳』の記述の実践を意味するものと言えよう。

次に題の文字の配置の仕方について見ていきたい。結題が出題された同時代の歌合で証本が残る保安二年九月十二日『関白内大臣家歌合』・大治元年八月『摂政左大臣家歌合』・大治五年『殿上蔵人歌合』を調査したところ、まず『関白内大臣家歌合』「山月」「野風」「庭露」題の計四二首の中で、題の文字が上下の句に配られていない歌は、全体の半数近くに上る。『摂政左大臣家歌合』「旅宿雁」題十首の場合、そうした例は一首も見出だせないが、『殿上蔵人歌合』「禁中月」「野経《ママ》月」「海上月」計十八首では、四例に題の文字の偏りが見られる。このように、作品によってばらつきはあるものの、題の文字の配置に偏りがある場合、上句に集中する例が下句に偏る例を圧倒している点は、『両度百首』と同様である。

題の文字が偏って配置されている例の中には、

神のますみかさのやまにつきかげのゆふかけてしもさしのぼるかな
（関白内大臣家歌合・山月・五・藤原忠通）

のように、上下の句を縁語により結び付け、題意が偏ることによって一首全体の緊密性が希薄になるのを回避している作も見られる。しかしまた一方で、

にはのおもにおくしらつゆのなかりせばくさばにやどる月をみましや
（同・庭露・四一・小将君）

といった歌もあり、判者基俊により「左歌、月をもみましやとよめる、さきに山月と云ふ題あり、かたはらの題をかすはおほいなる難なり」と傍題を難じられているのである。この基俊の指摘は、『定家卿相語』に説くところの「外記大夫頚にのると云ふ事」、すなわち山の題に海を詠んだり花の題で帰雁を詠んだりして「互に言ひおほせずしてはしらかいたる事」を想起させる。

このように、『両度百首』にせよ同時代のいくつかの歌合にせよ、題の文字がいずれかの句に偏る例は少なくないのであり、為忠らを含め当時の歌人の多くは、題の文字を上下句に配らなければいけないという意識は希薄であったと思われるのである。

さいごに

『俊頼髄脳』の記述は、後々まで継承される題詠論の基礎となるものであった。しかしそれを具体化敷延化した理論が整い明文化されるのはいま少し後のことであり、そうした理論を持たなかった『両度百首』作者たちは、彼らなりの理解・方法で『俊頼髄脳』の題詠論を実作で体現したのである。『俊頼髄脳』には記述のない題の文字の配り方については意識が薄いものの、「まはして心をよむ」詠法については、極めて積極的にこれを試みていた。『両度百首』を見る限り、結題の詠法の自覚化は、まずまわして詠む方法から第一歩を踏み出したという指摘も可能であろう。

結題による百首の嚆矢という点で、題詠史上重要な位置を占める同百首は、結題の詠法が確立していく過程においても、そのごく初期にあって一つの到達段階を示すものとして見逃し得ない意味を有すると言える。

〔注〕

（1）松野陽一氏「平安末期の百首歌について」（『東北大学教養部紀要』25　一九七七年二月）→『鳥帚　千載集時代和歌の研究』（一九九五年　風間書房）、井上宗雄氏「再び「心を詠める」について―後拾遺・金葉集にみられる詞書の一傾向―」（『立教大学日本文学』39　一九七七年十二月）、田中正男氏「題詠に於ける結題の隆盛とその詠歌法」（『国学院大学大学院文学研究科論集』5　一九八〇年八月）など。

（2）「題―「結題」とその詠法をめぐって―」（『論集　和歌とレトリック』一九八六年　笠間書院）→『後鳥羽院とその周辺』（一九九八年　笠間書院）。以下、田村氏の説はすべてこれによる。

（3）注（1）に同じ。

（4）『新古今歌人の研究』第二篇第二章三（一九七三年　東京大学出版会）。以下、久保田氏の説はすべてこれによる。

（5）『丹後守為忠朝臣家百首』と『和漢朗詠集』―藤原俊成の青年期の和歌活動の一考察―」（『金沢女子短期大学紀要』22　一九八〇年十二月）

（6）当該部分の解釈については第二篇第二章第三節参照。なお本稿初出時には、『俊頼髄脳』の「かならず詠むべき文字、かならずしも詠まざる文字、まはして心を詠むべき文字、さ、へてあらはに詠むべき文字ある」の部分を、四種の文字の詠み方について述べたものと解していたが、現時点では「詠むか詠まないかという観点で分類すれば、必ず詠むべき文字と必ずしも詠まない文字がある。また間接的に詠むか直接的に詠むかという観点で言えば、まわして心を詠むべき文字とはっきりあらわに詠むべき文字とがある」と解釈すべきと考えている。

（7）第二篇第一章参照。

（8）「題詠に於ける「まはして心を詠む」文字について」（『和歌文学研究』60　一九九〇年四月）

（9）「『為忠家初度百首』の俊成歌について―漢詩文摂取を中心に―」（『国語と国文学』82－9　二〇〇五年九月）

（10）趙氏があげている例から、漢詩・和歌一例ずつを示しておく。

孫氏寒窓如㆓燭映㆒（本朝無題詩巻二・「賦㆑雪」・釈蓮禅）

窓の裡にかきほの雪をあつめても妹が文こそ先見られけれ（林葉集・七八七）

（11）但し、底本の「きしのはおと」が「しきのはおと」すなわち「鴫の羽音」の誤写であるならば、暁のしぎのはねがきももはがき君がこぬ夜は我ぞかずかく（古今集・恋五・七六一・読人しらず）を媒介として「暁」の題意を表していると見ることができる。

（12）『初度百首』「竹林鶯」題は本来八首のところ九首が並ぶが、三首目と四首目は共に俊成の作と考えられる。第五章参照。

（13）引用部分の直前には「池水半氷」題の「いけ水をいかにあらしの吹き分てこほれるほどのこほらざるらむ」という藤原良経歌が引かれている。

（14）「平安後期の題詠と句題詩―その構成方法に関する比較考察―」（『和歌文学研究』91　二〇〇五年十二月）→佐藤氏編『句題詩研究―古代日本の文学に見られる心と言葉』（二〇〇七年　慶應義塾大学21世紀ＣＯＥ　心の統合的研究センター）。なお佐藤説については第二篇第一章補説でも言及した。

（15）この点については別稿で詳述したい。

（16）俊成ほどではないが、頼政もあらわに詠むべき文字を間接的に詠んだ例が目立つ。しかし、故事や先行歌に拠る方法を用いた例は見られない。

（17）『長秋詠藻』秋歌部に入ることから同集の原型本が完成した治承二年（一一七八）、六十五歳以前の詠であることは知られる。なお、同集三六四番に「おなじころ、西山なる所にこもりゐたるに、正月つかさめしなど過ぎて雪のふりたる朝に、人のとぶらひたる返事のついでに」という詞書が見え、三六二・三六三番詞書から、これが保延六年正月の詠と推定できる。二五六番歌の「西山に住みける比」が仮に同じ時期であるとすれば、「暮見落葉」題であることから、保延五年晩秋から初冬、二十六歳の時の歌ということになろう。但しそのように考えると、西山滞在が三箇月以上に及ぶことになり、不審もある。

(18) 定家もまた結題詠の実作と指導的言説の間にずれが見られることが、中田大成氏「定家の結題詠の実際とその指導―『後鳥羽院御口伝』の定家像と『長綱百首』定家評の齟齬をめぐって―」(『国文学研究』109　一九九三年三月)により指摘されている。定家の、題の文字を表さない詠み方についての論として、今井明氏「定家の「破題」的詠法と『顕注密勘』」(『香椎潟』43　一九九八年三月)、中田氏「題詠と歌の姿―定家の〈破題〉的方法に関わらせて―」(『国文学研究』133　二〇〇一年三月)もある。

(19) 俊成の題詠の方法については、別稿を成す予定である。

(20) なお、錦仁氏は「『俊頼髄脳』の再検討―結題の詠歌方法をめぐって―」(有吉保氏編『和歌文学の伝統』一九九七年　角川書店)において、対象(歌題)を上句に表し自己の心を下句に開陳するというのが題詠の基本と思われることを指摘しており、示唆に富む。

(21) 当歌合のみ、引用は萩谷朴氏『平安朝歌合大成』(一九五七年、増補新訂版一九九六年　同朋舎)による。

(22) 「枯れ」は「晴れ」の誤りか。

(23) 同時代に他に結題百首が無いため歌合の歌を比較対象としたが、歌合では題を過不足無く詠むことが特に重視されるという点には留意しなければならない。

第三章　地名歌の方法

はじめに

『為忠家両度百首』の歌題の多くは、素題に時間的空間的限定、乃至は場面状況の限定を意味する語を付加した結題であるが、中でも「岡辺早蕨」「遠村卯花」「杜間雪」など空間的条件を付加した題が多い。この特徴から導かれる当然の結果として、『両度百首』には地名を詠み込んだ歌（以下、これを便宜上「地名歌」と称する）が多数見られる。『両度百首』に先行する多人数百首であり、『両度百首』に多大な影響を与えた『堀河百首』も多くの地名歌を含んでおり、竹下豊氏(1)の調査によれば、その割合は総歌数の約二八パーセントに達するという。『両度百首』の場合、『堀河百首』には及ばないものの、『初度百首』では約二四パーセント、『後度百首』では約二〇パーセントの歌に地名が詠み込まれている。地名歌について考察することは、『両度百首』の表現方法を解明する上で重要な意味を有すると言えるであろう。

本章では『両度百首』の地名歌を取り上げ、作者たちがどのような地名を如何にして詠んでいるかを検討し、本百首における地名歌詠出の方法を探っていきたい。『両度百首』は特異な発想や新奇な語彙を大きな特徴としており、作者たちが従来の伝統的表現に縛られない新鮮な表現を模索していたことがうかがえる。地名歌においても、既に歌枕として定着している地名を常套的方法で詠んだ作よりも、先行歌の少ない地名を詠んだ歌や、歌枕の新しい詠み方を試みている歌の方が、本百首の特質をより明確に示していると予想される。ここでは、そうした例を中心に検討を加えていくこととする。

一　『万葉集』『堀河百首』の影響

『両度百首』では、どのような地名が詠まれているのだろうか。まず最初に、『万葉集』所見の地名を詠んだ歌を取り上げてみよう。(2)

むかしべのみほのいはやをきてみればこけのみぎりにすみれさきけり　（初度百首・古砌菫菜・一〇九・俊成）

皮為酢寸《シノススキ》　久米能若子我《クメノワカゴガ》　伊座家留《イマシケル》　〈一云家牟《ケム》〉　三穂乃石室者《ミホノイハヤハ》　雖見不飽鴨《ミレドアカヌカモ》　〈一云安礼尓家留可毛《アレニケルカモ》〉　（巻三・三〇七・博通法師）

＊元暦校本はこの歌を欠く。

俊成が『万葉集』から「みほのいはや」という地名を摂取した点については、既に久保田淳氏(3)による指摘がある。この地名は、『万葉集』で詠まれて以来『初度百首』に至るまで、他の用例が見出せない。俊成は、歌人たちに長らく忘れられていた地名に目を付けたのである。『万葉集』三〇七〜三〇九番は、三穂の岩屋にいたとされる久米の若子を偲ぶ連作であり、俊成歌は久米の若子なき後、三穂の岩屋の苔生した砌に、菫がひとり花開く情景を詠もうとしたものと言える。

『万葉集』に見られる地名に新たに光を当てるというこの試みは、自身満足できるものであったらしく、俊成は後

にも

いにしへのみほの岩やは苔むしてみれどもあかずとこめづらなり　（俊成五社百首・伊勢・苔・八五）

と詠んでいる。

同様に、『万葉集』以来久しく注目されずにいた地名を詠んだ例が、もう一例ある。

くものうへにいつたびふりしそでをみてよしののみやのことをしぞおもふ　（後度百首・五節・七六五・為経）

いりひさすよしののみやのことのねにそでふりそめしあまつをとめご　（同・七六六・頼政）

天皇幸二于吉野宮一時御製歌

淑人乃《ヨキヒトノ》　良跡吉見而《ヨシトヨクミテ》　好常言師《ヨシトイヒシ》　芳野吉見欲《ヨシノヨクミヨ》　良人四来三《ヨキヒトヨキミ》

紀曰、八年己卯五月庚辰朔甲申幸二于吉野宮一　（万葉集・巻一・二七・天武天皇）

ここでは一例のみ掲げたが、「吉野宮」は『万葉集』において題詞や左注に九例、和歌に五例見える地名である。但し、『後度百首』の為経・頼政歌は、『江家次第』（巻十・五節帳台試）に引かれた『本朝月令』の次のような記述に基づいている。

本朝月令云、五節舞者、浄御原天皇之所レ制也、伝云、天皇御二吉野宮一、日暮弾レ琴有レ興、俄爾之間、前岫之下雲気忽起疑如二高唐神女一、髣髴応レ曲而舞、独入レ瞻、他人無レ見、挙レ袖五変、故謂二五節一云々

したがって、先の俊成歌のように『万葉集』から直接に地名を取り入れたというものではない。『万葉集』以来用例の確認できない地名を、『万葉集』に倣って詠んだ『両度百首』の歌は、先の俊成歌のみということになる。

こうした例よりも、『万葉集』と『両度百首』地名歌の関係において注目されるのは、『万葉集』以来用例の知られない地名が『堀河百首』で詠まれ、同じ地名を『両度百首』が取り入れている点である。佐藤明浩氏は、(4)「あをねが

みね」「さらしゐ」「くろかみ山」などの例をあげ、『両度百首』作者が『堀河百首』によって『万葉集』の地名を学んだと考えられると指摘した。以下も同様の例である。

①たづねくるひくまの野辺にみだるるやよるかたもなくあそぶいとゆふ　（初度百首・野外遊糸・一二一・為経）

引馬野《ヒクマノ》尓《ニ》　仁保布榛原《ニホフハギハラ》　入乱《イリミダル》　衣尓保波勢《コロモニホハセ》　多鼻能知師尓《タビノシルシニ》　（万葉集・巻一・五七・長忌寸意吉麻呂）

春霞たちかくせどもひめこ松ひくまののべにわれはきにけり　（堀河百首・子日・一八・大江匡房）

ひくまののかやが下なるおもひ草また二心なしとしらずや　（同・思・一二三九・藤原仲実）

②なくこゑはひのくまがはにあらねどもこまとめてきくほととぎすかな　（後度百首・馬上郭公・二六八・為業）

佐檜乃熊《サヒノクマ》　檜隈川之《ヒノクマガハノ》　瀬乎早《セヲハヤミ》　君之手取者《キミガテトラバ》　将縁言毳《ヨラムテフカモ》　（万葉集・巻七・一一〇九）

左檜隈《サヒノクマ》《ササノクマ》　檜隈河尓《ヒノクマガハニ》　駐馬《コマトメテ》《ムマトメテ》　馬尓水令飲《コマニミヅカヘ》《ムマ》　吾外将見《ワレヨソニミム》　（同・巻十二・三〇九七）

＊元暦校本はこの歌を欠く。

今よりはひのくま川に駒とめじかしらの雪の影うつりけり　（堀河百首・川・一三七八・大江匡房）

①の「引馬の野辺」は、竹下豊氏も言うように、万葉歌の「引馬野」を一句七音に合わせて表現したものである。為経はそれを匡房歌により学んだのであろう。「野外遊糸」題を詠むにあたり、まず「糸―引く」の縁で『堀河百首』に詠まれた「引馬の野辺」に思い至り、更に「糸」の縁で「くる」「みだるる」「よる」を詠み込んで一首を仕立てたのだと思われる。

②の「檜隈川」の場合、『万葉集』三〇九七番歌の類歌が『古今集』（神遊びの歌・一〇八〇）に

ささのくまひのくま河にこまとめてしばし水かへかげをだに見む

ひるめのうた

という形で見え、本来民謡の類であったとも思われるので、『万葉集』―『堀河百首』―『後度百首』という単純なラインを引くことはできない。しかし『古今集』以降『後度百首』に至る間に成立した勅撰集や現存の私家集・歌合には「檜隈川」の用例は見えないのである。(5) 為業が「檜隈川」に注目した要因として、『堀河百首』の影響も認めてよいのではないだろうか。

これらのように、『万葉集』以来他の用例が知られず『堀河百首』で再び詠まれた地名を、『両度百首』作者が詠んでいる例として、他に「真野の池」（万葉集二七七二・堀河百首二九五・初度百首一四八）(6)、「猪名の湊」（万葉集一一八九・堀河百首九八六・後度百首二九）、「巻向の檜原の山」（万葉集一〇九二・堀河百首四三・後度百首四九七）(7)があげられる。『堀河百首』作者の同百首以外の歌にも目を向けてみると、『金葉集』異本歌六八四番で源顕仲が詠んでいる「敏島が崎」（万葉集三八九・初度百首六五八）(8)、『散木奇歌集』三三八番に見える「野島が崎」（万葉集二五〇他・初度百首四〇七）も先の例に準じて捉えることができる。

『両度百首』には、「逢坂山」「春日野」「難波潟」など『万葉集』で詠まれ、かつ三代集にも用例の多い歌枕を詠んだ歌も無論含まれている。しかし、既に定着した歌枕のみではなく、使い古されていない『万葉集』の地名を取り込もうという意図は確かに看取できるのであり、その際『堀河百首』及びその時代の和歌を通じて、目新しい『万葉集』の地名を学ぶ場合が目立つ点が特徴と言える。

こうした事象は、『両度百首』が『堀河百首』から如何に多大な影響を受けていたかを物語ってもいる。事実、『両度百首』地名歌の中には、現在知られる限りでは『堀河百首』及びその時代の和歌に初出かと思われる地名を詠んだものが少なくないのである。「忍の岡」（堀河百首一一五二・初度百首五五・後度百首七〇）、「衣笠岡」（堀河百首五一五・初度百首二四七・後度百首七二）、「倭文機山」（堀河百首八四九・永久百首三六一・後度百首五二七）、「つまきの山」（散木奇歌集四五三・後度百首六一二）などがそれであり、『永久百首』の時代まで範囲を広げれば、「轟の橋」（永久百首四六一・初度百首四二九）、「船岡山」（夫木抄八六三三＝永久四年忠隆歌合・後度百首二八）、「霞の浦」（夫木抄一一四五八・一一六四八＝永久四年十月斎宮宣旨家歌合・後度百首七三）も該当する。ここからもまた、詠み古されていない地名で歌境を広げようとする『両度百首』作者たちの意識がうかがえよう。

二　『両度百首』初出の地名

使い古されていない地名を詠むことを志向した作者たちであれば、当然先行例の見出せない地名を詠むことに挑んだはずである。ここでは、現在知られる限りにおいて『両度百首』初出の地名について検討してみたい。

『校本堀河院御時百首和歌とその研究　本文研究篇』(9)第二章には、『堀河百首』の地名歌に関して以下のような指摘がある。

（『堀河百首』の）歌枕の中で、古今・後撰・拾遺・後拾遺集に見られないものが、全体の三分の一、一二八語に及んでいる。このうち万葉の歌枕は五〇語であり、『堀河百首』全体の歌枕の五分の一は、『万葉集』や勅撰集に見られない特殊な歌枕で占められているという事が知られる。

『万葉集』及び先行する勅撰集に見られないものを「特殊な歌枕」とする同書の言葉に倣うなら、『両度百首』の「特殊な歌枕」は約一〇〇語。『両度百首』の地名は全部で約二七〇語なので、「特殊な歌枕」の割合は『堀河百首』をはるかに上回ることになる。約一〇〇語の中で、私家集や歌合にも先行例が見出せない地名は三十九語。『両度百首』作者は、どのような経緯でこうした地名に着目したのだろうか。

竹下豊氏は、『堀河百首』において「見越の崎」を「みこしがたけ」と詠み変えるなど、万葉の地名を題や素材に応じて改変するという方法が見られると指摘している。『両度百首』初出の可能性がある地名についても、先例のある地名の形を変えて新たな地名としたものが散見される。

まず「葦屋の沖」の例をあげてみよう。

さみだれにあしやのおきにとまりしてものがなしかるたびのそらかな　（初度百首・旅船五月雨・二一二・忠成）

「葦屋」は、芦屋菟原処女伝承に関連して『万葉集』に既に見られ、『伊勢物語』八七段の「蘆の屋のなだの塩焼いとまなみ黄楊の小櫛もささず来にけり」の歌はよく知られている。しかし『両度百首』以前に「葦屋の沖」と詠んだ例は検索できない。忠成歌の背景として、次の歌を想定してみたい。

あしのやのこやのわたりにひはくれぬいづちゆくらんこまにまかせて　（後拾遺集・羇旅・五〇七・能因）

忠成は、旅の途中、葦屋の地で日暮れを迎えたとする能因歌の情景を参考にしつつ、「旅船五月雨」題に合致するよう「あしやのおきにとまりして」と詠んだのではないだろうか[10]。

次も同様の例である。

ふきはらふあなしのかぜにくもはれてなごのとわたるありあけの月　（後度百首・雨後月・四〇九・俊成）

安由乎疾《アユヲイタミ》　奈呉能浦廻尓《ナゴノウラワニ》　与須流浪《ヨスルナミ》　伊夜千重之伎尓《イヤチヘシキニ》　恋渡可母《コヒワタルカモ》　（万葉集・巻十九・四二一三・大伴家持）

みなと凪いたくふくらしなごのえにつまよびかはしたづさわぐみゆ　（古今和歌六帖・三・みなと・一九六七）

俊成は、先行歌から風の強い奈呉の海というイメージを学び、月が渡るという情景に相応しく「奈呉の門」と改変したのであろう。但し、父俊忠に、

なごの海のとわたるふねのゆきずりにほのみし人のわすられぬかな　（俊忠集・一七）

という歌があり、これも念頭にあったかも知れない。

先行歌を踏まえて新しい地名を詠んでいることがより明らかな例として、「浮田の原」の歌がある。

おほあらきのもりのしたくさくちぬらしうきたのはらにほたるとびかふ　（初度百首・叢中蛍火・二二九・俊成）(11)

季夏之月（中略）蟋蟀居壁、鷹乃学習、腐草為蛍　（礼記・月令）

如是為哉《カクシテヤ》　猶八成牛鳴《ナホヤヤミナム》　大荒木之《オホアラキノ》　浮田之杜之《ウキタノモリノ》　標尓不有尓《シメナラナクニ》　（万葉集・巻十一・二八三九）

＊元暦校本はこの歌を欠く。

おほあらきのもりの下草おいぬれば駒もすさめずかる人もなし　（古今集・雑上・八九二・読人しらず）

「叢中蛍火」の題を前にした俊成は、まず「草が朽ちて蛍になる」というモチーフを設定したのであろう。そして「叢」の題意を満たす表現として、古今歌より「おほあらきのもりの下草」の句を摂取し、この句との関連で『万葉集』の「浮田の杜」に着目する。更に、蛍の飛ぶのに相応しく「杜」を「原」に変えたものと思われる。

続いて見ておきたいのは、地名としては『両度百首』初出であるが、地名に関わる修辞が先行歌と一致する例である。

みなかみのはるは雲井にみゆるかなちりかふ花やおほはらのたき　（後度百首・滝上桜・八一・為忠）

心ざしおほはら山のすみならばおもひをそへておこすばかりぞ　（後拾遺集・雑六・一二〇八・読人しらず）

おもふことおほはらやまのすみがまのこひのけぶりはたちぞまされる　（匡房集・二〇九）

「大原」は既に定着している歌枕であるが、滝を詠んだ歌は他に例を見出せない。「大原の滝」とは、大原の地にあった音無の滝を指したものか。あるいは為忠の創作という可能性もあろうか。(12)ともかく為忠は、「滝上桜」題で、詠み古されていない滝の名を詠もうとしたのであろう。その際、「大原」に「多し」を掛けるという先行歌の修辞を取り入れ、それによって地名と地名以外の歌句とを有機的に結びつけることを意図したものと思われる。

この、地名を修辞に結びつけるという方法は、先例の見出せない地名を詠み込む際、『両度百首』作者が頻繁に用いている手法である。本来歌枕とは、過去の用例の積み重ねによって独自のイメージを付加された歌語である。しかし先行例のない地名はそうしたイメージを持たず、歌枕のような表現効果は望めないことになる。それにもかかわらず、敢えて新しい地名を詠むからには、その地名に意義を与えること、換言すれば新たなイメージを与えることが必要となろう。『両度百首』作者は、地名の有する音に着目して修辞に結びつけることで、新しい地名を違和感なく一首の中に位置付けようとしたのである。

①卯の花のかきねつづきのよそめにはただぬのがほにさらしなの里　（初度百首・遠村卯花・一七六・為盛）

②ひさかたのあめしのやしろとしふりてしるしあるなりもりきこえける　（同・社頭・六七四・為忠）

③かげしげきこまのはやしにうちむれてみれどもあかぬはなざくらかな　（後度百首・林中桜・九三・為業）

④わりなしややすくそまぎもとらぬかなひさすがみねもゆきしとけねば　（同・杣山雪・五〇〇・為盛）

「更級」も「大原」と同様に歌枕として定着しているが、「更級の里」は①が初出かと思われる。「更級」「（布を）晒し」の掛詞も先例が見出せず、為盛の独創であろうか。[13]「ぬのがほ」という奇抜な語と相俟って、やや俗に傾いてしまった。②の「雨師の社」は、大和国の丹生神社の別名であるが、和歌の用例はこれ一例しか知られない。「雨」を掛け、「ふり」「もり」と縁語も用いられている。③の「こまのはやし」は、『源平盛衰記』巻七「康頼出家」の段に見える「小馬の林」であろうか。②と同様に、地名に「駒」を掛け「かげ」「うちむれ」と縁語としている。④の「ひさすがみね」も他に例が見出せない。「日射す」を掛け、「日が射す峰なのに雪が解けない」と機知を狙ったものである。

このように、地名を掛詞とし、縁語を絡めるという方法は、無論『両度百首』に独自のものではなく、歌枕詠の常套的方法である。『両度百首』作者は、伝統的な歌枕詠の方法に倣っているわけだが、「ぬのがほにさらしなの里」など、新しい地名を新しいイメージで詠もうという意識、更に言えば新たな歌枕を創出しようという意識もほの見えるのである。

では、彼らは目新しい地名をどのようにして知り得たのであろうか。和歌に先例の見出せない『両度百首』の地名の中には、『枕草子』類聚章段に見られるものが三例（水無の池・長目の里・誰其の森）が含まれる。高田信敬氏[14]は、『枕草子』に見られる地名の多くが先例のない珍しいものと捉えられてきた点に関して、「かつて詠まれたであろう無数の歌、時の流れのうちに埋没してしまった莫大な数の歌を思うと、これらの地名が勅撰集や著名な私撰集に顔を出さないとは言えても、当時の和歌の世界でどのくらい奇であったかは判断がすこぶるむつかしい」との見解を示し、西山秀人氏[15]によって高田氏の発言の正当性を裏付ける論も発表されている。『両度百首』が『枕草子』を参考にして「水無の池」などの地名を詠んだと断言することはできないだろう。[16]

『両度百首』作者たちは、あるいは歌枕を列挙した書を参考にしたかも知れないが、すべてを書物から学んだと考えるのは適当ではあるまい。樋口芳麻呂氏は、『両度百首』と同じく為忠主催になる『三河国名所歌合』に関する論考[17]の中で、同歌合の題に『能因歌枕』や『五代集歌枕』などの書に見られない地名が選ばれている点について、「国司として為忠が三河各地を実地に歩きまわり、興趣をおぼえたので、名所に加えたのであろう」と推断している。『両度百首』においても、名所として知られたり記録されたりはしていないものの、新たな地名を詠もうという意識のもと、自分の知識にある地名を用いたのではないかと考えられる作が見られるのである。

やまかげのみちをたのみてわがゆかんやぎのひむろははるかなりとも　（初度百首・遠山氷室・二四三・為忠）

『延喜式』には、丹波国桑田郡池辺氷室の記録があるが、この地は現在の京都府南丹市八木町氷所に当たる。『日本歴史地名大系　京都府の地名』（一九八一年　平凡社）によれば八木は古い地名らしく、為忠歌の「八木の氷室」は池辺氷室を指すと思われる。この歌の場合、「やぎ」は修辞に関与しているわけではなく、言ってみれば八木の氷室を詠む必然性はない。そもそも「氷室」題は、『両度百首』以前には『故侍中左金吾家集』の例（『後拾遺集』に入集）と『堀河百首』の例が知られるのみである。『堀河百首』では「氷室山」「長坂の氷室」「松が崎（の氷室）」が詠まれたが、いずれも『両度百首』の時点で歌枕として定着していたとは言い難い。そこで為忠は、これまで和歌に詠まれたことはないものの、確かに氷室が存在する地として知識にあった八木を詠んだのではないだろうか。

以上見てきたように、『両度百首』地名歌からは、新しい地名を詠み込もうという作者たちの志向が看取できた。では、彼らが詠んだ新たな地名は、歌枕として後代の歌人たちに認められたのであろうか。『両度百首』初出の地名の中で、後代の用例が確認できるものは約三分の一に留まり、複数の用例がある地名は六例に過ぎない。中で最も用例が多いのは、

あめのしたこころひろたといははれてよにふるかずにもらさざらなん（初度百首・社頭・六七九・為盛）

と詠まれた広田である。為盛が試みた「広（田）」「広（し）」の掛詞を用いるのも常套的詠み方となるのだが、これは独創的な修辞とは言えない。また、古くから崇敬を集める広田社の存在を勘案すれば、為盛以前に今は散逸してしまった用例のあった可能性も高く、広田の歌枕化に関して為盛歌が大きく関与しているとは考えられない。

『初度百首』一七六番（前掲）に詠まれた「更級の里」は、『建保内裏名所百首』において秋の題として採用され、『和歌初学抄』（所名）や『八雲御抄』（名所部）に載る。『和歌初学抄』では「ヲバステ山ノフモト、月ニヨムベシ」と注され、『建保内裏名所百首』でもほとんどの作者が月を詠み込んだ。そもそも同百首において秋題として設定さ

れた時点で既に、

わが心なぐさめかねつさらしなやをばすて山にてる月を見て　（古今集・雑上・八七八・読人しらず）

の影響があったことは疑いあるまい。「更級の里」は後代に多数の用例を見ることができるが、それらに初度百首歌の影響はほとんど看取できないのであり、やはり歌枕化の過程で『初度百首』が何らかの役割を果したとは言えないのである。

その一方で、

はこのいけのこほりのうへにふるゆきはかがみにちりのゐるかとぞみる　（後度百首・氷上雪・五四四・親隆）

冬ふかみはこの池辺をあさ行けば氷りの鏡見ぬ人ぞなき　（夫木抄・雑五・一〇七四六・智経）

など、『両度百首』の影響が想定できる例も僅かながら見出せる。『両度百首』作者が詠んだ新しい地名の多くは、結局、歌枕として定着することはなかった。しかし、ごく一部ではあるが、後代の歌人に注目された例も確かにあったのである。

三　地名と景物の新たな取り合わせ

続いて、『両度百首』において地名歌がどのような方法で詠まれたかについて検討したい。

歌枕として定着した地名は、ある著名な歌に基づき特定の景物と結び付いたものが多い。例えば「み熊野の浦—浜木綿」「更級—月」の如くである。常套的な取り合わせを踏襲すれば、数々の先行歌によって既に構築されている独自のイメージを、自ずと自作の中に取り込むことができる。逆に、歌枕を詠む際に取り合わせに先例のない素材を選ぶのは、その歌枕本来の表現効果を放棄することだとも言えよう。作者の意識とすれば、常套的取り合わせを敢えて避けることで、新たな作品世界を築こうという意図があるわけである。

『両度百首』地名歌にも、地名と景物の新たな取り合わせを試みた作が散見される。作者たちはどのような方法で新たな取り合わせに挑んだのであろうか。

まず、本歌からの連想によると思しき方法がある。

ふねとめてあればかすみのたなびきてはるはあかしのうらなかりけり　（初度百首・海路霞・一〇・忠成）

…左欲布気弖《サヨフケテ》　由久敝乎之良尓《ユクヘヲシラニ》　安我己許呂《アガココロ》　安可志能宇良尓《アカシノウラニ》　布祢等米弖《フネトメテ》　宇伎祢乎詞都追《ウキネヲシツツ》…　（万葉集・巻一五・三六二七）

＊類聚古集・元暦校本はこの歌を欠く。広瀬本は訓無し。

ほのぼのと明石の浦の朝霧に島がくれ行く舟をしぞ思ふ　（古今集・羇旅・四〇九・読人しらず）

明石の浦は、あまりにも有名な古今歌以来「明し」と掛けるのが典型的な詠み方であり、取り合わされる景物としては「月」「千鳥」が目立つ。忠成歌の初句は万葉歌に拠ったものであろうが、明石の浦と霞との取り合わせは古今歌から連想したものではないだろうか。つまり、ほのぼのと明けゆく時刻のほの明るさ、辺りに立ち籠めた朝霧――そうした古今歌の情景からの連想で、春の霞にむせぶ明石の浦の情景を発想するに至ったのではないかと思うのである。[18]

しかしこうした方法はごく一部の作にしか見られず、地名と新たな景物を取り合わせる際、ほとんどの場合は地名の音を利用した修辞を用いる方法がとられている。

例えば第一節で①として掲出した「引馬の野辺」の為経の作は、地名に「引く」を掛けることにより「遊糸」を取り合わせていた。一方、為経歌と共にあげた『堀河百首』匡房歌は、同様の掛詞を用いて「小松」と取り合わせている。引馬野は万葉歌の影響で萩を取り合わせた歌が多く[19]、それに次ぐのが松・小松の歌である。しかし為経のように遊糸を詠む歌は他に見られない。

次も同様の例である。

風ふけばたてぬきにふるしらいとはしづはたやまの雪にぞ有りける
（後度百首・風前雪・五二七・為忠）

時雨の雨まなくしふればするがなるしづはた山も錦おりかく
（堀河百首・紅葉・八四九・藤原公実）

『和歌初学抄』が「しづはた山」の項に「アヤニシキニソフ」と注するように、「倭文機」を掛け錦と取り合わせた『堀河百首』の作は、倭文機山が錦を織るというイメージを伴った歌枕として定着する土台となった。一方、『堀河百首』の発想に更に一ひねり加えて雪を詠み込んだ為忠歌は、後代の和歌に影響を与えることはできなかった。

ここで触れた『堀河百首』の二首の手法については、竹下豊氏が既に論じている。氏は、『堀河百首』において、いまだ歌枕化していない万葉出典の地名を新たな景物と結びつけた作が見られること、「紅葉」ならば竜田山や嵐山というように題の本意と詠むべき名所が固定化している題では、耳慣れない地名を選び取っている場合があること、いずれの場合も地名の音のイメージが生かされていることを指摘している。これはすべて『両度百首』にもあてはまる特徴だが、『堀河百首』の試みの幾つかが後代に確実に引き継がれているのに対して、『両度百首』の作が影響を与えたと断定できる例はごく稀である。

その最たる原因は、『堀河百首』と『両度百首』の権威の差、流布の度合いの差であろう。しかし、地名の音に注目するという方法においては軌を一にするものの、『両度百首』では地名を組み入れた修辞があまりに奇抜で趣向が勝ちすぎている場合があるという点にも注意すべきであろう。

ここで、『両度百首』地名歌における修辞について改めて考えてみたい。『両度百首』地名歌の大きな特徴として、地名と縁語・掛詞などの修辞を結び付けた歌が多いという点が指摘できる。[20]とりわけ『初度百首』でその傾向が強く、『初度百首』地名歌の中で、地名が何らかの修辞と関連している歌の割合は四割を超える。ちなみに「全体としてみたとき、掛詞などの使用が少ないのが特色とされる西行歌で、歌枕地名歌に関しては、時によせ過ぎると思えるほどの修辞をこらしている」[21]とされる西行の『山家集』では三割強、『散木奇歌集』が約四六パーセント、『堀河百首』で三七パーセントほどである。『両度百首』が、和歌の発想や表現において『堀河百首』や『散木奇歌集』から多大な影響を受けているという点については第一章で論じており、佐藤明浩氏[22]の論考もある。地名と修辞を結び付ける傾向が強いという特徴に関しても、『堀河百首』『散木奇歌集』の影響下になるものと見なすことができよう。

竹下豊氏は、『堀河百首』「紅葉」題に紅葉の名所である竜田山を詠んだ歌が一首もなく、「みふねの山」「しづはた山」「たかはた山」など耳慣れない地名を、地名と結び付いた修辞を用いながら詠んでいることを指摘する。『初度百首』「杜間紅葉」題の作をあげてみよう。

①おしなべてみな色にみゆるかなもみぢするきやおほあらきのもり　（三六三・為忠）
②うすくこくもみぢしにけりくれなゐのにほひにみゆるころものもり　（三六四・忠成）
③もみぢばのちへのにしきとみゆるかなしのだのもりのあきのゆふぐれ　（三六五・俊成）
④もみぢするこやのおほもりみわたせばにしきにみけるここちこそすれ　（三六六・仲正）
⑤しぐれするかみなみ山をみわたせばいはせがもりももみぢしにけり　（三六七・為業）
⑥秋きぬとひとはつげねどもみぢするけしきのもりにしるきなりけり　（三六八・為盛）
⑦つゆじもをたてぬきにしてたつたひめにしきをおれるころもでのもり　（三六九・為経）

⑧みどりなるたもとにちればにしきかとみればときはのなかのもみぢば

（三七〇・頼政）

大荒木の杜の紅葉を詠んだ歌は『堀河百首』に例があるが、大荒木に「多し」を掛けた点が①為忠歌独自の工夫である。②・⑦で詠まれている衣手の杜も紅葉を詠んだ先例があるが、②は木々の紅葉を「くれなゐのにほひ」すなわち紅色のグラデーションと見立て、⑦は露霜を経緯にするという趣向を組み合わせた。[23]③の「ちへのにしき」は、信太の杜にちなむ「千枝」を響かせた表現であろう。⑥は言うまでもなく、地名に「気色」を掛けている。⑧の常磐は、紅葉との取り合わせは珍しくないが、常磐丹後守と称された為忠主催の催しであることを意識した選択であろう。他に用例の知られない④の「こやのおほもり」と、⑤に詠まれた紅葉の名所神奈備山及び神奈備山と共に詠まれることの多い岩瀬の杜以外は、いずれの地名も修辞に関与している。地名の音を利用した修辞を取り入れ、紅葉との取り合わせに先例がある地名でも新鮮味を加えようとする姿勢が見て取れる。

では、紅葉の名所である竜田山は『両度百首』でどう詠まれたのであろうか。

くもまよりかすかにけぶりたつた山みねのあなたにすみややくらん

（初度百首・深山炭竈・五四〇・俊成）

竜田山に「（煙）立つ」を掛けた歌は、これ以前に見出せない。炭竈といえば大原が名所であるという認識も既に確立していたこの時期、俊成は「深山炭竈」題で敢えて紅葉の名所である竜田山を詠み込んだ。[24]この時俊成の念頭にあったのは、〈炭竈―煙―立つ―竜田山〉という連想であったろう。つまり、この歌はまず歌題に即して「煙立つ」「竜田山」の掛詞が発想され、それを核に据えて成り立った作だと言える。第一節に掲出した引馬の野辺と同様、題意からまず修辞を発想し、その修辞が地名を導くという方法である。

渡部泰明氏[25]は、『和歌初学抄』の「秀句」の条について検討を加え、「なんらかの複雑な主題を詠み込む手段として、秀句が機能している」と指摘した。『両度百首』は初の結題による百首であり、作者に与えられたのは「複雑な主題」と言ってよかろう。ここでは『両度百首』に見られる縁語・掛詞の一つ一つを詳細に分析する余裕はないが、本百首における地名歌の発想のあり方が、結題という条件と密接に関係しているのではないかという見通しのみ示しておきたい。

さいごに

『両度百首』作者たちは目新しい地名を好んで詠み、地名と景物の新たな取り合わせを試み、地名の音に着目して積極的に修辞に結び付けている。そのいずれの点においても、『堀河百首』の強い影響が看取できた。もっとも、新たな歌枕を開拓しようという気運の高まりは、『枕草子』の時代にもあったという指摘もある[26]。院政期における他の作品でも、珍しい地名を詠んだ例は見出せる[27]。しかし『両度百首』は、前記のような特徴が特に顕著に表れた作品と言える。

そもそも歌枕とは、先行歌の積み重ね、乃至は極めて著名な歌の存在により、地名が独自のイメージを内包するようになり、歌枕として定着するものであろう。『徹書記物語』が「たゞ花にはよし野、もみぢにはたつたをよむこと、思ひ侍りてよむばかりにて」と述べるように、景物に応じて詠むべき地名も詠み方も固定化しているのが歌枕詠本来の形のはずである。そこから敢えて逸脱しようとしているのが、『両度百首』の地名歌であった。

確かに散逸してしまった無数の歌々の存在を思えば、現存資料において証歌のないことをもって「新奇な地名」と断ずるのは適切ではない。しかしながら、「紅葉」題で竜田山を詠むことを避ける一方、「炭竈」題でそれを詠んでいる点を考え合わせれば、『両度百首』作者は歌境の拡大や新鮮な表現を模索して、目新しい地名の採用や歌枕の斬新な詠み方を試みたと結論づけたいと思うのである。

〔注〕

（1）「『堀河百首』地名歌の一様相―堀河百首研究（四）―」（『女子大文学　国文篇』39　一九八八年三月）↓『堀河院御時百首の研究』（二〇〇四年　風間書房）。以下、竹下氏の説はすべてこれによる。なお竹下氏には「『堀河百首』の名所歌枕詠―堀河百首研究（五）―」（『女子大文学　国文篇』40　一九八九年三月）↓前掲書の論考もある。

（2）『万葉集』は西本願寺本（主婦の友社）に拠る。『類聚古集』・『元暦校本万葉集』・広瀬本『万葉集』を参照し、問題としている語（傍線を付した語）の訓に異同がある場合は歌の後に明示した。

（3）『新古今歌人の研究』第二篇第二章第二節三（一九七三年　東京大学出版会）

（4）「『為忠家両度百首』に関する考察―詠歌の場の問題を中心に―」（『語文』57　一九九一年十月）

（5）但し、『平中物語』に二例「檜隈川」の用例がある。また古今歌が『俊頼髄脳』に、万葉歌（三〇九七番）が『綺語抄』に見える。

（6）万葉歌が『古今和歌六帖』三〇六九番に再録されている。また『散木奇歌集』六四七番にも「まのの池」の歌が見える。

（7）万葉歌が『古今和歌六帖』八五三番・『人丸集』二一八番・『拾遺集』四九〇番に再録されている。また『基俊集』四〇番にも「まきもくの檜原の山」の歌が見える。

（8）万葉歌の「敏馬乃埼」の本来の訓は「みぬめのさき」だが、『五代集歌枕』『袖中抄』他に「としまのさき」の形で引かれている。

（9）橋本不美男・滝沢貞夫氏著、一九七六年、笠間書院

（10）ちなみに『伊勢物語』第八十七段も、都人が葦屋の地に趣き、そこに住むという内容である。

（11）この歌の典拠に関しては、久保田淳氏（注3）に言及がある。

（12）歌枕を創作する例が『公任集』一四五番詞書に見られることが、西山秀人氏「『枕草子』地名類聚章段の背景」（『上田女子短期大学紀要』17　一九九四年三月）に指摘されている。

（13）これと同様の掛詞を用いた後の例として、

つきをまつくものはたてのおりかけてよるまでぬのをさらしなのさと（明日香井集・七一〇）

がある。

（14）「類聚の骨格―枕草子と拾遺・後拾遺―」（『国文鶴見』20　一九八五年十二月）

（15）注（12）に同じ。

（16）本稿初出時には、『両度百首』作者は『枕草子』の地名類聚章段や『能因歌枕』「国々の所々名」に目を通していたと考えていた。しかし、浅田徹氏が「『能因歌枕』原撰本と現存本」（『国文学研究』92　一九八七年六月）で明らかにしたように、「国々の所々の名」は後人により増補されたものである。『枕草子』にしても、他に例のない地名の一致が三例のみでは断定的なことは言えない。よって、今回は両書を目にしていたという記述は削除した。

（17）「藤原為忠三河国名所歌合について」（『岡崎市史研究』22　一九九〇年三月）

（18）下句は、「明かし」という名を持つ明石の浦なのに霞によって定かに見えない、という機知も意図されており、その点においては典型的な明石の浦の詠み方に則っているとも言える。

（19）為経歌と共にあげた『万葉集』五七番歌の第二句「榛原」は、現代は「はりはら」と読まれているが、『類聚古集』・元暦校本・広瀬本・西本願寺本の訓はいずれも「はきはら」で、『五代集歌枕』『夫木抄』にも「はぎはら」の形で採られ、長らく「はぎはら」と読まれていたことがわかる。藤原家隆は当該歌を踏まえて、

ひくまのに匂ふ萩はら入りみだれなくやをしかの秋のしら露（壬二集・二三五三）

と詠んでいる。

（20）以下の数値は稿者の調査によるもので、調査者により差は生じると思うが、一応の目安にはなるだろう。

（21）稲田利徳氏「西行の歌枕地名歌をめぐって」（『中世文学研究』5　一九七九年七月）→『西行の和歌の世界』（二〇〇四年　笠間書院）。なお稲田氏は、西行歌のこうした傾向の背景として俊頼の影響があると見ている。

(22) 注（4）に同じ。

(23)「霜のたてつゆのぬきこそよわからし山の錦のおればかつちる」（古今集・秋下・二九一・藤原関雄）による発想である。

(24) 竹下豊氏が指摘しているように、『堀河百首』にも「紅葉」以外の題で竜田山を詠んだ歌がある。
たつ田山ふもとに匂ふふぢばかま誰がきてなれしうつりがぞも（蘭・六七〇・肥後）

(25)「院政期の縁語の位相—藤原清輔『和歌初学抄』の秀句をめぐって—」（『上智大学国文学科紀要』11　一九九四年三月）
↓『中世和歌の生成』（一九九九年　若草書房）

(26) 西山秀人氏注（12）論文。

(27) 例えば、『新編国歌大観』で検索できる範囲においてであるが、「みやけがはら」は『南宮歌合』にしか見えない。「ももせがは」は『顕輔集』以前の例は知られず、後の例も『親盛集』にしかない。

第四章　『為忠家後度百首』の行事題詠 ―具体的写実的描写について―

はじめに

本章では、『為忠家後度百首』[1]における行事題詠の方法について考察する。『初度百首』もそうであったが、『後度百首』も設題に非常に工夫が凝らされており[2]、四季題は各季の代表的景物である桜・郭公・月・雪を核とした結題七十題、恋部は恋の諸相を表した結題十題と寄物恋題五題、そして本章で取り上げる雑部は、行事題十五題[3]から成る。これほどの数の行事題がまとめて出題されることは、和歌史上初めてであった。

第一章でも言及したが、十五の雑題は次のような整然とした構成になっている。

春―「卯杖」「蹴鞠」「闘鶏」　夏―「神祭」「賀茂祭」「騎射」

秋―「乞巧奠」「相撲節」「小鷹狩」　冬―「射場始」「五節」「臨時祭」

雑―「庚申」「競馬」「囲碁」

歌題としての先行例が見出せないものが、十題（「蹴鞠」「闘鶏」「騎射」「乞巧奠」「相撲節」「射場始」「臨時祭」「庚申」「競馬」「囲碁」）にのぼるが、珍しい歌題が多いというだけではなく、詠み方に顕著な特徴が見られる。その特徴とは、以下の二点である。

一、行事次第をありのままに詳細に描写する
二、行事に関わる起源や故事・古礼を詠む
ここでは一点目の特徴について考察し、二点目についてはいずれ別稿にて論じることとしたい。

一　「乞巧奠」題

最初に、七月七日の年中行事である乞巧奠を詠んだ歌を取り上げる。牽牛・織女の年に一度の逢瀬を詠む「七夕」題は、早くから盛んに詠まれた。一方、乞巧奠は本来女子が裁縫の巧みになることを願う行事であるが、七夕伝説と共に中国から渡来し、我が国の棚機女に関する信仰と習合されたと考えられている。『後度百首』以前に歌題となった例は知られない。

乞巧奠の次第は『江家次第』（第八・乞巧奠）に詳しい。『兵範記』長承元年（一一三二）七月七日条にも詳しい記事があり、供物などの置かれる位置に小異はあるものの、儀式の様は『江家次第』とほぼ同様と言ってよく、本百首成立当時の乞巧奠がおおよそ『江家次第』の記述通りに行われていたことが知られる。

『後度百首』「乞巧奠」題の歌の、一首目から五首目までをあげてみよう。

ひこぼしもそらにてらしてしりぬらんなぬかのよひのここのともしび　（七二七・為忠）
ここのつのえだのともしびかかげつつまつるしるしのとりのあとみん　（七二八・親隆）
ももくさのはなのけぶりやたなばたのくものころものそでにしむらん　（七二九・俊成）
いつくさのいともてぬけるななはりをかぢのひとはにさしはさむかな　（七三〇・仲正）

たなばたのなかのをたえぬあきごとにあふことぢをぞたてまつりつる　（七三一・為業）

続いて、『江家次第』（巻八・乞巧奠）から『後度百首』「乞巧奠」題詠に関わる部分を抜粋する。(4)

西北机居二香鑪一口一〈盛二神泉苑蓮房十房一、五房歟〉置二楸葉一枚一〈挿二金針七銀針七一、件針別有二七孔一、以二五色糸一綖合貫レ之〉（中略）自二御所一申二下箏一張一置二東北西北等机上北妻一〈延喜十五年例用二和琴一〉、立二黒漆燈台九本於件机四方四角并中央一〈加二打敷一、謂二之九枝燈一〉、内蔵寮供二御燈明一〈用二土器一〉立柱有二三様一、常用二半呂半律一、秋調子也

為忠は傍線d「九枝燈」を「ここのともしび」と詠み、親隆は同じ語を「ここのつのえだのともしび」と、より忠実に表現した。俊成歌の「ももくさのはなのけぶり」は、傍線aの「百和香」を意味する。百和香とは種々の香料を合わせた練香だが、五月五日に百草を合わせて作るとされる。仲正歌は傍線bの部分と対応するが、『江家次第』も『兵範記』も、五色の糸を通した針を刺すのは梶ではなく楸の葉とする。一方で梶の葉に和歌を書く風習もあったので、それを混同したものであろう。為業歌は傍線cの部分と関連しており、「立柱」を「ことぢをぞたて」と表現した。

『後度百首』作者たちが『江家次第』そのものを見ているのかどうか、この例からだけでは確言できないが、(5)いずれにしても、乞巧奠に供えられた〈もの〉が具体的に詠まれているという点、及びそれが故実書の記載と対応している点に注目しておきたい。

二　「相撲節」題

次に、乞巧奠と同じく七月七日の行事であった「相撲節」題の歌を見てみよう。[6] 相撲節は、八世紀に始まり九世紀には朝廷の年中行事として定着するが、九世紀末頃に儀式構成が変化し簡略化される。十二世紀に入ると次第に途絶えがちになり、保安三年（一一二二）に行われて以降三十年以上断絶し、保元三年（一一五八）に復興されるが続かず、承安四年（一一七四）を最後に廃絶する。つまり、『後度百首』成立時には相撲節は行われていなかったのである。『後度百首』の「相撲節」題の歌には、簡略化される以前の本来の形の相撲節を詠んだ歌があり大変興味深いのだが、それについてはいずれ別に論じることとし、ここでは相撲節に関わる人々の姿を具体的に描写した歌を見ておきたい。

すすみいでてひさごばなとるすまひをさのつきづきしくもきさりよるかな　（七三五・為忠）

さしかねてなげまふよりもすまひをさのひさごばなとるけしきまづみよ　（七三六・親隆）

やぶれやのよわげになびくすまひかないでてささへよわがかたのすけ　（七四二・頼政）

相撲節の取組において、現代の大相撲の行司のような審判役は置かれない。左方右方それぞれの「相撲長（すまひのをさ）」が進行役となり、「立合（たちあひ）」が「相撲人（すまひびと）」すなわち力士を立ち合わせる。勝負がつくと、勝方の近衛次将の指示により、勝数を数える役の「籌刺（かずさし）」が地面に矢を突き立てる。勝方の立合が「立合舞」を舞い、楽が奏される。相撲人は、左方は葵、右方は瓢（夕顔）の造花を頭に付けているが、勝った相撲人のそれは次の番の相撲人に「肖物（にるもの）」として与えられる。

為忠と親隆は、「すまひをさ」の語を詠み込み、右方の相撲人が頭に付けていた瓢花を、相撲長が取る様を描写した。為忠歌の「つきづきしく」の「つき」及び「きさりよる」[7]の「よる」は、相撲の動作に関わる「突き」「寄る」が掛けられているのであろう。

親隆歌の「さしかねてなげまふ」の主体は、籌刺と思われる。初・二句は、どちらが勝ったのかわからず慌てる籌刺の様子を表しているのではないだろうか。「なげまふ」には、やはり相撲人の動作を表す「投げ」が掛かっていると考えたい。「なげまふ」のではなく、相撲長が右方の瓢花を取る様子を見て判断せよ、と言うのであろう。

頼政歌は、「相撲」に「住まひ」を掛け、弱そうに見える相撲人をつぶれそうな「破れ屋」と重ねて表現しているが、「すけ」は「最手（ほて）」に次ぐ相撲人第二位の地位である「助手（すけて）」を指すと思われる。

助手が味方の相撲人を支えるという行為は文献に見出だすことができないが、相撲長や籌刺の所作・役割は『内裏式』『江家次第』などにより確認できる。為忠らは、実際の相撲節での諸役の行動を具体的に描いているのである。

三　具体的かつ詳細な描写

「乞巧奠」題・「相撲節」題で確認できた行事次第の具体的な描写は、かなり詳細な点に及ぶこともある。

①はるあきのみやのつかひももろともにはなめきつきむかものみまつり　（賀茂祭・七一七・為経）

②みかきもりつきしあづちにいつしかとけふこそまとをかけはじめつれ　（射場始・七五七・為経）

③しろひあさのかみつみあぐるこよひこそさいたはぶれのねであかしつれ　（庚申・七七六・親隆）

①は、「春」「秋」との縁で、「花」「月」を隠題風に詠み込んでいる点に趣向がある歌だが、「はるあきのみやのつ

かひ」とは、春宮使・中宮使の謂いである。賀茂祭の路頭の儀の行列の構成は、『江家次第』（第六・賀茂祭使）や『賀茂注進雑記』に記載があるが、春宮使・中宮使が加わることが明記されている。それは当時の貴族であれば誰もが有していた知識であるのだろうが、「賀茂祭」題を得て勅使や斎王ではなく春宮使・中宮使に焦点を合わせるという詠み方は、儀式の実態（無論、実景である必要はない）を細やかに見つめる目がないとできないことではないだろうか。

②は、射場始に際し的を掛けるための堋《あづち》を、「みかきもり」が築いたと詠んでいる。『古今集』（雑体・一〇〇三）の壬生忠岑の長歌の中に「みかきより　とのへもる身の　みかきもり」とあるように、「みかきもり」は衛門府やその官人を意味する。一方、『小野宮年中行事』によれば、十月五日の射場始に先立ち「三日左右衛門築二射場堋一事」とあって、堋を築くのは左右衛門府の管轄であるとわかり、為経歌の内容と符合するのである。「けふこそまとをかけはじめつれ」という下句は、「射場始」の意義を端的に表した表現であるのだが、初・二句は、その的を掛ける堋は事前に衛門府の役人によって築かれたということを示している。誰が堋を築いたかという、極めて詳細な事柄に目が向けられている点を重視したい。

③は諸本とも本文に問題があり、初句は「しろきあさの」が本来の形であろう。「しろきあさのかみ」は白麻紙を訓読した表現で、「さいたはぶれ」は「采戯れ」すなわち打攤の意と思われる。(8)『紫式部日記』敦成親王生後五日の産養の場面に「殿をはじめたてまつりて、攤うちたまふ。かみのあらそひ、(9)いとまさなし」とあり、紙が打攤の賭物とされたことが知られる。『殿暦』『中右記』など打攤の次第が詳細に記されている記録は少なくない。『中右記』寛治六年七月十日条をあげてみよう。この日は、関白藤原師実の東三条殿から高陽院への移徙があった。

有饗饌、盃酌、給紙、先撤公卿饌、敷円座一枚於公卿座前、召筒采有被打攤事儀《（マヽ）》、殿上人両三人、取紙一帖、自簀子進《て》置円座〈自下﨟進之〉、次公卿次第自下置了、又更置紙人等一々参進打攤、抜笏退帰

殿上人の下臈の者から順に進み出て、円座に紙を一帖ずつ置いていることがわかり、親隆が「紙積み上ぐる」と詠んだのが、実際の打攤の所作の描写であることが理解される。但し、賭物の紙の種類が明記された史料は少なく、『御堂関白記』寛弘六年十二月二日条裏書に「有紙甚依下品、給陸奥紙、上達部・殿上人有攤事」、『山槐記』治承四年四月十日条には「光長取筒簺、経座中立円座上、次頭弁置御料懐紙（割注略）、次親経置摂政懐紙」と記されているが、麻紙と明記された例は見出せていない。しかしわざわざ「白き麻の紙」と詠んでいるのは、親隆がそうした例を知っていたからであろう。いずれにしても、庚申の夜によく行われた打攤の様子を詳細に描写しているという点は指摘できる。[10][11][12]

四　専門用語の使用

それぞれの行事をありのままに描こうとする姿勢は、儀式や遊戯に関わる専門用語など歌語とは言えない語を詠むことにつながる。まずは射芸に関わる「騎射」「射場始」題の歌をあげてみたい。

①さみだれにくまのむかばきそぼぬれてあげゆくいてやことりなるらん　（騎射・七一九・為忠）
②からはだけみつのつはものてまどひてさわぐやけふのみものなるらん　（同・七二〇・親隆）
③ゆだちとていてのもろびとともつけてすずのいたつきまづならすなり　（射場始・七五一・為忠）

①の「熊《くま》の行縢《むかばき》」は騎射装束として定められていたもの。また「揚《あ》ぐ」とは馬を跳ねさせることで、熊皮の行縢を付けて馬を跳ねさせるように進めるというのは、騎射の射手の様子の実景に即した描写となっている。「部領《ことり》」（東宮坊の帯刀の陣の事務を担当した官で左右の衛門尉が兼任する）もおよそ和歌にはそぐわないが、「小鳥」を掛けて「熊」と

対にする意識があるのかも知れない。

②の「三《み》つの兵《つはもの》」は、「三兵」を訓読した語であろう。普通、三兵といえば弓・剣・槍を指すが、騎射では横刀は帯びるが槍は持たない。当該歌にいう三兵は弓・矢・胡簶であろうか。

③の「錫《すず》の平題箭《いたつき》」は、錫でできた平題箭（先がとがっていない的矢用の鏃）の意で、「鈴」を掛け、「鈴」「ならす」は縁語となる。

弓馬関係以外の題でも、様々な専門用語が詠まれた。

④しづえまでこしげきにははがかりはおちくるまりのみえずも有かな　（蹴鞠[13]・六八七・為忠）

⑤をしむべきひとなきそらをふりさけてこへどこずゐにとまりぬるかな　（同・六九四・頼政）

⑥おもしろやたちもやられぬにはのざのをみのたもとにふれるしらゆき　（臨時祭・七七二・為盛）

⑦よもすがらごてのぜにをぞおもひやるそのつらならぬまとゐなれども　（庚申・七八一・為経）

④の「葉懸《はがかり》」とは、葉の茂っている懸の木の意で、後代のものであるが藤原頼輔による『蹴鞠口伝集』下巻（さくらの木の事）には、「春はじめに花咲かぬ折枝こはき、又花咲きて後、又葉懸になりて後、みな変はりたる事也」とある。

⑤の「乞《こ》へど」も蹴鞠専門用語[14]で、声を上げて次に鞠を蹴る意志を表明することを「乞ふ」という。下句は、鞠を蹴ろうと声を上げたものの、懸の木の梢に留まって鞠が落ちてこない様を表している。同時に「乞ふ」の一般的な意味を重ね、「落として欲しい」と上空に向かって求めても鞠が落ちてこないという情景をも浮かび上がらせているのであろう[15]。言うまでもなく「とまり」に「鞠」が掛かっている。

⑥の「庭《には》の座《ざ》」は庭座のことで、辞書では「庭上にしつらえた座」「賀茂臨時祭や石清水臨時祭に敷設する」（日本

国語大辞典）などと説明される。しかし、記録類を検討すると、単に設えられた座のことのみをいう例ばかりではないようである。『中右記』の賀茂臨時祭の記事を引いてみよう。

御禊〈依使遅参弁御装束進也、已暮了不便歟〉、陪膳頭弁〈重資〉、参供、□□次庭座始〈頭弁召〉、使丹後守家保朝臣以下着座、右大臣殿下着壁下座給、初献蔵人右近中将顕重朝臣、幷蔵人兵部大輔雅兼

（長治元年十一月二十七日条）

「庭座始」[16]という表現からは、「庭座」の語が、庭に設けた座で勅使・陪従らが宴を賜ることまでを含んで用いられることがあったと知られる。為盛歌においても、「庭の宴の座」と解するべきであろう。

⑦の「碁手の銭」は、囲碁の勝負で賭ける銭の意で、ここでは武具の「籠手《こて》」が掛けられ、「円居」に掛かる「的射」と縁語になっている。『侍中群要』（第八・御庚申）には「内蔵寮弁備酒饌、賜之侍臣、同寮進碁手料銭十二貫」とあり、庚申の夜、碁手の銭を賭けて囲碁が行われることがあったと確認できる。

その他、「庭鞠」「鞠場」「距《あごえ》（鶏の蹴爪）」「射分《いわけ》の銭《ぜに》（賭弓の賭物）」「裲襠《うちかけ》（競馬の乗尻装束）」「摂腰《せびえ》（帯の一種）」「鞭《ぶち》」など、『後度百首』で詠まれた行事や遊戯に関わる専門用語の類は数多い。こうした語は、いずれも故実書や作法書、記録類に記されることはあっても、和歌には馴染まない語と言える。実際、①から⑦で取り上げた語のほとんどは、他に和歌の用例が見出せない。作者たちは、行事・遊戯の様を具体的写実的に描写するために、雅語ではないことは承知の上で専門用語を用いているものと思われる。[17]

しかし一方で、例えば最後の⑦の場合、「碁手」と「籠手」、「円居」と「的射」が掛詞となり、「籠手」と「的射」が縁語となっていたように、掛詞や縁語を駆使し、異質な語彙をなんとか和歌の中に有機的に位置づけようと、作者たちが工夫を凝らしていることも見落としてはならないだろう。この点に関して、佐々木孝浩氏の「掛詞や縁語とい

う存在は、和歌とその外側の世界を繋ぐ鈎となる存在であると言え、貪欲に世界を広げていく和歌の触手ともなるものである」という指摘に、深く首肯させられるのである。

五　院政期から新古今時代へ

ここまで『後度百首』行事題詠の具体的写実的描写という特徴について論じてきたが、こうした特徴は『後度百首』独自のものなのだろうか。

谷知子氏[18]は、賭弓・仏名の歌の詠歌史を丁寧にたどり、『六百番歌合』「賭弓」「仏名」題の和歌に、行事形態を写実的に描いた歌が見られること、とりわけ「仏名」題ではそうした詠み方が主流であることを指摘している。『後度百首』にはこれらの題がないので、直接に比較することはできないのだが、手法として極めて近いと言える。谷氏の論の中で特に興味深いのは、行事次第を具体的写実的に詠んだ先例としてあげられているのが、『永久百首』「賭弓」題の藤原仲実歌、「仏名」題の源俊頼・同兼昌の歌、あるいは『重家集』の「仏名」題の歌など、院政期の作だという点である。

『後度百首』行事題の一つである「神祭」題を取り上げ、同様に先行例の詠み方を検討してみよう。証本の残る歌合で「神祭」題が見られる最も早い例は、後冷泉朝から保安年間（一一二〇〜二四）までの成立かとされる『西国受領歌合』である。

夏冬の神をまつるといそぎしにはかなくきねのとしはおいつつ　（一三・作者未詳）
みなひとのこのてがしはをささげつつまつらんくにの神ぞさかえん　（一四・作者未詳）

一三番には行事内容は詠まれておらず、一四番は児手柏を供えることは詠まれても、理念的抽象的である。

或所に歌合するに、神祭と云ふ題を

をとめごがをふるをふりのもろごゐはゆくすゐとほき人もきくらん(19)　（道命阿闍梨集・九六）

神祭

神山とさかきをさしていのるかなときはのかぎりいろもかへじと　（和泉式部続集・三二八）

これらもまた、儀式の様相を詠み込みつつも、理念的側面の方に重点があると言えよう。『後度百首』と似た傾向が見られるのは、『金葉集』（三奏本）に入る次の歌である。

四月神祭のこころをよめる

やかつかみまつれるやどのしるしにはならのひろはのやひらでぞちる　（夏・一〇二・永成）

『後拾遺集』初出の歌人である永成法師が詠んだこの歌は、神への供物を盛った器が「楢の広葉の八枚手」であったことが具体的に詠まれており、『後度百首』につながる性格を有する。『後度百首』でも八枚手が詠まれているが、

あをがしはさすやひらでをなめすゐてしらゆふかくるさかきをぞとる　（神祭・七〇三・為忠）

ならがしはそのやひらでをそなへつつやどのへつひにたむけつるかな　（同・七〇四・親隆）

と、行事の描写はより詳細である。

こうしてみてくると、行事題において行事の様子を実態に即して具体的かつ詳細に描写するという詠み方は、平安中期以降見られるようになる特徴で、『後度百首』ではそれが顕著にうかがえるということが指摘できようか。『堀河百首』『永久百首』にもこうした詠み方は見られるのだが、ごく少数である。それに対して『後度百首』では、行事題詠の三分の一以上に、行事次第を具体的写実的に詠んだ表現が見出せる。

　但し、行事題詠の詠法は理念的抽象的な方法から具体的写実的方法へと変化した、と単純化するのは正しくないだろう。そもそも平安前期には、屏風歌や「子日」「七夕」など一部の例外を除けば、行事が歌題となることは稀であった[20]。また、行事の理念的側面を詠む詠み方は、決して衰退するわけではない。なぜ平安中期以降、とりわけ院政期に行事題を具体的写実的に詠む歌が見出せるのかという問題は今はひとまず措き、『後度百首』以降の作品にも目を向けておきたい。

　谷氏が考察対象とした歌題以外に、『六百番歌合』において『後度百首』と似た特徴の見出せる歌として、「乞巧奠」題で詠まれた顕昭・寂蓮の作をあげることができる。

　　さだめおくほしあひのそらのしるしとてあきのしらべにことぢたつなり　（三二三・顕昭）

　　七夕のあふよのにはにおくことのあたりにひくはささがにのいと　（三二四・寂蓮）

顕昭歌は、第一節であげた『江家次第』の傍線c及びそれに続く部分を典拠とする[21]。寂蓮歌の「ささがにのいと」は、乞巧奠に供えた瓜に蜘蛛が巣を張ると裁縫が巧みになるという『荊楚歳時記』の記述と関連するのであろう。共に『後度百首』と同様、乞巧奠に供えられた〈もの〉に注目した詠である。

『六百番歌合』以外では、「宴遊」「公事」題で年中行事が詠まれた『正治後度百首』に注目しておきたい。まず鴨長明の「宴遊」題五首中の蹴鞠を詠んだ歌をあげてみる。

　　暮がたのかずのあまりを袖にかけてあかぬ木かげをかへるもろ人　（宴遊・六八八）

既に山崎桂子氏[22]・佐々木孝浩氏の言及があるが、『蹴鞠口伝集』上巻「晩景の鞠うけとる事」の中に「日入ほど、まりのかずおほくあがりて興ある時、其まり三度あげて後、かたひざをつきて袖にうけてとる也」とあることからわかるように、この歌は実際の蹴鞠で行われた独特の所作を詠んだものである。「あまり」に「鞠」を重ねているという点を含め、第四節⑤の頼政歌とよく似た趣向といえる。

また、宮内卿の

かざしとるみきのかはらけかさなりて立ちまふ袖もみだれぬるかな（公事・八九一）

は、三月の石清水臨時祭を詠んだ歌であろう。[23]『江家次第』（第六・石清水臨時祭）・『中右記』・『玉葉』などによれば、天皇が祭使・陪従・舞人に宴を賜う庭座において、祭使らは三献乃至五献の後に「重杯」を賜わり、その後公卿以下が挿頭の花を取り祭使らに与え、座を撤した後に舞が行われる。宮内卿は、庭座から舞までの一連の儀式次第を詠んだのである。[24]

慈円の

ももの花うかぶ心にまちぞみるあうむのつきの石にさはるを（宴遊・一〇八四）

は曲水宴を詠んでいるが、山崎氏[25]も指摘するように、「あうむのつき」は曲水宴で用いる鸚鵡の杯を指す。「あうむのつき」は、いわば曲水宴特有の道具であり、第四節で見た専門用語の使用と通底する詠み方と言える。

摂関家主催の『六百番歌合』や上皇主催の『正治後度百首』と、一中流貴族が私的に催した『後度百首』とでは、根本的な性格が大きく異なる。また、行事次第の具体的描写という同じ特徴が見出せる歌でも、「熊の行縢」「三つの兵」などあまりに卑俗な語を取り入れた『後度百首』に比して、『六百番歌合』や『正治後度百首』の表現は、穏やかで洗練されている。しかしながら、新古今時代の行事題詠には、『後度百首』の詠み方と明らかに地続きであると見なせる部分が、確かに存在している。

行事次第を具体的写実的に描いた和歌は院政期に散見されるが、そうした詠み方は『後度百首』に特に顕著に認められ、以後、質的に高められながら行事題詠の詠み方の一つとして定着していったと言えるのではないだろうか。[26]

さいごに

本章では、『後度百首』行事題詠における儀式次第の具体的描写という特徴を取り上げ、考察してきた。最後に、本百首において、こうした特徴が顕著に表れているのはなぜなのかを考えねばならない。様々な要因が絡んでいると思われるが、ここでは三点ほどあげておきたい。

まず、十五もの行事題の中には、特定の理念が抽出できないものが少なくないという点である。美的特質が明確な自然の景物であれば、例えば桜は「散るのが惜しい」、郭公は「声を聞きたい」という心情と結び付き、それが題の本意となる。『後度百首』の行事題の中でも、「卯杖」題では、

たまつばきはつうのつゑにきることはやちよのさかもきみこえよとか　（六八一・俊成）
いくたびかしらたまつばきあらたまるはるのうづゑとならんとすらん　（六八五・為経）
やちよまできみがつくべきつゑなればしらたまつばきゆひそへてけり　（六八六・頼政）

のような歌が並び、行事の様相を写実的に描写するだけの歌は詠まれない。これは、卯杖の行事自体が既に祝意性を帯び、御代の悠久といった概念と結び付いているからである。(27) 一方で、相撲節や射場始などの場合、多くの人々が共有できる特定の理念・心情と結びつけるのが難しく、その結果、行事の様相を具体的に描く方向に関心が向いたのではないだろうか。

同時に、行事をありのままに詠むことが行事題詠の最も原初的方法であるという要因もあるだろう。『後度百首』行事題の多くは先行例がない。先行例がないということは、題の本意が確立していないということである。そうした

題を与えられたとき、まずはそのものをありのままに詠もうと考えるのではないだろうか。例えば、歌題としての先行例は少ないが、和歌に詠まれることは多かった五節は、『後度百首』でも儀式次第を事細かに描写した歌はない。しかし歌題になったことはおろか、和歌に詠まれること自体稀であった闘鶏や乞巧奠などについては、その行事の具体的な有り様を詠もうということを、作者たちはまず最初に考えたのであろう。

『後度百首』の時点では未だ本意の確立していなかった歌題も、詠み継がれる中で、詠むべき事柄は精選されてゆく。例えば「乞巧奠」題の場合、『後度百首』では「九灯」「九の枝の灯」「百草の花の煙」「五種の糸もて貫ける七針」「琴柱」「文」「願ひの糸」など様々な〈もの〉が詠まれたが、『六百番歌合』「乞巧奠」題では、十二首中「灯」「琴」（「琴柱」を含む）を詠む歌が三首ずつ、「薫き物」を詠む歌が一首となっている。これが『宝治百首』になると、四十首中、実に半数に「灯」（「火」を含む）が詠まれ、「薫き物」（薫き物であることが明確な「煙」を含む）が八首、「琴」が七首に詠まれている。既に「乞巧奠」題の本意は確立していると言えよう。

最後に付け加えたいのは、『後度百首』作者たちの新しい表現への志向についてである。『為忠家両度百首』に新奇な表現や奇抜な発想が目立つことは、よく知られている。進んで目新しい措辞を用いようとする意識があるため、雅語ではない専門用語の類に目を付け、積極的に和歌に取り込んだと考えることができるのではないだろうか。

以上、『後度百首』作者たちが行事題詠において、行事次第を具体的写実的に描写した要因について三点指摘したが、いまだ不十分であろう。政治的社会的背景を視野に入れつつ、院政期和歌全体を見通す考察が必要と思われるが、それは今後の課題としたい。

ともあれ、『後度百首』は行事題詠の歴史の初期にあって、作者たちの試行錯誤と果敢な挑戦が見て取れる作品である。未熟で拙い部分も多々あるが、後代の作品の土台の一角を成していることも、また確かなのである。

〔注〕

（1）『後度百首』の成立時期や作者については、第一章第二・三節で論じた。

（2）『初度百首』『後度百首』の歌題については、第一章第四節で論じた。

（3）「蹴鞠」や「囲碁」題が含まれるので、厳密には行事・遊戯題。

（4）本書凡例に示した以外の文献の引用は以下の通り。
『江家次第』は改訂増補故実叢書、『小野宮年中行事』は群書類従、『紫式部日記』は新編日本古典文学全集、『中右記』『山槐記』は増補史料大成、『御堂関白記』は大日本古記録、『侍中群要』は続々群書類従により、通行の字体に改めた箇所がある。割注は〈　〉に入れて示した。『蹴鞠口伝集』は『蹴鞠技術変遷の研究』（平成三年度科学研究費補助金研究成果報告書　一九九二年）所収の翻刻（上巻は前田育徳会尊経閣文庫本、下巻は京都御所東山御文庫本〈勅封一七八‐三一‐一五〉）により、適宜濁点を付した。

（5）乞巧奠の儀式としての成立は平安中期以降で、『西宮記』や『北山抄』には『江家次第』にあるような乞巧奠の供物の詳細は記されていない。また「九枝燈」「百和香」の語は『兵範記』にもない。『後度百首』には他にも『江家次第』の記述と対応する歌が認められ、作者たちが『江家次第』を共通の参考書としていた可能性は高いように思う。第一章参照。

（6）相撲節については、大日向克己氏『古代国家と年中行事』（一九九三年　吉川弘文館→講談社学術文庫　二〇〇八年）、新田一郎氏『相撲の歴史』（一九九四年　山川出版社→講談社学術文庫　二〇一〇年）に詳しい。

（7）「きさりよる」は語義未詳。本文異同はなく、誤写の可能性もある。『江家次第』（第八・相撲召仰）には、相撲長の動作として「趨到《はしりいたる》」「趨進《はしりすすむ》」という表現が見られる。

（8）攤とは、筒に入れた采《さい》を振り出して出た目の優劣を競う遊戯で、移徙・産養・饗応・庚申の折によく行われた。『新儀式』（四・天皇還御事）・『小右記』（寛仁二年十二月十五日条）に「擲采之戯」という記述がある。

（9）「紙」に「上」を掛け、高位の方々の争いの意を重ねる。

（10）この日は、敦成親王七夜の産養があった。

（11）この日は、高倉天皇の五条東洞院第から内裏への遷幸二日目。なお、引用箇所の二箇所の「懐紙」の「懐」の右傍には「檀」と異本注記がある。時代ははるかに下るが、『資勝卿記』寛永三年（一六二六）十一月十五日・十九日条に、打攤に際し檀紙が置かれた例が見られる。

（12）白麻紙が作られ使用されたのは平安前期までとされる。あるいは古くは賭物に白麻紙が用いられたものか。この点は更に調査し、別稿で論じたい。

（13）本百首の「蹴鞠」題詠を含む蹴鞠を詠んだ歌について、佐々木孝浩氏「蹴鞠を詠む和歌―成通影供歌をめぐって―」（『芸文研究』95　二〇〇八年十二月）に詳細な考察がある。以下、佐々木氏の説はすべてこれによる。

（14）渡辺融・桑山浩然氏『蹴鞠の研究―公家鞠の成立』第一部第一章二（東京大学出版会　一九九四年）参照。

（15）注（13）佐々木氏論文は、当該歌の「乞へど」に関して、「惜しむ」の続きで「恋へど」を連想させていると指摘する。

（16）「庭座始」という表現は、他に『中右記』承徳二年（一〇九八）十一月二十九日条・康和四年（一一〇二）十一月二十八日条・長治二年（一一〇五）三月九日条や『殿暦』天仁二年（一一〇九）十一月二十一日条にも見られる。

（17）作者の中で俊成のみはこうした詠み方に消極的である。

とにかくにはるは風こそいとはるれまりにつけてもはなにつけても（蹴鞠・六八九）

さくはなもなくうぐひすもはるはなほとりあはせたるころにも有かな（闘鶏・六九七）

のように、和歌に馴染んだ花鳥の景物を配し、和歌的情趣を損なわないよう伝統的美意識の範疇で行事題を詠出している。後年、『六百番歌合』判者として「あづさゆみまうけのやにやひかるらんはてまでけふはあたりぬるかな」（賭射・五四・藤原経家）に対し「まうけのや歌詞には不宜にや」と批判したのも、ひとえに「まうけのや」が歌語としてふさわしくない卑俗な語であることによると思われる（谷知子氏注（18）①に言及がある）。『為忠家両度百首』における俊成詠の特徴については、第五章で論じた。

（18）①「『六百番歌合』「賭射」の歌」（『古筆と和歌』二〇〇八年　笠間書院）、②「『六百番歌合』の仏名―本意の変遷―」

（『日本文学』59-7　二〇一〇年七月）。なお谷氏には「元日宴」「野行幸」題に関する考察もある。『中世和歌とその時代』第三章第二節（二〇〇四年　笠間書院）、「「野行幸」考―始原から『六百番歌合』まで」（『玉藻』42　二〇〇七年三月）

（19）冷泉家時雨亭叢書『承空本私家集　中』所収「道命阿闍利集」は、第二句を「ヲフルヲモロノ」とし「モロ」に「フリ」と傍記がある。本文に問題のある可能性もあるが、いずれにしても上句は神事の様の描写であろう。

（20）『古今和歌六帖』や『和漢朗詠集』にはいくつかの行事題が含まれるが、収録された歌の中で、実際に該当する行事題で詠まれた歌は多くない。また、例えば「神まつるところ、うのはなさけり」（中務集・四九）のように、絵であれことばであれ情報が与えられる屏風歌や、実際にその行事の折に詠まれた歌は、題詠とは区別して考えたい。無論、屏風歌や属目の歌の積み重ねも題の本意の形成に関与していることは言うまでもない。

（21）『古今集注』に「江次第」と見え、顕昭が『江家次第』を披見していたことが知られる。

（22）『正治百首の研究』第二篇第三章第三節（二〇〇〇年　勉誠出版）

（23）山崎桂子氏注（22）は、これを五節の折の殿上の淵酔を詠んだものとするが、宮内卿の「公事」題は八八九番が白馬節会、八九〇番が賭弓、八九二番が端午節会、八九三番が五節を詠んだ歌である。「公事」題で年中行事を詠む場合、どの作者も行事の日取りの順に歌を並べており、当該歌を殿上の淵酔の歌と認めるのは難しい。

（24）『永久百首』「石清水臨時祭」題の源俊頼の作「たつほどのかさねかはらけなかりせばおぼえて淀の渡せましや」と近い情景を詠むが、宮内卿の作はより洗練された表現となっている。

（25）注（22）に同じ。

（26）『後度百首』は単に行事題が多いので、行事次第を具体的に詠んだ歌も多く見えるというわけではない。行事題の歌全体に対する割合の点で、他の作品より抜きん出ている。但し、これはあくまでも行事題全体の傾向であり、歌題によって（言い換えれば行事の種類によって）差異があることを付け加えておきたい。

（27）『後度百首』は多くの宮廷行事を歌題として設定しているにもかかわらず、天皇に対する祝意が読み取れるのは「卯杖」題しかない。儀式に集う廷臣の姿は詠まれても、天皇臨御のもとに行われる儀式であることは示されず、場が内裏であることを表す表現も少ない。僅かに「九重」が一例、「大宮人」が一例、「雲の上（人）」が三例あるのみである。主催者の立場や政治的背景の違いを考えれば当然であるが、この点は『六百番歌合』『正治後度百首』と大きく異なる。

第五章　『為忠家両度百首』と俊成

はじめに

藤原俊成が歌人としての第一歩を踏み出した場は、藤原為忠を中心とする小歌壇であった。まず、長承三年（一一三四）六月に為忠主催の『常盤五番歌合』に出詠し、ついで同年末から翌保延元年に成立した『為忠家初度百首』及び『為忠家後度百首』(1)の作者となる。俊成は二十一歳から二十二歳。『両度百首』は、初学期の俊成のまとまった詠歌を見ることのできる貴重な作品と言えるのである。

『両度百首』の俊成歌については、夙に久保田淳氏(2)の周到な考察があり、『初度百首』における漢詩文摂取については趙力偉氏(3)の論考も発表されている。主要な問題は既に明らかにされているのだが、なお付け加えたい点もある。本章では他の歌人には見られない俊成歌独自の特徴に絞って、考察を行いたい。

一　改作歌について

作品の検討に入る前に、俊成歌の認定において重要な意味を有する改作の問題に触れなければならない。松野陽一氏[4]が指摘するように、『両度百首』の伝本の中で最も信頼に値するのは前田育徳会尊経閣文庫本である。[5]該本が他の諸本に対して優れている点は、祖本（あるいはそれを遡る伝本）[6]が治承三年乃至同五年の校合の際に補筆した部分を、忠実に写しているらしいことである。つまり、祖本には存在せず、対校本から写し取って補入したと思われる歌が、尊経閣本でも行間に小書きされているのである。『初度百首』「窓前梅」題及び「慶賀」題の三首目から五首目までをあげてみよう。何首目かを示す丸数字を和歌の上に示す。

〈窓前梅〉

③ふゆのよはゆきかきつめしあかりよりかはらずにほふはなのいろかな（三六）

④春風にしられにけりなむめの花ふかきまどにもあまるにほひは（三七）

⑤のきちかきむめはよこえのさしくればまどのうちまでうつりがぞする（三八）

〈慶賀〉

③きみが代はさだめおきてき神代よりこのころまでのとしをふるまで（七六八）

④ここのたびとたびにくらゐうつりけんひともかくこそうれしかりけめ（七六九）

⑤はがへせずえださしそへよくもかかるくらゐのやまのみねのしひしば（七七〇）

小字で補入されているのは、「窓前梅」題④、「慶賀」題③である。[7]作者は八人なので各題八首ずつのはずだが、『初度百首』では恋・雑部の為経歌がまとまって脱落しているので、補入の結果、「窓前梅」題は九首、「慶賀」題は八首になっている。作者の記載順は、為忠・忠成・俊成・仲正・為業・為盛・為経・頼政であるので、「窓前梅」題④は三人目の作者である俊成または四人目の仲正の二作目（差し替え歌）、「慶賀」題③は二人目の忠成または三人目の俊成の二作目（差し替え歌）ということになる。ここで、小字での補入ではないが、やはり一首余計に歌が記されている「竹林鶯」題の場合を見ておこう。同様に三首目から五首目までをあげる。

〈竹林鶯〉

③ふえたけにはるうぐひすのさへづるやあらたまりぬるしるべなるらん（一九）

④たけのはにころもかけけむゆふぐれをおもひいでてやうぐひすのなく（二〇）

⑤風ふけばたけのはやしのともずりにふしやわづらふよはのうぐひす（二一）

「竹林鶯」題⑤は『夫木抄』に作者を仲正として入集しており、仲正歌と見られる。したがって一人目の為忠から四人目の仲正までの誰かが二首詠んでいることになる。(8)

趙力偉氏は、「窓前梅」題③④、「竹林鶯」題③④に見られる漢詩文摂取や題詠の手法を検討した上で、四首共に俊成作であると認定し、「窓前梅」題の場合は歌題の「梅」を詠まず落題を犯している③の代替作として④が詠まれ、「竹林鶯」題の場合は④が「捨身飼虎」の故事に比重があり題の本意に叶っていないために、後に③を詠んだと指摘する。趙氏の分析は説得力があり、この二題に関しては氏の説に賛同したい。但し趙氏が「慶賀」題に関し、まず単なる賀歌である③を詠んだが、長承三年末に為忠が正四位下に加階したため、改めて④を詠んだと推定している点には疑問を感じる。「窓前梅」題では小字補入歌を代替作とし、「慶賀」題では小字補入歌を最初の作とするのは、矛盾があろう。「慶賀」題では、加階した当の為忠はその喜びを詠み、他の歌人は為忠に対する祝賀を詠んでおり、③「きみが代は」の歌のみ異質なのである。俊成が最初に詠んだのは④であろう。『初度百首』成立後に自作を読み返し、為忠の昇進という前提を知らない享受者には④の歌が理解されにくいこと、また表現も口語的で納得のゆく出来ではなかったことにより、「慶賀」題の一般的詠み方で③を詠んだのではないだろうか。

すなわち俊成は、『両度百首』の中の数首を詠み直して書き留めたのであり、尊経閣文庫本の祖本が対校本として用いたのは、その改作歌が記された本だったのである。これは取りも直さず、その対校本が俊成の手を経た本、乃至はそれを書写した本であったことを示す。尊経閣文庫本の本奥書によれば[9]、『初度百首』の対校本は「大夫公覚本」と「高本」、『後度百首』の場合は「高殿本」であるという。改作歌が記されていたのが、いずれの本なのか明確にはできないが、推定の材料はある。

『後度百首』「競馬」題は作者数と同じ八首が並ぶが、三首目の俊成歌は「ほどもなくとりつづきてもすぐるかなこれやひまゆくこまにはあるらん」という歌である。一方『題林愚抄』（公事）には、『後度百首』「競馬」題の歌が三首採られている。

競馬[10]
同　　為忠
及びつる手はうちかけに見えながらつひにとられてにげぶちの駒（九九〇一）
同　　俊成
とほさじとおしこむれども過ぎぬるはひま行く駒の心ちこそすれ（九九〇二）
同　　頼政
駒のあしははやしと見るに負けぬるは人の心のおそきなるべし（九九〇三）

俊成歌は『後度百首』と大きく異なった形で載るが、前後に配列されているのは確かに『後度百首』「競馬」題の歌である。『題林愚抄』には『両度百首』の歌が四十六首採られているが、ほとんどが数首ずつ連続しての掲載となっており、記載順は『両度百首』での順番と変わらない。同書が資料としているのが『両度百首』であることは疑いなく、そこには俊成の歌が「とほさじと…」の本文で載っていたものと思われる。

「とほさじとおしこむ」とは、競馬において先発した馬（儲馬）が後発の追馬に抜かれぬよう進路を邪魔する様を表しており、上句は儲馬と埒（馬場の周囲に設けた柵）の間の隙間を追馬がすり抜けて追い越した様子を詠んでいる。本来「隙ゆく駒」とは、『荘子』（外篇・知北遊篇）の「人生㆓天地之間㆒、若㆓白駒之過㆒郤（隙）、忽然而已」による表現で、壁の隙間から見る馬がたちまち過ぎ去ることから月日の早く過ぎ去る意を表す。俊成は、わずかな隙間をかいくぐった追馬の様子を、「これもまた〈隙ゆく駒〉と言える気がするよ」と表現したわけである。最初に詠んだと思われる「ほどもなく」歌に比して圧倒的に優れているとは言えないが、「隙ゆく駒」の喩えを単純に取り入れた「ほどもなく」歌に対し、一ひねり加わっていることは確かであり、改作歌と見てよいのではないだろうか。

「とほさじと」が改作歌であるとすれば、他の改作歌同様、尊経閣文庫本の祖本が校合に用いた本のいずれかに記されていたはずであろう。『初度百首』の「竹林鶯」「窓前梅」「慶賀」については改作歌が補入され、『後度百首』のこの歌が尊経閣文庫本に見られないということは、改作歌が記されていたのは、尊経閣文庫本の祖本が『初度百首』のみで校合に用いた「大夫公覚本」の方ではないかと推定することが可能である。(11) 但し、尊経閣文庫本の本奥書や本文に誤脱がないとは言い切れず、小字補入歌を祖本の校訂時の補筆と見なした前提自体が誤っている可能性も皆無ではない。軽々に結論を出すことは差し控えたい。

しかしながら、俊成が自作の何首かの詠み直しをしていたことは、まず間違いないだろう。改作や差し替え自体は珍しいことではない。ただ、俊成が『両度百首』の作をたった一首しか『長秋詠藻』に採っていないこと、(12) その際の詞書が「はやく常盤にて百首歌よみける中に、暁郭公を」と、若年時の作であることを殊更に強調するかのような書きぶりであることを考え合わせると、俊成にとって『両度百首』の歌は、未熟な点の残る習作期の作という位置付けであったと見なせるのである。

二　物語摂取

続いて、『両度百首』の俊成歌の特徴について検討していきたい。まず、物語からの影響について考える。これまでの研究[13]で、物語の影響下にある作として指摘されているのは次の五首である。

①ふるゆきにあまのしほやもうづもれてたくものけぶりゆくかたもなし　（後度百首・塩屋雪・四八九）
②ことづけてつらくもあるかあらたまのとしのみとせをこころみしまに　（同・絶後恋・六三三）
③のわきしてまよひしこすのかざまよりいりにしこころきみはしるかも　（同・纔見恋・五八五）
④あかなくにおきつるだにもあるものをゆくへもしらぬみちしばのつゆ　（初度百首・後朝隠恋・六二〇）
⑤くさまくらやどやからましあすかゐにかげみしひとのかげやみゆると　（後度百首・寄井恋・六四一）

①は、『源氏物語』須磨巻で、源氏が朧月夜に贈った歌に対する返歌「浦にたくあまだにつつむ恋なればくゆる煙よ行く方ぞなき」に基づいていることが、寺本直彦氏[14]により指摘されている。首肯すべき見解と思うが、俊成が念頭に置いていたのは、この歌のみなのだろうか。「浦にたく」の歌は恋歌であり、詠まれているのは塩焼きの煙に託した朧月夜の思いである。それを冬の海辺の描写に応用したと見ることもできるが、物語を読み進めると、

煙のいと近く時々立ち来るを、これや海人の塩焼くならむと思しわたるは、おはします背後の山に、柴といふもののふすぶるなりけり（中略）冬になりて雪降り荒れたるころ、空のけしきもすごくながめたまひて、

という場面がある。俊成は、朧月夜の歌の表現を取り入れつつ、物語中の冬の須磨の情景まで思い浮かべていたとは考えられないだろうか。後に藤原公仲が①を真似るように「すまの蜑の塩屋も雪にうづもれてたくもの煙ゆく方もな

し」（玄玉集・天地下・三一八）と詠んだのも、①によって『源氏物語』における須磨の情景を想起したからであろう。

②は、『伊勢物語』第二十四段を踏まえていることが明白である。久保田淳氏は、この歌を女の立場で詠まれた歌と見なし、「ことづけてつらくもなるか」の部分を「私が待ちきれなくなって、今宵他の男と新枕を交すというのをよい口実にして貴方は去って行かれるので、辛く思われること」と解釈する。そう解した場合、下句の「こころみし」という表現は、女がもともと詠んだ「あらたまのとしの三年を待ちわびてただ今宵こそ新枕すれ」に比して、切実味が薄くはないだろうか。稿者は、②を男の立場で詠んだ歌と解したい。『伊勢物語』における男は、「あづさ弓ま弓つき弓年を経てわがせしがごとうるはしみせよ」と詠み、女を責めることもなく物わかりよく去って行った。しかし男女の贈答の一般的あり方からすれば、ここは女の変心を怨むべき場面であろう。俊成は、男の立場で「私が訪れなかったのにかこつけて、あなたは冷たくなってしまったのですね。三年間逢わずにいて、あなたの愛情を試していた間に」と詠んだのではないだろうか。

物いひかよはしける人のおとせずとうらみければ　中原長国

おのづからわがわするるになりにけり人の心をこころみしまに　（後拾遺集・雑二・九五二）

かたらひて侍りし女のもとに、ひさしうおとせざりしかば、いひおこせて侍りし

かねてよりひとのこころをしらませばちぎりしことをたのまましやはかへし

たのめしをこころ見むとておとせねばわすれたりともおもひけるかな

（国基集・六七・六八）

など、女のもとを長らく訪れなかったことを「あなたの気持ちを試していたのだ」と正当化するのは、男の常套手段と言える。俊成は男になり代わり、その本音を代弁しようとしたのではないだろうか。あるいはまた、『伊勢物語』の男があっさり引き下がらず、②のような歌を詠んだとすれば、その後の展開はまた違ったものになったかも知れず、俊成はもう一つのストーリーを描こうとしたと見ることもできよう。

③は、『源氏物語』野分巻において、野分の翌朝、六条院を見舞った夕霧が、紫上の姿を垣間見た場面を踏まえる。『源氏物語』には、「あやしくあくがれたる心地して」という描写はあるが、「あくがれたる」心が御簾の中に入ってしまったという表現はない。物語の表現を取るのではなく、場面・状況を典拠とし、物語に描かれていないところまで登場人物の心情を深く思い遣り代弁する方法で詠まれた歌と言える。

同じ題で、やはり『源氏物語』を典拠として頼政が、「ねこのをにかかりしみすのはざまよりほのみしひとをねうとこそおもへ」（五九〇）と詠んでいる。若菜下巻に見られる特徴的な表現を詠み込み、物語に描かれた情景や心情を表面的に捉えるに留まっており、これと比較する時、物語世界への沈潜という俊成歌の特質がよくわかる。

④は、『狭衣物語』における飛鳥井女君失踪後の狭衣の心情が下敷きにある歌であり、濱本倫子氏[15]も指摘するように、俊成は「後朝隠恋」題を得た時点で、『狭衣物語』を想起したのであろう。

先行研究において④は、巻二冒頭部の「たづぬべき草の原さへ霜枯れて誰に問はまし道芝の露」という狭衣詠と、流布本系本文で和歌の後にある「あさましう行方なく」という表現によって詠まれたと考えられてきた。実は「行方なく」は遡って巻一にも見出せる表現である。まず、飛鳥井女君との最後の逢瀬から「例の夜深う帰りたまひて」、狭衣がうたた寝に見た夢の中で、女君は「行方なく身こそなりなめこの世をば跡なき水を尋ねても見よ」と詠んだ。続いて、飛鳥井女君が家を出る前夜の場面で、狭衣に何も告げず他出することについて「げに行方なくは、昔物語やうに、ことさらびてや思さん」と感じたことが語られる。更に、女君失踪を知った狭衣は「かく行方なくなしつるよ」と歎いた。俊成は、女君のもとから名残を惜しみつつ夜深く帰り、直後の夢で女君が「行方なく」なることを暗示され、それが現実となったことを歎く、という一連の狭衣の経験を踏まえて④を詠んでいるのではないだろうか。「たづぬべき」の歌が詠まれた場面のみでなく、そこに至るまでの狭衣の経験や心情まで考慮に入れつつ構想されたのが、④の歌だと考えたい。

⑤は、久保田氏が「狭衣の投影をここにも見ることができるのではないであろうか」と示唆するのみで、濱本氏のように影響関係を認めない立場もある。しかしこの歌もまた、狭衣になり代わって詠まれた歌と見なすことはできないだろうか。催馬楽「飛鳥井」が土台にあることは疑いないが、更に、狭衣が初めて飛鳥井女君に出会い、歌を詠み交わした場面が関係しているのではないか。

泊れともえこそ言はれね飛鳥井に宿りとるべき蔭しなければ

と言ふさま、なほさるべきにや、かやうのうちつけごとに泊るべき心はなきものを、この水影は見で止まんも口惜しう思されて、

飛鳥井に影見まほしき宿りしてみまくさ隠れ人や咎めん

二箇所の傍線部を考慮しつつ⑤の歌を読めば、「飛鳥井に影見し」とは、狭衣がかつて「飛鳥井に影見」た時、すなわち初めて飛鳥井女君と逢った時のことを指していると考えられる。⑤は「飛鳥井に宿ってみようか、あの時見た彼女の姿がまた見られるかも知れないから」と詠んだ歌だと解することができよう。

飛鳥井女君失踪後の場面のみに注目する読者には、⑤の歌は詠めない。しかし、女君と「飛鳥井」にちなんだ贈答を交わした狭衣、物語世界の時間を生きている狭衣ならば、⑤の歌を詠むことは可能であろう。俊成は、ある特定の場面のみを踏まえるのではなく、過去の経験まで含めて作中人物と同化しているのである。

①から⑤のほか、これまで指摘はないものの、次の二首も物語を典拠としていると考えられる。

⑥いづくにかたとへていはむあさなぎてかすみたなびくしほがまのうら　（初度百首・眺望・七六一）

⑦いかならんふけゆくそらのつきかげにとよをかひめのよはのみやびと　（後度百首・五節・七六一）

⑥は、『伊勢物語』第八十一段に基づいている。和歌とそれに続く部分のみ引いてみよう。

塩竈にいつか来にけむ朝なぎに釣する舟はここに寄らなん

となむよみけるは。陸奥の国にいきたりけるに、あやしくおもしろき所々多かりけり。わがみかど六十余国のなかに、塩竈といふ所に似たる所なかりけり。

⑥の歌の「あさなぎて」「しほがまのうら」は『伊勢物語』の和歌を典拠としているが、「いづくにかたとへていはむ」もまた、傍線部の内容を踏まえているのではないだろうか。

⑦は、『源氏物語』少女巻で、夕霧が五節の舞姫の一人、惟光女に詠みかけた歌「あめにますとよをかひめの宮人もわが心ざすしめを忘るな」に基づく。「とよをかひめ」とは伊勢神宮外宮に祀られた五穀を司る神である豊受大神の意で、その神に仕える宮人は五節の舞姫を指すことになる。この場合は他の物語摂取例とは異なり、五節の舞姫を表す語として『源氏物語』の表現を流用したのみで、物語の場面や作中人物の心情は反映されていない。俊成は、物語中に用いられた典雅な語に注目し、それを取り入れたのである。「五節」題を詠むにあたり夕霧の歌の表現に思い至っているわけで、俊成が既に『源氏物語』を自家薬籠中のものとしていた様がうかがえよう。

ここまで見てきたように、『両度百首』詠出時の俊成は、物語世界に深く沈潜し、物語には描かれていないところまで作中人物の思いに寄り添ったり、過去の経験や心情まで含めて作中人物になり代わったりして歌を詠むという方法を試みていた。とりわけ、作中人物になり代わりながら、典拠である物語とは異なる展開につながるような内容で詠まれていた②に注意したい。

渡部泰明氏[16]は、『伊勢物語』第九十六段を典拠とする俊成の久安百首歌

いかにせむあまのさかてをうちかへし恨みても猶あかずもあるかな（恋・八七二）

に関して、『伊勢物語』の男が「いまはこそ見め」などという捨て台詞ではなく独詠歌を残したとすれば、という想定のもとに詠まれたとし、更に、それは単に登場人物になりすますという方法ではなく、「あかずもあるかな」という発話表現をとる主情的表現によって、作者の〝声〟に物語的人物の心情を引き込む仕組みとなっていることを指摘する。また、俊成の自讃歌

夕されば野べの秋風身にしみて鶉なくなりふかくさの里（久安百首・秋・八三八／千載集・秋上・二五九）

については、「女は和歌を詠むことで男の愛を繋ぎ止めえたのであるから、単に物語内部に身を置いた、と言うだけでは不十分である。破局の予感にうち震える女の見た幻想、いわば劇中の劇を真に受けるところから始まる、ということになる」と述べている。

②の「ことづけて」詠の第二句「つらくもあるか」は渡部氏のいう発話表現と見ることもできるが、『久安百首』の場合のように自覚的戦略的に用いられているのか否か明確ではない。また「夕されば」詠と同様に、「ことづけて」詠も物語には描かれない別のストーリーを幻想しているが、「夕されば」詠が『伊勢物語』に見られる幸福な結末ではなく、切なく悲しいストーリーを描いているのに対し、「ことづけて」詠が導く結末は、本来の第二十四段以上に

悲壮なものとはならないだろう。しかし「ことづけて」詠は、物語のこの場面で自分ならこう詠む、あるいは作中人物になり代わって自分はこう詠みたい、という作者の立場が背景にあるという点で「いかにせむ」詠と共通するし、典拠の結末から離れた新たなストーリーを和歌の中に再生しているという点で「夕されば」詠につながる部分があるのではないだろうか。

一方④や⑤は、物語を深く読み込み登場人物の心情を細やかにすくい上げているものの、物語との距離が近すぎて、物語中の人物と別個の詠歌主体の姿はなく、「後朝隠恋」題、「寄井恋」題のはずが、物語に取り込まれてしまったきらいもある。

俊成の『両度百首』の物語摂取作は、『久安百首』の達成度から見れば、いまだ未熟なものと言わざるを得ない。しかし、十五、六年の後「夕されば」の自讃歌に至り着くための第一歩が、既に踏み出されていると見なすこともできるだろう。

三　歌語の範囲

続いて、歌語の問題に目を転じてみたい。『両度百首』は新奇な語を多く含み、国語学的にも注目すべき作品であると言われる。「耡《うな》ふ」「畔切る」「室（室鯵）」「ばい（巻き貝）」などの農耕・漁業関係語彙、「新鷹《あらたか》」「労《つか》れ遣る」などの鷹詞、「鹿垣《しがき》」「待木」などの狩猟用語といった、従来和歌に詠まれることのなかった語が詠み込まれている。あたかも、どこまで歌語の範囲を広げられるか、作者たちが挑戦しているかのようである。

一つの目安として、『新編国歌大観』所収歌の範囲で他に用例が見出せない語（以下、これを独自歌語と称する）の数を調べると、『両度百首』中に約一六〇語見出せる。独自歌語を最も多く詠んでいるのは仲正であり、為忠・為盛・頼政も多い。俊成はさほど多い方ではないが、それでも以下の八語の独自歌語を詠んでいる。

①さきぬればさくらやはるのみやぎもりすぎゆくひとをとどめがほなる　（初度百首・山路桜・六一）
②さきまくりいまふたよをばみてずしてくまなきものはながつきの月　（同・十三夜月・四二〇）
③なみかくるはまのあらゆはわれなれやみをうみにのみおもひいるらん　（同・温泉・七一二）
④ゆきはれぬちとせのたにのおそざくらいくたびはるをよそにきくらん　（後度百首・澗底桜・一九）
⑤雪ふればなみのぬくみにうらにいでてをじかのつのもはなぞさきける　（同・海辺雪・四八一）
⑥やまぢいづるしばのくるまに雪ふればはなのきつめるここちこそすれ　（同・車中雪・五五三）
⑦よたかすむはやしのはしにすむとりのとけてもえねぬこひもするかな　（同・寄鷹恋・六四九）
⑧たまつばきはつうのつゑにきることはやちよのさかもきみこえよとか　（同・卯杖・六八一）

①の「とどめがほ」は、

見る時は事ぞともなく見ぬ時はこと有りがほに恋しきやなぞ　（後撰集・恋一・五八八・読人しらず）
あひにあひて物思ふころのわが袖はやどる月さへぬるるがほなる　（同・雑四・一二七〇・伊勢）

などと同じ「～顔」のバリエーションの一つである。

④の「ちとせのたに」は地名として用いているのだろう。

ことしよりちとせの山はこゑたえず君がみよをぞいのるべらなる　（拾遺集・神楽歌・六〇九・大中臣能宣）

をはじめとして大嘗会和歌にしばしば詠まれた千年山からの応用であろうか。

⑤の「ぬくみ」は形容詞「ぬくし」の名詞化した語だが、「けぬくし」という形容詞が『相模集』に見られる。

したこほりけぬくくならばうちとけてなにのつららかいまはあるべき　（三二五）

⑥は、「柴車」を音数を調節するために「柴の車」と詠んだものである。「柴車」は、

柴車おちくるほどにあし曳の山のたかさを空にしるかな　（堀河百首・山・一三六二・大江匡房）

みねたかきこしの尾山に入る人は柴車にてくだるなりけり　（同・一三六五・藤原顕季）

といった先行例がある。

⑧は、

仁和のみかどのみこにおはしましける時に、御をばのやそぢの賀にしろかねをつゑにつくれりけるを見て、かの御をばにかはりてよみける　僧正遍昭

ちはやぶる神やきりけむつくからにちとせの坂もこえぬべらなり　（古今集・賀・三四八）

正月に人の卯杖をつかはしたりしにかきつけたりし歌

みかさやまさしもはなれぬ君にけふいのりの杖をたてまつるかなかへし

いのりけるつゑのたよりにみかさやまちとせのさかもさしこえぬべし　（六条修理大夫集・一一三・一一四）

など、杖と「千年の坂」を結びつけた歌を参考にしているのであろう。

すなわち、全く新しい歌語と言えるのは、「さきまくり」「あらゆ」「よたか」のみとなる。「さきまくり」は動詞

「さきまくる」の連用形で、音便化した「さいまくる」は『枕草子』や『浜松中納言物語』に用例があり、雅語とは言えないが散文作品には用いられた語である。

「あらゆ」は「荒湯」で、荒磯に湧き出る温泉の意かと思われる。

はりまのあかしといふところにしほゆあみにまかりて月のあかかりけるよ中宮の台ばんどころにたてまつりはべりける　中納言資綱

おぼつかなみやこのそらやいかならむこよひあかしの月をみるにも　（後拾遺集・羇旅・五一三）

やむごとなき人を思ひかけたるをとこにかはりて　相摸

つきもせずこひになみだをわかすかなこやななくりのいでゆなるらん　（同・恋一・六四三）

など、「潮浴」「塩湯」「出湯」が和歌や詞書にしばしば見られることを思えば、「荒湯」も和歌に詠むのにさほど違和感のある語ではなかったのだろう。

「夜鷹」はヨタカ科の鳥であるが、鷹狩は早くから屏風歌の題材となり、

女のもとより怨みおこせて侍りける返事に　読人不知

わするとは怨みざらなんはしたかのとかへる山のしひはもみぢず　（後撰集・雑二・一一七一）

など、「夜鷹」と同じく鷹の種類の一つである「鷂」は、平安前期からよく詠まれた。俊成歌は「寄鷹恋」題で鷹の

名を詠んでいるのであり、これもまた奇異な表現とは言えまい。

こうしてみると、俊成が詠んだ独自歌語は、いずれも伝統的歌語の範囲から、さほど逸脱した措辞ではない。他の歌人の独自歌語の例を、一人一首ずつ見てみよう。

ふるゆきにみねのともぐまいりぬらしくちきのそまのまきのうつほに（後度百首・杣山雪・四九五・為忠）
やまだもるしづのさくものくもなきは秋ぎりのみぞたちへだてたる（初度百首・田家霧・三八〇・忠成）
ほととぎすかほつくりするわぎもこがねおきのかみのうちたれてなけ（後度百首・朝郭公・二〇〇・親隆）
むかつらのはたのかこひのうの花やしづのさらせるてづくりのぬの（初度百首・遠林卯花・一七四・仲正）
あつかたてはざらとりすゐやかつかみまつるうづきにはやなりぬとか（後度百首・神祭・七〇七・為業）
わがこひはふか井におろすつるべをのたえぬとみえてくるぞひさしき（同・寄井恋・六四四・為盛）
よもすがらごてのぜにをぞおもひやるそのつらならぬまとゐなれども（同・庚申・七八一・為経）
うちなびくみすのこはしにわかれきてとこのまへにもつもる雪かな（同・簾中雪・五四二・頼政）

これらの歌に詠まれている「友熊」「作物《さくもの》」「顔作り」「向面《むかつら》」「束草《あつか》」「釣瓶緒」「碁手の銭」「木端《こはし》」などの語に比べれば、俊成の用いた独自歌語は穏当な表現と言ってよいだろう。

ことばの選択における他の歌人との意識の差が最も鮮明に表れているのは、『後度百首』雑部の行事・遊戯に関する歌題である。『後度百首』の行事題詠の特徴については前章で論じ、行事次第を具体的写実的に描写する詠み方が目立つこと、そのために儀式や遊戯に関わる専門用語に類する語が詠まれていることを指摘した。例として、「闘鶏」「騎射」題の全作者の歌を見てみよう。

〈闘鶏〉

はるさめにみのけあらしてねるとりのふせごをかさにきてかへるかな　（六九五・為忠）
からしふくこがねけづめ(17)のはねおもにかちふせごをもつきてけるかな(18)　（六九六・親隆）
さくはなもなくうぐひすもはるはなほとりあはせたるころにも有かな　（六九七・俊成）
はぐくみてわがそだてたるひなどりのこはいつよりぞにげめつかふな　（六九八・仲正）
はるさめのなごりのにはにぬるとてやあはするとりのみのけたつらん　（六九九・為業）
さりともとはねにしほふくあかどりのまくるけしきのからげなるかな　（七〇〇・為盛）
おぼつかないづれのとりかかけにけんあごえの(19)かねとはねのからしと　（七〇一・為経）
ぬりおきしとりのはがひのからしゆゑからくもまくるきみがかたかな　（七〇二・頼政）

〈騎射〉

さみだれにくまのむかばきそぼぬれてあげゆくいてやことりなるらん　（七一九・為忠）
からはだけみつのつはものてまどひてさわぐやけふのみものなるらん　（七二〇・親隆）
おなじくはなのりてすぎよほととぎすひをりのそらもややくれぬめり　（七二一・俊成）
あやめふくさつきのゆみをいにしへはながらのもりへみにぞゆきける　（七二二・仲正）
しきりばのやさしきものはあやめぐさけふひきつるるまゆみなりけり　（七二三・為業）
えびらにはあやめやさしくさしそへてひだりのまゆみけふやひくらん　（七二四・為盛）
あやめふくみぎりのふぢのつるむまのたえずみまとをいさせつるかな　（七二五・為経）
あやめぐさながきねならぬまゆみをもともにけふこそひくひなりけれ　（七二六・頼政）

他の作者の多くが、行事の様相をありのままに描写しようとして、「あごえ」「辛子」「熊の行縢」「三の兵《つはもの》」「旒」

「三的」のような伝統的美意識から逸脱した語を詠み込んでいるのに対し、俊成は「花」「鶯」「郭公」など季節に合わせた花鳥の景物を配し、従来の歌語の範囲で題意を表そうとしている。同様の例として、

とにかくにはるは風こそいとはるれまりにつけてもはなにつけても　（蹴鞠・六八九）

ゆふがほにあふひのはなのさしあひていづれかいろのうてんとすらん　（相撲節・七三七）

をあげることができる。他の作者の歌では、蹴鞠や相撲節独自の用語である「葉懸」「庭鞠」「鞠場」「相撲長」「占手」「助《すけ》」等が詠まれているが、俊成はそうした語を詠もうとはしない。従来和歌に詠まれることのなかった相撲節を詠むにあたっては、

かたわきて吹く風によるすまひぐさ露にうつるぞかひなかりける　（賀茂保憲女集・一八七）

何にかは心もとらむすまひぐさ思ひうつるにかたこそあらめ　（赤染衛門集・九七）

など、すまひ草を詠む歌の伝統を応用しているのである。

『両度百首』において、俊成が他の歌人の新奇な表現から影響を受けている面のあることは否定できない。[20] 前掲⑤「海辺雪」題の歌の発想や、「闘鶏」題の掛詞の使い方などは奇抜と言ってよいだろう。しかしながら他の作者の志向性と比較するならば、俊成は和歌の伝統からひどく逸脱したことばは明らかに避けており、従来の歌語の範囲を守ろうとしているると言えるのである。

さいごに

以上、『両度百首』に見られる俊成独自の特徴について論じてきた。『両度百首』には偶然の一致とは考え難い類似

歌が少なからず見られ、おのおのが別個に百首を詠んだのではなく、作者たちが同じ場で互いに影響を与え合いながら創作した作品であると想定される。彼らは、他の歌人が用いた目新しい素材・表現に興味をひかれると、それを貪欲に取り入れている。そのような雰囲気の中での独自性なのであり、若き俊成には理想とする歌境が既にかなり明確に自覚されていたのではないかと思われる。そうした意味で、俊成の歌歴における『両度百首』の有する意味は小さくないだろう。
最後に、『両度百首』と『五社百首』の関連について付言しておきたい。『両度百首』から五十年以上経た後に詠まれた『五社百首』の中に、『両度百首』での自詠と発想や表現の類似した作が少々見出せる。『両度百首』『五社百首』の順で掲げてみよう。

つりのをのひくひとなしとみゆるかなかはべにたれるあをやぎのいと（初度百首・河岸柳・四五）
あさみどりさほの河辺の玉柳釣をたれけんいとかとぞ見る（春日・柳・二〇八）
むかしべのみほのいはやをきてみればこけのみぎりにすみれさきけり（同・古砌菫菜・一〇九）
いにしへのみほの岩やは苔むしてみれどもあかずとこめづらなり（伊勢・苔・八五）
みくりはふいりえにおふるあやめ草ひく人なしにねやながるらん（同・江中菖蒲・一八九）
おく山の谷のうきぬのあやめ草引く人なしにねやながるらん(21)（伊勢・菖蒲・二五）
つきよみにはびのまへのふえのねをくものよそにもききわたるかな（同・月前神楽・五二四）
ふきたつる庭火のまへの笛の音はあまの岩戸もさこそあけけめ（春日・神楽・二六六）

その他、

やまざとはやま(22)のさむしろしきゐにてゐまちの月をまつもさびしな（後度百首・居待月・三三八）

まろぶしの柴のしきゐに露ぞおく夜や更けぬらんさよの中山　（春日・旅・二九三）

の「しきゐ」は、俊成以外の歌人の用例が知られない語である。

同時に、他の歌人の作に学んでいる例も多い。その一部のみ、同じく『両度百首』『五社百首』の順に示してみよう。

しられでやもえいでぬらんをりにくるひとにしのびのをかのさわらび　（初度百首・岡辺早蕨・五五・為盛）

たがために忍びの岡の下わらび煙はたてずもえわたるらん　（伊勢・早蕨・九）

みそぎするけふかはかみののどけきはあらぶる神もなごむなりけり　（初度百首・河辺荒和祓・二七八・仲正）

けふもたれいすずの川に御祓してあらぶる神もなごしなるらん　（伊勢・六月祓・三五）

たれぞこのぬしをばおきてたかをかのえざるところのはなをおしをる　（後度百首・庚申・七八二・頼政）

山里はぬしをばおきて滝の音も心ぼそさのすむにぞ有りける　（賀茂・山家・一九四）

『五社百首』の歌題は堀河百首題であり、四季題のほとんどが堀河百首題を基にした結題である『初度百首』の歌題の類似など歌題が一致しない例もあり、『五社百首』を詠む際に『両度百首』の作を念頭に置いていたと考える方が自然であろう。

と、偶然に発想が似てしまった場合もあるかも知れない。しかし『初度百首』「古砌菫菜」題の歌と『五社百首』「苔」

「それまでの総決算と共に最晩年の新たな出発の意味をもった、重要な道標」（松野陽一氏）、「長い作歌生活が勅撰撰進の終功によって一段落したことの記念」（久保田淳氏）とされる『五社百首』において、俊成がその歌歴の出発点とも言える初めての百首歌を振り返っていることは興味深い[23]。作品の完成度とは別の次元で、俊成にとって『両度百首』は忘れ難い作品だったのではないだろうか。

〔注〕

（1）『両度百首』の伝本や作者、歌題については、第一章参照。一・二類本では作者名は最初の題にのみ記される。三類本では全歌に作者名を記すが、脱落があっても機械的に順番に作者を当てはめているので誤りが多い。なお、『両度百首』は「顕広」時代の作だが、「俊成」の名で統一する。

（2）『新古今歌人の研究』第二篇第二章第二節三（一九七三年　東京大学出版会）。以下、久保田氏の説はすべてこれによる。

（3）「『為忠家初度百首』の俊成歌について―漢詩文摂取を中心に―」（『国語と国文学』82-9　二〇〇五年九月）。以下、趙氏の説はすべてこれによる。

（4）『藤原俊成の研究』第一篇第一章第二節（一九七三年　笠間書院）。以下、松野氏の説はすべてこれによる。

（5）尊経閣文庫本は鎌倉中期頃の書写とされ、以下のような本奥書がある。『初度百首』―「書本云／治承三年九月六日／一校畢以大夫公覚本書写畢／同五年四月十五日以高本／重校合畢」。『後度百首』―「書本云／治承五年四月十九日　以高殿本／一校畢」。

（6）以下、「祖本」といった場合、直接の親本を遡る伝本を含めた意とする。

（7）谷山茂氏「松野陽一氏著『藤原俊成の研究』読余」（『国文学研究』60　一九七六年十月）参照。

（8）おそらく、一首は本来小書きで補入されていたのが、どこかの段階で本文化してしまったものであろう。

（9）注（5）参照。

（10）「同」は誤り。

（11）端作りの作者官記において、『初度百首』は後に改名した人物に「改名俊成」などと小字で付記しているのに対し、『後度百首』にはそれがないことも、小字補入があったのは『初度百首』のみで校合に用いた「大夫公覚本」であることの証左となるであろう。

ちなみに松野陽一氏は、「大夫公覚本」の「大夫公覚」を覚綱、「高（殿）本」の「高（殿）」を高松院（鳥羽天皇皇女姝子内親王）かと推定している。覚綱は、『三井寺山家歌合』の作者として「大法師覚綱〈大夫公　馬助入道範綱子〉」と記され、父藤原範綱は為忠主催の『常磐五番歌合』に出詠している。松野氏の推定は蓋然性が高いと思われるが、もう一人、『千載集』『新古今集』作者である俊成男覚弁も「大夫公覚」の候補にあげておきたい。俊成養子静快の公名は、左京大夫や皇后宮大夫などを歴任した俊成の官職にちなんで「大夫」である（第四篇第三章参照）。静快よりかなり年長と思われる覚弁が「大夫公」と称されたことは十分考えられる。また寂念（為業）・寂超（為経）・頼政の歌が採られている『治承三十六人歌合』の撰者と目される覚盛も、「大夫公」と称された徴証は知られないが、候補の一人となり得るであろう。一方の「高（殿）本」であるが、女院所持本をこのように称するとは考えにくく（五味文彦氏のご教示による）、現段階では他の候補も見出せていない。

(12)　『長秋詠藻』に採られたのは「しのびづまおきゆくそらにほとときずなごりおほくもなきわたるかな」（後度百首・一九三）。「暁郭公」題であるが、物語的情趣を濃厚に漂わせている点に注目しておきたい。

(13)　久保田氏前掲著、峯村文人氏「藤原俊成の芸術論」（『国語と国文学』39‐4　一九六二年四月）、寺本直彦氏『源氏物語受容史論考　正編』（一九七〇年　風間書房）、濱本倫子氏「俊成卿女の『狭衣物語』摂取について―後鳥羽院歌壇期の詠作を中心に―」（『和歌文学研究』86　二〇〇三年六月）。

(14)　注（13）に同じ。

(15)　注（13）に同じ。

(16)　「藤原俊成の『久安百首』」（『国語と国文学』65‐1　一九八八年一月）→『中世和歌の生成』（一九九九年　若草書房）

(17)　第二句は諸本とも「こかねうつちの」。「うつち」は「けつめ（蹴爪）」の誤りと推定した。

(18)　親隆・為経・頼政歌は、季平子と郈昭伯が闘鶏を行った際、季平子は自分の鶏の羽に辛子を塗りつけ、郈昭伯は鶏の蹴爪に金具をかぶせたという『左氏伝』（昭公二十五年）に見える逸話を下敷きとする。

(19)　第四句は諸本とも「あこねのかねと」。「あこね」は「あごえ（距）」の誤りと推定した。

(20)　たとえば久保田氏も指摘するように、『初度百首』で仲正が詠んだ「をばやし」（『万葉集』『日本書紀』に見える）を、俊成は『後度百首』で詠んでいる。

(21)　『新編国歌大観』本文は「なかる」とするが、「菖蒲」題であるので「流る」に「泣かる」が掛かっていると見なし、「ながる」の形で掲出しておく。

(22)　第二句は諸本とも「やまのさむしろ」とするが、誤写があると思われる。「こけのさむしろ」の誤りか。

(23)　『五社百首』には

ながめするみどりの空もかき曇りつれづれまさる春雨ぞ降る（久安百首・春・八〇七）

春雨はみどりの空をうつしても水の色をもそむるなりけり（伊勢・春雨・一一）

のように、『両度百首』以外の旧作を念頭に置いていると思われる歌もあり、更なる検討が必要であろう。

第六章　『為忠家両度百首』と西行 ―西行の歌風形成の一側面―

はじめに

西行の歌風形成については既に様々の論があり、源俊頼や『堀河百首』、源仲正らから影響を受けていたことが、具体例と共に明らかにされている。しかしながら、若き義清がいかにして歌人として出発し成長していったかに関しては、出家以前に詠まれたことが明らかな歌が多くないこともあって、いまだ判然としていない点も残る。「歌人としての形成期の考察に必要と思われるものは、『金葉集』、およびその撰者の源俊頼である」[1]「主家徳大寺家を取巻く和歌的環境の中で、義清は歌を詠み出したのであろう」[2]というのが、現実的かつ妥当な説といえよう。

しかしその一方で、早くから提示されていた「西行が歌を学んだのは、この為忠ではなかろうかと思われる」[3]という尾山篤二郎氏の推定が、十分な検討を加えられていないことは看過できない。この説を正面から受けとめているのは、石田吉貞氏[4]、窪田章一郎氏[5]、峯村文人氏[6]らのごく僅かな論のみである。なかでも峯村氏の、以下のような指摘には注意しておくべきであろう。

西行はいつごろから堀河百首に親しむようになったか。それは、おそらく、為忠に近づいて作歌の指導を受けるようになったころからであろう。というのは、丹後守為忠朝臣家百首が堀河百首の題詠を範として催されたものであり、俊成をはじめ、それに加わった歌人たちが、みな、堀河百首の歌にならってよんでいるところから見ると、為忠という歌人は、作歌の指導に当たって、堀河百首をたいへん推奨していたのでもあろうと想像することがむずかしくはないからである。

これらの説を念頭に置きつつ、本章では具体的に作品を検討しながら、為忠及びそのグループと西行の関係を見ていくこととする。作品としては、西行が十七、八歳の頃、為忠が主催し一族・知友が加わった二度にわたる百首を取り上げたい。但し、『為忠家両度百首』と西行との関係に関しては、既に稲田利徳氏(7)の周到な論がある。氏は適切な用例を多数あげて検討を加えた上で、「西行が直接『為忠家百首』に親しんでいたことを示す確実な証拠はないが、少なくとも、為忠を中心とした歌人グループの和歌に西行が接し、直接・間接の感化を受けた可能性は十分に考えられる」と結論づけている。稿者の論も氏の結論と同様の方向性を有するものであり、新たに解明できる事柄は多くはないかも知れない。しかしながら、『為忠家両度百首』が西行と『堀河百首』の関係の媒介となった可能性、尾山氏のいう為忠と西行の師弟関係の検討など、稿者なりの問題意識もあり、稲田氏があげられた以外に注目しておきたい歌もある。作品の影響関係のみならず、伝記的事実も考え合わせながら、西行の歌風形成における為忠の役割を明らかにすることを目指したい。なお、繁雑を避けるため、出家前後を問わず「西行」の呼称で統一する。

一　『両度百首』から西行への影響

最初に、『両度百首』と西行歌の関連を見ていくが、まずは発想面で影響の想定できる例から検討したい。

①ますらをがかたともみえぬ秋ぎりにひたひきならすおとばかりして　（初度百首・田家霧・三八三・為忠）

いほにもる月の影こそさびしけれやまだはひたのおとばかりして　（山家集・三〇三）[8]

「ひた」の語は、

ねたるまも露やおきつつしほるらんひたうちはへてまもるやまだを　（好忠集・二二〇）

ひたはへてもるしめなはのたわむまであきかぜぞふくをやまだのいね　（経信集・一〇二）

など用例は多い。しかし、深い霧がたち渡る中、あるいは夜の静けさの中、引板の鳴る音のみが響き、かえって静寂を際立たせているという情景は、この二首に独特のものであり、影響関係が看取できる。庵に洩る月影をその静寂に配し、「さびしけれ」と言い切ったところに、西行の独自性を見ることができよう。[9]

②つつめどもなみだのたまのくだけつつそでよりつひにもらしつるかな　（初度百首・洩始恋・五六三・忠成）

つつめども涙の色にあらはれてしのぶ思ひは袖よりもちる　（山家集・一二四三・恋百十首）

この西行歌に関して和歌文学大系『山家集／聞書集／残集』[10]は、

つつめども袖にたまらぬ白玉は人を見ぬめの涙なりけり　（古今集・恋二・五五六・安倍清行）

に依ると指摘する。当然この歌も念頭にあったであろうが、より参考になるのは『中宮亮顕輔家歌合』（長承三年九月十三日）での次の詠であろう。

つつめども涙に袖のあらはれて恋すと人にしられぬるかな　（恋・四九・源雅定）

上句の類似性からすれば、西行歌は雅定歌の影響を色濃く受けているように見受けられるが、忍ぶ恋が涙によって露顕すると詠むのは、常套的詠法の域を出ていない。西行が雅定歌に拠りながらそれを発展させているのは、忍ぶ思いが「袖よりもちる」と表現した点であり、それは忠成歌の下句から学んだものであろう。

③かすがのにたねやちりけんやへざくらおふるわかぎの花ぞかはらぬ　（後度百首・野径桜・三三・為忠）

なべてならぬ四方の山辺の花はみなよし野よりこそたねはちりけめ(11)　（御裳濯河歌合・七）

桜の種を詠んだ歌としては、現在知られる範囲では為忠歌が最も古く、それに次ぐのが西行歌である。為忠歌は春日野と八重桜の種を結びつけた意図がわかりにくいが、おそらくは

いにしへのならのみやこのやへざくらけふここのへににほひぬるかな　（金葉集三奏本・春・五八・伊勢大輔／詞花集・春・二九）

が背景にあり、「いにしへの奈良の都の八重桜」の種が春日野に散り、その結果、「いにしへ」と変わらない花が咲いたということなのであろう。持って回った発想の為忠歌に対し、一面に咲き誇る桜の花を描き、花の名所吉野を称揚した西行歌は、穏やかな花の歌らしい花の歌となっている。

ゆく末の花かかれとて芳野山たれしら雲のたねをまきけん　（壬二集・春・二〇七六）

は、おそらく西行歌を念頭に置いた詠であろう。

発想面で影響関係にある例の中には、西行が二句以上にわたり『両度百首』の歌の表現を摂取している歌も見られる。

④あさぢはらうはばのつゆのかずごとにわかずもやどる月のかげかな　（後度百首・露上月・三七三・為盛）

あさぢはら葉ずゑの露のたまごとにひかりつらぬく秋のよの月　（山家集・三一六）

⑤くもかかるなちのたかねに風ふけばはなぬきくだすたきのしらいと　（後度百首・滝上桜・八四・仲正）

雲きゆるなちのたかねに月たけてひかりをぬけるたきのしらいと　（山家集・三八二）

⑥はるばるとひとむらみゆるしらくもはたがすむさとのこずゑなるらん　（後度百首・遠村桜・一三九・俊成）

よしの山ひとむら見ゆるしらくもはさきをくれたるさくらなるべし　（山家集・一四二）

④は浅茅に置く夥しい露の一つ一つに月が映るという発想、⑤は那智の滝が何かを貫いて落ちるという発想、⑥は遠方の桜を一かたまりの白雲に見立てる発想が共通している。いずれも同じ語が同じ位置に置かれており、一見模倣のようにも見えるのだが、④では露に映る月を「宿る」ではなく「光貫く」と表現し、⑤では滝が貫くものを花片から月光に変えている。[12] ⑥では、俊成歌の下句が「花」「桜」の語を詠んでいないために言葉足らずに感じられるのに対し、「遠山残花」題で詠まれた西行歌は、題の本意を過不足なく満たしていると言える。

以上のような、西行が発想の面で『両度百首』に学んでいる例に比して、語彙を摂取している例の方がより多くを数えることができる。先行研究と重複しないものを取り上げてみよう。

⑦あさからずちぎるにつけてつらきかなまことしからぬこころとおもへば　（初度百首・六〇四・忘偽恋・為忠）

ながむともまことしからぬ心ちしてよにあまりたる月の影かな　（山家集・三五五）

「まことしからぬ心（心地）」は『初度百首』以前の前例が知られず、『山家集』以後の例も『洞院摂政家百首』での藤原実氏の一首を見出したのみである。[13] 為忠歌は、「忘偽恋」題において不誠実な心の意味でこの語を用いているが、西行はこれを叙景歌に応用して月の美しさを現実のものとも思われないと表現し、月を賛美する新たな修飾語を編み出すのに成功している。

⑧あだにゆふしづのたけがきあばれつつまばらにきなくほととぎすかな　（後度百首・山家郭公・二四〇・為忠）

あばれたる草の庵にもる月を袖にうつしてながめつるかな　（山家集・三四八）

あばれたる草のいほりのさびしさは風よりほかにとふ人ぞなき　（同・一一四八）

あばれ行しばのふたては山里に心すむべきすまひなりけり　（西行法師家集・五五七）

名詞形「あばら」は『好忠集』にも見られるが、西行が動詞「あばる」を三首もに用いているのは、やはり為忠歌に倣ったものと見るべきであろう。[14] 但し為忠歌の「あばれつつ」は、竹垣が荒れ果てていることを表しつつ、「あだ―まばら」の連想で「まばらにきなく」を導き出すという技巧を担っている。言ってみれば、為忠歌は「あばれ」の語を一首の要としているのである。一方の西行歌における「あばれ」はいずれも専ら山里の寂寥感の表現に用いられており、同じ語でもやや印象が異なる。

⑨みわたせばすぎぬるかたのなつきにこよひひとよのかげぞまされる　（後度百首・十五夜月・三〇四・為忠）

秋はただこよひひとよのなりけりおなじくもゐに月はすめども　（山家集・三三四・「八月十五夜」題）

共に十五夜の月の美しさを「こよひひとよ」のものと賞美した詠である。特に目新しい表現ではないのだが、為忠以前には例を見ない。偶然の一致と見ることもできようが、歌題が共通する点を考慮すれば、影響関係を想定する方が蓋然性に富むであろう。

この他にも語彙・素材面での共通点が見出せる例として、稲田氏が取り上げている「さくらがひ」「むらぎみ」「そばへ」「いしづゑ」他を挙げることができる。以上のような例に基づき、西行が『両度百首』から語彙を摂取している場合の傾向を見ると、『両度百首』においては新奇さを狙って用いられていた語を一首の和歌世界の中にうまく溶け込ませ、奇抜さがさほど感じられない詠み振りとなっている点が特徴的である。

さて、西行が『両度百首』から表現を学んだ例として特筆しなければならないのは、「～がほ」という表現である。この問題に関しては既に稲田氏の論考「西行の和歌の表現（一）―「～がほ」をめぐって―」[15]があり、従来西行好みの表現とされてきた「～がほ」が特に西行に限ったものではなく、和泉式部や俊恵のように数量的にみて西行を上回る歌人もいること、西行の「～がほ」の歌はほとんどが擬人法であり、詠歌主体と「～がほ」の主体とが緊密に結び付いている歌が多いこと、西行の「〜がほ」の歌が他の歌人のそれよりも目につくのは、彼の自然を擬人化したり自然に呼び掛けたりする歌と呼応する故と思われることなどが明らかにされている。この論の中で稲田氏は、西行への影響が考えられる作品として『堀河百首』を指摘し、更に別稿[16]において『両度百首』との関係も考慮すべきことを付言している。稿者も『両度百首』に「〜がほ」の表現が多いことから、西行がこの表現を多用する背景としては『両度百首』の存在が大きいと考えている。

まず比較検討の目安として、それぞれの作品の中で「〜がほ」の表現を含む歌の占める割合を示し、煩を厭わず該当の語を列挙する。

『山家集』　一五五二首首中一四首[17]（〇・九〇％）

見せがほ・つけがほ・うれしがほ・きかずがほ・つげがほ（二首）・ぬるるがほ・いひがほ・心えがほ・たより

えがほ・かこちがほ・みがほ・うらみがほ・かげもちがほ

『堀河百首』　一六〇一首中六首（〇・三七％）

けづりがほ・ことありがほ（二首）・ともしびがほ・うらみがほ・きかずがほ

『為忠家両度百首』　一五七一首中一一首（〇・七〇％／初度百首〇・九一％、後度百首〇・五〇％）

とどめがほ・へだてがほ・ぬのがほ・しらずがほ・しられがほ・みせがほ・おどろきがほ・ひとまちがほ・まち

かけがほ・おもひがほ（二首）

比率の上から見れば『両度百首』は『堀河百首』を圧倒しており、とりわけ『初度百首』のみの割合では『山家集』をも上回るのである。『堀河百首』の割合は『後撰集』のそれとたいして変わらない。この表現に関しては、『堀河百首』以上に『両度百首』の影響が顕著であると判断すべきであろう。

次に、「〜がほ」をしている主体が何かという点を考えたい。西行の場合、人間以外の自然物など（霞・雲・風・月・袖＝二首・涙・蛙・鶏・女郎花・きりぎりす・桜）が一二首、人が二首となる。『堀河百首』は、自然物（風・砧の音・秋・呼子鳥・蛍）五首、人一首。『両度百首』では、自然物（風・時雨・星・露・桜＝二首・杜若・卯花・蝉・千鳥・郭公）が一一首すべてを占める。ちなみに、「〜がほ」の表現の多い『和泉式部集』では、自然物四首、人五首。『金葉集』までの勅撰集で見ると、自然物三首、人五首である。[18]『山家集』『堀河百首』『両度百首』の「〜がほ」の表現は、主に擬人法として用いられているという共通性を指摘できる。糸賀きみ江氏が「西行が、自然の無生物にまで親愛感を持ち、友人であるかのような意識で自己の感情を投影している、そのような心の姿勢が「…がほ」の表現を好んで、しばしば用いたのではないかと思う[19]」と指摘する特徴は、次のような『両度百首』の歌からもうかがえるのである。

あるじだにおとづれねどもなかなかにをぎのはかぜぞしられがほなる　（初度百首・隣家荻・三三九・為忠）

たづねくるひとまちがほにかたをかのとほみにたてる花ざくらかな　（後度百首・岡辺桜・七二・頼政）

続いて、やはり影響関係が看取できそうな地名歌を取り上げて、『両度百首』と西行歌の関係を考察したい。この点に関してもまた、稲田氏の詳細な論がある。[20]氏は「全体としてみたとき、掛詞などの使用の少ないのが特色とされる西行歌で、歌枕地名歌に関しては、時によせ過ぎると思えるほどの修辞をこらしている」と指摘し、その背景に俊頼の影響を見ている。確かに『散木奇歌集』を見ると地名歌が多数にのぼり、その多くが修辞と結びついているのがわかる。そしてこれと同じ傾向は、『堀河百首』及び『両度百首』（とりわけ『初度百首』）にも見受けられるのである。試みに、各々の作品中の地名歌の割合と、地名歌中で地名が掛詞・縁語といった修辞と結び付いている歌が占める割合とを比較してみると、次の表のようになる。[21]ある語を地名とみるか否か、また修辞を認めるか否かの判断は、調査者によって些かの差が出てくるとは思うが、おおよその目安として以下の数値を利用することは可能であろう。

	地名歌／全歌数	地名がらみの修辞を含む歌／地名歌
『山家集』	一五・七％	三二・五％
『散木奇歌集』	二七・二％	四五・八％
『堀河百首』	二六・〇％	三七・三％
『初度百首』	二四・七％	四六・一％

この数値から指摘できるのは、地名歌において修辞を凝らした歌が多いという特徴が最も顕著に現れているのは『初度百首』であるという事実である。とりわけ『初度百首』作者の中でも、為忠・為業・為盛・為経父子は地名歌の半数以上に修辞を用いており、彼らが地名を修辞に結び付ける詠法に積極的であったことが知られる。

ところで、『初度百首』には和歌に先例の知られない地名が少なからず詠まれているが、それと同じ地名が数例『山家集』に見出せる。

①卯花のさかりなりけりしのむらややむらにさらすぬのとみつるは　（初度百首・遠村卯花・一七一・為忠）
　しのむらやみかみがたけを見わたせばひとよのほどにゆきのつもれる　（聞書集・二五六）
②しづはらやひらまつやまのすみがまはけぶりたえせでとしぞへにける　（初度百首・深山炭竈・五三八・為忠）
　山がつの住みぬとみゆるわたりかなふゆにあせゆくしづはらの里　（山家集・一五四八）
③よもすがらきこゆなるかなころもうつおとはのさとはちかからねども　（初度百首・遠郷擣衣・四二六・為忠）
　春たちて音羽のさとのかげの雪にしたのし水のとくるまちける　（山家集・松屋本書入）

その他、「芦屋沖」「鳴滝川」[22]の例もある。「音羽」「芦屋」「鳴滝」は『初度百首』以前にも見られる歌枕であり、西行がそれらに独自に手を加えたものかも知れないが、①の「しのむら」は為忠と西行以外の用例が見出せない。

但し、先の数値及び前例のない地名を共に詠じている事実を考え合わせても、西行が地名歌の詠み方において影響を受けたのは『初度百首』であると限定することはできない。ここでは『散木奇歌集』・『堀河百首』・『初度百首』、そして『山家集』の地名歌が、地名を利用した修辞を多用するという点において、極めて近い傾向を持つことのみを確認しておく。

二　『散木奇歌集』『堀河百首』と『両度百首』・西行歌

前節において、西行歌と『両度百首』の共通点を見るとともに、『散木奇歌集』『堀河百首』との類似の傾向をも確認したわけだが、この二作品が西行に多大な影響を与えていることは夙に明らかにされている。前述のように、西行が『堀河百首』に親しむようになったのは為忠の指導によるという説もある。本節では、『両度百首』の作者と西行とが『散木奇歌集』『堀河百首』の同じ歌から影響を受けている例を調査し、西行が『両度百首』を媒介にして俊頼や『堀河百首』に学んだ可能性を探ってみたい。以下、『両度百首』と西行の歌の典拠になっている『散木奇歌集』『堀河百首』の歌、『両度百首』の歌、西行歌の順で掲げる。

まず、発想の点での影響関係を見たい。

①さほ川のきしのまにまにむれたちて風に波よるあをやぎの糸　（堀河百首・柳・一一六・師頼）

藻かり舟ほづつしめなは心せよ川ぞひ柳風に波よる　（同・一二〇・俊頼／散木奇歌集・六四）

かぜふけばきしになみよるかはやなぎはるはみどりのふかくなりける　（初度百首・河岸柳・四八・為盛）

みなそこにふかきみどりの色みえて風になみよるかはやなぎかな　（山家集・五五）

川岸に立つ柳の枝が風に吹かれて波打つようになびく情景である。ポイントになっているのは「風になみよる」で、言うまでもなく「なみ」は川の、「よる」は糸の縁語として働いている。師頼歌以外は「糸」の語を用いていないが、柳の枝が糸によそえられる伝統的表現を背景に、イメージ上の糸の縁語として「よる」が用いられていると考えられよう。第四句の「風になみよる」及び一首の構成の点でも、西行歌は師頼歌に近い。しかし「深し」「緑」という語が一致しており、西行は為盛の作をも念頭に置いていたと見るべきであろう。為盛は春を迎えて緑が深まる柳の新緑を詠んでいるが、これは、

春雨のふりそめしより青柳のいとのみどりぞいろまさりける　（躬恒集・三九八）

など先例のある発想ではある。一方、西行が「ふかきみどり」と詠んだのは、水底に映っているために柳の色が濃く見えることを表しているのであり、「ふかき」は「みなそこ」の縁語にもなっている。

②五月雨は軒のしづくのつくづくとふりつむ物は日かずなりけり　（散木奇歌集・三〇〇）

春さめののきのしづくをつくづくとさびしきやどにながめてぞふる　（初度百首・閑中春雨・七二・為盛）

つくづくと軒のしづくをながめつつ日をのみくらすさみだれの比　（山家集・二一一）

「軒のしづく」「つくづくと」それぞれは決して珍しい措辞ではないが、「軒のしづくのつくづくと」という詞続きは新鮮である。俊頼歌は「軒のしづくの」を序詞とし「つくづくと」を導いて下句へとつなげ、下句では物思いにふけるうちに日数が過ぎて行くことを詠嘆している。為盛・西行は、為盛のみが五月雨を春雨に詠み替えているという差異はあるものの、俊頼歌の「軒のしづく」「つくづくと」の語及び雨に降り込められたつれづれの物思いを嘆ずる情景を共に摂取している。但し、両者共に「軒のしづく」を序詞ではなく「ながめ」る対象として詠み、「軒のしづくをつくづくとながむ」という枠組みを成している点、俊頼歌と異なっている。西行は俊頼歌と共に為盛歌をも意識

していたと推定できよう。

③いはねこす清たき川のはやければ浪をりかくる岸の山吹　（堀河百首・款冬・二九一・国信）

風ふけば浪をりかけて帰りけりきしにはうゑじ山吹の花　（同・二九六・俊頼／散木奇歌集・一六六）

あやがはのみぎはのなみのをるものはきしべにたてるあをやぎのいと　（初度百首・河辺柳・五〇・頼政）

はらの池のみぎはのふぢのはつ花をいつしかなみやよりてをるらん　（初度百首・池岸藤花・一四七・為忠）

きしちかみうゑけん人ぞうらめしきなみにをらるるやまぶきの花(23)　（山家集・一六五）

いずれも水辺の草木が波に折られるという発想である。西行は『堀河百首』の二首に倣って波に折られる山吹を詠んでいるが、「うゑけん人ぞうらめしき」とやや強い調子で言い切った上句の発想が独自性をもつ。この恨みは、折られた花を見ている詠歌主体の思いであると同時に、山吹の花の気持ちを思いやり代弁した言辞でもあろう。自然界の生き物に深い親近感を抱いていた西行らしい詠み振りといえる。一方『初度百首』の頼政・為忠歌は、発想は『堀河百首』に拠っているものの山吹に替えて柳・藤を詠んでおり、特に頼政の作は「あや」「をる（おる）」「たつ」「いと」と縁語仕立ての一首となっている。この③の例については、西行歌を解釈する際に『初度百首』の両歌を考慮する必然性はなく、西行は『堀河百首』のみに拠ったと考える方がよさそうである。

④あふほどもなくてわかるる七夕は心のうちぞ空にしらるる　（堀河百首・七夕・五八八・永縁）

わかれゆくすがたはみねどたなばたのけさのこころぞそらにしらるる　（初度百首・七夕後朝・二九一・為忠）

まちつけてうれしかるらんたなばたの心のうちぞ空にしらるる　（山家集・二六二）

牽牛・織女二星の相会う空を見上げると、七夕の心が何となく知られるという発想が共通している。西行が二星の逢う瞬間を、永縁・為忠が別離の時を詠むというわずかな差異はあるが、西行歌の第三句以下は永縁歌のそれとほとんど変わるところがない。この一致はやはり西行が直接に永縁歌に拠った事実を表すと捉えるべきであろう。為忠は「七夕後朝」の題意を満たすため「けさのこころ」と詠み、『堀河百首』と言葉を変えてはいるが、独自性を打ち出すまでには至っていない。

⑤我が恋はからす羽にかくことのはのうつさぬほどはしる人もなし　（堀河百首・不被知人恋・一一四一・顕季）

ひとしれぬことをかきけるからすばをみるよりうつるわがこころかな　（後度百首・見手跡恋・五六七・為忠）

からすばにかくたまづさの心ちして雁なきわたる夕やみの空　（山家集・四二一）

いずれも、敏達天皇の代に高麗から烏の羽に墨で書いた表を献じてきたという『日本書紀』の故事を踏まえたものである。この故事に拠る歌の先例としては、『日本紀竟宴和歌』（延喜六年）で詠まれた

よのなかにきみなかりせばからすばにかけることばはなほきえなまし　（一一・藤原博文）

からすばにすみをみわかぬたまづさはきみがみよにぞたてまつりける　（二四・藤原道明）

の二首がある。以後、顕季に至るまで烏羽の故事が和歌に詠まれた例は管見に入らず、斬新な歌材に取り組んだ顕季の態度が看取でき、為忠・西行についても同様の意識が認められよう。『日本紀竟宴和歌』の二首は、場の性格上故事そのものが和歌の主題になっている。顕季はこれを恋歌の序として用い、人に知られぬ恋をなぞらえるものとしている。一方為忠の作は同じく恋歌で、「ひとしれぬ」「うつる」という措辞は顕季歌に近いものの、ここでの「からすば」は恋しい人の筆の跡がある実際の文を意味するものになっている。また西行は、雁の群れが飛ぶ夕闇の空の比喩として、「からすばにかくたまづさ」という表現を用いている。典拠とする故事は同じでも、三者三様の詠み方を工夫していると言える。

以上が、発想面で『散木奇歌集』『堀河百首』の同じ歌を典拠としている例であった。①・②の例は、西行が俊頼

や『堀河百首』の歌と同時に、同じ歌を典拠とする『両度百首』からも学んでいる可能性を有していたが、③・④・⑤は『散木奇歌集』『堀河百首』からの直接の影響のみを考えたほうがよい例であった。

次に語彙や素材の面での影響関係を見ていきたい。まず第一に「ますげ」という語の例をあげる。

⑥かり金もはねしをるらんま菅生ふるいなさ細江にあまつつみせよ
（散木奇歌集・一三〇七）

沢におふるますげのなへをふみしだきあさゐるたづのこゑきこゆなり
（堀河百首・雁・六九六・俊頼／散木奇歌集・四三〇）

ますげおふる野辺のぬま水もらさじとさきこめてけるかきつばたかな
（初度百首・沼水杜若・一四四・為盛）

ますげおふるやまだにみづをまかすればうれしがほにもなくかはづ哉
（山家集・一六七）

「ますげ」は他に『堀河百首』に公実の二首（四三三・一一二一）があるが、為盛・西行の歌と関連があるのは「ますげおふる」の詞続きを持つ俊頼の作である。真菅が生える水辺に動植物を配する点、三者の発想には近いものがあるが、初句に「ますげおふる」と置き末尾を「かな」と詠嘆で結んでいるのは、西行と為盛のみの共通点である。更に言えば、両者の詠はいずれも杜若や蛙を擬人化して表現し、その心情を思いやっているのであり、自然物に対する親近感が看取できる歌といえる。

⑦むれてゐる田中のやどのむら雀わがひくひたにさわぐなるかな
（堀河百首・田家・一五一三・師時）

たけにふすねぐらのすずめけがへしてうへばにゆきのふりにけるかな
（後度百首・竹園雪・四六六・仲正）

雪うづむそののくれ竹をれふしてねぐらもとむるむらすずめ哉
（山家集・五三五）

雀は八代集には見られない素材であり、「むら雀」の語も師時歌以前の和歌には見出せない。西行が「むらすずめ」と詠んだのは、『堀河百首』に倣ったものであろう。しかし竹を雀のねぐらとし雪を配した情景は仲正歌に近く、仲

正歌からの影響も考えてよさそうである。(24)

⑧雪きえぬふじのたかねは夜とともにたつ煙にもすすけざりけり　（散木奇歌集・六六六）

ゆききえぬみやまかたそのすすくるはやくすみがまのけぶりなりけり　（初度百首・深山炭竈・五四一・仲正）

おもしろきむろのやしまの花ざくらいかでけぶりにすすけざるらん　（後度百首・島上桜・六四・頼政）

かぎりあらんくもこそあらめすみがまのけぶりに月のすすけぬる哉　（山家集・五四七）

「すすく」は俊頼以前の和歌にはほとんど見られない語彙である。その現象が和歌的美意識にはそぐわなかった故のことであろう。しかし俊頼は、逆に対象の美しさを際立たせる手段として、一首の中にこの語を配することを試みた。頼政の歌も主題を桜に変えてはいるが、同工異曲と言える。一方仲正と西行は、対象が炭竈の煙ですすけたと詠んだ点が共通しており、影響関係が認められる。もっとも仲正が雪の白さと煙ですすけて見える色を対比させているのは、俊頼歌に学んだものであろう。西行は、雲ならまだしも炭竈の煙で曇って見える月を惜しむ思いを詠んでおり、着想のおもしろさと同時に月への愛着が主眼となっている。

以上検討してきた以外に、語彙・素材面での影響関係が想定できる例として、

⑨ふみみずときくにつけてもうたしめのはしたなきまでぬるる袖かな　（散木奇歌集・一〇二六）

おもひあまりたへぬこころをみせがはのはしたなからぬけしきともがな　（初度百首・洩始恋・五六七・為経）

おもひがはわたすまろきのはしたなくふみかへしてもあはぬきみかな　（同・被返書恋・五七六・為忠）

ならせどもなほみみかたきはしたかのはしたなきまであはぬきみかな　（後度百首・寄鷹恋・六五三・為経）

秋風のふけゆくのべのむしのねにはしたなきまでぬるる袖かな　（山家集・四四八）

に見られる「はしたなし」(25)、更には「軒の糸水」「なごろ」(26)などの例もある。

こうした例を検討してきた結果、やはり発想面での影響関係と同様のことが指摘できる。すなわち、西行歌が『両度百首』により近い例として⑥・⑦・⑧、俊頼の歌及び『堀河百首』のみに拠っていると考えても不都合のない例として⑨、いずれの場合も有り得るのである。結局のところ、西行が為忠らを通して『散木奇歌集』『堀河百首』に親しんだのか否かは、明確にはできない。しかしながら、『両度百首』作者と西行が同じ『散木奇歌集』『堀河百首』の作に注目し典拠としている例が少なくない点は重要である。西行が俊頼歌や『堀河百首』の歌を典拠にした際に、その媒介とまでは言えないにしても、『両度百首』が何等かの形で参考にされた場合があったことは想像に難くない。前節で検討した「〜がほ」の表現や地名歌の特徴も合わせ考えると、『散木奇歌集』『堀河百首』、『両度百首』、西行歌の間には類似の傾向がかなり見出せるという事実も、同時に指摘しておきたい。

三　伝記的側面から

さて、前節までの考察で、西行が『両度百首』から多大な影響を受けていることが指摘できたかと思う。しかも西行が学んでいる同百首の詠は、一部の作者のもののみではなく、ほとんどすべての作者の作にわたっているのである。したがって、西行が直接に『両度百首』に触れていたことは確実と見てよいのではないか。稲田氏は『両度百首』の作者の中で、最も西行歌と重なる例歌が多いのは仲正であると述べている。(27) 確かに、とりわけ新語・奇語の大胆な採用という面において、仲正はこのグループの他歌人をリードする存在であったろう。だが、地名歌の特徴なども考え合わせると、為忠歌との影響関係の大きさが仲正とのそれに決して劣らないことにも注目すべきである。しかしながらこの点のみでは西行・為忠両者の直接の接触を証明することはできない。そこで本節では伝記的事実に目を転じてみたい。

まず、そもそも西行と為忠は互いに相知っていたのであろうか。為忠の子息たちと西行との贈答歌を通して推測を試みることとする。

①　ためなり、ときはにだう供養しける、よをのがれて山寺にすみ侍けるしたしき人々まうできたるとききて、いひつかはしける

いにしへにかはらぬ君がすがたこそけふはときはのかたみなりけれ

返し

色かへでひとりのこれるときはぎはいつをまつとか人はみるらん

（山家集・七三四～七三五）

②　新院哥あつめさせおはしますとききて、ときはにためただが哥の侍けるを、かきあつめてまゐらせけるを、おほはらよりみせにつかはすとて　寂超

もろともにちることのはをかくほどにやがてもそでのそぼちぬる哉

かへし

としふれどくちぬときはのことの葉をさぞしのぶらんおほはらのさと

寂超、ためただが哥に我哥かきぐし、又おとうとの寂然が哥などとりぐして、新院へまゐらせけるを、人にとりつたへてまゐらせさせけりとききて、あにに侍ける想空がもとより

いへのかぜつたふばかりはなけれどもなどかちらさぬなげのことのは

返し

いへのかぜむねとふくべきこのもとはいまちりなんとおもふことのは

（山家集・九二九〜九三二）

③　ためただがときはにためなり侍りけるに、西住、寂然まかりて、うづまさにこもりたりけるに、かくと申たりければ、まかりたりけり、ありあけと申す題をよみけるに

こよひこそ心のくまはしられぬれいらであけぬる月をながめて

（残集・一三）

①で西行は、為業に対し「ときはのかたみ」と言っている。「ときは」は地名であり永遠の意であると同時に、「常磐家」「常磐丹後守為忠家」といった意味を有しているが、漠然とした「家」「一族」というより、常磐丹後守為忠その人を念頭に置いた表現と考えられる。また、②で寂超（為経）は、今は亡き父を思う涙を詠んでいるが、こうした歌を詠み贈る相手は、やはりその父を知る人物ではないだろうか。更に想空が自分の方から「いへのかぜ」といっているのは、西行が為忠家を重代の歌人の家と認めていることを前提としている。その上で、私もその家の一員であることを、父を知るあなたならわかってくれるはずだ、と主張しているかのような口吻が感じられる。③の「ためただがときは」という表現も、常磐邸で為忠が過ごした当時を知っている口調である。いずれも決定的根拠とはなり得ないが、西行は生前の為忠を知っていたと推定しておきたい。(28)

但し、西行と為忠は二十三歳程度の年齢差がある。十五歳の正六位上藤原義清、後の西行が内舎人任官を申請して

成らなかった長承元年（一一三二）[29]、為忠は従四位上丹後守[30]、西行が十八歳で兵衛尉任官を果たした保延元年（一一三五）[31]は、為忠が四十二歳前後で没する前年である[32]。官人としての両者の接触を見出すのは困難であると言わざるを得ない。それでは西行の父康清と為忠ではどうであろうか。

康清は天仁二年（一一〇九）左兵衛少尉に任ぜられ、天永三年（一一一二）十二月に解任されるまでその官にあった[33]。その間白河院北面にも召し出されたらしい[34]。一方為忠は、祖父知綱が白河院の乳母子、父知信が白河院皇女郁芳門院の乳母子という関係から、少年の頃より白河院の殿上を聴され、院蔵人を務めた時期もある[35]。また天永三年三月十三日には左兵衛尉であったことが知られている[36]。この二人が、白河院を通じて、乃至は左兵衛府の同僚として相知っていた可能性は高い[37]。とすれば為忠は、康清の子として西行の存在を知るようになったと言えるのではないか。しかし康清は、西行三歳の保安元年（一一二〇）を最後に史料に見えなくなる。早世したという確証はないものの、康清が息子を為忠に引き合わせたとは考えにくいであろう。西行と為忠が交流をもつとすれば、西行が一定の年齢に達しての後、亡父の古い知人として為忠と相知るようになった、という状況を想定するのが最も蓋然性に富むと思われる。

それでは仮に西行と為忠の直接の交流があったと考えた場合、その仲立ちになったのはいかなる人物であったのだろうか。

現在知られる西行の歌の中で、年次が明らかな最も早い時期の詠は、周知の如く

京極太政大臣、中納言と申けるをり、きくをおびたたしき程にしたてて、鳥羽院にまゐらせ給たりけり、鳥羽の南殿の東面のつぼに、ところなきほどにうゑさせ給たりけり、公重の少将、人々すすめてきくもてなされけるに、くははるべきよしありければ

君がすむやどのつぼをばきくぞかざる仙のみやとやいふべかるらん（山家集・四六六）

というものである。西行に詠歌を勧めている藤原公重は、通季男で徳大寺実能の猶子となった人物である。出家以前の西行が、主家徳大寺家周辺で詠歌の経験を積んでいたらしいことがうかがえる。実は、多くの歌人を輩出している閑院家・徳大寺家は、為忠一族とも関わりが少なくない。まず公実女待賢門院璋子には、為忠室が女房として仕えていた。また為経（寂超）の手になると思われる『今鏡』は、公実男実兼の女子について述べる中で「その御娘の阿波守知綱と聞えし娘の腹におはしける」と記している。知綱は為忠の祖父であり、実兼は為忠のおばにあたる女性を妻にしていたというのである。更に、為忠は永久四年（一一一六）六月に行われた実行主催『六条宰相歌合』に参加し、ここで実能と同席している。このようなつながりを見てくると、西行と為忠を結び付ける仲立ちとしてまず第一に想定できるのは、徳大寺家周辺の人脈であると言えよう。

ここまでの推定をまとめると、仮に西行が為忠と直接の交流をもったとすれば、徳大寺家周辺を接点として、亡父の古い知人である為忠を知るようになったという状況ではないか、ということになる。しかし二人の年齢差を考慮すれば、たとえ彼らが知り合っていたとしても、それは為忠の晩年であり、さほど長きにわたる交流はなかったと考えるのが自然であろう。そうなると、西行が為忠から和歌の指導を受けていたかどうかはおぼつかなくなる。

そもそも為忠家歌壇の性格を考えるに、一族・知人が集まり自由な表現を試み合う小グループであり、為忠はその主催者・パトロン役ではあっても、指導者ではない。確かに『両度百首』中には為忠の作と類似の表現が用いられた歌が散見される。しかしそれは、他の歌人が詠作過程において為忠の作を参考にしたためのことであり、為忠が作歌の指導をしていたとは考えにくい(38)。仮に為忠がこのグループの指導者であったならば、当然その指導を受けているはずの俊成は、『千載集』で為忠をもっと優遇するはずではないか。同集において俊成の師藤原基俊が二十六首入集しているのに対し、為忠は一首しか採られていないのである。『西行上人談抄』にしても、為忠については全く言及がない。何より、為忠には指導者たる程の和歌の才能は見られないのである。

こうしてみると、西行が為忠に会って和歌に関して言葉を交わしたことを明確に否定する材料はないものの、指導・被指導の関係はなかったと思われる。

さいごに

以上、作品の側面と伝記的側面の両面から西行と為忠の関係を探ってきた。とりわけ伝記的部分においては不明の点が多く、肝腎な部分が推量の域を出ていない。しかしながらこれまで看過されてきた事実の幾らかを明らかにできたのではないだろうか。

まず発想面、語彙・題材面、「〜がほ」という独特の表現、更には地名歌の詠み方など様々な側面において、『両度百首』と西行歌の共通点が見られ、西行が同百首を実際に目にし、それに学んでいることが明らかになった。また『両度百首』作者と西行とが、『散木奇歌集』『堀河百首』の同じ歌を典拠にしていることが少なくなく、両者が近似した観点でそれらを見ていたことが看取でき、[39]更には『両度百首』、『山家集』、『散木奇歌集』及び『堀河百首』との間には共通する傾向が何点かにわたって指摘できた。

但し、これをもって為忠が西行の和歌の師であった根拠とすることはできないのであり、西行は生前の為忠を知っていたと想像されるものの、直接の師弟関係を認定するのは不可能と考える。西行にとっての為忠の存在は、そのグループの意欲的な活動を通じて、和歌に対する関心と意欲を大いに掻き立ててくれた先輩という程のものではなかったか。

『為忠家両度百首』は、作品の水準としては一流とは言い難い。(40)しかし西行の歌風形成を考えるにあたり、その有する意味は軽視できない。語彙・発想の斬新さが後代の一部の歌人に影響を与えたという点において、同百首の新たな意義が認められるべきであろう。

〔注〕

（1）窪田章一郎氏『西行の研究』第二篇第一章（一九六一年　東京堂出版）
（2）久保田淳氏『新古今歌人の研究』第一篇第二章第一節（一九七三年　東京大学出版会）
（3）『西行法師評伝』（一九三四年　改造社）
（4）「新古今歌風の源流―大原三寂をめぐりて―」（『短歌研究』9‐1　一九四〇年一月）
（5）注（1）に同じ。
（6）「西行の作風形成」（『言語と文芸』6‐34　一九六四年七月）
（7）「西行と『為忠家百首』」（『中世文学研究』16　一九九〇年八月）→『西行の和歌の世界』（二〇〇四年　笠間書院）。なお、『両度百首』以外の作をも含めた源仲正から西行への影響を論じた研究として、久保田淳氏「蝶の歌から」（『西行長明　兼好―草庵文学の系譜―』一九七九年　明治書院）→『久保田淳著作選集　第一巻』（二〇〇四年　岩波書店）がある。
（8）本章における西行歌の引用は、久保田淳氏編『西行全集』（一九八二年　日本古典文学会）に拠り、仮名遣いが歴史的仮名遣いと異なる場合は歴史的仮名遣いに直し、松屋本書入には私に濁点を付した。繰り返し記号は用いない。『山家集』は陽明文庫本、『西行法師家集』は李花亭文庫本に拠る。

（9）この点に関しては、久保田淳氏『西行山家集入門』（一九七八年　有斐閣）にも論及がある。
（10）二〇〇三年、明治書院。『山家集』は西澤美仁氏校注。
（11）底本は第五句を「たねはとりけめ」とする。『新編国歌大観』本文（底本は中央大学図書館蔵伝飛鳥井雅綱筆本）により改めた。
（12）「ひかりをぬける」を、月光を浴びた滝の飛沫を「滝の白糸」が貫いていると解する注釈書が多いが、「月照滝」題であることから素直に考えれば、月に照らされて光を纏ったかのような中で、滝が流れ落ちる様を表現していると思われる。この歌を含め、西行の熊野関連歌については、「西行と熊野への旅—熊野関連歌の解釈を中心に」（『国文学 解釈と鑑賞』76-3　二〇一一年三月）で論じた。
（13）見るままにまことしからぬ光かな月をばよるのものとこそきけ（月五首・六一二）
（14）これらの西行歌について曾禰好忠との関係において論じた研究として、稲田利徳氏「西行の和歌の表現（二）—非歌語的語彙と稀少語彙をめぐって—」（『中世文学研究』9　一九八三年八月）↓『西行の和歌の世界』（前掲）がある。
（15）『中世文学研究』7（一九八一年八月）↓『西行の和歌の世界』（前掲）
（16）注（7）に同じ。
（17）この他、『西行法師家集』六七一番、『聞書集』一五六番にも、「～がほ」の表現が見られる。
（18）自然物三首中二首は重複歌。なお、稲田氏は注（15）の論において『後撰集』九〇九番（こひしくは影をだに見てなぐさめよわがうちとけてしのぶかほなり）をもあげているが、これは「～がほ」の表現とは異なると判断し、ここでは除外した。
（19）『中世の抒情』Ⅱ（一九七九年　笠間書院）
（20）「西行の歌枕地名歌をめぐって」（『中世文学研究』5　一九七九年七月）↓『西行の和歌の世界』（前掲）
（21）地名に関わりのない修辞のみが用いられている歌は考慮に入れていない。
（22）芦屋沖—『初度百首』二一二番・『山家集』一五五一番
鳴滝川—『初度百首』六四六番・『山家集』六六二番

(23) 底本は第五句を「やふきの花」とする。六家集本により校訂した。

(24) この点、久保田淳氏『西行・長明・兼好—草庵文学の系譜—』(前掲)、稲田利徳氏「西行と仁和寺歌壇・歌林苑歌会」(『中世文学研究』15　一九八九年八月) ↓『西行の和歌の世界』(前掲) に指摘がある。

(25) 「はしたなし」という語自体は、『和泉式部集』(二九三番)、『道命阿闍梨集』(八番) にも例がある。

(26) この二語については稲田氏の論 (注7に同じ) にも指摘がある。

(27) 注 (7) に同じ。

(28) 本稿初出時には、『山家集』の詞書において、男性官人を官位等を付さずに名のみで呼び捨てにしている場合、相手は過去の著名人か直接に交流があった人物であるという点を根拠に、為忠の場合もまた面識があった故に親しく呼び捨てにしたと見なした。しかし、親交のあった人物も「侍従大納言成通」「中院右大臣」といった呼び方をしており、呼び捨てであることを直接の親交があったことの根拠とするのは不適当であると考えるに至った。

(29) 『除目申文抄』。目崎徳衛氏『西行の思想史的研究』第三章一 (一九七八年　吉川弘文館) 参照。

(30) 『中右記』長承元年二月二十八日条。

(31) 『長秋記』保延元年七月二十八日条。

(32) 『尊卑分脈』

(33) 『除目大成抄』

(34) 『殿暦』天永三年十二月二十一日条。

(35) 注 (29) 目崎氏著書参照。

(36) 『殿暦』天永元年正月十二日条。

(37) 『石清水文書』

(38) 佐藤明浩氏は「『為忠家両度百首』に関する考察—歌作の場の問題を中心に—」(『語文』57　一九九一年十月) において、『両度百首』の場の問題に関し、次のように指摘する。

「楊貴妃」のような人物・故事を題に詠む場合、とくに為忠の子息など、若い歌人にとって、それに関する知識を得たり確認したりする機会が必要であった。歌人たちが一堂に会し、おそらく為忠あたりが主導して、人物・故事の研究会をもったのであろう。確かに為忠は主催者であり、『両度百首』作者の中では仲正に次いで歌歴が長い。佐藤氏の言うように、「研究会」を主導することはあったであろうし、親として子息たちに知識を授けることもあったかも知れない。しかし、峯村文人氏が言うようなグループの指導者とまでは考えにくいのである。

(39) 当然ながら、『堀河百首』と同形式の多人数百首を催している為忠らと、そうではない西行とでは、『堀河百首』に認めている意味に相違がある。しかし詠歌の参考にする際の着眼点に共通性があることは確かである。

(40) 西行と同様『両度百首』から影響を受けている歌人として、定家・慈円ら新古今時代の新風歌人があげられる。この点については次章で取り上げる。また、『新撰和歌六帖』にも『両度百首』から目新しい語彙を摂取している例が見られ、拙著『為忠家後度百首全釈』（二〇一一年　風間書房）解説で言及した。

第七章　『為忠家両度百首』と新古今歌人

はじめに

『為忠家両度百首』には、それまで和歌に詠まれることのなかった新奇な語や俗語を用いた歌が少なくない。そうした新しい表現は、新風歌人を中心に、新古今時代の一部の歌人の注目するところとなったらしい。

本章では、『両度百首』で詠まれた目新しい表現を新古今時代の歌人が取り入れている例を検討し、『両度百首』の作と新古今歌人の作の手法の相違を明らかにしつつ、『両度百首』が新古今歌人にいかなる影響を及ぼしたかを探りたい。

一　「うれは」

しづえをばつまぎにをれるをばやしのうれはにゐてぞせみはなきける　（初度百首・林頂蟬・二七〇・仲正）

うれはもるしづりやしげきくれたけのふるねもゆきをいただきてける　（後度百首・竹園雪・四六五・俊成）

うゑてけりまださなへなるうれはよりこまかにさはぐ風ぞすずしき　（拾玉集・二二一六・廿五首題・田）

初雪のまどのくれ竹ふしながらおもるうれ葉の程ぞきこゆる

（拾遺愚草・三四三四・文集百首・策々窓戸前　又聞新雪下）

仲正歌に詠まれている「つまぎ」「をばやし」はいずれも『万葉集』に見出せる語である。(1)

礒上尓《イソノウヘニ》　爪木折焼《ツマキヲリタキ》　為汝等《ナガタメト》　吾潜来之《ワガカヅキコシ》　奥津白玉《オキツシラタマ》

（巻七・一二〇三）

比呂波之乎《ヒロハシヲ》　宇馬古思我祢弖《ウマコシガネテ》　己許呂能未《ココロノミ》　伊母我理夜里弖《イモガリヤリテ》　和波己許尓思天《ワハココニシテ》

或本歌発句曰、乎波夜之尓《ヲバヤシニ》　古麻乎波左佐気《コマヲハササゲ》

（巻十四・三五三八）

＊類聚古集・元暦校本は左注の訓無し。

「うれは」は『両度百首』以前に用例を見ないが、「うれ」はやはり『万葉集』に例がある。

後将見跡《ノチミムト》　君之結有《キミガムスベル》　磐代乃《イハシロノ》　子松之宇礼乎《コマツガウレヲ》　又将見香聞《マタミケムカモ》

（巻二・一四六・人麻呂歌集）

「つまぎ」は平安和歌では「こる」「こりつむ」物として詠むのが普通であり、「つまぎにをれる」と詠んだ仲正は『万葉集』一二〇三番歌を念頭に置いていたと思われる。おそらく仲正は「頂」の題意を満たすのに、「梢」や「末葉」といった通常用いられる語句ではなく、もっと新鮮さの感じられる表現を志向した結果、「うれは」の語を選んだのであろう。そして他にも『万葉集』に詠まれた語句を意識的に並べたのであろう。つまり仲正歌は語彙の珍しさ、おもしろさを狙った歌なのである。

この仲正歌が印象に残ったと思しき俊成は、『後度百首』で「うれは」の語を自詠に取り込んだ。(2) 次の西行歌は、竹の「うれは」を詠んでいる点、俊成歌と共通する。

賀茂臨時祭返立の御神楽、土御門内裏にて侍りけるに、竹のつぼに

雪のふりたりけるを見て

うらがへすをみのころもと見ゆるかなたけのうれはにふれるしらゆき　（山家集・五三六）

竹の梢に白雪が降り掛かった様を、白地に文様を青摺りにした小忌衣の裏返しだと見なした。俊成歌よりも更に、竹の葉の緑と雪の白の対比が鮮やかである。

慈円が「うれは」の語をいずれの先行歌に学んだのか、今は特定できない。詠歌時期は未詳であり、あるいは定家詠にヒントを得たのかも知れない。仲正や俊成、西行、定家が木の梢の葉を詠んだのに対し、慈円は早苗の先端を「うれは」と詠んでいる。田植えを終えたばかりの田一面に吹き渡る風の涼しさを、一本一本の早苗の先端の微かな動きによって表現しており、自然美を繊細に描き出すのに「うれは」が効果を発揮している。

一方、竹の末葉が撓る様を詠んだ定家詠は西行詠に近い。「くれ竹」の縁語「節」と「伏し」を掛けるという技巧も用いられているが、特徴的なのは「おもるうれ葉」を聴覚で捉えた点であろう。「ふしながら」を「（呉竹は）伏してしまった」と解する説[3]もあるが、伏しているのは詠歌主体でもあると考えられないだろうか。

ね覚してきけばをれふすくれ竹によのまの雪の程ぞしらるる　（正治初度百首・冬・一七六五・生蓮）

と似た状況で、初雪の朝、まだ夜床に伏しながら竹の葉から雪がすべり落ちる音を聞いており、その音によって竹の先端が雪の重みでどれほど撓っているかが知られる、というのであろう。用例の多い「すゑは」ではなく「うれは」を選んだのは、やはり語の目新しさによるところが大きいと思う。しかし、そうした珍しさを生かすことに重点のあった仲正詠と比較すれば、定家詠における「うれは」は新奇さを感じさせないほどに詠みこなされていると言えよう。

二　「ほしうたふ」

いづるよりくまなきそらにむかひゐてこよひの月とほしうたふなり（初度百首・月前神楽・五二二・為忠）

雲のうへのをみのころもに霜さえてほしうたふなり明がたの空（拾玉集・八六四・句題百首・禁中神楽）

聞く人の心もそらに寒えにけりほしうたふなる雪の明ぼの（正治二年石清水若宮歌合・雪・二六三・讃岐）

あきらけき御代の千とせをいのるとて雲の上人星うたふなり（拾遺愚草員外・五八六・四季題百首・祝）

「ほし」は神楽歌「明星」を意味する。『堀河百首』「神楽」題の、

暁のほしさへさえぬ榊ばの霜うちはらふ袖のかざふり（一〇四二・大江匡房）

の「暁のほし」も「明星」を響かせているが、「ほしうたふ」と詠んだのは為忠が最初と思われる。「いづる」「そら」「月」と縁語をちりばめた趣向が、一首の眼目となっている。

慈円は、「禁中神楽」の題意を「雲のうへ」「ほしうたふ」で満たし、為忠と同様「雲のうへ」「空」といった縁語を用いた。「ほしうたふなり」という独特の表現及び縁語による趣向を為忠歌に倣っているわけだが、小忌衣と霜を詠み込むことで、より冴え冴えとした神聖なイメージが醸し出されている。

讃岐詠は、縁語を用いている点、為忠や慈円と同様である。

神がきやさす榊葉に白妙のゆふかけてけり今朝の初雪（二六四・寂信）

と番えられ負とされた。判者源通親は判詞で「ほしうたふなると侍るや、神楽の歌めかしくきこゆらん、但ふかき難はささるべし、右なだらかに見え侍れば可為勝歟」と述べている。「ささ」の右傍に「本ノママ」とあり本文に問

題があるのだが、「ほしうたふなる」の句が神楽を詠んだ歌のように聞こえ、「雪」題として不的確ではあるが、大きな欠点ではないということであろう。[4] この判詞から、「ほしうたふ」が神楽を端的に表す表現と理解されていることがうかがえる。

さて、定家が誰の歌によって「ほしうたふ」の句を知ったかは定かではないが、おそらく先行する三首とも目にはしていたと思われる。「あきらけき」「雲の上」と、「星」の縁語を並べた点は先行歌と軌を一にする。

為忠歌の「こよひの月」という表現は、神楽歌「明星」の詞章（「きりきり 千歳栄 白衆等 聴説晨朝 清浄偈や 明星は 明星は くはや ここなりや 何にしかも 今夜の月の ただここにますや ただここに ただここにますや……」）の一部に相当する。定家歌の「千とせ」も「明星」の詞章「千歳栄」を念頭に置いたものであろう。定家の作は、この点も為忠歌と共通しているのである。[5]

三　「しとと」

あめふればかきねのしととそぼぬれてさへづりくらすはるの山ざと　（初度百首・閑中春雨・七〇・仲正）

さみだれにしとどとみてややみなましほととぎすてふこゑなかりせば　（後度百首・雨中郭公・二一六・為忠）

山ざとはかきねのしとと人なれて雪降りにけり谷のほそ道　（壬二集・九六九・閑居百首・冬）

人とはぬ冬の山路のさびしさよ垣ねのそばにしととおりゐて　（拾遺愚草・七五九・十題百首・鳥）

鵐《しとと》（「巫鳥」とも書く。後に「しとど」[6]）はホオジロ類のホオアカ・アオジ・クロジ等の鳥の総称。『両度百首』以前にも、

阿米都都《あめつつ》　知杼理麻斯登登《ちどりましとと》　那杼佐祁流斗米《などさけるとめ》　（古事記・中・一七・伊須気余理比売）

あめふればきじもしとどになりにけり／かささぎならばかからましやは　（金葉集・雑下・連歌・六六一・読人しらず）

という用例がある。

『後度百首』の為忠歌は金葉歌の趣向と近く、「鵐」と副詞「しとど」を掛けた点こそが趣向の中心となっている。『初度百首』の仲正歌の場合は為忠歌のような明確な掛詞ではないが、「そぼぬれて」に連接することを思えば、「鵐」に「しとど」を響かせていると見るべきであろう。但し、為忠歌と異なり詞のおもしろさのみに寄り掛かった歌ではない。同百首の他の作者が、「くる人もなき」「心細く」「つくづく」「さびしき」といった表現で歌題の「閑中」を表しているのに対し、仲正はぬれそぼった鵐が日がな一日さえずる情景でもって、人の訪い来ない山里の静けさを表現したのである。

鵐は和歌の題材として一般的とはいえず、家隆が山里の垣根に鵐を配し閑寂なる情景を描き出したのは、仲正歌から着想を得たと見てよいであろう。全体の詞運びも類似している。

定家は、当然家隆詠を知っていたであろうが、定家詠の「人とはぬ」「さびしさ」という情景は、「閑中春雨」題の仲正詠の情景と共通しており、仲正・家隆両者の歌を共に参考にしていると考えられる。定家の歌は十題百首の「鳥」題での詠であるが、同題で詠まれた他の鳥は、鷺・鷹・隼・雉子・白鷺・雀・鶉・庭たたき・燕である。同じ十題による百首を詠んだ慈円・良経が、和歌の素材として一般的な鶯や郭公、雁、千鳥、鴫などを選んでいるのと比較すれば、目新しい素材を求めようとする定家の意識が容易に看取できる。(7) 鵐という新鮮な景物が配されたことにより、いずれかといえば平凡な上句の表現に真情がこもったと指摘することもできようか。

ところで、唐沢正実氏[8]は『八雲御抄』枝葉部の「鳥」部に関する論の中で、順徳院が「しとどなくなり」という詞続きを批判していること、濡れる様を詠むのが鵐の本意であるととらえていたことを指摘している。更に、『初度百首』仲正歌から家隆・定家歌への影響についても言及し、家隆歌は仲正歌の雨を雪に変化させ時間的推移を詠み、定家歌は露や霜を暗示させ、いずれも直接「濡れる」とは詠んでいないが、そぼ濡れる鵐を意識させると述べる。これに対して山崎桂子氏[9]は、家隆が摂取したのは「垣根の鵐」という表現のみで雨は関係なく、定家歌はむしろ乾いた景を連想してもよいのであり、両歌ともそぼ濡れる鵐を意識させない方向に向かっていると主張する。

山崎氏は仲正歌の「しとと」に副詞「しとど」の意を認めておらず、その点は稿者と見解が異なるのであるが、家隆・定家歌に関しては山崎氏の説に賛同したい。仲正歌は言わば転換点なのであり、『金葉集』や為忠歌に見られるような「鵐」という語の特質も利用しつつ、同時に山里の閑寂を象徴する素材とするという新たな詠み方を試みた一首なのだと思う。家隆・定家はそうした二つの要素の中から、後者のみを取り入れたと考えたい。

定家歌以降の「しとと」詠を何首かあげてみよう。

風をいたみ田中のくろのやぶがくれ日影のかたにしとどなくなり　（正治初度百首・鳥・一九七・惟明親王）

しとどなく籬の竹の夕煙いくよかへぬる人すまずして　（土御門院御集・二四六・「暮鳥棲煙守廃籬」題）

庵あれしかきほのむばら霜さえてふるき山田にしとど鳴くこゑ　（草根集・九八〇八・「田家鳥」題）

閑寂な、あるいは荒涼とした舞台に配される鳥という鵐のイメージが定着していることが知られる。こうしたイメージを決定づけたのは家隆・定家の歌だが、その源には仲正歌の存在があると言える。

四　「せみのこゑごゑ」

なみたてるきぎのこずゑにはがくれてみみのまもなしせみのこゑごゑ　（初度百首・林頂蝉・二六七・為忠）
ぬけがらはこのもとごとにぬぎすててしらずがほなるせみのこゑごゑ　（同・二六九・俊成）
なみたてるもとのしづえやすみにくきすゑにのみなくせみのこゑごゑ　（同・二七四・頼政）
なきすさむひまかときけばをちこちにやがてまちとるせみのこゑごゑ　（六百番歌合・蝉・二九二・藤原隆信）
秋ちかききぎのこずゑにかぜこえてした葉にうつるせみのこゑごゑ(10)　（同・二九八・藤原家隆）

「せみのこゑごゑ」は、『初度百首』で三人の作者が詠んだ句である。三人の中の誰かが詠んだものを他の作者もその場でまねて詠んだのであろう。「みみのまもなし」「すみにくき」のような俗に近い語句を用いたり、蝉が抜け殻を脱ぎ捨てて知らん顔をしていると詠んだり、いずれも表現・発想の新奇さを狙っている。そのため「せみのこゑごゑ」には微かな滑稽味さえ感じられるのである。

家隆の詠は第二句の一致及び全体の構成の点から、為忠歌に最も近い。梢で鳴いていた蝉が下葉に移動するという設定は、「林頂蝉」題で詠まれた『初度百首』の情景を前提とし、それを発展させたと解することもできる。梢が風に吹かれているために蝉が下葉に移動したという発想は、相手方の方人から「蝉の風にちがふ、証拠のあるにや」と難じられ、判者俊成には「右の歌、別に証拠は侍らじ、ただ風の梢の程をあやふくやとてしたかげにうつれる、今案にこそ侍るめれ」と指摘され、負を与えられた。確かに珍しい情景が詠まれてはいるのだが、『両度百首』のようなおかしみはなく、梢を吹き渡る風と蝉の声を取り合わせることで、晩夏の清涼感が醸し出されていると言ってよいのではないだろうか。『両度百首』の歌、そして家隆歌と同じく『六百番歌合』で詠まれた隆信歌が、「せみのこゑごゑ」という表現の珍しさを一首の要としているのに対し、家隆歌における「せみのこゑごゑ」は情景を構成する一要素として詠みこなされているのである。

この句は、新古今時代の歌人たちの間で流行の表現となった。『六百番歌合』以降にも多数の用例が検索できる。

あめそそぐみねのこずゑをながむればむらくもかかるせみのこゑごゑ　（千五百番歌合・夏三・九八七・惟明親王）

むら雨ははれぬるあとの山風にこずゑをわたるせみのこゑごゑ　（建仁三年六月影供歌合・雨後聞蝉・七四・藤原兼宗）

風吹けば峰のあまぐも消えはてて空にみだるる蝉の声声　（同・七九・藤原忠良）

ゆふだちのしづくは猶も杜のうちにはるるいつしかせみの声声　（同・八一・藤原忠経）

夕立ははれぬる軒のこずゑよりひびく名残のせみの声声　（同・一〇八・平景光）

「こずゑ」の語を詠み合わせたり風を配したりした歌が多いのは、家隆詠の影響であろう。他にも『両度百首』からの摂取例のある家隆や、『両度百首』作者為経の子である隆信は別として、ここに列挙した歌の作者たちが『両度百首』を直接目にして参考にしたとは考えにくい。『六百番歌合』以降の流行は、家隆歌の影響によるものと思われる。しかし『両度百首』で複数の歌人が競って詠んだ歌句が、新古今時代に再び流行を見たという点には注目しておきたい。

五　定家・慈円への影響

ここまで検討してきたのは、『両度百首』の表現が複数の新古今歌人の詠に摂取されている例であったが、定家と慈円には、他にも『両度百首』に学んだ可能性のある作が見出せる。

①たにふかみ花のあたりのうれしきはしられぬまつもひとめみてけり　（後度百首・澗底桜・一八・親隆）

いとどしくふりそふ雪に谷ふかみしられぬ松のうづもれぬらん　（拾遺愚草・一三六九・建保四年院百首）

定家歌について久保田淳氏は、(11)「『白氏文集』新楽府のうち「澗底松」の心をかすめる」と指摘する。

有松百尺大十圍　生存澗底寒且卑　澗深山険人路絶

老死不逢工度之　天子明堂欠梁木　此求彼有両不知　（以下略）

確かに共通する心があるが、「しられぬ松」というやや特殊な言い回しの先例である親隆詠も、重要な典拠と考えたい。但し『後度百首』の題が「澗底桜」であることを考慮すれば、親隆も文集の詩句にヒントを得て「しられぬまつ」の句を編み出した可能性があり、定家もそれを承知していたと思われる。

親隆詠では、松は言わば花の引き立て役のごとき存在であるのに対して、定家の詠は、世に用いられることなく埋もれる我が身という述懐性が認められる。「しられぬ松」の背景にある文集の詩の心をどこまで深く和歌に生かすかという点で、親隆と定家の作には大きな隔たりが生じているのである。

②あるじだにおとづれねどもなかなかにをぎのはかぜぞしられがほなる　（初度百首・隣家荻・三三九・為忠）

こひこひてあふよの夢をうつつともしられがほなるかねのおとかな　（拾玉集・三一六六・厭離欣求百首）

③みるままにきよ水やまのたきつせはこころすみますものにざりけり
（初度百首・山寺・六八六・為業）
　くり返しみだれて人をわたすかな清水山の滝のしらいと
　　　　　　　　　　　　　　　　　　　　　　　　　　（拾玉集・二六八〇・春日百首草）
④めづらしくみれどもあかぬまつばらやみどりがなかのひときざくらは　（後度百首・林中桜・九四・為盛）
　にはのおもにひときざくらとおもへどもやどもせにこそ花はちりけれ　（同・庭上桜・一一九・為経）
　めづらしやしのだのもりのちえのひまにひと木桜の花を見るかな　（拾玉集・三三七九・句題百首）
⑤まどろまでこよひもあけぬ月をみてねまちのそらはなのみなりけり　（後度百首・寝待月・三四五・親隆）
　月にあかでねまちの空を待つからにこん世のやみを思ひしるかな　（拾玉集・三三七二・略秘贈答和歌百首）
⑥なみがたのみづまさぐもにかげくれておぼろにみゆる月のふなかげ　（後度百首・朧月・四〇二・仲正）
　すゑはれぬ水まさ雲にもる月をむなしく雨の夜半やおもはむ　（拾玉集・二三四四・賀茂百首）

⑥の「みづまさぐも」のみは慈円以降の用例が二首ほど見出せるが、②～⑤にあげた語は『両度百首』と慈円歌以外に用例が知られない。慈円がとりわけても新奇な語に注目していることがわかる。

②に見える「～がほ」は西行が好んだ表現であることはよく知られているが、第六章でも論じたとおり、その背景としては『両度百首』の存在が大きいと考えられる。ただ『両度百首』の場合「～がほ」をしている対象は、風・時雨等の天象及び動植物に限られる。慈円は、純粋な自然物ではなく人為の加わったもので、しかも目に見えない「かねの音」を擬人化してみせた。動植物の擬人化より更に一ひねり加わった表現と言えよう。

③は共に清水寺を詠んでいる。為業詠の「こころすみます」という表現も仏地の清浄な雰囲気を表しているが、慈円は「人をわたす」と詠み、観音による救済をより明確に表現した。

⑤の「ねまちのそら」については、「寝て待つという名の寝待月を見ていて寝ずに夜を明かしてしまった」と、語

のおもしろさを眼目とする親隆歌に対して、慈円はそうした趣向からは離れている。初句を「月にあかで」としたために、「月」の重複を避けて「ねまちの月」ではなく「ねまちの空」と詠んだのであろう。一方④・⑥に関しては、『両度百首』の詠み方とさほど大きな変化は見られない。

続いて、①〜⑥のような歌語レベルでの影響関係を示すものではなく、ほぼ二句以上にわたり表現が一致している例をあげてみよう。

⑦かきつばたあさかのぬまにおひたちていかでかふかき色をならひし　（初度百首・沼水杜若・一三九・為忠）
かきつばたあさかのぬまにさきつれどふかき色をばへだてざりけり　（同・一四五・為経）
たづねこしあさかのぬまの杜若色ばかりこそふかくみえけれ　（拾玉集・一二二三・賦百字百首）
⑧ともするほぐしのまつももえつきてかへるにまどふしもつやみかな　（初度百首・暁更照射・二〇六・仲正）
ともするほぐしの松のきえて後やみにまどふはこの世のみかは　（拾遺愚草・三六八二・堀河題百首）
⑨ありあけの月のいりしほみちにけりうらわのちどりたちさわぐなり　（初度百首・暁天千鳥・四九〇・為忠）
あはぢ島有明の月のいりしほにこぎはなるらむ袖ぞゆかしき　（拾玉集・二八八一・送佐州百首）
⑩ほととぎすまださとなれぬしのびねをききつるのみやひとにおとらぬ　（後度百首・首夏郭公・一六一・為忠）
郭公まだ里なれぬ忍ねをきくらん人の心いかにぞ　（拾玉集・一二・十題百首・郭公）

⑦に詠まれている安積の沼は、あやめや花かつみを配するのが普通で、杜若を配した歌はここにあげた三首しか知られない。一方、照射に用いる火串の松を詠んだ歌、[12]「月のいりしほ」の句を用いた歌、[13]郭公の初音を「まださとなれぬ」と表現した歌は、[14]『両度百首』以前に既に見られる。しかし、いずれの場合も『両度百首』歌と慈円・定家詠

の表現は近似しており、無関係とは考えにくい。

とりわけ⑩の慈円歌は、為忠歌と上句が完全に一致しているのみならず、「きくらん人」は為忠歌の詠歌主体（郭公の忍び音を聞いた人）と見なすことができる。つまり慈円歌は、為忠歌の詠歌主体の心情を思い遣る内容となっているのである。これは『和歌用意條々』に「本歌をとる事」の「さま〴〵の体」の一つとしてあげられている「古歌に贈答したる体」に近い。慈円歌の場合、厳密には本歌取りとは言えないが、方法的には為忠歌との贈答を試みたものと考えるべきであろう。

さいごに

以上、『両度百首』で詠まれた表現を、新古今時代の歌人たちが摂取している（あるいは直接の摂取ではなくても同じ表現を用いている）例を検討してきた。「しとと」の例で明らかにしたように、新風歌人は『両度百首』で詠まれた珍しい素材に注目したが、その素材の詠み方まで常に継承しているのではない。摂るべき点は摂り、捨てるべき点は捨て、その結果「しとと」は叙景歌の一素材として確立したのであった。「せみのこゑごゑ」についても同じことが指摘できる。一方で、第五節の④であげた「ひときざくら」などの例のように、『両度百首』の詠み方を発展させられず、新しい語を歌語として定着させることなく終わった例もある。

いずれにしても、『両度百首』の表現を摂取している例が慈円・定家に目立ち、いわゆる旧派歌人にあまり見られないという事実は、示唆的である。『両度百首』が新風歌人の歌風形成に寄与していたと主張するつもりはないが、為忠や仲正らが自由な発想により試みた表現の幾つかが、定家ら新風歌人にとって魅力あるものであったということは、指摘してよいであろう。

〔注〕

（1）「をばやし」の語は、『日本書紀』（皇極三年）にも用例がある。なお、「をばやし」については久保田淳氏『新古今歌人の研究』第二篇第二章第二節三（一九七三年　東大出版会）に指摘がある。

以下、『万葉集』は西本願寺本（主婦の友社）に拠る。『類聚古集』・『元暦校本万葉集』・広瀬本『万葉集』を参照し、問題としている語（傍線を付した語）の訓に異同がある場合は歌の後に明示した。

（2）俊成は「をばやし」の語も詠んでいる。

ささぐりやくぬぎまじりのをばやしにあないぶせげの花のありかや（後度百首・林中桜・九一）

（3）久保田淳氏『訳注藤原定家全歌集 下』（一九八六年　河出書房新社）

（4）本稿初出時には「当該句は「ほしうたふなると侍るや、神楽の歌めかしくきこゆらん」と評価された」と述べたが、訂正したい。「雪」題でありながら、「ほしうたふなる」の句によって神楽が主題であるかのように見えること、すなわち傍題の傾向がある点が指摘されているのである。

（5）神楽歌の詞章を和歌に取り込むという手法は、既に『堀河百首』に見られる。同百首「神楽」題「神垣や庭火の前に君が代をなほ万代と祈るなるかな」（一〇四六・源顕仲）に詠まれている「なほ万代」は、神楽歌「千歳法」の詞章の一部である。為忠はこの顕仲歌の方法に学んだものと思われる。

（6）いつ頃から「しとど」になったのかは不明。ここでは、『両度百首』は清音とし、他の作品の清濁の別は出典のままとする。

（7）「十題百首」の「鳥」題においては、寂蓮も敢えて新奇な素材を選んでいる。久保田淳氏『新古今歌人の研究』第三篇第二章第三節四（前掲）参照。

（8）「『八雲御抄』枝葉部「鳥部」管見」（小町谷照彦・三角洋一氏責任編集『歌ことばの歴史』一九九八年　笠間書院）

（9）『正治百首の研究』第一篇第四章第二節三（二〇〇〇年　勉誠出版）

（10）『新編国歌大観』（底本は日本大学総合図書館蔵本）では第二句を「のきのこずゑに」とするが、他本により校訂した。

（11）『訳注藤原定家全歌集 上』（一九八五年　河出書房新社）

（12）久保田淳氏注（3）著書は、次の歌を参考歌としてあげる。

道とほみほぐしの松もつきぬべし八重山こゆる夜はのともしは（堀河百首・照射・四二二・源顕仲）

（13）うらごとに月の入しほみちくればよるかたをなみ千鳥しばなく（俊頼朝臣女子達歌合・二〇・読人しらず）

（14）まきのとをあけてこそきけほととぎすまださとなれぬけさのはつこゑ（重之子僧集・一七）が早い例。

第二篇　題詠論

第一章　「まはして心をよむ」詠法について

はじめに

題詠における「まはして心をよむ」という詠法に関する言説は、周知の如く『俊頼髄脳』「大方歌をよまむには」という一節[(1)]に見られるのが最も早い例である。この詠法に関しては、既に田中正男氏、田村柳壹氏、中田大成氏らの論[(2)]がある。田中氏は、

俊頼が説く、四つの詠歌法（これにまわして詠む詠法も含まれる—引用者注）の基礎が六人党歌人の活躍によって築かれたとすれば、白河朝、すなわち『後拾遺集』前後には、既に、前述したような四つの詠歌法が、確立していたと考えられるのである。

と説く。また中田氏[(3)]はまわして詠むべき文字を、それが題の中でどのような成分として機能しているかに着目した上で、次のように三種類にまとめている。

第一、題の中で述語となっている文字。〔品詞で言えば、用言（動詞・形容詞・形容動詞）であり、この場合の題の形式は「文を成すもの」である〕

第二、題の中で連用修飾語となっている部分の文字。〔品詞で言えば、副詞、形容詞、形容動詞そして若干の名詞〕

第三、題の中で連体修飾語となっている部分の文字。但し虚字はその中から除く。〔品詞としては、形容詞、形容動詞、動詞そして若干の名詞。この場合の題の形式は多く、「文を成していないもの」である。〕

氏は更に、一つの題の中でこれらが重複した場合には、第一の文字より第二の文字、第三の文字よりは第一・第二の文字が優先すると指摘している。

これらの論に学んだ上で、本章において問題としたいのは、第一に、「まはす」という用語が意識されているか否かは別として、どのような文字をまわして詠むべきで、どのような文字はまわしてはいけないのかという、言わばまわして詠む詠法の原則のようなものが、歌人たちの間で共通して理解されるようになったのがいつ頃のことなのか、第二に、時期によって、その原則の内容の変化乃至は原則に対する歌人たちの態度の変化はなかったのか、という点である。

これを解明するためには、歌論書や歌合判詞などの記述及びできるだけ多数の実作にあたることが必要であるが、今回は調査対象を歌合に絞ることにした。これは、歌合は定数歌等に比べ開催回数が多く、時期による変化を見るのに適しており、また複数の歌人の同じ題での和歌が検索できるという利点があるためである。

なお四季題と恋・雑題を一括して論ずるのは無理があるため、今回は四季題に限って検討したい。「結題」という用語の定義については、「堀河・永久両百首を契機として本意の確立した季題（素題）に、時間・空間乃至は情況（＝場面構想）を特定化する語を結合させ、一定のまとまった題意を形づくらせた題」という田村氏の規定が的確であると考える。しかし田村氏の定義は、「結題」が意識化された平安末期以降を念頭に置いているのに対し、今回は院政期以前の作品も対象としている関係上、「二つ以上の事物や概念を結合させた題」という意味で「結題」という語を用いることにする。

一　まわすべき文字・まわすべきでない文字

最初に、「結題」という語が歌人たちによって意識化されたと見られる平安末期以降において、まわすべき文字・まわすべきでない文字に言及している言説をいくつか取り上げ、歌壇の指導的立場にあった歌人たちが、まわして詠む詠法の原則をどのように考えていたかを探ってみたい。以下、鎌倉中期頃までの例を時代順に引用する。(4)

①『建春門院北面歌合』「関路落葉」題（藤原俊成判）

十番　左　勝　季広

から錦たちかさねてもみゆるかな衣の関にちれる紅葉ば

右　仲綱

あふさかの関の小川のいろづけば木ずゑさびしき音羽山かな

左、先の番の右歌にいくばくかはらざるべし、これもをかしくはきこゆ、右、落葉を詞にあらはさずして題をまはせる心をかしくみゆれば、題の歌はまはさす(ママ)文字の侍りけり、此題の落葉は、ただあらはによむべきなり、関の小河の色づき、おとは山のこずゑさびしからんばかりは、猶おぼつかなくやとて、左の勝とす

②『三井寺新羅社歌合』「遥見山花」題（俊成判）

六番　左　道禅常陸公

みよし野の花は夜のまに咲きにけり峰に朝ゐる八重のしら雲

右　勝　　長照出羽公

あづさ弓はるかに見ゆるしら雲はいるさの山のさくらなりけり

左歌（中略）、右歌、遥の字をおさへて詠まれたるぞおつる所なき心地すれど、あづさ弓とおき入佐のやまなど侍る、珍しき事にはあらねど、又いひしれるに似たり、左、吹毛なりといへども、見ゆる所あるによりて、以右為勝

③治承三年『右大臣家歌合』「紅葉」題（俊成判）

十三番　左持　　良清

たつたやま時雨ふりにしむかしより梢ぞ秋をわすれざりける

右　　基輔朝臣

おも影にとまるはかひもなかりけり梢にちらぬ紅葉ともがな

左歌こそ何ともえこころえ侍らね、もし、時雨ふりおけるならの葉の名におふみやのふることぞこれ、といへる歌を思ひて、ならの御ときたつた山の紅葉御覧じける事などをやおもへる人にや侍らん、こずゐぞ秋を忘れざりける、などいへるも、ふもとざまなどはいかになりにけるにかとこそ聞え侍れ、これも紅葉をまはしてよめるにや侍らむ、右、（中略）これもおなじほどと申すべきにや侍らん

④『六百番歌合』（俊成判）(5)

〈「春曙」題〉

廿六番　左　　　　　顕昭

このよには心とめじとおもふまにながめぞはてぬ春のあけぼの

右　勝　　　　　隆信

なにとなくこころうきぬるひとりねにあけぼののつらきはるの色かな

右方申云、春のあけぼのとおく、聊か無念に侍り、題に春曙といでなば可思也、左方申云、無指難

判云、左歌、右方人あけぼのの無念之由、不可然歟、題は結題の歌をだにまはす文字のあるべきなりとこそ申すことなれ、況乎、春曙などはあらはにいはざらん、還りて不知子細にたるべきことなり、於歌は、まにの詞まことに不足に聞え侍り、右こそはまさると申し侍らめ

〈「遅日」題〉

三番　左　　　　　有家

ゆふぐれにおもへばけさのあさがすみよをへだてたる心ちこそすれ

右　勝　　　　　隆信

かくしつつつもればをしきはるのひをのどけき物となにおもふらん

左右共不難申

判云、左、題の心をいみじくまはせるよしには侍るめれど、右、つもればをしきなどいへる、心体宜し、勝に侍るべし

〈「冬朝」題〉

三番　左　勝　　　　　　兼宗

とへかしなにはのしらゆきあとたえてあはれもふかき冬のあしたを

右　　　　　　　　　　信定

のきのうちにすずめのこゑはなるれども人こそしらねけさのしらゆき

右申云、左初五字贈答とおぼえ、又、はての句いたくつよくや、左申云、雀相応しても不聞

判云、とへかしなとおける、贈答にあらざる歌、贈答の体、常例なり、又冬朝まはすべき題にあらず、ただ歌のよしあしぞあるべき、のきの中にすずめのこゑのなること、雪の朝にはげにある事なり、ただ、しもの句は宜しく見え侍り、雀の声は俗にちかくや侍らん、左はての句いたくつよしと右方人申し侍れども、冬朝可勝や侍らん

⑤『和歌色葉』

結たる題には、三もじ四もじ五もじに、すつる字あり、とる字あり。よく〳〵それを心えよ。詞をかざれる字を字ごとにとれば、くだけたり。たとへば雨中落花、庭前露滋といはむ題には中の字と前の字となり。題をむねとする字を一字もすつるはそしりなり。たとへば旅宿雪深、見書増恋といはむ題には、深の字と増の字となり。又詞をまはしてよむべきに、さゝへていふはゝたしなり。いはゆる落葉如雨、逢後思切とあらむ題には、如の字と切の字となり。たゞ事にいふべき詞をあまりにまはすも手づゝなり。いはゆる暁天郭公、山路鹿声とあらむ題には、郭公と鹿声となり。

⑥『無名抄』

歌ハ題ノ心ヲヨク心得ベキナリ。俊頼髄脳ト云物ニゾシルシテ侍メリ。カナラズマハシテヨムベキ文字、中々マハシテワロクキコユル文字アリ。必シモヨミスヱネド、自シラル、文字アリ（中略）又カスカニテ優ナル文字アリ。是等ハヲシヘナラフベキニアラズ、ヨク心エツレバ、其題ヲ見ニアラハナリ。

⑦『長綱百首』（藤原定家評）

早春雨

春雨のふるや岡辺の松が枝にのこるともなき去年の白雪（一）

御歌の体宜候、仍合点、但早春雨と申す題をばかくは読むまじきと存知候なり、只春夏秋冬など申す題は此体よく候、結題と申す物は其題をよむ様と申す物候なり、早春雨はまはしかくしばみなどすべき物に候はねば、ただ早春に雨のふるとばかり読候なり、岡残雪と申さむ題にはいささかも難あるまじき歌にて候なり

春窓月

梅がかを夜半の嵐や過ぎつらんあれたる窓ににほふ月かげ（一二）

これも御歌は優に候、梅花薫夜窓にて候なり、春窓など申す春の字はすこしもまはしかくさず、ただ春と二文字にすゑられ候べし

夜萩

さを鹿のいるののま萩末よわみしがらみすてて月に啼くなり（四四）

詞すがたよくつづきて候、夜萩と申す題はいかさまにも夜字をおかれ候べし、月にと候ひて夜をかくしまはされて候、不可然候、鹿又よこ入れて候

⑧『石清水若宮歌合』「河上霞」題（定家判）

八番　左　勝　　伊成朝臣

かすむ日は消えこそ渡れ谷川の氷りし水の浪のはつはな

右　　成茂宿禰

水上や岸の柳のふかみどり霞のみをのしるしなりけり

右の歌、みなかみ岸などいへるに、河の心は侍らめど、題の字の中、山川田野のたぐひは、かならず其字を歌の表によみすゆべしと、昔ならひて侍れば、歌のさまもいうなるうへ、川字侍らね、以左かちとす

⑨『遠島御歌合』「夜鹿」題（後鳥羽院判）

卅三番　夜鹿　左　　女房

久方のかつらの陰に鳴く鹿は光をかけて声ぞさやけき

右　勝　　家隆

天川秋の一夜のちぎりだにかた野に鹿の音をや鳴くらん

右歌、秋のひと夜の契だにといひて、かた野に鹿のとつづきたる、ことにやさしくきこゆ、惟喬の御子、かた野

に狩して七夕つめにやどかりし昔までおもひよそへられて、をかしく侍り、左歌、すべてはいたくあしくはなきを、あらはによると云ふ事みえずなどいふ難や侍らんずらん、いかさまにも右歌は、秀逸と見ゆれば、よのつねの歌のならぶべきにあらず、尤可為勝

⑩『蓮性陳状』
先達おほくかやうの事、秘事口伝にて申旨ども候中にも、定家卿殊更わきまへ申事にて候き。天象地儀のたぐひをば題にあらはし、詞字の題をば、こゝろをめぐらして可詠など、末座までにも申をしふる事、うけ給りをき候き。

⑪『簸河上』
題に必ずよむべき文字といふは、天象、地儀、居所、植物、動物、雑物などをば題のまゝによむべきにや。関をよまむには必ず其名をさしてよめとぞ先達は申されし。誠にたゞの野山こそあれ、その関とあらはさでは荒涼なるべし。又桜といふ題に花とよめるとがなし。必ずよむべからざる文字とは、例へば野外河辺などやうなる題に、外、辺、又寄題に寄字、述懐の述字、是等はさすがに人よむ事なければしるすにも及ばぬ事たるべし。まはして心をよむべき文字とはすべて詞の字なり。假令鴬声稀など申さむ題に、さゝへてまれなりなどは詠むべからざるにや、念なかるべし。鳴く日少しとも、久しく聞かざりつるに今なくこそ珍しけれなどやうに詠むべきやらむ。またまれなる事をよめらむ古き歌を本文として其心をとりて詠みたらむ、いといみじかるべし。又年に稀なるなどいふ古き詞をとりたらむは、さゝへたりとも是は古くよみきたれる詞にてとがとも聞えざるべし。たゞ題

にすがりて鳴く鶯の声ぞまれなるなどやうに、よむまじきにや。

①〜④は、俊成が結題の詠み方をどのように考えていたかを示す例である。①・②からは、俊成が「落葉」はあらわに詠むべきであり、「遥」の字はまわして詠むべきと考えていたことが看取できる。③も、①ほど明確な口調ではないが「紅葉」を間接的に詠んだ詠み方を批判している判詞と見られる。④の『六百番歌合』判詞においては、「春曙」「冬朝」はまわすべきではないとの立場が明確にされている。「遅日」題の場合も、傍線部はあまりにもってまわった詠み方の有家歌に対する批判の言と読むべきであろう。

⑤の『和歌色葉』は、『俊頼髄脳』に記された四種の文字(6)について逸速く具体例を示した書であるが、まわして詠むべき文字としては「落葉如雨」の「如」及び「逢後思切」の「切」が、まわすべきでない文字としては「暁天郭公」の「郭公」及び「山路鹿声」の「鹿声」があげられている。

鴨長明の⑥も⑤と同様、『俊頼髄脳』とは異なる表現を用いてはいるが、同書の内容を踏まえつつ四種の文字を列挙している。

⑦・⑧からは定家の考えが知られる。一人の弟子に対する教えと歌合判詞は本来同列に扱うことはできないが、当該箇所について言うならば、定家は、結題には相応の詠み方があり「早春雨」「春」「夜」及び「山川田野」の類は直接的に詠むべきだと考えていたことが明白である。

⑨は、後鳥羽院が「夜」は本来あらわに詠むべき文字とされているという認識であったことをうかがわせるが、あるいは⑦の「夜萩」題での定家の言説を意識している可能性もあろうか(7)。

⑩『蓮性陳状』には、定家が「天象地儀のたぐひをば題にあらはし、詞字の題をばこころをめぐらして可詠」と教

えていたとあるが、⑧に「題の字の中、山川田野のたぐひは、かならず其字を歌の表によみすゆべしと、昔ならひて侍れば」とあり、『蓮性陳状』の記述は信頼してよいものと思われる。

⑪の『簸河上』では、必ず詠むべき文字とは天象、地儀、居所、植物、動物、雑物、まわして詠むべき文字とは「詞の字」であるとされている。

これらの言説を概観した結果、まずまわして詠むべきとされている文字は「詞の字」であり、主に題の中心となっている景物や心情の性質や状態、あるいはそれらに対する詠歌主体の心情や態度を表している動詞・形容詞・形容動詞などだということがわかる。即ち中田大成氏(8)が述べているように、題の本意に関わる文字であると言ってよい。そもそも題詠とは、与えられた題の本意を如何に表現するかという点において創造性や独自性を発揮するものであり、故に題の本意を表す文字をそのまま詠むことは、創造性や独自性を著しく弱めることにつながってしまう。したがって、題の本意に関わる文字が、他の語句を用いて間接的に表現されることは、当然とも言えよう。一方あらわに詠み据えるべき文字は、主に天象・地儀の類、及び題の核となっている季題の部分であると理解されていたことが看取できた。

これらをまわして詠む詠法の基本的原則と認定し、以下、これを指標として調査・考察を進めていきたい。

二　調査結果

最初に調査方法を説明しておきたい。まず『新編国歌大観』第五巻・第十巻所収の全歌合の中から結題の四季題を含むものを検索し、それを時期によるグループに分類した。次に、各グループ内の歌合の題の中でまわすべきでありながらあらわに詠まれている文字の数を、まわすべき文字の総数で割り、まわすべき文字をまわしていない割合を算出した。なお、一つの題の中にまわすべき文字が複数ある場合は、中田氏の説く優先順位[9]に基づき、より優先的にまわされるべき一文字のみを対象とした。同様にして、天象・地儀を表す文字・題の核となる季題部分をまわしている割合も算出した。これらをまとめたものが次にあげる表である。括弧に数値を入れているのは、〈注記〉に示したように、題の核となる季題部分があらわには詠み込みにくい例があり、それを除いた割合を示すための処置である。

さて、この調査結果から明らかになることとして、まず第一に、まわすべき文字をあらわに詠み据えている割合は、『俊頼髄脳』の成立以前には三割を越えていたのが、『俊頼髄脳』の成立した頃を境に大きく減少し、『千載集』成立以後に更に半減しているという点があげられる。

前述の田中氏の論文は、六人党歌人の結題での詠を例に引いているが、その中には本意に関わる文字をまわしている例もある一方で、「春山里尋人」の「尋」や、「柳払池水」の「払」をあらわに詠んでいる例も含まれている[10]。六人党の時代、題で与えられた文字を間接的象徴的に表現するという方法は意識されていたかも知れないが、どのような文字をまわすべきかという点は、いまだ明確でなかったと言えるのではないか。

次に、天象・地儀を表す文字をまわして詠んでいる割合は、やはり『俊頼髄脳』成立以降減少している。『新古今集』前後にまた増加しているかにも見えるが、実は正治～承元期が突出しているのみで、これを別とすれば『俊頼髄脳』以後二％を大きく越える時期はないのである。それだけに、正治～承元期の割合の高さが問題とされるべきであろう。

続いて題の核となる季題部分をまわしている割合であるが、「十三夜」「納涼」他あらわには詠みにくい題を除外して考えれば、院政期以前から一貫して低い割合であり、結題が出題され始めた当初から季題部分はあらわに詠むべき

時代区分	まわすべき文字をまわさずに詠んでいる割合	天象・地儀をまわして詠んでいる割合	題の核となる季題部分をまわして詠んでいる割合	調査対象とした歌合＊1
院政期以前（～延久五 1073 年）	37.0 %	3.4 %	0 %	30 51 54 72 84 98 99 101
後拾遺集前後	35.2	3.7	1.0	106 113 124 129 130
俊頼髄脳成立～千載集成立	25.9	1.2	0.5	145 148 152 160 161 162 163 168
新古今集前後	12.7	3.8	3.9	
新古今集前後　建久期	10.5	1.4	0.8	174 176
新古今集前後　正治～承元	12.1	5.9	2.1	179 180 181 185 186 187 188 189 190 191 192 193 198 199 204 205 206
新古今集前後　建保～承久	15.3	2.1	6.6	208 [58] [60] 209 [61] 211 212 [62] [63] [64] [65] [66] 214 [67] 215 [68] [69] 218 [70] [71]
後嵯峨院歌壇	12.8	1.5	2.6 ＊2 (0.8)	220 228 229 [76] [77] 232 234 236
鎌倉後期歌壇	20.0	0	0.3	[78] [79] [87] 237 238 [97] [99] [100]
室町期	16.1	2.0	7.8 ＊3 (1.0)	[103] 240 241 243 [111] [112] [113] 246 [115] [117] [118] [120]

〈注記〉＊1　紙幅の都合上、『新編国歌大観』の作品番号で示した。番号を□で囲んでいないのが第五巻、囲んであるのが第十巻分である。
＊2　「十三夜」を除いた割合。
＊3　「納涼」「除夜」を除いた割合。

であるという認識があったことが看取できる。但し、正治～承元期及び建保～承久期はこれをまわしている割合が高くなっており、やはり検討すべき問題があると言えよう。

以上調査結果を分析してきたが、前節で考察した、結題が意識化された時代の原則、とりわけどの文字をまわすべきかについての原則が、歌人たちの中で認識されるようになったのは、『俊頼髄脳』成立の頃からであると見られる。前述のように田中氏は、まわして詠む詠法が『後拾遺集』前後には確立していたと指摘していた。しかし具体的実際的な原則が認識される時期は、いま少し引き下げられるべきであろう。

三　天象・地儀の詠み方に関する正治～承元期の特徴

続いて、調査の結果問題になった二つの点、即ち天象・地儀の詠み方に関する正治～承元期の特徴と、題の核となっている季題部分の詠み方に関する正治～承久期の特徴について検討したい。

まず第一の問題であるが、正治～承元期において間接的に詠まれている天象・地儀を表す文字で、特に目立つものは海と湖である。(11)この内の海については、「波」「沖つ風」「あま」といった語によって「海」の題意を満たすという詠み方がされているのだが、これは先例も多く、決して特異な傾向とは言えない。海辺の風景は古くから和歌の題材として選ばれ、海の周辺に位置する景物には歌語として定着したものが少なからずある上に、歌枕も多数存在する。こうしたことにより、「海」は天象・地儀の中でも間接的な詠み方をされやすい題だと言うことができるのではないか。

これに対し、「湖」の詠み方には注意すべき特徴がある。今回調査した歌合の歌の中で注目すべきものを何首かあげてみよう。

①にほてるや浪路はるかに霧こめてやどりかねたる有明の月　（新宮撰歌合・二七・湖上暁霧・藤原公継）
②けふはくれぬあすはふもとのゆきてみんながらの山のあらし吹くめり(12)（鴨御祖社歌合・一三・湖辺夕花・後鳥羽院）
③花の色もうつりもゆくかさざ波やながらの山のはるのゆふぐれ　（同・一四・俊成卿女）
④にほてるやゆふ日をこえてひくあみのさざ波しろくよるさくらかな　（同・一七・源通光）
⑤志賀の山もるや木ずゑの夕づくひちりかひくもる花のしたかぜ　（同・一九・藤原有家）

①・④に詠まれている「にほてるや」は、『和歌大辞典』同項（滝沢貞夫氏執筆）によれば、「さざ波」「志賀の浦」「やはせの渡」にかかり琵琶湖の水系を詠む歌の中に使われること、新古今時代に流行した枕詞であること、同類のものに「にほてる」があることなどが指摘されている。確かにこの語は、現在知られる範囲では

にほてるややはせの渡りする舟をいくたびみつつせたのはし守　（永久百首・船・六六四・源兼昌）

が最古の用例であり、その後は新古今時代に集中して見出せる。

さて①・④の歌には、湖を表す語は詠み込まれてない。強いていえば①では「浪路」が湖の「浪路」の意味で用いられており、④では琵琶湖周辺の景物と共によく用いられる「さざ波」が詠まれているのみである。これらの語は「にほてるや」と共に詠まれているゆえに「湖」の題意を満たせている。「さざ波」は琵琶湖西南沿岸一帯の古名でもあるが、④の歌に「にほてるや」という語がなければ、普通名詞としての意味しか表せないであろう。これらの歌においては、「にほてるや」は単なる枕詞ではなく琵琶湖そのものを象徴していると言えるのではないか。

②・③・⑤の歌にも、湖を意味する文字はない。「ながらの山」「志賀の山」でもって「湖辺」の題意を満たそうとしているのである。これらが琵琶湖畔の地名であることは周知の事実であり、「湖辺」の詠み方としてさほど突飛な発想とは言えないかも知れない。しかし、「さざ波や」と詠まれている③はともかく、②・⑤は山を詠んで湖（正確

には「湖辺」であるが）を表すという詠み方である。作者たちは、夕日に映える山と麓に広がる湖という雄大な風景を詠もうとしたのではないだろうか。彼らの歌からは、「ながらの山」「志賀の山」を、単に山を指す歌枕としてではなく琵琶湖を含む風景全体を象徴する語として用いようという意図が看取できるかと思う。

①〜⑤に見られた特徴は、今回調査対象にはしなかった同時代の和歌にも見出すことができる。

⑥あふさかのやまこえはててながむればにほてる月はちさとなりけり　（秋篠月清集・一一一八・「湖上月明」／建仁元年八月十五夜撰歌合撰外歌）

⑦さざ波やちりもくもらずみがかれて鏡の山をいづる月かげ　（拾遺愚草・二二六二・「湖上月明」／同前）

⑧花さそふひらの山風吹きにけりこぎ行く舟の跡みゆるまで　（仙洞句題五十首・九四・湖上花・宮内卿）

⑨あはづののをばなが風にちりやらでにほてる露はほたるなりけり　（拾玉集・三二九九・「湖辺蛍多」）

⑩あさひかげにほてるおきのさざなみにはるもたちぬとかはるうらかぜ　（明日香井集・一二九九・「建暦二年のころよみ侍りける歌の中に、湖上立春」）

⑥は「あふさかのやま」と「にほてる」により、眺めているのが琵琶湖の上に出ている月であることを表している。⑦は「さざ波や」と「鏡の山」で題の「湖」を表現しているが、この「さざ波や」は③と同様の用法であり、やはり単なる枕詞の範疇からははみ出た用法と言えよう。⑧は「ひらの山風」を詠むことで、山から麓の湖へと風に吹かれた花びらを追って視点が移動し、景の広がりを感じさせる歌となっている。⑨は「あはづの」という地名とともに「にほてる」が用いられ、直接湖を示す語を詠まずして湖畔の情景を描写している。⑩には湖を表す語がないばかりか、「さざなみ」に古い地名としての意が重ねられている以外には、山などの名もない。しかし「にほてる」「さざなみ」の二語により「湖上」の題意は満たされているのである。

以上、正治～承元期における天象・地儀を表す語をまわして詠むという傾向、とりわけ「湖」題の詠み方に関して検討してきたが、枕詞「にほてるや」「にほてる」及び志賀山・長等山等の歌枕を、それぞれの語の意味内容を拡大して詠み込むことにより、「湖」の題意を象徴的に表現するという方法が看取できた。

こうした方法は、本来あらわに詠み据えるべき語をまわして詠むために、新たに編み出されたという性質のものではあるまい。とりわけ「にほてる」には注意が必要であろう。「にほてる」「にほてるや」は平安前期までの用例が見出せず、現在知られる限り、前掲の永久百首歌に次ぐのが正治年間に詠まれた藤原良経の二首である。

a しがのうらのみぎはばかりはこほりにてにほてる月をよするしらなみ
（秋篠月清集・一二九二・正治元年左大臣家冬十首歌合・「湖上冬月」）

b からさきやにほてる沖に雲消えて月の氷に秋かぜぞふく
（正治初度百首・秋・四五一）

bの場合の「にほてる」は枕詞と見ることもできるが、aの「にほてる」は「鳰の海に照る」という意味と思われる。(13) 新古今歌壇において一気に流行し始めた「にほてる」には、このように通常の枕詞からは逸脱した用法が見られる。

c 志賀のうみやにほてる浪を見わたせば月にいざよふあまのつりぶね
（千五百番歌合・秋・一三四五・藤原家隆）

d けふぞ見る比良の山風しぐれきてにほてる紅葉浪に染めつつ
（承久元年日吉社十禅師歌合・三〇・湖上眺望・藤原康光）

e あふみのやにほてる月ははれにけりみかみのたけは猶しぐれつつ
（後鳥羽院御集・八六四・詠五百首和歌・冬）

ここにあげた例は結題を詠んだものに限らない。枕詞の意味内容を拡大させる詠み方は、結題を詠むために試みられた方法とは言えないであろう。しかし、「にほてる」「にほてるや」のこうした変則的な用法での流行が、本来歌の表に詠み据えるべき「湖」をまわして詠む例を増やすことにつながったという点は指摘できると思う。

四　季題部分の詠み方に関する正治～承久期の特徴

続いて第二の問題点であった、正治～承久期における題の核となる季題部分をまわすという傾向についての検討に移ろう。今回調査対象とした範囲では、『千載集』成立以前の時期において題の核となる季題部分をまわしている例の内、他の季題とは性質が異なる「秋」という文字がまわされている例を除くと、残るのは次の二首のみとなる。

①からくににおれるにしきをそれをなほやまとのあきののにはしかじな
（多武峰往生院千世君歌合・野花錦筵・七・恵勝）

②あふさかの関の小川のいろづけば木ずゑさびしき音羽山かな
（建春門院北面歌合・関路落葉・二〇・源仲綱）

①は、「野花錦筵」の「花」をまわしているが、これは

とこ夏のにほへる庭はからくにおれるにしきもしかじとぞおもふ
（賀陽院水閣歌合・瞿麦・九・藤原定頼／後拾遺集・夏・二二五）

を念頭に置いた歌と思われる。また②は「落葉」をまわして詠んでおり、これが俊成により批判されたことは前述の通りである。こちらは

おとは山もみぢちるらしあふさかのせきのをがはにしきおりしく
（四条宮扇歌合・紅葉・二一・源俊頼）

に基づいている。

これら二首は、一見したところ共通の特徴を有しているかに見えるが、作者の意識は同様とは言えないのではない

か。①は詠歌年次や作者を考慮すれば、題の文字をまわすという方法が意識されているとは考えにくい。定頼の歌に拠ったのも、「からくににおれるにしき」という表現に注目したためであり、「花」の題意を満たすことを意図したものではなかったであろう。一方②は、意識して「落葉」の語を詠み込まなかった様子がうかがえる。俊頼の歌が「紅葉」題であることも合わせ考えれば、作者仲綱は、俊頼歌に依拠することによって「落葉」を間接的に表現しようとしたと思われる。

結論から言えば、正治〜承久期の特徴は、②と同様の詠法による歌が多数見出せるという点にある。以下、例をあげながら検討を進めたい。

③としどしの春をかぞへてわれもけふながめし花をぬれつつぞ折る（通親亭影供歌合・雨中藤花・八九・鴨長明）

やよひのつごもりの日、あめのふりけるにふぢの花ををりて人につかはしける

ぬれつつぞしひてをりつる年の内に春はいくかもあらじと思へば（古今集・春下・一三三・在原業平）

長明の歌には題の中心となっている「藤花」が詠み込まれておらず、この歌からだけでは「ながめし花」が何の花なのかわからない。業平の歌は題詠ではないが、詞書から読み取れる状況はまさに「雨中藤花」に相当する。つまり長明は、業平の歌を下敷きにすることにより、その詞書にあった藤花をイメージとして取り込むことを意図したわけである。

④みちのくの衣の関に秋やたつゆふこえくれば袂すずしも（建仁元年八月和歌所影供歌合・関路秋風・四九・藤原光範）

秋立ちていく日もあらねどこのねぬるあさけの風はたもとすずしも（拾遺集・秋・一四一・安貴王）

④は「関路秋風」の「風」をまわしている。本歌の「たもとすずしも」という語を取り込むことで、袂が涼しく感じ

られる理由が秋風であることを連想させているのである。

⑤野辺の色はさむからねども長きよにたまらぬ秋の雪はたわなり　（建保元年七月内裏歌合・野月・九・藤原為家）

衣手はさむくもあらねど月影をたまらぬ秋の雪とこそ見れ　（後撰集・秋中・三二八・紀貫之）

為家歌には「月」が詠み込まれていないが、月光を「たまらぬ秋の雪」と見立てた貫之の歌を典拠とすることにより、「たまらぬ秋の雪」の句をもって「月」の題意を満たそうとしている。

⑥神なびの山のあらしやたつた川水のあきのみふかき比かな　（建保二年九月月卿雲客妬歌合・河落葉・二・藤原雅経）

もみぢばのながれざりせば竜田河水の秋をばたれかしらまし　（古今集・秋下・三〇二・坂上是則）

同様に、紅葉の流れる竜田川の情景を「水の秋」と表現した是則歌に依拠し、この表現を取り入れることによって歌題の「落葉」をまわして詠んだものである。

⑦立田山木末の秋を浪にとめて紅むすぶせぜのかはかぜ　（建保二年九月月卿雲客妬歌合・河落葉・一九・俊成卿女）

立田河せぜのしら波色かへてからくれなゐにみする紅葉葉　（書陵部蔵基俊集・一六）

竜田川ちらぬもみぢのかげみえてくれなゐくくるせぜのしら波　（正治初度百首・四五六・秋・藤原良経）

⑥と同じ歌合で詠まれ、同じく「河落葉」の「落葉」をまわしている⑦は、『正治百首』の良経詠に基づいている。良経は基俊歌を下敷きにしているが、全体の構成、とりわけ下句の類似に着目すれば、俊成卿女は直接良経詠に拠ったと見るべきであろう。竜田川に散る紅葉を詠んだ良経歌の表現に倣うことで、「落葉」と詠まずに「河落葉」題を表現している。

以上見てきたのは、先行歌を踏まえることにより、典拠とした歌やその詞書にある景物をイメージとして取り込むという手法で季題部分をまわしていた例である。これに対し、やや異なった方法で季題の文字をまわした例も見られる。

⑧竜田山あらしの空の夕しぐれ川せのなみの色も染めけり（建保二年九月月卿雲客妬歌合・河落葉・一二・藤原兼隆）
　竜田山みねの嵐をしぐれにて川瀬の浪も色づきにけり（老若五十首歌合・秋・二九〇・宮内卿）
⑨立田河うつるこのまの色ながら秋をぞさそふ水のしらなみ（建保二年九月月卿雲客妬歌合・河落葉・一四・藤原康光）
　竜田山四方のしぐれの色ながら鹿の音さそふ秋の夕風（最勝四天王院障子和歌・竜田山・三六・藤原定家）

いずれも「河落葉」の「落葉」をまわしているのであるが、共に同時代の歌に基づき、ほとんど模倣に近い詠み方をしている。宮内卿や定家の歌は、「落葉」題でもなく「落葉」を詠み込んでいるわけでもない。しかし両者とも竜田山周辺の紅葉の情景を鮮やかに描写しており、兼隆・康光がこれをまねることにより「落葉」の題を表そうとしていることは明白である。次の二首も、これに近い手法で「紅葉」を間接的に表現している。

⑩よもすがら時雨ふりけりははそ原しづくもかはる森の下草（建保四年八月廿二日当座歌合・朝紅葉・二・兵衛内侍）
　ははそはらしづくも色やかはるらむもりのした草秋ふけにけり（六百番歌合・柞・四四一・藤原良経）
⑪色まさるまさきのかづら朝露に外山の秋ぞなかば過行く（建保四年八月廿二日当座歌合・朝紅葉・五・藤原経通）
　神無月しぐれふるらしさほ山の正木のかづら色まさりゆく（寛平御時后宮歌合・冬・一二五・読人しらず）
　松にはふまさきのかづらちりぬなり外山の秋は風すさむらん（西行法師家集・六一九）(14)

さて、既に田村柳壹氏が指摘しているように、結題の詠法として「本歌にすがりて詠む」「本歌本説を取りて詠む」という手法が『詠歌一体』や『近来風体』に明文化されている。また前掲『簸河上』にも「假令鴬声稀など申さむ題に、（中略）まれなる事をよめらむ古き歌を本文として其心をとりて詠みたらむ、いといみじかるべし」とあった。

本節で取り上げた例をすべて本歌取りと言うことはできないが、先行歌に倣うことであらわに詠むべき文字であるはずの季題部分をまわすという手法が[15]、とりわけ建保期の歌合に頻繁に見られることが確認できたかと思う。

更に、③から⑪で検討した歌の作者の内、為家、兼隆、康光、兵衛内侍、経通はいずれも建保期に入ってから歌合に登場する歌人である。中田大成氏[16]は、定家にはあらわに詠むべき文字をまわして詠む傾向があり、その影響を受けた建保期以後の後進の歌人たちの間では、あらわに詠むべき文字に関する詠法の規範がないがしろにされていく風潮が見られることを指摘している。従うべき見解と思うが、後進の歌人たちが、直接的に詠むべき文字をなんら考えもなく間接的象徴的に詠んでいたのではなく、本歌取りや同時代の歌の模倣という方法をとる場合もあったという点には、注意を払うべきであろう。

さいごに

以上考察を進めてきたが、結論として次の三点を指摘したい。

第一　まわして詠むという方法において、どの文字をまわすべきかについての原則が明確になったのは、『俊頼髄脳』が成立した頃以降であると言える。

第二　正治〜承元期の特徴として、天象・地儀の一つである「湖」題をまわす際に、枕詞「にほてるや」「にほてる」が変則的に用いられたり、歌枕が広いイメージを担ったりする傾向が見られる。

第三　正治〜承久期とりわけ建保期には、本歌取りや先行歌の模倣によって題の核となる季題部分をまわすという方法が見られる。

なお、第二・第三に指摘した特徴は、まわして詠む詠法の原則がこの時期変化したというわけではなく、一時的な現象と見るべきかと思う。

【補説】

本稿初出時には、最後のまとめの第一において、まわして詠む詠法の原則、とりわけまわすべき文字に関する原則の確立の過程に関して「『俊頼髄脳』を契機として始まる」という書き方をしていた。しかし、その後、伊倉史人氏「『俊頼髄脳』の題詠論の両義性」[17]が発表され、「俊頼が『俊頼髄脳』に題詠論を書く以前にも、歌人たちはそこに書かれているような詠み方を既に方法的にしてきた、換言すれば明文化されていなくても〈題詠論〉は既に存在していたのであり、そして俊頼が行ったのはそうした〈題詠論〉に明確な輪郭を与えただけなのである」「『俊頼髄脳』の題詠論を知った後であるからそこで説かれている詠法に従って詠むことができるようになったのか、あるいは題詠論を知ったこととは全く無関係に詠むことができたのかということを厳密に区別することはできない」という主張に接した。この指摘には従うべきであり、『俊頼髄脳』成立をまわして詠む詠法の原則確立の契機と見なすのは必ずしも適切ではないと考えた。ただ通史的に見た場合、『俊頼髄脳』の前後で数値に変化が見られることは確かなので、「原則が明確になったのは、『俊頼髄脳』が成立した頃以降である」という表現に改めた。

確かに俊頼が新たな題詠法を編み出したわけではないのだが、『俊頼髄脳』の記述は後の歌人たちから大いに注目された。本章であげた『和歌色葉』『無名抄』『簸河上』[18]はいずれも『俊頼髄脳』の言説を踏まえている。幾つかの歌論書における題詠論に『俊頼髄脳』が影響を与えていることは間違いないだろう。

また、第一節に引用した④『六百番歌合』⑤『和歌色葉』⑦『長綱百首』が、まわして詠む詠み方を結題に関するものとして問題にしている点にも注目しておきたい。『俊頼髄脳』の題の文字に関する一節を、結題のみが対象ではなく素題をも含め広く題詠について説いたものと捉える立場もあるが、[19]「まはして心をよむ」という詠み方に限って言うならば、後代の歌人の中には、それを主に結題を詠む際の方法と捉えた人々がいた。俊成の④、定家の⑦は『俊頼髄脳』に拠ると明記されているわけではないが、同書と無縁とは思えないし、[20]⑤が『俊頼髄脳』を念頭に置いていることは確かであろう。これを根拠として、俊頼の言説が結題に関するものであると主張することはできないが、後代における享受のあり方として注意すべきであろう。

最後に、本稿初出後に発表された佐藤道生氏[21]の論に触れておきたい。佐藤氏は、歌人が複合題を詠む場合、その詠法を句題の七言律詩の構成方法に求めたと説く。これは、『俊頼髄脳』の題詠論は、句題の詠み方を説いた詩学書のようなもの、あるいは詩人から学んでいる可能性があり、俊頼自身も保持していた〈題詠論〉がそれらによって明確化されたという伊倉氏[22]の指摘とも重なる。伊倉氏が引用するように『俊頼髄脳』のある種の伝本には題をまわすことについて「コレラハ詩ノコ、ロトゾウケタマハル」と記されるが、『愚問賢注』にも「題をあらはさで詠事、詩破題のごとし」という一節があり、まわして詠む方法が句題詩の破題と明確に結びつけられている。

佐藤氏は、本説に拠ることで歌題の文字を間接的に表現する方法が『六百番歌合』に見られること、それと同様の方法は句題詩の詠法に既に見られるものであることも指摘する。本章第四節で、本歌取りや同時代の歌の模倣により季題をまわして詠んだ歌を取り上げたが、これらもまた句題詩の詠法と関連するということが言えるであろう。

但し、句題詩と和歌の題詠には大きな違いもある。通常七言律詩である句題詩は漢字を五十六文字使用できるが、和歌はわずか三十一音節である。句題詩において題の文字は、題目の聯では直接に詠まれ、破題・本文の聯では他の表現に置き換えられる。つまり、ある文字が直接的にも間接的にも詠まれるのである。それに対して和歌の場合、基本的に題意を繰り返すことはなく、一つの文字は、直接的に詠まれるか、間接的に詠まれるか、あるいは詠まれないか、いずれかである。歌人たちは句題詩の破題の方法に学び、題の文字を間接的に詠む方法を用いるようになったと思われるが、やがて句題詩にはない問題、すなわち直接的に詠まないと題意が明確にならない文字もあれば、間接的象徴的に詠んだ方が余情が深まったり叙情性が増したり、効果が現れる文字もあるという点に思い至ったのではないだろうか。その問題意識が、『俊頼髄脳』には反映されているのだと思う。『俊頼髄脳』の題詠論は句題詩の方法と関連を有するが、それは単純に参考にしたとか、取り入れたというだけのものではなく、句題詩と和歌の題詠の決定的違いを認識した上での言説と考えるべきではないだろうか。

〔注〕

(1)　冷泉家時雨亭文庫本に拠り、適宜句読点を付し、漢字を宛てて掲出する。
大方歌を詠まむには、題をよく心得べきなり。題の文字は三文字四文字五文字あるを、必ず詠むべき文字、必ずしも詠まざる文字、まはして心を詠むべき文字、さ、へてあらはに詠むべき文字あるを、よく心得べきなり。

この部分の解釈については、次章で詳しく述べる。

(2)　田中正男氏「題詠に於ける結題の隆盛とその詠歌法」(『国学院大学大学院研究科論集』5　一九八〇年八月)、田村柳壹氏「題―「結題」とその詠法をめぐって―」(『論集　和歌とレトリック』一九八六年　笠間書院)→『後鳥羽院とその周辺』(一九九八年　笠間書院)、中田大成氏①「題詠に於ける「まはして心を詠む」文字について」(『和歌文学研究』60　一九九〇年四月)、②「定家『院句題五十首』の結題詠法について―花・月結題歌の分析を中心に―」(『王朝文学　資料と論考』一九九二年　笠間書院)、③「定家の結題詠の実際とその指導―『後鳥羽院御口伝』の定家像と『長綱百首』定家評の齟齬をめぐって―」（『国文学研究』109　一九九三年三月）。以下、田中氏・田村氏の論はすべてここにあげたものによる。

（3）注（2）①に同じ。

（4）以下の用例のうち③④⑥⑦⑨は、本稿初出時には掲出しておらず、今回新たに付け加えたものである。

（5）恋題であるためここには掲出しなかったが、『六百番歌合』では他に「待恋」題十五番において「待」の字をまわした詠み方を批判した判詞が見られる。

（6）次章で詳述するが、『俊頼髄脳』の記述は四種の別個の文字について論じたものではないと考えられる。

（7）『長綱百首』を詠んだ藤原長綱は、後鳥羽院近臣忠綱の子で、『遠島御歌合』作者の一人でもある。

（8）注（2）①・②に同じ。

（9）注（2）①に同じ。

（10）例えば、「春山里尋人」題で詠まれた「たづねつるやどはかすみにうづもれてたにの鶯一声ぞする」（後拾遺集・春上・二三・藤原範永）は、「尋」をあらわに詠み込んでいるが、「春」「山里」を間接的に表している。

（11）具体例をあげると、「湖上暁霧」（新宮撰歌合）、「海辺夏月」（鳥羽殿影供歌合）、「海辺秋月」「湖上月明」（建仁元年撰歌合）、「海辺見蛍」（水無瀬釣殿当座六首歌合）、「海辺雁」（八幡若宮撰歌合）、「海辺月」（卿相侍臣歌合）、「湖辺夕花」（鴨御祖社歌合）、「海辺帰雁」（賀茂別雷社歌合）などである。

（12）『後鳥羽院御集』では第三句「雪とみん」。

（13）後掲e歌について和歌文学大系『後鳥羽院御集』（寺島恒世氏著　一九九七年　明治書院）は、「「鳰てる」は「鳰の海」（琵琶湖）を詠む歌に用いられる枕詞だが、ここは「鳰」に「照る」の意で用いた」と指摘する。

（14）『新古今集』（秋下・五三八）には「松にはふまさきのかづらちりにけり外山の秋は風すさぶらん」として入る。当該歌の本歌は、「み山にはあられふるらしとやまなるまさきのかづらいろづきにけり」（古今集・神遊歌・一〇七七）。

（15）俊成の初学期の詠に既にこうした手法が見られることを、第一篇第二章第三節で論じた。

（16）注（2）③に同じ。

（17）『三田国文』28　一九九八年九月

（18）第一節に⑪として引用した箇所の前の部分に、「俊頼朝臣と申し、歌仙の口傳といふ物あり」とあり『俊頼髄脳』が引用されている。

（19）伊倉史人氏「『俊頼髄脳』の題詠論について」（『三田国文』24　一九九六年十二月）及び注（17）論文、錦仁氏①「『俊頼髄脳』の再検討―結題の詠歌方法をめぐって―」（有吉保氏編『和歌文学の伝統』一九九七年　角川書店）及び②「題詠論・続稿―結題の詠み方をめぐって―」（錦氏編『中世詩歌の本質と連関』二〇一二年　竹林舎）。

（20）錦仁氏は、注（19）②論文において俊成が『俊頼髄脳』の一節を結題の詠法として受けて止めていたことを指摘している。

（21）「平安後期の題詠と句題詩―その構成方法に関する比較考察―」（『和歌文学研究』91　二〇〇五年十二月）→佐藤氏編『句題詩研究―古代日本の文学に見られる心と言葉』（二〇〇七年　慶應義塾大学21世紀ＣＯＥ　心の統合的研究センター）

（22）注（19）の両論。

第二章　『俊頼髄脳』題詠論をめぐって

はじめに

前章でも取り上げたように、『俊頼髄脳』には「おほかた歌《うた》を詠《よ》まむには(1)」で始まる題詠論に言及した一節があり、現在知られる限り、ここで初めて「まはして心をよむ」という用語が用いられた。前章では、まわして詠む詠み方が題詠の方法として浸透していき、結題の中のまわすべき文字・あらわに詠むべき文字の区別が明確になってゆく過程を、通史的に概観した。

さて、錦仁氏(2)は、前章で掲げた表(3)の「まわすべき文字をまわさずに詠んでいる割合」の数値に注目し、「『俊頼髄脳』の成立から『千載集』の成立する時期においてすら二五・九%という高い数値であることを重視すべきではないだろうか。すなわち、「廻すべき文字」を廻さずに詠むやり方こそ、実は当時もその後も題詠をするときの普通の詠み方だったのである」と指摘する。「まわすべき文字をまわさずに詠んでいる割合」が二五・九%であるということは、「まわすべき文字をまわして詠んでいる割合」は七四・一%に達することになるのだが、それにしても、数値を算出しただけでは、まわして詠む詠法の実態を示すのに不十分であろう。錦氏が結題の詠まれ方を具体的に検証し、上句に結題の文字を詠み込み、下句にそれに対する作者の心情・判断を述べるという構造の歌が多いことを明らかにしたように、結題の歌の実例にあたって検討することが必要である(4)。

本章では、『俊頼髄脳』成立当時、まわして詠む方法がどのように実践されていたかを検証するにあたり、同書筆者であるところの俊頼の詠作を考察対象とする。俊頼自身の結題の詠み方を検討することにより、彼がまわして詠む詠法にどのように取り組んでいたかを解明し、その上で『俊頼髄脳』題詠論の稿者なりの解釈も提示してみたい。

一　『散木奇歌集』における結題

俊頼の詠作の中で、今回は『散木奇歌集』四季部の歌を対象とした。同部は六八四首の歌から成るが、そのうち題詠は七割に当たる約四八〇首であり(5)、そのほぼ半数が結題によるものである。約二四〇首ある結題の歌の中で、二文字題の歌は一四首、五文字以上の題の歌は一七首(6)、残りは三・四文字題の歌である。

俊頼が結題をどのように詠んでいたか、とりわけまわして詠む方法をどの程度実行しているのかを探るため、四季部の結題の歌すべてを取り上げ、題に詠まれた文字のどれをまわして詠み、どれをまわさず詠んでいるかを調査した。題の文字がまわして詠まれているか否かを判断するのは意外に難しい。例えば、「梅花落水」題の「落」の字を「ちりつもる」と詠んでいる場合や、「暁聞郭公」題の「暁」を「あけにけり」と詠んでいる場合、これらの文字はまわして詠まれていると見なすべきなのか、それとも直接的に詠まれていると見なすべきなのか。今回の調査では、これらの例は直接的に詠まれていると判断した。したがって、より厳密に文字の通りの表現以外はまわして詠んでいると考える立場に立てば、まわして詠まれている文字はもっと増えることが予想される。

以下に『散木奇歌集』四季部における結題の文字のうち、七割以上がまわして詠まれている文字及び七割以上があらわに詠まれている文字を、便宜上品詞別に掲げる。なお、文字の中には一例しか見られないものもあるが、一例のみでは傾向が探りにくいので、複数の用例がある文字のみ取り上げた。文字は、概ね音読みの五十音順に並べた。

〈七割以上がまわして詠まれている文字〉

○動詞―為・映・越・隔・翫・寄・見・残・照・随・対・帯・聞・満・眠・余・留

○形容詞・形容動詞―遠・閑・寒・深・明・涼・不乏(7)

○副詞―終夜・未

○名詞―客・暁・日・述懐・情・色・冬・納涼・望(8)・路

○名詞の中で特に位置を表すもの―下・後・上・前・中・底・辺

○助動詞―如

〈七割以上があらわに詠まれている文字〉

○動詞―待

○名詞―雨・雲・鶯・花（桜を含む）・霞・郭公(9)・関・款冬・雁・菊・瞿麦・蛍・月・紅葉・歳・山・時雨・萩・牆・織女・女郎花・水・雪・泉・草・草花・霜・池・庭・田・藤花・梅（梅花を含む）・晩・氷・風・卯花・霧・網代・野・葉・嵐・柳・露・鹿

以上の調査結果(10)から、明確な傾向が看取できる。動詞・形容詞・形容動詞・副詞・位置を表す名詞・助動詞はあらわに詠まれることは少なく、逆に位置を表す語を除いた名詞は直接的に詠まれることが多いのである。

まわして詠まれている文字については後述することにして、ここでは直接的に詠まれている文字に関して検討したい。

七割以上があらわに詠まれている名詞は、そのほとんどが単独で歌題になり得る文字（語句）であり、多くは結題の核となっている季題に相当する。[11] ちなみに、まわして詠んだ例もあらわに詠んだ例も七割に達していない文字の中で、単独で季題になり得るのは「春」「夏」「秋」という季節そのものを表す文字のみである。

一方、七割以上がまわして詠まれている名詞が十種あったが、「冬」以外に単独で季題になり得るのは「納涼」のみである。「納涼」は語の性格上、和歌にそのまま詠み込むことはほとんど不可能と言ってよく、今は除外して考えたい。すると、他の季題とは性質を異にする「春」「夏」「秋」「冬」を除くと、単独で季題になり得る文字は、すべて七割以上があらわに詠まれているということになる。

実は、季節の景物を表す文字がまわして詠まれている場合はごく稀にしかない。季題になり得る語のうち「鴬」「霞」「郭公」「款冬」「雁」「瞿麦」「蛍」「月」「時雨」「萩」「織女」「女郎花」「雪」「泉」「草花」「霜」「田」「藤花」「氷」「卯花」「霧」「網代」「嵐」「柳」「露」「鹿」は、そのすべての例において直接的に詠まれている。また季題というわけではないが、いわゆる天象・地儀に相当し、単独で歌題になる場合もある「雨」「雲」「関」「池」「庭」も、まわして詠まれた例は皆無である。四季部の結題においてこれらの文字は、多くの場合「雨中桜」「関霞」のように、季題に空間的あるいは状況上の限定を加える役割を担っている。

以上をまとめるならば、俊頼は結題の核となっている季題部分、及び季題に限定を加えている文字の中でも天象・地儀を表す文字は、まわさずあらわに詠む傾向があると指摘できる。

二　まわして詠まれる文字

続いて、まわして詠むことの多い文字を取り上げて検討する。

先に列挙した、まわして詠んだ例が七割を超える文字の中で、「上」「下」など位置を表す名詞は、他の品詞とは性格を異にするので、まずこれらの文字から見ていきたい。ここまで位置を表す文字についても「まわして詠む」という言い方を用いてきたが、これは正確ではない。「まわして詠む」とは、ある事物や概念を別の語を用いて間接的象徴的に表す方法と言える。「上」「下」など位置を表す文字の場合、

木末より風にもまるる花なればちりても池のなみぞをりける　（一二七・「池上落花」）

あづまぢのおいそのもりの花ならばかへらむことを忘れましやは　（八二・「花下忘帰」）

のように、まったく詠まれないのが普通なのである。

これに対して動詞・形容詞・形容動詞・副詞・助動詞及び幾つかの名詞は、まさしくまわして詠まれている。用例の少ない副詞・助動詞は検討対象から除外し、残る品詞について考察を加えたい。

最初に形容詞・形容動詞に相当する文字を取り上げたいが、これらは用例が一例しかないものも含め、ほとんどがまわして詠まれている。形容詞・形容動詞の文字がそのまま歌に含まれている例は次の四例のみである。

①卯の花のよそめなりけりをちこちにいつかは波のゐせきこえける　（二〇六・「遠見卯花」）

②とをちには夕だちすらし久かたのあまのかぐ山雲がくれゆく(12)　（三四四・「雲隔遠望」）

③山里はつもれる雪のふかさにやくれゆく年のほどをしるらん　（六六八・「雪与歳深」）

④風ふけばはすのうき葉に玉こえて涼しくなりぬ日ぐらしのこゑ　（三一二・「水風晩涼」）

①は、第三句に「をちこちに」とあるので「遠」の字がそのまま詠み込まれているかに見える。しかし第三句以下は、遠景の中のあちらこちらで卯の花が堰を越える白波のように見えるという情景を詠んだものであり、「遠」の題意はむしろ「よそめなりけり」の句にこそ表されていると見るべきである。したがって、「をち」の語は含んでいるが、題の「遠」の字はまわして詠まれていると見なすのが適当であろう。

②は、初句「とをちには」に「遠」が詠み込まれているが、ここは地名「十市」に「遠」が掛けられているのであって、「遠」をただそのまま詠んでいるのではない。「十市」「あまのかぐ山」といった具体的地名は、遠さを実感させるとともに当該歌の歌柄を大きくする役割を果たしており、「とをちには」と詠んだのはそうした効果を狙ってのことであろう。

③は「雪与歳深」という題であり、雪と年と両方の深さを詠むことが求められている。「雪のふかさ」と、単純に「深」の字が詠まれているのも、二種類の深さを詠まなければならないという題の性質によるのではないだろうか。

④は、「涼」の字がそのまま詠み込まれている例である。①〜③の例に比して、「涼」を「涼しく」と詠み表した意図は明確ではない。敢えて言えば、この歌は歌題の「水風晩涼」の「水」「晩」の文字をまわして詠んでおり、更に「涼」の文字まではまわして詠みにくかったということであろうか(13)。

以上のように、形容詞・形容動詞があらわに詠まれるのは相応の意図がある場合にほぼ限られており、俊頼にはこれらの文字は間接的象徴的に詠んだ方がよいとの認識があったと結論づけてよいかと思う。中田大成氏(14)が詳細に検討しているように、形容詞・形容動詞の文字は何らかの形で題の本意と関わっており、それゆえこれらの文字は象徴的に詠むことが志向されるのである。

続いて、動詞を表す文字を取り上げる。動詞を表す文字が、『散木奇歌集』四季部の結題においてどのような文法的役割を果たしているかを調査すると、ほとんどの場合は述語になっていることがわかる。「残花誰家」題の「残」のように連体修飾語となる場合もあるが、これは「残」の文字に限られており、他の文字ではすべてが述語として機能していると見られる。より詳しく見れば、「秋霧隔水」題の「隔」のように結題の核となっている季題部分（この場合は「秋霧」）を主語とする述語の場合と、「尋花越山」題の「尋」「越」のように詠歌主体を主語とする述語の場合とがあるが、いずれにしても題の本意と密接に関わってくるため、まわして詠まれやすいと言える。

そうは言っても、動詞を表す文字は形容詞・形容動詞の場合と比較すれば、あらわに詠まれることが多い。但し、あらわに詠まれた例の半数ほどは、然るべき理由を見出すことができるのである。

①春ぞとは霞にしるし鶯は花のありかをそことつげなん　（四四・「鶯告春」）

②卯の花のかきねばかりぞもろ友にかよふ心はへだてなければ　（二〇二・「卯花隔隣」）

①の歌では、春の到来は霞によって知られるので、鶯は花の在処を告げて欲しいと詠まれている。鶯が告げるものが歌題の「春」から「花のありか」へとずらされているのである。②でも、題は「卯花隔隣」であるが、詠歌内容の後半は互いに通う心に隔てがないというもので、「隔」の主体が歌題とずらされている。これらの例は、題の文字が歌に表れてはいるものの、その文字の用い方にずらしの手法が見られるのである。

③あづまぢのおいそのもりの花ならばかへらむことを忘れましやは　（八二・「花下忘帰」）

④あすか川ふちはこほりにとぢられていかでかせにもなりかはるべき　（六四八・「氷閉河水」）

③は、そもそも歌題自体が、

花下忘帰因美景　樽前勧酔是春風　（和漢朗詠集・春・春興・一八・白居易）

に拠るものである上、

わすれにし人をぞさらにあふみなるおいそのもりとおもひいでつる　（古今和歌六帖・五・おもひいづ・二八九三）

くらゐやままつはこだかくなりぬともおいそのもりをいかがわすれむ　（江帥集・一五九）

すずしさのおいそのもりの下なれど夏てふことぞわすられにける　（永久百首・樹涼・一六五・源忠房）

などのように、「思い出す」「忘れない」というイメージと結び付いていた歌枕「おいそのもり」を詠み込んでいる。歌枕による趣向を中心に据え、歌題の出典の詩句を生かしたため、「忘」「帰」の文字はそのまま詠まれたと考えられるのではないだろうか。

④にも典拠がある。

世中はなにかつねなるあすかがはきのふのふちぞけふはせになる　（古今集・雑下・九三三・読人しらず）

これを踏まえて、「淵は氷に閉ざされてしまい、古今歌にあるように瀬に変わることなどない」と趣向を凝らした点が一首の眼目になっており、それゆえ「閉」の文字をまわすことを考えなかったのであろう。

⑤郭公まつらさよひめたちゐしてひれふる里にこゑなをしみそ　（二三八・「待郭公」）

この場合は一目瞭然、「待つ」「松浦佐用姫」を掛けており、「まつ」と詠む必然性がある。

①〜⑤はいずれも動詞の文字をあらわに詠んだ理由が説明可能な例であった。こうした例が少なくないことから、動詞の文字は基本的にはまわして詠まれる傾向にあると指摘してよいであろう。

以上、『散木奇歌集』四季部を対象に検討を進めてきた結果、次のようなことが明らかになった。

一、「上」「中」「下」など位置を表す文字はほとんど詠まれることがない。

二、形容詞・形容動詞・動詞など題の本意と関わる文字は、間接的に表現される傾向にある。

三、題の核となっている季題部分や天象・地儀を表す文字は、直接的に表現される。

これらはかなり整然と区別されていたのであり、俊頼の結題詠には、どのような文字をまわして詠み、どのような文字をあらわに詠むか、一定の傾向が看取できるのである。俊頼は、彼自身が『俊頼髄脳』において示した「かならず詠むべき文字、かならずしも詠まざる文字、まはして心を詠むべき文字、さゝへてあらはに詠むべき文字あるを、よく心ゆべきなり」という言説を、自らの結題の詠作においても実践していると見なすことができよう。

三　「おほかた歌を詠まむには」の一節の解釈

最後に、『俊頼髄脳』の題詠について述べた一節の解釈を明示しなければならない。まず、冷泉家時雨亭文庫蔵「俊頼髄脳」(定家本)(15)の本文を、六段落に分けて掲げる。

A おほかた歌《うた》を詠《よ》まむには、題《だい》をよく心《こゝろ》得《ゆ》べきなり。
B 題《だい》の文字《もじ》は三文字四文字五文字あるを、かならず詠《よ》むべき文字、かならずしも詠《よ》まざる文字、まはして心を詠《よ》むべき文字、さゝへてあらはに詠《よ》むべき文字あるを、よく心得《ゆ》べきなり。
C 心をまはして詠《よ》むべき文字をあらはに詠《よ》みたる文字わろし。たゞあらはに詠《よ》むべき文字をまわして(ママ)詠《よ》みたるもくだけてわろし。
D かやうの事はならひつたふべきにもあらず。たゞ我心を得《え》てさとるべきなり。
E 題《だい》をも詠《よ》み、その事となからん折《おり》の歌は、思ばやすかりぬべき事なり。
F たとへば…(以下具体例)

周知のように『俊頼髄脳』は諸本間に多くの異文がある。適切な本文を決定しながら、段落ごとに解釈をしていきたい。

A段落は、題を心得ることの重要性を指摘しており、これから題詠について論じるという主題の提示に相当する。B段落ではまず、「五文字あるを、かならず詠《よ》むべき文字、かならずしも詠《よ》まざる文字」の部分が問題になる。紙幅の都合上、主要な異文のみを、私に濁点・句読点を付して掲げる。(16)

・三文字四文字五文字ある題もあるを、かならずよむべき文字、かならずしもよむべからざる文字
（内閣文庫蔵「俊秘抄」＝Ⅱ類(17)）

・三文字四文字五もんじあるだいもあるを、かならずよむべきもじ、かならずよまざるもじを
（宮内庁書陵部蔵「唯独自見抄」＝Ⅲ類）

・四文字若は五文字ある題もあるを、かならずよむべきじ、かならずよむべからざる文字
（彰考館文庫蔵「俊頼口傳集」＝Ⅳ類）

『俊頼髄脳』の伝本の一部を調査し得たに過ぎないが、重要な異同として①「五文字あるを」と「五文字ある題もあるを」、②「よまざる」と「よむべからざる」の対立があることがわかる。①は、管見の範囲ではⅠ類（定家本及び顕昭建久四年校合本）が「五文字あるを」、Ⅱ・Ⅲ・Ⅳ類が「五文字ある題もあるを」の形である。後者が本来の形であり、「ある」が二回用いられていることから目移りが起こり、「題もある」の誤脱が生じたのが「五文字あるを」の形だと考えると、理解はしやすい。すなわち、A段落からB段落の冒頭までは、「一般に、歌を詠もうとする際には、題をよく心得るべきである。題の文字は、三文字、四文字、五文字ある題もあるが」といった意味になるだろう。

②については、Ⅰ・Ⅲ類が「よまざる」、Ⅱ・Ⅳ類が「よむべからざる」の本文を有する。「かならずしもよまざる

文字」と「かならずしもよむべからざる文字」とでは意味上の差異は確かにあるものの、結果的に俊頼が言わんとした内容にさほど大きな違いはないと思われるので、ここではひとまず「かならずしもよまざる文字」の本文に拠ることとする。

さて、「かならず詠むべき文字」から「よく心得べきなり」までは、従来結題の文字を詠み方によって四種に分類したものと捉えられてきた。例えば田中正男氏[18]は、この部分をめぐって「俊頼は、四つの詠歌法を示している」と指摘し、日本古典文学全集『俊頼髄脳[19]』は当該箇所を「歌の中に詠み込むべき文字、必ずしも詠み込まなくともよい字、それとなく遠まわしに表現して意を表わす文字、確実明瞭に詠まねばならない文字と、区別があることをよく承知しなければならない」と訳す。こうした理解は既に鎌倉時代から見られ、『簸河上』は『俊頼髄脳』を引用した後に、「是等の趣を見るに、題に必ずよむべき文字といふは（中略）、必ずよむべからざる文字とは（中略）、まはして心をよむべき文字とは（中略）、さ、へてよむべき文字とあるは、必ずよむべき文字といふにこそは同じかるらめ」と記している。「必ずよむべき文字」「必ずよむべからざる文字」「まはして心をよむべき文字」それぞれについては具体例をあげて説明しているのに、「さ、へてよむべき文字」は「必ずよむべき文字といふにこそは同じかるらめ」と述べるのみなのである。題の文字には四種あるという認識で列挙しているものと思われるが、四つ目は一つ目と同じだというのは、どう考えてもおかしい。

今、便宜上「かならず詠むべき文字」をa、「かならずしも詠まざる文字」をb、「まはして心を詠むべき文字」をc、「さ、へてあらはに詠むべき文字」をdとしてみよう。従来の論は、a・b・c・dを並列的に捉え、題の文字には四種類あると解釈するものであった。しかしそうではなくて、abとcdは分けて考えるべきなのではないだろうか。つまり、「題の文字には、詠むか詠まないかという観点で分類すれば、必ず詠むべき文字と必ずしも詠まない文字がある。また間接的に詠むか直接的に詠むかという観点で言えば、まわして心を詠むべき文字とはっきりあらわに詠むべき文字とがある。これをよく心得るべきである」――このように解釈すべきなのではないだろうか。問題の箇所に続くC段落で、cとdのみを取り上げて対比させつつ説明を加えているのも、結題には四種の文字があるのではなく、cとdという対照的な性質を有する文字があるからなのである。[20]

続いてC段落の検討に移る。「あらはによみたる文字わろし」が「あらはによみたるもわろし」の誤りであることは明らかである。当該箇所における重大な異同は、第二文末尾にある。Ⅱ・Ⅲ類及びⅣ類の伝本の一部には、「くだけてわろくきこゆとぞふるき人まうしける」（内閣文庫蔵「俊秘抄」）などⅠ類にはない異文が見られる。これは後人の増補・改変とは考えにくく、この異文により『俊頼髄脳』の題詠論は俊頼自身が確立したものではなく、俊頼自身も先人の理論を聞き（読み）知ったに過ぎないことが判明するという、伊倉史人氏の指摘に従うべきであろう。[21]

D段落は、題の文字の詠み方に関して、人から教授されるものではなく、自分で得心、理解せよと述べたものである。

E段落には「なからむ」「なるらむ」の対立があるが、今井優氏[22]が指摘しているように「なからむ」が本来の本文であろう。俊頼は、題を与えられて歌を詠むこと、実際に歌を詠んでいる時と異なる季節の歌を詠むこと（換言すれば、眼前に存在しない景物を題として与えられて詠むこと）は、考えてみれば簡単なはずのことである、と述べているのではないだろうか。なぜ簡単なのか。それは季節ごとの詠むべき景物や、その景物のどのような有様をどのように詠むべきか（これを本意と言い換えることができるであろう）は、ほぼ定まっているからである。その具体例が、F段落に列挙されている。したがって、題の文字の詠み方に関して述べているBCD段落と、題詠全般に関わる根本的な考え方について述べ、題詠の具体例につながっていくE段落とは、区切って捉えるべきであろう。[23]

改めて『俊頼髄脳』の題詠論全体を振り返ってみよう。まずA段落で、題詠に関する基本的心得を述べる。続いて題の文字に関して、必ず詠むべき文字と必ず詠むわけではない文字、間接的に詠むべき文字と直接的に詠むべき文字があるという注意点をあげ、これらは自分で会得せよと結ぶ(24)。次に、題詠は難しくないと述べ、何をどう詠むとよいかという具体例を列挙した。

すなわち『俊頼髄脳』の題詠論は、基本的心得を提示した後、①題の文字ごとの詠み方に留意すべきである、②題詠は難しくないはずであり以下の具体例のように詠めばよい、という二つの提言から成っていると考えればよいのではないだろうか。

【補説】

本稿初出時は、第二節の最後で考察の結果を三点にわたって指摘した後に、次のように述べた。

これらはかなり整然と区別されていたのであり、どのような文字をまわして詠むべきで、どのような文字をあらわに詠むべきかという原則が、俊頼の中で明確に意識されていたことが窺える。

この点について、伊倉史人氏「『俊頼髄脳』の題詠論の両義性(25)」において批判を受けた。伊倉氏は、例えば「遠」の字をまわして詠んだとき、俊頼が意識してそうしていたのか、結果としてそうなったのかは誰にもわからないことであり、稿者が示した三点は、普段から体系的に意識されているものではなく、例えばこの文字はあらわに詠むべきか、まわすべきか問われたとき、あるいは自問したときに、初めて意識できる原則であろうと説く。確かに「明確に意識されていた」という表現は適切ではないので、「一定の傾向が看取できるのである」と改めた。

但し、他の歌人について同様の分析を行っても、程度の差こそあれ、同じ原則が導き出されるであろうし、このような分析からは個としての歌人の姿は浮かび上がってこないという批判に対しては、一言説明をしておきたい。本論は、『俊頼髄脳』成立当時のまわして詠む方法の具体的あり方を探ろうとしたものであるが、そのためには実作に当たっての検証が必要である。その検証材料として、まずは『俊頼髄脳』著者であるところの俊頼の歌をこそ取り上げるべきだと考えた。前章第二節で掲げた表からは、まわして詠む方法についての全体的な傾向が看取できると思うが、表からは数値としてしか知られないことを、具体例によって明らかにしようとしたのが本章である。

〔注〕

（1）本章における『俊頼髄脳』の引用は、冷泉家時雨亭文庫本（『冷泉家時雨亭叢書　俊頼髄脳』二〇〇八年　朝日新聞社）に拠り、私に濁点・句読点を付し、適宜漢字を宛てた。漢字を宛てた箇所はもとの仮名を振り仮名として残した。

（2）「『俊頼髄脳』の再検討―結題の詠歌方法をめぐって―」（有吉保氏編『和歌文学の伝統』一九九七年　角川書店）。なお本稿初出時には、『俊頼髄脳』の一節は題詠歌は簡単に詠めるという提言であるというのが錦氏論の結論であるかのような書き方をしたが、それは氏の御論の主旨ではない。錦氏論は、対象（歌題）を上句に出し、それに対するおのれの心を下句に開陳するというのが題詠の基本であること、俊頼の時代、まわして詠む詠法の一方で、そうした詠み方がなお盛んに行われていたことを示し、新古今時代までを見通しながら題詠のはらむ問題を解明しようとした論である。訂正の上、お詫び申し上げる。

（3）二一一ページ参照。

（4）本章では「二つ以上の事物や概念を結合させた題」を「結題」と称することとする。

（5）「大弐長実の亭にて歌合せんとしけるによめる」など題詠であることが推定できる詞書が付されていても、題が明記されていないものは除外した数値である。

（6）『俊頼髄脳』に「題の文字は三文字四文字五文字あるを」とあるが、証本の残る歌会・歌合において五文字乃至それ以上の文字数の結題が出題された例は稀である。しかし、『散木奇歌集』には「月前談往事」（五一〇）、「終夜聞落葉」（五九七）、「依月不忘秋」（六三六）などの歌題が見え、例はさほど多くないものの五文字題が実際に詠まれていたことがうかがえる。

（7）この場合「不乏」は二文字で形容詞的意味を有すると考えた。また「納涼」「郭公」なども一文字ずつに分けたのでは意味がないので、一つのまとまりと見なした。

（8）具体的には「雲隔遠望」「野望草滋」であり、動詞とも取れるがここでは名詞に含めた。

（9）「秋萩」「萩」など具体的な植物名をあげて「草花」を表している場合、「草花」があらわに詠み込まれていると見なした。

（10）ちなみに、複数の用例があるものの、まわして詠まれている場合・あらわに詠まれている場合いずれも七割に達していない文字として、以下のようなものがある。
往・家・夏・帰・驚・五月尽日・散・秋・宿・春・尋・誰・声・惜・朝・閉・暮・毎・夜・友・落・里・立・旅・恋

（11）「月」や「田」は季節を限定できるわけではないが、主に秋の景物として詠まれ、秋以外の場合でも「冬夜月」など季節の景物として詠まれているため、季題と捉えることができる。

（12）底本「すゝし」を阿波国文庫本・冷泉家時雨亭文庫本により改めた。

（13）もっとも、四文字題のうち三文字までをまわして詠んだ例も見受けられる。例えば「このはちる峰のあらしに夢さめて涙もよほす鹿のこゑかな」（四四八・「夜深聞鹿」）の歌では「夜」「深」「聞」の三文字が歌の表に詠み込まれていない。

（14）「題詠に於ける「まはして心を詠む」文字について」（『和歌文学研究』60　一九九〇年四月）

（15）本稿初出時には国立国会図書館蔵「俊頼髄脳」に拠っていたが、その後、国会図書館蔵本の祖本である冷泉家本が紹介されたので、本文を差し替えた。

（16）稿者が調査し得た伝本は以下の通り。分類は、伊倉史人氏による和歌文学会平成七年五月例会発表「『俊頼髄脳』の伝本

についての再検討—俊頼髄脳伝本考　続貂」に従う。Ⅰ類＝①冷泉家時雨亭文庫蔵「俊頼髄脳」、②国立国会図書館蔵「無名抄　俊頼」、③京都大学附属図書館蔵「无名抄　俊頼」、④静嘉堂文庫蔵「無名抄　俊頼」、⑤宮内庁書陵部蔵「無名抄　俊頼」、⑥久邇宮家旧蔵「無名抄」、Ⅱ類＝⑦東京大学国語国文学研究室蔵「俊頼口傳」、⑧酒田市立図書館光丘文庫蔵「俊秘鈔」、⑨東京大学附属図書館蔵「俊頼無名□」、⑩宮内庁書陵部蔵「俊秘抄」、⑪彰考館文庫蔵「俊秘鈔」、⑫内閣文庫蔵「俊秘鈔」（甲・乙）、⑬宮内庁書陵部蔵「俊頼無名抄」、⑭刈谷市立図書館村上文庫蔵「俊秘抄」、⑮東京大学附属図書館蔵「俊頼髄脳」、⑯国立国会図書館蔵「俊秘抄」、⑰岡山大学附属図書館池田文庫蔵「俊頼無名抄」、⑱関西大学図書館蔵「俊秘抄」、⑲神宮文庫蔵「俊頼無名抄」、⑳国文学研究資料館初雁文庫蔵「俊頼髄脳」、㉑京都大学文学研究科図書館蔵「俊頼卿口傳」、Ⅲ類＝㉒冷泉家時雨亭文庫蔵「唯獨自見集」、㉓島原図書館松平文庫蔵「唯獨自見抄」（題詠論に相当する部分を欠く）、Ⅳ類＝㉔静嘉堂文庫蔵「俊頼口傳集」、㉕彰考館文庫蔵「俊頼口傳」、㉖国文学研究資料館初雁文庫蔵「俊頼口傳集」、㉗静嘉堂文庫蔵岡本保孝書写手交本「俊頼口傳集」、㉘東京大学附属図書館蔵「俊頼無名抄」、㉙続々群書類従所収「俊頼口傳集」。

①㉒は冷泉家時雨亭叢書、②⑯は国立国会図書館所蔵マイクロフィルム、③⑱㉓はいずれも俊頼髄脳研究会編の『顕昭本俊頼髄脳』『関西大学図書館蔵　俊秘抄』『唯獨自見抄』、⑥は未刊国文資料『久迩宮家旧蔵俊頼無名抄の研究』、㉑は伊倉史人氏「京都大学文学研究科図書館蔵「俊頼卿口傳」解説・翻刻」（秋山虔氏編『平安文学史論考』二〇〇九年　武蔵野書院）、④㉔㉗は「静嘉堂文庫所蔵歌学集成」のマイクロフィルム、それ以外は国文学研究資料館所蔵マイクロフィルム乃至紙焼写真に拠る。なお、伊倉史人氏「『俊頼髄脳』の題詠論について」（『三田国文』24　一九九六年十二月）に、より行き届いた本文整理がある。以下、特に断らない限り、伊倉氏の論はこの論文による。

(17)　注（16）参照。

(18)　「題詠に於ける結題の隆盛とその詠歌法」（『國學院大学大学院文学研究科論集』5　一九七八年八月）

(19)　橋本不美男氏校注・訳、一九七二年、小学館。訳は新編日本古典文学全集でも同じ。

(20)　すべての文字がc・dいずれかに分類できるという意味ではない。

(21)　本稿初出時には当該箇所を「ふるき人」の言とするのは適切ではないとの立場であったが、この部分に関する伊倉氏の説は説得力があり従うべきと考えるに至り、記述を改めた。

(22)『古今風の起源と本質』後編第三章（一九八六年　和泉書院）。但し今井氏は「その事となからん折」を「特別な場の要請、作歌条件、制作意図のない場合」と解釈する。

(23) 今井氏注(22)も、「題をも詠み、その事となからん折の歌は、思ばやすかりぬべき事なり」をそれ以降の記述につなげて考えている。

(24)「納涼」のように、そのまま和歌に詠み込めない一部の題を除けば、素題には「かならずしも詠まざる文字」は含まれないのが普通なので、B～Dは結題を念頭に置いた論かと思われる。但し、素題の中でも「祝」などそのまま詠まない題もあり、俊頼がこうした題をも想定して「かならずしも詠まざる文字」と言っているのだとすれば、歌題全般に関する言説ということになろう。なお、俊頼は素題をまわして詠むこともあるが、まわして詠む方法を素題に用いることと、結題における文字の詠み方の一つとしてまわして詠む方法をあげることは矛盾しないと考える。

(25)『三田国文』28　一九九八年九月

【付記】

本書校正中に、錦仁氏「題詠論・続稿—結題の詠み方をめぐって—」、山田尚子氏「中国故事と和歌—結題の本説の方法をめぐって—」を収める錦仁氏編『中世詩歌の本質と連関』（二〇一二年　竹林舎）が刊行された。拙稿への指摘・言及を含め、数々の重要な知見が示されているが、本書ではそれを十分に取り上げることができなかった。

第三篇

平安後期・鎌倉初期の歌人と作品

第一章　『堀河百首』における万葉語摂取の様相

はじめに

院政期には、歌人たちの中で『万葉集』に対する関心が高まり、『堀河百首』には『万葉集』の表現が極めて積極的に取り入れられた。既に竹下豊氏の一連の論考(1)によって、『堀河百首』の『万葉集』摂取のあり方が様々な面から検証されている。

本章も『堀河百首』における万葉語(2)摂取の問題を検討するものだが、『堀河百首』の作者たちが『万葉集』からどのように歌語を選び取ったのか、その具体的様相を探ることを中心的課題とする。『堀河百首』作者は、どのような方法で万葉語を摂取したのか、どのように『万葉集』を利用したのか、そして彼らにとって『万葉集』とは如何なる意味をもつ文献であったのか――こうした問題を、『堀河百首』成立の場のあり方とも関連付けながら検討していきたい。

一　隣り合う万葉歌からの摂取

『万葉集』に限ることではないが、歌人が古歌に詠まれた歌語を自作に用いようとする際、自らの知識として記憶にある歌々の中から適当な作、適当な歌語を選び取る場合があろう。一方、その場で歌書を繙き相応しい歌語を見出そうとする場合もあるだろう。『堀河百首』の作者が万葉語を用いている時、目の前に『万葉集』そのものを置いていたであろうと推定できる例がある。

①夜もすがら滴の山にうらぶれて妻ととのふるさをしかのこゑ　（鹿・七〇九・藤原顕季）

この歌に詠まれた「うらぶれて」「妻ととのふる」という表現は、『万葉集』に並び配されている次の歌に拠るものと思われる。[3]

左男壮鹿之《サヲシカノ》　妻整登《ツマトトノフト》　鳴音之《ナクコヱノ》　将至極《イタラムカギリ》　靡芽子原《ナビケハギハラ》　（巻十・二一四二）

於君恋《キミニコヒ》　裏触居者《ウラブレヲレバ》　敷野之《シキノノノ》　秋芽子凌《アキハギシノギ》　左小壮鹿鳴裳《サヲシカナクモ》　（同・二一四三）

鴈来《カリハキヌ》　芽子者散跡《ハギハチリヌト》　左小壮鹿之《サヲシカノ》　鳴成音毛《ナクナルコヱモ》　裏触丹来《ウラブレニケリ》　（同・二一四四）

『万葉集』において「うらぶる」という動詞の用例は多く、『古今和歌六帖』にも『万葉集』と重複しない用例がある。しかし「妻ととのふ」は、『万葉集』二一四二番歌に詠まれて以来、『堀河百首』に至るまで用例が見出せず、長らく顧みられることのなかった歌語と思われる。顕季は、「鹿」題を詠出するにあたり、『万葉集』巻十「秋雑歌」中の「詠鹿鳴」歌群を参照し、隣り合う二首乃至三首の歌から歌語を選び取ったと考えたい。

②うさか川やそとものをのかがり火にまがふはさ夜の蛍なりけり　（蛍・四七一・藤原仲実）

「うさか川」「やそとものを」の語は、先の「妻とのふ」同様、『万葉集』以後『堀河百首』まで、現存資料の範囲では用例が見出せない。これら二つの歌語は、『万葉集』巻十七の「右件歌詞者、依春出挙巡行諸郡、当時当所属目作之、大伴宿祢家持」という左注を有する歌群の中に隣り合う、次の二首から取られたものであろう。

宇佐可河伯《ウサカガハ》　和多流瀬於保美《ワタルセオホミ》　許乃安我馬乃《コノアガウマノ》　安我枳乃美豆尓《アガキノミヅニ》　伎努努礼尓家里《キヌヽレニケリ》　（四〇二二）

＊初句―類聚古集は「うさ、かは」。元暦校本は「うさか、は」。広瀬本は「ウサ、カハ」。

売比河波能《メヒガハノ》　波夜伎瀬其等尓《ハヤキセゴトニ》　可我里佐之《カガリサシ》　夜蘇登毛乃乎波《ヤソトモノヲハ》　宇加波多知家里《ウカハタチケリ》　（四〇二三）

『万葉集』に「やそとものを」の用例は十二例あるが、多くは朝廷に仕える多くの部族の意で用いられている。四〇二三番歌の場合はやや特殊で、具体的には鵜飼に従事する人々を指していると思しい。「かがり」の語が共通することからも、仲実が「やそとものを」の語を詠んだ際に参考にしたのは四〇二三番歌と見てよかろう。

③かまくらやみこしがたけに雪きえてみなのせ川に水まさるなり　（川・一三八二・源顕仲）(4)

可麻久良乃《カマクラノ》　美胡之能佐吉能《ミゴシノサキノ》　伊波久叡乃《イハクエノ》　伎美我久由倍伎《キミガクユベキ》　己許呂波母多自《ココロハモタジ》　（巻十四・三三六五・相模国相聞往来歌）

麻可奈思美《マカナシミ》　佐祢尓和波由久《サネニワハユク》　可麻久良能《カマクラノ》　美奈能瀬河泊尓《ミナノセガハニ》　思保美都奈武賀《シホミツナムカ》　（同・三三六六・同）

＊第四句―類聚古集は「みなせのかはに」。元暦校本は「みなのきかはに」とし「き」に「せ」と傍記。広瀬本は西本願寺本に同じ。

これは地名の例であるが、「みごしのさき」「みなのせがは」共に『堀河百首』以前には『万葉集』の用例しか知られない。源顕仲歌の「みこしがたけ」は『万葉集』三三六五番歌の「みごしのさき」に変化を加えた地名であり、並び合う二首が参照されたと思われる。「川」題で具体的な川の名、それも詠み古されていない目新しい地名を詠もうとした顕仲は、『万葉集』の東歌に着目したのであろう。そして「みなのせがは」の語を取り入れ、すぐ前に配された同じ相模国歌に基づいて「みこしがたけ」という語を創案し、一首に纏めたのではなかろうか。

④うしとのみ人の心を見しま江の入江のまこも思ひみだれて　(恨・一二六五・藤原公実)

為妹《イモガタメ》　寿遺在《イノチノコセリ》　苅薦之《カリコモノ》　念乱而《オモヒミダレテ》　応死物乎《シヌベキモノヲ》　(巻十一・寄物陳思・二七六四)

吾妹子尓《ワギモコニ》　恋乍不有者《コヒツヽアラズハ》　苅薦之《カリコモノ》　思乱而《オモヒミダレテ》　可死鬼乎《シヌベキモノヲ》　(同・二七六五)

三嶋江之《ミシマエノ》　入江之薦乎《イリエノコモヲ》　苅尓社《カリニコソ》　吾乎婆公者《ワレヲバキミハ》　念有来《オモヒタリケレ》　(同・二七六六)

＊元暦校本はこの三首を欠く。

「みしま江の入江のまこも」は、既に源経信が詠んだ先行例がある。

みしま江のいり江のまこもあめふればいとどしほれてかる人もなし　(経信集・六五)

まして「思ひみだる」は珍しい語ではなく、三代集にも用例は多い。しかし、「入江のまこも」と「思ひみだる」を組み合わせた歌は、管見に入った範囲では公実歌が最も古い例となる。(5)　公実歌の着想は『万葉集』二七六四〜二七六六番歌に拠るものと考えてよいように思う。

以上四例に関して、一首の歌に『万葉集』の中で隣り合う複数の歌から歌語が取られていることが確認できた。歌人たちは、並び合う二首乃至三首をまとめて記憶していたのであろうか。そうではあるまい。詠歌の場において『万葉集』を手にし、同じ主題で詠まれた一連の歌に注目する、或いはある一首に目を留めたことにより隣の歌をも参考にする——このような行為が行われていたと見なすのが自然であろう。

二　複数の歌人による『万葉集』の同時利用

前節では、『堀河百首』作者が目の前に『万葉集』を置き、然るべき歌語を選び出している様を想定したが、これは集団的に行われた所為であるらしい。

『堀河百首』成立の背景に、作者らが共に歌を詠み、互いの歌を見せ合い論評し合うような「百首作歌研究会」とも言うべき場が存在したことは、既に定説となっていると言ってよかろう。竹下豊氏は、「「百首作歌研究会」のようなものが想定されるならば、『堀河百首』は、まさしく「堀河天皇歌壇の産物」そのものといってよいであろう。『堀河百首』全体を覆う『万葉集』への関心の高さも、このような背景を考慮すべきだと思う(6)」と述べ、鳥井千佳子氏は、同じ万葉歌に依拠した歌語が複数の歌に詠み込まれている例をあげ、「百首作歌研究会」の存在を具体的に論証している(7)。本節では、複数の歌人が『万葉集』を共に参照しながら同じ場で詠歌を行っている様を検証してみたい。

まず「七夕」題で詠まれた四首の歌から見ていこう。

①彦星のいそぎやすらん天の川やすのわたりに舟よばふなり　（五八二・源顕仲）
②わたし守ふなよどみすな(8)七夕のとしにあふ夜はただ今夜のみ　（五八三・仲実）
③ひこぼしの天の岩ふね船出してこよひや磯にいそ枕する　（五八六・藤原顕仲）

④あまの河浪たつなゆめ彦ぼしのつまむかへ舟きしによすなり　（五八七・藤原基俊）

傍線を付した歌語は、いずれも『万葉集』に見られる。

天漢《アマノガハ》　安渡丹《ヤスノワタリニ》　船浮而《フネウケテ》　秋立待等《アキタチマツト》　妹告与具《イモニツゲヨク》　（巻十・二〇〇〇）

直今夜《タダコヨヒ》　相有児等尓《アヒタルコラニ》　事問母《コトドヒモ》　未為而《イマダセズシテ》　左夜曽明二来《サヨゾアケニケル》　（巻十・二〇六〇）

吾等恋《ワガコフル》　丹穂面《ニノホノオモハ》　今夕母可《コヨヒモカ》　天漢原《アマノカハラニ》　石枕巻《イソマクラマク》　（巻十・二〇〇三）

牽牛《ヒコボシト》　与織女《タナバタツメト》　今夜相《コヨヒアハム》　天漢門尓《アマノカハトニ》　波立勿謹《ナミタツナユメ》　（巻十・二〇四〇）

年丹装《トシニヨソフ》　吾舟滂《ワガフネコガム》　天河《アマノガハ》　風者吹友《カゼハフクトモ》　浪立勿忌《ナミタツナユメ》　（巻十・二〇五八）

①から④の四首に詠まれた「やすのわたり」「ただ今夜」「いそ枕」「浪たつなゆめ」という表現は、すべて『万葉集』巻十、秋雑歌中の七夕歌群から取られているのである。四人の作者が個々別々に万葉歌を思い浮かべたり『万葉集』を参照したりしたと考えるより、同じ場で共に『万葉集』を繰りながら競作を行ったと見る方が自然ではなかろうか。

同様の例を、あと二組見ておきたい。

⑤二葉より朝たつ鹿はしがらめどまののむら萩花さきにけり　（萩・五九六・源師頼）

⑥あさ露にうつろひぬべしさを鹿のむね分にする秋萩の花　（同・六〇三・基俊）

棹壮鹿之《サヲシカノ》　朝立野辺乃《アサタツノヘノ》　秋芽子尓《アキハギニ》　玉跡見左右《タマトミルマデ》　置有白露《オケルシラツユ》　（巻八・一五九八・大伴家持）

狭尾壮鹿乃《サヲシカノ》　胸別尓可毛《ムネワケニカモ》　秋芽子乃《アキハギノ》　散過鶏類《チリスギニケル》　盛可毛行流《サカリカモイヌル》　（同・一五九九・同）

＊元暦校本はこの二首を欠く。

⑤師頼歌の「朝たつ鹿」という措辞は、『堀河百首』以前の用例は次にあげる藤原定頼の一首が知られるのみである。

秋の野にあさたつ鹿のねにたててなきぬばかりも恋ひらるるかな　（定頼集二類本・一四二）

師頼歌と家持の一五九八番歌が共に萩と鹿とを取り合わせていることを考慮するならば、師頼は家持の「棹壮鹿之朝立」という表現に基づいて「朝立つ鹿」と詠んだと考えるのが妥当であろう。「さを鹿のむね分（むな分）」の語は、前掲家持歌の他に『万葉集』にもう一例ある。

麻須良男乃《マスラヲノ》　欲妣多天思加婆《ヨビタテシカバ》　左乎之加能《サヲシカノ》　牟奈和気由加牟《ムナワケユカム》　安伎野波疑波良《アキノハギハラ》　（巻二十・四三二〇・家持／古今和歌六帖〈二・野・かり・一一六二〉にも入集）

＊類聚古集はこの歌を欠く。広瀬本は訓無し。

しかし、散り行く秋萩という情景の一致により、基俊が参照したのは『万葉集』一五九九番歌と思われる。一五九八・一五九九番歌は、一五九七番歌と合わせて「大伴宿祢家持秋歌三首」との題詞で括られている。「萩」題を詠むに当たり、師頼と基俊は同じ歌群に並ぶ歌の歌語を参考にしたのである。この場合も、師頼・基俊がたまたま隣り合う万葉歌から歌語を取ったと考えるより、同じ場で『万葉集』を見ていたと考えたい。少なくとも、「大伴宿祢家持秋歌三首」歌群に着目するという一方の行為に、他方が倣ったという影響関係は指摘できるであろう。

⑦しらぬりの鈴もゆららにいはせ野にあはせてぞみるましらふのたか　（鷹狩・一〇六一・顕季）

⑧ふる雪に友むれ烏しるべにておけどもみえずましろふのたか　（同・一〇六二・源顕仲）

⑨やかた尾のましろの鷹を引きすゑてうだのとだちを狩りくらしつる　（同・一〇六三・仲実）

⑩やかたをのしらふのたかを引きすゑてとだちの原を狩りくらしつる　（同・一〇六六・藤原顕仲）

これら「鷹狩」題の四首は、題詞に「詠二白太鷹一歌」とある大伴家持の長歌とその反歌を典拠とする歌語を詠み込んでいる。

安志比奇能《アシヒキノ》　山坂越而《ヤマサカコエテ》　（中略）　白塗之《シラヌリノ》　小鈴毛由良尓《コスヾモユラニ》　安波勢也里《アハセヤリ》　布里左気見都追《フリサケミツツ》　伊伎騰保流《イキドホル》
許己呂能宇知乎《ココロノウチヲ》　思延《オモヒノベ》　宇礼之備奈我良《ウレシビナガラ》　枕附《マクラヅク》　都麻屋之内尓《ツマヤノウチニ》　鳥座由比《トグラユヒ》　須恵弖曽我飼《スヱテゾワガカフ》　真白部乃多可《マシラフノタカ》
（巻十九・四一五四）

＊元暦校本は訓無し。

矢形尾乃《ヤカタヲノ》　麻之路能鷹乎《マシロノタカヲ》　屋戸尓須恵《ヤドニスヱ》　可伎奈泥見都追《カキナデミツツ》　飼久之余志毛《カハクシヨシモ》
（同・四一五五）

＊第二句―類聚古集・元暦校本は西本願寺本に同じ。広瀬本は「マロシロノタカヲ」。

⑨仲実歌と⑩藤原顕仲歌は極めて近似しており、一方が他方に倣ったのであろうことは間違いない。また⑧源顕仲歌の結句も、『万葉集』を見ずとも⑦顕季歌を参考にすれば詠めるものではある。しかし初二句も『万葉集』に拠っている⑦顕季歌が家持の四一五四番歌を典拠としていること、及び仲実と藤原顕仲のいずれかが四一五五番歌を参考にしていることは明白である。四人同時ではないにしても、複数の歌人が共に『万葉集』を見ている様を想定してよいのではなかろうか。

佐藤明浩氏は、『堀河百首』同様「百首作歌研究会」の存在が推測される『為忠家両度百首』に関する論考の中で、(9)複数の歌人が『堀河百首』や『俊頼髄脳』を前に、あれこれ議論しながら歌を詠み合っている様を想定している。同様に、『堀河百首』においても『万葉集』を囲んで複数の歌人による競作が行われた場を認めたいと思う。『堀河百首』の作者たちにとって『万葉集』は、創作意欲をかき立てられる歌語の宝庫だったのではないか。そしてその興味関心は、集団で共に歌を詠む中でより高まっていったのではないだろうか。

三　『類聚古集』が典拠である可能性

第一節で①としてあげた「鹿」題の歌、第二節で①～④としてあげた「七夕」題の歌の例からは、作者たちが『堀河百首』の歌題と同じ題材を扱った『万葉集』の歌群を参照し、適当な歌語を選び取っている様相が看取できた。このような参照の方法を取る場合、万葉歌を題材別に配列した類題集があればさぞかし便利なことであろう。万葉歌を歌体別に分け、更に題材別に分類した書として、藤原敦隆編の『類聚古集』の存在が知られる。『古来風体抄』に「あつたかと申し、もの、、部類して四季たてたる万葉集、あまた人のもとにもちたる本なり」[10]とあり、俊成の時代にはかなりの歌人が所持していたらしい。成立は敦隆が没した保安元年（一一二〇）以前とのみしか知られず、『堀河百首』の作者が『類聚古集』を見ることができたか否かは定かではない。ここで、第一・二節であげた万葉歌の例について、『類聚古集』が典拠である可能性はないのかどうか、一応検討しておきたい。

第一節の①にあげた二一四二～二一四四番の三首及び④にあげた二七六四～二七六六番の三首は、それぞれ『類聚古集』三・秋部及び七・草部に『万葉集』と同じ順序で並んでいる。したがって、仮に『堀河百首』作者が『類聚古集』を目にすることができていたなら、同書が参照された可能性もあることになる。

第一節②の四〇二二～四〇二三番の二首も、『類聚古集』に並んで配されるが、分類は七・鳥部の「鸕《う》」項である。一方、この二首の歌語を取って詠まれた仲実歌は「蛍」題であった。「蛍」題の歌を詠もうとして「鸕」の項を参照するというのは考えにくいのではないだろうか。

第一節③の三三六五～三三六六番の東歌は、『類聚古集』においても東歌の部に採られている。しかし三三六五番は坤儀部「石」項、三三六五番は水部「河」項で、歌番号にして二十番ほどの隔たりがある。この例も、『類聚古集』に拠っている可能性は低いように思う。

続いて、第二節で取り上げた万葉歌について見てみよう。最初にあげた「七夕」を主題とする五首の万葉歌の『類聚古集』における配列は、以下のようになっている。

『万葉集』巻十・二〇〇〇番→『類聚古集』三・秋部・五三二番
二〇〇三番→　同　右　五三五番
二〇四〇番→　同　右　五七二番
二〇六〇番→　同　右　五九二番
二〇五八番→『類聚古集』に不採録

『類聚古集』には採られていない二〇五八番の表現で、『堀河百首』作者が注目したのは、結句「浪立勿忌」であるが、同じ表現は二〇四〇番にも詠まれている。したがって、『堀河百首』五八七番歌「浪たつなゆめ」の句は二〇四〇番に拠ったものだとすれば、『類聚古集』を参照して詠まれた可能性も生じてくる。

次に『堀河百首』「萩」題の「朝たつ鹿」「さを鹿のむね分」の語の典拠と思われる『万葉集』一五九八・一五九九番歌であるが、これらは『類聚古集』三・秋部七〇七・七〇八番として配列されている。この場合も、『類聚古集』成立が『堀河百首』に先行するならば、『万葉集』『類聚古集』いずれを参照して歌語を取ったのか、決められないことになる。

しかし、第二節の最後にあげた家持の長歌と反歌（四一五四・四一五五番）は、歌を歌体ごとに分類している『類聚古集』では、長歌部と短歌部に分けて採られている。『堀河百首』「鷹狩」題の⑦〜⑩の歌は、『類聚古集』ではなく

『万葉集』に拠ったと見るべきであろう。

現在のところ、『堀河百首』と『類聚古集』の成立の先後は確定できない。しかし、たとえ『類聚古集』が『堀河百首』に先行していたとしても、『類聚古集』ではなく『万葉集』そのものに拠ったと判断すべき例があることがわかった。『堀河百首』の作者たちが目にしていたのは、やはり『万葉集』であったと考えたい。少なくとも第一節の②・③や第二節の「鷹狩」題の歌々は、直接『万葉集』から歌語を摂取した例と見てよかろう。

『堀河百首』で詠まれた万葉語の典拠を調査すると、『万葉集』巻十及び巻十一が他の巻々に比して飛び抜けて多く、巻十一の中では寄物陳思歌が多いことがわかる。但し、巻十・十一に注目したのは『堀河百首』作者だけではない。片桐洋一氏[11]は、万葉歌に由来し『古今集』撰者時代に流行した歌語について考察し、「これらに関連して注意すべきは、古今集撰者時代に流行した歌語の起点が、『万葉集』でも、巻十や巻十一に限られていることである」と指摘する。また、中西進氏編『古今六帖の万葉歌』[12]によれば、巻十から『古今和歌六帖』に採られた歌は類歌を含め三一七首、巻十一から採られた歌は三五四首であるという。『万葉集』から『古今和歌六帖』に採られた歌は全体で二〇六三首であるから、巻十・十一を典拠とする歌が三割を超えることになる。この両巻は確かに歌数も多いのだが、集全体の歌数に占める割合は二十三%ほどである。やはり他の巻に比して後代の歌人に注目されていると言える。新編日本古典文学全集『万葉集』巻十の解説は、三十六人集中の『赤人集』所収歌三五四首中二三二首までが『万葉集』巻十の歌であることを指摘した上で、「これは平安朝歌人達の万葉集への傾倒が、格別に分り易くかつ洗練された歌の並ぶこの巻に集中した証とも言えよう」と述べており、示唆的である。

但し『堀河百首』の場合、題詠であるがゆえの要因をも考える必要がある。例えば、「露」題で詠まれた

しら玉ぞ庭にはみてる道芝をしのにおしなみおける朝露　（七二七・仲実）

あさぢふにしのにおしなみおく露をまことの玉とおもはましかば　（七三一・基俊）

の「しのにおしなみ」という表現は、『万葉集』巻十・秋相聞の中の「寄露」歌群に入る

秋穂乎《アキノホヲ》　之努尓押靡《シノニオシナミ》　置露《オクツユノ》　消鴨死益《ケカモシナマシ》　恋乍不有者《コヒツヽアラズハ》　（二二五六）

＊広瀬本はこの歌を欠く。

に拠ったものであろう。また、

いざなみに今も又みんをみなへししなふのすがたあく時もなし　（六一五・女郎花・仲実）

の「いざなみに」は、次の歌から摂取したと思われる。

率尓《イザナミニ》　今毛欲見《イマモミテシカ》　秋芽子之《アキハギノ》　四搓二将有《シナヒニアラム》　妹之光儀乎《イモガスガタヲ》　（巻十・秋相聞・寄花・二二八四）

＊初句―類聚古集は西本願寺本に同じ。元暦校本は「たちまちに」。広瀬本はこの歌を欠く。

仲実歌の歌題は「女郎花」であり、『万葉集』の題詞と一致しているわけではないが、歌題に近似した題材を扱った歌が並ぶ「寄花」歌群から歌語を取っている。

巻十一は、巻十のように題材を表す題詞が付されているわけではないが、寄物陳思歌は山に寄せる恋の歌群、川に寄せる恋の歌群など、題材ごとに歌が並べられている。『堀河百首』作者は、巻十の場合と同じように、歌題と関係する題材の歌群に注目しているようである。

よもすがらあなし吹くなりなにはがた塩あしに浪の花やさくらむ　（寒蘆・九六六・源顕仲）

潮《シホ》葦《ミナトアシニ》　交在草《マジレルクサノ》　知草《シリクサノ》　人皆知《ヒトミナシリヌ》　吾裏念《ワガシタオモヒ》　（巻十一・二四六八）

＊初句―類聚古集は「しほあしに」。広瀬本は「シホアシニ」。元暦校本はこの歌を欠く。

おほゐ川みなわさかまく岩ぶちにたたむ筏の過ぎがたの世や　（川・一三八四・源俊頼）

是川《コノカハノ》　水阿和逆纒《ミナアワサカマキ》　行水《ユクミヅノ》　事不反《コトカヘサズソ》　思始為《オモヒソメテシ》《タリ》　（巻十一・二四三〇）

＊第二句―類聚古集は「みなわさかまき」。広瀬本は西本願寺本に同じ。元暦校本はこの歌を欠く。

「潮葦」の歌は草に寄せる恋を詠んだ歌群中に位置し、「是川」の歌は川に寄せる恋を詠んだ歌群中に位置する。源顕仲・俊頼の歌の歌題と、それぞれの万葉歌の位置する歌群の題材が対応しているのがわかる。

題材ごとに並ぶ和歌の多い巻十・十一は、詠もうとしている歌題にふさわしい歌語を選び取る際、まことに利用しやすい巻であったのだろう。『万葉集』がこのように利用されているという事実は、歌人たちがすべての万葉歌を題材ごとに分類する書を求めていたであろうことを想像させる。先に、『堀河百首』歌人たちは『類聚古集』ではなく『万葉集』に拠っていたであろうことを推定した。現時点では『類聚古集』と『堀河百首』の先後が必ずしも明確ではないために迂遠な考証をしたが、実は『類聚古集』の分類の方法は堀河百首題に示唆を受けているのではないかという指摘が夙に神堀忍氏によりなされている。(13) 神堀氏は、同じ論文の中で次のように述べている。

俊頼の萬葉集に対する態度をたどつてみれば、彼は萬葉集を熟読するのではなく、利用するといふ面で、萬葉の歌を便利に引くといふことに特に深い関心を寄せ強い要求をもつてゐたことが考へられる。といふよりも、同時代の歌人の中で、そこまで強い要求をもつてゐた人は、俊頼をおいては見当らぬのではなからうか。このやうに考へてくると、敦隆が上司としての俊頼の希望または要求に従つて、あの大部の類聚古集を類纂したといふことも考へられないではない。

俊頼と敦隆は、木工寮の長官・次官の関係である上に、俊頼は敦隆の女婿でもある。二人の密接な関係は当然考慮しなければならない。しかし『万葉集』を「便利に引く」ということに関心を寄せていたのは、俊頼に限ったことではあるまい。仮に『堀河百首』成立が『類聚古集』に先立つとすれば、『類聚古集』成立の背景には、『堀河百首』を詠む中で高まった万葉歌の類題集を求める声があったと想像できるのである。

四　語意の取り違え

ここまで、自作に取り入れるべき目新しい歌語を選び出す資料として、『堀河百首』作者が『万葉集』を活用している様子を検証してきた。『堀河百首』作者の関心は、万葉歌の歌風や一首全体の趣向よりも歌語にあったと言ってよかろう。無論、歌語のレベルに留まらない摂取の仕方をした歌も存在する。

　見るからに心もとけずいはしろの松をばたれか結び置きけん　（一三一二・松・河内）

この河内歌は、表現においては

　磐代之《イハシロノ》　野中尓立有《ノナカニタテル》　結松《ムスビマツ》　情毛不解《コヽロモトケズ》　古所念《ムカシオモヘバ》　（巻二・挽歌・一四四・長忌寸意吉麿）

に拠っているが、この歌だけではなく

　磐白乃《イハシロノ》　浜松之枝乎《ハママツガエヲ》　引結《ヒキムスビ》　真幸有者《マサキクアラバ》　亦還見武《マタカヘリミム》　（巻二・挽歌・一四一・有馬皇子）

など一連の有馬皇子関係歌群の内容を下敷きにしている。

こうした歌も確かにあるのだが、やはり主な関心は『万葉集』の歌語に向けられていたと言える。それゆえ、歌の内容を深く吟味しないままに一つの歌語のみを切り取ってきてしまう場合もあり、その結果、歌語の意味を取り違えている例も見られるのである。

①おほな子がくさかる岡のかるかやは下折れにけりしどろもどろに　（刈萱・六五一・基俊）

「おほな子」の語は、次の万葉歌から取られたものである。

日並皇子尊贈賜石川女郎御歌一首女郎字曰大名児也

大名児《オホナコヲ》　彼方野辺尓《ヲチカタノヘニ》　苅草乃《カルカヤノ》　束之間毛《ツカノアヒダモ》　吾忘目八《ワレワスレメヤ》(14)　（巻二・相聞・一一〇）

＊初句―類聚古集・元暦校本は「おほなこか」。広瀬本は「オホナコカ」。

第三句―類聚古集・元暦校本は「かるくさの」。広瀬本は「カルクサノ」。

題詞にあるように「大名児」とは石川郎女の字であり、一首の意味するところは「大名児のことを、彼方の野辺で刈っている萱の一束ではないが、束の間も私は忘れるものか」というものである。(15)初句は、序詞として機能する第二・三句をはさんで「束之間毛　吾忘目八」につながっていくのであり、「大名児」と野辺で草を刈る行為とは直接には関係しない。

ところが①の基俊歌において、「おほな子」は草を刈る主体となってしまっている。『和歌色葉』は、当該歌の注の中で「おほなごがとは草かる賤のをのこと也」と解説しており、『堀河院百首聞書』(16)や『堀川百首拾穂抄』も、『万葉集』一一〇番歌を引きながら『和歌色葉』と同様の解釈をしている。実際、基俊歌の「おほな子」は農夫とでも解するしかない。ちなみに、『堀河百首』作者でもある藤原仲実が著した『綺語抄』の「おほなこ」項には、「万葉云、女郎名也」との注とともに、『万葉集』から題詞抜きで歌のみがあげられている。また『八雲御抄』（巻三・人倫部）「子」項には、「おほなご　石川郎女字也。女郎也」という記述がある。

基俊自身は明らかに、草を刈る者というような意味で「おほな子」を捉えていた。仮に基俊が参照した『万葉集』の訓が、広瀬本などのように「おほなこが」の形であったとすれば、そのせいで誤認が生じたと推定できる。それでも「女郎字曰大名児也」という題詞に目を留め、かつ一首の意味を十分に吟味すれば、誤解は免れたのではないだろうか。基俊は、万葉歌の題詞は記憶していなかった、乃至は目にしていなかったのであり、「大名児」という見馴れない歌語にのみ注目するあまり、これを草を刈る主体と誤解したのであろう。

②ますげよき笠のかりてのわさみのを打ちきてのみや恋渡るべき　（初恋・一一二一・公実）

公実歌の上句は、二首の万葉歌を典拠としている。

真菅吉《マスケヨキ》　宗我乃河原尓《ソガノカハラニ》　鳴千鳥《ナクチドリ》　間無吾背子《マナシワガセコ》　吾恋者《ワガコフラクハ》《レシコフレバ》　（巻十二・三〇八七）

＊元暦校本は訓無し。

吾妹子之《ワギモコガ》　笠乃借手乃《カサノカリテノ》　和射見野尓《ワザミノニ》　吾者入跡《ワレハイリヌト》　妹尓告乞《イモニツゲコソ》　（巻十一・二七二二）

＊元暦校本はこの歌を欠く。

三〇八七番歌の「真菅吉」は、「曽我」に掛かる枕詞である。曽我川のほとりで良質の菅が取れたことから「曽我の河原」につながるとする説、『日本書紀』（推古二〇年）に見える歌謡、

蘇餓予《まそがよ》　蘇餓能古羅破《そがのこらは》　宇摩奈羅麼《うまならば》　譬武伽能古摩《ひむかのこま》　多智奈羅麼《たちならば》　勾礼能摩差比《くれのまさひ》　宇倍之訶茂《うべしかも》　蘇餓能古羅烏《そがのこらを》　於朋枳瀰能《おほきみの》　菟伽破須羅志枳《つかはすらしき》

との関連を想定する説などがある。

二七二二番に詠まれた「和射見野」は、岐阜県不破郡関ヶ原町関ヶ原付近の野で、『万葉集』にはもう一例、

和射美能《ワザミノ》　嶺徃過而《ミネユキスギテ》　零雪乃《フルユキノ》　猒毛無跡《ウトミモナシト》　白其児尓《マウセソノコニ》　（巻十・二三四八）

＊初句―類聚古集は訓無し。元暦校本は「わさみのや」。広瀬本はこの歌を欠く。

という詠もある。

一方公実歌では、「ますげよき」「わさみの」[18]とも万葉歌とは違った意味で用いられている。公実歌の「ますげよき」は「真菅良き」の意で、実質的な意味を伴った修飾句である。「笠のかりて」とは笠の中央、頭に接する部分にある緒を通すための輪で、「笠のかりての」は「わ」を導く序詞。これは万葉歌と同様である。しかし「わさみのを打ちきて」と続くことから、「わさみの」は地名ではなく蓑の一種と解する他ない。[19]古注によれば、初秋に生えた草で作った蓑（陽明文庫古注）、賤しい者が着る蓑（堀河院百首抄出）、若い菅で作った蓑（堀河百首肝要抄）など諸説あり、実体はよくわからない。「打ちきて」は「打ち着て」「打ち来て」を掛け、上句全体が「打ち来て」を導く序詞として機能する。一首の意味は「良い菅で編んだ笠のかりての輪の「わ」ではないが、わさ蓑を着ているように、訪れて来ているばかりで、ずっと逢えぬまま恋し続けなければならないのだろうか」といったところであろう。

公実が「ますげよき」を枕詞と取らなかった理由の一つとして、当時「真菅」「真菅の笠」が独立した歌語として歌人の注目を集め始めていたことがあげられよう。

ますげおふるのざはのをだをうちかへしたねまきてけりしめはへてみゆ　（津守国基集・一四）

さみだれにますげのかさもくちぬべしたまゆらかわくほどしなければ　（従二位藤原親子歌合・一三・橘成元）

『堀河百首』にも、公実の前掲歌以外に

たび人のますげの笠やくちぬらんくろかみ山の五月雨の比　（五月雨・四三三・仲実）

かり金もはねしをるらんま菅生ふるいなさ細江にあまつつみせよ　（雁・六九六・俊頼）

物おもへばまのの真菅のすが枕たえぬ涙にくちやしぬらん　（思・一二三八・源顕仲）

の三例が見られる。

ちなみに、俊頼歌の「いなさ細江」は、

等保都安布美《トホツアフミ》　伊奈佐保曽江乃《イナサホソエノ》　水乎都久思《ミヲツクシ》　安礼乎多能米弖《アレヲタノメテ》　安佐麻之物能乎《アサマシモノヲ》

（万葉集・巻十四・三四二九・遠江国譬喩歌）

*元暦校本は訓無し。

に拠る歌語で、「あまつつみ」も万葉語である。

源顕仲歌の二・三句も、『万葉集』を典拠とする。

阿之我利乃《アシガリノ》　麻万能古須気乃《ママノコスゲノ》　須我麻久良《スガマクラ》　安是加麻可左武《アゼカマカサム》　許呂勢多麻久良《コロセタマクラ》

（巻十四・三三六九・相模国相聞歌）

*第二句—類聚古集は「まの、こすけの」。元暦校本は西本願寺本に同じ。広瀬本は「マノ、コスケノ」。

万葉歌には「ままのこすげ」あるいは「まののこすげ」とあるところ、顕仲は「まのの真菅」と詠んだ。これも、「真菅」という歌語への関心があったゆえのことであり、公実の思考と通底するものがあると思う。

院政期、万葉語への関心が高まっていた時期に、「真菅」の語は歌語として確立した。万葉歌における「真菅吉」は、一首全体の意味を十分に考えれば、枕詞であることは理解しやすい。しかし、公実は「真菅」という歌語に対する関心があったため、「真菅吉」を枕詞としてではなく実体を伴った植物の菅を表した語として捉えたのであろう。

「わさみの」についても検討しておこう。『新編国歌大観』で検索できる範囲では「わざみの」「わさみの」の用例は、『万葉集』の二例と『和歌式（孫姫式）』に人麻呂作として載る長歌の用例、そして『堀河百首』公実歌しかない。このうち地名でないのは公実歌のみである。

『堀河百首』の古注釈書以外の歌論書を調査してみると、『和歌童蒙抄』は資用部の中の「蓑」の項に当該万葉歌を載せる。「万葉十一に有。わざみのとよめり。つげこそとは、つげこせといふ詞也。そとせとは同言葉也」と注しており、地名とは認めていないようである。一方『奥義抄』『和歌色葉』『色葉和難集』では「わざみの」は地名と見なされている[20]。

公実がこれを蓑の名と取りなした要因の一つとして、序詞に対する志向を考えてよいのではないだろうか。『堀河百首』恋部は、序詞を用いた作が目立つ。公実も恋十首中半数の歌に序詞を使用している。注目すべきは、序詞に万葉語を詠み込んだ歌である。

あさでほすあづま乙女のかや筵敷きしのびても過す比かな　（不被知人恋・一一四四・俊頼[21]）

庭立《ニハニタツ》　麻手苅干《アサデカリホシ》　布慕《シキシノフ》　東女乎《アヅマヲトメヲ》　忘賜名《ワスレタマフナ》　（巻四・五二一・常陸娘子）

＊第四句―類聚古集は「あつまをむなを」。元暦校本は「あつまをんなを」。広瀬本は「アツマヲムナヲ」。

明けぬれば末にたままく梓弓かへるがへるぞ君はこひしき　（後朝恋・一一九〇・源顕仲）

安豆左由美《アヅサユミ》　須恵尓多麻末吉《スヱニタマママキ》　可久須酒曽《カクススゾ》　宿莫奈那里尓思《ネナナナリニシ》　於久乎可奴加奴《オクヲカヌカヌ》　（巻十四・三四八七）

与えられた歌題の題意を満たしているのは、公実・俊頼の歌では下句、源顕仲の歌では初句と下句であり、序詞は要になる語を導く役割を果たしていると言える。歌題にふさわしいキーワードを序詞を用いて導くというのは、とりわけ恋歌における題詠の方法として、比較的容易で確実なやり方と言えよう。しかも、序詞に如何なる表現を用いるかという点で独自性を発揮することができる。公実・俊頼・源顕仲の作は、言うまでもなく序詞に万葉語を用いたところに趣向がある。

かねてから関心のあった歌語「真菅」、そして「真菅」と容易に結びつく「笠のかりてのわさみの」という万葉表現、これを連ねて序詞として「蓑―打ち着て（打ち来て）」と続けようというのが、公実の発想であったのだろう。

さいごに

『堀河百首』作者はどのようにして『万葉集』の歌語を自作に取り入れていたのか、その具体的様相を探ることを中心に、考察を行ってきた。

彼らは、詠歌の場において『万葉集』を繙きつつ歌語を選び取ることがあり、その行為は複数の作者が集って集団的に行われる場合もあったことが明らかになった。無論、『堀河百首』中の万葉語のすべてが、『万葉集』を見ながら詠まれたわけではなかろう。『万葉集』に対する関心が高まる風潮の中で、彼らはそれなりの数の万葉歌を暗唱していたであろうし、万葉歌を採録した『古今和歌六帖』などの他文献に拠った場合もあるであろう。しかしながら、『万葉集』を囲んで複数の歌人が競作を行う様は、従来指摘されてきた「百首作歌研究会」の具体的な有り様の一面を示すものとして重視してよいと思う。稿者の調査の範囲では、同じ平安後期に成立した『永久百首』『為忠家両度百首』には、第一・二節で掲げたような例は見られなかった。『永久百首』『為忠家両度百首』でも『万葉集』の表現を摂取した歌は詠まれているが、これらの百首歌に比して『堀河百首』に万葉語が目立つのは、『万葉集』そのものがより活用されていたためだと思われるのである。

『万葉集』そのものを活用する中で、『堀河百首』作者は、万葉語を意味を誤解したまま自作に取り入れる場合があった。こうした事例があるのは、『堀河百首』作者が『万葉集』の歌風や一首全体の意味内容よりも一つ一つの歌語に注目する傾向があるためである。彼らは万葉歌の歌風に倣おうとしたのではなく、飽くまでも自分なりの関心に沿って歌語を選んでいるのであり、自分なりの趣向を凝らすために万葉語を詠み込んでいる。彼らにとって『万葉集』は、何よりも歌語の面で魅力に富んだ歌集だったと言えるのではなかろうか。

〔注〕

(1) 「堀河百首の自然―万葉集とのかかわりにおいて―」(片桐洋一氏編『王朝和歌の世界　自然感情と美意識』一九八四年　世界思想社)、「万葉表現の行方―「卯の花」に関して―」(『国語と国文学』68―8　一九九一年八月)、「『堀河百首』の歌ことばと和歌史的位置」(和歌文学会編『歌ことばの歴史』一九九八年　笠間書院)、「『堀河百首』の歌語をめぐって―その受容と展開―」(平安文学論究会編『講座　平安文学論究』第十七輯　二〇〇三年　風間書房)他→『堀河院御時百首の研究』(二〇〇四年　風間書房)。なお、源俊頼の万葉摂取に言及する論は関根慶子氏『中古私家集の研究』(一九六七年　風間書房)をはじめ数多く、近年の研究としては五月女肇志氏『藤原定家論』(二〇一一年　笠間書院)がある。

(2) 本章で「万葉語」という場合、『万葉集』に見られるが『堀河百首』以前の勅撰集に用例のない語を指すものとする。

(3) 『堀河百首』作者が目にしていた『万葉集』の訓を特定することは難しい。また次点本は元暦校本にしても広瀬本にしても、すべての歌の訓が知られるわけではない。本章ではひとまず西本願寺本により本文・訓をあげた。その上で『類聚古集』・『元暦校本万葉集』・広瀬本『万葉集』を参照し、問題としている語(傍線を付した語)の訓に異同がある場合は歌の後に明示した。広瀬本に見せ消ち等の訂正がある場合、訂正される前の本文を示した。

(4) この歌については竹下豊氏「『堀河百首』地名歌の一様相―堀河百首研究(四)―」(『女子大文学　国文篇』39　一九八八年三月)→『堀河院御時百首の研究』(前掲)にも言及がある。

(5) 但し、類似の発想が見られる先行例がある。

かりこもの思ひみだれて我こふといもしるらめや人しつげずは(古今集・恋一・四八五・読人しらず)

夜のほどにかりそめ人やしたりけん宿のまこものけさみだれたる(和泉式部続集・四八五)

(6) 「『堀河百首』の成立事情とその一性格―堀河百首研究(一)―」(『女子大文学』36　一九八五年三月)→『堀河院御時百首

の研究』（前掲）

（7）「『堀河百首』とその背景―周辺の歌学書との関連における―」（『中古文学』36　一九八六年三月）

（8）『新編国歌大観』に「ふなどよみ」とあるのを他本により改めた。

（9）「『為忠家両度百首』に関する考察―歌作の場の問題を中心に―」（『語文』57　一九九一年十月）

（10）引用は冷泉家時雨亭叢書所収俊成自筆本に拠る。

（11）『古今和歌集の研究』Ⅲ - 四（一九九一年　明治書院）

（12）一九六四年　武蔵野書院

（13）「藤原敦隆と類聚古集」（『島田教授古稀記念国文学論集』一九六〇年　関西大学国文学会）

（14）西本願寺本は「吾忘目八」の訓を「ワレススレメヤ」とするが、他本により改めた。

（15）伊藤博氏『万葉集釋注』（一九九五年　集英社）は、原文の初句「大名児」には「を」に相当する表記がないことから、「おほなこ」と読み「大名児よ」と呼びかけの意に解している。

（16）『堀河百首』の古注は、橋本不美男・滝沢貞夫氏著『校本　堀河院御時百首和歌とその研究　古注索引篇』（一九七七年笠間書院）に拠る。

（17）『堀河百首』成立の時点で、「おほな子」の語を含む和歌は『万葉集』一一〇番歌と基俊歌以外知られないが、万葉歌は『古今和歌六帖』に、
おほなか（ママ）のをちかたのべにかるかやのつかのあひだに我わすれめや（五・雑思・わすれず・二八八四）
の形で入集する。

（18）公実歌の場合もあるいは「わざみの」と濁音で読むべきかも知れないが、古注の中に「わさ」を「早稲」と解釈しているものがあることにより、一応「わさみの」と読んでおく。

（19）「すがるなくあたのおほ野をきてみればいまぞ萩はら錦おりける」（若狭守通宗朝臣女子達歌合・一〇・阿闍梨）のように、「地名+を+来」という表現もないわけではない。しかしその場合、ほとんどの例が「地名+を+来てみれば」の形である。「打ち着て・打ち来て」の掛詞や、「菅」「笠」「蓑」の縁語といった趣向を重視する立場からも、公実は地名ではな

く蓑の名として「わさみの」を詠んだと考えたい。

(20) 但し『和歌色葉』は、「かさにぬふすげをばよきをすぐりてわろきをばかりすつる也。そのすぐりすてたるすげにてつくりたる蓑をばわざみのといふ也。（中略）それをわざみのといふ野のあればそへよめり」という「或人」の説を紹介している。

(21) この歌については、竹下豊氏「俊頼と万葉集―万葉摂取歌の位相―」（和歌文学会編『論集　万葉集』一九八七年　笠間書院）→『堀河院御時百首の研究』（前掲）や五月女肇志氏注（1）著書に言及がある。

第二章　歌語「ちぎのかたそぎ」について

―長承三年九月十三日『中宮亮顕輔家歌合』基俊判をめぐって―

はじめに

長承三年（一一三四）九月十三日に催された『中宮亮顕輔家歌合』は、六条家藤原顕輔の主催によるもので、月・紅葉・恋の三題各十二番、計三十六番。当代の著名歌人を多数集めた歌合であると同時に、源俊頼が四年前に没し、歌壇の第一人者となった藤原基俊の詳細な判詞が残る点でも注目に値する。この歌合において、「恋」題七番として次のような歌が詠まれた。

左　　　　　　　　　　　　　　　　　　為忠朝臣

住吉のちぎの片そぎ我なれやあはぬものゆゑ年のへぬらん

右　　　　　　　　　　　　　　　　　　忠季

逢ふことをなのみたちゐて松浦川七瀬の淀のよどみがちなる

基俊の判は「左歌、一篇雖存風体、但、ちぎの二字頗近俗也、右歌にも、松浦河七瀬のよどとよめるはさせる本文侍る歟、鈴鹿川八十瀬とよめるなどがやうなる事のはべるにやあらん、未見及之間、以左為勝」というものであった。

為忠歌に詠み込まれ基俊に批判された「ちぎのかたそぎ」という語の用例は、為忠以前には

住よしのちぎのかたそぎゆきもあはで霜置きまよふ冬はきにけり　（堀河百首・霜・九二〇・源俊頼）

が知られるのみだが、後の例は少なくない。但し、歌語として成立・定着していく過程にはやや複雑な経緯があった。本章ではこの点に着目し考察を試みるとともに、基俊の加判態度の一端をも探ってみたい。

一　住吉神詠と歌語「ちぎのかたそぎ」の成立

前述のように、「ちぎのかたそぎ」の語を詠み込んだ歌として、現在知られる限りで最古のものは俊頼の詠であるが、その典拠に相当する歌は『俊頼髄脳』をはじめとする多くの歌学書に見える。煩を厭わず列挙すると、以下の如くである。

①『俊頼髄脳』

すみよしの神の御うた、

よやさむきころもやうすきかたそぎのゆきあはぬまよりしもやおくらむ

これはみやしろのとしつもりてあれにければ、みかどの御ゆめに、みせたてまつらせ給へるうたなり。かたそぎといへるは、神のやしろのむねにたかくさしいでたるきのなゝり。すみよしのみやしろは二のやしろのさしあひてあれば、その二のやしろのくちにたるよしをよませ給へるにや。かたそぎをかさゝぎとかける本もあるか、うたろんぎにたがへにあらそへることあり。かさゝぎといひては心もえず。

② 『綺語抄』

かさゝぎのゆきあはぬはね

　　よやさむきころもやうすきかさゝぎのゆきあはぬはねにしもやおくらん

　　　此歌事、神祇部にくはしくしるせり。みるべし。

③ 『和歌童蒙抄』

　　よや寒き衣やうすきかゝさぎのゆき合の間より霜やおくらん

むかし住吉の明神の天降給へりける時つくりたりける神殿の、年月多くつもりてあばれたりければ、其よしを帝にしらせ奉らんとて、彼明神の帝の御使に見せ奉り給へる歌なり。かささぎとはあやまてる也。かたそぎといふべき也。神のほくらのつまにかた(ママ)のやうにてたてたる木を云也。其木をばちぎといふ也。

④ 『奥義抄』

　　夜やさむき衣やうすきかさゝぎのゆきあひのまよりしもやおくらむ

此歌、歌論議と云ふものには、かささぎとはかきあやまてる也。かたそぎのゆきあはぬまよりとよむべきなり。是は住吉明神のやしろのあれたるよしをみかどに申し給ふとて御夢に見ゆる歌也とかけり。先達のことをうたがふは心得ぬ事なれど、いかがときこゆ。これはかささぎのはしをよめるにこそ。これは書に見えたる事なり。あまの河にかささぎといふ鳥の、はねをちがへてならびつらなりて橋となることのある也。これをかさゝぎの橋と云ふ。かさゝぎのよりばのはしなどもいへり。又詩にも烏鵲橋連〻浪往来すとつくれり。又忠峯歌云、

　　かさゝぎのわたせるはしのしものうへよはにふみわけことさらにこそ

又曾丹歌にも、

かさゝぎのちがふるはしのまどほにてへだつるなかにしもやおくらむ

とあり。かのはしそらにあるものなれば、そのはざまよりもるよしによめる也。それを男女のなかによそへてよめり。さればかささぎのゆきあひのまよりしもやおくらむとある、あやまりとも見えず。又かさゝぎならぬ鳥にもよめり。万葉集云、

そらをとぶかりのつばさのおほひばのいづこもりてかしものふるらむ

此歌論議は是ならずあやまりおほかる文也。

⑤『袋草子』

住吉御歌

夜や寒き衣やうすきかたそぎの行合のまより霜や置らむ

是は社破壊之由、奏二帝王一とて見レ夢歌也。

⑥『袖中抄』

夜やさむきころもやうすきかさゝぎのゆきあひの間より霜やおくらん

顕昭云、かささぎのゆきあひのまと云に付て二義有。一には鵲の橋を云也。一には鵲とはひが書也、かたそぎと云べし。問答抄号二歌論議一云、かさゝぎとは誤也。かたそぎと可レ云也。かたそぎと云は神のほくらのつまにかたなの様にたてる木也。又の名をばち木と云。然に此歌或人云、住吉明神天下給る時に作たる神殿の其後年月おほくつもりてあばれたる所多く有けり。其故をおほやけにしられ奉らんとて、彼の明神の帝の御夢にみせたてまつる歌也。（中略＝『奥義抄』の説を引用）私云、歌論議のかたそぎ、奥義抄の鵲共に謂なきにあらず。実にも住吉の社あれたるよしを帝の御夢にみせ奉り給御歌ならば、かたそぎ便あり。若又只人の男女のなからひのうたならば鵲

もくるしみあらじ。但住吉の造営より先のうたならばさもあるべし。又鵲の橋は七月七日こそ織女のわたり給料にわたすべきにてあれ、冬など霜の歌によむことはいかがと聞れど、かかる歌に付てよめるにや。只そらより霜のふるよしなるべし。又孫姫式云、銀漢烏鵲之会レ橋在二夜遊一而降二風霜一。

　夜やふくる衣やうすきかさゝぎのゆきあひの橋に霜やふりおける

今案に如レ此。或は鵲と云説に可レ付歟。又六帖歌にも、

　鵲のはねに霜ふりさむき夜をひとりやわがねん君まちかねて

　中空に君はなりなんかさゝぎの行あひの橋にあからめなせそ

今案に此後歌は七夕の心と聞たり。又かさゝぎの橋をば烏鵲橋と書り。それを近代の識者はからすとかさゝぎとくちばしをくひちがへたるやうにぞ画には書たりける。又或古物には、鵲のゆきあひのまとは暁の名也と云り。いはれず。

⑦『和歌色葉』

a　よや寒き衣やうすきかささぎのゆきあひのまより霜やおくらむ

天の河にかささぎといふ鳥の羽をちがへならべつらなりて橋となる事のある也。（中略）かの橋は空にあるものなれば、そのはざまよりもるよしによめる也。

b　すみよしのちぎのかたそぎゆきもあはで霜おきまよふ冬はきにけり

（中略）或人云、このかたそぎを、別て住吉の社によむ事は、かの明神の御宝殿あばれて、霜雪たまらざりければ、託宣して帝の御夢に申させ給とて、夜や寒き衣やうすきとよませ給へる御歌を、公任卿の歌論議に、かささぎにはあらず、かたそぎ也とかかれたるを本歌にて、俊頼朝臣この歌はよめる也。この条をば疑ひ申す人

多かり。かの御歌はかささぎのといふべし。かたそぎとはひが事也といへり。この義さもと聞ゆ。但しこの歌論議は三の舟にのれる才人の歌には殊にかうある先達の書なれば、仰ぎて信をとるべき也。

以上の諸書[1]の内、①・④・⑥・⑦bは「歌論議」の内容に言及しており、「かささぎのゆきあひのま」は誤りであり「かたそぎのゆきあはぬま」とするべきである、という同書の説の是非が問題の中心となっている。もっともすべての著者が「歌論議」を直接参照しているか否かは明確ではなく、先行する書からの孫引きの場合もあろう。但し、「歌論議と云ふものには」として具体的に引用している『奥義抄』、やはり引用の詳細な『袖中抄』の記述は、直接「歌論議」に拠るものと思われる。更に『袖中抄』に見られる『孫姫式』からの引用は、現存本には無い部分ながら、「歌論議」に先行するとおぼしき資料として重要である。

さて、「夜や寒き」の歌の問題箇所がどのように引用されているかによって各書を分類すると、以下のようになる。

かたそぎのゆきあはぬまより＝①
かたそぎの行合のまより＝⑤
かさゝぎのゆきあひのまより＝③・④・⑥・⑦
かさゝぎのゆきあはぬはねに＝②
かさゝぎのゆきあひの橋に＝⑥所引『孫姫式』

但し、③の『和歌童蒙抄』の解説は「かたそぎといふべき也」との結論であり、また⑦の『和歌色葉』はbの箇所においては「歌論議」の「かたそぎ」説を支持する立場に立つのである。

各々の説の論拠を見ると、「かたそぎ」説は住吉明神の託宣歌であるとする詠歌事情をあげ、一方の「かささぎ」説はいわゆる「烏鵲橋（鵲の橋）」を詠んだものとした上で、類想歌として壬生忠岑や曾禰好忠らの歌を引いている。

両者を比較するに、「かささぎ」とする歌の用例の方が「かたそぎ」の例よりも古い文献をあげることができ、最も古い形は「かささぎのゆきあひの橋」であると思われる。『袖中抄』に引用された『孫姫式』の記述に加え、『古今和歌六帖』・第六「かささぎ」項にも、

よやさむきころもやうすきかささぎのゆきあひのはしに霜やおくらん（四四八九番）

が見える。(2) また本来鵲の橋は、七夕の夜に鵲が天の川に橋をかけ織女を渡すという『白孔六帖』の古伝説に基づくものであるが、霜との結び付きは早くから見られる。『奥義抄』に引かれている忠岑歌（『大和物語』第一二五段に拠る）や好忠歌以外にも、『百人一首』にも入りよく知られた

かささぎのわたせる橋におくしものしろきをみれば夜ぞふけにける
（新古今集・冬・六二〇・大伴家持／家持集・二六八）(3)

があり、

かささぎの雲のかけはし秋くれて夜はには霜やさえわたるらん
（新古今集・秋下・五二二・寂蓮）

など、その結び付きは中世まで継承されているのである。この発想の源泉は、『奥義抄』等にも引かれる万葉歌

天飛也《アマトブヤ》　鴈之翅乃《カリノツバサノ》　覆羽之《オホヒバノ》　何処漏香《イヅコモリテカ》　霜之零異牟《シモノフリケム》
（巻十・秋雑歌・二二三八）

＊初二句―類聚古集は「そらとふやかりのつはさの」。元暦校本は「そらをとふかりのうはゝ」とし「うはゝ」に「ツハサノ」と傍記。
第五句―類聚古集は「しものふるらん」。元暦校本は西本願寺本に同じ。広瀬本はこの歌を欠く。

の辺りにあると考えてよいのであろう。天を覆う雁の羽の隙間から霜が降るとの発想に、鵲の橋の伝承が結び付き、「かささぎのゆきあひの橋に霜や置くらむ」と詠まれ、「ゆきあはぬはねに」「ゆきあひのまより」といった本文が派生したのであろう。

このように考えるならば、七夕の一夜限りのものであるはずの鵲の橋が、その時間設定を超越して霜と詠み合わせられるのも自然に理解できる。しかしながら鵲の橋が本来織姫や牽牛を渡すものである以上、この場合の「ゆきあひ」の語にも、鵲が羽を交差させているという意味と共に男女が行き会うイメージが内包されていると解釈するのが適当であろう。(4)

さて一方、問題箇所を「かたそぎのゆきあひのま」とする文献は、現在知られる限り、藤原公任著とされる「歌論議」を遡るものはない。『新古今集』には

夜やさむき衣やうすきかたそぎのゆきあひのまより霜やおくらむ　（神祇・一八五五・左注「住吉御歌となん」）

の形で入集し、同集仮名序には「すみよしの神はかたそぎのことばをのこし」の一節もある。この時期には住吉明神託宣歌の伝承が定着していることがうかがえる。ちなみにこの歌の場合、解釈に際して鵲の橋のイメージを重ねる必要は無く、したがって「ゆきあひ」は物が交差している部分を意味する語としてのみとらえればよいであろう。

以上のように検討した結果、「夜やさむき」の歌の変化（改作）の経緯としては、

A 夜やさむき衣やうすきかささぎのゆきあひの橋に霜や置くらん

↓

B 夜やさむき衣やうすきかたそぎのゆきあひの間より霜や置くらん

という形が推測できるであろう。『袋草子注釈』(5)における「「かささぎ」を「かたそぎ」とよみかえて、社殿の荒れたのを憂えた神官が、神に託して詠んだ歌と思われる」との指摘通りと思われる。

この改作は「歌論議」成立以前に行われており、同書はAの形を「あやまてる也」とまで断じた。更に俊頼はBの形に基づいて『堀河百首』「霜」題で「住吉のちぎのかたそぎ」の歌を詠み、ここにおいて歌語「ちぎのかたそぎ」

は成立したと言える。後述するように、「ちぎのかたそぎ」の語を用いた歌の多くはB歌及び俊頼歌を踏まえているのである。

しかしながら、A歌もB歌によって直ちに抹消されたわけではなく、A歌の影響下に成る詠が残る事実は看過できない。『奥義抄』等に引かれる好忠歌の他に、

いかがせむしもだにさむきかささぎのゆきあひのまよりゆきふりにけり　（万代集・冬・一四六一・藤原重家）

もA歌を踏まえている。但しこうした例は少なく、「鵲の橋」と「ゆきあひ」を詠み合わせた例のほとんどは七夕の歌でA歌の情景とは異なり、また「鵲の橋」「霜」が詠み合わされた例は、

ふかきよのくもゐの月やさえぬらんしもにわたせるかささぎのはし　（続古今集・冬・六一六・順徳院）

冬の夜は霜をかさねてかささぎのわたせる橋に氷る月影　（続後拾遺集・冬・四五二・藤原為氏）

の如く、A歌よりもむしろ家持歌とされる「かささぎのわたせるはしに」の歌の系譜に連なるものなのである。B歌に基づき「ちぎのかたそぎ」という歌語が成立し用例が増す中で、『袖中抄』『和歌色葉』など鎌倉期成立の歌学書にA歌が残るのにもかかわらず、実作上はA歌の影は薄くなっていったと言えよう。

二　後代の「ちぎのかたそぎ」詠

前節では歌語「ちぎのかたそぎ」の成立の過程を考察したが、その後どのように和歌に詠み込まれていったのであろうか。長承三年『顕輔家歌合』の段階では俊頼歌しか先行例のなかったこの語も、以後は多数の用例を検索することができる。ここではまず、勅撰集及び『新葉集』入集歌を詠歌年次順にあげてみる。

百首歌中に霜を

①住吉のちぎのかたそぎゆきもあはで霜おきまどふ冬はきにけり（新後拾遺集[6]・冬・四八四・俊頼）

こひのうたよみ侍りけるに

②すみよしのち木のかたそぎ我なれやあはぬものゆゑ年のへぬらむ（新勅撰集・恋二・七四一・為忠）

崇徳院に百首歌たてまつりける時

③わがこひはちぎのかたそぎかたくのみゆきあはでとしのつもりぬるかな（新古今集・恋二・一一一四・藤原公能）

（神祇歌の中に）

④久方のあまのつゆじもいくよへぬみもすそがはのちぎのかたそぎ（続後撰集・神祇・五四二・後鳥羽院）

内大臣に侍りける時の百首に、名所恋を

⑤すみよしのちぎのかたそぎとしをへてまだゆきあひもしらぬこひかな（続古今集・恋二・一〇八五・藤原道家）

百首御歌中に

⑥ゆきあはん程をばしらず住吉のまつのたえまのちぎのかたそぎ（新拾遺集・恋三・一一一〇・土御門院）

熊野新宮にてよみ侍りける

⑦あまくだる神やねがひをみつしほのみなとにちかきちぎのかたそぎ（玉葉集・神祇・二七九〇・中原師光）

（題しらず）

⑧これやこのあまてる神の天地をまもるしるしのちぎのかたそぎ（新千載集・神祇・九五八・度合常昌）

貞和二年百首歌めされし時

⑨君が代に行あひの霜の年ふりて千たびもつくれちぎのかたそぎ（同・九九二・尊円法親王）

（恋の歌中に）

⑩わがいのるちぎのかたそぎかたからば行あひのまの名をもたのまじ　（新葉集・恋二・七七八・読人しらず）

ここで「ちぎのかたそぎ」の詠まれ方の検討に入る前に、まず『顕輔家歌合』での為忠歌が『新勅撰集』に入集している点に注目しておきたい。為忠の勅撰集入集数は、『金葉集』『千載集』『新古今集』『新勅撰集』各一首、『新続古今集』四首、計八首であるが、第一篇第一章注（9）で述べたように、『新続古今集』の一首は他人詠と思われる。為忠作であることが明らかな勅撰入集歌は七首のみで、そのうちの一首が「ちぎのかたそぎ」詠ということになる。藤原定家は、為忠歌を勅撰集に採るに足る歌として認めていたのである。

更に言えば、俊頼・為忠の歌に続いて「ちぎのかたそぎ」を詠んだ『久安百首』の公能歌は、五人の撰者中の定家のみの撰により『新古今集』に入集している。(7) 父俊成の師であるところの基俊のみならず、後述のように俊成自身も「ちぎ」の語を批判したのであるが、定家はそれを認める立場であった。この事実は定家の時代になって「ちぎのかたそぎ」の用例が急増することと表裏一体の関係にあると言えるであろう。

それでは、歌語として定着していった「ちぎのかたそぎ」はどのように詠まれたのであろうか。続いてこの点を検討したい。

先に列挙した①から⑩までの勅撰集・『新葉集』入集歌の内⑦・⑧以外は、「夜やさむきころもやうすきかたそぎの」の歌、乃至はそれを典拠とする①の俊頼歌に拠っていることが明らかである。また全歌を部立別に分類してみると、四季歌＝①、恋歌＝②・③・⑤・⑥・⑩、神祇歌＝④・⑦・⑧・⑨となり、恋歌が最多である。大本にある「夜やさむき」の歌が住吉明神歌として伝承されているという経緯、及びこの語本来の意味に鑑みれば、「ちぎのかたそぎ」が神祇歌に詠まれるのは当然の成り行きと言える。やはり注目すべきは、恋歌の用例が神祇歌をも上回るという点であろう。

五首の恋歌では、住吉明神歌や俊頼歌に詠まれていた「霜」という景物は無くなり、「ゆきあひ（ゆきあふ・あふ）」の語に「（かたそぎの）行き合ひ」「（男女の）行き会ひ」の両義を掛ける点が一首の眼目となっているが、この発想によって「ちぎのかたそぎ」を恋歌に応用する方法は、為忠詠を嚆矢とする。また③・⑤で「としのつもりぬる」「としをへて」と詠んでいるのも、為忠詠を参考にしたものと推定することができる。但し為忠が俊頼詠に拠っているのはもちろん、以後の恋歌も、そのすべてが俊頼歌に倣って「ゆきあひ（ゆきあふ）」の語を用いている点から明らかなように、為忠詠と共に俊頼詠をも念頭に置いていると見るべきであろう。

さて勅撰集以外の用例も併せて調査すると、「ちぎのかたそぎ」の用例がいわゆる新古今時代の直前あたりから急増することが更に明白となる。先の引用と重複する歌を除いて、何首かをあげてみよう。

⑪ゆきもあはぬちぎのかたそぎもる月をしもとやかみのおもひますらむ

（嘉応二年十月九日住吉社歌合・二七・社頭月・十四番左・持・平経正）

〔俊成判＝左、すがたは優にみゆるをちぎといへること、あるところのうたあはせに、基俊のきみといひし判者にて、ゆるさずとぞいひて侍りし、をはりのくもいますこしおもふべくやとみゆ（以下略）〕

⑫すみよしのかみやしぐれをいとふらんちぎのかたそぎゆきもあはねば
やしろのほとりのしぐれ

（有房集・二四二）

出雲の大社にまうでて見侍りければ、あま雲たなびく山のなかばまでかたそぎの見えけるなむ、このよのことはおぼえざりける(8)

⑬和ぐる光や空にみちぬらん雲に分入るちぎのかたそぎ

（寂蓮集・三五四）

（題しらず）

⑭住吉のちぎのかたそぎこれのみやあはぬためしに年へぬるもの

（月詣集・四月附恋上・三七八・藤原隆房）

⑮すみよしの千木のかたそぎあはずしてひさしきためし我をよにみよ

（建仁元年八月三日和歌所影供歌合・一九二・久恋・六番右・持・宮内卿）

〔俊成判、判詞なし〕

（名所恋の心をよめる）

⑯すみよしの松とせしまに年もへぬちぎのかたそぎ行きあはずして

（金槐和歌集・四九三）

⑰はるかなりいく代か雲になれぬらんいづものみやのちぎのかたそぎ

（拾玉集・四五五四・百首題・高）

⑱霜まよふちぎのかたそぎあはでのみいく夜か袖に消えかへるらん

（嘉禎二年七月遠島御歌合・一二七・久恋・六十四番左・持・藤原友茂）

〔後鳥羽院判＝左右共にあしくはみえねば、可為持〕

⑲年つもるゆきあひの間にふる雪のかさねて見する千ぎのかたそぎ

（寛元四年十二月春日若宮社歌合・九・雪・五番左・卜部兼直）(9)

〔藤原知家判＝左歌、うるはしくことなる無失や侍らん（中略）千木のかたそぎは只今の景気めづらしくや侍るべき〕

これらの他、四季歌として『土御門院御集』一四六番、恋歌として『壬二集』二八七三番、神祇歌として『玄玉集』一六番（隆寛）・『万代集』一五四九番（行意）などの用例を検索することができる。

やはり恋歌の用例が最も多いのであるが、いずれも「ゆきあふ」「あふ」の語を否定語と共に用いている点で、俊頼・為忠詠と同様である。更には⑭・⑮・⑯・⑱に詠まれた、思う人と逢うことなく長い時間が経過するという内容もまた為忠以来のものである。「ちぎのかたそぎ」という歌語の恋歌における詠まれ方は、結局俊頼・為忠両人の歌の影響から大きく離れることなく、一定の型を踏襲していったのである。

また四季歌についても、行き合いの間から月光・時雨・雪が漏るとの内容であり、住吉明神歌及び俊頼歌を典拠とすると考えられる。ちなみに⑪・⑫における「ちぎのかたそぎ」は「社」の題意を満たすための歌句でもあり、⑲においても春日若宮社という歌合の場との関連でこの語が選び取られたと言えよう。

一方、神祇歌における「ちぎのかたそぎ」の語は、恋歌・四季歌とはやや趣を異にする。⑬・⑰共に出雲大社の千木を詠じたものであり、熊野新宮で詠まれた先の⑦が既にそうであったが、これらの歌の「ちぎのかたそぎ」には既に住吉明神のイメージは付随していない。伊勢神宮で詠まれた

かみぢやまたまがきごしに見わたせばすきまにたかきちぎのかたそぎ　（万代集・神祇・一五四九・行意）

も同様である。⑨のように住吉明神歌の影響下にある神祇歌もあるにはある。しかしながら、「ちぎのかたそぎ」は俊頼によって住吉社のイメージを含有する歌語として定位されたものの、神祇歌においては早くから住吉明神歌や俊頼歌の影響から離れ、社殿の装飾としての本来の語意のみでも用いられるようになったのである。特定のイメージを伴い歌語として成立した語が、やがてそのイメージを離れ本来の普通名詞としての意で用いられるようになったということであり、逆に言えば、特定のイメージと結び付いていたからこそ、和歌にはやや馴染みにくい語が歌語になり得た、と見ることも可能であろう。

以上、歌語「ちぎのかたそぎ」がどう詠まれたかを実作に即して検討してきたが、最後に歌合でのこの語に対する評価を見ておきたい。「ちぎのかたそぎ」に言及した歌合判詞として管見に入ったのは、『顕輔歌合』での基俊判以外

には⑪の俊成判、⑱の後鳥羽院判、⑲の知家判のみであり、この内「ちぎ」を認めていないのは、基俊とそれに倣った俊成である。

俊成の「ちぎ」に対する批判は具体性を欠き、基俊が認めなかったというのが理由のすべてであるように読み取れる。(10)ところで、嘉応二年『住吉社歌合』の「社頭月」題では、場所柄ゆえに⑪以外にも住吉明神・俊頼歌に拠って「かたそぎ」「ゆきあひ」「霜」の語を詠んだ歌が五首見られる。(11)その中の、

かたそぎのゆきあはぬまよりもる月はしもにしもをやおきかさぬらむ
（十八番右・持・藤原季定）

を俊成は、「しもにしもをやなどいへるすがたをかしくはみゆ、ただし、かたそぎのゆきあはぬことは、いまはしひてよむべからざるよしこころにおもふたまふるところあり」と評した。「よむべからざる」理由はここでは明らかにされていないが、『八雲御抄』（巻第三・枝葉部・権化部「神」項）に「すみよしのかたそぎゆきあはぬとよめる事は、俊成諫レ之。まことに本説、いまは不吉事歟」とあるのが俊成の意図を代弁したものなのであろう。とすれば、あるいは「ちぎ」に対する判詞も、基俊の「近俗」との評を踏襲したのみならず、本歌の内容まで念頭に置いた批判と考えられるのではないだろうか。

一方後鳥羽院と知家とは「ちぎ」の語を難じておらず、特に知家は「只今の景気めづらし」と称賛している。既に多くの先例もあり、かつては「近俗」とされた「ちぎのかたそぎ」も歌語として完全に定着していた上に、後鳥羽院・知家は、住吉明神歌に関する本説の内容を想起し、その不吉さゆえに避けるべき表現であると考えることはなかったのであろう。ここに、俊成と後鳥羽院・知家の和歌観の相違を看取することも、あながち見当違いではあるまい。

三　判者基俊の意図

ここまでの考察で歌語「ちぎのかたそぎ」の成立と定着の過程は明らかにできたと思うが、次に『顕輔家歌合』に立ち返り基俊判の意図に関して推論を提示してみたい。

多数の用例が生まれた新古今時代を経て「ちぎのかたそぎ」は批判の対象ではなくなっていったのであるが、先例が一首しか存在しなかった当歌合においては「ちぎ」を「近俗」とするのも当然の評価であったと言えるかも知れない。しかし為忠歌が俊頼歌の影響下にあることを考慮すると、基俊の批判の辞は俊頼詠にまで及んでいるようにも思える。確実な根拠とは言えないが、参考となりそうな事例を次にあげてみよう。

基俊判における「近俗」の評語は他に例が無いが、『顕輔家歌合』ではこれに近い「いやし」との評語が三箇所存在する（月・五番左・勝・藤原成通、紅葉・四番左・勝・藤原経忠、恋・八番左・勝・藤原忠兼）。この内問題にしたいのは成通・経忠の詠である。歌と判詞の一部をあげてみよう。

たとふべき方こそなけれ天の河月すみわたる有明の空（成通）

左、たとふべき方こそなけれなどいへるわたり、こと葉いやしくて歌合とも聞えはべらず

嵐吹く舟木の山のもみぢ葉は時雨の雨に色ぞこがるる（経忠）

左歌、詞かしこくさらへやりて侍れども、姿ぞ甚いやしく侍れ

まず成通詠で批判された「たとふべき方こそなけれ」であるが、この歌句を用いた先例として

たとふべきかたこそなけれ世中をゆめも久しやさめぬかぎりは（嘉言集・一七）

たとふべきかたこそなけれわぎもこがねくたれがみのあさがほのはな
（江帥集・四六八）

が検索できる。また経忠歌に先立つ類想歌として、

いかなればふなきの山のもみぢばのあきはすぐれどこがれざるらん
（後拾遺集・秋下・三四六・藤原通俊）

滝の上のみふねの山の紅葉葉はこがるるばかりなりにけるかな
（堀河百首・八六一・紅葉・隆源）

がある。「いやし」とされているのは、成通歌では「こと葉」、経忠歌では「姿」の違いがあるのだが、ここでは「いやし」と評された歌の表現・発想の先例に、大江匡房・隆源といった『堀河百首』作者の作がある点に注目したい。『堀河百首』作者の中でも歌人としての評価が高かった公実・匡房・顕季・俊頼らが既に没し、基俊の独歩の地位が固まったこの時期、自身も自らの地位や歌論に自信を強めていると思われる。『堀河百首』歌人の作に関連した歌への批判は、歌壇の第一人者たる基俊の自信の表れではないだろうか。為忠の「ちぎのかたそぎ」の歌も同様であり、一首しかない先例が俊頼のものである点が問題だったのではないか。もとより基俊が俊頼の和歌のすべてに対し否定的であったとは考えないが、俊頼が編み出した「ちぎのかたそぎ」なる歌語は基俊には受け入れられるものではなく、彼は為忠歌を通して俊頼歌をも批判していたと見ることができるのではないだろうか。(12)

さいごに

本論の目的は、「ちぎのかたそぎ」という語の和歌における用法を検討することにより、歌語の成立から定着に至る過程の一つの在り方を探ることであったが、その過程のごく初期に位置した歌合における判者基俊の新しい歌語に対する態度に注目し、その意図に関しても推論を述べた次第である。

『為忠家両度百首』などにうかがえるように、この時期、少なからぬ歌人の間に新奇なあるいは俗なる語を好んで和歌に取り込もうとする傾向があり、正雅を重んじる従来の和歌作品には見出せなかった語が次々と編み出された。「ちぎ」の語もまた、そうした新しい歌語の一つと言ってよかろう。それら新語の中には、「ちぎのかたそぎ」と同様新古今時代に盛んに詠まれた語もあり、そうした語に着目することにより定家らの新風和歌の一側面を明らかにすることも可能なのではないだろうか。

【付記】

本稿初出時には、後藤祥子氏「住吉社頭の霜—『源氏物語』「若菜下」社頭詠の史的位相—」（『源氏物語』とその受容』一九八四年　右文書院）が住吉明神歌を取り上げていることに気付かなかった。失礼の段、お詫びしたい。

後藤氏は当該論文において、『俊頼髄脳』『綺語抄』『和歌童蒙抄』『奥義抄』を引いた上で、問題の歌は本来鵲の橋を詠んだものであること、鳥の羽に霜が降るというのは風俗歌「鸛」にも見られる類型的発想であること、「歌論議」にあったとされる住吉の夢託説話の発生は十世紀末と考えてよいと思われることを指摘する。その上で、『中宮亮顕輔家歌合』の基俊判、それを承けた『住吉社歌合』の俊成判に言及し、「基俊や俊成が忌避しているのは、「千木」一語への語感ばかりではなくて、託宣説話に付会された歌、ないしは歌語りそのものに対する、清輔『奥義抄』が抱いたと同様な疑問があったからと思われる」と述べる。

本章第一節の大部分は後藤氏が既に明らかにした事実をなぞったようなものであるが、引いた例がより詳細であるという点に多少なりとも意味はあるかと考え、初出時とほぼ同内容のまま残すこととした。

〔注〕

（1）俊頼歌については、『色葉和難抄』にも『和歌色葉』と同様の言及がある。

（2）「かささぎのゆきあひのはし」の古い例として、他に「かささぎのゆきあひのはしにつきなれど猶わたすべき日こそとほけれ」（海人手古良集・二二）がある。同じ底本を用いる『私家集大成』は第三句を「つきなれて」とする。『新勅撰集』には第二・三句を「ゆきあひのはしのつきなれど」として採られている。

（3）但しこれが家持作とは考えられないことは周知の通りである。

（4）「ゆきあひ」に「（人と人が）行き会ひ」を掛けた早い例として、「人のもとにあきまかりて、よふけてかへりて、つとめていひやる」という詞書が付された「ふけしよのゆきあひのしもにうてしかどなどみにさむくあたらざりけむ」（伊勢集・二七六）がある。

（5）小沢正夫・後藤重郎・島津忠夫・樋口芳麻呂氏共著、一九七四年　塙書房

（6）『金葉集』中御門宣秀筆本にも入る（『新編国歌大観』金葉集・解七二番）。

（7）撰者名注記は、『新編国歌大観』解説に拠る。

（8）『新編国歌大観』（底本は宮内庁書陵部蔵本（五〇一・七二五））では「おぼえたりける」。他本により改めた。

（9）この番は勝負付が落ちているが、判詞の内容により左歌の勝は明らかである。

（10）この点に関して、安井重雄氏「俊成判詞「其時も老僧ゆるさず」について」（『和歌文学研究』87　二〇〇三年十二月）

↓『藤原俊成　判詞と歌語の研究』（二〇〇六年　笠間書院）に言及があり、こうした判者の名により規制を加えようとする判詞は、少なくとも建久期以前には俊成以外見られないことが指摘されている。

（11）本文中にあげた季定歌以外の四首は以下の通り。

すみよしのまつのゆきあひのひまよりも月さえぬればしもはおきけり（三番左・勝・俊恵）

すみよしのまつのゆきあひの月かげはくもまにいづるここちこそすれ（三番右・負・藤原実国）

かたそぎのゆきあはぬまよりもる月をさえぬしもとやかみは見るらむ（十番右・持・藤原修範）

しもならで月もるよひやかたそぎのゆきあはぬひまもかみはうれしき（二十五番右・持・前右大臣家佐）

(12)　ちなみに「近俗」と類似の語として「俗類にいでず」との評語が『奈良花林院歌合』（『平安朝歌合大成』第六巻所収乙本〈＝基俊判〉に拠る）に二箇所見える。その内の一つは「桜」題一番右の教縁の詠に対するものであるが、その歌

ちる花をさそふとみつる春風のうはのそらにもすてつけるかな

は、教縁の祖父に当たる俊頼が代詠したものであることが『散木奇歌集』によって知られる。基俊判はこの俊頼詠に対し「うはのそらにすててけるかなと侍る義并言俗類にいでず」と批判し負としているが、教縁と俊頼との関係を考えれば、基俊は俊頼詠と知りつつこう評したと判断すべきであろう。当該歌合は俊頼・基俊共判であり、俊頼判本では「ちる花を」の歌について「右歌、めづらしきふしみえず、ことなる難もなきにや」と評した上で「されど、ことのほかならぬかぎりは、左をかたすることなれば、以左為勝」としている。

第三章　「一品経和歌懐紙」論

はじめに

「一品経和歌懐紙」[1]は、法華経各品を題にして詠んだ一品経和歌と述懐題の歌の二首懐紙であり、著名歌人の真蹟を伝えるものとして、国文学・古筆学の両方面から注目されてきた。伝来の経緯を一瞥しておくと、藤原頼輔の方便品の懐紙をはじめとする十四葉は、もと南都興福寺一乗院に伝えられていたのが明治初め頃発見され、現在は京都国立博物館蔵となっている。一方これらと別の伝来経路をたどったものとして、藤原有家の信解品の懐紙一幅があり、更に小松茂美氏[2]により、玉田成章によって刊行された『耳比磨利帖』所収の平行盛の譬喩品の一葉が紹介されている。以上、合計十六葉が現存していることになるが、もともとは少なくとも二八品二八葉はあったわけで、半分近くが散佚してしまったということになる。本懐紙の成立の時期や契機について、現存のものからのみ推定するのは甚だ心許ない考察ではあるが、従来の説とやや異なる推定もできると考え、些かの私見を述べたいと思う。

一　従来の諸説

まず、「一品経和歌懐紙」についてこれまで発表された主な説を概観しておきたい[3]。最初に本懐紙の成立の時期については、懐紙の署名の官位記載が最も重要な根拠となるわけであるが、それ以外に、田村悦子氏、久曾神昇氏、神崎充晴氏らは、頼輔の述懐歌を収めている彼の家集を、成立時期推定の材料としている。

法性寺会、述懐

まちつけてはなみるはるのなかりせばをりにもあはでやみやしなまし

『頼輔集』雑部一二七番として収められたこの歌の前後を見ると、前の一二六番の歌は福原遷都後の還都の際、すなわち治承四年（一一八〇）年十一月二十六日の歌であり、次の一二八番の歌は寿永元年（一一八二）年四月十三日の頼輔の従三位叙位の翌日、すなわち四月十四日の歌と見られる。その間に位置することから、先の諸氏は、法性寺会の行われたのは治承四年十一月二十七日から寿永元年四月十三日の間であると推定している。しかしながら『頼輔集』の配列は厳密な年代順とは言えない。同集雑部は大まかに見て、賀・神祇・釈教・旅・哀傷・述懐など共通する主題の歌を集めた幾つかの歌群から成り、その歌群の中では時系列の配列とされているのかも知れないが[4]、何番から何番までが同一歌群なのか明確でない箇所もある。一二七番「まちつけて」歌の前は前述のように福原遷都後の還都の歌、一二八～一三一番は頼輔従三位叙位に際しての藤原実定・俊成との贈答となっている。一二六番歌と一二七番歌が同一歌群として配列されているか否かは明確にし難く、よって『頼輔集』の配列をもって歌の詠まれた時期を推定するのは、方法として適当ではないと考える。

次に、この懐紙が成立した契機であるが、これについては何びとかの追善供養のために詠まれたとする説が早くから提示されてきた。先に問題とした頼輔の述懐歌が、ある人物の不遇の人生を嘆く内容であると解釈する正木喜三郎氏、久曾神昇氏は、藤原兼実の姉、崇徳天皇中宮であった皇嘉門院聖子の追善のためと見なし、『玉葉』寿永元年正月二十三日条に、頼輔入道が皇嘉門院のために供養を行ったとの記事があるところから、本懐紙の成立もこの頃であろうと判断している。しかし、この説が根拠とする『玉葉』の記事の「頼輔入道」は、六条家藤原顕輔の子であり、大納言忠教の子で飛鳥井家の祖になる懐紙作者頼輔とは同名の別人である。更に、頼輔の述懐題の歌を、ある人物の不遇の人生を嘆じているとする解釈は、適当ではない。懐紙成立の契機を追善供養と見る説の一方で、田村悦子氏、井上宗雄氏らは個人追悼説に疑問を呈し、神崎充晴氏は結縁経供養後宴の席で執筆されたものとの見方を提示している。

以上のような諸説があるわけだが、本章では「一品経和歌懐紙」の作者は現在言われている十六人でよいのかどうか再度確認した上で、結縁衆の歌壇上の位置や相互関係、及び懐紙に書かれた和歌そのものの内容を重視しながら、この懐紙の成立の契機と時期を探って行きたいと考える。

二　結縁衆の歌壇上の位置と相互関係

まず、「一品経和歌懐紙」の作者の認定の問題であるが、一括されて伝来した十四葉と別経路で伝わった有家・行盛の懐紙が同一機会のものと認められている根拠は、懐紙の寸法が同一であること、一品経和歌と述懐歌の二首懐紙であることであり、その他の明確な根拠を示している論は管見に入っていない。しかしながら、懐紙は上下を断ち落としてあり、もともとの正確な大きさは不明である。また有吉保氏[5]によって平忠度の信解品に依る経理歌と述懐歌の二首懐紙が紹介され、井上宗雄氏[6]はこれに関して「一品経和歌懐紙と同じおりのものと見たいのはやまやまだが、忠度の詠んだ信解品は有家が詠んでおり、一連のものと見るのは難しいであろう。が、一品経和歌が「述懐」題と組み合わせられる、個人懐旧でない催しもあったのである」と述べている。個人懐旧でない催しがあったという指摘には賛成したいが、「一品経和歌懐紙」の信解品を担当したのは、忠度ではなく有家であったとする確証はないのではないだろうか。更に言えば、忠度懐紙の出現によって信解品の懐紙が二枚になり、一品経和歌と述懐の二首懐紙が作成された催しが、「一品経和歌懐紙」の他にもあった可能性が出て来たのであり、一括されて伝来してきた十四葉はともかく、それらとは別に伝わった有家・行盛の懐紙をも一連のものと断定するのは、性急に過ぎると言わざるを得ない。

そこで最初に、これまで作者と認定されて来た十六人に忠度も加え、歌壇における位置や交遊関係を見ておきたい。

まず、懐紙作者の中のある者が主催した歌合への、他の作者の参加状況は以下の通りである。

歌合主催者	成立時	懐紙作者中の出詠者
頼輔	嘉応元年	重保・広言
師光	治承二年以前	頼輔・寂蓮
隆親	治承二年以前	頼輔・広言
重保	治承二年三月（別雷社歌合）	頼輔・寂念・師光・寂蓮・勝命・広言・忠度

ここには、「一品経和歌懐紙」の成立以前に催されたことが明らかな歌合のみ掲げたが、その他先後関係未詳ではあ

るが、能盛・覚綱が重保の歌会に、広言が季能主催の歌合と宗円主催の歌合に、忠度が寂念主催の歌合に、それぞれ参加している。

また、頼輔・西行・師光・寂蓮の四人の家集には、他の懐紙作者との贈答歌が収められている。

家集	贈答の相手
頼輔集	寂蓮
山家集	寂念・寂蓮・勝命
師光集	季能・寂蓮・重保
寂蓮集	西行・頼輔・寂念

以上の材料から、現在判明している作者の内、多くが相互に接触をもっていたことがうかがえる。特に、十七人中重保を含めて八名が、重保主催の治承二年『別雷社歌合』に参加している点が目立つ。

それでは、他の作者との和歌の上での接触が見られない有家、兼覚、行盛の三名についてはどうか。まず有家について言えば、父重家が頼輔と大変親しかったことが、それぞれの家集からうかがえるし、二度にわたる重家主催の歌合には、頼輔、師光、寂念、勝命が参加している。また兼覚の兄季広は、歌林苑周辺で活動した歌人であると同時に九条家歌壇の一員であり、頼輔、寂念らと交流があったと考えられる。これに対し、行盛はさほど密接な関係が見出せない。

一方、作者の多くは重保と関わりが深かったわけであるが、これを寿永百首奉納と『月詣集』入集数の面から見たのが、後掲の表である。寿永百首については、谷山茂氏、森本元子氏、松野陽一氏、井上宗雄氏らの論(7)を参考にし、寿永百首家集奉納が明らかである人物には○印、奉納の可能性の高いと思われる人物には△印を付した。これらの人々を含め、懐紙作者は『月詣集』入集数が多いのが目立つ。比較のための『千載集』入集数、『月詣集』『千載集』それぞれの全歌数に占める各々の歌人の入集数の割合を示したが、作者すべてが『千載集』より『月詣集』の方の入集率が高いことがわかる。もちろん行盛、忠度ら平家歌人の場合、『月詣集』『千載集』への入集状況を単純に比較

〈表〉

	寿永百首家集	『月詣集』入集数	（割合）x／1076 × 100	『千載集』入集数	（割合）x／1290 × 100	右大臣家百首	『右大臣家歌合』（安元元年）	『右大臣家歌合』（治承三年）	『玉葉』登場回数
頼輔	○	16	1.49 %	5	0.39 %	○	○		42
行盛	△	7	0.65	0	0				4
有家		3	0.28	1	0.08				11
円位		18	1.67	18	1.40				0
季能		4	0.37	4	0.31				25
兼覚		2	0.19	2	0.16				2
寂念	△	6	0.56	1	0.08		○		0
師光	○	9	0.84	6	0.47			○	2
寂蓮	○	11	1.02	7	0.54	○		○	0
隆親		4	0.37	3	0.23				1
宗円		1	0.09	1	0.08				0
能盛		5	0.46	1	0.08				6
勝命	△	12	1.12	0	0				0
重保		23	2.14	7	0.54				3
覚綱	○	10	0.93	0	0				0
広言	○	7	0.65	5	0.39				0
忠度	○	13	1.21	(1)	(0.08)				7

することはできない。しかし概して言えば、「一品経和歌懐紙」の作者の大半は歌林苑・賀茂社歌壇と関係の深い歌人たちであるということが言えるのではないか。

では、小松茂美氏[8]などにより従来指摘されてきた、九条家との関係はどうだろうか。右大臣家百首に加わったことが知られている歌人は二人、安元元年・治承三年の『右大臣家歌合』にも、それぞれ二名ずつしか参加していない。その他、『玉葉』を手掛かりに調査しても、「一品経和歌懐紙」成立以前の九条家歌壇関係者は、頼輔・寂念・師光・寂蓮の四人のみである。また和歌行事以外の事跡も含めた、『玉葉』全巻中の登場回数を見ると、一度も名前の見えない歌人が七名いる。こうしてみると、確かに九条家歌壇周辺の人物が含まれてはいるが、兼実との直接の関係がほとんど見出せない歌人もいて、この催しに兼実が大きく関与していたとは考えにくい。

九条家歌壇の構成者と歌林苑周辺で活動していた歌人には多くの重なりがある。また、当代の主要な和歌行事は、若干の異動を含みながらもほぼ同じ顔ぶれによって成立しており、その出詠者の大部分に歌林苑への参加が見られることが、中村文氏[9]によって指摘されている。「一品経和歌懐紙」の催しは、互いに絡み合った歌林苑・賀茂社歌壇・九条家歌壇の人脈が生かされて、作者が集められたという推定ができるであろう。

ここで、有家・行盛・忠度の懐紙の存在をどう見るか、という問題に立ち戻ってみたい。懐紙作者間の相互関係や、『月詣集』、寿永百首奉納等々を指標として考えると、有家と行盛は、可能性はゼロではないにしても他の作者とやや関係が薄そうであり、逆に忠度は他の作者との共通点が多いと言える。やはり、有家と行盛の懐紙を他の十四葉と一連のものと即断することは危険なのではないだろうか。そもそもこの催しの全体像が明らかでないこと、あるいはこの時期が平家一門にとっては大変慌ただしい時期であったことなども考慮すると、三人いずれについても、決定的な判断はできかねる。結局慎重を期すため、現段階では、懐紙成立の契機や時期を推定する際には、一括して伝来してきた十四葉を基本に考察を進めることにする。

ところが、ここで更に検討を要する問題がある。それは早くから西行の真蹟として尊重されてきた「円位」の署名を有する懐紙についてである。現在まで、この懐紙の筆者円位が西行であることを疑った説は管見に入らず、稿者自身も、同時代の歌人に「円位」と名乗る同名異人がいないことから、これが西行の自筆懐紙であることは疑いないと考える。但しそのことによって、西行が頼輔らと共に一品経和歌の催しに加わったと考えるには、いくつか問題がある。

まず第一に、周知のごとく、西行は遅くとも治承四年（一一八〇）六月には伊勢に移住しており、文治二年（一一八六）に奥州に旅立つまでは伊勢に滞在している。「一品経和歌懐紙」の成立時期については後で詳しく考察するが、治承四年十二月を遡ることはなく、寿永元年（一一八二）六月から下ることはない。したがって、この催しが行われた時点で、西行が伊勢にいたことは疑う余地がない。この点に言及された論は少なく、その内飯島春敬氏[10]は、寂蓮の述懐題の作「たのむぞよあまついはとをわけきてもちりにひかりのかよふあはれは」及び重保の「人ごゝろあらちの山もゆきとけてはやたひらけくなしたまへ神」の内容を根拠として、この催しは神をまつる地である伊勢で開かれたと推定している。しかし、『頼輔集』の「法性寺会述懐」の詞書がある以上開催地を動かすことは不可能である。また佐佐木信綱氏[11]は、「円位のは消息によりて詠じしために、薬草喩品とのみ書きて、次の述懐は省きしものかとも考へらる」と述べている。消息により詠じたとすることの根拠が明らかではないが、おそらくは西行が伊勢にあることを考慮し、伊勢から消息をしたためたと考えたのであろう。「一品経和歌懐紙」の題の記し方は統一されていないが、これはこの当時懐紙の書式が確立されていなかったためと考えられ、書式の違いにより別の機会のものと断定することはできないのは確かである。

しかしながら、円位懐紙が他と異なっているのは、「述懐」という歌題が記されていないことだけではない。円位懐紙の二首を次に掲げてみよう。

薬草喩品

ふたつなくみつなきのりのあめなれどいつゝのうるひあまねかりけり

わたつうみのふかきちかひにたのみあればかのきしべにもわたらざらめや

このうち、二首目の歌について検討してみたい。

普門品、弘誓深如海

①わたつみのふかき誓はたのめども身には思ひの猶さらぬかな　（田多民治集・一九二）

誓《(ママ)》弘深如海

②わたつみのふかきちかひにすくはれてなにかうきよにしづみはつべき　（教長集・八四五）

（ほふもん）

③かぎりなくふかきちかひにわたつうみもあさくなりてぞたまをとりける　（殷富門院大輔集・二八〇）

普門品　弘誓深如海

④わたつうみのふかきちかひを頼む身はとづる氷のつみもあらじな　（正治後度百首・藤原範光・釈教・一五九）

方便品　如我昔所願今者已満足

⑤いにしへのふかきちかひにわたつ海ののりの船にも人をもらさじ　（建武三年住吉社法楽和歌・九六・足利尊氏）

詠普門品和歌

⑥ほどもなく際もしられぬわたつ海のふかきちかひの法ぞうれしき　（為世十三回忌和歌・一一七・宗尋）

弘誓深如海

⑦おのづからふかきちかひをわたつ海のちひろのそこにたとへてぞしる　（安撰集・釈教上・三九八・寛伊）

以上は、『新編国歌大観』所収歌の中で、「ふかきちかひ」と「わたつみ（わたつうみ）」の語を含む、円位懐紙の歌以外の例のすべてである。「ふかきちかひ」を詠む歌は二十六例（長歌を除き重複を整理した数）あるが、十四例が釈教歌関係、七例が神祇歌関係、その他が五例であり、また釈教歌関係十四例中、観世音菩薩普門品に基づいて詠んだ教理歌であることを明記したものが、①②④⑥⑦を含め六例ある。もう一つの例は、西行自身の作である。

普門品

弘誓深如海、歴劫不思議

⑧おしてるやふかきちかひのおほあみにひかれむことのたのもしきかな　（聞書集・一二六）

これらは『法華経』普門品の偈頌の一節に拠っていることが明記されているわけだが、円位懐紙二首目の歌は「わたつうみのふかきちかひ」と詠み、それを「たのむ」と言っている点、これらの歌と類想と言うことができよう。更に、

⑨観音深く頼むべし 弘誓の海に船うかべ 沈める衆生引き乗せて 菩薩の岸まで漕ぎ渡る（梁塵秘抄・一五八・普門品）

などは、当該歌とほぼ同内容と言ってよい。こうなると、当該歌は普門品「弘誓深如海」に基づいた教理歌と解釈せざるを得ないであろう。

そこで問題になるのが、懐紙第一首目の前におかれた「薬草喩品」という題である。二首並んだ和歌の前に題があれば、その題は二首両方に掛かるのが原則であるが、内容を見れば、一首目は薬草喩品の三草二木の喩を詠んでおり、二首目は明らかに普門品に基づいているわけで、矛盾が生じる。円位懐紙を仮に「一品経和歌懐紙」とは別のも

のと考えれば、その成立時期は未詳とせざるを得なくなるのだが、たとえ出家後ごく初期に詠まれたとしても、西行が「弘誓深如海」の句の所在を薬草喩品だと誤認したという可能性は小さいであろう。結局、なぜ「薬草喩品」の題のもとに、薬草喩品の歌と普門品の歌が並べられているのかは不明とするしかない。しかしながら円位懐紙が教理歌二首から成り、内容上他の「一品経和歌懐紙」とは大きく異なるという点は確認できた。

更に言えば、円位懐紙と他の懐紙とは、個性では説明しきれない程に筆致が大きく異なるという印象が否めない。円位懐紙のみ異色あるものだという点は、佐佐木信綱氏、田村悦子氏、春名好重氏も指摘している[12]。

円位懐紙は、発見された当初から他の懐紙と一括されており、大きさも揃っていたために、ほとんど疑いをさしはさまれずに一連の「一品経和歌懐紙」の一つと考えられてきた。しかし、たまたま頼輔らの「一品経和歌懐紙」と同じ場所にあったのが、一括されて一つに綴じ合わされ、そのまま伝承されたと考えることは可能であろう。また、先にも指摘したように、端が断ち落とされているため、大きさが揃っていることは確かな根拠にはなり得ない。以上のように考察してきた結果、円位懐紙を他の「一品経和歌懐紙」と一連のものと見ることに疑問を呈しておきたい。

三　成立の契機と時期

円位懐紙が別の機会のものだとすると、一括されていたからといって一連のものとは見られないということにもなるのだが、残り十三葉は内容的に問題はないので、以下円位懐紙を別にして、十三葉を対象に成立の契機と時期を推定してみたい。

まず成立の契機を考えるに当たり、各人の述懐題の歌を検討しておく。最初に、久曾神氏や正木氏により何びとかの不遇の人生を嘆じていると解釈されている頼輔の述懐の歌を見たい。

述懐

まちつけてはなみるはるのなかりせばをりにもあはでやみやしなまし　（実方集・三四〇）

「花見る春」の語を含む先行歌としては、以下のようなものがある。

堀河院御時殿上人あまたぐしてはな見にあるきけるに、仁わ寺に行宗朝臣ありときて、だんしやあるとたづねはべりければつかはすとてうへにかきつけける　源行宗朝臣

いくとせにわれなりぬらんもろ人のはな見るはるをよそにききつつ　（金葉集・雑上・五二二）

（さくらを）

なに事を人なみなみにおもはまし花みる春のなき世なりせば　（田多民治集・一六）

特に行宗歌は、実際の花見のことを言うのみでなく、官位の面で不遇であるという述懐性がこめられている。

はるくれどはなにしられぬむもれ木ははなみる人をよそにこそきけ　（実方集・三四〇）

の「花見る人」も同じく比喩的用法である。頼輔歌もまた同様で、「花見る春」は栄華・栄誉の象徴であり、「をりにもあはで」はそのような栄華に巡り会えないことを意味していると考えられる。また上の句「まちつけてはなみるはるのなかりせば」は仮定の条件句になっており、それと最後の「まし」が呼応しているので、全体は反実仮想の構造ととらえるべきである。念のため、「一品経和歌懐紙」の前後に成立した『詞花集』と『千載集』の所収歌の中で、「せば・や・まし」の構文になっている歌を検索し検討したところ、そのすべてが反実仮想と解釈すべき作であった。新日本古典文学大系『金葉和歌集　詞花和歌集』では、

なぐさむるかたもなくてややみなまし夢にも人のつれなかりせば

（詞花集・恋上・一九四・藤原公能）

について、工藤重矩氏が「…ややみなまし…せば」は類型構文の一つであると解説している。頼輔歌も、この類型に属する表現と見てよい。

そうなると一首の意味は、「待ち受けていて、もしも花を見る春のような栄華に巡り会わなかったならば、時節にあわず不遇なまま終わってしまっただろうか」となる。すなわち、栄華に巡り会い、その感慨を詠んだと解釈すべきであろう。

続いて、頼輔以外の歌人の述懐題の歌を概観したい。「うし」「わぶ」「おもふともかひなし」「しほたる」などの語を用い、つらい人生、不遇の身を嘆くという内容の歌が、半数以上を占めている。その他には、寂念が老の嘆きを詠み、宗円は時の経過を惜しむ思いを表現している。また寂蓮は和光同塵を詠み、重保の詠は賀茂神主にふさわしく「はやたひらけくなしたまへ神」と神に呼び掛ける歌となっている。以上、頼輔の歌はしばらく措くとしても、他の歌人の歌に共通しているのは、自分自身が心に抱く思いを述べており、そこには救いを求める対象としての神仏の姿はあっても、それ以外の他者の存在や追悼の念はないという点である。そもそも述懐歌の特質が、自己を否定的立場において、「憂き我が身」を自照するという点にあることは改めて指摘するまでもない。これをもって頼輔の歌に戻ってみると、「栄華に巡り会えなかったならば、不遇のままに終わっていただろうか」という詠嘆は、作者自身が自らの姿を詠じたものと考えなければいけないのではないか。

ここで問題となるのは、述懐題の本意は憂き身を嘆ずる点にあるのに、頼輔の作は栄華に巡り会えての感慨になっているということである。それでは、憂愁を詠むのではなく、栄華に臨んでの感慨を詠じた述懐歌はないのであろうか。

としをかさねてかかいして侍りしに、人人述懐歌よみ侍りしに

こぞといひことしとのぼる位山みねはなほこそゆかしかりけれ　（元久本隆信集・三四〇）

名所述懐

家のかぜ今ぞ吹上の沖に出でておひてうれしきわかのうら波　（雅世集・六八四）

述懐

かけてだにおよばずながら代代の跡に帰るもうれしわかの浦波　（同・八六八）

隆信は二年連続して加階した喜びを詠んでおり、雅世の詠は二首共に、『新続古今集』単独撰者に任ぜられたことが背景にあると思われる。確かにこうした例は多くはないが、頼輔の述懐歌の内容が他に全く例を見ないものではないということは指摘できよう。逆に言えば、述懐題で栄華にあっての感慨を詠まずにいられなかったような、そうした状況が頼輔にはあったのだと、考えることができるのではないか。

いずれにせよ、「一品経和歌懐紙」の述懐題の歌を検討した結果確実に言えるのは、これらの歌から故人を追悼しようという意識を読み取ることは不可能であり、従来複数の研究者によって提示されてきた当懐紙の成立の契機を故人追悼の催しとする説には、問題があるということである。

それでは、どのような契機で詠まれたのかと言えば、確実な判断材料が見出せるわけではない。具体的な事は不明とするしかないが、作者の顔触れや『頼輔集』の「法性寺会述懐」という詞書から推して、歌林苑や賀茂社歌壇に関わる歌人を中心とした同好の士が集まり、法性寺で営んだ何等かの行事の折に成立したものであると推定しておきたい。

次に、成立時期の考察に移りたい。最も確実な判断材料は、署名の官位記載であることは言うまでもない。

刑部卿頼輔　嘉応二年（一一七〇）十二月三十日～元暦二年（一一八五）六月十日
〈寿永元年（一一八二）四月十三日 従三位〉
内蔵頭季能　治承三年（一一七九）十二月十六日～寿永二年（一一八三）四月九日
河内守隆親　治承四年（一一八〇）十二月二十一日～寿永二年八月十六日
前周防守能盛　治承三年正月十九日（周防守解官）～寿永二年六月十七日以前出家

確実な作者である頼輔・季能・隆親・能盛の官位記載を同時に満たす時期は、能盛の出家時期が不明ながら、治承四年十二月二十一日の隆親河内守補任から、寿永二年四月九日の季能内蔵頭離任までの間とほぼ推定できる。また、頼輔の述懐歌を収める『頼輔集』は、その奥書によれば寿永元年六月二十八日に成立している。以上、確実な根拠から推定される成立時期は、治承四年十二月二十一日から寿永元年六月二十八日までということになる。

ここで、頼輔の述懐歌を思い起こしてみたいのだが、「まちつけて」の一首は、何等かの栄華に巡り会っての感慨を詠んだものと解釈できた。その栄華とは、頼輔の従三位叙位と見なしてはどうだろうか。『頼輔集』の奥書には「位昇三品、是偏神恩之至也、更非人力之及歟」と記されており、彼の喜びが非常に大きかったことがわかる。また『玉葉』治承元年（一一七七）正月二十一日の記事には、「頼輔朝臣三品事、奏事由之處、無分明之御報」とあり、頼輔が早くから三位を望み、運動していたらしいことがうかがえる。寿永元年当時、頼輔は既に七十一歳。従三位叙位は彼にとって、まさに「待ちつけて」その末に巡り会った「はなみるはる」だったのではないか。だからこそ、他の歌人が多く憂愁、諦観を歌う中で、一人「はなみるはる」を得たとする述懐歌を詠んだのであろう。従三位に叙せられた後であれば「従三位頼輔」と署名するはずだという反論も予想されるが、この時代の署名は官を主体にすることが多く、近い時期に成立した熊野懐紙も署名は官によって書かれているので問題はない。この仮説によれば、「一品経和歌懐紙」の成立は、寿永元年四月十三日の従三位叙位の後間もなく、同年六月二十八日の『頼輔集』成立の間までということになる。

但しそうすると、「はなみるはる」の句が実際の季節には合わなくなる。これを、「はなみるはる」は完全な比喩であるから季節に合わなくてもかまわないと説明することは可能であろう。しかしそれよりも、正式な叙位の前に頼輔に内示のようなものがあり、四月に入る前にこの述懐歌を詠んだと解する方が、より蓋然性が高いように思う。そうした例は確かに見られるのであり、例えば『明月記』嘉禄元年（一二二五）十二月二十二日条には、除目の大略が決まり、定家男為家の蔵人頭任官が「事已一定」であることが記される。任官を伝える正式な使者の到来は二十三日、下命は二十六日であった。

頼輔の場合は臨時の叙位であるので、決まった期日があったわけではないであろうが、内定はしていながら、何等かの事情で正式の叙位が遅れたということがあったのではないだろうか。(13)『頼輔集』末尾には、昇叙に際しての次のような贈答が収められている。

　　同日入道三品俊成卿のもとよりつかはせる
またれてもつひにさきけるふぢの花ひさしくにほへこずゑはるかに（一三〇）(14)
　　返歌
としをへて松にかひあるふぢの花こずゑはるかにたのもしきかな（一三一）

俊成が藤の花を詠んだのは、藤原氏の意もあろうが、昇叙が決まったのが晩春であったからではないだろうか。この推定に基づくと、「一品経和歌懐紙」の成立は寿永元年（一一八五）春と考えられる。

さいごに

本章では、これまで一括りに取り上げられてきた「一品経和歌懐紙」が果たして同機会のものかどうか疑うところから考察を始め、検討を加えて来た。円位の懐紙は、教理歌二首から成るというその内容からして、他と区別すべきであると考える。そうなると、現存の懐紙から作者の関係や成立の契機・時期を考察することも慎重でなければならないのだが、ひとまず一括して伝来した十四葉から円位懐紙を除いた十三葉を対象とするならば、以下の点が指摘できるであろう。

まず、出詠者の多くは歌林苑・賀茂社歌壇と関係の深い歌人たちである。成立の契機は、法性寺で行われた同好の士による何等かの行事であり、特定の人物の追善供養ではないと思われる。成立時期は、頼輔が従三位叙位の内示を受けた寿永元年春頃と推定できる。

以上、全体像の知られない催しであるため、推定に推定を重ねた考察にとどまっているが、ひとまず私見を提示して大方の御批正を乞うこととする。

【補説】

本稿初出後、中村文氏「後白河院時代の歌人群像—西行および「一品経和歌懐紙」を手がかりに—」（出光美術館編『西行の仮名』二〇〇八年）が発表された。中村氏は、「一品経和歌懐紙」作者に共通する特徴として、後白河院及び賀茂社との深い関わりがあることを指摘し、「官人層による社頭歌合はひと連なりの運動として把握し、「一品経和歌懐紙」もこれと関連づけて考えてみる必要があるだろう」と説く。更に、身分や階層を越えて共に詠歌しようという意志によって成立する催しが、歌林苑や賀茂社等の社頭で繰り返されていたという、この時代の詠歌のあり方を明らかにした上で、「そのような時代の産物として、「一品経和歌懐紙」もあるのではないか。そして、人々を繋ぎ合わせ和歌の〈場〉を生成させる媒介となったのは、西行や寂蓮のような、世俗的な束縛を脱した隠遁者層だったのではないかとひそかに想像するのである」と述べている。

拙稿が曖昧にしか想定できなかった「一品経和歌懐紙」成立の場の問題が、当時の歌壇状況を踏まえた広い視野から論じられており、妥当性のある従うべき論と思う。稿者は、「一品経和歌懐紙」の円位懐紙は他とは区別すべきと考えているが、同様の催しに西行が関わっている可能性を否定するものではない。

本章は、用例の差し替えや追加といった修正は施したが、論旨は初出時と大きく変えてはいない。ここでは、中村論から示唆を受けて更に考えたことを、若干付け加えておきたい。

この時期、故人追悼ではない一品経和歌の催しが「一品経和歌懐紙」以外にあったことが、歌集類の詞書から知られる。勧進者が明確な例を、列挙してみよう。

賀茂重保雨のいのりに人人をよびて、御社の宝前にて歌を誦しけるに、しばしありて雨のふりて侍りける悦に、一品経しやうして法楽したてまつりけるに、提婆品の心をよめる[15]　皇太后宮大進

①わたつ海の玉もかりあぐるかひありてしづむみくづもうかびぬるかな　（月詣集・釈教・一〇五〇）

賀茂重保が堂のうしろどに法門の歌を人人によませてゐにかき侍りけ

るに、提婆品の心をよめる　成全法師

②たぐひなき玉に心のみがかれてくもらぬ空にすめる月かげ　（同・一〇五二）

賀茂卅講五巻日、人人重保が家にて、提婆品の心をよみ侍りけるに　賀茂重保

③ちとせまでむすびしのりの谷水をけふみたらしにときながすかな　（同・一〇五三）

政平、一品経の歌とてこひしかば

心経

④こののりはほとけのははときつればわれらがおやのおやにぞ有りける　（重家集・五一四）

道因法師、妙覚寺にして一品経供養して八講おこなふとて、以仏教文出三界苦といふ文を人人よませし時によめる

⑤谷川や三の峡にやしづままし山ぢの月の送らざりせば　（長秋詠藻・四五八）

おなじ道因が住吉の社の歌合の時、一品経人人にすすめて歌くはふべきよしいひ侍りしかば、信解品をかきたてまつりて、周流諸国五十余年の心をよみける

⑥うらやましいそぢの波にしをれてもかひある浦にめぐりあひけん　（同・四六〇）

賀茂政平が一品経歌よみ侍りしに、薬草喩品

⑦おしなべておなじみ法の雨なれどうるふ草木は物の品品　（長方集・二〇三）

恣意的に選んだわけではなく、故人追悼ではない一品経和歌、(16) 勧進者が明確、平安末期の作という条件に合致す

る例をすべて抜き出すと、このようになるのである。①～③は『月詣集』所収歌で、いずれも重保が関係している。『玉葉』治承四年（一一八〇）六月十日条に「去月十三日大雨下、是則賀茂神主重保、於宝前講祈雨和歌、彼霊験也云々」とあり、①はこの時のことと思われる点、渡邉裕美子氏[17]の指摘がある。④と⑦は同じ機会であろうか。④は編年的配列の『重家集』において、承安二年（一一七二）閏十二月の東山歌合の歌の次に位置し、後ろには詠歌年次未詳の歌合歌二首（歌題は「依花待客」「夢中契恋」）、雪深い比叡山での歌、同三年九月晦の歌が続くので、承安二年末乃至同三年春先のことかと想定できる。重家・長方に一品経和歌を詠ませた賀茂政平は、歌林苑にも賀茂社歌圏にも関係し、「一品経和歌懐紙」作者の頼輔・寂念・師光・寂蓮・重保・広言と歌合等で同席しているが、それは俊成に一品経和歌を勧めた道因も同様である。⑥は嘉応二年（一一七〇）十月九日のことと知られる。

平安末期、多くの社頭歌合が催されたが、社頭では一品経和歌も度々詠まれたらしい。中村氏が「「和歌」への傾倒やその感興を原理とする催しが、この時代においては歌林苑や賀茂社等の社頭で繰り返されていた」と指摘する、その催しの一つの形として、一品経和歌もあったと言うことができよう。

更に、妙覚寺を舞台とする⑤は、ある意味当然のことではあるが、寺院での一品経供養に和歌が付随する場合があったことを示している。「一品経和歌懐紙」と同様の寺院での例として注意しておきたい。また、勧進者は不明ながら、「人丸影供の前にて一品経供養人びとせられし（ママ）侍りしに、勧持品の心を」（頼政集・六七三詞書）という例もあり、実に様々な機会に一品経和歌は詠まれたのである。今後、一品経和歌と述懐題の二首懐紙が新たに出現した際、それを「一品経和歌懐紙」と一連の物と軽々に判断するのは控えねばならないだろう。

〔注〕

（1）各人の述懐題の歌のみ以下に掲げておく。私に濁点を付した。

刑部卿頼輔

まちつけてはなみるはるのなかりせばをりにもあは□《で》やみやしなまし

左馬頭行盛

人くづとなりぬるみをももらすなよちりにともなふこゝろとならば

少納言有家

むかしよりけふまではうきわがみかなゆくすゑいかゞあらむとすらむ

円位

わたつうみのふかきちかひにたのみあればかのきしべにもわたらざらめや

内蔵頭季能

うきながらながらふる身にしるければこむよもか□《ね》てかなしかりけり

法橋兼覚

さりともとながらへゆけば世中にうきよりほかのをもひでぞなき

沙弥寂念

こゝろすむありあけのつきをみるのみぞおいのねざめのとりどころなる

師光

つくりけるつみのむくゐのわびつゝもこのよばかりにかぎらましかば

寂蓮

たのむぞよあまついはとをわけきてもちりにひかりのかよふあはれは

河内守隆親

よしさらばこゝろよわれ□いとへたゞさてしもつ□《ひ》にそひやは□べ□

法橋宗円

いつまでか春秋とのみまたれつゝすぐる月ひをなげかざりけむ

前周防守藤原朝臣能盛

おもふともさらにかひなきあめのしたになにとふりぬるわがみなるらん

沙弥勝命

むかしにもあらずなるをにしほたれてなにをまつとてたてるわがみぞ

重保

人ごゝろあらちの山もゆきとけてはやたひらけくなしたまへ神

覚綱

うき身にはみつのみまきのまこもぐさかりにもすべきおもひでぞなき

散位惟宗広言

いかにせむうき身をすてんと思へどものちのよも又し□かたきかな

（参考）

忠度

ながらへばさりともとおもふこゝろこそときにつけつゝよはりはてぬれ

ちなみに、寿永百首家集の一つと考えられている『覚綱集』に、「述懐」と題した「うき身には秋のをやまだほにいでてかりにもすべきおもひでぞなき」（二〇一）の歌が見える。「一品経和歌懐紙」で詠んだ述懐題の歌を改作して収めたものか。過去に詠んだ述懐歌を改作して「一品経和歌懐紙」の述懐歌とした可能性もある。

（２）『平家納経の研究』（一九七六年　講談社）

（３）この項で取り上げた先行論文は以下の通りである。

田村悦子氏「西行の筆蹟資料の検討―御物本円位仮名消息をめぐって―」（『美術研究』214　一九六一年一月）
正木喜三郎氏「藤原能盛考―古代末期における一武官系下級貴族の生涯―」（川添昭二氏編『九州中世史研究　第1輯』一九七八年　文献出版）
久曾神昇氏『仮名古筆の内容的研究』第六章第二節（一九八〇年　ひたく書房）
神崎充晴氏「「一品経和歌懐紙」の書写年代」（古筆学研究所編『古筆と国文学』一九八七年　八木書店）
井上宗雄氏『平安後期歌人伝の研究』第三章六（一九七八年、増補版一九八八年　笠間書院）

（4）同一歌群であることが明確な部分で、詠歌時期が判明する歌を調査すると、概ね年代順のようである。

（5）「資料紹介　懐紙資料」（『和歌史研究会会報』75　一九八〇年十一月）

（6）注（3）著書補注。

（7）谷山氏「千載集と諸私撰集（三）―類型と個性とに関する基礎的一調査―」（『人文研究』3-1　一九五二年一月）↓『谷山茂著作集3　千載集とその周辺』（一九八二年　角川書店）、森本氏『私家集の研究』（一九六六年　明治書院）、松野氏「寿永百首について」（『和歌文学研究』31　一九七四年六月）↓『鳥帚　千載集時代和歌の研究』（一九九五年　風間書房）、井上氏注（3）著書。

（8）注（2）に同じ。

（9）「歌が詠み出される場所―歌林苑序説―」（和歌文学論集6『平安後期の和歌』一九九四年　風間書房）↓『後白河院時代歌人伝の研究』（二〇〇五年　笠間書院）

（10）『日本名筆全集』第三十巻（一九六九年　書芸文化院）

（11）『国文秘籍解説』（一九四四年　養徳社）

（12）佐佐木氏注（11）、田村氏注（3）、春名氏『古筆大辞典』「一品経和歌懐紙」項解説（一九七九年　淡交社）。なお、別府節子氏は『西行の仮名』（出光美術館編　二〇〇八年）の「一品経和歌懐紙」解説において、「自詠の和歌を自筆で記す、書風も含めた懐紙の書式が、いまだ様式化されていない時代の書風が窺える」と指摘する。西行の書風については、同氏「伝西行筆の古筆」（『西行学』2　二〇一一年八月）に詳しい。

(13)　この年、諒闇のために正月の叙位が中止されたことと、あるいは関連があるかも知れない。

(14)　『新編国歌大観』所収『頼輔集』は「またれでも」とするが、「またれても」が正しいと思われる。返歌の「としをへてまつ」が「またれても」と対応する。

(15)　「しやう」は「くやう」の誤りか。

(16)　但し、③は各品を分担しているわけではなく全員が提婆品を詠んでいると思われる。また⑤は一品経供養の場で詠まれているが、一品経和歌ではない。

(17)　「『明月記』(元久二年五月~閏七月)を読む」解説七(『明月記研究』10　二〇〇五年十二月)

第四章　元久本『隆信集』三五三番～三五九番歌をめぐって

―伝記上の問題点と集の性格―

はじめに

としいまだいはけなかりしに、かむつけのかみにてくだるとて、あふみのみづうみをふねにのりてこぎいづるほど、なにとなく心ぼそくおぼえて、都のかたのみかへり見らるるに、なみのたつを見て

ゆくかたはみやこへとしもしら波のかへるてふなはむつましきかな

（元久本隆信集・三五三）

『新古今集』撰進時の和歌所寄人であり似絵の名手としても知られる藤原隆信は、共に勅撰歌人である為経（寂超）と美福門院加賀との間に生まれた。父は隆信二歳の折に出家し、母はその数年後、藤原俊成に再嫁する。しかし美福門院乳父である外祖父若狭守藤原親忠の後援もあり、若年期の隆信は比較的順調な官途をたどったと言える。『兵範記』によれば、仁平二年（一一五二）十二月三十日に十一歳で越前守補任、翌年四月六日には親忠の後を承けて若狭

守に遷任。『山槐記』永暦元年（一一六〇）十一月二十三日条には「若狭守隆信」と見え、『公卿補任』により応保元年（一一六一）正月二十三日藤原重家の若狭守補任が知られるので、隆信はこの時まで若狭守の任にあったと思われる。

加えて、冒頭に引いた元久本『隆信集』[1]の詠により、越前守補任以前に幼くして上野介として任国に下ったとするのが、従来の定説となっている。[2]この説を採っている論として、井上宗雄氏「常磐三寂年譜考―付範玄・三河内侍・隆信略年譜―」[3]、半田公平氏『私家集大成』隆信集・『和歌大辞典』隆信項解説、中村文氏「藤原隆信年譜　付・その和歌について」[4]などが挙げられ、『国史大辞典』藤原隆信項解説（米倉迪夫氏執筆）も同様である。幼年期の上野介補任に触れない論はあっても、これを積極的に批判した論は管見に入っていない。本章は史料調査と『隆信集』当該歌の見直しにより上野介補任の時期を再考し、その結果明らかになる元久本『隆信集』の性格について論じようとするものである。

一　上野介任官の時期―史料類から

まず最初に、東三条院から室町院に至る女院の院号定に関する記事を記録類から抄出した書である『院号定部類記』[5]を見ておきたい。本書の八条院・高松院の項には、「上野介隆信」に関わる記事が一箇所ずつ記されている。第一は、「顕時卿記」応保元年十二月二十六日条を引用した部分で、八条院殿上始に参仕した者の一人として「上野守隆信」の名が見える。第二は、「不知記」応保二年二月十日条に拠る箇所で、二月八日の高松院殿上始に続き、この日新たに追加された殿上人十人の中に「上野守隆信」の名が見える。

隆信は、外祖父や母の縁で久安五年（一一四九）八歳の年に美福門院蔵人となっている（『兵範記』同年十月十日条）。永暦元年（一一六〇）に女院が没した後は、その遺子八条院・高松院に仕えたことが知られ、『玉葉』承安四年（一一七四）二月二十三日条の八条院御堂供養の記事には「判官代右馬権頭隆信」と記されている。『院号定部類記』に見える八条院・高松院に仕える「上野介（守）隆信」は、同名異人ではなく為経男隆信と考えてよかろう。とすれば、隆信は応保元年十二月二十六日から翌年二月十日の期間、上野介在任中であったということになる。

次に『吉記』治承四年（一一八〇）四月二十二日条の安徳天皇即位の記事を見てみよう。同日条は即位の儀式の模様を詳しく記録しているが、主上出御に付き従った大将代として、「左　前河内守高階資泰朝臣、右　前上野介藤原隆信朝臣」の名が記されている。隆信はこの時三十九歳。既に越前・若狭両国の国司を経験し、若狭守の任を解かれてから十九年が経過している。仮に隆信の上野介任官を越前守任官以前とすると、その後越前・若狭両国司を務めているにもかかわらず少年期の官をわざわざ記載していることとなり、不自然である。

続いて、『石清水八幡宮記録』十三に所収の石清水臨時祭の記録に目を転じてみたい。隆信は舞人や陪従として度々臨時祭に参仕しているが、その記録における官位記載は以下の通りである。

長寛元年（一一六三）　舞人の中に「右馬権頭藤隆信」
嘉応元年（一一六九）　同右
承安三年（一一七三）　同右
安元元年（一一七五）　陪従の中に「前上乃介同隆信朝臣」
治承三年（一一七九）　陪従の中に「隆信朝臣」
同　四年（一一八〇）　陪従の中に「前□□介藤原隆信朝臣」

元暦元年（一一八四）陪従の中に「右京権大夫隆信朝臣」

治承四年の記録には二字分の空白があるが、隆信が「介」となったのは上野介のみであるから、上野介と記されるべき箇所と見なしてよい。隆信は承安四年二月から八月の間に右馬権頭を辞し（『玉葉』二月二十三日条・『吉記』八月二十四日条）、養和元年（一一八一）十一月二十八日に右京権大夫に任ぜられている（『吉記』同日条）。ちょうどその間の時期に相当する安元元年及び治承四年に「前上野介」と記されているわけである。やはり先の『吉記』の安徳天皇即位関係記事と同様のことが言えよう。

更に、治承二年（一一七八）三月十五日催行の『別雷社歌合』にも「前上野介」の記載が見られる。『平安朝歌合大成』において乙本とされている北岡文庫蔵幽斎奥書本は、隆信の官記を「前右馬権頭隆信朝臣」とするが、甲本（伝寂蓮筆巻子本残欠）及び彰考館本では「前上野介従四位下藤原朝臣隆信」とされているのである。甲本と彰考館本の作者官記は大略一致しているが、この二本における隆信以外の作者の官記を『公卿補任』等と照合してみると、信頼に値することがわかる。これもまた『吉記』『石清水八幡宮記録』と同様、隆信の上野介任官が越前・若狭国司歴任の後であることを想定させる根拠となる。

こうなると、隆信の上野介任官を越前守任官以前と見るには矛盾が多いと言わざるを得ない。そこで「としいまだいはけなかりしに、かむつけのかみにてくだる」の詞書をもつ三五三番歌を再検討してみたい。

二　上野介任官の時期―家集から

少し注意して『隆信集』を読むならば、三五三番歌は三五九番まで続く連作の一首目であることがわかる。以下、連作の残りの歌を掲げる。

こまつといふところをまかりて見れば、まことにちひさきまつばらおもしろくみわたされたるに、月いとあかきをながめいだして

かぜわたるこずゑのおとはさびしくてこまつがおきにやどる月かげ（三五四）

つぎの日もくれぬれば、つるがといふところにとまりしに、うかれめどもあつまりて歌うたひなどせしに、心ぼそさもすこしなぐさみて

わすられぬみやこも今日ぞわすれぬる君ゆゑとてはこしぢならねど（三五五）

そのよもあけぬれば、ずい一のわたりとて、しほうみのなみもいとけはしげなるふねにのりてこぎいづるも、わたりとこそいへど、いとはるかに見わたされたるほど、おそろしくさへおもひつづけられて、いそにつきてあみひくを見て

おくあみのおきをはるかにめぐれども都にのみもひく心かな（三五六）

くににてかみがみのたむけなどすぎぬれば、せうえうしありくとて、しらやまを見て

おとにきくこしのしらやましらねどもみるにもしるし雪つもりけり（三五七）

みやこへかへるとて、ふなきのやまにもみぢさかりにこがれわたり

て、うみのおもてにもちりたるをみて

もみぢちるふなきのやまはよそなれどおきをはるかにこがれてぞゆく（三五八）

ちくぶしまにけぶりのたつを見て

よをうみとおこなふほどやいまならむけぶりぞみゆるおきつしま山（三五九）

実はこの連作は、上野ではなく越前への下向の旅程に沿った歌群なのである。

まず、三五四番詞書「こまつといふところをまかりて見れば」の「小松」は、琵琶湖西岸にあった北陸道沿いの地名である。三五五番詞書には「つるがといふところにとまりしに」とあり、隆信は琵琶湖を渡り小松の沖を経由し、敦賀から海路で任地に向かったらしい。『新編国歌大観』は三五六番詞書を「…ずい一のわたりとて…」とするが、傍線部は「すいづ」（越前国杉津《すいづ》、古くは「水津」）が正しいのではないか。「一」と「つ」は見誤り易い。稿者が調査し得たのは筑波大学付属図書館本・今治市河野美術館本・神宮文庫本であるが、内、神宮文庫本は大きな誤写があるらしく判読が困難であり、他の二本は「すいつ」とも「すいへ」とも読めるような書き方であった。当時の北陸道は、敦賀湾沿いにずっと陸路をとる路と、敦賀・杉津間は海路をとる路とがあったという。(6)『源平盛衰記』巻四（白山神輿登山事）にも「十五日にはかへるの堂、十六日には水津の浦、十七日には敦賀の津」(7)とある。『隆信集』の当該箇所は、隆信がこれと逆に敦賀から船に乗り杉津へ渡ったことを表すものであろう。こうして隆信は越前国の国府に到着する。三五七番歌に詠まれている越の白山は、既に『古今集』から見られる越前国の著名な歌枕である。三五三番から三五七番までが越前守時代の作であることは、もはや疑う余地はあるまい。

三五八・三五九番については、別に検討しなければいけない問題点があるため後に触れるとして、ひとまず三五三番から三五七番までに関して結論を述べるならば、これらは越前下向の際の作品であり、「かみつけのかみにてくだる」という三五三番詞書は事実と異なるということになるのである。越前守補任は仁平二年（一一五二）十二月三十日なので、おそらく年明けを待って下向したであろうから、下向時は隆信十二歳ということになる。

そして上野介任官は、越前・若狭守歴任の後すなわち応保元年（一一六一）正月二十三日以降で、『院号定部類記』に上野介として見える応保元年十二月二十六日以前のある時点、隆信二十歳の時のことと考えられる。隆信の後任として若狭守になったのが重家であることは先に述べたが、隆信の前任の上野介も重家であったらしい。重家は仁平三年（一一五三）四月六日上野介に補任され（『公卿補任』他）、永暦元年（一一六〇）十一月三十日にいまだその任にあったことが知られる（『山槐記』同日条）。おそらくは応保元年正月二十三日、重家が若狭守になると同時に隆信は上野介に遷ったのではないだろうか。その辞任の時期も定かではないが、永万元年（一一六五）十月七日に藤原範季が補任されている（『公卿補任』）ことから、それ以前乃至その時まで介の任にあったと考えられよう。

三　家集編纂時における改変の可能性

前節の考察により三五三番詞書に事実との齟齬があることが明確になったが、これは単純な誤りなのであろうか、それとも故意の改変なのだろうか。

元久本『隆信集』は隆信六十三歳の時の自撰家集である。自撰でありながら、越前を上野と間違えるような誤りが起こり得るかという疑問も生じるが、家集成立時は越前下向から既に五十年以上が経過しており、記憶違いがあっても不思議ではない。まして晩年の隆信は、『千五百番歌合』に際して他人の詠を自詠と誤認して詠進するような失態すら犯しているのである。[8] 事実との齟齬が見られるのがこの一箇所のみであれば、隆信の記憶違いと考えられそうなところなのだが、実はそうではないのである。

ここで、保留してあった三五八・三五九番について検討してみたい。「みやこへかへるとて」とあるように、これらは帰京の際の歌になるわけだが、注意されるのは「もみぢさかりにこがれわたりて」とある如く季節が秋である点である。隆信が越前守であったのは、仁平二年十二月三十日から翌年四月六日までとわかっている。越前からの帰京は秋にはなり得ない。

ちなみに三五八番に詠まれている「ふなきのやま」は、紅葉が「うみのおもて」にまで散っているとされていることから、美濃国の歌枕とされる舟木山ではなく、琵琶湖西岸に面した近江国の舟木山であろう。とすれば、あるいは若狭からの帰京の折の詠が混同されて配列されたのであろうか。隆信が若狭に下向した明徴はなく、一方で仁平三年（一一五三）四月六日から応保元年（一一六一）正月二十三日の若狭守在任中、保元二年（一一五七）春、[9] 同三年三月、[10] 永暦元年（一一六〇）秋～冬[11]には確実に在京していることがわかっている。下向したとしても、一期目のみであったのだろう。仮に下向したとすれば、保元元年（乃至はそれ以前）の秋に帰京し、道中で三五八・三五九番歌を詠んだ可能性はあり得る。但し、若狭国からの帰京であれば、船で琵琶湖に漕ぎ出すのは今津か木津《こうづ》からと思われるが、[12] 北寄りの今津であっても竹生島の煙を望むにはやや距離があり過ぎるようにも思う。

もう一つの可能性として、三五八番は越前からの帰京時に詠まれたもので、紅葉の情景は虚構であると見なしてはどうだろうか

当時、舟木山の歌として最も知られていたのは、『後拾遺集』に入る次の歌であろう。

いかなればふなきの山のもみぢばのあきはすぐれどこがれざるらん　（秋下・三四六・藤原通俊）

この歌の影響を受けて

嵐吹く舟木の山のもみぢ葉は時雨の雨に色ぞこがるる

（長承三年九月十三日中宮亮顕輔家歌合・紅葉・三一・藤原経忠）

という歌も詠まれていた。十二歳の隆信が後拾遺歌を知っていたとすれば、船上から舟木山を眺めるという絶好の状況の中で、実際の季節を敢えて変えてでも、「（紅葉が）焦がれ」「（船が）漕がれ」の掛詞を用い、更に都を恋い焦がれる心情を込めた歌を詠むこともあり得るのではないだろうか。

更に推測を重ねるならば、三五八番歌は、本来詠んでいた歌と歌集編纂時に差し替えたものと考えることもできる。元久本『隆信集』恋部の歌と『伊勢物語』の相似が目立つことを指摘した樋口芳麻呂氏[13]は、元久本を撰する時点で、過去に体験してきた数多い恋・恋歌が、『伊勢物語』のそれに意外に類似している事実に想到し、『伊勢物語』のスタイルを参考にしたといったことも推測してよいかもしれない。

と述べている。また橋本令子氏[14]は、元久本『隆信集』の恋四〜六を対象に物語受容の様相について論じる中で、物語受容といっても一様ではなく、詠歌時点と編集時点の二段階が想定できる（特に、詞書の機能は看過し難い）。歌自体から物語を引くことが見てとれる場合でも、編集が行われる（殊に詞書が付けられる）ことで、物語との関係が一層鮮明となったり、全体が物語的色彩を濃くする例が少なくない。

と指摘する。更に橋本氏は、時雨亭文庫蔵（寿永本）『隆信集』と元久本を比較し、元久本編纂時に、当時の詠歌事情を曲げるような虚構を敢えて冒して人生の体験をより美しく定着させる操作が加えられた可能性があることを明らかにした[15]。

これらは編纂時点に和歌の改変や差し替えがあったことを主張する論ではないが、編纂の方法として一定の方向性に基づく操作があったことが示唆されている。三五八番の場合、編纂時点に古歌を受容する方向で詞書が記され、それにふさわしく和歌も書き換えられたという想定も可能であろう。

以上の点を踏まえて三五三番詞書に戻ると、連作を読み進めていけば越前下向の歌と容易に知れるにもかかわらず、詞書に「かむつけのかみにてくだるとて」と書き記したのは、『伊勢物語』第七段を踏まえるための意図的な所為かと考えられる。当該段と隆信歌の関係については、両者の発想・文辞上に偶然とは思われない一致があるという三木紀人氏(16)の指摘がある。

『伊勢物語』第七段全文を引いておこう。

むかし、男ありけり。京にありわびてあづまにいきけるに、伊勢、尾張のあはひの海づらをゆくに、浪のいと白くたつを見て、

いとどしく過ぎゆく方の恋しきにうらやましくもかへる浪かな

となむよめりける。

実際問題として、上野は東山道に属し往還には内陸の道を用いるので、「海づら」を通ることはない。しかし上野が東国であることもまた間違いない。家集編纂時の隆信は、細かい点はさておき、「昔男」と同様「あづま」に下った折に「かへる浪」に心引かれるという経験をした自己の姿を描こうとしたのであろう。

元久本『隆信集』恋四の巻頭近く、五八九番から五九六番には越前国で出会った女らとの四組の贈答歌が収められている。

越前の守にてくだりしに、思ひのほかにめづらかなる人をみいだして

是やこの花のみやこをふりすてて行きとまりけるこしのさと人（五八九）

かへし

花の色にこころとめじと都いでてかひなきこしの住居なりけり（五九〇）

宮こへかへるとて、もろともにといざなひしを、たのまぬさまにいひしかば

もろともにかへるやまぢをさそへどもかりとや人のたのまざるらむ（五九一）

かへし

あさからずわれはたのむのかりなれどなきくにいかが身をまかすべき（五九二）

又おなじくににて、思ひかけずかたはらのくになる人にゆきあひて、こまかにかたらひゆく程に、むかしみやこにてみし人にてありしかば

いかばかりふかきちぎりをむすびてかふたたびこゆる相坂の関（五九三）

かへし

ふかしともえこそしられね相坂のせきの清水のたえし契は（五九四）

かくてのち、程なく京へのぼりけるに、女のもとより

たちかへりまた逢坂やへだつらんいづらふかしといひし契は（五九五）

かへし

おもはずにゆきあふ坂の関もあればまたこえかへる道もありなむ（五九六）

樋口氏は、これらの歌が『伊勢物語』を連想させる表現を含むことを指摘された上で、「恋四の初めの方に配列される越前での恋は、隆信にとって、業平の東下りに該当するものと見做されているのかもしれない」と推定している。氏も述べているとおり、詠作時における隆信が『伊勢物語』を念頭においていたかどうかは明らかではないが、家集編纂の時点では、「人の国」での「昔男」の行動を意識していたと認めてよいのではないか。越前下向に際して詠まれた三五三番が『伊勢物語』第七段の表現に近似することも、樋口氏の推定を支える一証左たり得るであろう。

さいごに

以上、元久本『隆信集』三五三～三五九番について考察し、隆信の上野介補任が越前・若狭国司歴任の後であることを確認すると共に、物語や著名な先行歌に近づけるための作為があるらしいことも明らかにした。

三五三番歌の詞書に「かむつけのかみ」と記したのは編纂時であろうが、三五八番の舟木山の歌において、実際の季節を変えているのが十二歳の隆信なのか、家集編纂時の隆信なのか、断ずることは難しい。

元久本『隆信集』には、越前下向時の歌以外にも、若年時の詠が含まれているが、それらは概ね部立の冒頭近くに配されている。旅部の冒頭六首は題詠であるが、それに続くのが本章で取り上げた越前下向時の連作である。哀傷部巻頭は鳥羽院崩御の翌年春の歌で、隆信は十六歳。続く三首は美福門院崩御に関わるもので、十九歳の折の歌となる。また恋部のうち、一～三は歌合・歌会・定数歌の作で、実体験に基づく恋歌は恋四～恋六にまとめられている。恋四の冒頭には三組の贈答歌が並ぶが、まず五八三番の詞書には「二条院、東宮と申しし時、おなじよはひなる人をしのびわたりし程に、人人あやしきさまにもてさわぐよしをきていひつかはしし」とあり、詠作時期は隆信十四歳から十七歳の時に相当する。次の贈答は「としわかかりしころ」のもの、その次は「としいたうわかかりし人」との贈答、それに続くのが第三節であげた越前で出会った女性たちとの贈答、すなわち十二歳の恋歌となる。どの部立も厳密な年代順に歌が配列されているわけではないが、若年時の作を冒頭近くに置き、しかも若年であることをことさら強調するような詞書を記しているのは、隆信なりの意図があってのことであろう。

歌合や歌会で実際に詠んだ和歌を家集に入れる際に、表現を改めたり差し替えをしたりすることは、珍しくはない。隆信も、自己の人生を家集という形で集大成して記録するにあたり、詠作時の草稿をすべてそのまま用いるのではなく、一定の方向性をもたせて詞書を付したり、和歌そのものにも手を加えたりした部分があったのではないだろうか。したがって、現状の元久本『隆信集』に基づき、隆信は幼い時から自己と業平を重ね合わせるような早熟な歌人であったと断ずることはできない点に、十分留意すべきであろう。

【補説】

本稿初出時には、三五八番詞書に関して「あるいは若狭からの帰京の折の詠歌かも知れないが、今はそれを証明できる材料がない」とのみ述べ、三五三番の詞書「かむつけのかみにてくだるとて」については隆信の記憶違いと判断していた。この点について、橋本令子氏(17)から「家永氏の述べるような記憶違いか、物語に自己の人生を重ねようと意識した結果かは微妙な所である」との指摘を受けた。

今回、三五八番歌に虚構がある可能性に気付いた結果、越前下向の歌についても橋本氏の言うところの「物語に自己の人生を重ねようと意識した結果」であろうと、考えを改めた。それにより、上野介補任の時期を明らかにすることに主眼があり、その後に三五三～三五七番に見られる隆信の詠作態度を簡単に検証した初出時に比べ、論の後半部分を大きく変えることとなり、当初「藤原隆信伝の問題―元久本『隆信集』三五三番～三五九番歌をめぐって―」としていた題名を、「元久本『隆信集』三五三番～三五九番歌をめぐって―伝記上の問題点と集の性格―」に変更した。

〔注〕

（1）『隆信集』には、寿永元年（一一八二）年夏頃に賀茂重保の求めに応じて自撰したいわゆる寿永本と、元久元年（一二〇四）夏から秋頃にやはり自撰したと思われるいわゆる元久本がある。本稿で取り上げる歌は、元久本のみに見られる。

（2）この説によるとすると、仁平二年（一一五二）二月九日から翌年三月十三日までは藤原信盛なる人物が上野介であったので（『兵範記』『本朝世紀』）、隆信の上野介補任はそれ以前、遅くとも仁平元年、隆信十歳の年には上野国に下向していたことになる。なお上野国は親王任国であるので、史料類に「上野守」とあっても正確には「上野介」である。

（3）『国文学研究』21　一九六〇年二月→『平安後期歌人伝の研究』（一九七八年、増補版一九八八年　笠間書院）

（4）『立教大学日本文学』38　一九七七年九月

（5）東京大学史料編纂所蔵謄写本（請求記号二〇五七―一五三）に拠る。

（6）『福井県の地名』（一九八一年　平凡社）

（7）引用は、中世の文学『源平盛衰記』（一九九三年　三弥井書店）に拠る。

（8）『八雲御抄』巻六にも「おいぼれぬるもの丶、おろ〳〵き丶たる歌などを、わがあたら敷よみ出したると思てよむ事おほし。隆信朝臣など、つねに此事あり」とある。

（9）元久本『隆信集』三七三番詞書。

（10）『兵範記』同年三月十・十二・二十二日条。

（11）『山槐記』同年七月二十二日・十一月二十三日条、元久本『隆信集』三七四番詞書。
（12）注（6）に同じ。
（13）「藤原隆信の恋」（『国語と国文学』52‐2　一九七五年二月）。以下、樋口氏の説はすべてこれによる。
（14）「藤原隆信朝臣集恋四～六小考―物語受容を中心として―」（『国文』60　一九八四年一月）
（15）「元久本隆信集について―時雨亭文庫蔵本『隆信朝臣集』との比較から―」（『国文』82　一九九五年一月）
（16）「遅く来た色好み―隆信」（『国文学』21‐11　一九七六年九月）
（17）注（15）に同じ。

第五章　『建礼門院右京大夫集』試論――二つの恋をめぐって――

一　隆信関係歌をめぐる諸説

本章では、『建礼門院右京大夫集』（以下『右京大夫集』と称する）中の藤原隆信関係歌に関するいくつかの問題を取り上げる。まず本題に入る前に、諸説を整理しておきたい。

『右京大夫集』に、隆信との贈答歌として詠まれた歌が収録されているという事実は、いわゆる元久本『隆信集』（以下『隆信集』と称する）との照合により動かし得ない。しかし、右京大夫がそれらの歌をもって自分と隆信との恋愛の事実を積極的に語ろうと意図していたかどうかは、また次元の異なる問題と言うべきであろう。常識的に考えて、作品においては隆信の存在を明らかにしない方が、生涯の恋人たる平資盛に寄せる作者の一途な思いはより純粋に見えるはずである。ここに、右京大夫が隆信関係歌を敢えて収録したのはなぜかという大きな問題が生じることになる。

この問題は極めて魅力的であり、対隆信歌と対資盛歌の識別の問題とも相俟って、多数の研究者により様々な論が展開されている。その主流を占めるのは、隆信関係歌は資盛との恋をより効果的に語るための手段として挿入されたという視点に立つものである。関野香澄子氏(1)は「それほどまでに男性に関心を持たれつゝ、しかも一切をしりぞけて資盛一すじに生きた自分を描く事で、物語的効果をあげようとしたのではないだろうか」と述べ、野沢拓夫氏[2]は、小宰相を平通盛に横取りされた男との贈答の記事（一六五・一六六番）に、作者と二人の愛人との関係を符合させ、資盛との交渉の特異性を際立たせようとしたためとする。上條彰次氏[3]は、資盛との愛が大切なものであったからこそ、隆信と恋に陥ったことの弁解をし、それは資盛が冷たかったからだと怨じてみせたのだと指摘する。右京大夫は資盛との交渉を事実に即した形で語り直そうとしたという見解に立つ加藤睦氏[4]も、資盛との契りの深さを表現したいという作者の願いを読み取っている。また谷知子氏[5]は、主軸は資盛との関係にあり脇役的な役割において隆信の話が語られているとする。隆信との贈答歌は資盛との恋を語るための連想として、乃至は資盛との恋の一経過であるかのように して組み入れられているとする兼子佳子氏[6]説、集の編纂時の作者にとって隆信は、資盛との愛をより克明に記すための手段でしかなかったとする山本典子氏[7]説、作者は隆信の求愛を許さず生涯を資盛に捧げたという理想的自己像を作り上げようとしたとする佐藤茂樹氏[8]説も、資盛との愛を描くことが目的であり、隆信関係歌はその手段であると見なす点では共通している。また今関敏子氏[9]は、右京大夫が隆信の魅力に惹かれたことを認めつつ、彼の存在が右京大夫と資盛との愛情の深さを確かめる試練となり得たと説いている。

かつては、右京大夫と隆信との間に恋愛関係はないとする見方もあった。早くは冨倉徳次郎氏[10]による、隆信との関係は頼るべき保護者を求める意味のものであったという指摘がある。飯田正一氏[11]は「隆信との交渉は、単に、偶然の一事件だったといへるのかも知れない」と述べ、また草部了円氏[12]は「こういうの（一三六番の隆信から作者への贈歌を指す―引用者注）を取りあげて、いちいち恋愛関係に結びつけるという事は、余りにもこの時代の情趣生活を解しない、野暮な今日的視野であるように思われる」と断じている。

前記三氏の説は、右京大夫・隆信の実人生上の関係を問題にしたものだが、町田友子氏[13]は、そもそも『右京大夫集』から二つの恋の存在は読み取れず、従来対隆信歌群とされてきた一連の恋歌は、資盛一人との交渉を綴ったと受け取るに充分な構成筆致であるとの読み方をしている。

こうした諸説の一方で、隆信との恋に積極的な意味を見出す読みも行われている。まず樋口芳麻呂氏[14]は、『源氏物語』の浮舟にも似た生き方をした過去の自分を懐かしむ作者の気持ちを看取する。また岡崎三智氏[15]、藤平春男氏[16]、三角洋一氏[17]は、資盛とは違った魅力を持つ隆信にも、作者は心惹かれていたと解している。

さらに近年、丹下暖子氏[18]により、資盛・隆信をめぐる一連の歌を両者と結びつけず、〈色好み〉の男との恋物語を描く歌群として読み解く全く新しい見解が発表された。

以上、先学諸氏の論はいずれも傾聴に値するものであるが、作品の読みが論者の主観により左右される場合がまま見られる点が気になる。例えば町田友子氏[19]は「対隆信歌と判明しているものを再度眺めてみると、憂いの濃い歌が一首とて見当らない」とする。一方で岡崎三智氏[20]は、隆信に対する歌であることが明確な一四九番・一五二番歌について「曙に一人で聞くほととぎすの声に右京大夫は感傷的になり（中略）寂しさを訴えている」、「思い悩みながらも袖をかさねてしまったことへの後悔が今さらのように述べられている」という読みを示している。作品から作者の心情を読み取ることは無論重要なのだが、より客観的な方法によって作者の意図を探ることはできないだろうか。この点に留意しながら、以下に私見を述べたい。

二　浮舟物語の影響

右京大夫の、自らを浮舟に準える意識を指摘したのは、前述の如く樋口芳麻呂氏であった。氏の説は以後のいくつかの論に引用もされているが、樋口氏自身の論でも引用者の論でも具体的な根拠は示されていない。本節では樋口氏説を補強する立場から、『右京大夫集』一三六～一五三番歌までを対象とし、表現レベルでの浮舟物語の影響を検討したいと思う。

まず最初に注目したいのは、作者と隆信との出会いを語る一三六番の詞書である。

そのかみ、おもひかけぬところにて、よ人よりもいろこのむときく人、よしあるあまと物がたりしつつ、夜もふけぬるに、ちかく人のあるけはひのしるかりけるにや、比はうづきの十日なりけるに、月のひかりもほのぼのにて、けしきえみえじなどいひて人につたへて、そのをとこはなにがしの宰相中将とぞ

おもひわくかたもなぎさによるなみのいとかく袖をぬらすべしやは（一三六）

と申したりしかへし

おもひわかでなにとなぎさのなみならばぬるらむ袖のゆゑもあらじを（一三七）

『右京大夫集』中の詞書に具体的な日付が記されている例は、以下の通りである。

《上巻》

①承安四年などいひしとしにや、正月一日中宮の御かたへ、内のうへわたらせ給へりし（二）

②五月五日、宮の権大夫時忠のもとより（八二）

③九月つくる、あす還向あるべきに（八八）

④比はうづきの十日なりけるに（一三六）

《下巻》

⑤十二月ついたちころなりしやらん（二五二）

⑥二月十五日、ねはんゑとて人のまゐりしに（二六三）

⑦四月廿三日、あけはなるる程あめすこしふりたるに（二六六）

⑧五月二日は、むかしの母のき日なり（二六八）

⑨五月五日、しようぶのみこしたてたるみはしのあたり（三二七）

⑩とぶらひ申すとて、五月五日に（三三一）

⑪九月十三夜、ことわりのままにはれたりしに（三四九）

この他、「四月みあれの比」（六）、「五せちのほど」（五八）、「まつりの日」（一四四）など日付に代わる表現がある場合、「九月のつくるころ」（三三五）、「霜月のはつかあまりいくかの日やらん」（三五六）のようにおおよその日付を示す場合、また「五月のはじめ」（二〇一・母の忌日）、「やよひの廿日あまりの比」（二六九・資盛の忌日）のように、明確な日付がわかっていながら、意図的に朧化している場合も見られる。

さて①から⑪の例の内、①・②・⑥・⑨・⑪は何等かの年中行事に関わっており、したがって具体的な日付の示される必然性は高いといえる。⑧の例も、個人的な事情ではあるが年中行事に準じて考えることができよう。③・⑩は、歌の内容が日付と密接な関係を有しているため、詞書にそれと示す必要があったものと思われる。残る④・⑤・⑦の内、⑤は比叡坂本への旅中の詠である。旅先で詠まれたこと及び詞書中に「雨とも雪ともなくうち散りて」とあることに関連して、日付が明記されたと考えることができそうである。また⑦は郭公の初音を聞いた折の詠であり、③・⑩ほどではないにしても、日付と歌の内容に関連性が認められる。

問題の一三六番は、敢えて結び付けるならば「月のひかりもほのぼのにて」という記述が十日という日付と関連があると言えるが、他の例に比して具体的日付を示す必然性が最も低いと言えよう。

谷知子氏[21]は、月日まで明確な例のみでなく、時期を表す表現全般を対象として『右京大夫集』における年次表記を調査した上で、「大体において、上巻の年次表記は「～のころ」というようにおおまかで、漠然としていることが多く、詞書の年次表記によって記憶を手繰り寄せ、歌に導いていくという場合が多いように思われる」と指摘する。「比はうづきの十日なりける」という書き方は、とりわけ上巻において異質な表現と言えるのである。

作者が「うづきの十日」と明記したのは、その日付に特別な意味があるからではないだろうか[22]。実は四月十日は、『源氏物語』浮舟巻において、薫が浮舟を迎え取ろうと定めた日なのである。

大将殿は、四月の十日となん定めたまへりける。さそふ水あらばとは思はず、いとあやしく、いかにしなすべき身にかあらむと、浮きたる心地のみすれば……

右京大夫は、隆信との出会いを語ろうとする際に、『源氏物語』のこの場面を思い描いていたのではないだろうか。『右京大夫集』一三六・一三七番の贈答は『隆信集』にも見られるが、詞書中に贈答が行われた時期を示す表現はなく、二人が実際に出会った日を確認する術はない。後年、本集の当該部分を執筆する際、生涯の恋人資盛との関係に、ある陰影を添えることとなった隆信の存在に触れようとした時、彼との出会いを四月十日の出来事として記し留めておこうと右京大夫は考えた。また、二人の出会いが実際に四月十日だったとすれば、なおさらのこと意識的にその日付を残した——このように推定してみたいのである[23]。

次に一四〇・一四一番の贈答歌を取り上げてみよう。一四〇番歌は『隆信集』六七〇番として入るが、一四一番歌は見えない。

そぞろきぐさなりしをついでにて、まことしく申しわたりしかど、よのつねのありさまは、すべてあらじとのみおもひしかば、心づよくてすぎしを、このおもひのほかなることを、はやいとようききけり、さてそのよしほのめかして

浦やましいかなる風のなさけにてたくものけぶりうちなびきけん（一四〇）

かへし

きえぬべきけぶりのすゑはうらかぜになびきもせずてただよふものを（一四一）

一四〇番に関しては、注釈の多くが次の藤原実方歌を引き、焚く藻の煙が風に靡くのは女が他の男に靡くことの譬えであると説明する。

かたらひ侍けるをむなのことひとにものいふとききてつかはしける[24]

藤原実方朝臣

うらかぜになびきにけりなさとのあまのたくものけぶり心よわさは（後拾遺集・恋二・七〇六）

諸注の指摘は正鵠を得たものであるが、一方『源氏物語』浮舟巻に、匂宮から浮舟への手紙の文言として以下のような表現が見えるのにも注目したい。

いかに思し漂ふぞ。風のなびかむ方もうしろめたくなむ、いとどほれまさりてながめはべる。

こちらは、『伊勢物語』第一一二段及び『古今集』にみえる次の歌の影響が指摘されている。[25]

すまのあまのしほやく煙風をいたみおもはぬ方にたなびきにけり（古今集・恋四・七〇八・読人しらず）

『古今集』読人しらず歌及び『後拾遺集』実方歌は、藻塩を焼く煙が浦風に靡く情景をもって、女が他の男に心を

移したことを譬えている点で共通し、共に男が女を恨む歌の一つの型を形成していると言える。『源氏物語』の匂宮の消息文も、そして『右京大夫集』一四〇番歌も、この型を踏襲したものであることは明らかである。隆信から贈られた一四〇番歌を記し留めた右京大夫の意識の内に、古今歌・実方歌と共に『源氏物語』浮舟巻が影を落としていた可能性はかなり高いのではないだろうか。つまり、隆信は匂宮が浮舟を怨じたように右京大夫に恨み言を言って寄越した、と読まれることを意図していたのではないかと思うのである。

とすれば、男の恨み言に答えた一四一番歌は、浮舟の立場を意識しつつ詠まれたことが予想できる。

降りみだれみぎはにこほる雪よりも中空にてぞわれは消ぬべき

これは匂宮により宇治川対岸の家に伴われた浮舟が、降り積もった雪が夕日に輝く時分、匂宮の、

峰の雪みぎはの氷踏みわけて君にぞまどふ道はまどはず

との詠を書き消すようにして書いた歌である。右京大夫詠は煙、浮舟詠は雪の違いはあるものの、どちらへ靡くでもなく中途半端な状態で漂い、はかなく消えていくものに我が身を準えている点は一致している。浮舟の歌は、匂宮により「中空」という表現を咎められた。匂宮は「中空」の語に、自分のみでなく薫にも傾いている浮舟の心を感じたのである。一方『右京大夫集』一四一番について久保田淳氏は、(26)「実はもう愛する男が出来たのに、「靡きもせずて漂ふ物を」というのは、もとより、その愛する男（資盛）との恋が深く忍ぶべきものであったからだが、結果的には、他の男への半ば無意識的な媚態ともなっている」「自らを「消えぬべき煙の末」「漂ふ」などと、言わば「はかなだちて」表現する所に、女としての魅力が生ずるのである」と指摘する。二人の男のいずれにも靡いていないという女の言葉は、当面の贈答の相手の男にとっては、嫉妬心と同時に自分にも可能性が残るという希望をも抱かせることになる。しかし久保田氏も言うようにこれは飽くまでも「結果」であり、自分の境遇を「はかなだちて」表現すること

をこそ、右京大夫はまず意図したであろう。そうした意識の源泉として、「中空にてぞわれは消ぬべき」という浮舟詠があったと考えたい。右京大夫にとってこの浮舟詠は、二人の男から求愛された女が、その内の一方の男に相対する時、いかに振る舞うべきかを示す、言わばモデルだったのではないだろうか。

この一四一番に続く一四二番も、男が女を責める歌である。

　　また、おなじことをいひて、

　あはれのみふかくかくべき我をおきてたれに心をかはすなるらむ（一四二）

こちらは、浮舟と匂宮の関係を察知した薫から浮舟への歌との関連を考えてみたい。

　波こゆるころとも知らず末の松待つらむとのみ思ひけるかな

言うまでもなく、

　君をおきてあだし心をわがもたばすゑの松山浪もこえなむ　（古今集・東歌・一〇九三）

を典拠とする。一四二番歌に古今歌の影響を見る必要はなかろうし、薫の「波こゆる」の歌との直接の関係を認めるのも少々無理がある。しかし、隆信詠の場合は、自分が最初に言い寄ったにもかかわらず、資盛に靡いた右京大夫を責める気持ち、薫詠の場合は、自分が最初の恋人であるにもかかわらず、匂宮にも許した浮舟を責める気持ちが詠まれており、その点で極めて近いものがあるのである。今「隆信詠」と述べたが、「また、おなじことをいひて」という詞書及び歌の内容から推して作者は隆信と考えるのが自然であるものの、『隆信集』にはこの歌は無い。隆信は、『右京大夫集』一四〇番に相当する「浦山し」の歌に続いて、

　　かくいひても猶あかずおぼえて

　あづまぢときくにいとどぞたのまるるあぶくま川に逢瀬ありやと（六七一）

という自詠を配しているのみなのである。右京大夫が一四二・一四三番の贈答を創作したという推定もできなくはないが、隆信がこれらを省いたと見る方が蓋然性が高いと思われる。いずれにしても、薫に責められた浮舟と近似した立場に自分が置かれたことを示す一四二番歌は、『右京大夫集』にとっては省くことのできないものであったということは指摘できるのではないだろうか。

最後に一五三番について検討する。

たえまひさしくおもひいでたるに、ただやあらましと返返おもひしかど、心よわくてゆきたりしに、くるまよりおるるをみて、世にありけるはと申ししをききて、心ちにふとおぼえし

ありけりといふにつらさのまさるかななきになしつつすぐしつるほど（一五三）

これを対隆信歌と見るか対資盛歌と見るかは説が分かれているが、その点は後述する。ここでは作者を迎えた人物が、隆信・資盛いずれであるかという問題はしばらく措き、「世にありけるは」という男の言葉と、それを聞いて詠まれた歌の表現に着目したい。三木紀人氏[27]は、「世にありけるは」の典拠として次の歌をあげている。

我が身こそあらぬかとのみたどらるれとふべき人にわすられしより

（小町集・八八／新古今集・恋五・一四〇五）

一方『続詞花集』に次のような歌が採られている。

三条大宮式部

世中をなげきけるころ、人のとへりければ

捨果ててなきになしぬるうき身をばよにありとてや人のとふらん

（雑下・八八一[28]）

男の言葉と歌の表現の双方に関連させることができそうな歌であるが、『続詞花集』のみに見える歌であることを

考慮すると、『右京大夫集』の典拠と断ずるのはやや躊躇される。それに比べれば先の小町歌は、広く知られた歌であったと言うことはできよう。

ところで「なきになす」という表現は、右京大夫が好んで用いたもので、他に

さもこそはかずならずとも一すぢに心をさへもなきになすかな（一一）

ありときかれわれもききしもつらきかなただひとすぢになきになしなで（一二三）

といった用例が検索できる。「なきになす」の和歌における用例として、古くかつよく知られているのは、『千載集』恋五の巻軸（したがって恋部の最後でもある）に、「題しらず」として配された和泉式部の歌であろう。ここでは、『和泉式部集』より引く。

久しうおともせぬ人に

うらむべき心ばかりは有るものをなきになしてもとはぬ君かな（四二八）

あるいは、一二番歌、一二三番歌、一五三番歌を詠んだ時、右京大夫の念頭にはこの歌があったかも知れない。しかし、更にもう一首注意しておきたい歌がある。『源氏物語』手習巻で、落飾の翌朝、浮舟が手習に書いたものである。

亡きものに身をも人をも思ひつつ棄ててし世をぞさらに棄てつる

この上句は、いずれかといえば一二三番歌に近いものがあるが、一五三番歌にも微かに通ずるところがあるのではないだろうか。

以上、二つの恋を語る一連の歌群における浮舟物語の影響を探ってきた。恋の渦のただ中にあった時の真情はともかく、家集編纂時の右京大夫は、二人の男の間にあった自分を回想する時、浮舟に自己を重ねずにはいられなかったのではないだろうか。もっともそれは樋口氏が「自分の若き日の恋は浮舟に似ていたなどと、その感慨を得々と家集

中に明記するの愚は、もちろん犯すはずもない」と述べているように、極めて隠微な形で匂わされているのみであるのだが。

三「主つよく定まるべし」について

隆信関係歌をめぐっては、なぜ隆信との贈答歌が家集に入っているかという問題と同時に、作者が隆信か資盛か明確でない歌の作者認定に関する問題が存在する。以下、『玉葉集』に「前右近中将資盛」という作者名で入集する一四八番・一五四番歌について検討したい。まず、一四七・一四八番の贈答を取り上げる。

　車おこせつつ人のもとへゆきなどせしに、ぬしつよくさだまるべしなどききし比、なれぬる枕にすずりのみえしをひきよせてかきつくる

たれが香におもひうつるとわするなよよなよななれしまくらばかりは（一四七）

　返りてのちみつけたりけるとて、やがてあれより

心にも袖にもとまるうつり香をまくらにのみやちぎりおくべき（一四八）

一四八番歌は『玉葉集』に次のような形で採られている。

　かたらひける女のまくらに、たれが香におもひうつるとわするなよ夜な夜ななれし枕ばかりは、とかきつけて侍りけるを後に見つけてよみてつかはしける

心にも袖にもとまるうつりがを枕にのみやちぎりおくべき　前右近中将資盛（恋三・一五六六）

作者を資盛とするのは撰者藤原為兼の誤認と考える説がかつては一般的であったが、近年の論では『玉葉集』作者表記を是とするものが目立ち、現在のところ両論が並び立っている状況である。『玉葉集』の作者名を誤りとし、一四八番作者を隆信とみるものに本位田重美・久松潜一・久保田淳・村井順・糸賀きみ江・藤平春男・三角洋一・辻勝美・野沢拓夫氏他の説があり、資盛とみるものとしては草部了円・上條彰次・兼子佳子・山本典子・加藤睦・今関敏子・谷知子氏他の説がある。(29)

隆信説の根拠として、最も多くの論者があげているのは「前後の関係から、隆信との贈答歌と見ておく」（糸賀氏）といった配列上の理由である。

一方資盛説の根拠の代表的なものは、男からの迎えの車で会いに行っている点、隆信には承安四年に隆範、治承元年（安元二年説もある）には信実を生んだ妻（藤原長重女）がいるので、「主つよく定まる」のは隆信とは見られない点である。

女が恋人からの迎えの車に乗り、男のもとに赴く（乃至は男と共に自邸以外の場所に行く）例として、『和泉式部日記』や『堤中納言物語』の『思はぬ方にとまりする少将』がある。和泉式部の場合は相手が正妻のいる親王であり、人目をはばかる恋であった。和泉式部は車に乗り、敦道親王の方違え先に向かっている。『思はぬ方にとまりする少将』の場合、主人公姉妹は大納言家の姫であるが両親は共に死去しているのに対して、相手の男たちは右大将家・右大臣家の子息である。既に正妻がいる妹君の恋人は、親から交際を反対されているために、迎えの車を差し向けて、女を従兄弟の家に迎えている。すなわち、女のもとに男からの迎えの車が差し向けられる状況とは、男の方が社会的立場が遙かに上であり、女の家での自由な逢瀬がままならない場合ということが言えよう。

右京大夫の場合はどうかと言えば、隆信には既に正妻がいたと思われるが、右京大夫のもとを訪れることが難しい立場とは考えにくい。それに対して資盛は、当時権勢を誇っていた平家の公達で、中宮の甥である。二人の交際が周囲から反対されており、右京大夫の局や里以外の場所での逢瀬もあったことは、「あたりなりし人も、あひなき事なりなどいふこともありて、さらに又ありしよりけにしのびなどして、おのづからとかくためらひてぞ物いひなどせし」という二〇五番詞書や、資盛没後に彼の所有していた北山の邸で、かつて二人で訪れたことを回想している場面（二三四～二三七番）から知られる。右京大夫のもとを自ら訪うのではなく車のみを差し向ける行為は、隆信よりも資盛にこそふさわしいと言えよう。(30)

さらに、正妻が定まるという点についても、一つの傍証をあげてみたい。以下に引くのは『隆信集』哀傷部の、隆信妻長重女哀傷歌群中の一部である。

かきつたふるにつけて、ことざまいかにぞやうちまかせぬさまなれど、又あはれもさしそふ心地して、このむかしの人、いはけなかりけるより、民部卿しげのり、思ふこころありけれど、かやうにさだまりにしかば、かひなきことにてやみにけるを、つねになれあそぶ人なりしかば、のちには、むかしさる心のありしなどいひて、わらひたはぶれしを、こののちとぶらひにつかはしたりし

あさゆふになれしをこふる君よりもよその別は猶ぞかなしき（四〇四）

かへし

よそにてもあはれかくべき君なればあやなくいまはかたみとぞ思ふ（四〇五）

長重女哀傷歌群は、「主つよく定まるべし」を隆信と見る説でも資盛と見る説でもしばしば取り上げられているのだが、傍線部とりわけ「かやうにさだまりしかば、かひなきことにてやみにける」の部分の重要性は、従来看過されてきたように思う。

民部卿藤原成範は、少納言入道信西（通憲）の三男で桜町中納言と称された人物である。『平家物語』（巻一・吾身栄花）に、平清盛の婿となるはずであったこと、「すぐれて心数奇給へる人」であったことなどが語られている。その成範は、長重女に早くから思いを寄せていたが、「かやうにさだまりにしかば」求愛しても甲斐がないと悟り諦めた。しかし隆信とは親しい間柄であったので、その後は「昔彼女に懸想していたことがあったなあ」などと笑い話にしていた――『隆信集』四〇四番詞書からはこのようなことが読み取れるのではないか。問題は「かやうにさだまりにしかば」が具体的に何を意味するかであろう。結論から言えば、稿者はこれを長重女が隆信室と定まったことと解釈したい。

詞書の傍線部の前の部分は、亡き妻を偲ぶ歌や弔問の歌を書き付けるにつけて抱いた感慨とも、それらの歌々を書き連ねることの言い訳ともとれる表現であるが、いずれにしてもこの部分に「かやうに」が指し示す内容があるとは考えられない。「かひなきことにてやみにける」に続くことから推して、「かやうにさだまりしかば」は成範が長重女を諦めた理由でなくてはならず、隆信が「かやうに」と言うのだから、彼が関与していると見なすのが自然であろう。とすれば、「さだまり」という言い方からして、長重女が隆信の正妻に定まったことを指すと考えられよう。

この推定が正しいとすれば、隆信に正妻が定まったのは、長重女が没したと思われる治承年間（おそらくは治承三年(31)）にさほど近い時期ではないということになる。長重女の生前に、かつて成範が彼女に思いを寄せていた時期は既に

「むかし」になっており、笑いながら回想するだけの時間がたっているからである。

また、右京大夫と隆信の出会いは治承元年、恋人の関係になったのは翌年と思われるので、「主つよく定まるべし」が長重女没後に新たに正妻を迎えたことを意味すると見なすのは難しい。

以上のように検討した結果、右京大夫と恋愛関係にあった時期に「主つよくさだまる」という境遇にあったのは資盛ということになろう。この点と、先述した迎えの車の件とを根拠とし、一四八番作者は資盛であると見なしたい。

四　「通ひける」の歌について

続いて、一五四・一五五番の贈答を取り上げて検討を加えたい。

夢にいつもいつもみえしを、心のかよふにはあらじを、あやしうこそと申したるかへり事に

かよひける心のほどは夜をかさねみゆらむ夢におもひあはせよ（一五四）

かへし

げにもその心のほどやみえつらむゆめにもつらきけしきなりつる（一五五）

一五四番歌の作者を隆信とする説、資盛とする説は、一四八番歌の場合と概ね一致するが、[32]特に隆信説に立つ論の中には、一四八番の場合に比してやや消極的な論調になるものも見られる。例えば一四八番歌に関しては「すでに本位田氏がいっておられるように、筆者も隆信とのものと思う」と断言された村井順氏[33]は、一五四番歌については「これも隆信とのものではないかと、一応疑ってみる必要がある」と述べるにとどめている。

逆に一四八番を資盛歌とみながら、一五四番については作者を隆信と判断したのは山本典子氏[34]である。その根拠は、『隆信集』にも収められ隆信との贈答であることが明確な一四九・一五〇番及び一五一・一五二番の贈答の右京大夫の歌と、一五四・一五五番の贈答の彼女の歌とに、同質の心情が読み取れるという点だと言う。即ち、一四九番歌、一五一番詞書、一五四番詞書からは、男が自分への愛情を強調する反応を示してくれるのを、暗に求める右京大夫の心情が共通して看取できると言うのである。

一四八番歌の場合には、「車おこせつつ」「主つよく定まるべし」という前の歌の詞書が有力な判断材料となり得たが、一五四番詞書には作者を認定できるような文言はない。そこで歌の表現を分析することにより、作者を推定するという方法を試みたい。

既に久保田淳氏[35]他の指摘があるように、一五四番歌「おもひあはせよ」の「あはせ」は「夢」の縁語と見るべきである。一首の要となっているこの縁語は、無論当該歌作者の独創になるものではない。「夢」「思ひあはす」を共に詠み込んだ歌の先蹤として管見に入ったのは、以下の十一例である。

①　子なくなりて侍りけるころ、おなじおもひなりける人につかはしける　　橘則光朝臣

かたらばやこのよの夢のはかなさを君ばかりこそおもひあはせめ　（続詞花集・哀傷・四一七）

②うれしさは身にあまるまでみちぬらむゆめ心にも思ひあはせよ　（相模集・四一三・走湯百首第二）

③二たびと思ひあはするかたもなしいかに見し夜の夢にか有るらん　（浜松中納言物語・巻一・二九）

④　にわじの一品の宮うせさせ給へりしに

ゆめかとよたれにかたらむはかなさをいさまたえこそおもひあはせね　（六条院宣旨集・一〇六）

⑤夢ばかりききてすぎしを時鳥思ひあはするこのさつきかな　（出観集・一七七）

⑥（詞書略）

たれとかはゆめうつつをもさだむべき君やこしともとふ人はなし

かへし

ゆめかともけふこそしらね契あらばおもひあはするよにもあひなんいせ　（隆信集・六二〇・六二一）

⑦かたるなよ夢ばかりなる逢ふ事をおもひあはする人もこそあれ　（後詞花集・恋中・五九五・因幡内侍）

⑧　世中さまざまにかはりゆきしころ、二条院の御事などを思ひいでたてまつりけるにや、三かはの内侍のもとより、雨ふりし朝に

みしや夢きくやうつつとおもふまのながめにぬるる袖をとへかし

かへし

みしゆめに思ひあはする世のなかのながめはたれもおとりやはする　（隆信集・八六一・八六二）

⑨ねざめしてうきよをおもひあはすればまどろむゆめにかはらざりけり　（嘉応二年住吉社歌合・述懐・一二一・女御家兵衛督）

⑩誰もみるおなじうき世の夢なれや思ひあはせてなぐさめもせよ　（歌仙落書・九一・登蓮法師）

⑪　刑部卿頼輔のきみのもとより

うちつづきよそにみし世のゆめよりもこはあさましとおどろきやする

返し

たぐひなきこのかなしさのさめばこそゆめともさらにおもひあはせめ　（重家集・六〇四・六〇五[36]）

ほぼ年代順に配列してみた。①の詠歌年次は不明。作者橘則光が、相模と交渉のあった季通の父であることから②の前に配したが、②の方が先行する可能性もあろう。②は走湯百首の作であることから治安二年（一〇二二）の歌とわかる。③『浜松中納言物語』は後冷泉朝の成立で菅原孝標女作かと推定されている。④は『私家集大成』解説に従えば、天承元年（一一三一）の詠。⑤は年次不明。⑥『隆信集』の歌は、同集六一八番詞書により保元年間（一一五六〜一一五八）のものと判明する。同じ『隆信集』の⑧は、詞書から推して二条天皇が崩じた永万元年（一一六五）頃の詠か。⑦は二条天皇崩御後まもなく成立した『続詞花集』に入ることから、永万元年以前と推定できるのみである。⑨は嘉応二年（一一七〇）。⑩は『歌仙落書』の成立したと思われる承安二年（一一七二）以前の歌。最後の⑪は、同じ贈答歌を収める『頼輔集』の詞書により安元二年（一一七六）のものとわかる。但し『重家集』自体の成立は治承二年（一一七八）七月、『頼輔集』の成立は寿永元年（一一八二）六月である。

以上が『右京大夫集』一五四番に先行することが確実な例のすべてであるが、詠歌年次は未詳ながら、もう一首あげておきたい歌がある。

⑫いかで又思ひあはせん宵のまにみもあへざりし夢のみじかさ　（風葉集・恋四・九九九・うきなみの一条院）

『うきなみ』は、言うまでもなく隆信作とされる物語である。樋口芳麻呂氏は、(37)『うきなみ』の成立を永暦元年（一一六〇）以降、治承四年（一一八〇）以前と推定しており、「通ひける」の歌に先行する可能性もある。これで「夢」―「思ひ合はす」が詠み合わされた歌の中で、隆信作のものが二例、隆信の贈答の相手のものが一例ということになる。とりわけ⑥は、『隆信集』六一八〜六二七番の十首に及ぶ歌物語めいた歌群の中の一首である。忘れ難い思い出の伴う歌であったろう。更に、④作者は隆信の養父俊成の妻、⑨は隆信も出詠した歌合であり、①・⑧を収める『続詞花集』の撰者藤原清輔及び⑪作者藤原頼輔・重家と交友があったことが『隆信集』から知られる。隆信は、一五四番歌作者としてふさわしいと言うことができよう。

他方資盛は、少なくとも二度にわたる歌合を主催した歴とした歌人であり、(38)『月詣集』等所収の和歌には『堀河百首』他の先行作品に学んだ表現も散見するものの、縁語や掛詞を駆使した作は僅かである。しかも一五四番歌が詠まれた頃にはいまだ十代。「通ひける」の歌が資盛作である可能性を完全に否定することはできないものの、「夢」—「思ひ合はす」の縁語を用い、女の皮肉を逆手に取った歌を咄嗟に返している当該歌作者像により合致するのは、資盛より隆信ではないだろうか。

また、一五四・一五五番は、右京大夫の方から「心のかよふにはあらじを、あやしうこそ」と言い送ったことから成立した贈答である点に注意したい。資盛との贈答はそもそも数が少ないが、恋愛関係になって以降、右京大夫から先に何かを言ってやったり和歌を贈ったりしているのは、資盛の都落ちの後に何とか伝手を見つけて文を贈った特殊な場合のみなのである。右京大夫は資盛に言いたいことがあっても、自分から言い掛けることはない。先に見た一四七・一四八番の場合も、資盛に歌を贈ったわけではなく、枕紙に書き残しているだけである。資盛を思って多くの歌を詠んでいるが、例えば次の歌のように、相手に伝えようとはせず独詠で終わりにしてしまう。

　ちちおとどの御ともに、くまのへまゐるとききしを、かへりてもしばしおとなければ

わするとはきくともいかがみくまのの浦のはまゆふうらみかさねん（一五九）
　とおもふも、いと人わろし

一方、隆信との関係においては、丁々発止のやりとりができるだけの和歌の力量を持つ相手だからだろうか、右京大夫から挑戦を仕掛けるような場合が見られる。例えば、最初の出会いの場面において、隆信から贈られた一三六番

歌に対して一三七番を返したのみならず、「海人―尼」の掛詞を用い「あなたはあの尼さんに思いを寄せているように見えました」という内容を詠んだ一三八番を、右京大夫の方から贈っている。一五一番詞書「またしばしおとせでふみのこまごまとありしかへしに、などやらんいたく心のみだれて、ただみえしたちばなを一枝つつみてやりたりしに、えこそ心えねとて」も、謎かけのような行為を右京大夫から仕掛けていることを示している。一四九・一五〇番の郭公をめぐる贈答も、右京大夫が詠み掛け隆信が返している。一五四番についても、「あなたの心が通ってくるわけでもないのに、あなたの夢を見るのはなぜなのでしょう」という問いを発し、相手の対応を試そうとしているかのような態度は、隆信に対するものと見なすべきであろう。

一四八番・一五四番共に決定的根拠を示し得たとは言えないが、稿者としては、一四八番歌の作者は『玉葉集』にある通り資盛でよいが、一五四番歌は隆信作と見るべきであると考える。やはり為兼は隆信の存在に気付いていなかったのであろう。資盛作と考えた二首の歌の、一方は偶然資盛のものであったが、もう一首は隆信の歌であったということなのではなかろうか。

さいごに

以上、先学諸氏の驥尾に付しつつ、『右京大夫集』の二つの恋を語る歌群から読み取れる作者の意識及び『玉葉集』入集歌の作者認定の問題について論じてきた。

結局、従来「隆信歌群」と捉えられてきた一連の恋歌は、隆信関係の歌と資盛関係の歌とが、読者には簡単に判別できぬほどに混然と配列されたものらしい。この点に関して、加藤睦氏(39)による「資盛との交渉を事実に即した形で語り直そうとしたものなのであろう。けれども作者にとっては、それぞれの相手との贈答を混在させて配列するのが精一杯で、企ては途中で挫折した、というふうに考えるのが正しいのではないだろうか」という論に説得力を感じる。また、右京大夫は二人の男性との複雑な過程の中で資盛を選んだ状況を語ることにより、恋による苦悩が増大されるよう企図したとする大倉比呂志氏(40)の指摘も示唆に富む。稿者としては、資盛との恋を語り直す段階で、右京大夫は『源氏物語』の浮舟を意識していたと考えたいのである。思えば『源氏物語』においても、浮舟と薫・匂宮それぞれとの交渉が代わる代わる語られ、その同時進行性こそが女主人公の苦悩の根源であった。

無論『右京大夫集』全体を貫く主題を問題にするならば、資盛と隆信の重さは同等ではあり得ない。資盛と隆信に対する右京大夫の態度も同質ではなく、資盛との恋に関わる歌が多く悲嘆に彩られた独詠であるのに対し、隆信に対しては贈答を楽しむ余裕が垣間見える場合も含まれる。相手の言葉を逆手にとったり故意に曲解したりして、時に軽くいなし、時に揶揄し、時に反論するという、恋人同士の贈答歌の醍醐味が感じられる遣り取りは、主に隆信相手の場合に成立している。しかし隆信との恋を記録することそれ自体が目的なのではなく、隆信とも恋をしていた実情を語ることにより、同時進行の恋に苦悩し、その中で、後に悲しい結末が待つ資盛との契りに身を委ねることを選んだ自分の姿、自分の運命をこそ、作者は描きたかったのではないだろうか。

【補説】

本稿初出時には、末尾部分の記述は以下の通りであった。

無論『右京大夫集』全体を貫く主題を問題にするならば、資盛と隆信の重さは同等ではあり得ない。しかし、少なくとも今回考察対象とした歌群においては、二人の男は同じように作者を惹き付けたのであり、その中で悩みながら資盛との契りに身を委ねることを選んだ自分をこそ、作者は語りたかったのではないだろうか。全体の論旨を大きく変えたわけではないが、現段階では資盛と隆信が「同じように作者を惹き付けた」という表現は適切ではないと考えている。

二人の男との同時進行の恋を語る際に、『源氏物語』の浮舟を意識していることは明らかだと思うが、浮舟にとっての薫・匂宮と、右京大夫にとっての資盛・隆信は全く同一とは言えないであろう。浮舟がいずれをも選べず入水を図ったのと異なり、右京大夫は同時進行の恋ゆえに苦悩しているように見えるが、相手を選びかねていたわけではない。実際のところ、右京大夫は隆信との贈答を楽しんでいた面があったのではないか。それは家集からも垣間見られる。しかし家集編纂時において、当該部分で作者が描こうとしたのは、やはり資盛との恋であろう。それはただでさえ「いくよしもあらじとおもふかたにのみなぐさむれどもなほぞかなしき」（一三五番）と独りごちてしまうような辛い恋であったが、右京大夫は隆信の存在を明らかにすることによって更に苦悩に満ちたものとして描こうとしたのだと思われる。それでもなお資盛との恋を選び取ることが自分の運命であり、資盛との関係は宿縁すなわち「契り」であった――それが右京大夫が描きたかったことだと考えたい。

そうであるならば、多くの先行研究が指摘するように、隆信関係歌は資盛との恋をより効果的に語るための手段と言ってよいのであろう。

〔注〕

(1) 「建礼門院右京大夫集研究」(『東京女子大学日本文学』5・10　一九五八年二月)

(2) 「建礼門院右京大夫集に関する一考察—隆信との交渉の記事をめぐって—」(『日大桜丘高校研究紀要』7　一九七六年二月)

(3) 「建礼門院右京大夫集私見—隆信との恋をめぐって—」(『静岡女子大学国文研究』11　一九七八年三月)

(4) 「『建礼門院右京大夫集』について—執筆動機と作品世界のありかた—」(『国語と国文学』65・2　一九八八年二月)

(5) 和歌文学大系『式子内親王集／俊成卿女集／建礼門院右京大夫集／艶詞』(二〇〇一年　明治書院)、『中世和歌とその時代』第五章第四節(二〇〇四年　笠間書院)

(6) 「建礼門院右京大夫集の研究—隆信との恋をめぐって—」(『名古屋大学国語国文学』49　一九八一年十一月)

(7) 「『建礼門院右京大夫集』小考—隆信との贈答歌をめぐって—」(『平安文学研究』67　一九八二年六月)

(8) 「『建礼門院右京大夫集』における虚構の問題—隆信歌群をめぐって—」(『国語国文学誌』22　一九九二年十二月)

(9) 「『建礼門院右京大夫集』における愛と死—資盛と隆信をめぐって—」(女流日記文学講座第六巻『建礼門院右京大夫集・うたたね・竹むきが記』一九九〇年　勉誠社)

(10) 『建礼門院右京大夫　大皇太后宮小侍従』(一九四二年　三省堂)

(11) 「建礼門院右京大夫集の性格」(『関西大学文学論集』1・1　一九三一年三月)

(12) 『世尊寺伊行女右京大夫家集』(一九七八年　笠間書院)

(13) 「『建礼門院右京大夫集』における隆信歌群の読みについて—『隆信集』功罪論を原点として—」(『文学論藻』62　一九八八年二月)

(14) 「隆信と右京大夫の恋」(『国語国文学報』30　一九七六年十一月)

(15) 「『建礼門院右京大夫集』研究—家集における隆信の位置—」(『東京女子大学日本文学』53　一九八〇年三月)

（16）『建礼門院右京大夫集・とはずがたり』（鑑賞日本の古典　一九八一年　尚学図書）

（17）『更級日記・建礼門院右京大夫集』（日本の文学古典編　一九八六年　ほるぷ出版）

（18）「『建礼門院右京大夫集』資盛・隆信歌群の再検討―「色好むと聞く人」をめぐって―」（『和歌文学研究』96　二〇〇八年六月）

（19）注（13）に同じ。町田氏は、一三六～一四五番及び一四九～一五二番は確実な対隆信歌、一五八番及び一六三番は対隆信歌である可能性が高いとする。

（20）注（15）に同じ。

（21）「『建礼門院右京大夫集』上巻の成立と構造」（『フェリス女学院大学日本文学科創設三〇周年記念論集国文学論叢』一九九五年六月）→『中世和歌とその時代』第五章第四節（二〇〇四年　笠間書院）

（22）町田友子氏注（13）論文は、「うづきの十日」の詞書中における役割としては、「色好むと聞く人」の言葉に伴ってその夜の月の状態を理解してもらうためといったことが考えられよう」と指摘する。

（23）『右京大夫集』上巻の詞書は基本的に家集編纂時に回想によって記されたと思われることが、谷知子氏（注5）によって指摘されている。

（24）『実方集』一五七番での詞書は「少弁、こと人にものいふときゝて」。

（25）『伊勢物語』『古今集』のみ指摘する注釈書が多いが、日本古典文学大系は実方歌の影響も併せて指摘する。

（26）「建礼門院右京大夫集評釈」（『国文学』昭四三・一〇～昭四六・三）

（27）「遅く来た色好み―隆信」（『国文学』21‐11　一九七六年九月）

（28）この歌について、三角洋一氏が「『おやこの中』と二条太皇太后宮式部」（紫式部学会編　古代文学論叢第七輯『源氏物語及び以後の物語　研究と資料』一九七九年　武蔵野書院）において言及している。氏は、作者名表記が正確であるならば、関白頼忠女で円融后の遵子に仕えた式部の作と思われるが、あるいは「三条」は「二条」の誤写かも知れないと指摘する。もし誤写があったとすれば、三角氏が散佚物語『おやこの中』の作者と推定している二条太皇太后宮式部の歌ということになる。

（29）本位田重美氏『評註建礼門院右京大夫集』（一九五〇年　紫乃故郷社、改訂版一九七四年　武蔵野書院）、久松潜一氏『日本古典文学大系　平安鎌倉私家集』（一九六四年　岩波書店）、村井順氏『建礼門院右京大夫集評解』（一九七一年　有精堂）、糸賀きみ江氏『新潮日本古典集成　建礼門院右京大夫集』（一九七九年　新潮社）、辻勝美・野沢拓夫氏『中世日記紀行文学全評釈集成　建礼門院右京大夫集』（二〇〇四年　勉成出版）。他についてはこれまでの注を参照されたい。但し、久保田淳氏は注（26）では隆信を作者としていたが、後に刊行された新編日本古典文学全集『建礼門院右京大夫集・とはずがたり』（一九九九年　小学館）では両論を並記している。

（30）男が迎えの車を寄越している点に注目した論として、宮本園子氏「『建礼門院右京大夫集』の研究—資盛・隆信歌群の考察」（『日本文芸論叢』二〇〇三年　和泉書院）がある。宮本氏は男が女に迎えの車を遣る例を博捜し検討した上で、一四八番の作者は資盛であると結論づけている。

（31）樋口芳麻呂氏「うきなみ物語考」（『国語国文』39-2　一九七〇年二月→『平安・鎌倉時代散逸物語の研究』一九八二年　ひたく書房）による。樋口氏は、長実女の死の翌年に隆信と定家の間で交わされた長歌の贈答（『隆信集』九二八〜九三三番）に着目し、隆信歌に多年八条院等に仕えながら自分のみ沈淪しているという悲嘆の情が窺えること、「時雨」の語が詠み込まれていることから、贈答の行われたのを、彼の失意が最も深いと思われる治承四年秋と推定した。これにより長実女の死は治承三年秋と考えられるのである。隆信は養和元年春に従四位上に叙せられているので、不遇をかこつ長歌の詠まれたのは治承四年以前であることはまず間違いなく、したがって長重女の没したのが、信実の生まれた治承元年（安元二年説もある）以降、同三年までの間であることも疑えない。なお本稿初出時には、『喪葬令』の規定により隆信が三箇月間服喪したであろうことを前提に、長重女没は九月中旬なので、十一月十四日の中宮御産三夜に参仕している治承二年は長重女の没年とは考えられないと述べた。しかし『喪葬令』の規定はかなり柔軟に適用されており、二箇月足らずでの除服もあり得ると思われるので、本書収載にあたり当該部分は削除した。

（32）但し、藤平春男氏・加藤睦氏は当該歌に言及していない。

（33）注（29）に同じ。

（34）注（7）に同じ。

（35）注（26）、注（29）に同じ。

（36）『頼輔集』九五・九六番に「たか松院、六条院、建春門院、九条院、うちつづきかくれさせ給へるころ、入道都督重家卿、むすめにおくれて侍るとぶらひにつかはすとて」との詞書で入る。但し贈歌第二句「よにぞみしよの」、答歌第三句「さめざらば」。

（37）注（31）に同じ。

（38）一度目は、養和元年以前のある年の秋の催行と思われ、有房・親宗らが出詠（書陵部本『有房集』・『親宗集』）。二度目は、寿永二年の頭中将時代の催行と思われ、俊成（判者を兼ねる）・定家・寂蓮・隆信・寂超・実定らが出詠（『続拾遺集』・『玉葉集』・『玄玉集』・『閑月集』・『隆信集』・内閣文庫本『僻案抄』他）。

（39）注（4）に同じ。

（40）「『建礼門院右京大夫集』試論」（『王朝女流文学の新展望』二〇〇三年　竹林舎）

第六章　『隆房の恋づくし（艶詞）』の成立をめぐる諸問題

はじめに

藤原隆房は、『平家物語』巻六「小督」において、高倉天皇に召された小督に対し恋破れた男として描かれていることで有名であるが、その「小督」段にも引かれた和歌を収めているのが、本章で取り上げる『隆房集』である。『隆房集』の伝本は、三系統に整理される。[1] 第一種本乃至御所本系と称されるものは、詳細な詞書を有した百首の恋歌から成る。第二種本乃至定家本系と称される系統は、第一種本と同じ百首を収め、詞書のみをごく簡略化したもので、奥書により定家自筆本に基づくことが知られる。第三種本乃至艶詞系と称されてきた系統は、第一種本・第二種本の百首のうち二十三首を欠き、代わりに長歌一首・反歌二首の加わった八十首を収め、第一種本に近い詞書を有し、『隆房の恋づくし』『四条大納言日記』『隆房卿艶書合』『艶詞』など様々に称される。本章では『隆房の恋づくし』が古い名称であるという渡邉裕美子氏の説に従い[2]、『隆房の恋づくし』（『恋づくし』と略称する）の呼称で統一することにしたい。なお、『恋づくし』巻末の長歌・反歌にもう一首反歌を加えた四首を詞書とし、白描やまと絵を合わせた『隆房卿艶詞絵巻』がある。

本章では、『恋づくし』が誰の手によって、いつ、どのような意図で編まれたのかについて論じたい。本文の引用は、第一種本は冷泉家時雨亭文庫蔵本、第二種本は宮内庁書陵部蔵本、第三種本は早稲田大学図書館蔵本に拠った。[3]

一　『恋づくし』編者は隆房か

『恋づくし』は第一種本『隆房集』を改編して成ったもので、和歌や詞書の字句が第一種本と異なる箇所が極めて多い。隆房本人が改編を行ったのであれば、なぜそのような形にしたのか疑問が生じる箇所も少なくない。これは多くの研究者が感じてきた疑問であるが、他者が改編を行ったと初めて明確に主張したのは、渡邉裕美子氏であった。渡邉氏は、不自然な設定への変更・耳慣れた歌語への変更・『伊勢物語』離れ・類型的心情描写への改変といった点を解明し、これらは隆房本人の手になるとは考えられないことを指摘した。稿者も同様に『恋づくし』編者を隆房以外の人物と見る立場に立つが、渡邉氏とは違った観点から『恋づくし』編者が隆房ではないことを証明してみたい。

①詞書・和歌の意味内容の変化

第一種本『隆房集』と第三種本『恋づくし』を比較すると、改編の結果、意味内容が大きく変化している例が少なくない。例えば、第一種本五九番、第三種本では四七番の歌を見てみよう。

〈第一種本〉

そのよしづかなりしかば、さま〴〵かたらひし中に、ひさしくよにもながらふまじきゆめをみたるといひしかば、ゆゝしくあはれげにおもひ

〈第三種本〉

て、さらむよにはいかゞせんずるといひし事の、
わすれず思ひいでられて
のちのよをあはれときみがいふならばしなむいのちも
なにかをしまん

久しく世にあるまじき夢をみるといひし事のわ
すれがたくて
後の世をあはれと君がいふならばしなんいのちもなに
かをしまん

第一種本の詞書を素直に解釈すれば「長く生きられそうにもないという夢を見ましたと私が言うと、あの人はひどく哀れげに思って、そうなったらどうしようと言った事が、忘れられず思い出されて」という内容であり、和歌は「私が死んだ後、あなたがかわいそうと言ってくれるなら、死んでいく命もどうして惜しもうか」という意味になる。ところが『恋づくし』の詞書では、長生きできないという夢を見たのは相手ということになっており、和歌の内容と矛盾してしまう。隆房本人であれば、このような改作は行うはずはないであろう。

続いて、第一種本五六番、第三種本四四番の歌をあげる。

〈第一種本〉
うらめしやいつしかとりのなきぬらんいとふはこよひ
ゝとよばかりを

〈第三種本〉
うらめしやいつしかとりのなきつらんいとふはこよひ
一夜ばかりは

省略した詞書には、相手の女が里下がりをした折に束の間逢うことができ、名残を惜しみつつ帰る道すがら、鶏が鳴くのを聞いて詠んだ歌であることが示される。「まれのひまのありしに、わりなくしてたちいりたりし」とされることの逢瀬はようやく実現したものであり、次の歌の詞書には「またいつをまつべしともなくて」とある。したがって、下句の意味は第一種本のように「鶏の声を厭わしく思うのは、今夜一夜だけなのに（他の夜は彼女に逢えないから、夜明けも厭わしくない）」となるはずである。『恋づくし』四四番歌の末尾部分は「ばかりは」（早稲田大学図書館蔵本・神宮

文庫本他）、「ばかりか」（歴史民俗博物館蔵高松宮旧蔵本他）、「ばかりぞ」（静嘉堂文庫〈二一三一六／一／五一四・一二〉他）など揺れがある。「ばかりぞ」はともかく、「ばかりは」では意味が通らず、「ばかりか」では女に逢えない夜にも夜明けが厭わしいという意味になってしまう。

直後に配列された歌もあげてみよう。第一種本五七番、第三種本四五番である。

〈第一種本〉
こよひさへしのぶ心のなぐさまでけさしもいとゞものぞかなしき

〈第三種本〉
こよひさへ忍ぶ心のなぐさめにけさしもいとゞ物ぞかなしき

前述のように、たまさかの逢瀬の翌朝、次にいつ逢えるとも知れないことを歎きつつ詠んだ歌である。[4] したがって歌の意味は「逢うことができた昨夜ですら、恋しさを忍ぶ心は慰められず、逢って別れる今朝はますます悲しい」となるはずで、第三句は「なぐさまで」でないといけない。『恋づくし』の形では、意味が異なるばかりか、上句と下句のつながりも悪くなってしまう。

②修辞の無効化

続いて、第一種本で用いられていた修辞が第三種本では無効化されている例を取り上げたい。まず、第一種本・第三種本共に五番の歌から見てみよう。

〈第一種本〉
えぞいはぬおもふことのはしげゝれどなつの、すゝきしのびやかにも

〈第三種本〉
えぞいはぬおもふこゝろはしげけれど夏のゝすゝきしのびやかにも

第一種本の「ことのは」には「葉」が掛かっており、「しげゝれど」は伝えたい言葉がたくさんある意と、葉が生い茂る意が重ねられている。「なつの、す、き」が「しのびやか」なのは、葉は茂っていても穂が出ていないからであろう。ところが『恋づくし』では「ことのは」が「こ、ろは」に変えられており、「葉」を軸にした修辞が成立しなくなってしまった。

次に、第一種本二八番、第三種本では二五番の歌をあげる。

〈第一種本〉
たのめこしそのつきなみもたちにけりかきたえぬるか
　みづぐきのあと

〈第三種本〉
たのめこしその月なみもすぎにけりかきたえぬるか水
　ぐきのあと

本来、「つきなみ」には「波」が掛かっており、それゆえ「たちにけり」と続くのであるが、『恋づくし』では「たちにけり」ではなく「すぎにけり」とあり、「波」と「立ち」の縁語が消えてしまっている。

第一種本四五番・第三種本三三番も同様である。

〈第一種本〉
もえわたるけぶりのうちのおもひこそときをもわかず
　身をこがしけれ

〈第三種本〉
もえまさるけぶりの中の心こそ時をもわかず身をこが
　しけれ

「おもひ」に「火」を掛け、「もえ」「けぶり」「こがし」と縁語にしているのが本来の形であるのに、『恋づくし』では縁語の要である「おもひ」が「心」に変わっている。

以上見てきたような改編のあり方は、作者本人であれば到底行うとは考えられないものである。第一種本『隆房集』を改編し『恋づくし』を編んだ人物は隆房ではないと断定してよいであろう。

二　『恋づくし』成立の時期

では、その改編が行われたのはいつのことなのだろうか。この点を解明するために、隆房の勅撰集入集歌の出典を調査した。『隆房集』を典拠とする勅撰集入集数の調査は、既に小林加代子氏や渡邉裕美子氏が試みているが(5)、更に詳細に検討したいと考え、隆房の勅撰集入集数すべてを対象とした。なお、参考のため『月詣集』入集数についても同じ調査を行った。『隆房集』と重複する歌は番号・出典共に太字にし、出典欄に第一種本（①）・第二種本（②）・第三種本（③）のいずれと一致するかを示した。

歌集名	歌番号	出典
千載	一一	出典未詳。月詣一九番と一致。
	五三四	日大本隆房集。月詣二六四番と一致。
	六九五	出典未詳。月詣四八四と第五句以外一致。
	八二七	**①②③と下句のみ一致（③の第五句は伝本によっては小異）。月詣五六一と一致。**
	九二三	**①②③と一致。**
新古今	七四二	建久七年兼実宇治歌会
	一一〇五	『明月記』により詠歌事情が知られる。
新勅撰	二二〇	『朗詠百首』
	三二六	『正治初度百首』
	七七四	**①②と一致。③とは二字違い。**

	八九九	①②③と一致。
	九〇五	①②と一致。③とは二字違い。
続後撰	二〇五	出典未詳
	三六八	『正治初度百首』
	八一七	①②③と一致。
続古今	九五五	建仁元年和歌所歌合
	一三八〇	建久六年『民部卿家歌合』
	一三八五	年次未詳日吉社歌合
続拾遺	一七四	『正治初度百首』
	四六一	『師光集』か。同集八五番と一致。
	八〇六	②③と一致。①とは一字違い。
新後撰	八二四	『正治初度百首』
	八八五	③と一致。①②とは一句違い。
玉葉	一三一二	①②③と一致。
	一五三〇	③と一致。(6) ①とは二字、②とは三字違い。
	一五四〇	①②③と一致。
	一六二八	『正治初度百首』
続千載	六一〇	嘉応二年『法性寺殿歌合』
続後拾遺	一三一八	正治二年『石清水若宮歌合』
新千載	二二六	『正治初度百首』
新拾遺	六一九	『御室五十首』。新後拾遺八〇五番と一致。
	一〇五七	①②③と四字違い。月詣五八六番と一致。

新後拾遺	八〇五	『御室五十首』。新拾遺六一九番と一致。
新続古今	八八五	日大本隆房集
月詣	一九	出典未詳。千載一一番と一致。
	八二	日大本隆房集
	二六四	日大本隆房集。千載五三四番と一致。
	三四五	出典未詳
	三七八	日大本隆房集
	四八四	出典未詳。千載六九五番と第五句以外一致。
	五六一	①②③と下句のみ一致（③の第五句は伝本によっては小異）。千載八二七番と一致。
	五八六	①②③と四字違い。新拾遺一〇五七番と一致。
	九六〇	出典未詳

まず、少々話題が逸れることになるが、現在残らない隆房の家集が少なくとももう一種あったのではないかという推定をしてみたい。勅撰集及び『月詣集』入集歌の中には、出典未詳の歌が重複を整理すると五首存する。注意したいのは、『月詣集』入集歌九首のうち四首が出典未詳だという点である。

有吉保氏は、(7) 日本大学図書館所蔵で表紙に『雅親集』と記された歌集が隆房の家集であることを明らかにし、これを賀茂重保の勧進で賀茂社に奉納されたいわゆる寿永百首家集の一つであろうと推定した。今この家集を便宜上「日大本隆房集」と称することにし、前掲の表においてもこの呼称を用いた。同集からは、重保が撰者である『月詣集』に三首が入集しており、その点では寿永百首家集の条件の一つを満たしていると言える。しかし日大本隆房集は、堀河百首題による百首歌なのである。現在、寿永百首家集として認定または推定されている家集で、組題百首による家集は一つもない。日大本隆房集は、隆房の『朗詠百首』に近い性格、すなわち組題による百題百首という性格を有するのであり、寿永百首家集とは考えにくいと思う。仮に隆房が寿永百首家集を編んでいたとするならば、それは『月詣集』一九番（詞書「遠山霞といへるこころをよめる」）のような題詠も含み、同じく四八四番（詞書「女につかはしける」）のような贈答歌も含む家集であっただろう。隆房の寿永百首家集奉納については否定的な意見(8)もあるが、隆房は重保主催の『別雷社歌合』に出詠しており、『月詣集』には九首入集している。寿永百首家集を提出した可能性は高いであろう。そしてそれは日大本ではなく、現在出典未詳となっている隆房歌を含んだ家集であろうと思う。

以下、『隆房集』と重複する歌について検討を加えたい。まず、『千載集』八二七番。下句のみが第一種本・第二種本・第三種本と一致し、表には明示しなかったが詞書がやや詳細である。この歌は、隆房自身が自詠を改作し、先に推定したもう一種の家集に入れたのではないだろうか。それを『月詣集』が採り、『千載集』が採ったと考えたい。

『新勅撰集』では、第一種本・第二種本とは一致し、第三種本とは異同のあるものが二首ある。定家が撰集資料に用いたのは第三種本ではないと考えてよいであろう。

『千載集』九二三番・『続後撰集』八一七番・『続拾遺集』八〇六番は、どの系統に拠ったか特定できない。

『新後撰集』八八五番・『玉葉集』一五三〇番は第三種本のみと一致するので、この二集は第三種本から歌を採っていると考えられる。特に『玉葉集』の詞書に「安元御賀に地久をまひ侍りける中にも、心にかかる事のみ侍りければ」とあるのに注意したい。『恋づくし』の詞書には「なにのまひとかやに入て、はなやかなるふるまひにつけても、あはれ、思ふ事なくてかゝるまじらひをもせば、いかにまめならましとおぼえて、又さしもうらめしく、あだなれば、見る事つゝ、ましくて」とあり、安元御賀であったことも、舞が地久であったことも明記されていない。隆房が安元二年の後白河院五十賀において舞人として地久を舞ったことは、『玉葉』や『安元御賀記』に記されている。『玉葉集』撰者藤原為兼は、『恋づくし』の詞書を見て安元御賀の記事と判断した上で、他の資料によって具体的に舞の名を記したのであろう。

以上検討してきたことから、『恋づくし』を典拠とすることが明確なのは、『新後撰集』と『玉葉集』のみだということが判明した。とりわけ『玉葉集』では詞書も詳しく、『恋づくし』からの入集数も最も多かったわけだが、これは平曲が愛好され延慶本のような読み本も享受され、『平家物語』や平家文化に対する関心が広まっていた当時の風潮に拠るものであろう。周知のように、『玉葉集』は平家歌人や建礼門院右京大夫など平家周辺の歌人の作品を多く採録し、『歌苑連署事書』において「哀傷の所はめくら法師が語る平家の物語にてぞある」と評されている。撰者為兼が『恋づくし』に注目したのも、それが平家全盛の時代の一端を伝える作品であることに起因すると思われる。

そうなると、そもそも第一種本『隆房集』が改編され『恋づくし』が成立したのも、平家の時代に対する関心の高まりによるものではないかと想像してみたくなる。(9) 一方で、文永年間（一二六四〜七四）末頃に成立し弘安六年（一二八三）頃に増補されたと考えられている『文机談』に、隆房の著作の一つとして「恋づくし」の名が記されていることから、『恋づくし』はこれ以前に成立し、ある程度流布していたことになる。『平家物語』の成立や享受の問題に立ち入る用意はないため、ここでは『玉葉集』の時代、『恋づくし』は平家文化の香りを伝える作品として注目されていたという点のみ指摘しておく。

三　『恋づくし』の性格

次に、第一種本『隆房集』から第三種本『恋づくし』への改編の方向性について考察を加えたい。第一種本と比較した時の第三種本の性格に関して、「物語化」という語で説明するのが主要な説となっているが、[10]確かにこれは『恋づくし』の性格を端的に表すキーワードであると思う。

『恋づくし』伝本のうち版本系に先行すると思われるものに、「四条大納言日記」（歴史民俗博物館蔵高松宮旧蔵本）、「隆房卿日記」（石清水八幡宮本）といった外題を有する伝本がある。[11]一方、男性を主人公とした物語は、『伊勢物語』が「在五中将の日記」、『平中物語』が「平中日記」「貞文日記」、『多武峰少将物語』が「高光日記」という別名を持つように、誰それの日記と称されることがある。歴博本や石清水八幡宮本の外題も、『恋づくし』が物語として享受されたことの傍証となるのではないだろうか。

『恋づくし』に見られる第一種本に比しての類型化・一般化という点は、第一種本本文から隆房という生身の男を想起させるような具体性を取り除き、物語の主人公の男として描き直した結果と言えよう。『伊勢物語』に描かれた色好みの男の生き方が、生身の業平の実人生そのものではないのと同じことである。

また第一種本に比して『恋づくし』は『伊勢物語』の影響が若干弱まっているが、第一種本において隆房は自分と業平を重ねようとしていたのに対して、『恋づくし』では『伊勢物語』と同じ男主人公の物語としてまとめるに際し、二番煎じになるのを恐れて敢えて『伊勢物語』の影響を薄めたと見なすことができる。

渡邉裕美子氏が強調する『恋づくし』では場面性が重視されているという点も、一組一組の詞書と和歌が『伊勢物語』などの章段一つ一つに相当し、『伊勢物語』で各章段ごとに男の様々な恋が語られたように、『恋づくし』でも歌ごとに恋の諸相が描かれたと捉えられるのではないだろうか。

特に重要なのは、改編により第一種本との齟齬が生じている一方で、『恋づくし』編者が第一種本本文をわかりやすく書き換えようとしたのではないかと思われる箇所が存在する点である。例えば、第一種本二番の詞書は「かつまたの、いひもいださぬいけにてだにも」という表現から始まっているが、『恋づくし』ではこの部分が略されている。この表現は、『続詞花集』『月詣集』にも入集した

いまさらにいひないだしそかつまたのいけのつつみはむかしきれにき

（為忠家後度百首・絶後恋・六三一・藤原為忠）

を典拠とするが、鎌倉時代には勝間田の池の楲を詠んだ歌はなく、「かつまたのいひもいださぬ」という言葉続きは一般的とは言えない。それゆえ『恋づくし』編者はこれを略したのであろう。

また第一種本三二番・第三種本二八番の詞書の末尾には、次のような差異がある。

〈第一種本〉

……つきひのひかりはゆかぬかたなければ、こひしき人のゆくゑもくもりなくやとおもひつゞけて

〈第三種本〉

……月ひのひかりはゆかぬ所なければ、こひしき人の行ゑもしるらんとおぼえて

第一種本は前の「つきひのひかり」との縁で「くもりなくや」と続けているが、第三種本では縁語は捨てても単純でわかりやすい「しるらん」という表現に変えられているのである。

もう一例、第一種本一八番・第三種本一五番の詞書をあげる。

〈第一種本〉
かりそめにまどろみたりしゆめに、ただあれ、いかにもしてあはんといふとおもひて、かなしきことかずまさりて、日ごろよりもけにこひしくおぼえて

〈第三種本〉
かりそめにまどろみたりし夢に、たゞあれ、いかにもしてあひみむといふと思ひて、うちおどろくまゝに、いとかなしきことかずまさりて、ひごろよりけにこひしくて

第一種本本文を簡略化することの多い『恋づくし』において、言葉が補われている数少ない例の一つである。両者を比較してみれば、『恋づくし』の方がよりわかりやすいことは明白であろう。

このような現象は、隆房の恋に纏わる事情を知る人々の中で享受されていた歌集を、後代の不特定多数の読者が読む物語として編み直したことの結果ではないだろうか。

第一種本『隆房集』は、隆房自身による悲恋の記録でもあった。もちろんそれは実録ではなく、ある程度の物語的虚構も含まれるし、事情を知る周囲の人々に読まれることを意識したものであろう。それを後代のある人物が、隆房自身や彼の生きた時代に関心を抱きながら具体的状況を知らない人々でも読みやすいように、改編し一層物語化した作品——それが『恋づくし』なのではないだろうか。

四　巻末長歌・反歌について

続いて、『恋づくし』巻末及び『隆房卿艶詞絵巻』の長歌について検討したい。『恋づくし』と絵巻の長歌の語句には若干の差異があり、絵巻の方が本文としては優れている。本節では、ひとまず絵巻の長歌・反歌に基づいて論を進

めることとする。

長歌の内容をどう見るかという点については、『恋づくし』全体の縮約と見る説[12]と、初めての逢瀬から間もない頃に詠まれたものと見る説[13]が並立している。一方、徳原茂実氏[14]は、長歌の主人公を小督と見なし、「小督艶詞」とでも称すべき長歌・反歌が福原遷都以後、何者かによって創作され、それが隆房作の短歌七十七首より成る異本「隆房集」に増補されて『恋づくし』が成立したのではないかと推定する。長歌の主人公を小督と見る主張には従えないが、長歌の独立性及び他者が関与した可能性については賛同したい。結論を先に述べるならば、長歌は第一種本『隆房集』を基に、隆房ではない後代の人物によって作られたと考えたいのである。

その根拠の第一は、長歌の創作方法である。長い引用になるが、絵巻に基づいて長歌・反歌を掲げてみよう。漢字・仮名の区別や仮名遣いは原文のままとした。

さてもわが　君につかへて　こしかたは　春のみ山の　はなになれ　いまは雲井の　月かげの　のどかにてらす
御代にあひて　心ゆく事　おほけれど　かすがの山の　ふぢなみの　木たかき色に　ひとしれぬ　心をつくし
そめしより　[a]ねてもさめても　わすられぬ　（中略）　みるかひおほき　たまづさは　さらにもいはず　[b]手にふ
れし　物としなれば　はかもなき　ちりのはしまで　なつかしみ　とりつみぞをく　かくまでに　たゞあぢきな
く　おぼゆるに　[c]みかさの山の　さかき葉の　宮このたびに　うつるとか　あめの下みな　さはぎつゝ　わきて
如何にと　おもふにも　さはぐ心は　しほかぜに　くだくる浪に　ことならず　いかにやとのみ　やすけなく
思ふもしるし　[d]雲のうへに　かよひしみちは　たえまおほみ　たま〱はたゞ　ともしびの　影ほのかなる　よ
ひのまの　なごりはさらに　さてしもぞ　せむかたもなき　こゝちなる　としたちかへる　いそぎにも　なにぞ
は春の　ひかりとも　たれをかまたむ　すさまじや　花のにしきを　たちきても　君みぬいろは　ものうくて

こといみしあへぬ　なみだこそ　たもとにかゝれ　かくしつゝ　[e]む月のこゝぬか　やゝふけし　夜はにあひみし　そのほどの　心のまよひ　いへばえに　たとへていはん　かたもなし　そのゝちさらに　恋しさの　色をそへぬる　心地して　[f]やがてうかれし　たましゐは　袖のなかにや　いりにけむ　身にはかへらず　つく〴〵と　ながむるこゝろ　いとゞしく　あられぬまゝに　さりとては　神ほとけにぞ　いのらめと　たのみなれにし　[g]みたらしの　水のながれを　たづねても　みそぎかひなき　あぢきなさ　さてもかたえの　もろ人に　またさそはれて　[h]ちはやぶる　神の北野に　おもむけば　はれぬこゝろを　しりがほに　空さへくれし　あめのうち　あまやどりして　をぐるまを　[i]かれとばかりに　みやられし　竹のひとむら　めにかけて　さてだにしばし　あらばやと　思ふかひなく　やりすぐる　なごりよいかに　これさへに　忍がたきを　こまならば　ひのくま河に　あらずとも　ひきもとめまし　あやにくに　[j]とをざかりゆく　木ずゑさへ　ほのかになりし　ほどはげに　そゞろにすゝむ　なみだこそ　せきもとまらず　おちまされ　[k]さてもかゝらぬ　おりならば　てうはい節会　じよゐ除目　これらのたより　さならでも　みましなれまし　いはましと　[l]たゞおも影の　たちぞゝふ　春になりても　けふははや　[m]廿日になりぬ　あかざりし　たゞ一たびの　ときのまの　そればかりなる　うさよげに　[n]如何にやいかに　いかにせむ〳〵

[o]ふりかすむ雨に涙もおちそひてかきくらされしみちの空かな

ためしなき心のうちをことの葉にいはゞあさくもなりぬべきかな

しるらめややどの木ずゑをかれとのみ[p]なみだのうちにながめやるとも

傍線a・b・f・g・i・l・m・nは、第一種本『隆房集』や『恋づくし』の短歌部分に、対応する表現が見出せる[15]。

a　しばしだにいかでこひせぬ身とならんくるしきものをねてもさめても　（第一種本三五番、第三種本にはなし）

b　「てならひしたりしほぐどものおちたりしかば、とりてかへりごとせしをりのことなども、おもひいでられて」　（第一種本八七番詞書、第三種本七四番詞書も似た表現）

f　こひしなばうかれむたまよしばしだにわがおもふ人のつまにとゞまれ　（第一種本九八番、第三種本七七番も同じ）

g　これもまた神はうけずぞなりにけるみたらし川のみそぎのみかは　（第一種本八二番、第三種本六九番も同じ）

i　「ものへまゐるとて、その門をすぐれば、むねうちさわぎて、ゆきすぎがたきといひけん、ことわりにて」　（第一種本六七番詞書、第三種本五四番詞書もほぼ同じ）

l　たちそへるきみがおもかげやがてさはのちのよまでにわが身はなるな　（第一種本一一番、第三種本一〇番もほぼ同じ）

m　「廿日あまりの月、くまなくさしいりたる」　（第一種本三二番詞書、第三種本二八番も同じ）

n　あなこひし恋しやこひしこひしさをいかにやいかにいかにせん〳〵　（第一種本九〇番、第三種本にはなし）

aとnは第一種本にしかない歌に基づいており、長歌は第一種本の歌や詞書と照応する表現を随所にちりばめているということが言えよう。

但し、長歌は短歌や詞書の単純な要約や反復ではない。短歌・詞書の表現と順番通りには対応していなかったばかりか、照応する表現と違った文脈において用いられている例もある。例えば傍線fは、「自分が死んでしまったら、身から浮かれ出た魂があの人の衣の褄にとどまって欲しい」という内容の和歌の表現と対応するが、長歌に取り入れられた際には、「生きている状態なのに身から浮かれ出た魂があの人の袖の中に入ってしまって帰ってこない」という文脈で用いられている。

長歌は、第一種本『隆房集』を一旦ばらばらにし、その内から幾つかのピースを拾い出して、新たに組み立て直したようなものなのである。その組み直しの過程では、本来なかった新たな要素も付け加えられており、例えばｅ「むしろ月のこゝぬか」は、『伊勢物語』第四段を踏まえていると思われる。[16]

このように、自分が詠んだ歌々の表現を繰り返し用いつつ、しかももとの歌々を単純に凝縮したわけではなく、分解して組み立て直したような長歌を別に詠むということを、果たして作者本人がするであろうか。そうは考えにくい。以上が、長歌の作者を隆房本人ではないと考える根拠の一点目である。

根拠の二点目は、やや主観的になるが、長歌と反歌に新しい表現が見られる点である。

傍線ｈ「ちはやぶる　神の北野」は北野社を指すが、神社の名を「神の何々」と詠んだ先例はない。「ちはやぶる神の北野に跡たれて後さへかかる物や思はむ」（拾遺愚草・二八九九）が前提となってこそ、「神の北野」という表現が成立するのではないだろうか。

また傍線ｏ「ふりかすむ」という表現は、他に次のような用例がある。

秋山の霜ふりかすみ木の葉散り年をおふともわが忘れめや　（隆源口伝・一二）

ふりかすむそらにひかりはへだたりて月にあまぎる夜はのしらゆき　（伏見院御集・一八八〇）

わけすぐるゆきの野ばらはそらはれてなほふりかすむすゑの山もと　（俊光集・四〇九）

『隆源口伝』の例は、典拠である『万葉集』では諸本とも「ふりおほひ」となっている。これを除くと伏見院と俊光の作まで用例が見出せない。

反歌の三首目は、既に指摘されている通り[17]菅原道真の歌「君がすむやどのこずゑのゆくゆくとかくるるまでにかへりみしはや」（拾遺集・別・三五二）を踏まえているが、問題にしたいのは傍線p「なみだのうち」という表現である。

かきくらす涙のうちにそれかともながむる空に雪はふりつつ　（海人の苅藻・一〇一）

思ひやるあはれもふかしうかぶらん涙のうちのともし火のかげ　（永仁五年歌合・二十七番判歌・判者藤原為兼）

待ちわぶる涙のうちに詠めなれていつも夕の空ぞかなしき　（三十番歌合・三七・藤原俊兼）

うき今の涙のうちにながむれば月もその夜に影ぞかはれる　（嘉元三年歌合・一九・藤原清雅）

『海人の苅藻』の例は古本にもあった歌かどうか不明であり、これを除くと平安時代の用例はなく、為兼・俊兼・清雅など京極派歌人の用例が続く点に注目される。

決定的な根拠にはなり得ないが、このような表現の有り様は、長歌作者を隆房自身と見ることを躊躇させるのである。

根拠の三点目は、長歌が後代の人間によって詠まれたと考えた方が解釈しやすい箇所がある点である。これまでも様々問題にされてきた、傍線c「みかさの山の　さかき葉の　宮このたびに　うつる」という文言に着目したい。

この部分の解釈を巡っては、①治承二年正月七日の春日社遷宮の事定を指すという冨倉徳次郎氏説[18]、②承安三年十一月の興福寺の御輿振・春日社の神木動座を指すという松尾葦江氏説[19]、③治承四年の福原遷都を指すという徳原茂実氏説[20]がある。「あめの下みな　さはぎつゝ」と続くことを考えれば、定められた行事である春日社遷宮とは考えにくく、「みかさの山の　さかき葉」と明示されているのだから福原遷都と見なすのも無理がある。傍線cは「春日社の神木である榊が都の旅所に遷る」という意味で、神木動座を指すと解釈すべきであろう。その際問題になるのが、後に続く「わきて如何にと」云々の部分である。第一種本・第三種本・絵巻ともに隆房の恋の相手の女性の名は示されていないが、絵巻第十紙に小督を象徴するとも言える琴が大変目立つように描かれていることから、少なくとも長歌においては恋の対象は小督と見なされていると考えてよい。とすれば、興福寺・春日社の騒動が小督とどう関係するというのだろうか。

実は、小督の一族には興福寺僧が少なくない。[21]春日神木の動座に関連して「わきて如何にと」とあるのは、そのためと思われるが、彼らが興福寺維摩会講師を務めたり別当職に就いたりといった活躍をするのは、小督の出家以降のことなのである。

更に重要なのは、後代、神木動座が朝廷行事に多大な影響を及ぼす事例が度重なっているという事実である。承安三年の騒動は短期間で収束したが、特に正応五年以降、神木が正月をはさんで長期間都に滞在することによって、小朝拝・節会・叙位・除目などの行事が停止され、まさに「あめの下みな　さはぎつゝ」という状況が、数年おきに度々起こっている。[22]傍線k「さてもかゝらぬ　おりならば　てうはい節会　じよゐ除目」の文言は、そうした事実と関連するのではないだろうか。また、神木の入洛中は藤原氏の廷臣は出仕を止めるのが原則なので、傍線d「雲のうへに　かよひしみちは　たえまおほみ」というのは、藤原氏である隆房が出仕を控えている状況を言うのであろう。承安三年には神木は入京に至らず帰座したので、春日祭延引の他は朝廷行事への影響はなかった。時代が下って、春日神木動座が朝廷行事に影響を及ぼすことが度重なった時代に作られたと考えるならば、長歌は大変理解しやすくなるのである。

以上のような理由により、長歌・反歌は第一種本『隆房集』を再構成する形で、後代の人物によって詠まれたと考えたい。

さいごに

本章では、『恋づくし』が後人の手に成る作であることを論証してきた。現在、長歌・反歌を含まない『恋づくし』伝本は見出されていないが、『恋づくし』所収の長歌より絵巻詞書の方が本文として優れていることを勘案するならば、絵巻作成のために長歌が詠まれた可能性も皆無ではないだろう。絵巻の成立について、佐野みどり氏は[23]「作期は十三世紀第三、第四半期ごろと考えるのが妥当」とし、細井眞子氏[24]も十三世紀末期に伏見院周辺で作成されたと推定している。長歌の成立も同じ頃と見なすと、京極派和歌との関係や春日神木動座の影響など、あれこれ辻褄が合う。

『文机談』に見える「恋づくし」が別の作品でないとすれば、『恋づくし』はまず長歌・反歌を含まない形で文永年間以前に成立し、十三世紀末に長歌の成った後に、それを取り込んで現在のような作品になったのではなかろうか。確証はないものの、一つの推論として提示しておきたい。

【補説】

本稿初出後、櫻井陽子氏「『平家物語』と周辺諸作品との交響」（『軍記と語り物』46　二〇一〇年三月）が発表された。『高倉院厳島御幸記』『隆房集』『安元御賀記』『建礼門院右京大夫集』『平家公達草紙』といった作品と『平家物語』との関係を検討し、「『平家物語』は周辺の様々な作品と幾重にも交差しながら諸本を紡いでいる」という結論を導いた、極めて視野の広い論である。この論の中で櫻井氏は、『平家物語』巻六「小督」段に『隆房集』が利用されていると同時に、『恋づくし』が成立するにあたり『平家物語』が影響を与えていることを明らかにし、『平家物語』が『隆房集』を用い、『平家物語』を背後にして『恋づくし』が存在するという構図を描いている。首肯すべき指摘であろう。櫻井論を念頭に置きつつ推測するならば、そもそも『隆房集』を改編して『恋づくし』が編まれた契機として『平家物語』の存在があった、換言すれば、当初から『平家物語』を利用して『隆房集』を改編しようという意図のもとに編まれたのが『恋づくし』であった、という想定も可能ではないだろうか。この点は、『恋づくし』成立時期の問題と合わせ、今後更に考えていきたい。

同じく本稿初出後に刊行された渡邉裕美子氏『新古今時代の表現方法』(25)には、改稿された氏の初出論文が補説を添えて収載されている。同書において、新出の早稲田大学図書館蔵「隆房の恋づくし」が紹介された。該本は『恋づくし』伝本中の最古写本であり、巻末に『後拾遺集』から『新千載集』に至る勅撰集から抜き出した四十二首の恋歌が付載されている点、大変興味深い。既に渡邉氏を中心とする共同執筆で解題と翻刻が発表されており(26)、本論も初出時には歴史民俗博物館蔵高松宮旧蔵本であった『恋づくし』の底本を、早稲田大学図書館蔵本に変更した。

渡邉氏著書に関連して、もう一点、第一種本『隆房集』の成立時期について考えを述べておきたい。渡邉氏は、『隆房集』の記述のみでは相手を小督と特定するには至らないことから、『隆房集』成立時期推定の際に小督の事跡を根拠とすることはできず、『隆房集』九八番と一致する『千載集』九二三番が『隆房集』からの撰入であるならば、『千載集』成立時が『隆房集』成立の一応の下限ということになると指摘する(27)。妥当な見解であろう。

一方、本文中でも述べたとおり、稿者は隆房が寿永百首家集を編んでいたと考えており、隆房自身が『隆房集』二四番歌を改作して寿永百首家集に採録し、それが『月詣集』『千載集』に採られたと推定した。『千載集』八二七番、『月詣集』五六一番、『隆房集』二四番は次のような歌である。

〈千載集・恋三・八二七〉

女にしのびてかたらふこと侍りけるを、きこゆることの侍りければ、つかはしける　左兵衛督隆房

いづくよりふきくるかぜのちらしけんたれもしのぶのもりのことのは

〈月詣集・恋下・五六一〉

女をしのびてかたらひ侍りけるが、風聞したりければつかはしける　藤原隆房朝臣

いづくより吹きくる風のちらしけんたれもしのぶの杜のことのは

〈隆房集・二四〉

さしもしのべども、いかでかもりにけむ、人のきてけるとて、あながちになげくもことわりにて

おぼつかないかなるかぜにちりにけんたれもしのぶのもりのことのは

稿者の推定が正しいとすれば、『隆房集』の成立は寿永百首家集成立以前、すなわち寿永元年（一一八二）以前ということになる。上限は、安元御賀に参仕した折と思しき歌（七三番）があるので安元二年（一一七六）としてよかろう。隆房二十九歳から三十五歳、正四位下右少将から同右中将の時期に相当する。

但し、隆房の寿永百首家集は現存しないので、渡邉氏が言うように、『千載集』九二三番が『隆房集』から採られたとすれば『隆房集』成立の下限は『千載集』成立時であるとするのがより確実であろう。

最後に、艶詞絵巻について付言しておきたい。本稿初出時、徳原茂実氏から私信をいただき、絵巻の主人公が小督と見なせる点についての考えを問われた。先にも言及したが、徳原氏は『恋づくし』所載の長歌・反歌の「主人公」

を小督と見なし、その「小督艶詞」とでも称すべき作品が絵巻化され艶詞絵巻が成立したと推定している。[28] 長歌・反歌の「主人公」が小督とは見なせないことは既に論じた通りであるが、絵巻の絵をどう見るかについては本論で触れることができなかった。いまだ説得力のある論が確立できているわけではないが、現時点での考えを少々述べたいと思う。

絵巻に描かれているのがどのような場面で、長歌のどの部分と対応するかについては、多くの研究者の論があるが、[29] いずれも定説と認められるには至っていないと言えよう。しかし、そもそも描かれた場面は長歌の歌句を忠実に絵にしたものと考えるべきなのだろうか。詞書とそれに対応する絵が交互に配される他の絵巻と異なり、艶詞絵巻は長歌・反歌がまずまとめて記され、その後に絵だけが並ぶ。また長歌は後人の作ではあるが、飽くまでも隆房（と見なせる人物）の心情を和歌として詠み上げたもので、物語や説話のような明確なストーリーがあるわけではない。絵巻の常識からは外れるかも知れないが、絵は長歌の一部を描いたものだという前提を取り払ってみてはどうだろうか。[30]

前述のように、『恋づくし』は『平家物語』の影響を受けて成立したとされる。稿者は『恋づくし』の短歌部分と長歌・反歌が別個に成立した可能性も想定しているが、長歌において相手の女性が小督とされているのは、『平家物語』の影響に拠ると言える。絵巻の絵柄もまた、『平家物語』を背景として解釈すればよいのではないだろうか。長歌から、詠歌主体が天皇に東宮時代から仕えていること、相手の女性は宮廷女房で、手が届かない存在であることは読み取れるが、彼女が天皇の寵愛を受けていることは明確とは言えない。長歌からはややわかりにくい人間関係をわかりやすくするための絵が、艶詞絵巻には含まれているように思う。

絵巻に描かれているのは、次のような場面である。段の分け方は秋山光和氏説に拠る。

第一段…月夜。桜の木に「のとかに」の葦手。建物の縁に冠直衣（御引直衣か）の男一人、裳唐衣の女二人。

第二段…藤の掛かる松、「こたかき」の葦手。御簾の前に冠直衣の男、その前から次の間にかけて女四人。雲形で隔てられた場面に壺庭。室内に女一人。文の束の載る机に向かい、花の枝を持つ。柳・梅。梅の木に「としたち」の葦手。

第三段…台盤を囲む女房の一群。壁に琴が立てかけられている。隣室に御引直衣の男、冠直衣の男、裳唐衣の女。

第四段…参詣の被衣姿の女性たち。霞の中の鳥居。霞の中の車一両。築地と竹藪。

第一段の男は、高倉天皇とする説と隆房とする説とがあるが、男の装束は御引直衣と見てよさそうで、(31)高倉天皇と考えられる。女房二人のうち、天皇により近い方に位置し、正面を向いて表情がはっきり見えるのが小督であろう。『平家物語(32)』では、小督は最初隆房と恋仲であり、後に天皇に愛されるようになったとあるが、その順番は問題ではない。小督に関わる物語における最初の要点は、彼女が高倉天皇に参り寵愛を受けるようになったという点である。第一段の絵は、小督が高倉天皇に仕え寵愛を得ていたことを示すための絵柄だと考えたい。

第二段は、隆房と小督を描いたものであり、二人が相思の中であった時期のあることを示したと見ることもできるが、ここでは『平家物語』を視野に入れて場面比定をしてみたい。『平家物語』には、小督が高倉天皇に召された後、隆房がよそながら小督の姿を見られるかと小督の局の御簾の辺りを歩き回ったこと、一首の歌を詠んで小督のいる御簾の中に投げ入れたこと、小督は天皇に対する後ろめたさから隆房の文を急いで取り、壺庭に投げ出したことが語られる。絵巻第二段で男は御簾の前に座っている。この御簾の向こうが小督の局という設定なのではないか。また室内にいるのは小督であろう。机の上にあるのは隆房からの文であり、手にもっているのは手紙が結びつけられていた花の枝と考えられる。隆房からの文を受け取り、それを投げ捨てる直前の小督を描いているのと理解すればよいのだろう。

すなわち、第一段・第二段は『平家物語』を念頭に置きつつ、高倉天皇・隆房・小督の関係を描いたものと見なせるのである。この三人の関係が明確になってこそ、長歌は正確に、そして味わい深く鑑賞できる。長歌からだけではやや不明確な人間関係を、『平家物語』を利用しつつ絵画化したのが、第一・二段なのではないだろうか。しかし、『平家物語』でこの三人の関係が語られるのは、小督が投げ捨てさせた手紙を隆房が拾い上げ、嘆きのあまり死を願う場面までであり、絵巻第三段以降は『平家物語』との関連は認められない。

第三段が高倉天皇・隆房・小督を描いている点は、先行研究いずれも認識が一致しているが、場面比定については論者によって見解の相違がある。秋山氏は、この場面は長歌の表現に基づくものではなく、三人の姿は物語の悲劇性を象徴的に描いたものとする。一方、徳原・細井両氏は、第三段を長歌に詠まれた「む月のこゝぬか」の場面と見なす。但し、徳原氏は天皇に年賀の挨拶を言上する隆房と、それを受ける天皇、そして天皇側近の女房としての小督を描いたとし、(33)細井氏は小督出仕を聞き動揺する隆房を、動揺の原因でもある高倉天皇をも登場させ、物語のクライマックスとして絵画化したと見なしている。長歌の歌句「としたちかへる」の一部「としたち」を葦手書にした梅の木を描く第九紙と第十紙は絵柄の不連続があり、欠脱があるようだが、第三段が新春の情景として描かれているならば、年賀の場面と解することができるかも知れない。しかし、どういった機会であるかは問題ではなく、この三人が対峙していることにこそ意味があるのではないだろうか。稿者は秋山氏のように、長歌に詠まれた悲恋を象徴的に表したのが第三段であると考えたい。

このように考えると、第一・第二・第三段はいずれも長歌の歌句を絵画化したものではないということになる。ここで注意したいのが、三箇所の葦手書である。徳原氏や細井氏はこれを長歌の歌句と画面との対応を示す指標としているのだが、これとは逆に、長歌と直接に関連しない絵を、長歌と結び付けるために葦手書が利用されていると見なすことはできないだろうか。第一段は高倉天皇と小督の姿を描くのが目的であり、桜を描く必然性はない。しかし、絵柄と直接関係はないものの、長歌に「春のみ山の　はなになれ…月かげの　のどかにてらす」とあるので、それに合わせて「のとかに」と葦手書した桜を描いたのではないか。隆房・小督を描いた第二段の場合も、「かすがの山のふぢなみの　木だかき色に　ひとしれぬ　心をつくし」の部分を描いたと見ることもできるのだが、それよりも場面構成は『平家物語』の内容に近い。絵は『平家物語』の影響を受けているのだが、長歌と無関係ではないのだということを示すために、「木たかき」を葦手にして絵に取り込んだと考えることができる。梅の木に書かれた「とした ち」も同様で、秋山氏はこれを第二段に含めるが、第三段と共に考えた方がよいだろう。確かに長歌の中に正月に関する表現はあるが、第三段に描かれた場面は長歌に詠まれているわけではない。それを長歌と結び付けるために、葦手書が機能していると見なしたい。

最後の第四段は第一～第三段と異なり、長歌の中に対応する箇所が見出せる。すなわち「さてもかたえの　もろ人に　またさそはれて　ちはやぶる　神の北野に　おもむけば」以下の部分であり、詠まれている「をぐるま」「竹のひとむら」も明確に絵画化されている。長歌の末尾近い部分であり、絵巻の最終場面にふさわしいということで絵画化されたのであろうか。長歌とはっきり対応しているので、ことさらに歌句の一部まで絵画化する必要はなかったためであろう、葦手書はない。

以上、艶詞絵巻について述べてきた。長歌の詠歌主体は隆房[34]（と見なせる人物）であり、彼の心情が綴られている。しかし、高倉天皇・小督・隆房の関係性こそがこの恋物語をドラマチックにしているのであり、読者の関心の中心でもあったはずである。それが絵によって明確にされているのではないだろうか[35]。絵巻の詞書と絵の関係としては例外的であるかも知れないが、そもそも長歌・反歌に絵をつけて絵巻にすること自体、例外的なあり方なのである。絵巻や韮手について、いまだ調査が不足しており、艶詞絵巻の成立時期や『平家物語』享受史、和歌と絵の関係など、考えなければいけない問題も多く残されている。不十分ではあるが、ひとまず現時点での考えを示し、今後更に考察を続けることとしたい。

〔注〕

（1）日本大学文理学部図書館蔵本・『朗詠百首』を含む隆房の全家集については、渡邉裕美子氏『新古今時代の表現方法』第七章（二〇一〇年　笠間書院）に詳細な伝本分類が示されている。

（2）「『隆房の恋づくし（艶詞）』の成立―歌書の享受と再編―」（『国語国文』73‐8　二〇〇四年八月）→注（1）著書。以下、渡邉氏の説はすべてこれによる。

（3）渡邉裕美子氏他「新収『隆房の恋づくし』―解題と翻刻」（『早稲田大学図書館紀要』58　二〇一一年三月）に拠り、私に濁点・読点を付した。

（4）詞書全文は、第一種本では「かへるあしたに、またいつをまつべしともなくて、かぎりもなきあふことをなげくことは、日ごろよりもげにくるしければ」、第三種本では「かへるあしたにしも、いつをまつべしとも、かぎりは中〳〵よひよりも猶なげかれければ」。

（5）「「隆房」というイメージ―「平家公達草紙」と「隆房卿艶詞絵巻」」（『同志社国文学』56　二〇〇二年三月）

（6）渡邉裕美子氏の分類による甲類では一字違いだが、他本では一致する。

（7）「隆房とその家集―新資料『隆房集』は寿永百首家集か―」（『語文』88　一九九四年三月）→『新古今和歌集の研究　続篇』（一九九六年　笠間書院）

（8）井上宗雄氏『平安後期歌人伝の研究』第六章（一九七八年、増補版一九八八年　笠間書院）

（9）本稿初出後、櫻井陽子氏により、『恋づくし』成立の背景に『平家物語』があることが指摘された。【補説】参照。

（10）久保田淳氏『今物語・隆房集・東斎随筆』解説（一九七九年、改訂第二刷一九九六年　三弥井書店）、谷知子氏『式子内親王／俊成卿女集／建礼門院右京大夫集／艶詞』解説（二〇〇一年　明治書院）など。

（11）渡邉裕美子氏注（1）著書に指摘がある。

（12）津本信博氏「『荒玉年月』をめぐって」（『岡一男博士頌寿記念論集　平安朝文学研究　作歌と作品』一九七一年　有精堂）、久保田淳氏『藤原定家とその時代』一－2（一九九四年　岩波書店）など。

（13）松尾葦江氏「恋する隆房」（『三国伝記（上）』付録　一九七六年　三弥井書店）、谷知子氏注（10）著書など。

（14）「隆房卿艶詞絵と絵詞をめぐって」（『武庫川国文』45　一九九五年三月）

（15）久保田淳氏注（12）著書にも、b・f・g・iの箇所に関して指摘がある。

（16）「むかし、東の五条に大后の宮おはしましける、西の対に住む人有りけり。それを本意にはあらで心ざしふかゝりける人、行きとぶらひけるを、む月の十日ばかりのほどに、ほかにかくれにけり」。

（17）久保田淳氏注（12）著書。

（18）『平家物語全注釈　中』（一九六七年　角川書店）

（19）注（13）に同じ。

（20）注（14）に同じ。

（21）伯父覚憲、弟縁成、甥尊憲・円憲など。覚憲は文治五年（一一八九）、尊憲は永仁五年（一二九七）に興福寺別当。また円憲が寛喜元年（一二二九）、尊憲が弘長元年（一二六一）に興福寺維摩会講師を務めている。

（22）嘉禎二年（一二三六）―小朝拝・節会・叙位停止、除目延引。弘安五年（一二八二）―小朝拝・叙位・除目停止。正応五年（一二九二）―小朝拝・節会・叙位・除目延引。永仁三年（一二九五）―小朝拝・叙位停止、除目延引。同四年―小朝拝・除目停止。同五年―叙位停止、除目延引。嘉元元年（一三〇三）―小朝拝・叙位停止、除目延引。延慶元年（一三〇八）―小朝拝・叙位・除目停止。

(23)『角川絵巻物奏覧』（一九九五年　角川書店）「隆房卿艶詞絵巻」項解説

(24)「『隆房卿艶詞絵巻』における物語の絵画化および作品の特質」（『美術史』143　一九九七年十月）

(25) 注（1）に同じ。

(26) 注（3）に同じ。

(27) 渡邉氏は『千載集』九二三番について、「家永香織はこれは現存しない寿永百首家集の「隆房集」からの入集かと推測しており、そうであれば、第一種本『隆房集』は『千載集』『新古今集』で集資料として用いられなかったことになり、成立はもっと下る可能性があるだろう」と述べている。些細な点をあげつらうようで恐縮だが、稿者が寿永百首家集からの入集かと推測したのは、『千載集』八二七番である。

(28) 注（14）に同じ。

(29) 秋山光和氏「「隆房卿艶詞絵」をめぐって―いわゆる「藤波絵草紙」の出典とその性格―」（『美術研究』215　一九六一年三月）→『平安時代世俗画の研究』（一九六四年　吉川弘文館）、村重寧氏「白描物語絵の展開―『隆房卿艶詞絵巻』と『枕草子絵詞』―」（『日本絵巻大成』10　一九七八年　中央公論社）、徳原茂実氏注（14）論文、細井眞子氏注（24）論文他。以下、秋山氏・徳原氏・細井氏の説はこれらに拠る。

(30) 佐野みどり氏注（23）も、「絵の図様は第四段を除き、詞書の章句と直接に対応せず（中略）いわば四つの歌絵が隆房の恋の軌跡を暗示的にたどる形式となっている」と述べる。

(31) 第三段の男の一人を御引直衣を着た高倉天皇と見なすのは諸氏一致した見解であるが、第一段の男の装束は第三段の高倉天皇の装束と大変似ている。『日本絵巻大成』10（前掲）の小松茂美氏による図版解説でも御引直衣と指摘されている。

(32) 絵巻成立時に流布していた『平家物語』の内容を細かく知ることはできないが、ここでは小督の物語に関して概ね古態性を窺うことができる（『平家物語大事典』二〇一〇年　東京書籍）とされる延慶本に基づいて論じた。但し、
・隆房と恋仲であった小督が高倉天皇の寵愛を受けるようになる。
・隆房は小督の局の御簾の辺りを徘徊し、御簾の中に歌を投げ込む。
・小督は隆房の文を庭に投げる（あるいは投げさせる）。隆房はそれを拾い、深く歎く。

という大筋は、覚一本も同様。

(33) 氏は、『平家物語』の登場人物でも歴史上の人物でもなく、飽くまでも絵巻の世界における高倉天皇・小督・隆房であるとしている。

(34) 長歌・反歌は物語そのものではないが、歌物語的な作品として享受されたと思われる。

(35) 以上のように考察した結果、長歌・反歌と切り離した絵柄のみについて言えば、小督も主人公の一人と言ってよいと考える。

第四篇　『明月記』とその周辺

第一章　建仁元年の後鳥羽院歌壇 ―『老若五十首歌合』『新宮撰歌合』を中心に―

はじめに

七月に和歌所が開設され、十一月に勅撰和歌集撰進が下命された建仁元年（一二〇一）は、『新古今集』成立に向けて後鳥羽院歌壇が――というよりは、後鳥羽院その人が――大きく動き始めた、極めて重要な年である。

久保田淳氏は、[1]宮内庁書陵部蔵『十首和歌　建仁元年当座』[2]付載の『明月記』佚文を詳細に検討した上で、建仁元年二月八日の「和歌試」及び翌九日の「君臣五十首歌合」（後鳥羽院と藤原良経の五十首を番えた歌合）の性格を解明し、この頃和歌所の設置や構成人員等の構想が、院の胸中で熟していったのではないかという想像を試みている。

稿者も、後鳥羽院は早くから勅撰集に関する計画を胸中に抱いており、自らがそのリーダーシップを取るべく、周到な準備を開始したのであろうと考える。

さて、この間の後鳥羽院歌壇の動向を知る上で、院により勅撰集撰者の中心人物と目されていたとおぼしき藤原定家の日記『明月記』は第一級資料となるべきものであるが、残念なことに建仁元年分は欠脱が多く、自筆本は僅か数箇月分しか残らない。しかしながら断簡を含む現存部分を詳細に読み進めることにより、後鳥羽院歌壇における和歌行事の幾つかについて、新たな知見を得ることも可能なようである。

一　『老若五十首歌合』をめぐって

『十首和歌　建仁元年当座』付載の『明月記』二月八日・九日条佚文がそうであったように、断簡として残る記事の中には、和歌行事や歌人の動向に関する貴重な記録が含まれる場合がある。次に引くのは、仁和寺蔵『明月記』建仁元年正月二十九日〜二月二日条自筆断簡中の、正月三十日条及び二月二日条の一部である。(3) 改行は原文のままで、私に読点を付した。なお、ここに引かなかった正月二十九日・二月一日条には和歌に関する記事はない。

卅日、天晴
　暁鐘以後還御了退下
（中略）
五十首□(4)頻有責、如形書連、夕持参、付家長
進入、千日御講結願幷御舎利講等有布施云々、
仍与有通少将相待、深更取之、
又件二首題詠進了、子夜退出
（下略）

二日、朝天陰雨降、午後天晴

参院、逢家長朝臣、語云、今度歌殊宜之由有沙汰云々、此事虚言也（以下略）

三十日条に見える「五十首」及び「二首題」は、共に後鳥羽院により召されたものと見て間違いなかろう。定家はこれ以前に五十首詠進の命を受けていながら、何らかの事情で詠進が遅れたのであろうか、「早々に提出せよ」と頻りに催促され、五十首を書き連ねたものを、源家長を通じて進上した。[5] 続けて、二首題も詠進したとあるが、「件」とあるところを見ると、これもかねて与えられていた題なのであろう。[6]

二日条では、三十日に提出した歌についての後鳥羽院の評価を、家長を通して聞いている。定家が自詠に対する院の感想を伝聞した記事は、『明月記』にしばしば見出せる。[7] 後鳥羽院は定家が詠進した歌々に即座に目を通し、出来が良いと思えば側近にその旨を伝えさせたものと思われる。ところが今回は、定家はよほど自作に自信がなかったのか、家長の言葉を「虚言也」と受け取った。但し「此事虚言也」の五文字は行末に後から書き加えたように見え、あるいは家長の言が嘘であることを示すような情報を後に入手したのかも知れない。

ともかく、ここで重要なのは、定家が正月三十日に詠んだ五十首と、二月九日の「君臣五十首歌合」及び『老若五十首歌合』[8] との関係である。久保田淳氏は、[9] この問題をめぐって次のように推定している。

後鳥羽院は定家に五十首歌を詠進させたのと前後して、良経にも五十首の詠進を求め、自身も詠じたのであろう。同様にして、慈円・家隆・寂蓮・藤原雅経・藤原忠良、女房の宮内卿、女房の越前などにも詠ませたのであろう。それらのうち、自作と良経の作を歌合形式として定家ら三人に批評させ、彼らを一杯食わせた（定家・家隆・寂蓮の三人は、院と良経の五十首を結番したものを「左右は乱合だ」と言われて評定をしたが、実は乱合ではなく、左が良経、右が御製であった―引用者注）この試みが面白かったので、いっそのこと、すべての作者の歌を歌合として批評しようと思いたって、これを実行に移したのであろう。このようにして成立したものが、計二百五十番からなる『老若五十首歌合』である。

おそらく、この仮説のとおりの経緯によって『老若五十首歌合』は成立したのであろう。同歌合の大きな特徴は、方人を年齢によって分かったという点にあるが、このアイディアは後鳥羽院がこの時思い付いたものではない。これは、院も臨席した前年十一月八日の「通親亭影供歌合」でも採用されていた方分けの方法である。『明月記』同日条から関係箇所を引いておく。

今夜老少分方被合云々、予入少方、尤以存外也、但以四十為其境云々〈然而家隆猶在少方如何[10]〉、

後鳥羽院は、詠進された五十首を結番する段階で、数ヶ月前の歌合を思い出し、老若に分けることを思い立ったのであろう。

二　後鳥羽院と良経

さて、『老若五十首歌合』の成立過程を久保田氏説のように考えるとして、一つ気になるのは、十人の歌人から五十首を召しておきながら、なぜ後鳥羽院は最初に自詠と良経詠のみを歌合に番えたのかという点である。『明日香井集』によれば、雅経が五十首を詠進したのは二月十二日である。したがって「君臣五十首歌合」の評定が行われた二月九日の時点で、十人すべての歌が揃っていたわけではない。しかし、少なくとも定家は一月末に既に五十首を提出していた。その定家を含め、いずれも五十首作者である三人の歌人が「君臣五十首歌合」の評定をしているのである。

この頃、後鳥羽院が歌人良経を篤く信任していたことを示す事例は幾つも指摘できる。[11] 良経は、正治二年（一二〇〇）七月十三日に正室（一条能保女）を亡くすが、その喪も明けぬうちに『正治初度百首』詠進を求められた。後鳥羽院としては、良経の事情は当然承知しながら、それでも院歌壇最初の百首歌に彼を欠きたくなかったのであろう。また『明月記』建仁元年八月七日条には、良経が院の命により、後撰・拾遺両集より百首を抄出したことが記されている。更に、小島吉雄氏、[12] 樋口芳麻呂氏[13]により夙に明らかにされているように、『明月記』建仁元年九月二十六日条には、『仙洞句題五十首』に関して「巳時許依召参大臣殿、五十首御歌〈此間又被進題、他人不入其事云々〉、自院被忩仰」という記述があり、同五十首が当初は院と良経二人の催しとして企画されたことが知られる。

これらの事例と対照されるべき事実として想起されるのは、やはり『明月記』により明らかになる以下の出来事である。まず、建仁二年六月三日、水無瀬殿において定家は院より六首題を賜りこれを詠進する。院は定家詠と自詠を歌合に番え、自ら判者となった。こうして院と定家二人だけの歌合である『水無瀬釣殿当座六首歌合』が成立する。また七月二日には、院より定家に「古今後撰拾遺歌各五首〈都合十五首〉可撰進」との下命があった。

以上のような事例をもって、院は当初良経を高く評価していたが、やがて定家への評価も高まっていったと単純に図式化するつもりはない。ただ、院と定家の関係ほどには従来注意されてこなかった院と良経の関係について、より詳細な検討が加えられるべきではないかと考えるのである。良経が摂籙家の人間であればこそ、院と彼との関係を探る過程で、院の歌道・政道をめぐる意識のある一面が見えてくるのではないだろうか。

ここではそうした問題に立ち入る用意はないが、『老若五十首歌合』における後鳥羽院と良経の和歌の影響関係について検討しておきたい。数にすれば多くはないのだが、近似した発想のもとに詠まれた歌が見出せるのである。

①院　　わたの原遠のかすみの春の浪にやそしまかけてかへるかりがね（二八）

良経　あかしがたかすみてかへるかりがねも島がくれ行く春の明ぼの（五四）
②院　見わたせば名残はしばしかすめども春にはあらぬ空の明ぼの（一〇二）
良経　きのふまでかすみしものをつの国の難波わたりの夏の明ぼの（一〇四）
③院　津の国のこやもあらはに霜がれてやへふく軒に時雨ふるなり（三〇二）
良経　ふしなれしあしのまろ屋も霜がれてうちもあらはにやどる月かな（三一二）
④院　ときはなる松のみどりをふきかねてむなしき枝にかへる木がらし（三三六）
良経　秋風にあへずちりにしならしばのむなしき枝に時雨過ぐなり（三〇四）
⑤院　からさきや氷に浪の音絶えてみぎはにのこるさよの松風（三五二）
良経　嵐ふく梢になみの音はして松のした水うす氷せり（三三〇）

和歌の表記・歌番号共に歌合本文に拠ったが、各人の家集所載の五十首と比べ、ほとんど違いはない。(14)

①の両詠が、『古今集』羈旅部の歌に拠っていることは一目して明らかであろう。

わたのはらやそしまかけてこぎいでぬと人にはつげよあまのつり舟（四〇七・小野篁）
ほのぼのと明石の浦の朝霧に島がくれ行く舟をしぞ思ふ（四〇九・読人しらず）

院と良経の詠は、『古今集』羈旅部のごく近い位置に配列された歌に基づいており、霞のかかる海原に帰雁を配した点が共通している。海上の帰雁を詠んだ先行例は皆無ではないが、帰る雁の飛ぶのは海路よりも山路が一般的である。当歌合でも、二人の他に家隆・寂蓮・忠良・越前が帰雁を詠んでいるが、いずれも海上の情景ではない。

②は、夏の到来を曙という時間に見出している点、春の象徴である霞を歌材として用いつつ夏の到来を詠んでいる点が共通しているが、これも当歌合の他の作には見られない特徴である。但し、『正治初度百首』にやはり首夏の歌

として次のような作がある。

今朝までは昨日の春のとなりとや名残にかすむ明ぼのの空　（一五二四・藤原範光）

後鳥羽院が範光の歌を念頭に置いていることは、まず間違いないであろう。良経もまた範光詠を参考にしたのかも知れないが、良経・範光両詠の関係は、院と範光の詠の関係ほど緊密ではない。仮に院の五十首が先に詠まれ、良経がそれを目にする機会があったとすれば、院の詠からヒントを得て「きのふまで」の歌を詠んだと考えるのが自然であろう。ちなみに院は、良経の詠んだ「夏の明ぼの」の句を気に入ったらしく、『千五百番歌合』及び元久元年十二月賀茂下社三十首歌会の首夏の歌でこの句を用いている（『後鳥羽院御集』四二一・一二六五番）。

③の院の詠は『拾遺集』所収の源重之歌を本歌とする。

あしのはにかくれてすみしつのくにのこやもあらはに冬はきにけり　（冬・二二三）

同時に『正治後度百首』に、上句が完全に一致する歌が見出せる。

つのくにのこやもあらはに霜がれてあしの下葉にまた雪ぞふる　（雪・九四〇・越前）

一方良経は、正治元年冬の自邸における「冬十首歌合」で「山家夜霜」題を、

くさむすぶよはのとざしのかれしよりうちもあらはにおけるしもかな　（秋篠月清集・一二八七）

と詠んでいる。このような先行例を考慮するなら、③として並べてあげた二首の間に影響関係を看取する必然性はないだろう。それにしても、両者の近似した発想には注意しておきたい。

④の両詠の初二句は、共に『古今集』にごく近い例がある。

ときはなる松のみどりも春くれば今ひとしほの色まさりけり　（春上・二四・源宗于）

秋かぜにあへずちりぬるもみぢばのゆくへさだめぬ我ぞかなしき　（秋下・二八六・読人しらず）

但し、注目したいのはこの点ではなく、『詠歌一体』に「ぬしある詞」としてあげられている「むなしき枝」である。良経はかつて『六百番歌合』において「残春」題で、

よしのやま花のふるさと跡たえてむなしき枝に春風ぞ吹く　（一七九・三十番左・持）

と詠んで、判者藤原俊成に絶賛された。久保田淳氏は(15)「むなしき枝」という表現について、「「空しき空」などからの類想とも考えられるが、和漢朗詠集に収められた白楽天の詩句、「落花不語空辞樹」（花・落花　一二六）などが念頭にあったかもしれない」と指摘する。「空枝」という熟語もあり、『大漢和辞典』では「花の無い枝」と説明されている。院と良経の作は、「むなしき枝」という斬新な歌語を用いて、葉の落ちた冬の枝を表現したところが共通点と言えよう。但し良経は、成立時未詳の自邸での歌会で、

ひととせをながめはてつるよしのやまむなしきえだに月ぞのこれる　（秋篠月清集・一二九五・「吉野山寒月」）

とも詠んでおり、④の二首の影響関係を確言することはできない。

⑤の後鳥羽院詠は、『正治初度百首』の家隆詠を下敷きにしている。

さゆる夜のみぎはにのこる浪の音やうら風わたるしがのはま松　（冬・一四七一）

一方、良経詠の上句に見られる発想は、『新古今集』にも入集した西行の歌、

昔見し宿の小松に年ふりて嵐の音を梢にぞ聞く　（西行法師家集・五五二）(16)

にその源泉があるのかも知れない。それはそれとして、水辺の松、その松を吹き渡る風、（後鳥羽院詠では聞こえず、良経詠では聞こえるという差異はあるものの）波の音、氷といった、歌の主な構成要素が悉く一致している点は、やはり注意されるのである。

以上見てきた五組の和歌は、いずれも影響関係が確定できるわけではない。しかしながら偶然の一致と片付けてし

まうことも躊躇されるのである。後鳥羽院詠と良経以外の歌人の作との間にも、近似した発想が看取できる例があるが、良経詠との共通点ほど顕著ではない。あるいはこの辺りから、「君臣五十首歌合」の経緯が探れるかも知れない。例えば、両度の『正治百首』で多数の歌人のまとまった作品を目にすることができた院は、いよいよ創作意欲に燃え、五十首を詠んで良経に見せ、良経にも詠進を命じた（もしくは、良経にまず詠進させ、それを見てから自分も詠んだ）。その後、他の歌人からも歌を召すことにしたが、とりあえず自分と良経だけの歌合を企画した――このような推定も可能ではなかろうか。根拠は薄弱ではあるが、一つの仮説として示しておきたい。

三　『新宮撰歌合』をめぐって

続いて注目したいのは、建仁元年三月二十九日に催された『新宮撰歌合』である。当歌合に関するまとまった先行研究としては、有吉保氏『新古今和歌集の研究―基盤と構成』(17)、久保田淳氏「中世和歌と「神」」(18)、安井重雄氏「建仁三年新宮撰歌合考」(19)などがある。有吉氏は『新古今集』撰集資料としての側面から検討を加え、久保田氏は当該歌合を含む数度の新宮歌合を取り上げた上で中島新宮の性格にも言及している。安井氏の論は、難陳・判詞を中心に考察し、執筆役の重要性について論じたものである。

同時にこの撰歌合に関しては、「新造成った二条殿御所で催された後鳥羽院主催の撰歌合」（『和歌大辞典』・田村柳壹氏執筆）、「新造御所落成の祝意をこめ、二条殿新宮で催された後鳥羽院主催の撰歌合」（『新編国歌大観』解説・上條彰次氏執筆）といった指摘がされている。両者とも二条殿が「新造」であるとしているが、二条殿の棟上は建久九年（一一九八）正月十一日、後鳥羽院の移御は同年四月二十一日のことである（『玉葉』『明月記』『猪隈関白記』他）。以後、建仁元年三月に至るまでの間に、既に二条殿では度々歌会・歌合が行われた。正治二年八月一日、同年十月十一日など「新宮歌合」と称される歌合も何度か催されている（『後鳥羽院御集』）。建仁元年三月二十九日の撰歌合を、二条殿新造と結び付けることは難しいであろう。

また、当該歌合の作品の中で祝意の読み取れるものは、題の性格上祝意が表現されるのが当然である「寄神祇祝」題の歌のみであり、全体を通して「新造御所落成の祝意」がこめられているわけでもない。

更に言えば、「二条殿新宮で催された」という点も事実に反している。『明月記』当日条の一部を次に引いておく。

Ａ　以南釣殿廊簾中〈上簾〉為御所、左右座分、左在北、右在南、予依催持参文台置之退下、次雅経少将持参歌一巻着円座、左家隆置文台幷持参歌、各為講師読上歌、

ここでは省略するが、人々の着座の位置を示す指図も記されており、披講の場の様子はわかりやすい。これらによれば、披講の場所は二条殿の釣殿であったことを疑う余地はない。それではなぜ「新宮撰歌合」という名称で呼ばれているのだろうか[20]。

そもそも、当歌合は『新古今集』や各歌人の家集ではどのように称されているのだろう。当歌合からは『新古今集』に九首が入集しているが、九三番雅経詠詞書に「和歌所歌合」とある以外は、いずれも「建仁元年三月歌合」と称されている。和歌所の設置は建仁元年七月のことであるから、九三番詞書は明らかな誤認である。つまり『新古今集』では当該歌合は「建仁元年三月歌合」と称されていると言える。

また各家集を見ると、『秋篠月清集』では「院（の）撰歌合」、『拾遺愚草』では「建仁元年三月尽（日）歌合」、『寂蓮法師集』では「建仁元年三月歌合」と記されている一方、『後鳥羽院御集』『明日香井集』では「新宮撰歌合」と称されている。『秋篠月清集』『拾遺愚草』『寂蓮集』は当該歌合の詠を各部立に分散させているが、『後鳥羽院御集』

『明日香井集』はひとまとめにし、しかも撰入歌のみを収めている。特に『後鳥羽院御集』は、歌題は十題すべて記しているが、御詠が撰に漏れた三題は、歌題のみ記した後に一行分の空白がある。[21] こうした形態は、撰歌合のための歌稿ではなく、撰歌合そのものを資料としている可能性を示唆するものとは言えないだろうか。いずれにしても、「新宮撰歌合」という呼称は出詠歌人の共通認識にはなっていないようである。

ここで、「新宮歌合」と称される他の催しを検討し、当該歌合と比較してみたい。『後鳥羽院御集』他の私家集から、次のような例が知られる。

①正治二年（一二〇〇）八月一日

『後鳥羽院御集』一四八一～一四八三番に、「同（正治二年―稿者注）八月一日新宮歌合」との詞書のもと、「社頭祝」「池上月」「野辺虫」の三題三首が並ぶ。『明日香井集』も「新宮歌合正治二年八月一日」として同題の三首を収載する。

②同年十月十一日

『後鳥羽院御集』一五〇二～一五〇六番に掛かる詞書に「同（正治二年―稿者注）十一月（ママ）十一日新宮歌合当座」とある。

『明月記』正治二年十月十一日条[22]には、以下のような記述がある。

B　戊時許自院給五首題、有召、即扶病騎馬馳参、構出腰折歌、於中嶋神殿有披講〈結番〉、御所〈簾外保宗中将伺候〉、予、寂蓮、具親等預此召参上、寂蓮両人定申、恐無極、五首沙汰了、顕作者、毎題三番、御製、前座主、予、家隆、具親、寂蓮許也、為恐事千万（中略）題、海辺霞、古寺郭公、杜間月、山時雨、社頭夕風、以社頭最初被書、此御社日吉云々、殊以抽信、

ここに記された歌題は『後鳥羽院御集』一五〇二～一五〇六番と一致するので、同集詞書の「十一月」は「十月」の誤りと思われる。

③同年十一月七日

『後鳥羽院御集』（一五〇七〜一五〇九番）詞書には「同（正治二年―稿者注）十一月七日新宮歌合」とあり、『拾遺愚草』（二四一八〜二四一九番）詞書には「正治元年《ママ》十一月七日二条殿新宮歌合」とある。『明月記』正治二年十一月七日条から関連記事を引いておく。

C　依引導入弘御所、与寂蓮、家隆、具親等、給題、詠吟風情尽、近日事殊以難堪、良久之後行幸云々〈右中弁長房、奉行此御所事〉、内府以下供奉、不見其人々、人々退下、無音之後、付親綱引導、更経北対北東門内御車宿戸、出池東庭、已御乗船了、依召進乗、次々船棹自池御幸坤角新宮、歌合三首、評定了還御、自是各可退出之由有仰、即自庭上出西門退出、病気殊甚、題、紅葉残梢、寒夜埋火、海浜重夜、有家、今夜給題献歌〈自里亭云々〉、今夜歌皆負了、御製一首、師光女一首〈持〉、伊勢女房一首云々、

④建仁二年八月十日

『如願法師集』六五一番詞書には「建仁元年八月廿一日、新宮当座御歌合、風声増恋」とある。一方『明月記』建仁二年八月十一日条に、以下のような記事が見られる。

D　卯時許、参御所、初参新宮、有所思以家長朝臣令申祝〈此様也〉、引進仁毛馬、此事此間依有思故〈又精進之次也〉、即退出、又参上、家長持来夜前歌合、於新宮可読上之由仰也、此間御幸神泉苑云々、今日此宮有旬神供、家長取居之、取出献杯、

もしかすると、『如願法師集』六五一番詞書は「建仁二年八月十一日」の誤りかも知れない[23]。そう仮定すると、この歌合は新宮において読み上げられたが故に「新宮」の名を冠せられているということになろう。

以上、資料は甚だ乏しいのであるが、次の二点は重要であろう。第一に、②・③の歌合が、実際に披講や評定が行

われた場にちなんで「新宮歌合」と称されている点、第二に、④の『明月記』記事Dからわかるように前夜の歌合が翌日新宮で読み上げられている点である。[24]

本節で問題にしている建仁元年三月二十九日の撰歌合の場合、披講の場が二条殿釣殿である点はAの記事により動かせない。にもかかわらず「新宮撰歌合」と称されるのは、披講後に新宮との関連が生じたか、乃至は釣殿での披講が神前の披講に準ずるものであったのであろう。[25]

『明月記』建仁元年三月二十九日条は途中から欠けており、以下四月二十三日条までが脱落している。[26] この間の記事が発見されれば、本節で取り上げた問題も氷解するであろう。それを待ちつつも、現段階で新宮について考えられることをもう少し論じてみたい。

四　新宮の役割

久保田淳氏[27]は新宮について、「後鳥羽院歌壇の初期においては、新宮は重要な詠歌の場―歌の筵であった」「その祭神が日吉明神であるということは、比叡山を守護する日吉山王が治天の君たる院をも守護することを期待したからであろう」と述べている。正鵠を得た指摘であるが、付け加えられる点もあると思う。

しかしその前に、検討を要する問題がある。先に引用した『明月記』Bにおける「中島神殿」と、C・Dにおける「新宮」は同一のものと見なしてよいのだろうか。前掲の記事以外にも、『明月記』には「中島宮」「新宮」に触れた記事が見出せる。関係箇所を抄出してみよう。[28]

E　正治二年十一月二十二日条

於中島宮家長読上百首歌、寂蓮、家隆等三人、可聴聞之由有仰、百首聞了〈御製真実殊勝〉之間、左大臣殿令参給云々、

F　建仁元年十二月二十九日条
昨日、付康頼、馬衣等奉二条殿新宮〈定近信為披露也〉[29]、

G　建仁二年三月三日条
巳時許参院之間、鶏合、於西中門〈新宮歟〉方、公卿以下済々、不入其人数、

H　建仁三年十二月二日条
夜半許南方有火（中略）坤風甚利、然而不及他所、御所払地焼亡、馬場殿同焼了、坤南新宮〈社〉僅残給云々、

久保田氏は、稿者がB・C・Eとして掲げたのと同日の記事を引き、「「新宮」とは二条殿の池の中島に鎮座する神社」「「中島宮も同じ新宮をさす」と述べる。一方、太田静六氏[30]はHに相当する記事をあげ、「鎮守社は南西の恐らくは庭園内に鎮座していたことが解る」と推断し、二条殿全構推定復原図でも、邸内の南西隅、池や馬場殿の南に鎮守社を位置させている。

本稿初出時、稿者は「中島宮」と「新宮」を別の社と判断した。その根拠は、第一に、『明月記』に新宮が中島にあったと明記する記事のないこと、第二に、Hにおいて「中島坤南新宮」ではなく単に「坤南新宮」と記されていること、第三に、前節Cの「自庭上出西門退出」という記述である。「自庭上出西門退出」は、「（南西隅の新宮に行くのに、往路は池を横断したが、退出時には）庭を通って西門から出て退出した」と解釈できる。仮に中島から退出したのであれば、船に乗ったという記述はないので橋を渡ったのであろうが[31]、庭を通って門を出るのは自明のことであり、わ

ざわざ「自庭上」とは書かないと考えたのである。

これに対して山崎桂子氏[32]により、既に日吉の摂社があるのに更に勧請するのは不審であること、「中島神殿」で披講された歌合が「中島宮歌合」と呼ばれていないことなどを根拠とした反論が提示された。

山崎氏の論は説得力があり、確かに日吉社の摂社を重ねて勧請するのは不自然である。二条殿の池はかなり大きなもので、中島はそのごく南西寄りに位置していたのかも知れない。あるいは中島の南西隅に新宮があったのであろうか。「中島坤南新宮」ではなく「坤南新宮」というHの記し方はなお気になるところであるが、久保田氏・山崎氏に従い、新宮は中島にあったと考えを改めたい[33]。以下、新宮の性格について述べていこう。

前掲Eで読み上げられている百首歌は『正治初度百首』であろうが、これを聴聞するように後鳥羽院から命じられたのが、翌建仁元年二月九日の「君臣五十首歌合」の評定をしたのと同じ定家・寂蓮・家隆の三人である点は重要である。既にこの時期、定家らに対する院の信頼の篤いことがうかがえる。更に、『正治初度百首』が後鳥羽院歌壇の成立を端的に物語る記念碑的催しである点は贅言を要しないが、その披講が中島新宮で行われたことは重視すべきであろう。神前における披講であれば、当然法楽の要素が加わることになる。院は、今後の歌道の隆盛を祈念するために、この披講を思い立ったのであろう。

また前節Dの前半部は「初参新宮」の意味がわかりにくいものの、定家が思うところあって新宮に馬を奉納したことが読み取れる。この年四十一歳の定家は、中将昇進の望みを抱き続けており、七月二十二日には内大臣源通親に「所望事」を伝えている[34]（『明月記』）。Dの記事で定家が繰り返して言う「所思」とは、やはり中将を願う思いと考えられる。定家の中将昇進の願いは前年来のもので、建仁元年十二月六日から七日間日吉社に参籠し、その間に藤原兼実室の訃報を聞くも、宿願のため参籠を続けたのである（『明月記』）。Fにおいて新宮に馬衣等を奉納したのも、中将昇進を願ってのことであろう。宿願叶って左近衛権中将に転任したのは、建仁二年閏十月二十四日のことであった。定家が、某氏からの慶賀の消息への返礼にしたためた「立昇たづの心はおもひやれかひあるみよのわかのうらなみ」[35]という歌は、彼が中将昇進を和歌の賞として受け止めていたことを示している。これを念頭に置くならば、新宮に馬や馬衣を奉納するという定家の行為は、新宮が歌道と結び付いていることを示唆するものと思えるのである。

Dからはまた、定家が源家長に「祝」、すなわち祝詞をあげさせている点、家長が新宮旬神供に奉仕している点も読み取れる。言うまでもなく、家長は院近臣であると同時に和歌所開闔の任にあった。彼が新宮に深く関与していることは、やはり新宮と歌道との結び付きを示す証左たり得ると言えよう。

ちなみに、「新宮歌合」と称される催しの現在知られる最初の例は、先に①として掲げた『後鳥羽院御集』に見える正治二年八月一日のものである。これは、後鳥羽院の和歌活動のごく初期に位置するものであり、院が和歌を詠み始めてすぐに、新宮での歌合を思い立ったことを意味する。想像を逞しくすれば、これは「新宮」そのものが勧請されて間もない時期ではないだろうか。この歌合における「社頭祝」題での院御製「神まつるゆふしでかくる榊葉のさかへやまさん宮の玉がき」が、新たに祀られた宮に対する寿ぎを詠んでいるように思えてならないのである。[36]

後鳥羽院歌壇の形成期、院は御所内に社殿を祀り、自らの治世の安泰、とりわけ歌道の隆盛を祈念したのではないだろうか。二条殿新宮は詠歌の場というだけでなく、歌道を守護する役割をも与えられていたと考えたい。無論、後鳥羽院にとって、歌道の隆盛は治世の安泰と分かち難く結び付いていることは言うまでもない。

『新古今集』撰進作業が着々と進んでいた建仁三年十二月二日、二条御所は火災に遭い焼失する。[37]院は宇治新御所などを経て、翌元久元年（一二〇四）八月八日、新造成った五辻殿に移御した（『明月記』『百錬抄』他）が、これ以後の新宮歌合催行を示す資料は管見に入っていない。しかしながら、後鳥羽院が二条殿新宮に祈り続けたであろう勅撰集撰進の宿願は、この時確かに成就しつつあったのである。

【補説】

第四節で述べたように、本章では「中島宮」と「新宮」を別個のものとした初出時の見解を改め、両者を同一と見なした。第四節は新宮の性格を解明することが趣旨であるため、考えを改めた根拠について詳述しなかったので、ここで言及しておきたい。合わせて、『新宮撰歌合』の披講場所に関連して新たに考えたことも付け加えたい。

まず、『明月記』には中島の社を「新宮」と称していることが明確な記事がないことは前述の通りだが、中島の神前で行われた歌合を「新宮歌合」と称した例も『後鳥羽院御集』以外には見出せずにいた。しかし、後に次のような例があることに気付いた。『隆信朝臣集』、いわゆる元久本『隆信集』九五七番の歌である。

同じころ、新宮にて、神祇心を
君がよをはるかにみつのはまかぜやふきかよふらんいけのさざ浪

詞書の「同じころ」は前の九五六番歌の「和歌所にて十首御歌合侍りしに」を受けており、その九五六番歌は『仙洞十人歌合』八番歌と一致する。したがって「同じころ」とは同歌合が披講された正治二年九月〜十月に近い頃ということになろうか（「和歌所にて」は誤り）。詠まれている三津の浜は摂津にも同名の歌枕があるが、ここでは比叡山東麓の琵琶湖岸、すなわち日吉社に程近い近江国の三津の浜と思われる。先にBとして引いた『明月記』の記事から明らかなように、中島宮は日吉社を勧請したものであり、それを踏まえた表現である。「いけのさざ浪」の「いけ」とは中島のある二条殿の池を指すと思われ、この歌が中島宮を詠んでいることはまず間違いないだろう。そして隆信はこれを「新宮にて」詠んだと詞書に記しているのである。前の歌の「和歌所にて十首御歌合侍りしに」の「和歌所」が誤りであるように、同集の詞書には事実との齟齬がまま見られるので、全面的に信頼するのは危険かも知れない。しかし、中島宮を「新宮」と詠んでいる貴重な例である[38]。

次に、Cとして引いた『明月記』の記事中の「自庭上」という表現について検討したい。Cの記事について稿者は、二条殿南庭南西隅の新宮で歌合を行うに際し、往路は東岸から池を船で横断して行き、帰りは池を通過せず庭から西門を出て退出したことを表すと解していた。中島から橋を渡って庭に出たのであれば、庭を通るのは当然なので「自庭上」と明記するのは不自然だと考えたからである。しかし、古記録における「自庭上」は、文字通り「庭を通って」という意味とは限らないようである。『明月記』における「自庭上」の他の例を見てみよう。

a建久三年三月十三日条

先参関白殿、於押小路洞院大路奉逢御車、即下車参御共〈刑部卿在御共〉、前駈衣冠布衣相交四五人〈此間已不取松明〉、於六条殿門前仰云、禁裏定無人歟、汝早可参候、此由且可触女房、常伺候輩可遣召者、即自庭上還出参内、

b元久二年十二月二日条

臨深更公卿已騎馬由人々申之、大納言殿中納言殿雖令参給、公卿已出了云々、自庭上出令騎馬給、

aは後白河院崩御の日である。定家は藤原兼実の供をして参院するために兼実邸に向かい、途中で出会った兼実と共に院御所六条殿に到着するが、門前で兼実から内裏に人がいないだろうから参るようにと命じられ、「庭上より」参内したという。門前から内裏に向かったのだから、六条殿の庭には立ち入っていない。ここでの「庭上より」とは、庭を通る意ではなく「そこからすぐに」という意味になろうか。

bは、後鳥羽院の京極殿から高陽院への移徙があった日の記事である。「大納言殿」は九条家の良輔、「中納言殿」は同じく道家である。二人は移徙に供奉するために京極殿に向かったのであるが、公卿は既に出発した後であった。そこで二人は「庭上より」出て騎馬した。ここも、「その場ですぐさま」というような意味と思われる。先に引いたCに「評定了還御、自是各可退出之由有仰、即自庭上出西門退出」とあるのも、歌合の評定が終わり、各自退出せよとの仰せを受けて、殿上に戻ったりせずすぐに退出したことを意味するのであろう。したがって、中島からの退出と見なしても特に問題はないということになる。

『明月記』Hで、新宮を称して「中島坤新宮」あるいは「池坤新宮」ではなく、単に「坤南新宮」としている点は不審が残るが、「中島宮」「新宮」を別個のものと見なす確実な根拠とまでは言えない。やはり両者は同じ社なのであろう。

さて、新宮が池の中島にあったとして、ここでもう一度『新宮撰歌合』の披講の場について考えたい。『明月記』Aにあるように、披講は釣殿で行われた。『明月記』Cに「坤角新宮」とある「坤角」が池の南西角なのか中島の南西角なのかわかりにくいが、いずれにしても、釣殿から中島の新宮が眺望できた可能性は高いと思われる。

建仁元年正月二十三日の土御門天皇の二条殿への朝覲行幸について記した『三長記』（記主藤原長兼）に、「西池岸屋皆覆懸翠簾垂之」という一文がある。太田静六氏(39)も推定しているように、「西池岸屋」とは釣殿のことであろう。二条殿の釣殿は池の西岸に向けて造営されていたらしい。釣殿であるから壁はなく、『明月記』Aによれば後鳥羽院の坐した場所も簾が上げられていたというから、参会した人々の目には「坤角新宮」が見えていたことであろう。逆に言えば新宮から披講の場が見えるわけで、釣殿での披講がすなわち神前での披講という意味を有していたとは考えられないだろうか。Cにあるように、中島に渡って新宮で披講や評定が行われることもあったが、『新宮撰歌合』の場合、釣殿での披講が神前での披講に準ずるものとされ、それゆえ「新宮」の名を冠して呼ばれるのではないか。こうした推定にたどり着いた結果、本稿の当該箇所は初出時の記述を若干改めた。

なお、安井重雄氏は注（19）論文において、初出時の拙稿に「一旦披講・評定がされた後、新宮の神前において再度披講される乃至は新宮に奉納されるといったことがあったのであろう」とあった箇所を引き「家永氏は（中略）当初からの奉納を疑問視されているが、院自身としては当初から奉納（あるいは再度披講）の意志があったと考えたい」と述べる。稿者の表現が曖昧であったために誤解を招いてしまったが、当初から新宮での披講・奉納が意図されていたことを疑っているわけではなく、順序として、釣殿での披講の後に新宮での再披講乃至は奉納があったのだろうと推定していたのである。しかしその後、釣殿での披講がすなわち新宮神前での披講の意味を持つのであろうと考え至った結果、安井論に引かれた一文は削除した。もとより、当撰歌合が三十六番であることを根拠に、後鳥羽院が当初から奉納を意図していたとする安井氏の論旨には、全く異論はない。

〔注〕

（1）「後鳥羽院歌壇はいかにして形成されたか」（『国文学』22-11　一九七七年九月）→『藤原定家とその時代』（一九九四年　岩波書店）

（2）「十首和歌会」については、これ以前に有吉保氏「新古今時代和歌資料攷―建仁期の新資料―」（『日本大学人文科学研究所研究紀要』13　一九七一年五月）→『新古今和歌集の研究 続篇』（一九九六年　笠間書院）における翻刻・紹介がある。なお、『明月記』建仁元年八月七日条には「明後日又未練歌人等詠進三題云々、作者三十人」とある。「明後日」に相当する九日条には関連記事はなく、この催しに関する他の資料も見出せずにいるが、「未練歌人」とあるところを見ると、あるいはこれも「和歌試」のような催しであったかも知れない。

（3）東京大学史料編纂所蔵影写本による。本断簡は、今川文雄氏『訓読明月記』第六巻（一九七九年　河出書房新社）に翻刻されているが、本稿は今川氏と読みを異にする箇所もある。なお、久保田淳氏『藤原定家』第三章（一九八四年　集英社）＝ちくま学芸文庫『藤原定家』（一九九四年　筑摩書房）→『久保田淳著作選集』第二巻（二〇〇四年　岩波書店）にも言及がある。

（4）一字分空白。「歌」とあるべきところか。なお、この行には「五十首歌進入事」との頭書がある。

（5）「如形書連」という表現は、然るべき様式に沿って清書したことを意味するが、当該箇所の場合は急かされたので詠むだけは詠んだとでも言うような口吻が感じられなくもない。当該五十首が『老若五十首歌合』の詠だとすれば、この口調は後述の「此事虚言也」との言と共に、同歌合における定家の不成績（出詠歌人十人中の最低）と照応する。有吉保氏『新古今和歌集の研究—基盤と構成』第一編第二章Ⅱ（一九六八年　三省堂）参照。加藤睦氏「藤原定家『建仁元年院五十首』覚書」（『立教大学日本文学』90　二〇〇三年七月）にも言及がある。

（6）『如願法師集』三七四〜三七六番には「正治三年正月晦日当座御会に」との詞書を有する「山路花」「朝遠舟」「山路霞」題の三首がある。また同集八四一・八四二番には「正治三年二月一日当座御会に、山家夜雨を」の詞書がある。定家が詠進した「件二首題」が、これらの歌会と関係する可能性もあるが、『如願法師集』には「当座」とある点、及び三七四〜三七六番については歌数も異なる点で、即断はしかねる。

（7）正治二年（一二〇〇）十月十三日条、建仁元年六月十一日条、同二年六月三日条他。

（8）『後鳥羽院御集』によれば建仁元年二月十六・十八日に披講。

（9）注（3）に同じ。

（10）正治二年には定家は三十九歳、家隆は四十三歳。ちなみに、『明月記』建久九年（一一九八）二月十九日条によれば、過日鳥羽殿に御幸した後鳥羽院は、老若分かっての鶏合を行ったという。また『源家長日記』には、『新古今集』部類作業も終わりに近づいた頃、老少を分かった歌合を催したとの記事がある。

(11) もちろん二人の親交は院が和歌を詠み始める以前からのもので、『源家長日記』によれば、良経がいまだ二位中将、院が幼少であったころから、二人は馴れ親しんでいたという。
(12) 日本古典全書『新古今和歌集』月報（一九五九年六月）
(13) 「建仁元年仙洞句題五十首とその成立」（『愛知学芸大学研究報告』12　一九六三年三月）
(14) ①の後鳥羽院詠の第三句が、『後鳥羽院御集』では「春の色」となっている点のみ異なる。
(15) 『新古今歌人の研究』第三篇第二章第三節五（一九七三年　東京大学出版会）
(16) 『新古今集』では、第二句を「庭の小松に」とする。
(17) 注（5）に同じ。
(18) 『国文学　解釈と鑑賞』52-9（一九八七年九月）→『藤原定家とその時代』（前掲）
(19) 日下幸男氏編『中世近世和歌文芸論集』（二〇〇八年　思文閣出版）
(20) 有吉・久保田両氏の論では、この点に触れられていない。安井氏は、新宮への奉納あるいは神前での再度披講があったためと考えている。
(21) なお、田村柳壹氏「『後鳥羽院御集』の伝本と成立—伝本分類の再検討ならびに資料性の吟味を中心として—」（『国語国文』53-3　一九八四年三月）及び「『後鳥羽院御集』伝本考」（『日本大学農獣医学部一般教養研究紀要』20　一九八四年十二月）→『後鳥羽院とその周辺』（一九九八年　笠間書院）によれば、桂宮本『後鳥羽院御集』のみには、院の撰外歌である「遇不逢恋」題詠が収められているとのことである。
(22) 東山御文庫蔵自筆断簡を東京大学史料編纂所蔵写真により参照。改行箇所は原文のままではない。
(23) 但し、『如願法師集』に「新宮当座歌合」とあり、『明月記』には「夜前歌合」とある点が気になるところである。この点に関しては後述する。
(24) 『明月記』建仁二年八月十日条には「詠進三首歌合」とあるのみで、披講が行われたという記述はない。しかし十一日条の「夜前歌合」という表現に着目すれば、十日のうちに少なくとも結番はなされていたと考えてよいと思う。『明月記』において、和歌に関して「読上」という表現を用いている場合、その大多数は披講の意味である。十日の段階では結番だけで披講はなく、十一日の「読上之」が披講を意味するのであろう。また、『如願法師集』六五一番詞書に見える「建仁元年八月廿一日」が、仮に「建仁二年八月十一日」の誤りだとすれば、八月十日に当座で行われた歌合が、翌日新宮で披講されたことにより「建仁二年八月十一日新宮当座御歌合」と称されていると考えられよう。

(25) この点については論述の順序の都合上、【補説】で詳述することとする。

(26) 四月二十二日・二十三日条のみ自筆断簡がある。

(27) 注(18)に同じ。

(28) 『玉葉』『猪隈関白記』『三長記』等同時期の記事を有する他の記録を調査したが、新宮に関する記事を見出すことはできなかった。

(29) 尾上陽介氏編『明月記 徳大寺家本』二(二〇〇四年 ゆまに書房)では、「信」を朱で「後」に改めている。

(30) 『寝殿造の研究』第六章第二節二(一九八六年、新装版二〇一〇年 吉川弘文館)

(31) 中島に橋が懸かっていたことは、『三長記』建仁元年正月二十三日条に「池橋以南敷仮板敷」とあるのにより確認できる。

(32) 『正治百首の研究』第二篇第三章第三節四(二〇〇〇年 勉誠出版)

(33) 初出時の見解を変えるに至った根拠は他にもあるが、煩雑になるため詳しくは【補説】で述べることとする。

(34) 「『明月記』(建仁二年七月)を読む」(『季刊 文学』6-4 一九九五年十月)解説七(土谷恵氏執筆)によれば、この「所望事」が、東京国立博物館蔵定家自筆「転任所望事」である可能性が高いとのことである。

(35) この歌を含む定家自筆の「慶賀事」と題する書状(案文か)は、出光美術館蔵。和歌の翻刻は同美術館編『書』(一九九二年)掲載の写真により、私に濁点を付した。

(36) 山崎桂子氏は注(32)著書において、『正治後度百首』神祇題に新宮を詠んだ歌が多く、その中には「この度新たに勧請された」という意識を読み取れる表現が含まれていることを指摘し、新宮建立の時期は正治二年あたりであろうと推定している。

(37) その中で、「新宮社僅残給」という状況であったことは、前掲Hに見える通りである。なお、『明月記』建永元年七月九日条に「於新宮〈一夜自二条殿跡、遷滋野井〉、相撲七番、了還御云々」とあり、焼け残った社が滋野井泉亭に遷されたことが知られる。

(38) 樋口芳麻呂氏『隆信集全釈』(二〇〇一年　風間書房)は、この隆信歌を、建仁元年三月『新宮撰歌合』において「寄社頭祝」題で詠まれ撰外となった歌だと推定している。仮にこの推定通りであるとすれば、同歌合は兼題であり披講場所は二条殿釣殿であるので、「新宮にて」は正確ではないことになる。神前で詠んだと誤って記憶していたか、あるいは新宮神前で披講(乃至は奉納)された歌合のために詠んだ歌というほどの意味で「新宮にて」と記したか、いずれかだと考えればよいのであろう。

なお、当該歌が『新宮撰歌合』の撰外歌だとすると、「寄社頭祝」題で中島新宮を詠んでいることから、この歌合が新宮神前で披講されることが、あらかじめ作者たちに告げられていたのではないかと想像したくなるが、当歌合成立に関して詳細に記す『明月記』にそれと示す記事はなく、また他の作者の「寄社頭祝」題の歌に中島新宮を詠んだ歌は見られない。

(39) 注(30)に同じ。

第二章　俊成兄藤原忠成の生涯と和歌

はじめに

歌壇の指導者として君臨した御子左家三代、すなわち俊成・定家・為家は、いずれも長子ではない。俊成には忠成、定家には成家、為家には光家という兄がいた。弟に比べ歌才に恵まれなかった兄たちの中で、成家は入集歌は五首に過ぎないが勅撰歌人であり、光家には家集『浄照坊集』がある。しかし、最も多くの歌を残している忠成は、撰集への入集もなく、家集も残らない。(1) 歌人としての足跡は、唯一『為忠家初度百首』(2)（以下『初度百首』）への参加が知られるのみなのである。従三位権中納言俊忠一男でありながら正五位下止まりであるなど、伝記の上でも不分明な点が多い。俊成の兄として、また『初度百首』作者の一人として若干の論及はあるものの、忠成その人を中心に据えた研究は皆無と言ってよい。

しかしながら、忠成は百首歌を詠むだけの力量は持ち合わせていた歌人である。さらに、その子には後白河院の寵臣で承安四年九月今様合作者でもある光能、孫には為家と共に仙洞歌会に列したことのある（『明月記』天福元年五月六日条）光俊、曾孫には勅撰歌人であり歌合への参加や宇都宮歌壇との関係が知られ、家集もあった可能性のある光成(3)がいる。後白河院の信任篤かった大僧正昌雲は忠成の子、天台座主を務めた実全・真性両僧正は忠成の二人の女子が生んだ忠成の外孫である。[4] 忠成の子孫には注目すべき人物が少なくない。忠成に関しても、伝記及び和歌作品の一通りの調査・分析を行っておく必要があろう。

一　忠成の母系

まず、忠成伝研究の現時点での問題点を明らかにしておこう。『尊卑分脈』に「保元三十、卒　六十八」とあるのによれば、忠成の生年は寛治五年（一〇九一）。同書はまた忠成母を「伊与守藤敦家女」とし、俊成母を「同上」すなわち忠成と同じとする。一方『明月記』正治二年（一二〇〇）十月十一日条には「入道殿御母儀刑部〈敦兼朝臣〉妹也」[5]とある。敦兼は敦家男なので、俊成母が敦家女であることは疑えない。そして敦兼の生年は『尊卑分脈』から承暦三年（一〇七九）と知られる。[6] 以上の記録をすべて信頼した場合、二点の不審が生じてくる。第一に、同母でありながら忠成と俊成には二十三歳の年齢差があるという点、第二に、忠成と敦兼の年齢差から考えて、敦兼妹である母が十二歳以下で忠成を出産したことになるという点である。

この問題をめぐっては、まず谷山茂氏が、[7]『尊卑分脈』記載の享年「六十八」を「五十八」の誤りと見なすことにより不審点を解決しようとし、井上宗雄氏[8]も谷山説を支持した。これに対し川上新一郎氏[9]は、忠成の叙爵が康和五年（一一〇三）正月六日（『本朝世紀』）であることから、生年を十年引き下げると叙爵時三歳となってしまうので、生年は『尊卑分脈』の記載通りでよく、俊成と同母という点を疑うべきかと主張した。

忠成父俊忠の叙爵年齢は明確ではないが、十代前半とみてよさそうである。俊成の叙爵は十四歳、忠成伯父基忠は十一歳、忠成祖父忠家は十二歳。忠成の場合も、これらと大きく隔たるとは考えにくく、生年は寛治五年でよいのであろう。

では、俊成と同母という点が誤りなのであろうか。忠成の参加が知られる『初度百首』は、主催者藤原為忠の一族縁者を作者とする催しである[10]。為忠の外祖父藤原有佐と俊成の外祖母伊予三位兼子は共に藤原顕綱の子であり、為忠母と俊成母は従姉妹同士、俊成と為忠は再従兄弟同士ということになる[11]。目立った歌歴のない忠成が『初度百首』作者となったことを合理的に説明するには、彼も俊成同様為忠の再従兄弟と考える以外にないのではなかろうか。

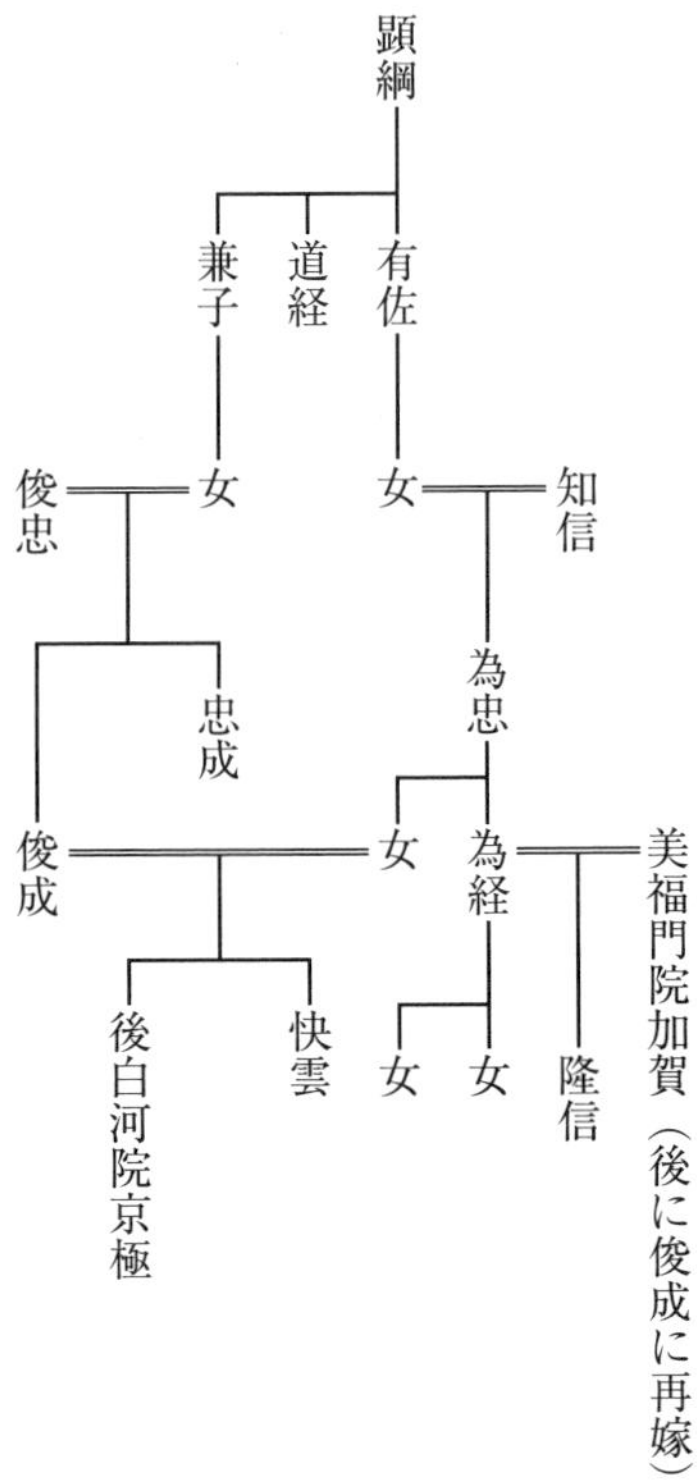

いま一度、二つの不審点を検証してみよう。まず、同母でありながら二十三歳の年齢差がある問題であるが、これは他に例がないわけではない。例えば俊成室美福門院加賀の場合、最初の夫為経（寂超）との間の子である隆信と、俊成との間に最後に儲けた子である承明門院中納言の年齢差は二十二歳である。為経には隆信の他に女子が二人あるが、隆信誕生の翌年五月に為経が出家していることから推して、二人は隆信の姉である可能性が高い。仮に彼女らのいずれか一人でも隆信と同腹とすれば、加賀が産んだ最初の子と最後の子の年齢差は更に広がるのである。同母で

二十三歳の年齢差はあり得ないことではないと言えよう。[12]

もう一つの不審点は、忠成母が十二歳以下で出産をしている問題であった。この年齢は、『明月記』の「刑部〈敦兼朝臣〉妹」という記述から導き出されたものである。従来この記事の「妹」は、文字通り年下の女きょうだいの意味でとらえられてきたのだが、単に「女きょうだい」の意で解してみたらどうであろう。[13] 改めて指摘するまでもなく、漢語「妹」と異なり和語「いもうと」は男から女きょうだいを呼ぶ語で、姉を指す場合、妹を指す場合、いずれもあり得る。『明月記』前掲記事中の「妹」も、和語の用法で捉えればよいのではなかろうか。

女性の年齢が明確であることは稀で、この仮説を証明するのは容易ではないが、『明月記』における「妹」の使用例を調査した結果、「女きょうだい」の意で用いられている可能性のある用例が一例見出せた。すなわち正治二年（一二〇〇）閏二月十七日条に「公房卿妻〈兼季朝臣妹〉昨日逝去了、先是出家、年二十五云々」とあるのがそれである。正治二年に二十五歳であるから、「兼季朝臣妹」は安元二年（一一七六）生まれとわかる。一方、『公卿補任』によれば兼季の生年は治承三年（一一七九）である。[14] 兼季には二人の異母兄がいる。公房室となった女性を指すのに、長兄の名をあげず「兼季朝臣妹」としたのは、兼季と同腹の女きょうだいであることを示す意図があったからであろう。俊成母に関する記述の中の「妹」も、これと同様の意味と見てよいのではないだろうか。とすれば、忠成・俊成の母は敦兼より年少と見なす必要はなく、忠成出産時の年齢も引き上げて考えることができるのである。[15]

以上の考察により不審点は解決された。忠成は俊成と同腹で、母は藤原敦家女で間違いないものと思われる。

二　忠成の官歴

続いて、忠成が官人としてどのような生涯を送ったのかを見ておきたい。まず略年譜を示しておく。行頭の算用数字は年齢を示す。史料の略称は以下の通り。分脈―『尊卑分脈』、補任―『公卿補任』、世紀―『本朝世紀』、僧綱―残欠本『僧綱補任』、永―『永昌記』、中―『中右記』、台―『台記』。

1　寛治五年（一〇九一）　誕生〈分脈〉、初名「忠良」〈世紀〉
13　康和五年（一一〇三）正月六日　叙爵、「忠成」と改名〈世紀〉
24　永久二年（一一一四）　昌雲誕生〈僧綱〉
26　　四年（一一一六）　重慶誕生〈僧綱〉
32　保安三年（一一二二）十二月十九日　葉室顕隆の前駆を務める、当時治部少輔〈永〉
33　　四年（一一二三）七月九日　父俊忠没〈分脈・補任〉
35　天治二年（一一二五）十二月二十五日　従五位上少納言（見任）〈中〉
　大治・天承・長承年間、少納言として記録に頻出
39　大治四年（一一二九）正月六日　正五位下叙位〈中〉
40　　五年（一一三〇）八月七日　釈奠において詩を献ず〈中〉
42　長承元年（一一三二）　光能誕生〈分脈〉
44　　三年（一一三四）二月七日　釈奠において詩を献ず〈中〉
　冬頃か　『初度百首』に出詠、位署「少納言藤原忠成」
56　久安二年（一一四六）正月五日　光能叙爵〈補任〉
61　仁平元年（一一五一）正月六日　弟俊成（当時顕広）従四位下叙位、忠成の位階を超える〈分脈・補任〉

68 保元三年（一一五八）十月十日　没〈分脈〉

忠成は、父俊忠が十九歳[16]、従四位下右少将の年に生まれ、十三歳で叙爵。『本朝世紀』康和五年（一一〇三）正月六日条に「藤原忠良〈改名忠成〉」とあるのにより、初名が知られる。『永昌記』保安三年（一一二二）十二月十九日条に、葉室顕隆の前駆の一人として見える「治部少輔〈俊忠卿男〉」は忠成であろう[17]。他に前駆として名があがっているのは、顕隆の婿である藤原清隆・同忠隆、顕隆男の顕頼・顕能、顕頼の舅に当たる源雅職[18]、顕隆弟親隆ら、顕隆の近親者ばかりである。周知の如く、御子左家と葉室一族とは密接な姻戚関係を有する。すなわち俊忠の妻の一人は顕隆女であり、俊忠女忠子・俊子はそれぞれ顕隆男顕頼・顕長に嫁ぎ、顕頼は俊成の養父でもある。忠成も、顕隆にとって前駆に奉仕させるのにふさわしい近親者であったのだろう。但し、顕隆兄である『永昌記』の記主為隆は、忠成の名を認識していなかったらしい。

治部少輔から少納言に転じた時期は明確にできないが、天治二年（一一二五）十二月二十五日以前のことである（『中右記』）。略年譜ではいちいち明示しなかったが、少納言時代には繁多な公事への参与が『中右記』『長秋記』『時信記』などから知られ、恪勤な官人としての忠成像が浮かび上がってくる。もっとも、勤勉ではあっても極めて有能とは言い難い面もあったらしい。例えば『長秋記』大治二年（一一二七）十一月十八日条[19]には、賀茂臨時祭において舞人を務めた忠成の出で立ちが「以半臂裏為面」というもので、人々が奇異に思った旨が記されている。また同書大治四年正月一日条には、崇徳天皇元服の儀式における忠成の所作について、記主源師時の批判が記されている[20]。但し、昇進の遅れの原因となるような決定的な失態は、記録類に見出すことはできない。

さて、忠成の事跡は、『中右記』保延元年四月六日条に「平野祭使少納言忠成」とあるのを最後に記録類から見えなくなる。『尊卑分脈』『今鏡』『天台座主記』等から極官は民部大輔と知られるが[21]、少納言時代とは異なり、民部大輔忠成の勤務ぶりを記録類に見ることはできないのである。『公卿補任』は、治承三年（一一七九）参議になった忠成男光能[22]を「故入道民部少輔従五位上忠成男」とする。「民部少輔従五位上」は正しくないが、「入道」が正確な情報であるとすれば、忠成は民部大輔退任後出家したことになる。しかし、それを確認できる史料は管見に入っていない。

最後に、忠成の妻室について見ておく。嫡男光能の母は大宮亮源季忠女（『尊卑分脈』）だが、その他の子女は母を明らかにできない。但し、僧籍に入った二人の子のうち、昌雲は天台座主を務めた叔父快修の弟子となり、重慶は興福寺に入った。昌雲と重慶の母は異なると思われる[23]。とすると、忠成には源季忠女を含めて少なくとも二人の妻がいたようである。季忠は、左大臣俊房や右大臣顕房（堀河天皇外祖父）の甥にあたる[24]。忠成父俊忠は、俊房男師時や顕房男国信と親交があり（『俊忠集』）、忠成と季忠女との婚姻も父の交友関係を背景としている可能性があろう。

以上、忠成の官歴を概観してきたが、彼の不遇の原因となるような出来事は記録類から窺い知ることはできなかった。忠成祖父忠家は、十六歳で四位、十八歳で非参議従三位、父俊忠は、十九歳で四位、三十四歳で参議に列している。対して、忠成は三十九歳にして漸く正五位下。父の存命中から既に官位は停滞していた。仮に若年時に不祥事があったとすれば、父親が何らかの対処をしたはずではないだろうか[25]。忠成の不遇の原因を解明するためには、彼の前半生が知られる史料を更に博捜すると共に、晩年の俊忠にも目を向ける必要があるが、その点に関しては今後の課題としたい。

三　忠成の和歌

次に、忠成の和歌作品の分析に移りたい。現在知られる忠成の和歌は、『初度百首』で詠まれた百首のみであり、この百首を考察の対象とする。

『初度百首』は、四季・恋・雑から成る百題百首であり、四季・恋題は結題になっている。当百首を対象とした論考[26]は少なくなく、設題の特徴をはじめ、新奇卑俗な表現の目立つこと、「百首作歌研究会」のような場のあり方が想定できること、歌学書に見える注説を実作に取り入れていること、結題を廻して詠む傾向が強いことなどが指摘されている。忠成の作も、他の作者と共通した特徴を当然有しているのだが、忠成に限って看取できる特徴もあるように思われる。

〈表現上の特色〉

『初度百首』の最も際立った特色である新奇な表現は、忠成の作にも少なからず見出せる。措辞の面でも「しづのさく物」「かやがかれは」「しほのなごみ」[27]など、他に例のない語句を用いているが、忠成に特徴的なのは動詞の選び方の特異性と反復表現である。

①きえやらぬゆきいただきてみえつれどはらひてつめるわかななりけり　（雪中若菜・一七）

②みねしめてはやすこずゑにはがくれてそらにもひびくせみのこゑかな　（林頂蝉・二六八）

③あきはなほつひにかくれぬことしわがをしみえたりとおもひしものを　（閏九月尽・四三五）

④まつしまのまつのこかげにそばだてるいはねのこけもとしふりにけり　（島巌・六五四）

若菜が雪を「いただく」、蝉の声が「空に響く」、秋が「隠る」、岩根が「そばだつ」、いずれも素材に対する動詞の選び方が独特である。例えば「雪をいただく」と表現される素材は普通松や山であり、比喩的に「頭に雪をいただく」という場合があるが、「若菜が雪をいただく」と詠んだ例は他に見られない。忠成としては、この点にこそ工夫を凝らしたつもりなのであろうが、大仰で作為的な印象を受ける。

反復表現を用いた歌としては、以下のような例があげられる。

⑤まこも草つのぐみにけりつのくにのさはべにこまのいばゆなるかな　（沢辺春駒・七六）

⑥あききぬといはゐのみづはいはねどもむすぶてにてぞまづしられぬる　（泉辺初秋・二八四）

⑦さよふけてたかまの山のみねたかしこゑもをしまずをしかなくなり　（嶺上鹿・三五六）

⑧あながちにいはまをわけていづるゆのいづくへかまたわきかへるらん　（温泉・七一一）

『初度百首』では、忠成以外の歌人も

⑨かきねをばへだてざりけりあさごとにあさがほみするあさがほの花　（牆根槿・三九四・頼政）

⑩このやまにこのみもりはむこのはざるこずゑこづたふこゑきこゆなり　（梢猿・六六七・為忠）

といった同音反復による言語遊戯の趣向を含む歌を詠んでいる。忠成は、作者の中で反復表現に最も積極的ではあるが、頼政や為忠の例ほど徹底しているわけではなく、おかしみを狙うというよりは韻律的効果を意図しているものと思われる。

〈忠成歌の典拠―先行歌・歌学書・物語〉

『初度百首』における忠成の作には、先行歌や漢詩文に発想・表現を学んでいる歌が散見される。典拠として指摘できる作品は『古今集』から『金葉集』に至る先行勅撰集、『万葉集』、『古今和歌六帖』、『和漢朗詠集』、『堀河百首』、『永久百首』などで、他の作者と同様『堀河百首』に学んだ作が多い。また若干の歌合や私家集、歌学書などからも影響を受けている。勅撰集や『和漢朗詠集』は、当時の貴族階級が有している常識の範囲内と言えようが、忠成が参考にした文献は意外に広範囲に及んでいるのである。

⑪草まくらかりがねのねにゆめさめてつゆけさまさるたびごろもかな　（羇旅雁・三四八）
いとどしくこひしき人のゆめにみてつゆけさまさるくさまくらかな　（関白殿蔵人所歌合・旅恋・一七・源頼資）

⑫つつめどもなみだのたまのくだけつつそでよりつひにもらしつるかな　（洩始恋・五六三）
つつめども涙に袖のあらはれて恋すと人にしられぬるかな　（中宮亮顕輔家歌合・四九・源雅定）

⑬あさゆふにみればなみだぞこぼれいづるなにかきとめしすがたなるらん　（楊貴妃・七三九）
絵に描ける楊貴妃の容貌は、いみじき絵師といへども、筆限りありければいとにほひすくなし　（源氏物語・桐壺）

⑭こひしくとかたみのはこをあけざらばふたたびあはでやみなましやは　（浦島子・七四六）
水の江のうらしまのことい へるひとのありけるなり（中略）このはこをかたみにみ給へ、あなかしこ、あけ給な　（俊頼髄脳）

⑪の『関白殿蔵人所歌合』は、永承年間（一〇四六〜五二）某年九月十九日、関白藤原頼通家蔵人所で催行され、頼通家の家司らが作者となっている。忠成が生まれる半世紀近く前の催しではあるが、結題による歌合でもあり、影響関係を想定したい。⑫の『中宮亮顕輔家歌合』は、『初度百首』成立の数ヶ月前と思われる長承三年（一一三四）九月十三日の催行で、『初度百首』作者の為忠と仲正も参加している。『為忠家両度百首』には、当歌合に影響を受けた作が数例見出せ、(28)『両度百首』作者が一堂に会して当歌合を閲覧していた様が推定できる。⑬の例については、玄宗が描かせた楊貴妃の絵があったという記述が他の文献に見出せず、忠成は『源氏物語』に拠って楊貴妃の絵を詠んだと思われることが、佐藤明浩氏(29)により指摘されている。⑭は「浦島子」題の歌だが、浦島子が受け取った箱を「かたみ

のはこ」と表現する文献は管見に入らない。「みづのえのかたみとおもへばうぐひすのはなのくしげもあけてだにみず」（伊勢集・三五八）[30]といった歌もあるが、忠成は『俊頼髄脳』の記述に基づいて「かたみのはこ」と詠んだのであろう。

忠成が参照した様々な文献は、作者が集った場において、他の作者と共に目にしたものが多かったであろう。しかしながら、⑪から⑭の四題に関して言えば、忠成と共通の典拠に基づいて詠んだ他の作者の歌はなく、忠成が他の誰かに倣ってこれらの文献に拠っているのではないことがわかる。とりわけ⑬・⑭の例からは、他の作者と近似した詠み方にならないよう、忠成が意識している様も看取できるのである。

さて、先行歌から影響を受けている忠成の作を一覧すると、先行歌に依拠し過ぎている例が目立つ。

⑮やまちかくいへゐしせずははるすぎてまだちりやらぬ花をみましや　（山家初夏・一六五）
野辺ちかくいへゐしせればうぐひすのなくなるこゑはあさなあさなきく　（古今集・春上・一六・読人しらず）

⑯あだしののをばなおしなみわけゆけばこぼれてかかるつゆのしらたま　（野径薄・三一六）
我が宿のをばなおしなみ置く露にてふれわがせこちらさでも見ん　（古今和歌六帖・天・つゆ・五五六）
あだし野のあさぢおしなみ吹く風に露の命のおき所なし　（基俊集・九〇）

⑰おもふことありあけがたの月さえてさほのかはらにちどりなくなり　（暁天千鳥・四九一）
おもふことありあけがたの月かげにあはれをそふるさをしかのこゑ　（金葉集・秋・二二三・皇后宮右衛門佐）

⑱たにがはのいはまとどろきたぎつせのおとたゆるまでこほりしにけり　（谷川氷・四九九）
山川もこほりにけりな岩間よりとどろきおつるおとたゆるまで　（金葉集橋本公夏本・冬・六三・法橋有禅）

⑲むつごとはむつまじながらしたひものむすぼほれてもあかすよはかな　（詞和不会恋・五九一）

うらやましむすぼほれたる下ひものとけぬやなにのこころなるらん　（弁乳母集・六）

世中の心とけてもおぼえねばむすぼほれてもすぐしつるかな　（散木奇歌集・一四四四）

これらは、いずれも先行歌の特色ある歌句をそのまま置き所も変えずに取り込んだり、歌句の半分以上を先行歌の表現に倣ったりしている。当時、本歌取りの理論は未だ確立していないが、仮に『近代秀歌』『詠歌大概』などで藤原定家が唱えた規制に照らしてみると、悉く抵触しているのである。

しかし一方、数は多くないものの、先行歌からの摂取の方法がどうにか成功している例もある。

⑳たちよりてたれかみざらんにはのまにしきおりしくあきはぎのいと　（庭萩・三〇〇）

にはのまもみえずちりつむこのはくづはかでもたれの人かきてみん　（和泉式部集・二八〇）

「にはのま」という用例の稀な語を用い、景物が庭一面に見える様を詠む点は共通するが、和泉式部が「たれの人かきてみん」と詠んだのに対し、忠成はそれを「たれかみざらん」と逆転させた。その上で「たち（裁ち）」・「錦」、「より（縒り）」・「糸」と縁語仕立てにしている。先行歌を下敷きにしながら、主題を変え独自性を打ち出すことができた作である。

〈忠成歌の典拠―漢詩文〉

『初度百首』には、「王昭君」「上陽人」「楊貴妃」など、漢詩文に材を得た題があるが、忠成はそれ以外の題においても、漢詩文の影響下になる歌を詠んでいる。

㉑うぐひすもわがともとてやくれたけのしげみにきつつたえずなくらん　（竹林鶯・一八）

晋騎兵参軍王子猷　栽称此君　唐太子賓客白楽天　愛為吾友　（和漢朗詠集・竹・四三二・藤原篤茂）

わが友と我ぞいふべきくれ竹のうきふししげき身としなれれば　（堀河百首・竹・一三二五・隆源）

㉒のきばよりちりつむむめのはなみればあつめしゆきのここちこそすれ　（窓前梅・三五）

孫子世録曰、康家貧無油、常映雪読書。　（蒙求・孫康映雪）

ふゆのよはゆきかきつめしあかりよりかはらずにほふはなのいろかな　（初度百首・同・三六・俊成）

『和漢朗詠集』『堀河百首』は、共に『初度百首』作者が大いに参考にしている作品であり、㉑の忠成歌も篤茂の漢詩、隆源の和歌、いずれをも念頭に置いて詠まれたものと考えられる。㉒は、「孫康映雪」の故事に拠る。この故事を踏まえた和歌は既に『順集』(31)他に見出せるが、梅の歌で同じ故事を用いた例は、忠成・俊成の作が嚆矢となる。歌人としての経験(32)や力量から推して、俊成の試みを忠成が真似た可能性の方が高いかも知れない。但し忠成も釈奠において何度か詩を献じており、一通りの漢詩文の知識はあったと思われる。

〈俊成歌との類似〉

『初度百首』には類歌が多いことが知られているが、忠成歌と類似する歌が最も多いのは俊成である。一句以上が俊成歌と共通している歌を数える(33)と、忠成歌の約一割に達する。前掲㉒の他に、例えば

㉓しかのたつはやまのかげのこぐらさにあくるもしらずともしをぞする　（暁更照射・二〇四）

はをしげみをぐらのやまにいりぬればあくるもしらずともしをぞする　（同・二〇五・俊成）

㉔あひみむとたのめしことをまつがえにいのちをかけてとしぞへにける　（契久恋・六一二）

としふればたのめといひしひとことにいのちをかけていきのまつばら　（同・六一三・俊成）

などを指摘することができる。㉔に関しては、次の歌を視野に入れておく必要がある。

行末にいきの松原なかりせばなににいのちをかけてまたまし　（散木奇歌集・七二九）

俊頼歌と俊成歌において「いきの松原」の句が共通する点を重視すれば、俊頼→俊成→忠成という影響関係を想定してよいように思う。

佐藤明浩氏が指摘するように、『為忠家両度百首』は基本的に集団で詠み進められたものであり、歌語や表現について作者たちが影響を与え合う中で類歌も目立つ結果となった。おそらく忠成は弟の和歌の才能を認めており、他の作者七名の中でも、特に俊成の作を参考にすることが多かったのであろう。そしてまた、時には俊成が忠成歌の表現を取り入れる場合があったことも、十分考えられるのではないだろうか。

〈不遇感の表出〉

『為忠家両度百首』における俊成の作の一部に、彼の個人的な感懐が投影されていることは、久保田淳氏[34]により夙に指摘されている。久保田氏が例としてあげた俊成歌には、早くに父親を亡くし確かな後援者のいない心細い境遇を嘆く心情が込められている。

一方、忠成も俊成同様述懐調の作を何首か詠んでいる。『初度百首』において不遇感を明確に表出した作を残しているのは、実に忠成と俊成の二人だけなのである。忠成の述懐調の歌を掲出してみよう。

㉕みのうきをおもひつらねてあかすよをひとまつかとてたたくくひなか　（寤寐水鶏・二二〇）

㉖うらやましやくすみがまのけぶりだにみねたかくこそたちのぼりけれ　（深山炭竈・五三九）

㉗ゆふさればゆきかきくもりうづみびのうづもれてよをすぐすころかな　（閑居埋火・五四七）

父が没したときには既に三十三歳に達していた忠成は、俊成のように自己を「みなしご」と表現するようなことはしない。忠成の作から主にうかがえるのは、官位の停滞に起因する嘆きと言えよう。この時期、少納言として連日繁多な公事に奉仕しながら、忠成の心中には強い不遇感がくすぶっていたのである。その極めて個人的な感懐を、題詠の四季歌で敢えて表出した点、及び与えられた季題の題意を満たしつつ表出できている点は、注目すべきであろう。

〈題詠の方法〉

続いて、忠成の題詠の方法について検討する。『為忠家両度百首』は、和歌史上初の結題中心の百首歌である。結題の詠法をめぐっては、『俊頼髄脳』において題の各々の文字の詠出の仕方を心得るべきだという理論が展開されている。すなわち、詠むべき文字と必ずしも詠まなくていい文字、廻して間接的に表現する文字と直接的に表現する文字があるという説である。[35]当百首において俊成が題の文字を廻して詠む手法を積極的に用いていることについては久保田氏の指摘があり、稿者も全作者を対象にして論じた。[36]中には、あまりに持って廻り過ぎて、詠むべき題の文字を落としている例も散見される。例えば、前掲㉒「窓前梅」題の俊成歌は、孫康の故事を踏まえることで「窓」の題意を満たそうとしているが、落題を批判されても仕方のない歌となっている。このように詠むべき題の文字を詠み落とした例は、いずれの作者の歌にも見出せるのだが、忠成には明らかな落題の歌がほとんどない。唯一、題意のわかりにくいのが次の歌である。

㉘はるかぜになびきぬべくやなりぬらんしめさしおきしやどのわかくさ　（卜恋・五九八）

他の作者が「かめのますらにやく」「うらかた」「あふことをとふいしがみ」など卜占に関わる語句を用いているのに対し、忠成歌は一見「卜」の字を詠み落としているかのように見える。[37]おそらく忠成は、苗の生育の具合によって豊凶を占う苗占を題材にしながら、「むさし野に我がしめゆひし若草を結び初めつと人やしるらん」（堀河百首・初遇恋・一一七五・仲実）を参考にして当該歌を詠んだのであろう。「卜恋」から容易に連想される「うら」「とふ」等の語を用いて他の作者の作と同工異曲になるのを避け、廻した表現を試みたものと思われる。忠成歌は「卜」の題意がわかりにくく、彼の試みは成功したとは言い難いが、題詠に対する意欲や工夫が窺える一首ではある。

さて、結題に関してはもう一つ、題の文字を上下の句に分けて詠出しなければいけないという説がある。『初度百首』成立時には未だ成文化されたものがないが、後に『定家卿相語』で定家が提唱し、『簸河上』『詠歌一体』『夜の鶴』『和歌用意条々』他に継承される。「題の心は初の句ばかり、もしは終の句ばかりにて、その事となき物の歌を多く領する、いはれなき事なり」（『定家卿相語』）とあるように、結題の文字が一部に偏った結果、一首の中心がぼやけ、題意が曖昧になることを戒めた説と言えよう。こうした言説に接していない『初度百首』作者は、題の文字の配り方をさほど意識していない。四季題七十題に限ると、忠成以外のすべての作者は、詠むべき題の文字を上下句いずれかに集中させている歌の割合が、三割前後に達している。忠成とて、その割合は約二十四％なのだが、他の作者に比べれば題の文字の配り方が優れていると言ってよい。但し、忠成が文字を上下句に配ることを明確に意識していたのかと言えば、そうではなかろう。

㉙わがやどのかどたの早苗うゑしよりいさらをがはをまかせてぞみる　（門田早苗・一九六）

この作は、題をそのまま一句に言い尽くしてしまっている。こうした例も見えることを勘案すれば、忠成に題の文字の配置に関する確固たる理念があったとは思えない。

題の文字各々の詠み方や配置の仕方に留意したからといって、必ずしも秀歌が詠めるわけではない。しかし、詠歌の経験は乏しいと思われる忠成が、詠むべき文字を落とさず、廻して詠む詠法に意欲を見せ、題の文字を偏らせることが少ないこと、すなわち題詠の手法をある程度身につけていることには、注意を払っておきたい。

さいごに

藤原忠成の伝記及び和歌について考察を加えてきたが、なお明らかにできなかった問題が少なくない。成人するまで父の庇護を受けられたはずの忠成が、なぜ長らく少納言にとどまり四位にも昇れなかったのか。和歌への関心がないわけではなく古典の知識も一通りはありそうなのに、和歌に関わる事跡が『初度百首』以外に見出せないのはなぜか。『初度百首』のみで『後度百首』には加わらなかったのはなぜか。忠成にとって詠歌の営みとはどのような意味を持つものだったのか——最も重要な問題は、解決できないままである。

しかし、『初度百首』の作を検討する中で、忠成にもそれなりの詠歌の力量や意欲があったことがうかがえたのは重要である。古典摂取の方法にしても題詠の手法にしても、『初度百首』の場において学び、学びつつ百首を詠んだというのが、実際のところなのであろう。けれども、それ以前にも、おそらくは個人的な営みゆえに記録には残らない詠歌の機会を有していた可能性を、想定してよいのではなかろうか。

『初度百首』作者は、為忠・忠成・仲正以外はほぼ二十代の青年ばかりである。(38) 当時四十四歳の忠成は、若年の初学者らと共に当百首で様々なことを学んだはずだが、同時に歌人としての本格的出発が遅すぎたことをも自覚したのではないだろうか。他の『初度百首』作者全員が参加した『後度百首』に、忠成一人は加わらなかった。時を同じくして官人としての記録もほとんど見えなくなる。あるいは忠成はこの頃、官界からも歌界からも身を引いた生き方を選んだのかも知れない。父俊忠との関係を含め、今後更に考察を続けたい。

〔注〕

(1)『為忠家初度百首』での作のうち、「浦島子」「王昭君」題の二首が『題林愚抄』に採られている。

(2)『初度百首』成立後間もなく『後度百首』も催されたが、忠成は加わっていない。

(3)光成は、『続後撰集』以下の勅撰集に計九首入集。藤原信実主催の『河合社歌合』、父の再従兄弟為家勧進の『住吉社歌合』『玉津島歌合』、為家と対立する蓮性が判者を務めた『春日若宮社歌合』などに参加。『新和歌集』に、宇都宮蓮生八十賀の歌など二首が入集。『夫木抄』八六九八番歌には「家集」と注記があるが、『夫木抄』の注記に全幅の信頼を置くことはできない。

(4)実全父は藤原公能、真性父は以仁王。

(5)東山御文庫蔵自筆断簡を東京大学史料編纂所蔵写真により参照した。なお、俊成母が敦家と伊予三位兼子の子であることは、定家の『三代集間事』に見える「外祖母〈伊予三位兼子堀川院御乳母〉」という記述から明らかである。

(6)敦兼母兼子は堀河天皇（承暦三年誕生）の乳母である。兼子は敦兼を産んで堀河天皇乳母になったと思われるので、『尊卑分脈』記載の敦兼の生年は信頼できる。

(7)『谷山茂著作集2』第二章（一九八二年　角川書店）

(8)『平安後期歌人伝の研究』第三章五（一九七八年、増補版一九八八年　笠間書院）

(9)書評「井上宗雄著『平安後期歌人伝の研究』」（『国語と国文学』56‐2　一九七九年三月）

(10)『初度百首』の性格については第一篇第一章参照。

(11)但し有佐の実父は後三条院。なお、俊成は為忠女との間に快雲・後白河院京極の二人の子を儲けているが、『初度百首』の時点で既に婚姻が成立していたか否かは不明。

(12)なお『尊卑分脈』は俊成弟俊定をも同母とするが、この注記の真偽については今回は検討の対象としない。

(13)後代の記録にこのような意味での用例があることを、小川剛生氏からご教示いただいた。

(14) 兼季は建保六年（一二一八）非参議従三位。国史大系本『公卿補任』では、年齢注記は承久三年（一二二一）以降にしか付されていないが、藤原定家本（冷泉家時雨亭叢書『豊後国風土記　公卿補任』による）では、建保六年条兼季項尻付中に「卌」と記されている。

(15) 敦兼出生時、父敦家は四十七歳（『尊卑分脈』注記より算出）、母兼子は三十歳（『中右記』長承二年七月十四日条「讃岐三位兼子薨、年八十四」より算出）であるから、敦兼の前に子を儲けていたと考えた方がより自然でもある。

(16) 本章では俊忠の年齢を『公卿補任』に基づいて算出した。『尊卑分脈』によった場合、二歳加算される。

(17) 忠成に治部少輔を務めた時期があったことは『尊卑分脈』から確認できる。

(18) 『永昌記』（増補史料大成本）には「甲斐守雅盛」とあるが、この時期の甲斐守は源雅職である（『中右記』）。

(19) 臨時祭が行われたのは二十三日である。日付が脱落している可能性が高い。

(20) 「愚案、右少弁宗成父納言依在列退去、尤可然、少納言忠宗為内府家人、尤可退、忠成依何退哉」

(21) 『尊卑分脈』忠成項の注記に「民部大輔」、『今鏡』（藤波下）に俊忠の子として「民部大輔忠成」、『天台座主記』実全・真性項に「母　民部大輔忠成女」とある。

(22) 正五位下に終わった忠成の子でありながら、光能が参議に列したのは、藤原公能の猶子となり（『尊卑分脈』）、後白河院の寵臣であった（『玉葉』承安四年正月一日条他）故であろう。

(23) 五味文彦氏のご教示による。

(24) 但し季忠父広綱は、俊房・顕房らの父である師房の猶子。実父は藤原成国（『尊卑分脈』）。

(25) 例えば、定家が宮中で闘諍事件を起こして除籍処分となった際、俊成は嘆願の消息を認めた。

(26) 先行研究についても第一篇第一章参照。

(27) やまだもるしづのさく物くもなきは秋ぎりのみぞたちへだてたる（田家霧・三八〇）

にはもせにかやがかれはをれふしてしもばかりこそおきてみえけれ（寒庭霜・四五九）

あらいそのしほのなごみにひきつれておきこぎいづるあまのつりぶね（釣舟・七一八）

「しづのさく物」は、「賤の作物」の意であろう。また「しほのなごみ」の語は、次の源俊頼歌を基に案出されたものではないか。

みさごだにうやまふいそをうちさらじあらぶるしほをなごめかねつる（散木奇歌集・一〇二二）

(28) 第一篇第一章第二節参照。

(29) 「『為忠家両度百首』に関する考察―歌作の場の問題を中心に―」（『語文』57　一九九一年十月）。以下、佐藤氏の説はすべてこれによる。

(30) 詞書によれば、東宮御息所の箱合に関わる作。

(31) ……夏はなぎさに　もえわたる　ほたるを袖に　ひろひつつ　冬は花にぞ　見えまがひ　木のは木のはに　ふりつもる　雪を袂に　あつめつつ……（順集・一一八）

(32) 俊成は『初度百首』以前に、同じく為忠が主催した『常磐五番歌合』に出詠している。

(33) 「ほととぎす」「をみなへし」など歌題に関わる句は除く。

(34) 『新古今歌人の研究』第二篇第二章第二節三（一九七三年　東大出版会）。以下、久保田氏の説はすべてこれによる。氏は、不遇感の看取できる俊成詠の例として、以下の歌をあげている。

つりのをのひくひとなしとみゆるかなかはべにたれるあをやぎのいと（河岸柳・四五）

つくづくとひをふるさとのはるさめやみをしる人のなみだなるらん（閑中春雨・六九）

みくりはふいりえにおふるあやめ草ひく人なしにねやなかるらん（江中菖蒲・一八九）

くものうへにこころばかりはあくがれてうきすにまよふつるのみなしご（洲鶴・六六二）

(35) 『俊頼髄脳』当該箇所の解釈については、第二篇第二章を参照されたい。

(36) 第一篇第二章参照。

(37) 時代は下るが『藻塩草』の「占」項の中に「苗占」の語が見える。

(38) 頼政は三十一歳だが、『初度百首』以前の歌会・歌合への参加は知られない。

第三章　定家と静快 —静快は俊成男か—

一　静快の事跡

『明月記』には、静快なる僧の名が頻出する。この僧は、『尊卑分脈』などでは藤原俊成男で定家の兄弟であるとされている。最初、阿闍梨として登場し、建仁二年（一二〇二）正月に已講、元久二年（一二〇五）五月に律師に任じられた。(1)

建久九年（一一九八）正月十三日条の、某所から都に帰ったとの記事で初めてその名が記され、建保二年（一二一四）三月一日条を最後に見えなくなる。(2)この間、御子左家の仏事に奉仕し（建久九年二月十三日条他）、定家や家族に護身を加え（正治二年七月一日条他）、新造の冷泉邸の北地小家の検分に赴いた定家に同行し（建仁二年正月十八日条）、危篤の床にある俊成に授戒し（元久元年十一月二十九日条）、その一周忌には導師を務めている（同二年十月二十五日条）。定家を何度か自らの庵室に宿泊させたこともあり（元久元年三月二十七日条他）、有馬温泉に出かけた折には定家と同宿したりもしている（建暦二年正月二十一日条）。また、日常的にも度々定家邸を訪れ、延暦寺関連の情報や内裏・仙洞周辺の出来事を定家に伝える（正治元年十二月十五日条・建仁二年七月九日条他）など、御子左家・定家との極めて密接な関係が看取できるのである。

『明月記』からは、静快の後鳥羽院への参仕の様も見て取れる。定家は、静快が院の不断御読経衆十二人に入ったこと（正治元年二月十三日条）、御読経に参仕するため暇がないこと（同年四月九日条）、更には御読経衆の人事に関わる情報（建保元年八月二十九日条）までも、静快から聞き及んで書き記している。また静快は、後鳥羽院によって法勝寺供僧に加えられ（正治二年閏二月二十四日条他）、更に翌日には蓮華王院領である近江国矢橋荘を拝領したという。「更無仰挙之人、自叡慮発云々」とあるのによれば、この恩恵は後鳥羽院自身の意向によるもので、寂蓮が和歌の賞として播磨国に領所を賜った事例（『源家長日記』）を想起させる。また、五味文彦氏により明らかにされた『明月記』建仁二年正月巻紙背の静快書状[3]に、已講になったことについて「慶賀事、朝恩之至」とあることからも、院から静快への恩顧の様がうかがえよう。

同時に注目しておきたいのは、慈円や実全との関係である。定家が体調を崩した折、静快は慈円からの見舞いの言葉を定家に伝えており（建仁三年正月二十五日条）、静快が慈円に親近していたことが知られる。

慈円の弟子である実全は、藤原公能男で、藤原忠成女すなわち定家従兄弟を母とする。建仁二年七月七日に慈円が二度目の座主を辞した折、その譲りを受けて第六十六代天台座主に就いたが、この出来事を定家に告げたのは静快であった。また定家の任参議の折には、実全の「恩言」が静快を通して伝えられた（建保二年三月一日条）。他にも静快は、延暦寺衆徒の動向（建仁三年十月十日条）や慈円の三度目の座主就任（建暦二年正月十五日条）などの情報を定家にもたらしている。

定家は、山門には子の定修ら、三井寺には異父兄隆信の子である猷円といったように、各所に情報源を有していたことが五味氏により指摘されている。静快にもまた、建保期までの叡山関係の情報提供者としての性格を見出すことができるのである。

さて、静快の事跡が記される史料は『明月記』だけではない。まず弘安七年（一二八四）に僧能誉によって撰述された『読経口伝明鏡集』(4)から取り上げたい。これは、時代ごとの読経の様相や能読の名を知ることができる書であるが、次のような記述が見られる。

後鳥羽院御時ハ、能読以十二人ヲ於仙洞不断御読経有之。
其人衆ハ所謂、
仁慶忠、山能源、山静快、山行観、山観真、山幸円、山全性、山承覚、
山覚胤、山増暁、山順玄、山覚俊、
以上十二人也云々。此外又、珍栄、永尊、此等同上手也。

静快が後鳥羽院の不断御読経衆の一人であったことは、前述のように『明月記』からも知られ、『読経口伝明鏡集』の静快は『明月記』の静快と同一人物と考えて間違いない。静快は、能読の僧として後代に名を残しているのである。

一方『門葉記』や『阿娑縛抄』からは、種々の修法に奉仕する静快の姿がうかがえる。早い例としては、正治二年八月十九日、後鳥羽院による藤原重子御産のための七仏薬師法に助修として勤仕している（『門葉記』巻一二）。その後も後鳥羽院御所での熾盛光法（建仁二年十一月八日、『門葉記』巻二）、後鳥羽院が命じた法勝寺での八万四千基小塔供養（建仁三年五月二十七日、『門葉記』巻九七）や平等院本堂での大熾盛光法（元久元年二月八日、『門葉記』巻二）、また新造の賀陽院（元久二年十一月二十二日、『門葉記』巻二九・『阿娑縛抄』安鎮法日記集）や閑院内裏（建保元年二年十二日、『門葉記』巻三〇）の安鎮法など、様々な修法に伴僧として名を連ねている。現在知られる静快の最終事跡は、建保二年五月八日の後鳥羽院による高倉院十三回忌正懺悔への参仕（『門葉記』巻八二）であり、一貫して後鳥羽院周辺の仏事に与っ

ていることがうかがえる。

また静快は、元久元年（一二〇四）正月二十九日、城興寺大僧正真性[5]（以仁王男）の拝堂の折に「山上社頭参会僧綱有職」の一人として見え（『門葉記』巻一七六）、建暦元年（一二一一）四月四日には後高倉院皇子で後に天台座主となる尊性法親王の灌頂に讃衆として勤仕している（『華頂要略』『阿娑縛抄』『伝法灌頂日記』）。

これらの史料の静快が『明月記』の静快と同一人物であることは、「已講」「律師」である時期が一致することから、まず疑いないと思われる。冒頭に述べたように『明月記』の静快は、建仁二年（一二〇二）正月に已講、元久二年五月二十四日に律師に任じられている。『門葉記』『阿娑縛抄』などに見える静快も、建仁二年から元久二年五月までの事跡では「静快灌頂」「静快已講」と記され、元久二年五月以降は「権律師静快」「静快律師」と記されるのである。

幸いなことに『門葉記』『阿娑縛抄』によって、静快の師も判明する。『阿娑縛抄』（安鎮法日記集）の高陽院安鎮法の記事に伴僧二十口の一人として「権律師静快」とあるが、その注に「良宴法印依老耄。大行道時東方幡持之。依為彼弟子」と記されているのである。『門葉記』にも同様の記事がある。これにより静快が、大納言藤原能実孫、左中将忠頼男で、大納言法印と称された良宴の弟子であるとわかる。良宴は延暦寺僧で、建永元年（一二〇六）の定家同[6]母姉建春門院中納言（健御前）出家に際して戒師を務めた。定家室の兄弟公修は、良宴の祈賞を譲られて法印に任じており（『明月記』建永元年五月二十六日条）、公修弟公暁は良宴の灌頂弟子である（『華頂要略』）。良宴もまた、御子左家と近い位置にいた人物といえよう。

以上、静快に関して、定家と昵懇で情報提供者の一人であること、後鳥羽院の信任を得て数々の修法にも参じた能読の叡山僧であること、良宴を師とすることなどが確認できた。

二　静快は俊成男か

さて本章の主たる目的は、静快が本当に俊成男なのか否か、俊成男だとすれば実子なのか養子[7]なのかを明らかにする点にある。まずは従来の認識を確認しておきたい。

系図類の記載を見ると、『尊卑分脈』のほか、『系図纂要』『続群書類従』所収の「御子左家系図」に俊成男として静快の名が記されている。しかし、いずれの系図も俊成の子女の記載に錯誤を含んでいることが既に明らかになっている。例えば、興福寺僧で長賢という子を持つ人物として、三系図すべてに「覚長」、『尊卑分脈』には更に「覚禅」があげられているが共に誤りで、俊成男で長賢父であるのは覚弁である[8]。

このように、系図類には全幅の信頼が置けないことがわかっていながら、静快は俊成男であると信じられてきたのは、偏に静快と御子左家・定家の親密さゆえであろう。静快は頻繁に定家邸を訪れており、『明月記』によればその回数は十七年間で約六十度にのぼる。そして、定家には六度、為家に一度、妻と思しき「家人」に二度、護身を施している。とりわけ俊成の臨終に際して戒を授け、一周忌に導師を務めている点は、いかにも俊成男にふさわしい。

しかしこれらは、静快が俊成男であることを証明する確実な根拠とはなり得ないのではなかろうか。血縁ではなくとも定家がごく親しく交わった人物は、『明月記』に何人も見出せる。例えば、歌人でもあり定家と仁和寺御室を緊密に結ぶ役割を果たしていた覚寛[9]は、定家を六十度以上も訪問している。また寛喜二年以降登場する興心房[10]は、七年足らずの間に約六十度定家邸を訪れ、定家に六度護身を行い、定家や妻子に戒を授け、定家と二人の娘（因子・香）の出家の戒師を務め、定家が執り行った父祖の忌日仏事の導師となった。ちなみに、定家異母姉後白河院京極の出家の戒師は阿証房印西、同母姉建春門院中納言（健御前）の場合は前述のごとく良宴である。定家邸への頻繁な来訪、護身や授戒、出家の戒師や仏事の導師となることは、血縁関係の存在を証明するわけではないことが知られよう。

そうであるならば、静快と俊成との関係について、いま一度白紙の状態から考え直さなければなるまい。石田吉貞氏は、宮内庁書陵部蔵『砂巌』所収「五条殿御息男女」の記述を基に俊成子女について論じる中で、「五条殿御息男女」に明記のない静快について、次のように述べている。(11)静快が俊成男であることに明確に疑義を呈した論として、唯一のものである。

静快であるが、これは系図類（諸家系図纂には記載なし）のすべてにあり、『明月記』にも正治の頃から建保の頃までは実に頻繁に定家を訪ねてをり、建仁二年一月十八日に定家が冷泉の家を買はうとした時のごとき、この静快も一しよに見に行つてゐるなどきはめて親しげであり、俊成が死に臨んだ時もこの静快が戒を授けてゐるのであるから、俊成の子として認めてよいのではないかと考へる。ただし俊成の子といふ記述はまつたく見えず、定家を訪ねてゐるのも病気護身のためとも考へられ、冷泉の家を見に行つたのも、家相を見るために同行したのかも知れないので、俊成の子と確定するには一抹の不安がないではなく、疑問を存しておくべきであろう。

「五条殿御息男女」は、五条三位入道と称された俊成の子女を列挙した記録で、定家自筆の一紙の写しとされる。男子四人（成家・定家・覚弁・快雲）、女子十一人（八条院坊門・後白河院京極・前斎院女別当・八条院三条・高松院大納言・上西門院五条・八条院権中納言・八条院按察・八条院中納言・前斎院大納言・承明門院中納言）の他に、「此外」として二条院兵衛督をあげ、続けて建春門院左京大夫・中務少輔定長（寂蓮）をあげた上で「二人又成父子約束」と記している。後に詳しく考察するが、「五条殿御息男女」は俊成の子女すべてを網羅してはいない。しかしながら、もし静快が実子であるとすれば、定家と昵懇であり、後鳥羽院の不断御読経衆の一人であり、能読で知られた彼の名を省く理由が見出せない。この史料にその名が見られないことは、静快が俊成実子であることを疑わせる傍証の一つと考えてよいであろう。

しかし、静快と俊成の関係をより確実に示すのは、『明月記』における俊成死去に際しての一連の仏事の記事である。次節において詳しく検討を加えたい。

三　俊成葬儀・仏事と静快

元久元年十一月二十六日、定家は俊成が危篤であることを兄成家から知らされ、同母姉健御前[12]を伴い父を見舞った。翌日は、俊成卿女と源通具の他、閑王御前・龍寿御前・愛寿御前といった俊成の娘たちも参集した。二十九日は定家の他、祇王御前、俊成卿女の妹（俊成孫）も見舞いに訪れ、夜には静快が俊成に戒を授けた。静快は帰宅する定家の車に同乗し、「二条僧坊」に帰る。俊成のもとには延寿御前・健御前が留まった。そして翌三十日の未明、遂に俊成は息を引き取ったのである。俊成臨終の報を受け、昼には戒心（藤原隆信）、夜には藤原俊基が弔問に訪れた。隆信は、定家母美福門院加賀（藤原親忠女）と前夫藤原為経（寂超）の間の子で、父為経の出家後に母が再嫁した俊成とは「五条三位入道、むかしはまことのおやにもまさりて心ざしあさからずたのみきこえりし」（元久本『隆信集』）という間柄であった。また俊基は、俊成叔父顕良の孫にあたる長基の子で、『尊卑分脈』に「為俊成卿子」とある。『明月記』からは、定家が俊基を連れて貴顕に参ったり（建久三年三月二十五日条他）、彼の実父の病気を見舞ったり（同七年五月八日条）と、交誼の様がうかがえる。

以下、葬儀及び七日ごとの法要、一周忌の様子が『明月記』に詳述されているので、定家以外の俊成子女の名前を記事から拾ってみよう。存命中の俊成子女の名を年齢と共に列挙している十二月二日条のみは該当箇所全文を掲げ、比較を容易にするために、他の記事の名前の掲載順も十二月二日条に合わせた。

元久元年

11・29（危篤）　祇王御前・延寿御前／静快（戒師）

11・30（臨終）　祇王御前・延寿御前・成家・健御前・俊基

12・1（葬送）　成家・健御前・龍寿御前

12・2「六角殿《祇王御前》一昨日被渡触穢了〈五十五〉、御正日可沙汰由領状、閑王御前〈在仁和寺、廿七日参入、不音信、五十四〉、延寿御前〈民部大輔、五十二、奉逢臨終忩帰〉、三位〈五十〉、健御前〈初七日領状、四十八〉、龍御前〈四七日領状、在九条、四十七〉、予〈四十三〉、愛寿御前〈四十一、在成実宅、触穢〉、他腹故斎院女別当〈六十三歟〉、押小路女房家云二条殿青女房、又有御子《六十三》之名、予付猷闍梨、一七日事若可沙汰給歟由、触送押小路〈今三人闕之故也〉、三位又被触安井」

12・6（初七日）[13]　祇王御前・成家・健御前・愛寿御前・女別当

12・13（二七日）　祇王御前・閑王御前・成家・健御前・龍寿御前・女別当

12・20（三七日）　祇王御前・延寿御前・健御前・龍寿御前・愛寿御前・女別当

12・27（四七日）　祇王御前・成家・健御前・龍寿御前・愛寿御前・女別当

元久二年

1・4（五七日）　祇王御前・延寿御前・成家・健御前・龍寿御前・愛寿御前・女別当

1・13（六七日）　祇王御前・閉王御前・成家・健御前・龍寿御前・愛寿御前
1・18（七七日）　祇王御前・閉王御前・成家・健御前・龍寿御前・愛寿御前
10・25（一周忌）　祇王御前・延寿御前・成家・健御前・龍寿御前／静快（導師）

定家ら兄弟は、法要の主催や誦経物の負担などを分担しつつ、俊成のための追善仏事を執り行っているが、静快が関わっているのは俊成への授戒の折と一周忌のみで、その間の仏事には関与していないらしい。とりわけ注意されるのは、十二月二日条に静快の名が見えない点である。同日条にあげられた俊成の子女の名を、改めて並べると以下のようになる。

同腹　祇王御前（五十五歳）
　　　閉王御前（五十四歳）
　　　延寿御前（五十二歳）
　　　成家（五十歳）
　　　健御前（四十八歳）
　　　龍寿御前（四十七歳）
　　　定家（四十三歳）
　　　愛寿御前（四十一歳）
異腹　故斎院女別当（六十三歳か）
　　　二条殿青女房（六十三歳）

これを、禁色を聴された姉妹の名を列挙した『明月記』嘉禄二年（一二二六）十二月十八日条と比較すると、同腹では八条院三条（正治二年没）・八条院按察（建仁三年没）、異腹では八条院坊門（定家長姉、没年未詳）・後白河院京極（治承五年没）が抜けており、俊成没の時点で存命中の子女を示したものとわかる。

存命でありながらこの中に入っていないという事実は、静快は少なくとも俊成の実子ではなかったのではないか、という想像を抱かせる。もっとも、祇王御前の名を記し死穢に触れたことを述べた後に「御正日可沙汰由領状」とあり、ここで兄弟の名を列挙したのは仏事に関わる諸事の分担のためとも考えられ、そうなると僧侶である静快は俗人とは別と考えて除いた可能性もある。それにしても、静快が俊成の実子であるならば、一言触れられていてもよさそうではあるが、即断は控えておく。

次に注目しておきたいのが、元久二年正月二十一日条である。同月十八日に四十九日が営まれ、その三日後である二十一日、静快が定家邸を訪れる。俊成没後初めての来訪であった。定家は「静巳講始来談〈忌重服〉」と記している。この記述は、定家が重服であるため、静快はそれを忌んで中陰の間は来訪しなかったことを示す。前述したように、静快は後鳥羽院の不断御読経衆の一人であり、後鳥羽院周辺の御修法に参仕することも多かった。定家邸を訪れて穢に触れ、御読経や御修法の場に臨めなくなることを避けたのであろう。ということは、危篤の床にある俊成に戒を授けて後、葬儀にも七日毎の仏事にも参列しなかったのは、御読経や御修法に参ずる身として触穢を避けたためとも考えられる。すなわち、葬儀や仏事に関与していないこと自体は、静快が俊成男ではないことの根拠にはならないのである。

しかしながら、「忌重服」という表現は静快が俊成の実子ではないことを如実に示している。なぜなら、静快が俊成の実子であるならば静快自身も重服であるから、定家邸訪問を避けても重服を忌むことにはならないからである。「喪葬令」の規定によれば、服喪の期間は一般に、父母の場合は十三ヶ月、養父母の場合は五ヶ月であった。但し、僧侶の場合は少々事情が異なる。やや遠回りにはなるが、当時の僧侶の服喪について見ておかなければならない。『拾芥抄』（下・服紀部）に「僧侶為二親有服、為傍親不著服也、是常為軽服之故也」とあり、本来僧侶は父母の死去の場合のみ服喪すべしとされていた[14]。しかし、院政期以降、僧侶に対しても軽服の規定が適用される例が散見するようになる。以下、いくつかの史料をあげてみよう。

①殿下仰云、昔僧軽服不着用、明法博士明兼勘云、軽服俗家之作法也、於僧者無其文者、然者奈良法印参春日御幸歟如何、予申云、僧軽服昔不候之由所承也、近代内御修法僧軽服出来之時、被改定也、然者可在院御定歟、（中右記・長承元年九月十二日条）

②覚弁律師申服仮之由如何、仰云、神事之時、軽服者有従神事之例、況仏事哉、就中雖有重服之儀、軽服之条不致沙汰云々、早猶可参之由可仰遣者、且又一旦可問綱所歟、但此条勿論事也、（玉葉・文治二年五月二十三日条）

③今日山階寺別当僧正被示送云、今年維摩会講師貞慶兄光範法師卒去了、仍服暇之者勤仕大会講師之例、忽悟、可忩申沙汰云々〈付光長被申之、又以消息被示送也〉、先可問例於綱所之由、仰光長了、（玉葉・文治二年八月五日条）

④春季御読経始也（中略）覚憲〈権別当也〉、依服暇不参[15]、（玉葉・文治三年三月二十二日条）

⑤前刑部大輔家方死去云々（中略）覚経僧都交供僧、依軽服被止云々、（明月記・寛喜三年二月八日条）

①によれば、かつて軽服は俗家の作法という認識があったものの、「近代」すなわち十二世紀初め頃には、僧侶が軽服の折に内御修法から外れるようになったという。⑤は後堀河天皇中宮竴子御産のための御修法に供僧として勤仕することになっていた覚経が、兄藤原家方死去の軽服により参仕を停められたことを示す記事であり、①の内容が裏付けられる。④は、覚憲が服暇により季御読経に参らなかったことを示すが、これは同月十七日（一説に十六日）に死去した弟藤原成範のための服喪によるもので、やはり軽服のための不参である。

しかし一方で、僧侶の軽服が考慮されない場合もあった。②は内裏の最勝講に関する記事で、俊成姉（藤原顕長室、長方母）死去による覚弁（俊成男）の軽服、③は興福寺維摩会に関する記事で、兄藤原光範死去による貞慶の軽服が問題となっている。意見を求められた藤原兼実は、②では軽服は問題にしなくていいとした上で、綱所にも問い合わせるべきかと述べ、③でも綱所に先例を問うべきであると答えた。仏教行政を執り行う機関である綱所（僧綱所）は、いずれの場合も問題なしとの判断を下したらしく、覚弁は最勝講、貞慶は維摩会にそれぞれ参仕している。[16]

僧侶の軽服に関する後鳥羽院の判断を示す史料は管見に入らなかったが、当時は軽服が問題にされる場合、されない場合共に存したらしい。

静快は、俊成が没してから約三ヶ月後の元久二年二月二十二日、[17]後鳥羽院が修させた法勝寺での大熾盛光法の供僧となっている（『門葉記』巻二）のだが、もし俊成が彼の養父だとすれば、静快はいまだ服喪中のはずである。軽服が適用されなかったから大熾盛光法に参仕しているのか、それとも修法に参るため除服を早めたのか、あるいは俊成の養子ではないのか、明らかにすることはできない。

ただ、俊成実子であれば重服であるから供僧を務めることはできないはずである。中陰が明けるまで定家邸を訪れなかったことを「忌重服」とする『明月記』の記述と合わせ、静快が俊成の実子ではないことは明確であろう。

四　二人の「大夫律師」——静快の実父

ここで視点を変えて、静快の公名に注目してみたい。第一節で取り上げた『読経口伝明鏡集』の伝本の中には、後鳥羽院不断御読経衆の名を列挙した箇所において、法名の右傍に公名を記すものがあり、[18]静快には「大夫律師」と注されている。『門葉記』もまた、静快の公名が大夫であったことを示している。例えば、正治二年（一二〇〇）八月十九日の藤原重子御産のための七仏薬師法において、助修二十人の一人として静快の名が見えるが、右肩に「大夫」と記されている（『門葉記』巻一二）。また、元久元年（一二〇四）二月八日の平等院本堂における大熾盛光法の助修として「静快已講」とあり、「大夫」と傍記がある（同・巻二）。静快が公名を大夫といったことは、明らかであろう。

僧の公名は父や祖父の職名に由来するものである。例えば、静快の師良宴は『古事談』（第三）において大納言法印と称されているが、これは祖父藤原能実が大納言であったことによる。また、静快と共に後鳥羽院の不断御読経衆を務めた慶忠は、大夫法印という公名を有する（『読経口伝明鏡集』）が、彼の父藤原公章は右京大夫であった。建保元年（一二一三）二月十二日閑院内裏安鎮法において、静快と同じく供僧として勤仕した俊尊の名にも「大夫」と付されている（『門葉記』巻三〇）が、彼は太皇太后宮権大夫を務めたことのある仲資王の子である。

それでは、静快の公名は誰の職名に基づくのであろうか。すぐに思い至るのは、俊成が左京権大夫・左京大夫・右京大夫・皇后宮大夫・皇太后宮大夫を歴任したことである。静快が俊成の実子ではないことは先に確認したが、養子である可能性は残っている。

公名が養父の職名に由来する例は、確かに見出せる。例えば、仁和寺僧で東寺一長者となった守瑜（右中将藤原頼房孫、左中将頼俊男）[19]は、公名を大納言僧正という（『仁和寺諸院家記』）。高祖父まで遡っても大納言を経験した人物はいないが、『尊卑分脈』によれば権大納言を経て内大臣にのぼった藤原家嗣の養子となっていたとわかる。また、延暦寺僧である法印権大僧都雲聖（宮内卿藤原範氏孫、阿闍梨浄覚男）は、『尊卑分脈』によれば正二位大納言藤原資季（左中将資家男）の養子となったこと、大納言と号したことが知られる。静快もまた、俊成養子となり養父の職名によって大夫律師と称されたと推定することができるのではないだろうか。

それでは、静快の実父は誰なのであろう。実は『尊卑分脈』には、俊成男以外にもう一人の「静快」が見出せる。清和源氏源師光曾孫に当たる人物である。系図を掲げておく。

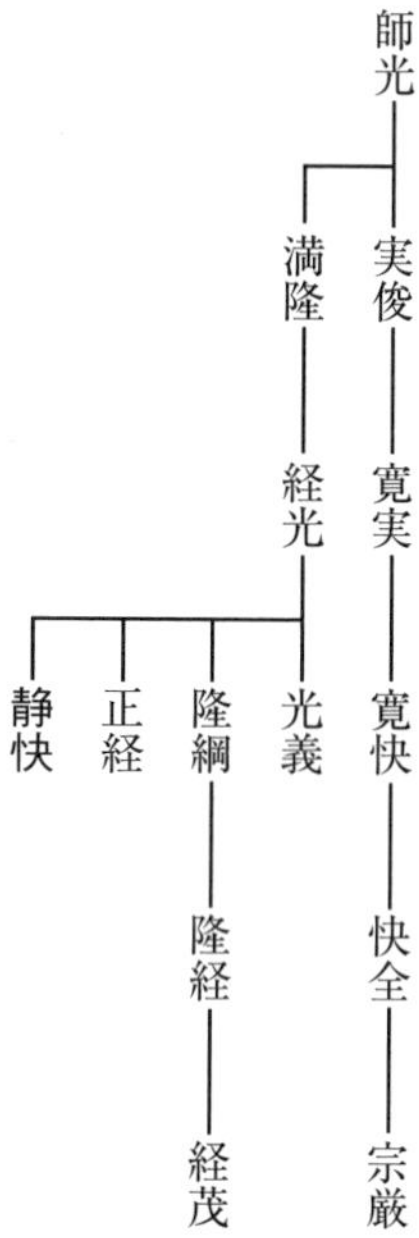

『尊卑分脈』の注記によれば、静快の兄弟である隆綱の実父は満隆であり、兄経光の養子となったという。この隆綱が上西門院蔵人、その孫である経茂が東一条院蔵人であるので、こちらの静快も本章で取り上げてきた静快と同時代の人物と見て問題ない。更に、「山」「大夫律師」と注記があり、叡山僧であること、公名、そして生きた時代までもが『明月記』の静快と一致することになる。

加えて注目しておきたいのは、経光男静快の一族に能読で知られた寛快・快全・宗厳がいる点である。静快の又従兄弟である寛快は、後白河院代の能読四天王と謳われた人物で（『読経口伝明鏡集』）、建仁元年（一二〇一）十月の熊野御幸にも供奉するなど、後鳥羽院にも伺候した（『熊野御幸記』）。『明月記』建暦二年（一二一二）八月十七日条は、後鳥羽院御所において、今様、白拍子など種々の芸能の催しがあり、見物の貴顕の座の末に御読経衆が伺候した様を記すが、『皇帝紀抄』はこの催しを「今夜於院御所、山、奈良、寺、仁和寺僧侶等、北面狂男并舞女参集、施種々芸能、関白以下為見物参入、是御熊野詣被召具之料被撰之」と説明している。[20] 寛快は、読経の才により選ばれて御幸に供奉したのではなかろうか。また寛快の子快全・孫宗厳も後嵯峨院御読経衆であったが、とりわけ快全は「且ハ為重代、且ハ為能読」という理由で選ばれており（『読経口伝明鏡集』）、家の伝統が重視されているのである。

後鳥羽院の不断御読経衆十二人の一人で、院から様々に恩寵を蒙っていた『明月記』の静快が、寛快らと同族の経光男静快と同一人物である可能性は高いのではないだろうか。

さて、経光男静快の近親者に「大夫」の官職に就いた人物は見出せない。『尊卑分脈』の「大夫律師」という注記が正しいとすれば、経光男静快が俊成の養子となって大夫律師と称されたと考えると、辻褄が合うのである。『尊卑分脈』の記述は時に誤謬も含むので確言はできないものの、源経光が静快の実父かと推定しておきたい。

五　「五条殿御息男女」の性格

続いて、第二節で触れた「五条殿御息男女」について改めて考察を加えたい。この記録に関して石田吉貞氏は、次のような推定を提示している。

①記載された人物の官位から推定して、執筆時期は貞永元年（一二三二）十月二日以降。

②定家女民部卿典侍が禁色を聴された時の『明月記』の記事（嘉禄二年十二月十八日条）と似ていることや、「不幸之家注付無其要」という文言から、次女香の禁色を乞うために書いたものの、藻壁門院崩御による香出家のため不要となり、「不幸之家」云々と書いて手元に留めたものだと思われる。

③手元に留めるに際し、末尾に「此外」と記して俊成の養子三人[21]（二条院兵衛督・建春門院左京大夫・中務少輔定長）

を書き加えた。

更に、目的をもって他に提出するために書かれたらしいところから、世間に知らせたくないようなことは省略してある可能性も指摘されている。

確かに、俊成の子女であることが明確でありながら、「五条殿御息男女」に記されていない人物が存在する。『明月記』に二箇所登場し、「二条殿青女房」と称されている女性である。

a押小路女房家云二条殿青女房、又有御子《六十三》之名、予付献闍梨、一七日事若可沙汰給歟由、触送押小路〈今三人闕之故也〉　（元久元年十二月二日条）

b称故入道殿御子老嫗〈在押小路女房許〉、死去由被告、不披露服仮之、次宜夕除服了〈男女同〉　（承元元年九月十八日条）

aの「有御子之名」、bの「称故入道殿御子」という口調は、定家と疎遠であったことをうかがわせる。しかし、aでは俊成の初七日の「沙汰」（誦経物負担を指すのであろう）が可能かどうかを問い合わせているし、bではその死去に伴い、服暇を世間に披露しなかったものの子女共々除服したことが記される。俊成の実子、定家の異母姉と見て間違いなかろう。(22)

では、なぜ定家は二条殿青女房なる人物を「五条殿御息男女」に記さなかったのか。それは、彼女の存在が「五条殿御息男女」作成の目的にそぐわなかったからではなかろうか。当該文書は、自分の姉妹の十一人までが禁色を聴されたことを殊更に明記しており、次女の禁色を乞うために書かれたとする石田氏の推定（前掲②）は、蓋然性に富む。とすれば、「青女房」という呼称から推して、女院や斎院に仕え重用された他の俊成女たちとは異なり、低い身分でしかなかったらしい彼女の名は、却って記さない方がよいと定家は判断したのであろう。

このように、たとえ実子であっても名が明記されない人物がおり、定家なりの取捨選択が行われているのが「五条殿御息男女」なのである。俊成子女に関する極めて信頼性の高い史料ではあるが、この文書に記載されないことが俊成子女ではないことの証明にはならないという点には、注意が必要であろう。

さて、静快に話をもどす前に、「五条殿御息男女」に記された俊成養子に着目しておきたい。同文書末尾には「二人又成父子約束」という文言があるが、「二人」とは建春門院左京大夫と中務少輔定長（寂蓮）を指す。建春門院左京大夫は俊成の兄弟である禅智法印の子で俊成の姪[23]、寂蓮はやはり俊成兄弟の俊海の子で俊成の甥にあたる。この二人は、定家も認めた俊成養子であることがわかる。

一方、「俊成孫で俊成の養女となった」と説明されることの多い俊成卿女[24]は、「五条殿御息男女」に記されていない。「五条殿御息男女」に「已上十一人皆官仕慭聴禁色」と誇らしげに記した定家が、後鳥羽院への出仕時既に禁色を聴されていた（『明月記』建仁二年七月十三日条）俊成卿女を、なぜ省いたのであろうか。

石田氏は、養子には真の養子と名目上の養子の別があり、二条院兵衛督は真の養子で、建春門院左京大夫・寂蓮・俊成卿女の三人は名目上の養子、すなわち出仕に当たって俊成の子という名義にしただけであると述べているが、「五条殿御息男女」に左京大夫・寂蓮のみ記され、俊成卿女が記載されない理由には言及していない。

歌合などの和歌行事における「俊成卿女」という作者名の初見は、現存史料の範囲内では建仁元年八月十五夜『撰歌合』である。定家の誕生以前に俊成養子となっていたと思われる寂蓮と異なり、俊成卿女が「俊成卿女」と称されるに至る経緯は定家も承知していたであろうが、『明月記』にそれに関する記述はない[25]。また、『新古今集』以降すべての勅撰集に入集している俊成卿女が、定家が単独撰者となった『新勅撰集』においてのみ、作者名を「侍従具定母」とされている点は重要であろう。少なくとも定家個人としては、俊成卿女を俊成養女として積極的に喧伝し、社会的認知を求めようとしているとは思えない。[26]「五条殿御息男女」に俊成卿女の名を記さなかったのは、定家個人の俊成卿女に対する見方が関係しているのではなかろうか。すなわち、実子のみならず養子の記載についても、「五条殿御息男女」は定家の判断による取捨選択の結果を示したものと見なすべきだと思うのである。

さて、静快の場合はどうであろうか。『明月記』からうかがう限り、定家は静快と極めて親しく、護身や仏事を依頼するなど信頼も寄せている。また後鳥羽院の不断御読経衆の一人として君恩を蒙っている静快に、身内にとって不名誉な点は見出せない。にもかかわらず「五条殿御息男女」に名が記載されていないのは、建春門院左京大夫や寂蓮と異なり血縁関係がない、いわゆる他人養子であるためであろうか。あるいは、例えば不断御読経衆に取り立てられた折などのごく形式的な関係であるため、特筆する必要を感じなかったためかも知れない。現段階では、理由を明確にするのは困難である。

但し、公認された正式な養子関係が存在していたのであれば、なんらかの記述があってもよいように思う。俊成と静快の関係は、後鳥羽院御所に参仕するための、形式的名義的なものであったのではないだろうか。

六　結び

以上、従来俊成男・定家異母兄と見なされてきた静快について考察を加えてきた結果、静快は俊成の実子ではないことが明らかになった。実父は源経光である可能性が高く、おそらくは後鳥羽院への参仕に際し名義上俊成の養子となったものと思われる。

では、俊成と静快を仲介したのは誰なのであろうか。静快の実父・兄弟と御子左家との直接の関係は見出せない。

考えられるのは、静快の師である良宴であろうか。良宴は良経室の法事の導師を務める（『明月記』正治二年八月二十九日条）など、九条家と縁があった。その伝手で俊成に静快の名義上の後見人となることを依頼したのではなかろうか。

静快の生没年は未詳だが、永久二年（一一一四）生の俊成、大治五年（一一三〇）生の良宴より年少であることは間違いない。建久九年（一一九八）には俊成亡妻の仏事に関わっており、この頃までには俊成との関係が成立していたものと思われる。

『明月記』から知られる静快の最終事跡は、定家の任参議に対する実全からの「恩言」を伝えた建保二年（一二一四）三月一日条であり、現存する『明月記』にその後の静快に関する記述はない。しかし、定家と静快の親しさを考慮すれば、現在伝わらない部分に静快の出自が明らかになるような記事があった可能性は高く、今後それが発見されることがあれば、これまで取り上げてきた諸問題もただちに解決されるであろう。本章では、『明月記』だけからでは知られない静快の人物像を幾分か明らかにすることができたが、その出自に関する推定は、あくまでも限られた現存史料に基づくものである。

＊本章における引用は以下の通り。いずれの場合も、字体は通行のものを用い、割書は〈　〉に入れて示した。
『門葉記』『阿娑縛抄』＝『大正新修大蔵経』。「五条殿御息男女」＝『図書寮叢刊』。『拾芥抄』＝『新訂増補故実叢書』。

『中右記』＝『増補史料大成』。『玉葉』＝国書刊行会本。『皇帝紀抄』＝『群書類従』。

〔注〕

（1）　任巳講は五味文彦氏『明月記の史料学』第二 - 二（二〇〇〇年　青史出版）、任律師は『明月記』元久二年五月二十四日条参照。

(2) 稲村榮一氏『訓注明月記』（二〇〇二年　松江今井書店）は、嘉禄元年（一二二五）十二月二十九日条に見える「律師」に静快を比定する。静快の確実な最終事跡がある建保二年以降『明月記』には脱落が多く、現存しない部分に静快の登場があった可能性は高い。しかし、少なくとも嘉禄元年は秋記以外記事が残っており、五味文彦氏『明月記の史料学』（前掲）によって秋記もかなりの部分が復元されている。付近に静快の名が見えないのに「静快律師」ではなく「律師」とのみ記す点は不審であり、現時点では別人と考えておきたい。

(3) 『明月記の史料学』第二‐二（前掲）。以下、五味氏の説はすべて本書による。

(4) 引用は、沼本克明氏「読経口伝明鏡集（故山田孝雄博士蔵文安本・川瀬一馬博士旧蔵文亀本）解説ならびに影印」（『鎌倉時代語研究』13　一九九〇年　武蔵野書院）の文安本影印に基づいて翻字し、私に句読点を付した。同書については清水眞澄氏『読経の世界』（二〇〇一年　吉川弘文館）、柴佳世乃氏『読経道の研究』（二〇〇四年　風間書房）に詳しく、静快が後鳥羽院の不断御読経衆の一人として見えることも指摘されている。

(5) 城興寺は、永久元年（一一一三）藤原忠実により建立され、白河院皇子天台座主最雲法親王を経て以仁王が引き継ぐが、平氏政権により知行権を没収された。平家滅亡後、以仁王男である真性（母は藤原忠成女つまり定家従兄弟）が受け継いだ。なお、城興寺は比叡山の管理下にあった。

(6) 良宴は、『法然上人行状絵図』及び『古事談』（第三）に見え、生年は『僧綱補任』によれば大治五年（一一三〇）、『古事談』によれば大治二年。

(7) 「養子」と「猶子」は厳密には区別され、相続に関与できるのが前者であるとする説もある。しかし、高橋秀樹氏『日本中世の家と親族』（一九九六年　吉川弘文館）、倉田実氏『王朝摂関期の養女たち』（二〇〇四年　翰林書房）他で指摘されている通り、両者に意味的差異はない。本章では、「養子」（女子に限る場合は「養女」）の語に統一した。

(8) 覚弁が俊成男であることは『興福寺別当次第』他により確認できる。『明月記』にも覚弁・長賢父子に関する記述がある。覚弁は「奈良僧都御房」と称され、春日祭のために奈良に下向した定家を饗応したり、定家から牛飼童を借りるなど、定家との交流が知られる。長賢についても、その妹の出家や母の死去の記事のほか、定家邸を何度か訪れていることが記されている。

（9）覚寛については、土谷恵氏「定家と仁和寺御室―『明月記』の世界から」（『明月記研究』1　一九九六年十一月）に詳しい。

（10）興心房については、今村みゑ子氏「定家と興心房」（『明月記研究』2　一九九七年十一月）に詳しい。

（11）『藤原定家の研究』補訂編（改訂版一九六九年　文雅堂銀行研究社）。以下、石田氏の説はすべて本書による。

（12）以下、定家同母姉妹については、定家が『明月記』において用いている呼称を用いて示すこととする。以下の通りである。高松院新大納言＝祇王御前、上西門院五条＝閑王御前、八条院権中納言＝延寿御前、建春門院（後に八条院）中納言＝健御前、前斎院大納言＝龍寿御前、承明門院中納言＝愛寿御前

（13）以下、七日ごとの法要の記事では、参会者のみでなく、誦経物などを送って来た人物の名もあげることとする。

（14）但し、「僧都永照〔昭〕重〔成〕服、常典者非顕宗者、大夫云、永照〔昭〕已候座、何更忌御導師役乎者、仍永照〔昭〕奉仕」（『小右記』万寿二年十一月二十九日条、東宮御読経関連記事）のように、重服を憚らない場合もなかったわけではない。

（15）本章の主旨とは関係ないが、この少し後に「上臈範玄、又依重喪不出仕也」とあり、範玄父で常磐三寂の一人である寂念（為業）がこの頃没した可能性があることが知られる。第一篇第一章注（11）参照。

（16）覚弁の最勝講参仕は『玉葉』（五月二十六日条）、貞慶の維摩会参仕は『維摩会講師研学竪義次第』により確認できる。

（17）『門葉記』には二十一日とあるが、『天台座主記』（『続群書類従』所収本）は二十二日とする。

（18）永正十七年本法華経音義付載本・東大史料編纂所蔵本など。

（19）『仁和寺諸院家記』は頼俊兄である頼行の子とする。

（20）注（4）柴氏著書にも指摘がある。

（21）石田氏が二条院兵衛督（源隆保妻）を養子と見なしたのは、彼女に関する記述の中に「父不知」という注記があるためと思われる。しかし、『明月記』元久元年九月七日条には「夕参殿、仰云、隆保朝臣妻死去之由聞之、汝軽服歟、神事之間早可除服出仕、逐電退出、件女房近衛院備前内侍〈源季兼朝臣妹〉腹也、予姉云々」とある。軽服とされている点や、「近衛院備前内侍腹」「予姉」という書き方からして、俊成の実子と考えるべきではなかろうか。「五条殿御息男女」に「父不知」とあるのは不審だが、この文書には誤写と思しき箇所も見出せる。「此外」として二条院兵衛督の名を記したのは、前

に「已上十一人皆官仕愁聴禁色」とあるのを受けて、禁色を聴された十一人以外の俊成女という意味なのであろう。

(22)『拾芥抄』（下・服紀部）に「法家云、養父母、養子、各有服之由、見本條也。養子服、本生子不可服云々。養兄弟服、不見本条也」とあり、父の養子に対する実子の服喪の規定は見られない。定家のみならず、その子女までもが除服の儀式をしている点から考えて、二条殿青女房は俊成の実子と見なすべきであろう。

(23) 定家同母姉健御前（建春門院中納言）の『たまきはる』は、共に建春門院に仕えた左京大夫について、「禅智法印の子とかや。尼が父の子になりて、参りたりし。母は衛門佐なり」と記す（引用は新日本古典文学大系に拠る）。

(24) 俊成卿女は後年「越部禅尼」と称されるが、これは俊成妻美福門院加賀が所有していた越部庄に由来する呼称である。但し、俊成が越部庄を三分割した上で上保を八条院三条（俊成卿女母）に譲与し、それを俊成卿女が母の没後に相続したのであって、俊成妻や俊成から直接に相続したわけではない。したがって越部庄上保相伝をもって、俊成卿女が相続関係を伴った正式な俊成養子であると見なすことはできない。越部庄相伝については、佐藤恒雄氏『藤原定家研究』（二〇〇一年　風間書房）に詳しい。

(25) 無論、『明月記』建仁元年記に欠落が多い点には留意しておかなくてはならない。

(26) 田渕句美子氏「俊成卿女伝記考証―『明月記』を中心に―」（『明月記研究』6　二〇〇一年十一月）に、『明月記』から読み取れる限りにおいて、定家と俊成卿女の関係は、従来考えられていたよりも、やや距離をおいているように見えるという指摘があることにも注意しておきたい。

第四章　『明月記』建仁元年四月記断簡
及び東山御文庫蔵「未詳日記抄出」紹介

はじめに

東山御文庫に「未詳日記抄出」なる史料が蔵されている（勅封番号23－7－17）。宮内庁書陵部撮影の写真版によれば、本文と別に旧包紙かと思われる一紙があり、そこには「船刺先下北面――／御遊（此記若明月記乎）」とある。

一方、昭和五十年十一月東京古典会発行『古典籍下見展観大入札会目録』に「藤原定家筆記録切」が収められているが、これは書風や内容などから見て『明月記』藤原定家自筆断簡であることは間違いない[1]。そしてこの断簡は、東山御文庫蔵「未詳日記抄出」の前半部分に相当するのである。しかも、字体や頭書の一致、冒頭の「詩」の字が細字であることなどを勘案すると、「未詳日記抄出」はこの自筆断簡を書写している可能性が高い。すなわち、「未詳日記抄出」が書写された後で、断簡後半部が切断され現在の形となったものと思われる。

「未詳日記抄出」・自筆断簡は国書刊行会本では欠けている部分に相当するが、幾つかの興味深い事柄が記されている。本章では、これら二史料を翻刻・紹介するとともに、内容についても若干の考察を試みたい。

一　釈文

まず、当該史料の釈文を掲げる。「未詳日記抄出」前半は自筆断簡を書写したものと思われるが、誤写も少々見られる。釈文は、前半は東京古典会目録掲載の自筆断簡写真に基づいた。後半部分は「未詳日記抄出」に拠り、明らかに誤写と見られる箇所も改めていない。その境目は』で示した。異体字・俗字は原則として常用字体に改め、適宜読点を加えた。改行は原文のままである。「。」は挿入符を示す。

詩
船刺、先下北面物二人令着之、宋人体云々、異様物也、
件両人非近習、非念人、可無便之由、内府被定、忽
以白拍子女被着改、不堪船刺、仍白張船差又刺之、
管絃船、着左右楽人装束念人下北面、二人也、皇后宮大夫、左兵
衛督、隆仲三人乗之通方又着白水干、重不得心、歌船船刺同下北面、念人装束着之、
与顕兼乗之、刺出之間、寂蓮参入、仍刺返乗之紗墨染也、
参北殿釣殿辺三船暫留在池上、保季朝臣参上、申此由、即出御
乗御了、公卿以下皆乗、渡御南殿釣殿了、和歌
渡御南殿、
尚歯会七叟可着座之由、有内府命、是兼
模尚歯会事、

儀也、第一座寂蓮、戴冠以紙捻結之、着有文冬直衣
相儲令着之、次々守位次着座、白拍子女四人許、著上下
装束、各引其手扶持云々、実教、。宗頼、定輔、親経、
顕兼、下官等也、各着円座、』此間供御膳、殿上人
役送内府陪膳、供了、七叟起座、取献物置
次第儀等、御前兼可称物名之由有沙汰、今日無此事、訖各着御前座、公卿
勝負共在長押上、殿上人在簀子、次可置和
歌文台之由、有内府命、今朝定輔卿等
示合、止此事了、仍俄又召寄詩文台、各置
和歌、皆事扇式打輪也、置之了、親経
読師、定家講師之由、内府被示、但只可
読上一首云々、仍読一首退下、此間可出乱拍子
之由、内府被示、舞女等出之、上北面以上自下﨟
舞負方也、公卿並内府舞了、寂蓮最手
可舞之由、兼日約束、舞之間冠ヲ梅樹ニ
被取天、袖カツキシテ奔、已以之為詮、次勝
方公卿以下、又小々舞、次負方公卿以下、既
入幄中、先是馬皆連引立中嶋、各引入

幄内撤尻頭幔、次第引出之、御料二疋公卿引之各二人、公卿料殿上人引之云々、殿上人料上北面引之、上北面料小北面引之、自余大略下北面也、

二　年次推定

年次推定の大きな根拠になるのは、寂蓮の名である。寂蓮は建仁二年（一二〇二）年七月に死去しており(2)、この記事はそれ以前のものであるとわかる。その寂蓮が「歌船」に乗っていることが、「歌船船刺同下北面、念人装束着之、与顕兼乗之、刺出之間、寂蓮参入、仍刺返乗之」という記述から読み取れるが、次にあげる『寂蓮集』一四九番歌は、この折の作と見て間違いなかろう。

鳥羽殿御遊建仁元年四月和歌船にて
翁さび人ないとひしたれもみなとはにあひみん千代の初めを(3)

これにより、当該史料は建仁元年四月のものとわかる。

建仁元年四月の鳥羽殿御遊として既に知られているのは、四月二十六日の催しである。『明月記』同年四月二十四・二十六日条に記事があり、『後鳥羽院御集』『拾遺愚草』『秋篠月清集』『明日香井集』に当日の詠が載る。これらから明らかになるのは、建仁元年四月二十六日に鳥羽殿において初度の歌会（歌題は「池上松風」、序者は源通親）及び御遊が行われたということである。しかしながら、今回取り上げている史料には初度御会への言及はなく、寂蓮

が歌船に乗った御遊と四月二十六日の御遊が同じものを指すかどうかは確定できない。

ところで、『明月記』建仁元年四月分は、二十四〜二十六日（後欠）条が冷泉家時雨亭文庫に蔵されている他、個人蔵の二十二（前欠）・二十三日（後欠か）条断簡、安楽寿院蔵の二十七〜二十九日（後欠か）条断簡が存する。そのうち四月二十二・二十三日条断簡の冒頭には、(4)「各引馬勝方各下殿取綱引出事」という頭書が見え、本文は「勝方各下殿来、取綱引出次第給之、次入御、自南殿御々船〈小船〉、渡御城南寺馬場」と始まり、少し後には「内府已下乗船参、寂蓮同参」とある。頭書の「各引馬」や「勝方」という語、また入御の後、南殿から城南寺に移動しているという点、内府（内大臣源通親）や寂蓮の名が見える点に注目するならば、この断簡は「未詳日記抄出」の続きとして誠にふさわしい内容と言えよう。すなわち、「未詳日記抄出」は『明月記』建仁元年四月二十二日条の一部と推定できるのである。

『猪隈関白記』や宮内庁書陵部蔵『仙洞御移徙部類記』所収『親経卿記』逸文等によれば、この年四月十九日、後鳥羽院は修造成った鳥羽南殿に御幸し、次いで二十一日には西殿・北殿に渡御している。十九日から二十一日の三日間に南殿・西殿・北殿で何が行われたかは詳らかにできないが、二十二日には北殿・南殿・城南寺馬場を舞台に様々な催しがあった模様である。今回取り上げた「未詳日記抄出」及び自筆断簡は、その一部を詳細に記録した史料として極めて重要な内容を有している。

三　三船

最初に話題になっているのは、いわゆる「三船」の催しである。

詩船・和歌船・管弦船を仕立て、それぞれに堪能な者を乗せるのが三船であるが、よく知られているのは、藤原公任の逸話が伝わる藤原道長の大井川逍遙（『大鏡』『袋草紙』『古今著聞集』他）や円融院大井川逍遙（『十訓抄』『古事談』他）、源経信の逸話が伝わる白河天皇大井川行幸（『袋草紙』『十訓抄』『古今著聞集』他）であろう。後鳥羽院は鳥羽殿や水無瀬殿、あるいは二条御所の池などで度々船に乗っているが、三船を仕立てたという記録は他に見られない。

当該史料によれば、三船は船刺（船差）の衣装にも趣向が凝らされていたようで、詩船の船刺は宋人の格好、管弦船の船刺は楽人の装束、歌船の船刺は念人の装束であったという。但し、詩船の船刺の出で立ちを定家は「異様物」と批判しており、また船刺を務めていた下北面二人は近習でも念人でもないという理由から、内大臣通親によって交代させられている。

詩船に乗った人物は記されていないが、管弦船には皇后宮大夫藤原実教・左兵衛督藤原定輔・藤原隆仲が、歌船には源顕兼・定家・寂蓮が乗船している。実教は笛、定輔は琵琶の名手であり、近いところでは正治二年（一二〇〇）十二月二十一日の後鳥羽院皇子雅成親王百日祝の御遊で、それぞれの楽器を演奏したことが知られる（『明月記』同日条）。隆仲も同じ御遊で付歌を担当することになっていたが、遅参して他の人物に替えられた（『猪隈関白記』同日条）。この三人はいずれも後鳥羽院近臣である。

顕兼は『古事談』の編者として著名であるが、正治二年『石清水若宮歌合』に出詠し、『新勅撰集』に一首入集する勅撰歌人でもある。(5) 彼に関して注目すべきは、三船の催しより遡る建仁元年二月八日の『十首和歌』すなわち「和歌試」と称される歌会に参加していることであろう。この歌会は、久保田淳氏により「近習の人々の中から以後の院歌壇の中核的メンバーとなりうる力量を有する歌人を選抜する試験のごときもの」であったことが指摘されている。(6) 顕兼は、この試験に不合格だったらしく、以後の後鳥羽院歌壇の和歌行事に参加していない。一方、顕兼が通親に親近していたことが内田信栄氏(7)により明らかにされている。詩船の船刺が通親により交代させられたことと合わせ考えるなら、顕兼を歌船に乗せたのは（更に言えば三船それぞれの乗船者を決定したのは）、後鳥羽院ではなく通親だと見なすべきかも知れない。

定家と寂蓮は、「和歌試」には試験官のような立場で列席しており、後鳥羽院に認められた歌人であったことは改めて言うまでもない。歌船の船上で寂蓮によって詠まれたのが、前掲の「翁さび」の歌である。定家の詠は残念ながら伝わらない。

三船は、まず鳥羽殿の北殿釣殿付近に寄せられ、暫く池上にあった。保季がこれを北殿にいたと思われる後鳥羽院に伝え、院と公卿らも乗船して南殿の釣殿へと移動している。ちなみに保季は六条藤家季経の子(8)で、顕兼と共に「和歌試」に出詠している。『新古今集』への入集数は三首だが、「和歌試」以後の後鳥羽院歌壇の催しの多くに加わっており、顕兼よりよほど高い評価を院から得ていたことがわかる。

四　尚歯会

続いて記事は、尚歯会の話題へと移る(9)。尚歯会とは、七人の老人（七叟）が集まり酒を飲み詩歌を作り長寿を自祝する催しで、八四五年に白居易が履道坊で主催したのを創始とする。これが日本に伝わり、まず中国の例に倣い詩会としての尚歯会が行われた。現在知られているのは、以下の三度である。

貞観十九年（元慶元、八七七）三月十八日　　南淵年名主催
安和二年（九六九）三月十三日　　藤原在衡主催

天承元年（一一三一）三月二十二日　藤原宗忠主催

これが和歌の世界にも移され、和歌尚歯会が行われるようになる。記録に残る平安時代の和歌尚歯会は三度ある。それぞれの七叟の名とともにあげてみよう。人名の後の（　）は年齢を示す。

①嘉保三年（永長元、一〇九六）三月[10]

源経仲（不明）、高階経成（77）、藤原成季（70余）、大中臣輔弘（69）、藤原時房（80余）、平基綱（不明）、観心（90代）、慶基法師（不明）、筑前尼（不明）

②承安二年（一一七二）三月十九日　白河尚歯会〈藤原清輔主催〉

藤原敦頼（83）、顕広王（78）、祝部成仲（74）、藤原永範（71）、源頼政（69）、藤原清輔（69）、大江維光（63）

③養和二年（寿永元、一一八二）三月　〈賀茂重保主催〉

祝部成仲（84）、勝命（71）、俊恵（70）、賀茂家能（65）、祐盛（65）、賀茂重保（64）、藤原敦仲（62）

①・②は冷泉家時雨亭文庫蔵『尚歯会和歌』により全貌が知られ、②と③は『古今著聞集』にも記事がある。

鎌倉時代以降はどうであろうか。『民経記』貞永元年（一二三二）二月二十二日条断簡には「今日法勝寺尊勝陀羅尼供養云々（中略）公卿已下皆悉老人也、於法勝寺行尚歯会歟之由有勅定云々、比興〻〻」とあるが、これは参仕した公卿以下が老人ばかりであったことによる戯れの言である。これ以後しばらく和歌尚歯会に関する記録はなく、江戸時代に入って松平定信によるもの（『三草集』・一七三）など数度の尚歯会開催が認められる。

前置きが長くなったが、建仁元年の尚歯会に関する検討に移りたい。まず第一に確認しなければならないのは、これが尚歯会そのものではなく、いわば〈模擬尚歯会〉であったという点である。そのことは頭書に「模尚歯会」とあることからもわかるが、七叟の年齢からも明らかである。記事に見える七叟を定家が記した順に並べ、年齢と官位を示してみよう。

寂蓮	63	従二位権中納言
実教	52	従二位権中納言
宗頼	48	正三位参議左兵衛督
定輔	39	従三位参議
親経	51	正四位下
顕兼	42	正四位下
定家	40	

僧であり六十三歳に達している寂蓮は別として、俗人の六人についてみれば、尚歯会の七叟としては若過ぎること、年齢順ではなく位階の順に名が記されていることがわかる。「次々守位次着座」という記述も、位階順の席次であったことを示している。尚歯会の七叟は年齢順に記載されるのが普通であり、それが位階順になっているということは、彼らが七叟ではなく、飽くまでも「七叟役」の人々であったことを示していよう。

しかし、この〈模擬尚歯会〉はかなり細かな点で実際の尚歯会を真似ようとしている。まず寂蓮の装束が冠直衣である。『尚歯会和歌』の承安二年和歌尚歯会の記録(11)や『古今著聞集』によれば、承安二年の折の七叟の装束は束帯か衣冠であり、また『古今著聞集』は寿永元年和歌尚歯会に関して「抑七叟の中に僧まじはりたる事おぼつかなし」と記している。寂蓮も僧衣ではよくないというので、割書にあるように「相儲令着之」ということになったのであろう。ついでに言えば、「第一座寂蓮」と記されているが、これも『古今著聞集』に「散位藤原敦頼、〈一座〉」とあるのと対応している。

また尚歯会では、七叟の子息や孫、弟、あるいは弟子などが七叟の相伴として列席し詩歌を詠む。こうした人々は垣下《えんが》と称されるが、彼らは詩歌によって七叟を寿ぐだけでなく、老齢の七叟を助ける役目も果たしている。(12)例えば『尚歯会和歌』に「藤原敦頼〈年八十三〉たつみの、ぼりはしよりおる、判官代憲業むまごくつをとる、式部大夫憲盛〈子息〉にたすけられたり」とある如くである。一方、〈模擬尚歯会〉では垣下役を白拍子が務めており、「各引其手扶持」したと見える。手を引かれないと歩けないような高齢の者はいないので、これはまさしく演技と言える。

更に、七叟役の人々の名を列挙した後に「各著円座」とあるが、これもまた『尚歯会和歌』に「な丶のおきな一々にわらうだにつく」とあるのと合致している。承安二年尚歯会は白河宝荘厳院で営まれたが、最初御堂内の座にいた七叟は、尚歯会が始まると池のほとりの円座に移動した。〈模擬尚歯会〉が釣殿で行われたのも、池のほとりという場所を意識しているのかも知れない。

ただし、記事を読み進めると、実際の和歌尚歯会とは若干異なる部分も混じるようである。まず『尚歯会和歌』を基に、承安二年尚歯会で着座後行われたことを見ておこう。最初に七叟の一人が『古今集』雑上にある「老い」を主題とした歌を誦し、他の人々が唱和するということが五度繰り返される。首唱したのは主催者清輔・永範・敦頼である。次いで、七叟が御堂内の元の座に戻り、講師の席と文台が設えられ、七叟が次々に歌を置いた。七叟の中から講師・読師を定め、七叟の歌を読み上げ、人々が唱和した。続いて垣下の人々が歌を詠じた。和歌の披講が終わると会自体も終わりとなった。

一方〈模擬尚歯会〉では、七叟役が着座している間に、後鳥羽院の供御が運ばれ、通親が陪膳を務めた。次に七叟が献物を院の御前に置いた。献物を置き終わると御前の座に着いているが、これは承安二年尚歯会で七叟が垣下の人々のいる元の座に戻ったことと対応するのであろう。不審なのは、「公卿勝負共在長押上」という記述である。尚歯会は歌合と違って勝負を伴うものではない。この「勝負」が何を意味するのか、この段階ではわからないが、ひとまず保留にして次を見てみよう。通親の命で文台が運ばれ、七叟役が和歌を置き、親経が読師、定家が講師と定められた。定家は通親に指示され、歌一首を読み上げた。読み上げる歌を一首のみに省略してはいるが、七叟の歌の披講に関しては、実際の和歌尚歯会のやり方を踏襲している。

しかし、ここから後は本来の和歌尚歯会とは趣が異なってくる。

五　勝負舞と馬曳き

講師の定家が退下する間[13]、通親の命で白拍子が乱拍子を舞い、負方の人々も下臈から順に舞を舞った。上北面の者から内大臣通親まで、勝方・負方に分けられていたようである。負方の舞の最後はかねてから寂蓮と決められていた。冠直衣姿の寂蓮は、俗人のように冠を髪に留めることができないため、顎紐のようにであろうか、紙捻で結んでいたらしいが（「以紙捻結之」）、梅の枝に冠が引っ掛かって取れてしまい、袖で頭を隠して走り逃げた。普段は常に露頂を見せているはずの寂蓮が、俗人になりきって露頂を恥じているのがおもしろい。次いで勝方の人々も舞を舞った。次に、負方の人々が厩から馬を引き出し、一旦中島の幄舎の中に入れ、後鳥羽院の御料、公卿の料、殿上人の料、上北面の料の順に馬を引き出している。

ここに見られる行事内容は、尚歯会よりはむしろ物合などに付随した行為に近いものがある。たとえば、『古今著聞集』（巻二十・魚虫禽獣三十・六九〇）に、承安二年（正しくは三年）五月の後白河院御所での鵯合に関する話が見えるが、公卿から北面の者まで左右に分かたれたこと、「如レ此の興遊に、左右勝負舞を奏する事先例あり」とあること、妓女も舞を舞っていることなどが参考になる。

〈模擬尚歯会〉の和歌披講の後で、勝方負方が舞を舞っているのは、いわゆる「勝負舞」なのであろう。すると、最後に馬を曳いているは、引き出物ということになるのであろうか。確かに、長元八年（一〇三五）五月十六日『賀陽院水閣歌合』や永承五年六月五日『賀陽院歌合』など禄として馬が曳かれた例があり、〈模擬尚歯会〉の翌年建仁二年九月十三夜に行われた『水無瀬恋十五首歌合』でも左大臣藤原良経が馬を賜っている。但し、今回は後鳥羽院の御料の馬も曳かれていることから、院からの禄とは考えにくい。あるいは、負方が勝方に饗応や贈り物をする、いわゆる「負態《まけわざ》」の意味があるのかも知れない(14)。この推定は、当該史料に続くと思われる四月二十二・二十三日条断簡冒頭に、引き出された馬を勝方の人々が受け取ったことが記されている点からも蓋然性が高いと思われる。

いずれにしても、公卿以下が勝方負方に分かれていることから、三船の催し以前に(15)何らかの物合か賭弓などの勝負事が行われていたと考えてよかろう。いずれ当該史料の前の部分が見出されれば、明らかになることである。

さいごに

以上、建仁元年四月二十二日条の一部と推定した記事を検討してきたが、まとめに代えて三点ほど述べておきたい。

まず、内大臣通親の立場についてである。本章で取り上げた催しの全体に渡って通親が中心的役割を果たしているのは、「内府被定」「内府命」「内府被示」といった文言が繰り返されていることからよくわかる。通親は、後鳥羽院の水無瀬殿や鳥羽殿への行幸には大抵供奉しているが、今回のようにあれこれと指図をしている例は他に見られない。今回の御遊においては、後鳥羽院はあたかも客人のようにさえ見える。舞台は鳥羽離宮であり、寂蓮が家集に「御遊」と記しているのだから、遊興全体の主催者はあくまでも後鳥羽院であろう。当該史料に続く二十二・二十三日条断簡の記事からは、後鳥羽院が人々に指示を出している様が読み取れる。ただ、三船から勝負舞・馬曳きに至る催しにおいては、通親が企画の責任者であった可能性が高い。そもそも鳥羽殿は、通親が因幡国（一説に伊予国）重任の功をもって修造したものであり（『親経卿記』『見戸記』『見甫記』他）、それも関係しているのかも知れない。

次に、寂蓮の役割に注意したい。彼は三船の催しでは歌船に乗って和歌を詠じ、〈模擬尚歯会〉では第一座として遇され、勝負舞では負方最後に舞を舞った。通親をこの日の御遊の演出者とするならば、寂蓮は主演者の如き立場と言えよう。彼は院近臣というわけではなく、和歌行事を伴わない御幸に供奉することはない。今回も歌人として鳥羽殿に参じているのであり、歌船に乗ったことや〈模擬尚歯会〉の第一座となったことは、彼が老齢の歌人であることに起因するのであろう。しかし負方舞で最手となることが前もって決められていた点、更には偶然か故意か不明であるが、冠が脱げて頭を隠して逃げたことを、定家が「已以之為詮」と述べている点からは、この日の寂蓮は座の盛り上げ役という役所を割り当てられていたのではないかと想像してみたくなる。

最後に、儀式や行事を「模す」ということについて見ておこう。『明月記』正治二年二月九日条には「近日院中雑御遊被摸修正」とあり、後鳥羽院御所で修正会を模した遊びが行われたことが知られる。同じく元久元年五月五日条の「明日可被行五節之遊云々、近習公卿以下為殿上人六位、可有乱舞遊宴云々、無骨之物不被召、尤可然」という記事からは、五節を真似た乱舞・遊宴が行われ、近習の人々が殿上人・六位の役を担当していること、こうした遊びに積極的でない定家のような「無骨之物」は召されていないことがわかる。また『古今著聞集』（巻三・公事四・一〇五）「天慶五年蕃客の戯れの例に依りて順徳院御位の時賭弓を御真似の事」は、順徳天皇周辺の人々が賭弓を模したことを伝える説話だが、天慶五年、村上天皇内裏で蕃客すなわち外国からの使いの入朝の儀式を模した遊びが行われたのを例としたとあり、儀式を模す遊びは平安朝に既に行われていたことがわかる。これらはいずれも役柄を分担し細部にもこだわった芝居の如きものであるが、『古今著聞集』に「戯れ」とあるように、歌合や晴の御遊とは異なり、純粋に楽しくおもしろい、まさに「遊び」であったのであろう。

「未詳日記抄出」に続く四月二十二・二十三日条断簡によれば、馬曳きの後、場所を城南寺に移して十番の笠懸と三的が行われた。この日、修理を終えて間もない鳥羽南殿北殿周辺で、様々な遊びを次から次へと楽しんだ後鳥羽院は、二十四日には定家に「池上松風」の歌題を与えており（『明月記』同日条）、それと前後して御遊に楽器を担当する公卿殿上人も定めたものと思われる。(16) 四月二十六日の鳥羽殿御遊及び初度御会は、比較的砕けた場を楽しんだ院が、満を持して企画した晴の催しだったのである。

〔注〕

（1）本稿初出後、野尻忠氏「奈良国立博物館蔵『明月記』断簡」（奈良国立博物館研究紀要『鹿園雜集』9　二〇〇七年三月）が発表され、当該自筆断簡が一九九九年に奈良国立博物館の所蔵に帰していたことを知った。野尻氏論文には詳細な紹介があり鮮明な写真も掲載されているので、合わせて参照されたい。

（2）『明月記』建仁二年七月二十日条。

（3）「いとひそ」の誤写であろう。

（4）小松重美氏『日本書流全史　下』（一九九九年　旺文社）掲載の図版による。

（5）顕兼の歌人としての側面については、田渕句美子氏「源顕兼に関する一考察―歌人的側面から―」（『中世文学』34

一九八九年五月）→『中世初期歌人の研究』（二〇〇一年　笠間書院）参照。

（6）「後鳥羽院歌壇はいかにして形成されたか」（『国文学』22-11　一九七七年九月）→『藤原定家とその時代』（一九九四年　岩波書店）

（7）「『古事談』の形成と源顕兼の周辺」（『平安文学研究』75　一九八六年六月）

（8）『公卿補任』は、保季の実父を重家とする。

（9）日本における尚歯会の展開、詩尚歯会と和歌尚歯会の関連については、後藤昭雄氏「尚歯会の系譜」（兼築信行・田渕句美子氏編『和歌を歴史から読む』二〇〇二年　笠間書院）に詳しい。

（10）本稿初出時には、『万代集』『続詞花集』に基づき参加者を推定していたが、後藤昭雄氏「嘉保の和歌尚歯会」（『文学』4-5　二〇〇三年九月）及び冷泉家時雨亭叢書『和漢朗詠集　和漢兼作集　尚歯会和歌』（二〇〇五年　朝日新聞社）を参照し、記述を改めた。尚歯会は七叟が会するのが通例だが、嘉保の尚歯会は九人の老人によって行われた。

（11）承安の尚歯会について、初出時には『新編国歌大観』所収『暮春白河尚歯会和歌』を参照したが、今回は冷泉家時雨亭文庫蔵『尚歯会和歌』に拠って引用し、適宜句読点・濁点を付した。『尚歯会和歌』は嘉保と承安の尚歯会の記録であり、承安の尚歯会に関しては『暮春白河尚歯会和歌』と共通する記事に加え、漢文の記が二編記される。すなわち、本来あった漢文の記を除いて仮名部分のみで流布したのが、『群書類従』にも入る通行の『暮春白河尚歯会和歌』であると思われる。冷泉家時雨亭叢書『和漢朗詠集　和漢兼作集　尚歯会和歌』（前掲）解説（後藤昭雄氏執筆）参照。

（12）『尚歯会和歌』の承安二年の記録は、垣下の人々の名を列挙した後に「おほくは扶持の人々なり」と記す。

（13）この「退下」は、講師の座から自分の元の座に退くことを意味するのであろう。

（14）『明月記』建久九年（一一九八）二月十九日条には、鳥羽殿で鳥合が行われ、負方であった通親が、「負態」として後鳥羽院を含む人々を自邸に招いて饗応したことが記されている。また、『とはずがたり』には、後深草院と亀山院とで小弓の競技をし、敗者側が工夫を凝らした負態をした様子が語られている。第一回戦に負けた後深草院側は女房を鞠足に仕立てて蹴鞠を模した。第二回戦に負けた亀山院側は五節の調台の試みを模した。第三回戦に再び負けた後深草院側は『源氏物語』の女楽を模した。これらから類推すると、当該史料に見える〈模擬尚歯会〉自体が（あるいは三船も）負態であった可能性が高い。もしそうだとすれば、通親は負方であることが記されているので、彼は負方の中心として負態を取り仕切っていたものと思われる。

（15）〈模擬尚歯会〉自体が負態であったとすれば、「是兼儀也」と記されていることから推して、勝負事があったのは二十一日以前ということになる。

（16）『猪隈関白記』建仁元年四月二十六日条に「予和歌幷御遊可参由、一昨日右中弁長房朝臣来催之」と見える。

第五篇

源仲正家集研究

序章

源仲正は、新奇な素材・表現を志向した歌人であり、曾禰好忠や源俊頼の流れを汲んでいると見なすことができる。『古蹟歌書目録』によれば家集「蓬屋集」があったとされるが、現存しない。現在知られる仲正の家集としては、早くに神作光一氏[1]によって翻刻・紹介された国会図書館蔵『仲正家集』（以下「国会本」と称する）及び彰考館文庫蔵『源仲正集』（以下「彰考館本」と称する）があり、さらに存在は知られながら全体像の紹介はされていない国会図書館蔵紀真顔編『兵庫頭源仲正朝臣家集』（以下「真顔本」と称する）がある。[2]

既に井上宗雄氏[3]の指摘があるように、『後撰夷曲集』（寛文十二年版）には仲正歌が四首採られており、巻末付載の出典を示した目録の中に「仲正家集三」（「三」は誤り）と見えるが、所収歌四首は上記三本のいずれとも詞書や本文に小差がある。また契沖の『和字正濫要略』の「引證書目」には「源仲正集」の名が見えるが、[4]引かれている本文はやはり上記三本のいずれとも一致しない。つまり、当時、仲正の家集が他にも何種か存在した可能性も考えられるのである。更に、江戸中期には、曾禰好忠・源俊頼・源仲正の三人の歌計二百首を収める『三勇和歌集』なる私撰集も編まれた。[5]近世の文学者が仲正の歌に大いに関心を抱いていたことが知られるのである。

近世の文人たちが仲正歌のどのような点に注目し、どのような影響を受けているのかを解明することが最終的な目標であるが、本篇ではその前段階として、現存する家集三本について編者・成立時期・構成などの基本的性格を明らかにしたい。

〔注〕

（1）「源仲正集〔翻刻・初句索引〕―国会図書館本・彰考館文庫本―」（『王朝文学』14　一九六七年六月）、「源仲正とその家集について」（『言語と文芸』55　一九六七年十一月）

（2）『大日本歌書綜覧』『国書総目録』に見える。

（3）『平安後期歌人伝の研究』第四章二（一九七八年、増補版一九八八年　笠間書院）

（4）赤迫照子氏「〔資料紹介〕広島大学図書館蔵　契沖『和字正濫要略』―「山岡浚明大人朱書入」翻刻―」（『表現技術研究』4　二〇〇八年三月）参照。

（5）片岡智子氏「岡大本『三勇和歌集』について」（『岡大国文論稿』2　一九七四年三月）参照。

第一章　国会図書館蔵『仲正家集』

一　編者・成立時期

国会本は全二四一首、四季・恋・雑部から成り、神作光一氏の論[1]によれば近世末期の写であるという。編者を知る手がかりとなる特徴は無く、したがって成立時期も未詳であるが、後述するように『夫木抄』寛文五年版本を参照しているると思われるので、同年以降の成立と見られる。

本文の後には、本文と別筆で以下のような識語がある。

源仲正五位肥後守大輔少輔

近院右大臣孫大蔵大輔當年男異本云源常年男

「五位肥後守」以下は、『後撰集』作者源中正に関する経歴であり、「仲正」と「中正」を混同している。歌集本文中にも、『後撰集』の中正歌三首中二首が採録されており、編者もまた誤りを犯している。中正歌二首は『後撰集』とほぼ同じ詞書が付されているが、『後撰集』を撰歌資料としてこの二首を採ったとするならば、編者は平安和歌に関する基本的知識が不十分な人物と言えようか[2]。

また、中正歌以外にも他人詠が混入しており、本文末尾にはなぜか小大君の歌が三首並んでいる。他人詠の混入に関しては、典拠である『夫木抄』本文に問題がある場合もあり、一概に編者の誤認とばかりは言えない。しかしながら、「堀川百首」との詞書を付して同百首の仲実詠を載せるなど、やはり仲正の歌歴を十二分には理解していない人物が編纂したものと想定されるのである。

二　所収歌―撰歌資料

自撰家集が残らない仲正の和歌作品を、最も多く見出すことができるのは『夫木抄』である。静嘉堂文庫本を底本とし、永青文庫本・宮内庁書陵部本・寛文五年版本により校訂が施された『新編国歌大観』所収の本文で、二〇二首（重複歌や作者名の誤りも含まれる）もの仲正歌が採られており、国会本・彰考館本・真顔本いずれの場合も、『夫木抄』が主要な撰歌資料となっている。

国会本の場合、全二四一首（重複歌九首を含む）中、『夫木抄』に同一の和歌が見出せる例は二一一首にのぼる。既に山崎真克氏の指摘があるように(3)、『夫木抄』を典拠としたがゆえの誤りが見られ、国会本が『夫木抄』を資料としていることは疑えない。その誤りとは、以下のような例である。

①国会本(4)・一〇八

女郎花

駒にかふ草の中なる女郎花おのれむすべとしげる夏くさ

『夫木抄』

後京極摂政家卅首歌合　　前中納言定家卿

あげまきはあとだにたゆる庭もせにおのれむすべとしげる夏ぐさ　（雑十七・一六七四三）

家集、女郎花　　源仲正

こまにかふ草のなかなるをみなへしかりてつかぬるしづのあげまき　（同・一六七四四）

『夫木抄』は永青文庫本による校訂を経た『新編国歌大観』本文を掲げたが、静嘉堂文庫本・書陵部本・寛文版本は(5)いずれも、仲正歌の下句を「をのれむすべとしげる夏草」とする。目移りにより前の定家詠の下句を誤記しているのであり、国会本はその誤りのまま、仲正歌を採っている。

②国会本・二〇四

正治二年百首歌

わが恋はくるりはながすかはのせにたちぬるとりのあとはかもなし

『夫木抄』

家集、寄水鳥恋　　源仲正

わがこひはくるりいながすかはのせにたちぬるとりのあとはかもなし　（雑十四・一五一三八）

正治二年百首　　源師光

あづさ弓ともやたばさみもろ人のおのがひきひきいどむなるかな　（同・一五一三九）

『夫木抄』書陵部本・永青文庫本は、仲正歌の詞書を「家集、寄水鳥恋」とするが、静嘉堂文庫・寛文版本は誤って次の歌の詞書「正治二年百首」を仲正歌の前に記している。国会本はこれを疑うことなく、そのまま踏襲しているのである。

こうした例の存在により、国会本が『夫木抄』を撰歌資料としていることは明確であろう。ただし、『夫木抄』に見られる二一一首が、すべて『夫木抄』から直接採られているわけではないらしい。国会本一番から八番までをあげて検討してみよう。国会本の詞書の下に、『夫木抄』の部立・歌番号・詞書を（　）に入れて記した。本文に、漢字仮名の別以外の異同がある場合は、『夫木抄』本文を国会本本文の右傍に〈　〉に入れて示した。〈　〉がない傍記は、国会本にもとからあったものである。

1　けさきけば人のことのはあらためていはふはじめの春はきにけり
　　立春（春一・三〇・「家集、立春」）
　　歯固（雑十四・一五三五八・「元日恋」）

2　千代までもかげをならべてあひみんといはふかゞみのもちひざらめや
　　若菜（春一・一九九・「同（家集）、後園若菜」）

3　かたくなやしりへの岡〈園〉にわかなつみかゞまりありくおきなすがたよ
　　雪中若菜（春一・一九八・「家集、雪中若菜」）

4　はつ〳〵のわかなをつむとあさるまにの原の雪は村ぎえにけり
　　鶯（春二・四三六・「毎朝聞鶯と云ふ事を太皇太后宮にて」）

5　うぐひすのねぐらによるはをさめたるこひ〈忍〉あさな〳〵はこびいづ也
　　竹林鶯（春二・四五八・「家集、竹林鶯」）

6　風ふけば竹の林のともすなり《りに》ふしやわづらふよはの鶯
　　行路鶯（雑四・九九六五・「家集、行路鶯」）

7 なきかはす鶯の音にしきられてゆきもやられぬせきのはら哉

霞（春二・五五一・「百首歌、霞」）

8 いつしかもうひ立にける霞かなまだいとけなきはるのはじめに

国会本と『夫木抄』の詞書を比較すると、一番・四番・六番・七番・八番は歌題が一致しており、『夫木抄』から採られたと見てよいであろう。このうち七番を除くと、国会本一番は『夫木抄』三〇番、以下四番は一九八番、六番は四五八番、八番は五五一番に相当し、『夫木抄』の配列の順番に沿って歌が採られていることがうかがえる。七番は「せきのはら」が詠まれていることにより、『夫木抄』においては雑四の「原」の項目に配列されている歌であるが、「行路鶯」題なので、国会本では鶯歌群に入れられたのであろう。

このように、鶯の歌を『夫木抄』鶯項から採るというように、ある主題の歌を『夫木抄』のその主題の歌群から複数採っている場合は、おおむね『夫木抄』の配列順で歌が採られ、そこに他の部立に入れられている同主題の歌が適宜挿入されているようである。ただし例外もまま見られ、さほど厳密な態度が貫かれているわけではない。

一方、国会本二番・三番・五番は『夫木抄』とは異なった題が記されている。他の五首が『夫木抄』の歌題をそのまま写していたことを考慮すれば、和歌本文を『夫木抄』から引きながら歌題だけ変えたということは考えにくい。典拠としては『夫木抄』以外を想定すべきであろう。

この点に関して、山崎氏が興味深い指摘をしている。国会本四二番「山ざとのこでらにさける犬桜おいはなたれて引人もなし」（題「いぬざくら」）の上句は、『為忠家後度百首』（一五八番）にのみ見える「やまがつのこでらにさけるいぬざくらはなのかずとはおもほえぬかな」の上句とほぼ一致する。ところが下句は、『散木奇歌集』（一一一番）や『夫木抄』（一四五三番）に入る「山かげにやせさらぼへるいぬ桜おひはなたれてひく人もなし」の下句なのである。

この二首が並んで配列される歌書は、現在は知られない。山崎氏の「或いは国会本の詞書のように「犬桜」題のもとに二首が並んでいた類題集のようなものが想定できるかもしれない」という指摘は、正鵠を得たものと言えよう。

この点に関して、重複歌を対象にして検討してみたい。国会本・『夫木抄』の順で掲げる。国会本には九組の重複歌があり、いずれも同じ歌が『夫木抄』に採録されている。以下に、国会本・『夫木抄』の順で掲げる。歌の前に歌題・詞書を「　」に入れて示した。

①13「山辺梅」　よのつねのつま木はこらじ春山のうめの匂ひをたきものにせむ
158「薪」　よのつねのつま木はこらじはる山のうめの匂ひをたきものにせむ
『夫木抄』春三・七二〇「家集、山辺梅」よのつねのつま木はこらじ春山の梅の匂ひをたき物にせむ

②124「（しか）」　ふみとむる跡なき恋やかしは木のおちばが上の鹿のつまがた
195「寄柏恋」　ふみとむる跡なき恋やかしは木の落ばが上の鹿のつまがた
『夫木抄』冬一・六四五六「寄柏恋」ふみとむる跡なき恋やかしは木の落葉がうへの鹿のつまがた

③53「椿」　花にさくみ山椿ををりはへて誰いろこのむはひにやくらむ
203「寄椿恋」　花にさくみ山つばきををりはへてたがいろこのむはひにやくぞも
『夫木抄』雑十一・一三八五一「家集、寄椿恋」花にさくみやま椿ををりはへてたが色このむはひにやくぞも

④2「歯固」　千代までもかげをならべてあひみんといはふかゞみのもちひざらめや
167「元日恋」　千代までもかげをならべてあひみんといはふかゞみのもちひざらめや
『夫木抄』雑十四・一五三五八「元日恋」千代までもかげをならべてあひみんといはふかがみのもちゐざらめや

⑤43「花百首の歌」　おもしろや風のまきゐにふゞかれて庭のひまなき花のいかけぢ
49「落花」　おもしろや風のまきゐにふゞかれて庭のひまなき花のいかけぢ

『夫木抄』春四・一五三九「家集、落花」おもしろや風のまきゐにふぶかれて庭のひまなき花のいかけぢ

⑥119「田家月」　いほやもり山田は月にまかせてよくまのあらばやいかまけもこん

236「山田川」　いほやもり山田は月にまかせてよくまのあらばやいかまけもこむ

『夫木抄』秋三・五〇〇三「家集、田家月」いほやもり山田は月にまかせてよくまのあらばやいかまけもこん

⑦215「為忠百首に」　そらことか右のがくやのこまぶえにうちあはするはからつゞみ哉

230「高麗笛」　ふること右のがくやのこまぶえに打あはするはからつゞみかも

『夫木抄』雑十四・一五二二六「高麗笛」ふりことるみぎのがくやのこまぶえにうちあはするはからつづみかも

⑧136「(常盤百首水岸菊)」　君やさはひらをの下にほのみえて残りゆかしき菊の下おび

180「寄帯恋」　きみやさはひらをの下にほのみえてのこりゆかしき菊の花帯

『夫木抄』雑十五・一五六三七「家集、寄帯恋」君やさはひらをの下にほのみえてのこりゆかしききくの花おび

⑨88　夏猟　夜と、もにもえこそあせねむかばきのかたそひもなくさみだる、比

205「(正治二年百首恋)」　よと、もにえこそあはせねむかばきのかたはかもなき恋をのみして

『夫木抄』雑十四・一五一四三「恋歌中」よとともにえこそあはせねむかばきのかたかはもなきこひをのみして

①から④までは、重複歌の片方は『夫木抄』と歌題が一致し、同書から採られたものと思われるが、もう一方は『夫木抄』の歌題とは異なる単語が題となっている。これらは、先の「犬桜」の歌と同様、類題集のような歌集から採録されたことが推定できる。『夫木抄』から同じ歌を採っていることに気付かず、類題集からも重複して採ってしまったのであろう。

⑤から⑦までは、重複歌の片方はやはり『夫木抄』の歌題と一致し、もう一方の詞書には⑤「花百首の歌」、⑥

「山田川（山田月の誤写であろう）」、⑦「為忠百首に」とある。これらは類題集の歌題とは考えにくく、私撰集の類が撰歌資料として想定できるのではないだろうか。ちなみに国会本一七九番は「堀川百首」との詞書が付されており、歌も同百首の藤原仲実詠である。『堀河百首』から採ったのであれば歌題が明記されるはずであるし、仲実歌百首のうち一首だけ採るのは不自然であろう。この堀河百首歌もおそらくは私撰集の類から抄出したものと思われる。

⑧の場合は、重複歌の一方は『夫木抄』と歌題が一致するが、もう一方の一三六番歌には詞書がない。前の歌の詞書は「常盤百首水岸菊」であり、本来ならこれを承けるのであろうが、この詞書は一三六番歌の内容に合致していない。おそらく詞書の誤脱があるのであろう。①から⑦までと同様に、類題集乃至は私撰集類からの採録と思われる。

⑨に関しては、事情が少々複雑である。重複歌の一方の二〇五番の方から見ていこう。二〇五番歌には詞書がなく、前の二〇四番歌は前述したように『夫木抄』の詞書の誤謬を踏襲して「正治二年百首恋」との詞書を有する。二〇五番歌は当然ながら『正治百首』の歌ではなく、『夫木抄』では「恋歌中」との詞書があるので、やはり詞書の誤脱と見るべきであろうか。もう一方の八八番歌には「夏猟」との歌題が記されている。和歌の下句が二〇五番と異なるのは、『夫木抄』において隣り合っていた仲正歌の下句を目移りによりつなげてしまったためである。

『夫木抄』

　家集、五月雨　　　　源仲正

夏野ふむせこがむかばきすそくちてほすひまもなくさみだるる比　（雑十四・一五一四二）

　恋歌中　　　　同

よとともにえこそあはせねむかばきのかたかはもなきこひをのみして　（同・一五一四三）

すなわち、八八番歌は『夫木抄』を典拠としたことによりできあがってしまった歌なのである。しかしながら、国会本の「夏猟」という歌題は、本来の「よとともに」の歌にはそぐわず、下句に「さみだるる比」とあるがゆえの歌題と言える。八八番歌は、『夫木抄』から誤った形で仲正歌を採録した類題集から採られたものと見なせるのではないだろうか。おそらく『夫木抄』から歌を採り、同書の詞書とは別に歌題を付した類題集が存在していたのであろう。①〜④及び⑧にあげた歌の一方はそうした歌書を典拠としたものと思われる。

ここまで、『夫木抄』に同じ歌が見出せる場合について検討してきたが、同集にない歌は何を資料としているのだろうか。まず勅撰集から見ていくと、『金葉集』『詞花集』『千載集』が資料となっている。『金葉集』『詞花集』の仲正歌は計三首すべて国会本に採られている。『千載集』の場合は七首中四首が採られており、雑部の三首は採られていない。私撰集では、『続詞花集』『万代集』所収歌がすべて採られている。他に『為忠家初度百首』で詠まれ『為忠家初度百首』で詠まれ『夫木抄』には見えない歌が九首採られている。そのうち七首は『為忠家初度百首』での歌題ではなく、「たふれ柳」「よぶこ鳥」「ひ、なくさ」「雷神」「駒迎」「水鳥」「占かた」といった歌題が記されており、類題集を出典とすると推定できる。他の二首には「滝辺山吹」[6]「為忠百首によめる」とあり、類題集ではない私撰集から採られたものであろう。これらの他に、『後撰集』『小大君集』の歌が含まれるが、これは他人詠が誤って採られたものであり、次節で触れる。

以上、国会本の撰歌資料について検討してきた。国会本二四四首中、半数以上の歌が『夫木抄』と共通する詞書を有し、同集が主要な撰歌資料であることは間違いない[7]。その他、勅撰集や私撰集、類題集が資料とされていたことが明らかになった。

三　所収歌—他人詠の問題

既に山崎氏が明らかにしているように、国会本には少なからぬ他人詠が混入している。詞書に「頼行のよみたりける」と他人詠であることを明記している二一二番を除くと、[8]以下の十五首である。

①『後撰集』所収源中正歌二首
②『小大君集』所収歌三首
③『堀河百首』藤原仲実歌一首
④『金葉集』読人しらず歌一首
⑤『夫木抄』所収他人詠八首

①の場合は「中正」と「仲正」を混同した結果である。②は国会本の末尾にまとめて配列されているが、混入の事情は不明とするしかない。③は前述のように私撰集などに入っていたものを、「仲実」を「仲正」と見誤って採ったのであろう。もしくは典拠とした歌集の作者名自体が間違っていたのかも知れない。④は『金葉集』では「題読人不知」歌群の中にあるが、国会本では「偸児」と歌題があり、類題集などから採られたかと思われる。典拠とした歌書が作者を仲正としていた可能性があろう。

⑤の『夫木抄』所収歌の場合は、多くが『夫木抄』自体に問題がある。国会本一五九番として見える歌を例にあげてみよう。

同（安元元年十月右大臣家歌合、落葉）　源仲綱

ちりかかるははそがしたにふす鹿のうへは夏げの心ちこそすれ
（夫木抄・冬一・六四八二）

ここでは『新編国歌大観』本文によりあげたが、静嘉堂文庫本・永青文庫本は作者を源仲綱とし、書陵部本・寛文版本には「源仲正」とある。国会本が資料としていたのは、作者名を「源仲正」とする伝本だったのであろう。同様に『夫木抄』本文に問題のある例が他に四例あることが、山崎氏により指摘されている。残る三例（二八・六七・八四番）のうち、八四番については『夫木抄』寛文版本に注意すべきである。国会本八四番は『夫木抄』三一六二番に相当するが、『夫木抄』の静嘉堂文庫本・永青文庫本・書陵部本が作者を「神祇伯顕仲卿」とするのに対し、寛文版本は「神祇伯顕仲正」としている。一見「仲正」とあるように見えるので、国会本はこの歌を採ってしまったのであろう。したがって、国会本編者が資料としていた『夫木抄』伝本は、寛文版本である可能性が高いと思われる。

すなわち、国会本は『夫木抄』寛文版本刊行以降、同書を中心に、勅撰集・私撰集・類題集などを資料として編まれたもので、未整理の部分を残した集だと言うことができるのである。

〔注〕

（1）「源仲正集〔翻刻・初句索引〕―国会図書館本・彰考館文庫本―」（『王朝文学』14　一九六七年六月）、「源仲正とその家集について」（『言語と文芸』55　一九六七年十一月）

（2）もっとも本居宣長の『古事記伝』も仲正の和歌を引いた後に「仲正は、後撰集の作者なれば」と記しており、仲正と中正を混同する文人は少なくなかったのかも知れない。

（3）「国会図書館本『源仲正集』の編纂態度―誤入歌を手がかりとして―」（『古代中世文学』7　一九九五年八月）。以下、山崎氏の説はすべてこれによる。

（4）以下、本篇における国会本・彰考館本・真顔本の和歌・傍注の引用に際しては、国会本・真顔本は原本、彰考館本は国文学研究資料館蔵のマイクロフィルムに拠り、私に濁点・読点を付した。『夫木抄』の引用は、特に断らない限り『新編国歌大観』に拠る。

（5）寛文五年版本は、初刷に近いとされる野田庄右衛門板に拠った。

（6）『為忠家初度百首』では「滝下疑冬」題の歌。

（7）『新編国歌大観』所収『夫木抄』の仲正歌の中で国会本に見えない歌が七首ある。①二首は寛文五年版本では別人を作者とする。②三首は作者名がなく、前の歌の「源仲正」を承けている。③残り二首は作者名が「源仲正」と明記されている。②と③は単純な見落としなのであろう。

（8）当該歌は、仲正が東国へ旅立った折の、仲正男頼行の歌である。

第二章　彰考館文庫蔵『源仲正集』

一　成立と伝来

彰考館本は全二〇四首。四季・恋・雑部から成るが、雑部の後に恋歌が更に二十二首補われている。神作光一氏[1]は近世最末期写と紹介している。二〇四首のうち四十二首は、小書きで本文の行間に補筆されているが、それ以外にも数箇所、小書きで書き入れられた傍注が見える。この書き入れが、該本の成立の経緯について推定するための重要な根拠となる。

注目したい書き入れの一つ目は、八四番「はらひあげぬむぐらの下にかくせどもこがねの銭の花はやつれず」の右傍にある「基之按此歌は金銭花をよみたらん、しかして夫木集に草中撫子云々とあるは恐らくはあやまりなるべし」という書き入れである。この注を記した「基之」とは、江戸後期の歌人である鈴木基之（生没年未詳）と思われる。鈴木基之は、はじめ岸本由豆流の食客であったが、後に小山田与清の門に入った。

彼の著作である『松陰随筆』[2]（文政三年刊）は、主に和歌に関わる短文二十項目から成るが、そのうち三項目に「基之按に」、三項目に「按に」という表現が用いられており、彰考館本の傍注の書き方と共通する。

次に注目したいのは、一七一番「わび人のかたちにかくるあぶりやのしたくらなりや山陰にして」の傍注である。

「あぶりや」の「ぶ」の字は、原本において既に濁点が付されており、その濁点から線を引いて「師」と記す。同時に「ぶ」の字の右傍に「。」を付し、その符号から線を引いて「基」と記している。神作氏[3]も指摘している通り、これは師の説は「あぶりや」と濁音で読む立場であるが、基之は「あふりや」と清音で読むと考えていることを示したものであろう。

『松陰随筆』の中には、基之が小山田与清を「師」と称した箇所がある。「基之」「基」が鈴木基之であるならば、「師」は小山田与清であることは間違いないであろう。

小山田与清（一七八三～一八四七）は、国学者・歌人であり、注釈書『十六夜日記残月鈔』、随筆『松屋叢話』『松屋筆記』、日記『擁書楼日記』など多数の著作があり、没後には猿渡盛章によって家集『松屋棟梁集』が編まれた。同時に与清は、蔵書家としても知られる。彼の死後、蔵書二万巻が水戸藩に献納されたが、その書目は彰考館文庫蔵『伊呂波分目録　小山田献納目録』により知ることができる。そして、この目録の中に「仲正集」と明記されているのである。言うまでもなく、水戸藩が蒐集した史料を所蔵しているのが彰考館文庫であり、今、考察対象としている彰考館本仲正集こそが、小山田与清によって水戸藩に献納された本であろう。

傍注が本文と同筆であることから推して、鈴木基之が編者か、あるいは与清が編んだものを基之が書写して注を付したのであろう。いずれにしても最終的に与清の手に渡り、他の与清の蔵書と共に水戸藩に献納されたと考えられる。

二　所収歌

続いて、彰考館本の所収歌について検討したい。全二〇四首の出典は以下の通りである。

『夫木抄』より一九九首（うち一首は重出歌）
『詞花集』より一首
『千載集』より四首

A『夫木抄』にあるが彰考館本に採られていない仲正歌

『新編国歌大観』所収の『夫木抄』本文で仲正歌とされながら、彰考館本に採られていない歌が五首存在する。『夫木抄』七六〇四・九三八一・一二九三八・一四四二〇・一六四一七番である。

この内九三八一番は、静嘉堂文庫本・書陵部本・寛文五年版本では作者名が「源仲朝」とされている。また一二九三八・一四四二〇番は、寛文版本以外は作者名に「同」とあり、前の歌（作者は仲正）と同じ作者の歌であることが示されているが、寛文版本は作者名も「同」の文字も記されていない。以上三首については、彰考館本編者が仲正歌と見なさずに採録しなかったものと思われる。編者が参照しているのは、寛文版本である可能性が高いこともうかがえる。残る七六〇四・一六四一七番については、寛文版本を含む主な伝本いずれも作者を「源仲正」としており、単純な見落としなのであろう。

B『夫木抄』から採録された他人詠

『夫木抄』から彰考館本に採られた一九九首の内、仲正詠ではない歌が三首含まれる。

（家集　落花）

41　まごちふく花のあたりの風下はときぞともなきゆきぞつみける

題しらず

96　秋のの丶かりねのをかにすむしかのわれからことしものおもふかな

安元元年十月右大臣家歌合　落葉

125　ちりか丶るは丶そがしたにふす鹿のうへは夏げのこ丶ちこそすれ

四一番歌は、『夫木抄』では「永久四年百首、落花」という詞書を有しており、確かに『永久百首』「落花」題の藤原仲実歌であって、仲正の歌ではない。九六番歌は、『夫木抄』には「題しらず、明鏡」として見える読人しらず歌で、他の歌集類には見られない。一二五番歌は、『夫木抄』では前後の歌と共に「安元元年十月右大臣家歌合、落葉」の詞書が掛かるが、『右大臣家歌合』により作者は源仲綱であると確認できる。

実は『夫木抄』書陵部本や寛文版本では、この三首は、作者名を欠いているため前歌の作者名「源仲正」が掛かるように見えたり、作者名が「源仲正」と記されたりしている。これら三首が彰考館本に採られたのは、編者が拠った『夫木抄』伝本の作者表記に原因があると考えられる。

C勅撰集に入集しているが彰考館本に採られていない仲正歌

仲正の勅撰集入集歌は、『金葉集』二首、『詞花集』一首、『千載集』七首、『玉葉集』一首、『風雅集』二首、『新拾遺集』二首の計十五首である。このうち、『詞花集』の一首と『千載集』七首中の四首、『玉葉集』の一首が彰考館本に見られる。『詞花集』『千載集』からの採録歌は勅撰集と同じ詞書が記されているので、勅撰集から採ったことは明らかであろう。

『玉葉集』入集歌は、『夫木抄』にも採られている。彰考館本では一六四番で「鷺」という題が付されているが、題と和歌の間に朱で「玉葉夏樹陰納涼夫木雑九鷺」との注記がある。この注にある通り、『夫木抄』雑九の「鷺」項にある歌で、『夫木抄』での詞書は「樹陰納涼」。彰考館本は、出典の歌集と同じ詞書を記すのを原則としているので、「鷺」という項目名を記すのは例外的である。しかし、後掲資料1からわかるように当該歌の前後は『夫木抄』の仲正歌が順番通りに彰考館本に採られていること、後述するように勅撰集からの採録歌は小書で補入されるという原則があることから、一六四番歌も『夫木抄』から抄出したものと考えたい。

結局、仲正の勅撰集入集歌のうち、『玉葉集』の歌は偶々『夫木抄』にもあったためそちらから採られ、『金葉集』『風雅集』『新拾遺集』の歌は採られず、『千載集』は七首中三首は採られなかったということになる。『金葉集』『風雅集』『新拾遺集』については、編者がそれらを披見できる環境になかったということで説明がつく。採られなかった『千載集』の三首は以下の歌である。

毎春花芳といへるこころをよめる　源仲正
春をへてにほひをそふる山ざくら花はおいこそさかりなりけれ　（春上・七一）

（ともしの歌とてよめる）　源仲正
ともしするほぐしの松ももえつきてかへるにまよふしもつやみかな　（夏・一九八）

寄霞述懐のこころをよめる　源仲正
おもふことなくてや春をすぐさましうき世へだつるかすみなりせば　（雑中・一〇六四）

このうち、一九八番歌のみは『千載集』の一部の版本で脱落しており[4]、それが原因である可能性があるが、他の二首については、採録されなかった理由は不明とするしかない。『夫木抄』所収仲正歌のほとんどを採っていることを考えれば、和歌の巧拙などを考慮した上での取捨選択があった可能性は低い。A項で触れた『夫木抄』七六〇四・一六四一七番と同様、単純な見落としであろうか。

三　構成

次に、彰考館本の構成について考察する。神作氏は、「彰考館本は、後人が諸資料から仲正の歌を集めて部類分けするために施した作業の結果を如実に示している」と述べている。確かにその通りで、後掲資料1にまとめたように、朱・墨による補入に注意しつつ『夫木抄』と照合してみるならば、『夫木抄』の仲正歌を順次抄出していき、それに『詞花集』『千載集』の仲正歌計五首を加えたものが彰考館本であると判明する。以下、部立ごとに詳しく検証していこう。

○四季部（一〜一四四番）

彰考館本一番から一三九番の中で、行間補入歌でない歌は、『夫木抄』巻一（春一）から巻十八（冬三）に所収の仲正歌を順番通りに拾っている。その中で、内容から考えて恋部に移すべき歌があれば、和歌本文の上欄に「恋」という注記を付している。例えば、彰考館本四三番は、次のような歌である。

寄柴恋

43　つれもなき人のこゝろをとりしばにこがねのきゞすつけえてしがな

この歌は、『夫木抄』では巻五（春五）一八〇二番に入るが、歌題・内容からして恋の歌であることは明白なので、上欄に「恋」と記されている。

このようにして、『夫木抄』四季部からの抄出を終え、続いて雑部を見ていく過程で、季節の景物が主題の歌があった場合は、原則として朱の小字で、主題にふさわしい箇所に補入したらしい。例えば、彰考館本五番の歌を見てみよう。

家集　行路鴬

5　なきかはすうぐひすのねにしきられてゆきもやられぬせきのはらかな

この歌は、詞書と和歌の間に「夫雑四三」と注記があるが、確かに『夫木抄』では巻二十二（雑四）中に六首入る仲正歌の三番目の歌である。同集では、「原」項の中に「せきのはら」の歌として配列されているが、鴬が主題となっているために、彰考館本では同じく鴬を呼んだ四番と六番の間に後から書き入れられたのである。

また、四季部には仲正の『千載集』入集歌が三首、いずれも墨の小字で、各歌の主題にふさわしい場所に補入されている。

ところで、『夫木抄』四季部からの抄出の最後となる一三九番は、彰考館本十二丁表一首目となった。恋部は丁を替えているので、十二丁目には大幅な余白ができた。そこで、『夫木抄』雑部を見ていく過程で出てきた雪の歌は、小字による行間補入ではなく、その余白に通常の大きさの墨書きで書くことにしたらしい。その証拠に、一三六・一三七番歌が雪の歌、一三八・一三九番は鷹狩の歌、一四〇から一四四番までが再び雪の歌となっている。それまでの原則からすれば、雪の歌群の中に補入すべきところ、冬部最後の余白に記したので、雪歌が二つの歌群に分かれることとなったのである。

ちなみに、十二丁裏二首目には「家集の中に」という詞書と「やまさとは」という初句のみが記された書きさしの和歌があり、共に墨の線で消されている。これは、『夫木抄』雑部から冬歌を抄出した場合、前の一四四番の次にくるはずの歌で、『夫木抄』では「沓」項に見える「山ざとは庭さえわたるあさじもをくつすりけちてくる人もなし」であると思われる。この歌は彰考館本雑部一七二番に見える。冬の歌として十二丁裏に書きかけたものの、雑部に配列するのがふさわしいと考え直して消したのであろう。

○恋部（一四五〜一五五、一八三〜二〇四番）

十二丁裏は、「やまさとは」の歌が抹消されている後の部分は空白で、恋部は十三丁表から始まる。『夫木抄』四季部にあった恋歌は、抄出した順に四季部に配列した後に「恋」という注記を付していることは先述した。恋部には、『夫木抄』雑部から抄出された恋の歌が順次記されている。それは、彰考館本では十三丁裏の最後、一五五番（『夫木抄』では雑九・一二八八九番）までで一旦途切れ、次の丁は雑部となっている。恋部の続きは雑部の後に、別紙二葉分、同筆で補われており、中断前と全く同様に『夫木抄』雑部から順次抄出された恋歌が、抄出した順に記されている。

恋部がこのように一旦途切れている理由は不明である。『夫木抄』では並んで配列されていた二首のうち、一首は別紙に補われ、一首は雑部に採られている例があるので、[5] 基となった『夫木抄』に原因があるとは考えられない。何らかの理由で落丁が生じ、その分が後で補われたのであろう。

○雑部（一五六〜一八二番）

彰考館本雑部は、『夫木抄』雑部から四季部・恋部に入れていない歌を順次抄出し、最後に『詞花集』雑下・三三五番及び『千載集』雑下・一一六四番の仲正歌を、墨の小字で補入している。

以上、彰考館本の構成を検討してきたが、『夫木抄』から順次抄出した仲正歌に『詞花集』『千載集』入集歌を加え、四季・恋・雑部に配列することを原則としていることがわかった。四季部の恋歌に付した「恋」という注記や、小字での補入からは[6]、後に清書をする心づもりがあったことも予想されるが、編者の意図した完成形は現状から十分看取できる。

〔注〕

（1）「源仲正集〔翻刻・初句索引〕―国会図書館本・彰考館文庫本―」（『王朝文学』14　一九六七年六月）
（2）『日本随筆大成』第一期第十三巻（一九七五年　吉川弘文館）に拠る。
（3）「源仲正とその家集について」（『言語と文芸』55　一九六七年十一月）。以下、神作氏の説はこれによる。
（4）神宮文庫蔵（三―五五八）本他。
（5）例えば、『夫木抄』一二九八五番が別紙に補われた中に一八四番として見え、同一二九八六番は雑部一六六番として採られている。
（6）小字は、『夫木抄』の歌は朱、勅撰集の歌は墨で記するのを原則とする。神作光一氏の翻刻（注1）によれば、この原則にはずれる例が三例あるが、現在は彰考館本原本が閲覧不可能で、マイクロフィルムでは朱と墨の区別がつきにくいこともあり、今は立ち入らない。

第三章　国会図書館蔵紀真顔編『兵庫頭源仲正朝臣家集』

一　書誌・編者・成立時期

本章では国会図書館蔵紀真顔編本を取り上げる。『大日本歌書綜覧』に「為忠朝臣家百首その他万代集夫木集等に見えたる歌を、徳川時代に至り北川真顔の抄出して文字の誤などを訂正せる一本東京帝国図書館にあり。優雅の歌少からず」と解説されているのが、この本である。最初に書誌を簡略に示す。

整理番号二三七―一三二。写本一冊。袋綴本。紙表紙の左肩に題簽、「兵庫頭源仲正朝臣家集」と記す。縦二十七・六、横十八・四糎。本文料紙は楮紙。一面十一行、一首一行書き。墨付三十九丁。遊紙、巻頭に一丁、巻末に五丁。一丁表に「兵庫頭源仲正朝臣家集」、次行に「紀真顔輯」と記す。三行目より本文。一丁表に朱方印。印記は「狂歌堂文庫」。朱及び墨で傍注・頭注・集付・濁点等の書き入れあり。奥書なし。

「紀真顔輯」と明記されていることから、編者が判明する。紀真顔とは、江戸後期の狂歌作者鹿都部真顔（一七五三～一八二九）の別号である。真顔は、はじめ恋川好町の名で黄表紙・洒落本などを発表したが振るわず、狂歌作者として頭角を現した。四方赤良（大田南畝）に師事し、寛政六年（一七九四）四方姓を譲られて四方真顔と号し、化政期の狂歌界を代表する存在となった。鎌倉・室町期の狂歌こそ本来の姿であるとし、狂歌は和歌の伝統に連なる俳諧歌であるべきだと主張したことには、特に注意しておきたい。

さて、真顔が「紀真顔」の号を用いている作品としては、『類題俳諧歌集』（文化十一年刊）、『俳諧歌睦玉百首』（文化十四年刊）、『俳諧歌老若百首』（文政元年刊）、『俳諧歌着到百首』（文政五年刊）などが知られる。印記に見られる「狂歌堂」号の使用は、寛政四年（一七九二）暮または翌春から始まるとされるが[1]、印が押されたのが真顔本『仲正集』成立時かどうかは不明である。したがって真顔本の成立時期は確定できないのだが、ここで真顔編、文化十一年（一八一四）刊の『類題俳諧歌集』に注目したい。同集は、『古今集』をはじめとする勅撰集・私撰集・私家集などの歌集類や歌合、歌論書から日記、紀行文に至るまで多くの書物から和歌を引用しており、仲正歌も多数採られているが、引用した作品名を列挙した「本集書目」の一覧に「仲正集」の名は見えない。この時点で真顔本が完成していたならば、引用書目としてあげられているはずではなかろうか。確言はできないが、真顔本の成立は『類題俳諧歌集』の成立後である可能性が高いと思われる。

二　所収歌と構成

後掲の資料2にまとめた出典一覧からわかるように、真顔本は、手元の資料を一つずつ用いて仲正歌を順に抄出していくという編纂方針を有する。以下、資料とされた作品ごとに細かく見ていくこととする。

①『為忠家初度百首』

真顔本一番から一〇〇番までは『為忠家初度百首』からの抄出であり、冒頭に「丹後守為忠朝臣家百首」とある。

すべての歌に歌題を記すが、「巌上躑躅」「洩始恋」「人伝恋」の三題は題のみで和歌が欠けている。『初度百首』の現存伝本については第一篇第一章で詳述したが、三系統に分類できる。そのうち一類本は、「巌上躑躅」「洩始恋」「人伝恋」いずれも仲正歌が存する。一方、二類本及び三類本では、当該部分を欠く。すなわち、二・三類本で仲正歌が欠けている歌題に関しては、真顔本でも和歌を記すべき部分が空欄となっているのである。

また、一・二類本は最初の題にのみ作者名を記すのに対し、三類本はすべての歌に作者名を明記しているが、作者が八人でありながら和歌が九首ある場合や七首しかない場合に、一首目から機械的に作者を当てているため誤りが多い。真顔本は、三類本と同様、歌数にかかわらず四番目の歌を仲正歌と見なしている。

但し、詳細に本文を比較してみると、現存諸本の中に真顔本本文と一致するものは見当たらない。『初度百首』を「丹後守為忠朝臣家百首」、『後度百首』を「木工権頭為忠朝臣家百首」と称している点は、二類本である群書類従本とのみ一致し、同本との関係も想定できるが、本文には誤写とは認めにくい異同がある。真顔本が依拠しているのが二・三類本であることは間違いないが、現存しない伝本である可能性が高い。

②『為忠家後度百首』

真顔本一〇一番から二〇〇番までは『為忠家後度百首』からの抄出であり、最初に「木工権頭為忠朝臣家百首」と記す。『後度百首』の現存伝本も三系統に分類できる。『後度百首』は『初度百首』と異なり、ほとんどの題で歌数が八首なので、作者誤認の例は多くないが、作者認定に問題がある題が三題ある。真顔本が採っているのは、『初度百首』同様いずれも四番目に位置する歌である。

真顔本本文と完全に一致する伝本は、やはり現存伝本中に見出せず、編者が参照しているのは、『初度百首』と同じく、二類本または三類本に属するが現在は伝わらない伝本であると思われる。

③勅撰集と『続詞花集』

二〇一番から二一七番までは、勅撰集と『続詞花集』から抄出された歌が並ぶ。仲正の勅撰集入集歌のうち、『千載集』九九七番は『後度百首』での歌であり、真顔本では既出のため採られていない。真顔本二〇八番は『初度百首』の歌であるので既出だが、『千載集』からも採っている。但し、後に重出に気付いたらしく、上欄に「除」と注されており、重複歌は採らないという方針があったことがうかがえる。すなわち、仲正の勅撰入集歌は、既出の歌を除き、歌集の成立順、歌集内での配列の順に、整然と抄出されているのである。

但し、『詞花集』からの抄出歌と『千載集』からの抄出歌の間に、『続詞花集』から採られた二首が配されている。勅撰集からの抄出の後は、『夫木抄』・歌合の歌が続き、その後一首置いて『万代集』からの抄出歌が存在する。私撰集の中で『続詞花集』のみが勅撰集の間に置かれているのである。

おそらく多数の仲正歌を含む『夫木抄』は、他の歌集とは別にする意図があったのであろう。また、後述するように、万代集歌は後から書き継いだ可能性がある。二〇一～二一七番は、『夫木抄』以外の撰集類の仲正歌をまとめて掲出した部分と見なせばよいのであろう。

④『夫木抄』

続く二一八番から三九〇番までの一七三首は、『夫木抄』の仲正歌である。真顔本は、基本的に『夫木抄』の配列順に仲正歌を拾っているが、(2)『両度百首』や勅撰集に既出の歌は省く方針であるらしく、『夫木抄』に重出の歌も二度目は省いている。既出に気付かず一旦書いてしまっている歌も十首あるが、いずれも「百首ニ入」「重出」「除ク」などの注があったり、墨線が引かれたり、右肩に点が付されたりしている。その他、初出でありながら落としている歌が九首、他人の歌を採っている例が一首（三四八番）ある。また、三七二番・三八八番は詞書のみで歌が欠けている。

初出でありながら真顔本に採られていない九首について『夫木抄』の主な伝本を調査すると、以下のことが判明する。

作者名に異同がある＝五五一・九三八一・一四一一五

作者名又は歌そのものが欠落している伝本がある(3)

＝八七〇・一〇六八・七一六七・一五一四三・一五三九七

すなわち、九首中八首は『夫木抄』自体に問題があることになる。八例すべてについて、仲正以外を作者としたり作者名が欠落したりしている伝本は見出せないが、六例について作者を「源仲正」としていない寛文五年版本が、真顔本の資料として最も可能性が高い(4)。いずれにしても、『夫木抄』初出でありながら真顔本に採られていない歌の多くは、編者が参照した伝本において作者名が仲正ではなかったようで、その他は単純な見落としなのであろう。

三四八番は、正しくは権僧正公朝の歌だが、『夫木抄』書陵部本や寛文版本は作者名を欠くため、前の歌の作者仲正の歌だと見誤ったものと思われる。

また、三七二番は歌が記されていないが、詞書の右肩に「前々出」とある。詞書を記した時点で既出であることに気付き、歌を書くのを止めたのであろう。もう一首、詞書のみで歌を欠く三八八番については、歌が脱落している理由は不明である。

⑤『中宮亮顕輔家歌合』

真顔本三九一番から三九三番までは、「長承三年九月十三日中宮亮顕輔家歌合」と記し、同歌合の仲正歌三首があげられている。

仲正が出詠した歌合で証本が残る『左近権中将俊忠朝臣家歌合』（仲正歌三首）・『西宮歌合』（同一首）・『住吉歌合』（同一首）・『顕輔家歌合』（同三首）での仲正歌のうち、『俊忠朝臣家歌合』の二首、『西宮歌合』の一首は『夫木抄』に入っており、真顔本にも採られているが、『俊忠朝臣家歌合』の残る一首と『住吉歌合』の歌は真顔本には見えない。おそらく真顔の手元には、仲正が出詠した歌合の資料は、『顕輔家歌合』しかなかったのであろう。

ちなみに、真顔本の『顕輔家歌合』仲正歌の本文は、現存する同歌合の二伝本（群書類従本・今治市立河野信一記念館蔵本）(5)のいずれとも一致しない。もっとも、漢字・仮名の違いの他、僅か一、二字の異同があるだけなので、誤写の可能性もある。

⑥三九四〜四一二番

三九四番以降は、従来知られなかった新出歌を含み、出典を明らかにできない歌も多い。三九四番より始まる面から、それまでの一面十一行の原則が崩れるばかりか、三九八番からは書風も明らかに異なり、少なくとも三九八番以下は増補と見られる。

まず三九四番は、現存資料の範囲では『千載集』と『題林愚抄』にのみ見える歌で、既に二一〇番に『千載集』から抄出されている。『題林愚抄』には仲正歌が九首入るが、(6)そのすべてが『初度百首』『後度百首』や勅撰集に見え、真顔本にも既に採られている。三九四番歌のみ重複して採録するのは不自然であり、出典は『題林愚抄』ではなく、現存しない資料と思われる。

続く三九五・三九六番歌は、それぞれ『万代集』一三一三番、三六四九番の歌であり、和歌の右肩に「万代集第六」「万代十九」と集付が記される。『万代集』の仲正歌は三首だが、残る一首は『夫木抄』に見え、既に真顔本に採られているので省いたのであろう。続く三九七番の

賤の女がいなほこなつるからさをに打そへて来る庭たゝきかな

は、『新編国歌大観』にも、国会本・彰考館本いずれの『仲正集』にも見出せない歌である。右肩に「古今余材」とあり、確かに契沖の『古今余材抄』に源仲正歌として見える。(8)

三九八〜四一二番までは、ほとんどの歌の右肩に集付があり、既出歌も多く、またすべての歌が地名を含むという特徴がある。歌番号・詠み込まれている地名・集付のみ次に記す。和歌は後掲の資料3を参照されたい。(9)

398原田の里・夫木／399十市里・名寄／400雄島・同／401小山田・夫木／402かくれの岡・名寄／403逢坂山・手向の山・類聚／404那智の高根／405浮しにのはら（「浮しまのはら」の誤りであろう）・夫木／406大淀・名寄／407おふの浦／408雲居寺・夫木／409藤江の浦・名寄／410淡路の浦・絵島・同／411白河・夫／412須磨の浦・夫木廿五

三九八・四〇六・四一〇・四一二番以外の十一首は既出であるが、四〇三・四〇四・四〇八・四〇九番のみ上欄に「重出」と注し、四〇四・四〇八番はその更に上方に「除ク」と記す。集付を見ると、同じ書名ごとにまとまっているわけではないので、おそらく出典を記したものではなく、典拠とした文献にもともとあった集付を転記したものであろう。

詠み込まれている地名に注目してみると、地名のいろは順に和歌が並んでいることに気付く。(10)地名を詠んだ歌を集め、地名のいろは順に配列した作品(11)からの抄出と思われるが、現存資料の範囲で該当する作品は見出せていない。

はる〳〵と木がくれもなき須磨の浦にみるめまばゆき秋の夜の月（四一二）

最後に記されたこの歌は、右肩に「夫木廿五」とあるが『夫木抄』にも『新編国歌大観』所収の他の撰集類にも見出せず、国会本・彰考館本にも採られていない新出歌である。集付の書き方が三九八番や四〇一番などと異なる上、歌の書き始めが前の歌より一文字高くなっており、後から書き加えられたかと思われる。

以上、紀真顔編『兵庫頭源仲正朝臣家集』の構成について見てきたが、披見した様々な資料から仲正歌を残らず集めようとする編者の態度が看取できた。四一二番歌については、これが真に仲正歌か否か、確認が必要であろう。『夫木抄』の伝本調査を更に進めることを今後の課題としたい。

〔注〕

（1）小林ふみ子氏「鹿都部真顔と数寄屋連」（『国語と国文学』76‐8　一九九九年八月）参照。
（2）但し、順番の前後している部分が二箇所ある。
（3）多くは、前歌の作者名「源仲正」を受けているのに「同」が落ちている例である。
（4）なお、真顔本の上欄の書き入れの一つに「夫木十四秋五四十八丁ウ、為忠朝臣常盤の家に侍けるに九月九日ある人のもとより申送りける云々」とあるが、引用された詞書は、寛文版本では確かに巻十四（秋五）の四十八丁目裏にある。
（5）内田徹氏「〈翻〉資料紹介河野信一記念文化館蔵『顕輔家歌合』」（『国文学研究』90　一九八六年十月）参照。
（6）作者名を「仲正」とする歌は十首あるが、うち一首は源俊頼の歌である。
（7）「つ」の右傍に「せカ」と傍記あり。
（8）『古今余材抄』円珠庵蔵本に契沖自筆の朱による書き入れとして見える。

（9）四〇一番「苗代にこぞ引捨し忘水猶せきかくる春の小山田」の「小山田」は実際には地名ではないが、『夫木抄』巻二十一に武蔵国の地名として「小山田の関」が見え、『歌枕名寄』は「未勘国」の歌枕として「小山田池」をあげている。四〇一番を地名歌と見なしている文献もあったと考えてよいだろう。

（10）四〇三番は「手向の山」、四一〇番は「淡路の浦」で考える。

（11）そのような作品として、『勝地吐懐編』『類字名所補翼鈔』『類字名所外集』（いずれも契沖編）などがある。これら三作品は仲正歌を載せているが、三九八～四一二番すべてが含まれているわけではない。

終章

本篇では、江戸末期に成立したと思われる源仲正の家集三本を取り上げ、その基本的性格について考察してきた。国会本の編者は知られないが、彰考館本に関与していると思われる鈴木基之は歌人、小山田与清は国学者・歌人、真顔本編者の鹿都部真顔は狂歌作者である。(1) 歌人として、あるいは俳諧歌を提唱する狂歌作者として、仲正の斬新な発想や新奇な表現に関心を抱き、仲正歌の集成を思い立ったのであろう。

次の課題は、近世の歌人・俳人・狂歌作者が仲正歌を具体的にどのように享受したかを明らかにすることであるが、この点に関しては目下調査中である。現在のところ見出し得た例を一つだけあげてみよう。本篇で取り上げた仲正の家集三本の成立よりはかなり遡るが、松尾芭蕉の『笈の小文』の旅の餞別会として貞享四年（一六八七）十月十一日に行われた連句に、次のような句が見られる。

かやのぬけ目の雪をたく家　仙化(2)

これは、次の仲正歌を踏まえているのであろう。

家集、山家春雨

山がつのいほりはかやのぬけめよりわりなくもるる春の雨かな　（夫木抄・雑十二・一四三四五）

茅葺き屋根の隙間から春雨が漏れる様を描いた仲正歌の情景を、雪が吹き込む情景へと転じたのである。「かやのぬけめ」は、『新編国歌大観』で検索できる範囲で仲正歌以外の用例が見出せない表現で、数多い仲正独自の表現の一つである。こうした例を更に博捜し、仲正の和歌がどのように受け止められていたのかを探っていきたい。

〔注〕

（1）与清の著作『擁書漫筆』『擁書楼日記』には真顔の名が見え、二人の間に交流があったことが知られる。

（2）引用は『校本芭蕉全集』（一九六三年　角川書店）による。前句は「順の峯しばしうき世の外に入」（観水）。仙化は芭蕉の門弟で、『蛙合』の編者。

資料１　彰考館本出典一覧

	夫木抄（連続抄出）	夫木抄（行間補入）	勅撰集
1	春一・三〇		
2	春一・一九八		
3	春一・一九九		
4	春二・四三六		
5		〈朱〉雑四・九九六五	
6	春二・四五八		
7	春二・五二七		
8	春二・五五一		
9	春二・五九八		
10	春三・六四九		
11	春三・七二〇		
12		〈朱〉雑九・一二七六〇	
13	春三・七二一		
14	春三・八四四		
15	春三・八六九		
16	春三・八七〇		
17	春三・八七三		
18	春三・九二三		
19	春三・九二二		
20		〈朱〉雑九・一二九三七	
21		〈朱〉雑九・一二八七一	
22		〈朱〉雑十二・一四三四五	
23	春三・一〇三〇		
24	春三・一〇三一		
25	春四・一〇六七		
26	春四・一〇六八		
27	春四・一〇八二		
28		〈朱〉雑十三・一四八一三	
29	春四・一二二六		
30		〈朱〉雑四・九九七三	
31	春四・一二六八		
32	春四・一三二〇		
33	春四・一三六七		
34	春四・一四〇九		
35	春四・一四四一		
36	春四・一四四五		
37	春四・一四四六		

38			〈墨〉千載・春下
39	春四・一五三九		
40	春四・一五四〇		
41		〈墨〉雑一・一七七四七仲実	
42		〈朱〉雑八・一二五二三	
43	**春五・一八〇二**		
44	春五・一八〇三		
45	春五・一八八七		
46		〈朱〉雑九・一二八四〇	
47	春五・一九三二		
48	春六・一九五一		
49	春六・二〇〇〇		
50	春六・二〇四一		
51	春六・二一四五		
52	**春六・二二二三**		
53		〈朱〉雑十六・一六四三五	
54		〈墨〉雑三・九五三五	
55	夏一・二三一六		
56	夏一・二三二一		
57	夏一・二三八二		
58		〈朱〉雑十五・一五六五九	
59	**夏一・二四三四**		
60	夏一・二五一二		
61		〈朱〉雑四・一〇一四〇	
62		〈朱〉雑四・一〇一四一	
63	夏一・二五八九		
64	夏一・二五九〇		
65			〈墨〉千載・夏
66	夏一・二六一一		
67	夏一・二六五一		
68		〈朱〉雑二・八二三五	
69	夏二・二七六六		
70	夏二・二七九四		
71		〈朱〉雑九・一二九八四	
72	夏二・二九二八		
73	**夏二・三一三五**		
74		〈朱〉雑十三・一四五四二	
75		〈墨〉雑十四・一五一四二	
76	夏二・三一八二		
77	夏二・三二五一		
78	夏二・三二五二		
79	夏二・三二五三		
80		〈朱〉雑十五・一五五六三	
81	夏三・三三三六		

82	夏三・三四六四		
83	夏三・三四六五		
84	夏三・三四六六		
85		〈朱〉雑九・一二九七二	
86	夏三・三五九六		
87		〈朱〉雑十・一三三六六	
88	夏三・三六九九		
89	秋一・三九五二		
90		〈朱〉雑十七・一六七四四	
91	秋二・四一四九		
92	秋二・四一五〇		
93	秋二・四一六九		
94		〈朱〉雑八・一〇八八一	
95	秋三・四六四五		
96		〈朱〉雑三・九一五九 読人しらず	
97	秋三・四七一四		
98	秋三・四八五五		
99		〈朱〉雑九・一三一四〇	
100		〈朱〉雑九・一三一四一	
101		〈朱〉雑九・一三一四六	
102	秋三・四九八〇		

103	秋三・四九八一		
104		〈朱〉雑七・一一五九八	
105		〈朱〉雑十五・一五七二四	
106			〈墨〉千載・雑下
107	秋三・五〇〇三		
108	秋四・五二三七		
109		〈朱〉雑二・八四四三	
110	秋四・五二三八		
111		〈朱〉雑十八・一六九六七	
112	秋五・五六二五		
113	秋五・五六四八		
114	秋五・五六八九		
115	秋五・五七一八		
116	秋五・五九〇七		
117	秋六・六一九七		
118	秋六・六一九八		
119	冬一・六四〇二		
120		〈朱〉雑十一・一四一一五	
121		〈朱〉雑十六・一六四二三	
122	冬一・六四五五		
123		〈朱〉雑十・一三四〇二	
124	冬一・六四五六		

125	冬一・六四八二 仲綱		
126		〈朱〉雑四・九七三九	
127	冬一・六五九八		
128	冬二・六八三八		
129	冬二・六九五七		
130	冬二・七〇〇七		
131	冬二・七〇四二		
132		〈朱〉雑八・一二五二四	
133	冬二・七〇八三		
134	冬二・七〇八五		
135	冬二・七〇八六		
136	冬三・七一六六		
137	冬三・七一六七		
138	冬三・七三七一		
139	冬三・七三七二		
140	雑一・七七四六		
141	雑七・一一七二八		
142	雑九・一三二五八		
143	雑一〇・一三三一九		
144	雑一三・一四九八二		
	[墨滅]雑一三・一五二四六		

145	雑一・七六八九		
146	雑三・九〇九四 雑一四・一五二七九		
147	雑三・九一六〇		
148	雑三・九二七七		
149	雑五・一〇二六五		
150	雑八・一二四二八		
151	雑九・一二六一二		
152	雑九・一二六六五		
153	雑九・一二七八三		
154	雑九・一二七八四		
155	雑九・一二八八九		
156	雑一・七七六三		
157	雑一・七八四八		
158	雑二・八七三九		
159	雑四・九九五七		
160	雑七・一一六〇四		
161	雑七・一一七一一		
162	雑八・一二五二三		
163	雑九・一二六八八		
164	雑九・一二八三一		
165	雑九・一二八九五		

166	雑九・一二九八六		
167	雑九・一三一五七		
168	雑九・一三一八九		
169	雑九・一三一〇五		
170	雑十一・一四〇八六		
171	雑十二・一四四一九		
172	雑十四・一五一四六		
173	雑十四・一五二二六		
174	雑十四・一五三九七		
175	雑十五・一五六五一		
176	雑十五・一五七二二		
177	雑十六・一六四二二		
178	雑十七・一六六九〇		
179	雑十八・一六八三九		
180	雑十八・一六九四六		
181			〈墨〉詞花・雑下
182			〈墨〉千載・雑下
183	雑九・一二九一五		
184	雑九・一二九八五		
185	雑九・一三〇四四		
186	雑九・一三一五六		
187	雑九・一三一七三		
188	雑十一・一三八五一		
189	雑十三・一四七九一		
190	雑十四・一五〇八七		
191	雑十四・一五二三八		
192	雑十四・一五一四三		
193	雑十四・一五二九二		
194	雑十四・一五三五七		
195	雑十四・一五三五八		
196	雑十五・一五六三七		
197	雑十五・一五六六二		
198	雑十五・一五七二三		
199	雑十五・一五七二三		
200	雑十五・一五八二三		
201	雑十五・一五八二三		
202	雑十八・一七二二九		
203	雑十八・一七二三〇		
204	雑十八・一七二三二		

・算用数字は彰考館本仲正集の通し番号を示す。墨滅歌には番号を付していない。
・「春一・三〇」は、春部一、三十番を示す。
・ゴシックは「恋」の注記がある歌を示す。
・〈朱〉〈墨〉は、それぞれ朱書き・墨書きの小字での補入であることを示す。
・『夫木抄』（『新編国歌大観』所収静嘉堂文庫本）における作者名が仲正以外の場合、その作者名を明記した。

資料2　国会図書館蔵紀真顔編本出典一覧

	出典
1	初度百首　四
2	同　一二
3	☆同　二〇
4	同　二九
5	☆同　三七
6	同　四六
7	同　五四
8	同　六二
9	同　七〇
10	同　七八
11	同　八六
12	同　九四
13	同　一〇二
14	同　一一〇
15	同　一一八
16	＊同　一二六
17	同　一三四
18	同　一四二
19	同　一五〇
20	同　一五八
21	同　一六六
22	同　一七四
23	同　一八二
24	同　一九〇
25	同　一九八
26	☆同　二〇七
27	同　二一四
28	同　二二二
29	同　二三〇
30	同　二三八
31	同　二四六
32	同　二五四
33	同　二六二
34	同　二七〇
35	同　二七八
36	同　二八六
37	同　二九四
38	同　三〇二
39	同　三一〇
40	同　三一八
41	同　三二六
42	同　三三四
43	同　三四二
44	同　三五〇
45	同　三五八
46	同　三六六
47	同　三七四
48	同　三八二
49	同　三九〇
50	同　三九八
51	同　四〇六
52	同　四一四
53	同　四二一
54	同　四二九
55	同　四三七
56	同　四四五
57	同　四五三
58	同　四六一
59	同　四六九
60	同　四七七
61	同　四八五
62	同　四九三
63	同　五〇一
64	同　五〇九
65	同　五一七
66	同　五二五
67	同　五三三
68	同　五四一
69	同　五四九
70	同　五五七
71	＊同　五六五
72	＊同　五七二
73	同　五七九
74	同　五八六
75	同　五九三
76	同　六〇〇
77	同　六〇七
78	同　六一四
79	同　六二一
80	同　六二八
81	同　六三五
82	同　六四二
83	同　六四九
84	同　六五六
85	同　六六三
86	同　六七〇
87	同　六七七
88	☆同　六八四
89	同　六九二
90	同　六九九
91	同　七〇六
92	同　七一三
93	同　七二〇
94	同　七二七

95	同	七三四
96	同	七四一
97	同	七四八
98	同	七五五
99	同	七六二
100	☆同	七六九
101	後度百首	四
102	同	一二
103	同	二〇
104	同	二八
105	同	三六
106	同	四四
107	同	五二
108	同	六〇
109	同	六八
110	同	七六
111	同	八四
112	同	九二
113	同	一〇〇
114	同	一〇八
115	同	一一六
116	同	一二四
117	同	一三二
118	同	一四〇
119	同	一四八
120	同	一五六
121	同	一六四
122	☆同	一七二
123	同	一七九
124	☆同	一八七
125	同	一九四
126	同	二〇二
127	同	二一一
128	同	二一九
129	同	二二七
130	同	二三五
131	同	二四三
132	同	二五一
133	同	二五九
134	同	二六七
135	同	二七五
136	同	二八三
137	同	二九一
138	同	二九九
139	同	三〇七
140	同	三一五
141	同	三二三
142	同	三三一
143	同	三三九
144	同	三四七
145	同	三五五
146	同	三六三
147	同	三七一
148	同	三七九
149	同	三八七
150	☆同	三九五
151	同	四〇二
152	同	四一〇
153	同	四一八
154	同	四二六
155	同	四三四
156	同	四四二
157	同	四五〇
158	同	四五八
159	同	四六六
160	同	四七四
161	同	四八二
162	同	四九〇
163	同	四九八
164	同	五〇六
165	同	五一四
166	同	五二二
167	同	五三〇
168	同	五三八
169	同	五四六
170	同	五五四
171	同	五六二
172	同	五七〇
173	同	五七八
174	同	五八六
175	同	五九四
176	同	六〇二
177	同	六一〇
178	同	六一八
179	同	六二六
180	同	六三四
181	同	六四二
182	同	六五〇
183	同	六五八
184	同	六六六
185	同	六七四
186	同	六八二
187	同	六九〇
188	同	六九八
189	同	七〇六
190	同	七一四
191	同	七二二
192	同	七三〇
193	同	七三八
194	同	七四六
195	同	七五四
196	同	七六二
197	同	七七〇
198	同	七七八
199	同	七八六
200	同	七九四
201	金葉	一四六
202	同	一八四
203	詞花	三三五
204	続詞花	八六七

205	同	八七四
206	千載	七一
207	同	一〇四
208	同	一八七＝27
209	同	一九八
210	同	一〇六四
211	同	一一六四
212	玉葉	四二四
213	風雅	八六〇
214	☆同	一九七九
215	同	一九八〇
216	新拾遺	一六七
217	同	八〇二
218	夫木	三〇
219	同	一九八＝四
220	同	一九九
221	同	四三六
222	同	四五八
223	同	五二七
224	同	五九八
225	同	六四九
226	同	七二〇
227	同	七二一
228	同	八四四
229	同	八六九
230	同	八七三
231	同	九二三
232	同	一〇三〇
233	同	一〇三一
234	同	一〇六七
235	同	一〇八二
236	同	一二六八
237	同	一五三九
238	同	一五四〇
239	同	一八〇二
240	同	一八〇三
241	同	一八八七
242	同	一九三二
243	同	二〇〇〇
244	同	二〇四一
245	同	二一四五
246	同	二二二三
247	同	二三二一
248	同	二三一六
249	同	二三八二
250	同	二四三四
251	同	二五一二
252	同	二五八九
253	同	二六一一
254	同	二六五一
255	同	二七六六
256	同	二七九四
257	同	三一三五
258	同	三一八二
259	同	三二五一
260	同	三二五二
261	同	三二五三
262	同	三三三六
263	同	三四六四
264	同	三四六五
265	同	三四六六
266	同	三五九六
267	同	三六九九
268	同	三九五二
269	同	四一四九
270	同	四一五〇
271	同	四一六九
272	同	四六四五
273	同	四七一四
274	同	四八五五
275	同	四九八〇
276	同	四九八一
277	同	五〇〇三
278	同	五二三七
279	同	五二三八＝154
280	同	五六二五
281	同	五六八九
282	同	五七一八
283	同	五九〇七＝52
284	同	六一九七
285	同	六一九八
286	同	六四〇二
287	同	六四五五
288	同	六四五六
289	同	六四八二
290	同	六五九八
291	同	六八三八
292	同	六九五七
293	同	七〇〇七
294	同	七〇四二
295	同	七〇八三
296	同	七〇八五
297	同	七〇八六
298	同	七一六六
299	同	七三七一
300	同	七三七二
301	同	七六〇四
302	同	七六八九
303	同	七七四六＝168
304	同	七七六三＝81
305	同	七八四八
306	同	八二三五
307	同	八四四三
308	同	八七三九
309	同	九〇九四
310	同	九一六〇
311	同	九一五九
312	同	九二七七
313	同	九七三九
314	同	九九六五

315	同　一〇一四〇
316	同　一〇一四一
317	同　一〇二六五
318	同　一〇八八一
319	同　一一五九八
320	同　一一六〇四
321	同　一二四二八＝181
322	同　一二五二二
323	同　一二五二三
324	同　一二五二四
325	同　一二六一二
326	同　一二六六五
327	同　一二七六〇
328	同　一二七八三
329	同　一二七八四
330	同　一二八三一
331	同　一二八四〇
332	同　一二八八九
333	同　一二八九五
334	同　一二九一五
335	同　一二九三七
336	同　一二九三八
337	同　一二九七二
338	同　一二九八四＝130
339	同　一二九八五
340	同　一二九八六
341	同　一三〇四四
342	同　一三一四〇
343	同　一三一四一
344	同　一三一四六
345	同　一三一五六
346	同　一三一五七
347	同　一三一五八＝165
348	☆同　一三一五九
349	同　一三一七三
350	同　一三一八九
351	同　一三二〇五＝93
352	同　一三二六六
353	同　一三三一九
354	同　一三四〇二
355	同　一三八五一
356	同　一四〇八六
357	同　一四三四五
358	同　一四四一九
359	同　一四四二〇
360	同　一四五四二
361	同　一四七九一
362	同　一四八一三
363	同　一五〇八七
364	同　一五一三八
365	同　一五一四二
366	同　一五一四六
367	同　一五二九二
368	同　一五三五七
369	同　一五三五八
370	同　一五五六三
371	同　一五六三七
372	＊同　一五六五九
373	同　一五六六二
374	同　一五七二一
375	同　一五七二二
376	同　一五七二三
377	同　一五七二四
378	同　一五八二二
379	同　一五八二三
380	同　一五六五一
381	同　一六四一七
382	同　一六四二二
383	同　一六四三五
384	同　一六六九〇＝98
385	同　一六七四四
386	同　一六八三九
387	同　一六九四七
388	＊同　一七二二九
389	同　一七二三〇
390	同　一七二三一
391	顕輔歌合　一〇
392	同三四
393	同五八
394	不明＝210
395	万代　一三一三
396	同　三六四九
397	古今余材抄
398	不明
399	不明＝269
400	不明＝108
401	不明＝241
402	不明＝310
403	不明＝308
404	不明＝111
405	不明＝317
406	不明（歌枕名寄にあり）
407	不明＝313
408	不明＝383
409	不明＝319
410	不明（歌枕名寄にあり）
411	不明＝114
412	不明

・算用数字は国会図書館蔵紀真顔編本の通し番号を示す。題のみで歌が欠けている場合も番号を付した。
・略称は以下の通り。　初度百首＝為忠家初度百首　後度百首＝為忠家後度百首
　　顕輔歌合＝長承三年九月十三日中宮亮顕輔家歌合
・＊は題・詞書のみで和歌が欠けていること、☆は他人詠であること乃至は他人詠の可能性があることを示す。
・「＝〇〇」は前にある歌と重複していることを示す。

資料３　国会図書館蔵紀真顔本末尾三九四〜四一二番翻刻

＊真顔本は歌数が多いため、出典が明らかな歌は除外して、末尾の三九四〜四一二番歌のみを翻刻し、歌の末尾に番号を明記した。四〇四・四〇八・四〇九番は右傍に朱の線あり。他の注記はすべて墨。

寄霞述懐

おもふことなくてや春をすこさまし憂きを隔る霞なりせは（三九四）

万代集第六　遠山時雨を

風はやみ村雲さわくをち方の山のかひ根に時雨すくらし（三九五）

万代十九

ひく人もなくてやみぬるくはまゆのいつ《とた》つらものは我身なりけり（三九六）

古今余材

賤の女かいな《稲》ほ《穂》こなつ《せカ》るからさをに打そへて来る庭たゝきかな（三九七）

夫木

東路や原田の里に苗代の水引つれし春そ恋しき（三九八）

名寄

行てみむ駒くつかけよいし花や十市里に萩咲にけり（三九九）

同

塩風に雄島のさくら花《波歟》かけて波《花歟》のみたてもなくて散ぬる（四〇〇）

夫木　苗代にこそ引捨し忘水猶せきかくる春の小山田（四〇一）

名寄　我妹子かかくれの岡のふる雉子かりにもあはてとしのへゆけは（四〇二）

重出　類聚　鳥居たつ逢坂山のさかひなる手向の山よ《神に》我ないさめそ（四〇三）

除ク　重出　雲かゝる那智の高根に風吹は花ぬきくたす滝の白糸（四〇四）

夫木　恋すれは涙の海にたゝよひて心は常に浮しにのはら（四〇五）

名寄　大淀につみのおもにをおろし置て浦山敷はくたるかり舟（四〇六）

おふの浦の野辺の下草枯ぬとやすさめし駒も立なつむらん（四〇七）

除ク　重出　夫木　雲居寺ふくかひきけはかくる也かりかねにこそよは成にけれ（四〇八）

重出　名寄　もまきする藤江の浦に舟とめて月の出しほを待そ久しき（四〇九）

同　朝またき淡路の浦を漕ゆけは絵島もみえす霧にけたれて（四一〇）

夫　御園なる白河さくら散かゝり春の垣ねにうのはなそ咲（四一一）

夫木廿五　はる〳〵と木かくれもなき須磨の浦にみるめまはゆき秋の夜の月（四一二）

初出一覧

本書所収論文の初出は以下の通りである。いずれの論も加筆修正を行っている。大きく論旨を変えたり、初出時以降の研究を踏まえて新たな問題に言及したりした場合は、【補説】に示した。

第一篇　『為忠家両度百首』論

第一章　「為忠家両度百首について―初度百首から後度百首への展開―」（『国語と国文学』67・8　一九九〇年八月）・『為忠家初度百首全釈』『為忠家後度百首全釈』（二〇〇七・二〇一一年　風間書房）解説をもとに成稿。

第二章　「『為忠家両度百首』に関する一考察―結題の詠法をめぐって―」（久保田淳編『論集中世の文学 韻文篇』一九九四年　明治書院）

第三章　「『為忠家両度百首』における地名歌の方法」（『国語と国文学』74・6　一九九七年六月）

第四章　「『為忠家後度百首』の行事題詠―具体的写実的描写について―」（『国語と国文学』88・9　二〇一一年九月）

第五章　「藤原俊成と『為忠家両度百首』」（『明月記研究』13　二〇一二年一月）

第六章　「『為忠家両度百首』と西行―西行の歌風形成の一側面―」（『国語と国文学』69・8　一九九二年八月）

第七章　「『為忠家両度百首』と新古今歌人」（『解釈』41・3　一九九五年三月）

第二篇　題詠論

第一章　「『まはして心をよむ』詠法に関する一考察」（『中世文学』39　一九九四年六月）

第二章　「『俊頼髄脳』題詠論小考―俊頼の結題詠の検討を通して―」（『国文』89　一九九八年七月）

第三篇　平安後期・鎌倉初期の歌人と作品

第一章　「『堀河百首』における万葉語摂取の様相」（『講座 平安文学論究』17　二〇〇三年　風間書房）

第二章　「歌語「ちぎのかたそぎ」に関する一考察―長承三年九月十三日中宮亮顕輔家歌合基俊判をめぐって―」（『国文』79　一九九三年七月）

第三章　「『一品経和歌懐紙』について」（『和歌文学研究』63　一九九一年十一月）

第四章　「藤原隆信伝の問題―類従本系『隆信集』三五三番～三五九番歌をめぐって―」（『解釈』39・2　一九九三年二月）

第五章　「『建礼門院右京大夫集』試論―二つの恋をめぐって―」（『国語と国文学』72・3　一九九五年三月）

第六章　「『隆房の恋づくし（艶詞）』の成立をめぐる諸問題」（『国語と国文学』84・1　二〇〇七年一月）

第四篇　『明月記』とその周辺

第一章　「建仁元年の後鳥羽院歌壇―『老若五十首歌合』『新宮撰歌合』を中心に―」（『文学』6・4　一九九五年十月）

第二章　「俊成兄藤原忠成の生涯と和歌」（『明月記研究』6　二〇〇一年十一月）

第三章　「定家と静快―静快は俊成男か」（『明月記研究』12　二〇一〇年一月）

第四章　「『明月記』建仁元年四月記断簡及び東山御文庫蔵「未詳日記抄出」紹介」（『明月記研究』9　二〇〇四年十二月）

第五篇　新稿

人名索引

・本文及び注において論及した人名を、五十音順に配列した。
・近代以前の人物の実名は名の漢音により配列し、（ ）内に姓を示した。天皇・上皇・女院・僧は通行の読みで配列した。女房・女官は出仕名を通行の読みで掲げ、（ ）内に出仕先を示した。研究者は姓名を掲げた。
・法名や別称を並記する際は〈 〉内に示した。
・掲載箇所が連続する場合は、最初と最後のページを〜で結んだ。断続的な場合も含む。

あ行

さ行

た行

な行

は行

ま行

や行

ら行

わ行

書名索引

・本文及び注において論及した近代以前の書物の名を、通行の読みに従い、五十音順に配列した。掲載箇所が連続する場合は、最初と最後のページを~で結んだ。
・第一篇の『為忠家初度百首』『為忠家後度百首』『為忠家両度百首』は、多数に上るので掲げていない。

和歌初二句索引

・本文及び注において引用した和歌・今様の初二句を平仮名にし、五十音順に配列した。
・初二句が同一の場合は三句まで、三句目も同一の場合は四句まで示した。

あ

い

あとがき

本書は、『為忠家両度百首』関連の論と題詠論とで全体のほぼ半分を占めているが、この二つが自分の研究の柱であると考えている。第三篇で論及した『中宮亮顕輔家歌合』・「一品経和歌懐紙」や第五篇の仲正家集も、『両度百首』作者が関わっていることが切っ掛けとなり、取り組んだ作品である。『両度百首』は、院政期和歌の内包する問題が端的に表れている作品だと思う。文芸的到達度の低さゆえに、歌題や語彙の珍しさ以外の面では、さして重視されてこなかったが、本百首の和歌史における意義は小さくない。それを解明したいし、より多くの人にこの作品のおもしろさを知って欲しいというのが、院生時代から変わらぬ思いであり、研究の最大の原動力でもあった。一通りの注釈もつけたが、なお取り上げるべき問題は残っており、この作品とは今後も長く付き合っていきたい。

本書に収めた論文は、二十年余りの間に発表したものであるが、その間に論文が書けなくなった一時期があった。スランプと言えば聞こえはいいが、要するに怠けていただけだったと、今は思える。しかし、当時は研究を止めようかとまで思い悩んだ。その苦しい時期を脱することができたのは、『為忠家両度百首』の注釈だけは何としてもやり遂げたいという思いと、恩師や共に研鑽する仲間の皆さんの存在があった御陰である。

学部時代を過ごしたお茶の水女子大学では、三木紀人先生、平野由紀子先生、東京大学大学院では、久保田淳先生、鈴木日出男先生に特にお世話になった。とりわけ久保田先生から蒙った御恩は計り知れない。久保田先生は、私たちを研究上においては対等な一個の研究者と見なしてくださるが、同時に必要な時には援助の手を惜しまれない。大学院時代の御指導のみならず、院を出てから既に二十年近く経とうとしている現在も、お教えいただき助けていただくことばかりである。

また、出講先の大学や学会・研究会で出会った先生方、諸先輩や友人たちにも心からの御礼の言葉を述べたい。怠惰な私は、こうした方々に囲まれていなければ、きっと学会にも参加せず、いつの間にか研究から遠ざかっていただろうと思う。とりわけ大学院時代から関わってきた日本歌学大系を読む会と明月記研究会の方々は、折に触れ助け励ましてくださり、本当に感謝している。

本書の出版にあたっては、久保田淳先生にお口添えをいただき、青簡舎の大貫祥子社長に一方ならずお世話になった。かつて三十代の頃、とある学会の書籍売り場で、大貫さんに声を掛けていただき著書をまとめることを勧められた。当時は碌な業績もなく現実味のない話であったが、その言葉は今日まで私を支えてくれたものの一つである。青簡舎から本書を出版していただけて、本当にありがたく幸せに感じている。

思えば、なんと多くの方々に支えられてきたことであろう。これまでお世話になったすべての方々に、改めて御礼申し上げると共に、気持ちを新たにし更に真摯に研究に取り組んでいきたいと思う。

家永　香織

二〇一二年六月

なお、本書は独立行政法人日本学術振興会平成二十四年度科学研究費補助金（研究成果公開促進費）を得て刊行するものである。

家永香織（いえなが かおり）
一九六二年　栃木県生まれ
一九八五年　お茶の水女子大学文教育学部国文学科卒業
一九九四年　東京大学人文科学研究科国語国文学専攻博士課程修了
博士（文学）取得
現職　白百合女子大学・聖学院大学非常勤講師
編著　『堀河院百首和歌』（共著、二〇〇二年、明治書院）、『為忠家初度百首全釈』（二〇〇七年、風間書房）、『為忠家後度百首全釈』（二〇一一年、同）他。

転換期の和歌表現
院政期和歌文学の研究

二〇一二年一〇月一五日　初版第一刷発行
著　者　家永香織
発行者　大貫祥子
発行所　株式会社青簡舎
〒一〇一－〇〇五一
東京都千代田区神田神保町二－一四
電　話　〇三－五二一三－四八八一
振　替　〇〇一七〇－九－四六五四五二
印刷・製本　モリモト印刷株式会社

ISBN978-4-903996-59-2 C3092